D1984149

HEYNE BÜCHER

Tip des Monats

2 Romane in einem Band

Desmond Bagley

Die Erbschaft
Der goldene Kiel

WILHELM HEYNE VERLAG
MÜNCHEN

HEYNE TIP DES MONATS
Nr. 23/5

Titel der englischen Originalausgabe
WINDFALL
Deutsche Übersetzung von Hans Ewald Dede

Titel der englischen Originalausgabe
THE GOLDEN KEEL
Deutsche Übersetzung von Kurt und Heiko Wetzel

2. Auflage

Printed in Germany 1986
Umschlagfoto: Photodesign, Mall
Umschlaggestaltung: Atelier Ingrid Schütz, München
Gesamtherstellung: Ebner Ulm

ISBN 3-453-54248-7

Inhalt

Die Erbschaft

Für
Jan Hemsing
und zahllose Katzen
in Kenia

1

Wann die Geschichte anfing, ist schwer zu sagen. Jedenfalls nicht mit Ben Hardin. Vielleicht begann sie damit, daß Jomo Kenyatta die kenianische UN-Delegation anwies, erste Schritte zu tun, um Südafrika aus den Vereinten Nationen auszuschließen. Das geschah am 25. Oktober 1974; und nicht viel später entschlossen sich die Südafrikaner zu Gegenmaßnahmen.

Für Max Stafford begann die Geschichte am ersten Tag nach seiner Rückkehr von einer zermürbenden Geschäftsreise durch Europa – Paris, Frankfurt, Amsterdam und Mailand. Vor drei Jahren hatte er sich entschlossen, seine Geschäfte auf das Ausland auszudehnen; schließlich waren multinationale Konzerne seine wichtigsten Auftraggeber. Der Aufbau der europäischen Niederlassungen war ein hartes Stück Arbeit gewesen; aber dafür lief Stafford Security Consultants jetzt schon unter einer Reihe dekorativer Firmenbezeichnungen. Neben dem englischen ›Ltd.‹ gab es das französische ›S. A.‹, das deutsche ›GmbH‹, das italienische ›SpA‹ und noch einige andere, nicht weniger wohlklingende Abkürzungen. Inzwischen dachte Stafford bereits darüber nach, wie der Sprung über den Atlantik am leichtesten zu schaffen war. Er hoffte, der Liste noch ein ›Incorporated‹ hinzuzufügen.

»Ist Mr. Ellis im Hause?« fragte er im Vorzimmer seines Büros.

»Vor fünf Minuten habe ich ihn noch gesehen«, sagte Joyce, seine Sekretärin. »Wie war die Reise?«

»Anstrengend, aber ganz erfolgreich.« Er legte ein kleines Päckchen auf den Schreibtisch. »Ihr bevorzugter Männerköder aus Paris; Kanal – oder so ähnlich. Ich bin bis auf weiteres bei Mr. Ellis.«

»Vielen Dank, Mr. Stafford«, sagte Joyce überrascht. Aber Stafford war schon aus dem Zimmer.

Jack Ellis leitete die Aktivitäten der Firma in England. Er war noch jung, aber er hatte seine Abteilung im Griff. Eine Zeitlang sprachen sie über Staffords Europareise, dann sah Ellis auf die Uhr. »Bernstein muß jeden Moment hiersein.« Er wies auf den Tisch neben seinem Sessel, auf dem mehrere dicke Aktenbündel lagen. »Hast du die Berichte gelesen?«

Stafford machte ein säuerliches Gesicht. »Nicht im Detail.«

Security Consultants sollte weiter expandieren. Um das Risiko dabei so gering wie möglich zu halten, hatte Stafford bei einer unabhängigen Beratungsgesellschaft eine weltweite Marktanalyse in Auftrag gegeben. Das kostete zwar Unsummen, aber langfristig, so hoffte er, würde es sich bezahlt machen. »Wir können das alles mit Bernstein durchgehen.« Er hatte lieber mit Menschen zu tun als mit Papieren; und gerade in diesem Fall wollte er erst den Verfasser kennenlernen, bevor er ein Urteil über seine Arbeit fällte.

Zwei Stunden später lehnte sich Stafford zufrieden zurück. Bernstein, ein Amerikaner, hatte konkrete und vernünftige Vorschläge gemacht und nicht einfach ins Blaue hinein spekuliert. Stafford war jetzt sicher, daß er den Gutachten vertrauen konnte.

Bernstein schob eine Akte beiseite. »Soviel über Australasien. Wir kommen jetzt zu Afrika.« Er griff nach einem neuen Ordner. »Afrika hat ein grundsätzliches Problem: seine politische Unsicherheit.«

»Beschränken wir uns auf die englischsprachigen Länder«, warf Stafford ein. »Für die frankophonen Teile von Afrika ist Security noch nicht stark genug.«

Bernstein nickte. »Das hieße also: die ehemaligen britischen Kolonien. Südafrika an erster Stelle.« Sie diskutierten eine Zeitlang über das Land, und Bernstein machte einige interessante Vorschläge. Dann fuhr er fort: »Als nächstes käme Zimbabwe. Es ist gerade unabhängig geworden und hat jetzt eine schwarze Führung. Welchen Weg sie gehen wird, kann im Moment niemand sagen. Ich würde es Ihnen nicht empfehlen. Tansania kommt für Sie ohnehin nicht in Frage. Das Land ist praktisch bankrott und hat keine freie Wirtschaft. Das gleiche gilt für Uganda. Aber Kenia könnte für Sie interessant sein.«

»Wieso?« fragte Ellis.

Bernstein blätterte in seinen Unterlagen. »Das Land hat eine gemischte Wirtschaft – ähnlich wie England. Keine Staatsbetriebe, dafür mehr Privatunternehmen. Die Regierung ist gemäßigt und Korruption seltener als im übrigen Afrika. Die westlichen Banken räumen Kenia gute Chancen ein. Für den Aufbau der Infrastruktur – die Modernisierung des Verkehrsnetzes zum Beispiel – fließt eine Menge Geld ins Land.« Er blickte auf. »Aber leicht hätten Sie es dort nicht – Securicor hat schon seit einiger Zeit ein Büro in Nairobi.«

Securicor war Staffards größter Konkurrent in England. »Damit könnte ich leben«, sagte Stafford lächelnd; dann wurde er ernst. »Aber ist Kenia wirklich so sicher, wie Sie sagen? Was war zum Beispiel mit dieser Mau-Mau-Geschichte vor einigen Jahren?«

»Das ist schon eine Weile her«, erwiderte Bernstein. »Damals regierten die Engländer noch. Über den Mau-Mau-Aufstand ist viel Unsinn geschrieben worden. Die Weltpresse hat daraus eine Volkserhebung gegen England gemacht, und natürlich behaupten auch die Einheimischen, sie hätten damals ihre weißen Herren aus dem Land gejagt. Tatsächlich sind aber während der ganzen siebenjährigen Unruhen nur achtunddreißig Weiße umgekommen. Für einen Aufstand gegen die Engländer ist das nicht gerade besonders erfolgreich.«

»Das ist mir alles neu.« Ellis war überrascht. »Um was ging es denn wirklich?«

Bernstein überlegte einen Augenblick. »Alle Welt wußte, daß die Engländer die Verwaltung in kenianische Hände legen wollten – das britische Empire war längst auf dem absteigenden Ast. Der Mau-Mau-Aufstand war, wenn Sie so wollen, eine moderne Stammesfehde, bei der es darum ging, welcher der Volksstämme an die Macht kommen würde, wenn die Briten das Land verließen. Die Kämpfe forderten zwar viele Opfer, aber die wenigen Weißen, die getötet wurden, hatten durchweg nur das Pech, zur falschen Zeit am falschen Ort zu sein. Als alles vorbei war, wußten die Engländer wenigstens, wem sie die Regierung übergeben sollten. Jomo Kenyatta war intelligent, gebildet und besaß alle Fähigkeiten, das Land zu führen. Vor allem erfüllte er auch die wichtigste Voraussetzung.«

»Und die war?« fragte Ellis interessiert.

Bernstein lächelte. »Er hatte einige Zeit in einem englischen Gefängnis gesessen. Kenyatta schlug einen gemäßigten Kurs ein, was viele überraschte. Er forderte die Weißen auf, im Land zu bleiben, weil er ihre Fachkenntnisse dringend brauchte. Kenia hat ihm seinen wirtschaftlichen Aufstieg zu verdanken. Vor einigen Jahren wurde dann viel spekuliert, was nach seinem Tod geschehen würde. Man befürchtete, die alten Gegensätze könnten wieder aufbrechen und das Land in einen zweiten Bürgerkrieg stürzen. Aber nichts davon trat ein. Der Wechsel vollzog sich nach demokratischen Regeln, Moi wurde Präsident. Offiziell ist das alte Stammessystem abgeschafft, und Kenia ist heute ein sicheres

Land. – Sie finden die Details ausführlich hier.« Bernstein klopfte auf den Aktendeckel.

»Gut«, seufzte Stafford. »Womit machen wir weiter?«

»Nigeria.«

Das Gespräch zog sich noch eine weitere Stunde hin, bis Stafford es nach einem Blick auf die Uhr unterbrach. »Wir müssen jetzt leider Schluß machen. Ich bin zum Essen verabredet.« Mißmutig sah er auf den Aktenberg, der sich vor ihm auf dem Tisch türmte. »Es wird einige Zeit dauern, bis ich mich da durchgearbeitet habe. Jedenfalls danke ich Ihnen für die vielen Hinweise, Mr. Bernstein.«

»Falls sich noch Fragen ergeben, stehe ich Ihnen zur Verfügung.« Bernstein war aufgestanden.

Stafford sah ihn nachdenklich an. »Ehrlich gesagt – ich weiß noch nicht, ob ich mit Security nach Afrika gehe. Die Staaten wären mir lieber – und dann vielleicht Australien. Aber ich treffe gleich einen Südafrikaner. Vielleicht stimmt er mich um.«

Stafford war mit Alix und Dirk Hendriks verabredet. Er hatte Alix vor ein paar Jahren kennengelernt, als sie noch Aarvik hieß. Ihr Vater war ein Norweger, den es nach England verschlagen hatte. Ihre Eltern waren beide im letzten Weltkrieg umgekommen. Stafford hatte damals einige Nachforschungen für sie angestellt, die ihn bis nach Nordafrika führten. Die Sache brachte ihm eine Schußverletzung an der Schulter ein und Alix Aarvik ein ansehnliches Vermögen. Eine Zeitlang hatte er mit dem Gedanken gespielt, Alix zu heiraten; seine Ehe war gerade geschieden worden. Doch es fehlte der gewisse Funke zwischen ihnen, und so waren sie gute Freunde geblieben.

Später hatte sie Dirk Hendriks geheiratet. Stafford hielt nicht besonders viel von ihm. Er mißtraute seinem äußerlichen Charme und hatte Hendriks in Verdacht, es nur auf Alix' Geld abgesehen zu haben. Unter zuviel Arbeit schien Hendriks jedenfalls nicht gerade zu leiden. Aber Stafford war ehrlich genug, sich einzugestehen, daß seine Abneigung vielleicht nur purer Neid war. Alix erwartete ein Baby.

Beim Lunch beschwerte sich Alix, daß sie Stafford viel zu selten zu sehen bekäme. »Du bist plötzlich aus meinem Leben verschwunden.«

»Es gibt Leute, die arbeiten müssen«, sagte Stafford, ohne daran zu denken, daß Dirk Hendriks das als Seitenhieb auffassen könnte.

»Ich bin durch ganz Europa gehetzt, damit ein paar Fluggesellschaften wieder ein bißchen Geld in die Kasse kriegen.«

»Also immer noch dabei, das Geschäft auszubauen?«

»Solange es Firmen und Leute gibt, die Unterlagen und Geheimsachen schützen müssen, habe ich genug zu tun. Ich würde gern nach Amerika gehen.« Er lehnte sich zurück, damit der Kellner abräumen konnte. »Heute morgen hatten wir interessanten Besuch im Büro. Jemand hat uns vorgeschlagen, eine Niederlassung in Südafrika aufzumachen. Was hältst du davon, Dirk?«

Hendriks lachte. »Das ist keine schlechte Idee. Geheimes Material gibt es in Südafrika bestimmt genug.«

Stafford schüttelte den Kopf. »Ich habe mich gegen Afrika entschieden. Es gibt genug andere Möglichkeiten für Security, und irgendwie behagt mir der Gedanke an den Schwarzen Kontinent nicht.«

An den letzten Satz sollte sich Stafford in nicht allzu ferner Zukunft noch schmerzlich erinnern.

2

New York glühte in der stickigen Hitze eines der letzten Julitage. Ben Hardin hatte seine Arbeit liegengelassen, um sich in der Bar gegenüber, in der er Stammgast war, ein kühles Bier zu genehmigen. Als er ins Büro zurückkam, sagte Jack Richardson, der am Schreibtisch neben ihm saß: »Gunnarson hat nach dir gefragt.«

»Und was hat er gewollt?«

Richardson zuckte die Achseln. »Hat er nicht gesagt.«

Hardin war gerade dabei, die Jacke auszuziehen. Er hielt inne und zog sie dann wieder an. »Wann will er mich sprechen?«

»Gestern«, sagte Richardson trocken. »Er war ziemlich gereizt.«

»Dann geh' ich wohl besser gleich zu ihm«, sagte Hardin mürrisch.

»Wo zum Teufel bist du gewesen?« empfing ihn Gunnarson.

»Eine Ermittlung in der Myerson-Sache«, log Hardin und nahm sich vor, das auch in den Akten zu vermerken. Gunnarson machte manchmal Stichproben.

Gunnarson legte seine Hände flach auf die Schreibtischplatte und starrte Hardin an. Er war untersetzt, breitschultrig und sah aus wie aus einem Block Granit herausgemeißelt. Trotz der Hitze trug er wie immer einen Blazer. Es hieß von ihm, er besäße keine Schweißdrüsen. »Die Geschichte kannst du vergessen«, sagte Gunnarson. »Ich hab' was anderes für dich.« Er schob Hardin einen dünnen Umschlag hin. »Und damit wir uns richtig verstehen – wenn du die Sache klärst, gibt's eine Prämie. Wenn nicht, fliegst du raus. Wir haben dich lange genug mit durchgeschleppt.«

Hardin sah ihn unentwegt an. »Das ist ein klares Wort. – Und weshalb ist die Sache so wichtig?«

Gunnarson trommelte nervös mit den Fingern. »Das weiß ich nicht. Ein englischer Anwalt braucht ein paar Informationen. Du sollst herausfinden, was mit einem gewissen Adriaan Hendriks passiert ist. Er ist irgendwann Anfang 1930 aus Südafrika in die Staaten gekommen. Alles ist wichtig; besonders, ob er verheiratet war und Kinder hatte. Wenn ja, stöber ihn auf.«

»Das gibt einige Lauferei«, sagte Hardin nachdenklich. »Wen kann ich dafür einsetzen?«

»Niemand. Du hast selbst zwei Beine.« Gunnarson wurde grob. »Wenn du so einen miesen kleinen Auftrag nicht hinkriegst, weiß ich wenigstens endlich, daß Gunnarson Associates dich nicht mehr brauchen kann. Und jetzt hör zu. Du setzt dich in deinen Wagen, fährst los und findest diesen Typ. Ganz alleine. Wenn du aus New York raus mußt, läßt du dich auf keinen Fall in einem der Regionalbüros sehen.«

»Und warum nicht?«

»Weil ich das nicht will, und hier bestimme ich. Jetzt kannst du gehen.«

Als Hardin wieder an seinem Schreibtisch saß, begriff er verärgert, daß ihm ein Ultimatum gestellt worden war. Er öffnete den Umschlag und fand ein einziges Blatt Papier, einen Computerausdruck, der nichts enthielt, was Gunnarson ihm nicht schon gesagt hatte. Nicht einmal der Hafen, in dem Adriaan Hendriks an Land gegangen war, war vermerkt.

»Es ist zum Kotzen«, fluchte Hardin.

Vielleicht zum tausendsten Mal, er hatte das Zählen längst aufgegeben, wünschte sich Hardin einen anderen Beruf. So oft er in irgendeinem schäbigen Motelzimmer aufwachte, stieg derselbe Gedanke in ihm auf. ›Ich brauch' einen neuen Job.‹ Dann folgte automatisch: ›Dieser Scheißkerl Gunnarson.‹ Mechanisch zündete er sich dabei die erste Zigarette an, und der Tag begann mit einem Hustenanfall.

Der Gedanke fraß sich in sein Hirn, wenn er sich vor dem ewig gleichen Einheitsfrühstück der Highway-Restaurants niederließ, und blieb im Hintergrund, wenn er an irgendeine Tür klopfte, um irgendwelche Fragen zu stellen. Es war wie mit dem Franzosen, den angeblich alles an Sex erinnerte, nur daß Hardin immer daran denken mußte, wie heruntergekommen sein Leben war. Das hatte ihn mit der Zeit reizbar und zynisch gemacht.

Und ausgerechnet jetzt goß es in Strömen. Das Wasser staute sich knöcheltief im Rinnstein, die Abflüsse liefen über, und Hardin hatte das Gefühl, sein Wagen könnte jeden Moment weggespült werden. Wenn er ausstieg, würde er in weniger als zehn Sekunden bis auf die Haut durchnäßt sein. Also wartete er wie ein Gefangener in seinem Blechkäfig, daß der Regen nachließe.

Und das passierte ihm ausgerechnet in Kalifornien – in Los Angeles, der Stadt der Engel. Die Vorstellung einer zitternden Engelsschar, die sich mit durchnäßten Flügeln auf einer schwarzen Wolke zusammendrängte, ließ ihn müde grinsen. Wenn es zutraf, daß New York morgen nachmachte, was heute in Kalifornien geschah, dann war es langsam an der Zeit, mit dem Bau einer Arche zu beginnen. Hardin fragte sich, ob es im New Yorker Telefonbuch wohl einen Mr. Noah gab.

Während Hardin in den Regen hinausstarrte, mußte er wieder an die letzten Wochen denken. Zuerst hatte er bei der Einwanderungsbehörde nachgefragt. Angeblich sollten die dreißiger Jahre eine schlechte Zeit für Einwanderer gewesen sein – man hatte nur 528431 Auserwählte ins Land gelassen. McDowell, der Beamte, der mit ihm die Unterlagen durchsah, erklärte, er könne von Glück sagen – in den Zwanzigern waren über vier Millionen gekommen.

»Außerdem macht Südafrika die Sache leicht«, sagte McDowell. »Von da wandern nicht viele aus.«

Er hatte recht – aber einen Adriaan Hendriks fanden sie trotzdem nicht.

»Manchmal ändern sie die Namen«, sagte McDowell wenig später. »Oder auch nur die Schreibweise. Ich habe hier einen Adrian Hendrix ...« Er buchstabierte. »Vielleicht ist es der, den Sie suchen. Er ist über New Orleans gekommen.«

»Das ist mein Mann.« Erleichtert atmete Hardin auf.

Bisher hatte die Suche zwei Wochen gedauert.

Weitere Nachforschungen ergaben, daß Hendrix fünf Jahre später die amerikanische Staatsbürgerschaft erworben hatte. In Clarksville, Tennessee. Genauer gesagt, er hatte dort geheiratet. Das herauszufinden, hatte Hardin drei weitere Wochen gekostet und einiges an Kilometern auf dem Tacho.

Adrian Hendrix hatte die Tochter eines Futtermittelhändlers geheiratet, und es wäre ihm sicherlich blendend gegangen, wenn er nicht eine kostspielige Schwäche gehabt hätte. Nach dem Tod seines Schwiegervaters im Jahre 1940 setzte er den Gewinn aus dem Geschäft immer schneller in Alkohol um, woran er schließlich auch gestorben war. Aber er hatte einen Sohn hinterlassen, Henry Hendrix, geboren 1945.

Hardin blickte mißmutig auf seine Notizen. Daß er jetzt den Sohn suchen mußte, machte seine Aufgabe nicht leichter. Er hatte Gunnarson Bericht erstattet, aber der hatte ihn nur unwirsch aufgefordert, den Jungen aufzutreiben. In den folgenden Wochen war Hardin keinen Schritt weitergekommen. Henry Hendrix war ein Drop-out. Nachdem er von der Schule verschwunden war, hatten sich seine Spuren verloren. Aber Ausdauer und Glück hatten Hardin nach Kalifornien gebracht, ins San Fernando Valley, wo er jetzt in seinem Wagen gefangen saß.

Nach einer Dreiviertelstunde ließ der Regen nach, und Hardin entschloß sich, auszusteigen. Er fluchte, als er in eine tiefe Pfütze trat und ihm das Wasser in die Schuhe lief. Dann trabte er die Straße hinunter und auf das adrette weiße Haus zu, das er die ganze Zeit im Auge behalten hatte. Unter dem Vordach klopfte er sich die Nässe vom Mantel. Als er den Klingelknopf drückte, schlug im Haus ein Glockenspiel an.

Kurz darauf wurde die Tür vorsichtig geöffnet, soweit es die Kette zuließ, und ein Auge und eine Nase erschienen in dem Spalt. »Ich suche einen gewissen Henry Hendrix«, sagte Hardin und ließ sein Notizbuch aufspringen. »Er soll hier wohnen.«

»Hier wohnt keiner, der so heißt.« Die Tür begann sich wieder zu schließen.

»Aber es ist doch 82, Thorndale?« fragte Hardin schnell.

»Schon, aber ich heiße Parker. Einen Hendrix gibt's hier nicht.«

»Wie lange wohnen Sie denn schon hier, Mr. Parker?«

»Wer will das wissen?«

»Entschuldigen Sie.« Er zog eine Visitenkarte aus seiner Brieftasche und steckte sie in den Türspalt. »Mein Name ist Hardin.«

Zwei Finger griffen nach der Karte und verschwanden wieder. »Gunnarson Associates«, sagte Parker. »Sind Sie ein privater Schnüffler?«

»So kann man das auch nennen«, sagte Hardin müde.

»Dieser Hendrix hat Schwierigkeiten?«

»Nicht, daß ich wüßte, Mr. Parker. Vielleicht hab' ich sogar eine gute Nachricht für ihn.«

»Also gut. Wir wohnen hier seit acht Monaten.«

»Und von wem haben Sie das Haus gekauft?«

»Nicht gekauft«, sagte Parker. »Gemietet. Es gehört einer reichen alten Hexe aus Pasadena.«

»Und Sie wissen nicht zufällig, wie der Vormieter hieß? Hat er keine Adresse hinterlassen?« Hardins Stimme klang müde.

»Nein.« Parker schien nachzudenken. »Aber vielleicht weiß meine Frau was. Die hat damals alles erledigt.«

»Könnten Sie sie wohl fragen?«

»Ja. Warten Sie einen Moment.« Die Tür schloß sich, und Hardin starrte auf die abblätternde Farbe. Er hörte Stimmengemurmel im Haus, und dann wurde die Tür wieder geöffnet. Eine Frau musterte ihn und verschwand wieder. Dann hörte er ihre Stimme. »Nimm die Kette von der Tür, Pete.«

»Aber Milly, du weißt doch, was sie uns über Los Angeles erzählt haben ...«

»Nimm die Kette ab«, wiederholte Milly bestimmt. »Was ist das für ein Leben hinter Schloß und Riegel!«

Wieder wurde die Tür geschlossen, Hardin hörte ein Rasseln, dann wurde ihm weit geöffnet. »Kommen Sie herein«, sagte Mrs. Parker. »Bei diesem Wetter jagt man ja nicht einmal einen Hund vor die Tür.«

Dankbar trat Hardin in den Flur. Parker war ungefähr fünfundvierzig Jahre alt, ein untersetzter Mann mit einem harten, verschlossenen Gesicht. Aber Mrs. Parker lächelte Hardin an. »Sie wollen etwas über die Hendersons wissen, Mr. Hardin?«

Hardin fühlte ein Schwächegefühl in sich aufsteigen. »Hendrix, Mrs. Parker.«

»Ich hätte schwören können, daß sie Henderson hießen. Aber kommen Sie doch herein, und setzen Sie sich.«

Hardin schüttelte den Kopf. »Ich bin naß und möchte Ihren Teppich nicht ruinieren. Außerdem will ich Sie nicht zu lange belästigen. Sie glauben, daß der vorige Mieter Henderson hieß?«

»Ja. Aber ich kann mich täuschen. Das passiert mir öfter.« Sie lachte.

»Hat er vielleicht eine Nachsendeanschrift hinterlassen?«

»Ich glaube, ich habe sie mir irgendwo aufgeschrieben«, sagte sie unsicher. »Ich muß nachschauen.«

Hardin sah Parker an und versuchte mit ihm ins Gespräch zu kommen. »Ist das Wetter hier oft so?«

»Das weiß ich nicht«, sagte Parker knapp. »So lange wohnen wir hier noch nicht.«

Hardin hörte, wie im Zimmer nebenan Schubladen aufgezogen wurden und Papier raschelte. Er machte einen zweiten Versuch. »Ich hab' immer gedacht, hier schiene dauernd die Sonne. Oder ist das in Florida?«

»Da regnet es auch«, brummte Parker. »Aber glauben Sie nicht, daß Ihnen das von der Handelskammer erzählt wird.«

Mrs. Parker kam zurück. »Ich hab' nichts gefunden«, erklärte sie. »Es stand auf einem kleinen Stück Papier.« Sie runzelte die Stirn. »Vielleicht bekomm' ich es noch zusammen. Ich weiß, es war am Ventura Boulevard; Sherman Oaks, glaub' ich, oder Encino.«

Hardin zuckte zusammen. Der Ventura Boulevard war mindestens hundert Meilen lang. »Hast du den Zettel nicht diesem anderen Burschen gegeben?« sagte Parker plötzlich.

»Was für ein Bursche?« fragte Hardin.

»Ja, natürlich, jetzt weiß ich's wieder«, sagte Mrs. Parker. »Ein netter junger Mann. Er hat auch nach Henderson gefragt.«

Hardin seufzte. »Hendrix«, sagte er. »Und wer war dieser nette junge Mann?«

»Wir haben ihn nicht gefragt«, sagte Parker. »Aber er muß Ausländer gewesen sein – bestimmt kein Amerikaner. Er hatte einen merkwürdigen Akzent.«

Hardin stellte noch ein paar Fragen, aber die Parkers wußten jetzt auch nichts mehr. »Kann ich dann die Adresse der Hausbesitzerin haben? Vielleicht kann sie mir weiterhelfen.« Er bekam die Anschrift und auch die des Maklers, der den Mietvertrag ausgestellt hatte. Er sah auf die Uhr, es war spät geworden. »Wissen Sie, wo ich in der Nähe ein gutes Motel finde?«

»Ja.« Mrs. Parker überlegte einen Augenblick. »Fahren Sie nach Süden bis Riverside, dann halten Sie sich westlich. Vor der Abzweigung nach Laurel Canvon gibt es mehrere.«

Hardin bedankte sich noch einmal und verließ das Haus. Hinter ihm schlug die Tür zu, und er hörte, wie die Kette wieder eingehakt wurde. Es regnete immer noch; nicht mehr in Strömen, aber als er endlich in seinem Wagen saß, war er naß bis auf die Haut. Niedergeschlagen fuhr er davon.

Das Motel war gewöhnlicher Durchschnitt, aber trocken. Hardin zog seinen nassen Anzug aus und hängte ihn über die Badewanne. Der Anzug mußte gebügelt werden; er fragte sich, was Gunnarson zu dem Posten auf der Spesenabrechnung sagen würde. Dann zog er das Hemd aus und hängte es daneben. Nur noch in der Unterwäsche trottete er ins Schlafzimmer hinüber und setzte sich an den Tisch vor dem Fenster. Aus seiner Aktentasche nahm er ein Bündel Unterlagen, breitete sie vor sich aus und starrte sie mutlos an. Seine Schultern waren nach vorne gesunken, und er sah aus wie das, was er war – ein Versager. Ein Mann von fast schon fünfundfünfzig Jahren, mit einem Spitzbauch, dessen einstmals muskulöse Figur allmählich aus dem Leim ging, dessen Hirn sich langsam in gehaltlosen Brei verwandelte und dem die Schuppen immer mehr Haare vom Kopf fraßen. So oft er auf seinen Kamm sah, ekelte es ihn vor sich selbst.

Dabei hatte Ben Hardin einmal viel vom Leben erwartet. Er studierte Sprachen an der Universität von Illinois, als sich ein Anwerber an ihn heranmachte. Es hatte ihm geschmeichelt. Obwohl der Mann sehr vorsichtig gewesen war, ließ Hardin sich nichts vormachen. Jeder wußte damals, wofür geworben wurde. Schließlich hatte er den Versprechungen und den Appellen an seinen Patriotismus nachgegeben. Der kalte Krieg war auf dem Höhepunkt und jeder Rote ein Feind.

Sie hatten ihn genommen und ihm das Schießen beigebracht – Revolver, Gewehr, Maschinenpistole – und den Kampf ohne Waffen; er lernte, wie man mit Schnaps umgeht und andere binnen kurzem betrunken macht; sie brachten ihm bei, wie man Nachrichten verschlüsselt und weitergibt und wie ein Funkgerät funktioniert. Dann meldete er sich in Langley zum Dienst, als ein flügge gewordener CIA-Agent. Aber dort hörte er als erstes, daß er von nichts eine Ahnung habe und die kleinste Nummer in der ganzen Firma sei.

In den folgenden Jahren sammelte Hardin Erfahrungen. Er arbeitete in Australien, England, Deutschland und Ostafrika. Manchmal hatte er sogar zu Hause einen Auftrag zu erledigen. Er fand das sonderbar, weil nach dem Gesetz die Staaten der Tummelplatz des FBI waren, auf dem der CIA nichts zu suchen hatte. Aber er gehorchte den Befehlen und tat, was man ihm sagte. Schließlich spielte sich mehr als die Hälfte seiner Arbeit in den Vereinigten Staaten ab.

Dann kam Watergate, und alles brach auseinander. Die Firma hatte plötzlich mehr Löcher als ein Sieb, und jeder versuchte, die undichten Stellen zu stopfen. Aber auf jeden loyalen Mann schienen zwei Informanten zu kommen. Die Zeitungen lasen sich wie Auszüge aus dem Geheimarchiv; allmählich wurde die Sache heiß. Es kam zu regelrechten Umstürzen, als sich die Chefetage gegen die Angriffe der Politiker verteidigte. Ein Direktor folgte dem anderen; jeder versprach der Öffentlichkeit, in dem Saustall aufzuräumen. Und natürlich mußten Köpfe rollen; Hardins auch.

Er war aufrichtig bestürzt gewesen über das, was mit der Firma und ihm selbst geschehen war. Er hatte sich immer als einen treuen Diener seines Landes gesehen, und jetzt hatte das Land ihn gefeuert. Er war verzweifelt. Und in dieser Situation hatte Gunnarson ihn angesprochen. Sie verabredeten sich in einer Bar in Washington, die damit warb, alle Biersorten der Welt auf Lager zu haben. Hardin kam zu früh. Er bestellte sich eine Flasche Swan, das er noch aus Australien kannte, und wartete. Ihr Gespräch begann allgemein. Sie sprachen darüber, wie das Land langsam vor die Hunde ging und was es Neues in Langley gab. Endlich kam Gunnarson zur Sache. »Was wirst du jetzt machen, Ben?«

Hardin zuckte die Achseln. »Was kann ich schon tun? Als Agent taugt man nicht besonders für das zivile Leben.«

»Sag das nicht«, meinte Gunnarson. »Fletcher und ich machen in New York einen Laden auf.«

»Was wollt ihr tun?«

»Dasselbe wie bisher, nur in Zivil. Die großen Konzerne arbeiten doch ebenso wie die Regierungen. Manche Länder haben sogar weniger Macht als die Multis. Und die haben genug Geheimnisse, die geschützt werden müssen oder die Konkurrenz interessieren. Mein Gott, Ben, das ist eine riesengroße Chance. Wir müssen das Geschäft nur an uns ziehen, bevor die anderen, die in Langley rausgeflogen sind, auf dieselbe Idee kommen. Wenn wir zu lange warten, wird die Konkurrenz hart. Laß diesen Watergate-Mist noch länger dauern, und du kannst an jeder Ecke einen geschaßten Agenten anheuern.«

Hardin nahm einen großen Schluck von seinem Bier. »Und ich soll mitmachen?«

»Natürlich. Ich such' mir jetzt das Beste von der alten Garde zusammen, handverlesen, und du gehörst dazu – wenn du willst. Mit unserer Erfahrung muß die Sache einfach laufen.« Er grinste. »Und wir haben doch alle noch unseren Draht nach Langley.«

»Hört sich gut an«, sagte Hardin.

»Der Haken ist, daß wir ein bißchen Startkapital brauchen«, sagte Gunnarson. »Wieviel könntest du einschießen?«

Zwischen Geld und Hardin bestand eine merkwürdige Beziehung – sie konnten einfach nicht zusammenkommen. Er hatte es versucht, immer wieder. Aber seine Wetten verloren stets, und die Anlagen gingen pleite. Manchmal hatte Hardin das Gefühl, im windstillen Auge eines Hurrikans zu stehen, der jede Dollarnote von ihm wegriß. Seine Ehe war daran mindestens ebenso gescheitert wie an den Spannungen, die seine Arbeit mit sich brachte. Und die Unterhaltszahlung, die jetzt alle drei Monate fällig war, ließ den Wirbel nur noch schneller drehen.

Er schüttelte den Kopf. »Nicht einen Schein«, sagte er. »Ich bin total blank. Am Dienstag ist Annettes Scheck fällig, und ich weiß heute noch nicht, wovon ich ihn zahlen soll.«

Gunnarson sah ihn enttäuscht an. »Das ist schlimm.«

»Noch schlimmer«, sagte Hardin düster. »Ich muß so schnell wie möglich einen Job finden, und ich muß Annette solange hinhalten. Das reicht mir im Moment völlig.«

»Und ich hatte gehofft, du könntest bei uns einsteigen. Ich hätte niemanden lieber dabei als dich. Fletcher ist auch der Meinung. Erst neulich haben wir darüber gesprochen, wie gekonnt du diesen Typ in Daressalam ausgeschaltet hast.« Seine Finger trommelten nervös auf den Tisch. »Also schön, du hast kein Geld. Dann müssen wir eben einen anderen Weg finden. Es ist zwar nicht dasselbe, als wenn du unser Partner geworden wärst, aber wir wollen dich auf alle Fälle dabeihaben.«

Sie handelten einen Vertrag aus, und Hardin begann für Gunnarson & Fletcher, Inc., zu arbeiten, als Angestellter mit einem annehmbaren Gehalt. Anfangs lief alles ganz gut, aber mit den Jahren wurde Gunnarson immer unfreundlicher. Die sogenannte Partnerschaft zerfiel; schließlich drängte er Fletcher aus dem Geschäft, das in Gunnarson Associates umbenannt wurde. Und Gunnarson ließ jeden spüren, daß er jetzt allein regierte.

Hardin verlor jeden Ehrgeiz und jeden Elan. Früher hatte er einer höheren Sache gedient; damit konnte man eine Menge entschuldigen. Jetzt ging es nur noch darum, irgendwelchen Aktienbesitzern die Dividende zu sichern oder einen Platz im Aufsichtsrat. Und vieles, was er dafür tun mußte, war absolut illegal.

Nachdem er ein paarmal versagt hatte, wurde Gunnarson noch frostiger. Hardin merkte, daß er degradiert worden war. Er mußte die Laufarbeit erledigen und bekam nur noch Ermittlungen zugewiesen, die sowieso kein anderer machen wollte. Wie zum Beispiel die Hendrix-Sache.

Hardin lag auf dem Bett in seinem Motelzimmer und blies einen Rauchring zur Decke. Na los, Hardin, feuerte er sich an. Du hast diesen Hendrix doch fast. Denk an die Prämie von Gunnarson. Denk an Annettes Scheck.

Ihm fiel wieder ein, daß Parker ihn einen privaten Schnüffler genannt hatte. Parker mußte zu viele Romane gelesen haben. Aber natürlich, hier war Chandler-Country, Philip Marlowes Jagdrevier. Also los, du Marlowe-Imitation, beweg deinen Hintern und mach was.

Er schwang die Beine über die Bettkante und setzte sich auf. Es war noch nicht zu spät, um die Besitzerin von Parkers Haus in Pasadena anzurufen. Er stellte sich das Telefon auf das Bett, schlug sein Notizbuch auf und wählte. Am anderen Ende meldete sich eine Frauenstimme.

»Mrs. White?«

»Am Apparat.«

»Mein Name ist Hardin, ich arbeite für Gunnarson Associates in New York. Sie besitzen doch ein Haus in Nord-Hollywood.«

»Ich habe mehrere Häuser in Nord-Hollywood«, sagte sie. »Welches meinen Sie?«

»82, Thorndale, der Mieter ist ein Mr. Parker.«

»Das Haus gehört mir. Ich habe es Mrs. Parker vermietet.«

»Ich weiß. Mich interessiert der vorige Mieter, Mrs. White. Ein gewisser Hendrix. Henry Hendrix.«

»Oh, der!« Ihre Stimme bekam einen scharfen Unterton. »Was war noch Ihr Beruf, Mr. Hardin?«

»Ich bin Privatdetektiv.«

»Ein Privatdetektiv«, wiederholte Mrs. White gedehnt. »Wie interessant. Was wollen Sie von Hendrix? Sicher etwas Wichtiges.«

Hardin spürte ihre wachsende Neugier. »Das kann ich Ihnen leider nicht sagen, Mrs. White. Ich muß ihn nur finden. Alles andere ist nicht meine Sache.«

»Aber ich hoffe, der junge Mann bekommt seine gerechte Strafe«, sagte sie hart. »Er hat mir das Haus, von dem Sie sprechen, *verwüstet*. Dreieinhalbtausend Dollar hat es mich gekostet, den Schaden reparieren zu lassen, den er und seine Freunde angerichtet hatten.«

»Das tut mir leid«, Hardin versuchte, seine Stimme aufrichtig klingen zu lassen. »Aber wie konnte das passieren?«

»Er – Hendrix, meine ich – mietete das Haus und war auch mit meinen Bedingungen einverstanden. Ich konnte doch nicht wissen, daß er der Anführer einer Kommune war. Sie wissen doch, diese jungen Leute, die immer mit ungewaschenen Füßen herumlaufen und bei denen die Männer Stirnbänder tragen.« Hardin mußte lächeln. »Mrs. Parker sagt, daß es heute noch im Haus nach Marihuana riecht. Und der Dreck, den sie zurückgelassen haben – Sie würden es nicht glauben.«

»Und wann sind sie ausgezogen?«

»Sie sind nicht *ausgezogen*«, sagte Mrs. White triumphierend. »Ich habe sie rausschmeißen lassen, von der Bezirkspolizei.«

»Und wann war das?«

»Vor neun ... nein, vor zehn Monaten.«

»Und wissen Sie, wo Hendrix hingezogen ist?«

»Nein. Es interessiert mich auch nicht. Von mir aus können sie alle ertrunken sein, aber das hätte uns wahrscheinlich das Wasser vergiftet.«

»Aber Sie wissen, daß Hendrix der Anführer war?«

»Er hat die Miete gezahlt.« Einen Moment war es still in der Leitung. »Eigentlich glaube ich nicht, daß er der Anführer war. Wahrscheinlich haben die anderen ihn nur vorgeschickt, weil er noch am saubersten aussah. Der Anführer muß der Kerl gewesen sein, den sie Biggie nannten. Ein riesiger Bursche – groß wie ein Haus und breit wie ein doppelter Kassenschrank.«

Hardin machte sich eine Notiz. »Wissen Sie, wie er heißt – ich meine, seinen Nachnamen?«

»Nein. Sie nannten ihn nur Biggie. Er hatte lange, blonde Haare, die bestimmt seit Monaten nicht gewaschen worden waren. Er brauchte ein Stirnband, damit sie ihm nicht ins Gesicht hingen. Und einen struppigen Bart hatte er. Sein Hemd war immer bis zur

Taille offen. Widerlich! Und auf der Brust trug er so ein merkwürdiges Ding.«

»Ein was, bitte?«

»Ein Kreuz, aber kein christliches. Es hatte oben eine große Schleife, durch die eine Kette lief. Es sah aus wie Gold. Man mußte immer hinsehen, weil das Hemd so weit auf war.«

»Gab es auch Frauen in der Kommune?«

»Natürlich liefen da auch diese Flittchen rum. Aber mit denen hatte ich nichts zu tun. Ich will Ihnen was sagen, Mr. Hardin. Das waren so viele, daß sie wie die Ölsardinen geschlafen haben müssen. Jungfrauen waren diese Schlampen bestimmt nicht mehr – und verheiratet sind sie natürlich auch nicht.«

»Sie haben sicherlich recht«, sagte Hardin.

»Orgien haben die gefeiert.« Sie schien das Wort zu genießen. »Wir haben Unmengen von Räucherstäbchen gefunden und merkwürdige Tonfiguren. Die sahen nicht aus, wie Gott den Menschen geschaffen hat. Da wußte ich, daß es richtig war, den Kerl rauszuschmeißen. Vielleicht war er ein neuer Charles Manson. Davon haben Sie doch gehört?«

»Ja, natürlich.« Hardin klappte sein Notizbuch zu. »Herzlichen Dank für Ihre Hilfe, Mrs. White. Sie haben mir wirklich viel Neues erzählt.«

»Werden Sie dieses Pack jetzt ins Gefängnis bringen?«

»Ich bin nur Privatdetektiv, Mrs. White. Aber wenn sich herausstellen sollte, daß dieser Hendrix irgendeine Straftat begangen hat, werde ich natürlich die Polizei informieren. Noch einmal vielen Dank.«

Er legte den Hörer auf die Gabel, zündete sich eine Zigarette an und ließ sich aufs Bett zurückfallen. Räucherstäbchen und sonderbare Tonfiguren! Und das merkwürdige Kreuz mit der Schleife war höchstwahrscheinlich ein altägyptisches Lebenssymbol. Er schüttelte den Kopf. Gott im Himmel, worauf die jungen Leute heutzutage nicht verfielen!

Einen Augenblick überlegte Hardin noch, wer außer ihm selbst noch nach Henry Hendrix gefragt haben konnte. Dann schlief er ein. Seine Zigarette verglomm im Aschenbecher.

3

Am nächsten Tag war der Himmel wolkenlos und die Luft erfrischend klar. Hardin verstaute sein Gepäck im Wagen und fuhr zum Haupteingang des Motels. Er stieg aus und wollte zuerst seinen Augen nicht trauen. Über den ganzen nördlichen Horizont zog sich eine Bergkette, deren Gipfel noch in Schnee gehüllt waren. Sie mußten mindestens dreitausend Meter hoch sein. Es sah aus, als sei über Nacht eine riesige Theaterkulisse aufgebaut worden.

»Hollywood«, murmelte Hardin und ging ins Haus, um zu frühstücken.

Als er später seine Kreditkarte wieder in die Brieftasche schob, fragte er die Frau, die ihm die Rechnung ausgestellt hatte: »Entschuldigen Sie – wie heißen eigentlich die Berge da draußen?«

Sie hob nicht einmal den Blick von ihrem Schreibtisch. »Welche Berge?«

»Die Bergkette da draußen mit den schneebedeckten Spitzen.«

Die Frau sah ihn abschätzend an. »Wollen Sie mich auf den Arm nehmen? Da draußen gibt es keine Berge.«

»Mein Gott«, sagte Hardin gereizt. »Sie stehen doch praktisch auf Ihrer Türschwelle.«

»Das muß ich sehen.« Sie kam hinter ihrem Tisch hervor und begleitete ihn vor die Tür. »Das kann nicht wahr sein!« Sie schnappte vor Überraschung nach Luft. »Das sind die San Gabriels. Ich habe sie seit zehn Jahren nicht mehr gesehen.«

»Wie ist das nur möglich?« fragte Hardin.

Ihre Augen leuchteten. »Das muß der Regen gewesen sein. Er hat den ganzen Smog aus der Luft gewaschen. Schauen Sie sich das gut an«, sagte sie zu Hardin. »So schnell werden Sie den Anblick nicht wieder genießen können.«

»Verrückt!« Er schüttelte den Kopf und ging zu seinem Wagen.

Auf der Fahrt in die Stadt waren seine Gedanken noch immer bei den Merkwürdigkeiten von Los Angeles. Mit einer Stadt, die eine Bergkette von dreitausend Metern Höhe und bestimmt vierzig Meilen Länge aus den Augen verlieren konnte, mußte einfach irgendwas nicht in Ordnung sein. Er mochte Los Angeles nicht und wäre auch freiwillig nie hingefahren. Die Stadt war ihm zu sehr nach allen Seiten gewuchert, in einer monotonen Formlosigkeit, die alle Teile gleich aussehen ließ. Er haßte die verrückte Architektur. Hardin verstand die Leute nicht, die Zeit und Geld für eine Fahrt nach Disneyland verschwendeten – ganz L. A. war ein einziges Disneyland. Außerdem vertrug er das Klima der Stadt nicht. Der Smog verhüllte die Sonne und verursachte Schleimhautreizungen. Wenn es nicht regnete, rasten Buschfeuer über die Hügel und brannten ganze Siedlungen nieder. Kam dann der Regen, fiel an einem Tag so viel, daß es für die nächsten zwölf Monate reichte, und bei Malibu schoben Schlammwellen die Häuser ins Meer. Jeden Tag konnte der San-Andreas-Graben wieder aufbrechen und alles in einen Haufen Schutt verwandeln. Wer lebte schon freiwillig in so einer Stadt?

Antwort: fünf Millionen Verrückte. Womit er wieder bei Hendrix, Biggie und der Kommune war. Gunnarson oder nicht Gunnarson, er würde jetzt zu Charlie Wainwright fahren.

Das Zweigbüro von Gunnarson Associates lag am Hollywood Boulevard, in der Nähe von Grauman's Chinese Theatre. Die Sekretärin war kaum mit Hardins Visitenkarte verschwunden, als Charlie Wainwright, der die Abteilung Westküste leitete, ihn schon hereinrief. »Ben, was treibt dich denn in diese Gegend?«

»Ich wollte mal eure Slums besichtigen.« Hardin setzte sich. »Du glaubst doch nicht, daß ich freiwillig hier bin?«

»Immer noch der alte Griesgram.« Wainwright sah zum Fenster. »Und das an so einem schönen Tag.«

»Ich weiß schon, dem letzten für die nächsten zehn Jahre«, sagte Hardin. »Ich kann dir einen heißen Tip geben, Charlie. Vom Mulholland Drive hast du heute einen einmaligen Blick auf die San Gabriels. Aber warte nicht zu lange; morgen sind sie wieder verschwunden.«

»Das ist gar keine schlechte Idee, Ben.« Wainwright lehnte sich bequem in seinem Sessel zurück. »Aber was kann ich für dich tun?«

»Hast du einen Draht zur Bezirkspolizei?«

»Das kommt darauf an, was du willst«, sagte Wainwright vorsichtig.

Hardin beschloß, Hendrix erst einmal nicht zu erwähnen. »Ich suche einen gewissen Biggie. Er lebt in einer Kommune. Vor zehn Monaten haben die Leute vom Sheriff sie drüben in Nord-Hollywood hochgenommen.«

»Nicht das L. A. P. D.?« fragte Wainwright zweifelnd.

Hardin war sicher, daß Mrs. White das Los Angeles Police Department nicht erwähnt hatte, aber er überflog noch einmal seine Notizen. »Nein, mein Informant hat nur die Bezirkspolizei erwähnt.«

»Und was willst du jetzt?«

»Biggie sprechen.«

»Das muß sich machen lassen.« Wainwright dachte einen Augenblick nach. »Es kann aber etwas dauern.«

»Hoffentlich nicht zu lange.« Hardin stand auf. »Und tu mir einen Gefallen, Charlie, vergiß meinen Besuch bei dir. Du hast mich nicht gesehen, besonders, wenn Gunnarson fragt.«

»Wie kommst zu inzwischen mit ihm zurecht?«

»Nicht schlecht«, sagte Hardin unverbindlich.

Zwei Stunden später wartete er in einem Café gegenüber der City Hall auf einen Polizisten von der Bezirksbehörde. »Besser, wenn du nicht in sein Büro gehst«, hatte Wainwright gesagt. »Das könnte Schwierigkeiten geben, du hast keine Lizenz für diesen Bundesstaat. Was macht Gunnarson für Sachen, Ben? So was erledigen doch sonst die Regionalbüros.«

»Vielleicht will er mich ärgern.« Hardin mußte an die vielen Stunden denken, die er auf der Autobahn verbracht hatte. Er wollte gerade Kaffee bestellen, als ein Schatten auf seinen Tisch fiel.

»Sind Sie der Mann, der Olaf Hamsun sucht?«

Hardin hob den Kopf und sah einen großen, hageren Mann in Uniform. *»Wen?«*

»Auch Biggie genannt. Ein großer, blonder, skandinavischer Frankenstein.«

»Den suche ich.« Er streckte eine Hand aus. »Ich bin Ben Hardin. Trinken Sie einen Kaffee?« Der andere nickte, und Hardin hielt einer vorbeilaufenden Bedienung zwei Finger entgegen.

»Jack Sawyer.« Er setzte sich Hardin gegenüber. »Was wollen Sie von Biggie?«

»Nichts. Aber er ist befreundet mit Henry Hendrix, und mit dem möchte ich mich ein bißchen unterhalten.«

»Hendrix«, sagte Sawyer nachdenklich. »Jung – vielleicht sechsundzwanzig oder siebenundzwanzig Jahre, ungefähr einsfünfundsiebzig groß, kleine Narbe über der linken Augenbraue.«

»Das könnte er sein.«

»Und was wollen Sie von ihm?«

»Feststellen, ob er den richtigen Vater hat, und dann in New York Bericht erstatten.«

»Und wen interessiert das da?«

»Einen englischen Anwalt, sagt mein Chef. Mehr weiß ich nicht. Gunnarson hat mich nicht ins Vertrauen gezogen.«

»Der ist nicht besser als die übrige Ex-CIA-Sippschaft«, sagte Sawyer spöttisch. Er sah Hardin aufmerksam an. »Sie haben auch für die Firma gearbeitet, oder?«

»Werfen Sie mir das nicht vor.« Hardin versuchte ein Lächeln.

»Selbst wenn ich das nicht tue, muß ich Sie noch lange nicht mögen. Sie haben zum Beispiel keine Lizenz für Kalifornien. Wenn ich Charlie Wainwright nicht noch einen Gefallen schuldig wäre, säße ich nicht hier. Ich habe Leute von Ihrer Sorte noch nie ausstehen können.«

»Das kann ich mir vorstellen«, sagte Hardin. »Aber warum regen Sie sich so auf?«

»Das will ich Ihnen sagen.« Sawyer lehnte sich über den Tisch. »Letztes Jahr haben wir einen Händlerring auffliegen lassen, der Kokain aus Mexiko geschmuggelt hat. Dann stellte sich heraus, daß die Hälfte der Dreckskerle von der CIA waren. Die haben *uns* vorgeworfen, wir hätten eine ihrer besten Mexiko-Operationen auffliegen lassen. Wir haben denen gesagt, daß sie amerikanisches Recht gebrochen hätten und dafür jetzt ins Gefängnis wandern würden. Und was glauben Sie, wie die Sache ausgegangen ist? Die Strolche laufen heute noch frei rum.«

»Aber dafür kann ich doch nichts«, sagte Hardin.

»Das weiß ich auch«, antwortete Sawyer müde. »Also gut, ich sage Ihnen, wo Sie Biggie finden. Aber ich warne Sie«, sein Zeigefinger stach drohend vor, »wenn irgend etwas passiert, nagel ich Sie fest. Und wenn es wegen Verschmutzung öffentlicher Anlagen ist.«

»Danke für die Belehrung«, sagte Hardin ironisch.

»Sie finden die Clique in Playa del Rey. Wenn nicht da, dann in Santa Monica, unten am Bristol Pier. Da ist so ein schmieriger Imbiß, Bernie's.«

Hardin schrieb sich alles auf. »Ist Hendrix vorbestraft? Oder Hamsun?«

»Gegen Hamsun ist wegen Drogenhandels ermittelt worden. Er hatte aber nur ein paar Gramm Marihuana bei sich, die Strafe war gering. Hendrix hat keine Vorstrafen, jedenfalls nicht hier.«

»Eins interessiert mich noch«, sagte Hardin. »Als Sie in Nord-Hollywood gegen die Kommune vorgegangen sind, haben Sie in dem Haus einige merkwürdige Dinge gefunden, wie mir erzählt wurde. Zum Beispiel Tonfiguren, die bei einer guten Christin überhaupt keinen Beifall gefunden haben.«

»Die gute Christin ist sicher Mrs. White«, sagte Sawyer ironisch. »Die alte Hexe. Glauben Sie ihr kein Wort, Hardin. Ihre Mieter haben sich nur in der Töpferei versucht, sie wollten damit auf dem Farmer's Market ein paar Dollar verdienen. Dabei ist ihnen der Brennofen in die Luft geflogen.«

»Das war alles?«

»Das war alles.« Sawyer lachte. »Sie waren eben keine geborenen Künstler und verstanden zu wenig von Anatomie, zumindest, um Tonfiguren zu machen.« Er wurde philosophisch. »Natürlich rauchen sie Marihuana, aber wer tut das heute nicht? Ich möchte nicht wissen, was meine Kinder machen, wenn ich nicht zu Hause bin. Sie treiben sich nun mal gerne rum, aber das ist nicht verboten.«

»Bestimmt nicht«, sagte Hardin. Plötzlich kam ihm ein Gedanke. »Trägt Biggie immer noch das *ankh?*«

»Das was?«

»Das ägyptische Kreuz mit der Schleife oben.« Hardin zeichnete eine Skizze auf die Speisekarte.

»O ja, das Ding trägt er immer noch. Ich hab' nicht gewußt, was es ist. Muß wohl ziemlich wertvoll sein, sieht aus wie Gold. Aber es müßte schon ein Verrückter sein, der versucht, Biggie das Ding vom Hals zu nehmen.«

Zwei Tage lief Hardin erfolglos in Playa del Rey herum, dann fuhr er die Küste hinauf nach Santa Monica. Er fand den Imbiß und trank einen Kaffee; um die Hamburger machte er einen Bogen. Alles stank nach ranzigem Öl, und die hygienischen Verhältnisse erfüllten mehrere Straftatbestände. Der Kaffee war viel zu dünn, und an der Tasse klebte Lippenstift.

Jedesmal, wenn die mißgelaunte Bedienung an seinem Tisch vorbeikam, warf er ihr eine Frage hin, aber er hatte wieder Pech. Sie kannte Biggie, aber er war schon lange nicht mehr hiergewesen. Einen Hendrix kannte sie nicht. Hardin ließ den Kaffee stehen und ging.

An den folgenden zwei Tagen suchte er den Strand von Santa Monica ab, fragte bei den Drop-outs und Surfern herum – mit mäßigem Erfolg. Die meisten kannten Biggie, aber gesehen hatten sie ihn in letzter Zeit nicht. Hendrix' Name war weniger bekannt.

Hoffnungslos sah Hardin auf die Ölbohrtürme vor der Küste, deren Tanks regelmäßig leckschlugen und die Fische und Seevögel vergifteten. Er verfluchte Gunnarson.

Am Abend des zweiten Tages saß Hardin wieder bei Bernie's. Er starrte gerade angeekelt auf den Fettfilm, der auf seinem Kaffee schwamm, als sich ein Mädchen neben ihn setzte. »Sind Sie der Typ, der Biggie sucht?«

Er sah sie von der Seite an. Sie hatte langes, schmutzigblondes Haar, das ihr ungekämmt vom Kopf hing. Ihr Make-up war so schlampig, als hätte sie zum erstenmal die Farbtöpfe auf der Frisierkommode ihrer Mutter entdeckt. »Der bin ich«, sagte Hardin knapp.

»Biggie mag das nicht.«

»Es bricht mir das Herz.«

Sie verzog das Gesicht. »Aber er will mit Ihnen sprechen.«

»Wann und wo?«

»Heute abend – acht Uhr. An der 27. Straße, bei Carlyle, steht ein alter Speicher, da wird er auf Sie warten.«

»Hören Sie zu«, sagte Hardin. »Biggie interessiert mich nicht. Aber er hat einen Freund, Hank Hendrix. Kennen Sie ihn?«

»Natürlich.«

»Mit dem will ich sprechen. Er soll am Treffpunkt sein. Ob Biggie kommt, ist mir egal.«

Das Mädchen zuckte die Schultern. »Ich werde es ausrichten.«

Hardin erreichte den vereinbarten Ort eine Stunde zu früh. Der verlassene Speicher lag in einem Bezirk, den die Stadtsanierung bisher übersehen haben mußte. Auf den wenigen Fenstern, die nicht eingeschlagen waren, klebte eine dicke Rußschicht. Ein heftiger Windstoß vom Pazifik hätte genügt, die Ruine zusammenstürzen zu lassen. Hardin drückte eine Klinke herunter, die Tür war offen.

In wenigen Minuten hatte er das Gebäude gründlich durchsucht, seine Schritte hallten in dem höhlenartigen Gemäuer. Das Haus war leer. An der Rückseite hatte er eine verschlossene Tür gefunden, aber Hardin genügte ein Stück Draht, um sie zu öffnen. Dann ging er zu seinem Wagen zurück, zündete sich eine Zigarette an und beobachtete den Eingang.

Als er die dritte Zigarette halb aufgeraucht hatte, erschienen Biggie und Hendrix. Biggie war nicht zu übersehen. Er hätte als

Kraftmensch in einem Zirkus auftreten können. Auf seiner nackten Brust glitzerte ein goldener Schimmer. Hendrix sah wie ein Zwerg neben ihm aus, obwohl er auch nicht gerade schmal war. Sie gingen in den Speicher. Hardin rauchte seine Zigarette zu Ende, stieg aus dem Wagen und überquerte die Straße.

Biggie hatte sich auf einer Kiste niedergelassen. Von Hendrix war nichts zu sehen. »Ich bin Ben Hardin. Und du bist Olaf Hamsun, richtig?«

»Kann sein«, sagte Biggie.

»Wo ist Hendrix?«

Biggie überhörte die Frage. »Sind Sie ein Schnüffelschwein?« fragte er.

Hardin hätte beinah laut losgelacht; ihn als privates Schnüffelschwein zu bezeichnen, war nicht schlecht. »Paß auf, was du sagst«, gab er milde zurück.

Biggie zuckte die Schultern. »Ist nur 'ne Redensart. Was wollen Sie von Hank?«

»Das wird er dir schon sagen, wenn er Lust hat. Wo ist er?«

»Da hinten.« Biggie wies mit dem Daumen über die Schulter. »Aber Sie reden mit mir.«

»Kein Interesse«, sagte Hardin entschieden.

»Wie Sie wollen. Dann hören Sie eben nur zu. Ich kann Kriechtiere wie Sie, die in der ganzen Stadt Fragen stellen, nicht ausstehen. Jeder Idiot erzählt mir inzwischen, daß jemand hinter mir her ist. Das ist nicht gut für meinen Ruf, verstehen Sie?«

»Dann mußt du dich nicht verstecken.«

»Das tue ich auch nicht«, sagte Biggie. »Aber Sie und ihr ausländischer Freund gehen mir langsam auf die Nerven.«

»Ich hab' keinen ausländischen Freund.«

»Nein? Wieso fragt er dann überall nach mir, genau wie Sie?«

»Das ist eine gute Frage.« Hardin runzelte die Stirn. »Woher weißt du, daß er Ausländer ist?«

»Er hat einen Akzent, Schnüffler.«

»Sei vorsichtig«, sagte Hardin scharf. Er überlegte. Ihm fiel ein, daß Gunnarson einen englischen Anwalt erwähnt hatte. »Kann er Engländer sein?«

»Nein.« Biggie schüttelte den Kopf. »Er hörte sich richtig fremd an. Vielleicht war's ein Deutscher.«

»Ein Deutscher!« Hardin war überrascht. »Du hast also mit ihm gesprochen.«

»Nein. Ein Freund hat sich mit ihm bei Bernie's unterhalten. Ich saß nur ein paar Tische weiter.«

»Was wollte er?«

»Das gleiche wie Sie. Hank treffen.«

»Kannst du ihn beschreiben?«

»Sicher. Groß, gut gebaut; sah nicht gerade ängstlich aus. Kurze Haare, wie ein Soldat.« Biggie kratzte sich abwesend die Brust, seine Hand schob das goldene *ankh* zur Seite. »Er hatte eine Narbe im Gesicht.«

»Welche Seite?«

»Links.«

Hardin versuchte, sich den Mann vorzustellen. Ein deutscher Soldat mit Säbelschmiß, das Bild paßte nicht in die Gegenwart. »Wie alt ist er?«

»Fünfunddreißig – höchstens vierzig. Sie kennen ihn wirklich nicht?«

»Er interessiert mich genausowenig wie du. Ich bin hier, um mit Hendrix zu sprechen. Hol ihn jetzt.«

»Sie haben doch nicht richtig zugehört. Wenn Sie zu Hank wollen, müssen Sie hier durch.« Er tippte sich mit dem Zeigefinger auf die Brust.

»O nein, nicht auch noch das«, sagte Hardin gequält, als Biggie bedeutungsvoll seinen Bizeps spielen ließ. »Ich hab' wirklich keine Lust, mich mit dir in dieser Ruine zu prügeln.«

»Aber ich.« Biggie stürzte sich auf Hardin.

Es war ein ungleicher Kampf. Hardin hatte sich lange genug demütigen lassen. Seine Wut auf Gunnarson, der Ärger über die wochenlange Suche, das Gefühl, bisher nur versagt zu haben – das alles bekam Biggie jetzt zu spüren. Hardin hatte viele Vorteile; einer davon war, daß Biggie nie richtig gelernt hatte zu kämpfen. Warum sollte er auch – welcher Verrückte hätte sich freiwillig mit dieser Dampfwalze angelegt? Der Verrückte war Hardin, der in knochenharten Trainingsstunden im unbewaffneten Kampf gedrillt worden war. Zwar war er viel älter als Biggie und auch nicht mehr so schnell wie in seinen besten Zeiten, aber er kannte die verwundbaren Körperstellen, auf die man dem Gegner schlagen muß, um ihm die Luft aus den Lungen zu jagen, und er nutzte sein Wissen erbarmungslos. Er mußte sich beherrschen, um Biggie nicht den letzten, tödlichen Schlag zu versetzen.

Schwer atmend beugte er sich nieder und legte die Fingerspitzen der rechten Hand auf Biggies Halsschlagader. Als er den Puls noch regelmäßig schlagen spürte, atmete er erleichtert auf. Er stand auf, drehte sich herum und sah, daß Hendrix ihn beobachtet hatte.

»Mein Gott!« Hendrix starrte mit aufgerissenen Augen auf seinen niedergestreckten Freund. »Ich hätte nie geglaubt, daß Sie das schaffen würden.«

»Ich habe wegen dieser Sache eine Menge Ärger gehabt«, sagte Hardin. Er merkte, daß seine Stimme zitterte. »Aber er hat es zu weit getrieben.« Er machte einen Schritt zurück zu Biggie und riß ihm die Kette vom Hals. »Ich mußte mich von einem Polizisten beleidigen lassen, der das auch für unmöglich hielt.« Er ließ das *ankh* neben Biggie auf den Boden fallen. »So, und jetzt reden wir miteinander.«

Hendrix sah ihn ängstlich an. »Worüber?«

»Am besten fangen wir bei deinem Vater an. Wie hieß er?«

»Was hat mein Vater hiermit zu tun?« fragte Hendrix überrascht.

»Sein Name.« Hardin wurde ungeduldig.

»Hendrix, natürlich. Adrian Hendrix.«

»Wo geboren?«

»Afrika. Irgendwo in Afrika. Aber er ist tot.«

Hardin atmete tief ein. Das war er, er hatte den richtigen Hendrix gefunden. »Hast du Brüder, Schwestern? Lebt deine Mutter noch?«

»Nein. Aber was soll das alles?«

»Weiß ich nicht«, sagte Hardin. »Aber ein Mann in New York, der Gunnarson heißt, will es wissen.«

»Und warum?«

»Weil ein englischer Anwalt es wissen will. Vielleicht hast du geerbt. Wie wär's mit einer kleinen Reise nach New York? Dann kannst du es herausfinden.«

Hendrix rieb sich das Kinn. »Ich weiß nicht. Ich mag den Osten nicht besonders.«

»Spesen werden bezahlt«, sagte Hardin.

Biggie bewegte sich und stöhnte. Hendrix sah ihn nachdenklich an. »Mit Biggie wird in Zukunft schwer auszukommen sein, glaube ich. Schließlich hab' ich gesehen, wie Sie ihn aufgemischt haben. Vielleicht ist es gar keine schlechte Idee, eine Weile zu verschwinden.«

»Dann ist ja alles in Ordnung«, sagte Hardin. »Willst du irgendwas mitnehmen?«

»Nicht viel«, sagte Hendrix grinsend. »Ich habe ein gutes Surfbrett, aber das wird in New York wohl kaum zu brauchen sein. Aber ich brauch' was zum Anziehen.«

»Ich werde dir packen helfen«, sagte Hardin. »Es war ziemlich aufreibend, dich zu finden, und da will ich dich doch nicht gleich wieder verlieren.«

4

Hendrix dirigierte Hardin zu dem Haus, in dem er wohnte. Während der Fahrt dachte Hardin über den anderen Mann nach, der auch nach Hendrix suchte. Es konnten auch mehrere sein. Biggies Beschreibung paßte schlecht auf den ›netten jungen Mann‹, von dem Mrs. Parker erzählt hatte. Also gut, mindestens zwei. »Hat Biggie mal erwähnt, daß sich noch jemand für dich interessiert, ein Deutscher?«

»Ja.« Hendrix zündete sich eine Zigarette an. »Er dachte, Sie arbeiteten mit ihm zusammen, aber er wollte sichergehen, bevor...« Er brach den Satz ab.

»Bevor?«

Hendrix lachte. »Biggie glaubte, aus der Sache wäre Geld herauszuholen. Natürlich nur, wenn Sie nicht zusammengehörten. Er dachte an eine Art Handel.«

»Er wollte dich dem Meistbietenden verkaufen?« Hardin verzog das Gesicht. »Und was hast du davon gehalten?«

Hendrix zuckte die Schultern. »Biggie ist in Ordnung. Er war knapp bei Kasse, wie wir alle.«

»Alle?«

»Na ja, die Kommune.« Hendrix seufzte. »Es ist nicht mehr wie früher, seit der Geschichte im San Fernando Valley.«

»Wo ihr das Haus von Mrs. White in die Luft gejagt habt.«

Hendrix warf den Kopf herum. »Sie sind weit herumgekommen.« Es hörte sich nicht freundlich an. »Alles war halb so schlimm. Ein paar verrußte Wände, und die Scherben sind zu Bruch gegangen.«

Das alles interessierte Hardin im Grunde nicht, er kam auf seine erste Frage zurück. »Der Fremde, hast du ihn getroffen?«

»Nein. Biggie hatte für heute abend ein Treffen arrangiert, falls es zu dem Handel gekommen wäre. Deshalb wollte er Sie auch so schnell wie möglich aus dem Weg haben.«

»Wo wart ihr verabredet?«

»Ich weiß nicht – das konnte er mir nicht mehr sagen. Sie haben ihn vorher geschlachtet.« Er zeigte auf die andere Straßenseite. »Da wohnen wir.«

Hardin hielt vor einem baufälligen Haus. »Ich komm' lieber mit.« Gemeinsam betraten sie einen schmalen Flur. Das Mädchen, das Hardin bei Bernie's angesprochen hatte, kam ihnen entgegen. Überrascht sah sie Hardin an, er spürte ihr Mißtrauen.

»Wo ist Biggie?« fragte sie Hardin.

»Er kommt gleich. Er... wollte noch was erledigen«, antwortete Hendrix. »Kommen Sie, Mr. Hardin. Wir haben nicht viel Zeit.«

Sie stiegen die Treppe hinauf. Hardin dachte amüsiert, daß Hendrix allen Grund hatte, sich zu beeilen. Wenn Biggie jetzt tatsächlich zurückkam und ihn beim Packen erwischte, hätte er bestimmt eine Erklärung verlangt. Und die wäre Hendrix sicherlich schwergefallen. »Wie viele seid ihr?« fragte Hardin.

»Das wechselt; im Moment sind wir sechs. Es waren aber auch schon zwölf.« Hendrix öffnete die Tür zu seinem Zimmer. »Es dauert nicht lange.«

Es ging sogar schneller, als Hardin erwartet hatte. Hendrix war ein Nomade. Das wenige, was er besaß, paßte in einen Rucksack mit Tragegestell. Hendrix warf noch einen bedauernden Blick auf sein Surfbrett, das hinter dem ungemachten Bett an der Wand lehnte. »Das kann ich wohl wirklich nicht brauchen. Und Sie sind sicher, daß sich die Reise für mich lohnt, Mr. Hardin?«

»Nein«, sagte Hardin. »Aber ich könnte es mir vorstellen.«

»Wieso interessiert sich ein englischer Anwalt für mich? Ich kenne überhaupt keinen Engländer und war auch noch nie im Ausland.« Er schüttelte den Kopf. »Aber wenn Sie die Reise zahlen, kann man's ja riskieren.«

Sie gingen hinunter und trafen wieder auf das blonde Mädchen. »Wann wollte Biggie hiersein?«

»Hat er nicht gesagt«, antwortete Hendrix knapp.

Sie sah auf seinen Rucksack. »Du fährst weg?«

»Nicht weit.« Hendrix hustete. »Nur... nach Mexiko. Mr. Hardin und ich. In Tijuana liegt ein Päckchen für uns.«

Sie nickte verständnisvoll. »Sei vorsichtig. Die Typen vom Zoll sind neugierig geworden. Was ist es, Hasch oder Schnee?«

»Schnee«, sagte Hendrix. »Kommen Sie, Mr. Hardin.« Als sie in den Wagen stiegen, versuchte er ein Lächeln. »Es muß ja nicht jeder wissen, wohin wir fahren.«

»Natürlich nicht«, sagte Hardin und ließ den Motor an. Als er die Handbremse löste, sirrte etwas wie eine Biene an seiner Nase vorbei. Hendrix schrie so heftig auf, daß Hardin erschreckt den Kopf herumwarf. Hendrix preßte die rechte Hand auf seine linke Schulter. Durch die Finger sickerte Blut.

Hardin hatte schon mehrmals erlebt, daß auf ihn geschossen wurde. Er trat das Gaspedal durch; mit aufjaulenden Reifen schoß der Wagen nach vorn und schleuderte durch die erste Kurve. Im Rückspiegel sah er die Hausecke rasch kleiner werden, aber niemand folgte ihnen. Er bremste den Wagen auf Stadtgeschwindigkeit herunter und drehte sich besorgt zu Hendrix. »Alles in Ordnung, Hank?«

»Zum Teufel, nein!« Hendrix starrte mit ungläubigem Blick auf das Blut an seiner Hand. »Was ist passiert?«

»Eine Biene hat dich gestochen. Aus einer Waffe mit Schalldämpfer. Tut's weh?«

»Auf mich ist geschossen worden?« fragte Hendrix fassungslos. »Aber wer sollte auf mich schießen?«

»Vielleicht ein Typ mit deutschem Akzent und einer Narbe auf der linken Wange. Vielleicht hat er sich geärgert, weil ihr ihn heute abend versetzt habt. Wie fühlst du dich?«

»Taub. Die Schulter ist taub.«

»Der Schmerz kommt später.« Hardin sah immer noch in den Rückspiegel. Er konnte nichts Auffälliges feststellen. Trotzdem fuhr er eine Zeitlang ziellos durch die Stadt und wendete den Wagen mehrmals so plötzlich, daß jeder Verfolger sie verlieren mußte. »Wir müssen dich von der Straße bringen«, sagte er dann. »Hältst du es noch einen Moment aus?«

»Ich glaub' schon.«

»Im Handschuhfach liegt eine Packung Kleenex. Nimm dir ein paar davon und preß sie auf die Wunde.«

Über einen Zubringer gelangten sie zum San Diego Freeway; Hardin folgte ihm in nördlicher Richtung. Durch seinen Kopf jagten immer wieder dieselben Fragen. Wer hatte geschossen? Und warum? Und wer sollte das Opfer sein? »Mir fällt niemand ein, der einen Grund hätte, mich zu erschießen«, sagte er. »Und dir, Hank?«

Hendrix hatte die Hand mit den Papiertüchern unter das Hemd geschoben. Sein Gesicht war blaß. »Verdammt noch mal, nein, mir auch nicht.«

»Du hast dem Mädchen gesagt, daß wir nach Tijuana fahren und Kokain holen.«

»Na und? Irgendwas, womit sie Biggie abspeisen kann, mußte ich ihr doch sagen.«

»Sie war kein bißchen überrascht. Hast du das öfter gemacht? Kokain geholt, meine ich.«

»Ein paarmal schon«, gab Hendrix zu. »Aber immer nur kleine Mengen.«

»Selbst dabei kann man sich Feinde machen«, sagte Hardin. »Vielleicht bist du jemandem in die Quere gekommen. Die großen Organisationen mögen das nicht, und vor allem vergessen sie es nicht.«

»Ach, Unsinn«, sagte Hendrix. »Das letzte Mal war vor einem Jahr.« Er betupfte seine Schulter. »In was für eine Sache ziehen Sie mich da rein, Hardin?«

»In gar keine; ich versuch' ja gerade, dich aus allem herauszuhalten.« Dann schwiegen sie lange Zeit, und jeder hing seinen eigenen Gedanken nach. Hardin wechselte auf den Ventura Freeway. »Wo fahren wir eigentlich hin?« fragte Hendrix plötzlich.

»In ein Motel. Aber vorher müssen wir noch Verbandszeug für dich besorgen.«

»Aber ich brauche einen Arzt!«

»Darüber können wir reden, wenn du sicher untergebracht bist und dich beruhigt hast.« Daß Schußwunden der Polizei gemeldet werden mußten, erwähnte Hardin nicht. Er brauchte Zeit zum Nachdenken.

Sie fuhren zu dem Motel am Riverside Drive, das Hardin schon kannte, und nahmen zwei Zimmer. »Die San Gabriels sind wieder verschwunden«, sagte Hardin zu der Frau an der Rezeption.

»Ja, es ist eine Schande.« Ihre Stimmme klang bedrückt. »Wir werden sie die nächsten zehn Jahre nicht mehr zu sehen bekommen.«

Er lächelte. »Dafür sehen wir jetzt wenigstens wieder die Luft, die wir atmen.«

Hardin brachte Hendrix auf sein Zimmer und untersuchte den verletzten Arm. Erleichtert stellte er fest, daß es nur eine Fleischwunde war. Die Kugel hatte den Knochen verfehlt. Aber sie steckte noch in der Schulter. »Das wirst du überleben«, sagte Hardin beruhigend. »Es ist nur ein Kleinkaliber, eine 22er.«

Hendrix stöhnte. »Aber es fühlt sich an, als hätte ein Pferd mich getreten.«

Während Hardin die Wunde verband, dachte er über das Kaliber der Kugel nach. Es konnte zweierlei bedeuten. Entweder hatte ein Amateur den Schuß abgefeuert, oder aber ein ausgekochter Profi. Nur ein Berufskiller würde eine 22er Waffe benutzen, ein Mann, der sich seiner Sache hundertprozentig sicher war. Hardin band den letzten Knoten und zog die Armschlinge zurecht. »Ich habe noch eine Flasche in meiner Tasche«, sagte er. »Wir können jetzt beide einen Schluck gebrauchen.«

Er holte den Whisky und etwas Eis aus dem Kühlschrank und füllte zwei Gläser. Dann ging er, das Glas in der Hand, hinüber in sein eigenes Zimmer. »Leg dich flach, und warte hier. Es dauert nicht lange«, verabschiedete er sich an der Tür. Er wollte mit Gunnarson sprechen.

»Wo sollte ich denn hingehen?« fragte Hendrix kläglich.

Als Gunnarson hörte, wer am anderen Ende der Leitung war, wurde er schroff. »Mach es kurz, Ben; ich hab' zu tun.«

»Ich hab' den jungen Hendrix«, sagte Hardin. »Der einzige Haken ist, daß ihm jemand eine Kugel verpaßt hat.«

»Wann ist das passiert?« explodierte Gunnarson.

»Vor weniger als einer Stunde. Kurz nachdem ich ihn aufgetrieben hatte.«

»Wie geht es ihm?«

»Er hält sich ganz gut. Aber die Kugel ist noch nicht draußen. Es ist nur eine 22er, aber bevor die Wunde schlimmer wird, muß er zu einem Arzt.«

»Kann er laufen?«

»Das schon«, sagte Hardin. »Nicht gerade einen neuen Meilenrekord, aber es geht. Er hat eine Fleischwunde an der Schulter.«

Gunnarson ließ sich Zeit mit der nächsten Frage. »Wer weiß davon?«

»Du, ich, Hendrix und der Typ, der auf ihn geschossen hat«, sagte Hardin sachlich.

»Und wer zum Teufel war das?«

»Das weiß ich nicht. Da ist noch ein anderer hinter Hendrix her. Ich bin ein paarmal auf seine Spuren gestoßen. Ein Ausländer –

vielleicht ein Deutscher. Mehr war nicht herauszufinden.« Er nippte an seinem Whisky. »Was ist eigentlich an diesem Hendrix dran? Du hast mir doch nichts Wichtiges verschwiegen, oder?«

»Hör zu, Ben, das tut mir alles leid, wirklich.« Gunnarsons Stimme klang ehrlich. »Und jetzt paß auf: keinen Arzt. Bring den Jungen so schnell wie möglich nach New York. Nimm ein Flugzeug. Ich sorge dafür, daß ein Arzt bereitsteht.«

»Und was wird aus meinem Wagen?«

»Den kriegst du zurück«, sagte Gunnarson beruhigend. »Ich zahle die Überführung.«

Hardin gefiel der Gedanke ganz und gar nicht. Wahrscheinlich bekam irgendein arbeitsloser Punk die Autoschlüssel in die Hand gedrückt, und der würde rasen wie ein Wahnsinniger und garantiert die Ölkontrolle vergessen. In New York konnte er dann einen Haufen Schrott in Empfang nehmen. »Na gut«, sagte er zögernd. »Aber wir können nicht von Los Angeles fliegen. Ich habe das Gefühl, daß mehr als einer an Hendrix' Fersen klebt. Möglich, daß sie den Flughafen beobachten. Wir fahren morgen nach San Francisco weiter und nehmen da die erste Maschine. In zwei Tagen hast du ihn in deinem Büro.«

»Das ist keine schlechte Idee«, sagte Gunnarson und legte auf.

Am nächsten Morgen brachen sie früh auf. Über dreihundert Meilen lagen vor ihnen, aber Hardin kam zügig voran, weil er sich ebensowenig wie die anderen an die vorgeschriebene Geschwindigkeit hielt. Er ließ sich mit dem Verkehrsstrom treiben und bremste den Wagen erst herunter, wenn er allein auf der Straße fuhr. Wer unter dem Tempolimit blieb, fiel nur auf.

Hendrix ging es wieder besser, auch wenn er noch über Schmerzen klagte. Er hatte sich beschwert, daß sie nicht als erstes zu einem Arzt gefahren waren, aber die Antwort auf Hardins Einwand war er schuldig geblieben. »Das bringt uns nur Scherereien mit der Polizei ein. Willst du das?« Anscheinend wollte er es nicht. Hardin war froh. Er hatte Sawyers Drohung noch gut im Gedächtnis.

Hendrix versuchte herauszufinden, was ihn in New York erwartete.

»Frag mich nicht«, antwortete Hardin. »Ich weiß es wirklich nicht. Ich tue nur, was mir gesagt wird.«

Allmählich begann er sich über Gunnarsons Geheimniskrämerei zu ärgern. Als sie den nächsten Tankstopp einlegen mußten, lud er Hendrix zu einem Kaffee im Rasthaus ein. Er wollte ihn ein bißchen aushorchen. »Vielleicht hat dein Vater dir einen Haufen Geld hinterlassen«, eröffnete er vorsichtig das Gespräch, obwohl er die Antwort auf die Frage selbst am besten wußte.

»Wohl kaum«, lachte Hendrix. »Er ist schon gestorben, als ich noch ein Kind war.« Er schüttelte den Kopf. »Meine Mutter hat ihn immer einen Taugenichts genannt.«

»Sie ist doch auch schon tot, oder?«

»Ja.« Hendrix setzte ein schiefes Lächeln auf. »Ich bin ein Waisenkind.«

»Hast du keine anderen Verwandten? Onkel, Tanten?«

»Nein.« Hendrix sah nachdenklich in seine Tasse, während er den Kaffee umrührte. »Doch. Ich habe einen Vetter in England. Er hat mir einmal geschrieben, als ich noch zur Schule ging. Er wollte in die Staaten kommen und mich besuchen. Hat er dann aber nie getan. Später kamen noch ein paar Briefe. In letzter Zeit nichts mehr. Ich bin öfter umgezogen.«

»Wie hieß er?«

»Das war komisch. Genauso wie ich, aber er schrieb sich anders. Dirk Hendriks. H-E-N-D-R-I-K-S.«

»So schrieb sich auch dein Vater, als er noch in Südafrika lebte«, sagte Hardin. »Hast du seine Adresse?«

»Ich weiß nur noch, daß er irgendwo in London lebte. Ich hatte es mir aufgeschrieben, aber ich weiß nicht mehr, wo. So geht das, wenn man ständig unterwegs ist.«

»Vielleicht ist er gestorben und hat dir was vermacht«, sagte Hardin. »Vielleicht sucht er dich auch nur.«

»Irgend jemand sucht mich ganz bestimmt«, sagte Hendrix und griff sich an die Schulter.

Gleich nach der Landung auf dem Kennedy-Flughafen fuhren Hardin und Hendrix mit einem Taxi zu Gunnarson Associates. Hardin wollte seinen Erfolg auskosten; er ging allein in Gunnarsons Büro. Gunnarson saß hinter seinem Schreibtisch. Sein Gesicht verriet nichts mehr von der guten Laune, die Hardin noch aus ihrem Telefongespräch vor zwei Tagen herausgehört hatte. »Ist Hendrix hier?« fragte Gunnarson kurz angebunden.

»Er wartet im Vorzimmer. Hast du einen Arzt? Er hat Schmerzen.«

Gunnarson lachte. »Ich weiß schon ein Mittel gegen seine Schmerzen. Aber bist du auch ganz sicher, daß er der Richtige ist?«

»Nach dem, was er mir erzählt hat, ja.«

Gunnarson runzelte die Stirn. »Ich habe gefragt, ob du sicher bist.«

»Hundertprozentig. Aber du kannst es ja selbst nachprüfen.«

»Das werde ich auch tun«, sagte Gunnarson. Er kritzelte gedankenlos auf einem Blatt Papier herum. »Hat er Kinder?«

»Zumindest keine, von denen er weiß. Er ist nicht verheiratet.« Hardin begann sich darüber zu wundern, daß Gunnarson ihn die ganze Zeit einfach stehen ließ.

»Und jetzt erzähl mir, wie Hendrix angeschossen wurde«, forderte Gunnarson ihn auf.

Hardin berichtete ausführlich, was geschehen war, und eine Zeitlang mutmaßten sie, wer dahinterstecken konnte. »Die Prämie habe ich mir jedenfalls redlich verdient«, schloß er endlich.

»Was für eine Prämie?«

Hardin starrte Gunnarson ungläubig an. »Du hast gesagt, wenn ich auch nur irgendeinen Hendrix ausfindig mache, gibt's eine Prämie.«

Gunnarsons Gesicht blieb ausdruckslos. »Daran kann ich mich nicht erinnern.«

»Treib es nicht auf die Spitze.« Hardins Stimme war drohend leise geworden. »So schlecht ist mein Gedächtnis noch nicht.«

»Warum sollte ich dir eine Prämie versprechen?« fragte Gunnarson. »Du weißt ganz genau, was du in den letzten Jahren zustande gebracht hast. Einige deiner Kollegen liegen mir schon in den Ohren, daß sie es leid sind, einen blinden Passagier durchzufüttern.«

»Wer sagt das?« fragte Hardin wütend. »Nenn mir die Namen.«

»Du stehst auf der falschen Seite vom Schreibtisch, um hier Fragen zu stellen.«

Hardin zitterte am ganzen Körper. Er erinnerte sich nicht, jemals so wütend gewesen zu sein. »Gunnarson«, preßte er heraus, »je älter du wirst, desto mehr wirst du zu einem verknöcherten, filzigen Geizhals.«

»Das laß ich mir von dir nicht bieten.« Gunnarson legte die Hände flach auf den Tisch. »Du bist entlassen. Wenn du deinen Schreibtisch ausgeräumt hast, kannst du dir an der Kasse deine Abfindung holen. Und jetzt verschwinde aus meinem Zimmer.« Er griff zum Telefon. Wie betäubt ging Hardin hinaus. Als die Tür hinter ihm zuschlug, schnaubte Gunnarson verächtlich auf.

Hardin ließ den Fahrstuhl zum Foyer hinunterfahren, überquerte dann die Straße und ging in die irische Bar, in der er in den letzten Jahren so viel Zeit verbracht hatte, daß nicht nur seine Brieftasche, sondern auch seine Leber darunter gelitten hatte. Außer Atem setzte er sich auf einen Hocker und bestellte einen doppelten Bourbon.

Während er trank, brütete er über sein Schicksal. Dieser verfluchte Gunnarson! Es war nicht Hardins Art, sich über das Leben zu beschweren. Es konnte nicht mehr sein als das, was man daraus machte. Aber Gunnarson hatte ihn nicht nur unfair behandelt, er war auch noch nachtragend. Gefeuert, und ohne eine Chance, die Sache klarzustellen – und das innerhalb von fünf Minuten.

Mürrisch dachte er an seine Zukunft. Was konnte man mit fünfundfünfzig Jahren und einigen schwerverkäuflichen Fähigkeiten noch groß anfangen? Sich selbständig machen, überlegte er. Ein Büro suchen, ein paar Anzeigen in die Zeitung setzen und auf Kunden warten – wie ein abgerissener Romandetektiv. Aber was blieb ihm sonst außer warten und hungern? Wahrscheinlich würde er in einem Geldtransporter von Brinks landen oder sich als Wachtposten vor einer Bank Hühneraugen an die Zehen stehen.

Und sein Wagen! Zwischen ihm und seinem Wagen lagen dreitausend Meilen. Wenn er jetzt zu Gunnarson ging und ihn an sein Versprechen erinnerte, den Wagen zurückzuholen, würde der ihn nur auslachen.

Er ließ sich den zweiten Bourbon kommen und ging noch einmal die Ereignisse der letzten Wochen durch. Gunnarson *hatte* ihm für die Hendrix-Sache eine Prämie versprochen. Warum bestritt er das jetzt? Gunnarson Associates waren bestimmt nicht bankrott – das Geld kam herein, als wäre die Firma an eine Pipeline nach Fort Knox angeschlossen. Es mußte also einen einleuchtenden Grund für Gunnarsons Verhalten geben.

Überhaupt war der Fall von Anfang an merkwürdig verlaufen. Warum hatte Gunnarson ihn ohne Unterstützung quer durch das ganze Land gehetzt, obwohl er doch überall seine Regionalbüros hatte, die normalerweise solche Routineangelegenheiten erledigten? Und dann die Kündigung aus heiterem Himmel. Gunnarson hatte ihn absichtlich gereizt, er hatte den Streit gewollt und nur auf ein falsches Wort gewartet. Ein dunkler Verdacht stieg in Hardin auf.

Plötzlich legte sich eine Hand auf seine Schulter und unterbrach seine Gedanken. »Hallo Ben, ich dachte, du bist im sonnigen Kalifornien.«

Hardin drehte sich zur Seite und sah Jack Richardson. »Ich war da«, sagte er säuerlich. »Aber woher weißt du das?«

»Ich habe heute morgen mit Los Angeles gesprochen. Wainwright sagte, du wärst in der Gegend. Was trinkst du?«

»Noch einen Bourbon.« Wainwright hatte sein großes Mundwerk also auch nicht halten können. Hardin betrachtete Jack Richardson mit neuem Interesse. Richardson verwaltete das Archiv bei Gunnarson Associates; sämtliche Akten waren auf Computerband gespeichert, er konnte sie mit einem bloßen Knopfdruck wieder hervorzaubern. »Jack, hast du gehört, daß sich irgend jemand im Büro über mich beschwert hat, zum Beispiel über meine Arbeit?«

Richardson war überrascht. »Nicht bei mir. Du weißt, daß überall und über jeden geredet wird. Aber das ist doch normal.«

»Schon gut.« Hardin trank von seinem Whisky. »Gunnarson hat mich heute morgen gefeuert.«

Richardson pfiff erstaunt. »Einfach so?«

Hardin schnippte mit den Fingern. »Einfach so. Hat ihn nur dreißig Sekunden gekostet.«

»Und warum?«

»Einmal, weil ich ihn einen filzigen Geizhals genannt habe.«

»Das Gesicht hätte ich gern gesehen«, lachte Richardson. »Kein Wunder, daß du geflogen bist.«

»Ich glaube nicht, daß das der Grund war«, sagte Hardin ernst. »Da ist noch etwas anderes im Busch. Kannst du mir einen Gefallen tun, Jack?«

»Kommt darauf an, was du willst. Frag mich bitte nicht nach Geld, Ben. Ich bin blank.«

»Wer ist das nicht«, sagte Hardin mitfühlend. »Nein, ich möchte, daß du deinen eisernen Freund gegenüber nach Namen und Adresse des englischen Anwalts fragst, der die Hendrix-Sache in Gang gesetzt hat.«

»Die Hendrix-Sache«, wiederholte Richardson und zog die Stirn in Falten. »An die läßt Gunnarson keinen heran. Er hat mir gesagt, daß er den Fall persönlich betreut. Bisher liegen bei mir keine Informationen zu der Geschichte.«

Hardin fand seinen Verdacht bestätigt, aber er sagte nichts. »Du mußt doch den ersten Brief aus England in den Akten haben.«

»Natürlich«, sagte Richardson nicht gerade begeistert. »Aber du weißt selbst, wie sich Gunnarson mit den Sicherheitsvorschriften anstellt. Der Computer vermerkt jede Anfrage, und Gunnarson läßt sich die Liste vorlegen.«

»Er kann doch nicht jede Anfrage überprüfen, das würde ihn viel zuviel Zeit kosten.«

»Stichproben genügen ihm«, gab Richardson zu. »Aber auf der Hendrix-Sache hat er seine Hand liegen, das ist mir zu riskant, Ben. Ich will nicht auch noch gefeuert werden.«

»Mein Gott noch mal, du wirst doch wohl diesen blöden Computer austricksen können«, sagte Hardin widerwillig. »Schließlich hast du ihn selbst programmiert.«

»Was interessiert dich so an der Geschichte?«

»Wenn ich das genau wüßte; irgend etwas daran stimmt nicht. Das spür' ich ganz deutlich. Und wenn es dich beruhigt, Gunnarson hat den Fall nicht selbst in die Hand genommen. Ich hab' die Sache bearbeitet. Danach hat er mich rausgeschmissen. Und jetzt will ich wissen, warum.«

»Ist gut, Ben.« Richardson gab seinen Widerstand auf. »Ich will sehen, was ich für dich tun kann. Aber kein Wort darüber. Zu niemandem.«

»Wann kann ich die Adresse haben?«

»Vielleicht schon morgen. Wir können uns hier treffen.«

»Vielen Dank.« Hardin leerte sein Glas. »Jetzt laß uns noch in Ruhe einen trinken, und dann werde ich meinen Schreibtisch ausräumen.« Er machte dem Barkeeper ein Zeichen. »Dann erfahre ich auch, was Gunnarson sich unter einer Abfindung vorstellt.«

5

Die Summe auf dem Scheck, der für ihn an der Kasse lag, machte Hardin nur noch wütender. Er wollte sich beschweren, aber die säuerliche alte Jungfer, die Gunnarsons Vorzimmer bewachte, ließ ihn nicht durch, und telefonisch war auch nichts zu erreichen. Gunnarsons Festung war uneinnehmbar.

Wenigstens Richardson enttäuschte ihn am nächsten Tag nicht. Er steckte Hardin einen Briefumschlag zu. »Du weißt nicht, von wem du das hast.«

Hardin riß den Umschlag auf und zog ein einzelnes Blatt heraus. »Das ist aber kein Computerausdruck.«

»Ganz richtig«, sagte Richardson. »Wenn Gunnarson je eine Computerkopie mit diesen Informationen in die Hände geraten würde, dann kann ich freiwillig gehen. Bist du zufrieden?«

Hardin überflog das Blatt. Eine Londoner Agentur namens Peacemore, Willis & Franks bat Gunnarson Associates, nach eventuell noch lebenden Verwandten eines gewissen Jan-Willem Hendrykxx zu suchen. Dem Vernehmen nach war Hendrykxx in Südafrika verheiratet gewesen und hatte zwei Söhne hinterlassen, von denen einer in den dreißiger Jahren nach Amerika ausgewandert war. Dann fanden sich auf dem Blatt noch Telefonnummer und Adresse eines Anwalts in Jersey.

Viel Neues erfuhr Hardin nicht, bis auf die ungewöhnliche Schreibung des Namens Hendrix. Und die Adresse des Anwalts irritierte ihn, bis er begriff, daß die Kanalinsel Jersey gemeint war und nicht der Bundesstaat New Jersey. Er nickte. »So läuft das also.« Hardin wußte, was nur wenigen bekannt war: Peacemore, Willis & Franks waren der englische Zweig von Gunnarson Associates. Was immer auch dahinterstecken mochte, Gunnarson hatte seine Finger von Anfang an im Spiel gehabt. »Vielen Dank, Jack. Du hast dir einen Whisky verdient.«

So oft Hardin in den folgenden Tagen Gunnarsons Geiz auch verfluchte, seine Geldnöte wurden davon nicht kleiner. Er gab sein Apartment an der East Side auf und zog in eine billige Pension in der Bronx. Zwar kostete ihn der Weg nach Manhattan jetzt mehr Fahrgeld für U-Bahn und Bus, aber er sparte dabei immer noch. Dann schickte er ein Telegramm nach San Francisco. Die Flughafengarage sollte seinen Wagen, der bei ihr untergestellt war, verkaufen und ihm das restliche Geld anweisen. Hardin wußte, daß er bei dem Geschäft schlecht abschneiden würde, aber er brauchte Bargeld, und in der Stadt war der Wagen ohnehin ein überflüssiger Luxus.

Mit großer Sorgfalt pflegte er seine Verbindungen zu Gunnarson Associates. Meist traf er sich mit Jack Richardson, aber ab und zu lud er auch eine der Sekretärinnen in ein preiswertes Restaurant ein, um sie während des Essens vorsichtig über Gunnarson und Hank Hendrix auszuhorchen. Aber niemand wußte etwas. Schlimmer noch: Hendrix war verschwunden.

»Vielleicht hat Gunnarson ihn nach England geschickt«, sagte Richardson eines Tages.

»Du könntest das herausfinden«, sagte Hardin nachdenklich. »Die Reisekosten müßten verbucht sein. Tu mir den Gefallen.«

»Du willst mich unbedingt in Schwierigkeiten bringen«, erregte sich Richardson. Doch als er das nächste Mal allein und unbeobachtet im Computerraum war, nutzte er die Gelegenheit. Seit Hendrix' Ankunft in New York war kein Atlantikflug abgebucht worden. Um Hardins nächster Frage zuvorzukommen, suchte er auch noch nach einer Eintragung über die Arztkosten, die die Behandlung von Hendrix' Schußverletzung verursacht haben mußten. Aber wieder fand er nichts.

»Gunnarson will die Sache soweit wie möglich geheimhalten«, meinte Hardin. »Sonst legt er doch wegen jeder Kleinigkeit eine Akte an. Ich bin mir langsam sicher, daß er diesmal etwas ganz Übles plant. Aber was zum Teufel?«

Richardson hatte nicht die mindeste Ahnung.

Wahrscheinlich hätte Hardin seine mühseligen Nachforschungen bald aufgeben müssen, hätte ihm nicht ein glücklicher Zufall den weiteren Weg geebnet. Fast einen Monat lang hatte ihn der Groll auf Gunnarson blind vorangetrieben, bis ihn sein zusammengeschrumpftes Bankkonto endlich wieder zur Vernunft brachte. Er hatte für die nächste Zahlung an Annette genug zur Seite gelegt, aber seine eigenen Reserven waren bis auf einen kümmerlichen Rest weggeschmolzen. Hardin mußte dringend eine neue Arbeit finden.

Dann kam Annettes Telegramm. »SEIT HEUTE MORGEN WIEDER VERHEIRATET STOP HEISSE JETZT MRS. KREISS STOP DRÜCK MIR DIE DAUMEN ANNETTE«

»Das ist ein Geschenk des Himmels«, sagte Hardin zu Richardson. »Jetzt muß endlich ein anderer für sie zahlen.« Er versuchte sich vorzustellen, was dieser Kreiss für ein Mann war. Aber dann vergaß er die Angelegenheit ein für allemal. Völlig unerwartet war er wieder zu Geld gekommen, und schlagartig hatte sich auch seine Stimmung gebessert. »Jetzt kann ich es tun.«

»Was tun?« fragte Richardson.

»Ich fliege nach England.«

»Du bist verrückt!« Richardson schüttelte den Kopf. »Ben, bei dem ganzen Unsinn ist doch nichts für dich herausgekommen. Was willst du denn in England machen?«

»Das weiß ich noch nicht«, sagte Hardin gut gelaunt. »Aber ich werde es herausfinden, wenn ich da bin. Vielleicht finde ich drüben jemanden, der mir die Prämie für Henry Hendrix zahlt. Er hat mir von einem Vetter in London erzählt, den kann ich doch mal fragen.«

Doch zunächst flog Hardin nach Washington, wo er die Bekanntschaft mit einigen Freunden aus der guten alten Zeit auffrischte und sich ein paar britische Kontaktadressen geben ließ; dann ging er zur englischen Botschaft und bekam Schwierigkeiten. Niemand konnte ihm Genaueres über Jersey sagen.

»Die Insel ist autonom«, sagte man ihm. »Da ist alles anders als in England. Sie wollen etwas in einer Erbschaftsangelegenheit wissen?«

»Ja.«

»In London finden Sie von jedem Testament eine Kopie im Somerset House«, sagte der Attaché. »Aber ich glaube nicht, daß dort auch Kopien von Jersey verwahrt werden.« Er dachte einen Moment nach, dann hellte sich sein Gesicht auf. »Ich glaube, wir haben jemanden, der Ihnen Auskunft geben kann.« Er zog sich das Telefon heran und wählte eine Nebenstelle im Haus. »Hier ist Pearson. Mark, Sie kommen doch aus Jersey, wenn ich mich recht erinnere? Habe ich mich also nicht getäuscht. Könnten Sie einen Moment zu mir kommen?« Pearson legte auf. »Mark le Tissier wird Ihnen alles sagen können.«

Le Tissier kannte sich tatsächlich aus. »Testamente werden im Greffe verwahrt«, sagte er.

»*Wo*, bitte?«

»Im Greffe.« Le Tissier lachte. »In der öffentlichen Registratur. Ich hatte vor einigen Jahren das gleiche Problem. Sie können sich dort eine Kopie geben lassen.«

»Ich muß nichts weiter tun, als in dieses Amt gehen und um eine Kopie bitten?«

»Sie müssen nicht einmal persönlich hingehen. Es genügt, wenn Sie dem Greffier ein paar Zeilen schreiben. Ich such' Ihnen die Adresse heraus.«

Zurück in New York, schrieb Hardin sofort nach Jersey und bat, die Antwort postlagernd an das Büro von American Express in London zu senden. Als er wenige Tage später vom Kennedy-Flughafen abflog, ging zur selben Zeit die Pension, in der er zuletzt gewohnt hatte, in Flammen auf und brannte bis auf die Grundmauern nieder. Aber Häuserbrände regten in der Bronx schon lange niemanden mehr auf.

Während der langen Jahre bei Gunnarson Associates hatte Hardin gelernt, mit wenig Gepäck zu reisen. Kurz vor der Landung in Heathrow machte er sich noch einmal frisch, dann ging er als erster durch den Zoll, während die anderen Fluggäste noch auf ihre Koffer warteten. Er fuhr mit der U-Bahn zur Victoria Station und nahm sich in einem preiswerten Hotel in der Nähe ein Zimmer. Anschließend ging er durch den St. James' Park zum Haymarket, um seine Post abzuholen.

Hardin genoß den Morgenspaziergang im Park. Die Sonne spiegelte sich in einem See, der an seinem Weg lag. Seit langem war er nicht mehr so zufrieden gewesen. Eine richtige Urlaubsstimmung. Vielleicht hatte er nur zu lange im Alltagstrott von Gunnarson Associates gesteckt, und die Kündigung war im richtigen Moment gekommen, um endlich einen neuen Anfang zu wagen. Er hatte nur noch wenig Geld und noch weniger Aussichten, aber er fühlte sich glücklich.

Nach seinem Besuch im American-Express-Büro kaufte sich Hardin an einem Zeitungsstand einen Stadtplan. Zwar war er nicht das erste Mal in London, aber in den letzten Jahren hatte sich viel verändert. Dann ging er in einen Pub, um sich den einzigen Brief, den er erhalten hatte, genauer anzusehen. Der Umschlag war schwer. Er wartete an der Theke auf sein Bier, dann zog er sich an einen freien Ecktisch zurück, setzte sich und öffnete das Kuvert.

Das Testament war sieben Seiten lang. 10000 Pfund hatte Jan-Willem Hendrykxx seinem Arzt, Dr. Morton, vermacht, als Zeichen der Dankbarkeit, daß er ihn so lange am Leben erhalten hatte; 20000 Pfund gingen an Mr. und Mrs. Adams, seinen Butler und seine Haushälterin; verschiedene Beträge zwischen 1000 und 4000 Pfund an ehemalige Mitarbeiter.

Dann hatte Hendrykxx genaue Anweisungen für den Verkauf seines Immobilienbesitzes, der nicht gerade klein war, gemacht. Ein Haus in Jersey, eins in Südfrankreich, ein weiteres in Belgien; in der Karibik hatte er sogar eine Insel besessen. Der Erlös aus dem Verkauf dieser Häuser und seines übrigen Besitzes sollte zur Erbmasse hinzugerechnet werden. Hendrykxx mußte ein umsichtiger Mann gewesen sein. Das Testament war auf dem neuesten Stand, und alle Schätzungen seines Grundbesitzes entsprachen dem gegenwärtigen Marktwert. Über die Aufteilung seines Vermögens hatte er in Prozenten verfügt. Den größten Teil, 85 Prozent, hatte er der Ol-Njorowa-Stiftung in Kenia zugesprochen, die restlichen 15 Prozent sollten zu gleichen Teilen an seine noch lebenden Verwandten gehen.

Dann folgte der Name des Testamentsvollstreckers, Harold Farrar von der Anwaltskanzlei Farrar, Windsor Markham in Jersey. Hardin schrieb die Adresse und die Telefonnummer in sein Notizbuch. Als er zum erstenmal die geschätzte Summe des gesamten Vermögens las, begann seine Hand leise zu zittern.

Es waren vierzig Millionen Pfund Sterling.

Hardin trank sein Bier aus und bestellte ein neues. Dann dachte er in aller Ruhe über das nach, was er gerade herausgefunden hatte. Hank Hendrix und Dirk Hendriks, wenn er noch lebte, durften sich also sechs Millionen Pfund Sterling teilen. Hardin rechnete das in Größen um, die ihm vertrauter waren. Trotz aller Kursschwankungen der letzten Zeit hatte sich das Verhältnis von Dollar und Pfund Sterling bei etwa zwei zu eins eingependelt. Das machte sechs Millionen Dollar für jeden, wenn es nicht noch weitere Erben gab. Aber von denen hätte er wissen müssen, es sei denn, Dirk Hendriks hatte Kinder. Hardin schob die Papiere wieder in den Umschlag. Wenn der größte Brocken auch an eine Stiftung gegangen war, von der er bis heute nicht gewußt hatte, daß es sie überhaupt gab, so war doch auch der Rest nicht zu verachten. Immerhin hatte es gereicht, um aus dem Drop-out Hank Hendrix einen Multimillionär zu machen.

Hardin mußte lachen. Das war es also, was Gunnarson unbedingt für sich behalten wollte. Er war immer hinter dem Geld hergewesen, und bestimmt würde er auch diesmal alles daransetzen, sich einen möglichst fetten Anteil von den sechs Millionen zu holen. Vielleicht hatte er Hendrix irgendwo versteckt, um leichteres Spiel mit ihm zu haben. Gunnarson war ein schlauer Fuchs, er hätte einen Raben zum Singen gebracht, wenn ihm dafür die Beute in den Schoß fiel.

Was war zu tun? Als Hardin zu seinem Tisch gegangen war, hatte er in einer Nische neben der Theke ein Telefon gesehen. Auf einem Bord unter dem Apparat fand er ein Telefonbuch. Er schlug den Buchstaben H auf. Es gab mehr Leute mit dem Namen Hendriks, als er erwartet hatte, ungefähr fünfzehn. Er ließ seinen Zeigefinger die Spalte hinunterlaufen, bis er die Eintragung ›Hendriks, D.‹ fand.

Zufrieden ging er zu seinem Tisch zurück und schlug den

Stadtplan auf. Dirk Hendriks wohnte in der Nähe vom Sloane Square. Hardin suchte sich aus dem Netzplan der U-Bahn die passende Verbindung heraus. Dann steckte er den Umschlag mit dem Testament in die Brusttasche seiner Jacke, trank sein Glas leer und ging.

Als er am Sloane Square aus dem U-Bahn-Schacht stieg, genügte ihm ein Blick, um festzustellen, daß er in einen der reicheren Stadtteile von London gekommen war. Er fand die Straße, die er suchte, dann das Haus. Bewundernd blieb er stehen und stieß einen leisen Pfiff aus. Wenn Dirk Hendriks sich diesen Lebensstil leisten konnte, war er auf ein paar Millionen nicht unbedingt angewiesen.

Hardin zögerte, er wollte sich nicht lächerlich machen. Eigentlich hatte er längst herausgefunden, was er wissen wollte – warum Gunnarson so eine Geheimniskrämerei betrieben hatte. Und daß für ihn aus der Geschichte nichts mehr heraussprang, wußte er inzwischen auch. Er zuckte resignierend die Schultern. Vielleicht saß Hank jetzt gerade mit seinem Vetter zusammen; für ein Familientreffen war das Haus groß genug. Er hätte Hank gerne noch einmal gesehen. Nachdem er ihm das Leben gerettet und seine Wunde versorgt hatte, empfand er jetzt etwas wie einen Besitzanspruch auf ihn. Und was konnte er schon verlieren? Hardin stieg die wenigen Treppen zum Eingang hinauf und läutete.

Die Tür wurde von einer jungen Frau in Schwesterntracht geöffnet. »Ich hätte gern Mr. Hendriks gesprochen – Mr. Dirk Hendriks.«

Die junge Frau sah in zweifelnd an. »Ich glaube, er ist nicht hier«, sagte sie. »Sie müssen verstehen, ich bin noch nicht lange im Haus.«

»Vielleicht kann ich Henry Hendriks sprechen?« fragte Hardin.

Sie schüttelte den Kopf. »Der Name ist mir völlig unbekannt. Aber es ist besser, Sie fragen Mrs. Hendriks. Sie ist gerade aufgestanden.«

»Ist sie krank? Ich will nicht stören.«

»Nein.« Die Schwester lachte. »Sie hat vor ein paar Tagen ein Kind bekommen, Mr....«

»Entschuldigen Sie. Hardin, Ben Hardin.«

»Kommen Sie doch herein, Mr. Hardin.« Sie zog die Tür weit auf. »Ich sage Mrs. Hendriks, daß Sie sie sprechen möchten.«

Hardin blieb in der Eingangshalle zurück, deren dezente Einrichtung seinen ersten Eindruck vom Wohlstand der Hausbesitzer bestätigte. Schon bald kehrte die Schwester zurück. »Kommen Sie, Mr. Hardin.« Sie führte ihn eine breite Treppe hinauf, in ein Zimmer mit großen Fenstern, durch die sein Blick auf einen kleinen Park fiel. »Mrs. Hendriks, dies ist Mr. Hardin.« Die Schwester zog sich zurück.

Mrs. Hendriks war eine Frau Mitte der Dreißig. Sie war klein und dunkelhaarig, keine auffallende Schönheit, aber auch nicht unattraktiv. »Es tut mir leid, daß mein Mann nicht da ist, Mr. Hardin.« Sie gab ihm die Hand. »Sie haben ihn um vierundzwanzig Stunden verpaßt. Er ist gestern nach Südafrika geflogen. Kennen Sie meinen Mann?«

»Nicht persönlich«, sagte Hardin.

»Dann wissen Sie vielleicht nicht, daß er Südafrikaner ist. Aber setzen Sie sich doch.«

Hardin nahm in dem Lehnstuhl Platz. »Eigentlich wollte ich auch nicht ihren Mann sprechen«, sagte er. »Ich hatte gehofft, Han... Henry Hendrix bei ihm zu treffen.«

»Henry?« fragte sie zweifelnd.

»Der Vetter Ihres Mannes.«

Sie schüttelte den Kopf. »Sie müssen sich irren. Mein Mann hat keinen Vetter.«

Hardin lächelte. »Vielleicht kennen Sie ihn nicht. Er ist Amerikaner. Ihr Mann und er sind sich bisher nicht begegnet. Zumindest hat Hank das mir gegenüber behauptet. Seine Freunde nennen ihn so, Hank Hendrix. Er schreibt sich mit einem X am Ende.«

»Ich glaube trotzdem, daß Sie sich täuschen, Mr. Hardin. Mein Mann hat diesen Namen nie erwähnt.«

»Wie ich schon sagte, sie sind sich nie begegnet. Es gibt ein paar Briefe, aber die sind auch schon einige Jahre alt.« Er fühlte eine unbestimmte Unruhe in sich aufsteigen. »Dann war Hank also noch nicht hier?«

»Nein.« Sie schwieg einen Moment. »Es sei denn, er ist hiergewesen, als ich im Krankenhaus war. Ich habe vor kurzem ein Kind bekommen, und moderne Ärzte schwören auf Entbindungen in der Klinik.«

»Die Schwester hat es mir bereits erzählt«, sagte Hardin. »Herzlichen Glückwunsch. Ist es ein Junge oder ein Mädchen?«

»Ein Junge«, sagte sie mit einem stolzen Lächeln. Aber dann

wurde ihr Gesicht wieder ernst. »Dirk hätte es mir bestimmt erzählt, wenn ein lange vermißter Cousin ihn plötzlich besucht hätte.«

»Ganz sicher hätte er das getan«, sagte Hardin ehrlich; die Unruhe in ihm wurde größer. Wäre Hank nach England gekommen, so hätte er Dirk bestimmt aufgesucht; die Adresse stand in jedem Telefonbuch. Oder der Anwalt aus Jersey hätte sie miteinander bekannt gemacht. Aber auch Jack Richardson hatte ihm gesagt, daß kein Flugticket verbucht worden war. Wo zum Teufel war Hank dann geblieben, und was für ein Spiel trieb Gunnarson?

Mrs. Hendriks mußte ihm seine Unruhe vom Gesicht abgelesen haben. »Sie sehen besorgt aus, Mr. Hardin. Kann ich Ihnen irgendwie helfen?«

Hardin fühlte den Umschlag in seiner Brusttasche. Wenigstens an dem Testament gab es keinen Zweifel. »Hat Ihr Mann bereits von dem Testament seines Großvaters erfahren?«

Mrs. Hendriks sah ihn erstaunt an. »Dirks Großvater? Der ist vor Jahren in Südafrika gestorben. Das habe ich bis jetzt zumindest immer angenommen. Dirk hat nie von ihm gesprochen.«

Hardin holte tief Luft. »Mrs. Hendriks, ich muß Ihnen etwas erzählen ...«

6

Max Stafford hatte gerade beschlossen, seinen Arbeitstag zu beenden und nach Hause zu gehen, als das Telefon auf seinem Schreibtisch klingelte. Es war Joyce, seine Sekretärin. »Mrs. Hendriks möchte Sie gerne sprechen.«

»Stellen Sie durch.«

Es knackte in der Leitung. »Max?«

»Hallo, Alix. Wie fühlst du dich in deiner neuen Rolle als Mutter?«

»Großartig. Vielen Dank für den schönen Silberbecher, den du dem kleinen Max geschenkt hast. Wenn er großjährig ist, wird er daraus auf dein Wohl trinken.«

Stafford lächelte. »Das werde ich dann auch bitter nötig haben.«

Sie lachte. »Aber deshalb rufe ich nicht an. Ich brauche deinen Rat, Max. Gestern war ein Amerikaner bei mir, ein gewisser

Hardin. Er hat mir eine sonderbare Geschichte erzählt, die eigentlich Dirk betraf. Aber Dirk ist verreist – er ist in Südafrika. Gestern nacht habe ich versucht, ihn anzurufen. Aber er ist unterwegs, und niemand konnte mir sagen, wo ich ihn erreichen kann. Es wäre sehr nett von dir, wenn du mit diesem Hardin sprechen könntest, bevor er nach Amerika zurückfliegt.«

»Was hat er dir denn Abenteuerliches erzählt, daß du so aufgeregt bist?«

»Das ist schwer zu erklären, ich bekomme es auch nicht mehr richtig zusammen. Bitte treff dich mit ihm, Max.«

Stafford überlegte einen Moment. »Ist Dirk in Schwierigkeiten?«

»Überhaupt nicht. Wenn ich Hardin richtig verstanden habe, hat Dirk sogar eine Erbschaft gemacht. Aber alles hörte sich so seltsam an.«

»Wieso seltsam?«

»Das kann ich auch nicht genau sagen. Ich begreife einfach die Zusammenhänge nicht.«

»Wann will Hardin zurück in die Staaten?«

»Morgen oder übermorgen. Ich glaube, er kann sich den Aufenthalt hier nicht länger leisten.« Sie zögerte einen Moment. »Mir läge wirklich an deinem Rat, Max. In letzter Zeit ist alles so schwierig gewesen. Seit Dirk von meiner Schwangerschaft wußte, war er so verändert, so grüblerisch. Ich habe mir schon Sorgen gemacht. Und jetzt auch noch dies.«

»Dieser Hardin versucht doch nicht, dich zu erpressen, oder?«

»Nein, nein«, protestierte sie. »Aber kannst du nicht morgen zum Lunch hiersein? Dann lade ich Hardin auch ein.«

Stafford warf einen Blick auf seinen Terminplan. In der Ablage stapelten sich die Auftragseingänge, und Joyce bestand auf prompter Erledigung der Arbeit. Aber vielleicht konnte er die Sache in einer Stunde klären. »Ist gut«, sagte er. »Ich bin um halb eins bei dir.«

»Danke schön, Max«, sagte Alix erleichtert. »Ich habe gewußt, daß ich mich auf dich verlassen kann.«

Stafford legte den Hörer zurück auf die Gabel und starrte abwesend auf seinen Schreibtisch. Plötzlich merkte er, daß Ellis ins Zimmer gekommen war und mit den Fingern schnippte. »Aufwachen, Max. Hast du Sorgen?«

Stafford schreckte hoch. »Ich nicht – aber Alix Hendriks. Dirk scheint keinen Geschmack daran zu finden, daß er jetzt Vater ist. Er hat sich nach Südafrika verdrückt und Alix mit ihrem drei Wochen alten Sprößling allein gelassen. Und jetzt ist bei ihr auch noch so ein dubioser Kerl aufgetaucht, der ihr die letzte Ruhe genommen hat. Sie will meinen Rat.«

»Sei vorsichtig, Max«, sagte Ellis. »Als du Alix das letzte Mal geholfen hast, bist du mit einem Arm in der Schlinge ins Büro zurückgekommen.«

»Soviel Glück hat man nicht zweimal«, lachte Stafford.

Stafford merkte bald, daß Alix' Problem nicht in einer Stunde zu lösen war. Als er zur verabredeten Zeit an der Tür ihres Hauses in Belgravia läutete, war Hardin bereits da. Ein Mittfünfziger mit beginnender Glatze und einem Bauch wie ein Fußball. Stafford fand, daß er ein wenig schäbig aussah. Nachdem Stafford sein kleines Patenkind ausgiebig bewundert hatte, gingen sie hinüber ins Eßzimmer. Dann erzählte Hardin seine Geschichte noch einmal.

Es war drei Uhr, als Stafford sich den Stoß Blätter griff und in die Luft hielt. »Und das hier ist das ominöse Testament?«

Hardin wurde rot im Gesicht. »Wieso ominös? Wenn Sie mir nicht glauben, lassen Sie sich doch selbst eine Kopie schicken. Auf meine Kosten, wenn es sein muß.«

»In Ordnung, Mr. Hardin. Beruhigen Sie sich.«

Während Hardins ausführlicher Erzählung hatte sich Staffords Meinung über ihn geändert. Wenn das hier ein Betrugsversuch sein sollte, dann konnte er keinen Sinn darin erkennen, weil Hardin in jedem Fall leer ausging. Und das Testament mußte echt sein, seine Herkunft war viel zu leicht zu überprüfen. Eine Fälschung hätte nie das Nachlaßgericht passiert. Und dann war da noch Gunnarson.

»Was, glauben Sie, hat Gunnarson mit Hendrix angestellt?« fragte Stafford.

»Das weiß ich wirklich nicht.« Hardin zuckte die Achseln.

»Würden Sie Gunnarson als einen Mann mit moralischen Grundsätzen bezeichnen?«

»Bestimmt nicht.«

»Ich auch nicht«, sagte Stafford trocken.

»Kennen Sie ihn denn?« fragte Hardin überrascht.

»Nicht persönlich, aber ich habe ihm schon einigen Ärger zu verdanken gehabt. Wir arbeiten in derselben Branche. Aber auf verschiedenen Seiten, könnte man sagen. Mir gehört Stafford Security Consultants.«

»*Der* Stafford sind Sie!« Hardin war einen Moment sprachlos. »Darauf wäre ich nicht gekommen.«

Stafford las noch einmal das Testament durch. »Der alte Hendrykxx war entweder sehr weise, oder er hatte einen klugen Ratgeber.«

Alix schenkte Kaffee nach. »Wieso?«

»Weil er sich auf einer Kanalinsel niedergelassen hat. Keine Erbschaftssteuern, keine Gewinnsteuern oder Kapitaltransfersteuern. So wie es aussieht, kann Dirk seine drei Millionen Pfund ohne jeden Abzug in Empfang nehmen. Ich kenn' mich da ein bißchen aus. Seit wir ins internationale Geschäft eingestiegen sind, haben wir uns auch ein Dach auf der Insel zugelegt.« Er warf das Testament zurück auf den Tisch. »Wer, glauben Sie, hat in Los Angeles auf Hendrix geschossen?«

»Ich habe keine Ahnung«, sagte Hardin. »Aber ich habe Ihnen ja erzählt, daß noch jemand anderes nach Hendrix gesucht hat.«

»Dieser Deutsche, von dem Sie sprachen – also gut. Und jetzt sagen Sie mir, Mr. Hardin, warum Sie nach England gekommen sind.«

»Ich war wütend, weil Gunnarson mich so hereingelegt hatte, und ich wollte irgend etwas dagegen unternehmen. Von mir aus können Sie es Rache nennen. In New York hatte ich Pech, aber als ich dann überraschend zu Geld kam, habe ich mich entschlossen, hierherzufliegen.« Er zuckte die Schultern und zeigte auf das Testament. »Als ich das da gesehen habe, ist mir einiges klargeworden. Auch, daß ich nichts gegen Gunnarson unternehmen kann. Aber ich wollte mindestens Hank noch einmal sehen und ihn vor Gunnarson warnen.«

Stafford dachte nach. »Wie lange bleiben Sie noch?«

»Ich fliege morgen oder übermorgen. Sobald ich einen Platz bekomme.« Er lächelte gequält. »Ich muß schleunigst nach Hause und Geld verdienen.«

»Ich möchte Sie bitten, noch ein paar Tage zu bleiben. Ihre Auslagen werden selbstverständlich erstattet.« Er warf einen Blick zu Alix, sie nickte. Stafford hätte nicht genau sagen können, warum er Hardin zum Bleiben überreden wollte. Ein dunkles Gefühl ließ ihn ahnen, daß er ihn noch brauchen würde.

»Dann bleibe ich natürlich gern«, sagte Hardin.

Stafford stand auf. »Gut, dann brauche ich noch den Namen Ihres Hotels, damit wir in Verbindung bleiben können.«

»Ich habe die Adresse«, sagte Alix.

»Das wäre es dann wohl. Vielen Dank, Mr. Hardin.« Sie verabschiedeten sich.

»Darf ich kurz dein Telefon benutzen?« fragte Stafford, als Alix von der Tür zurückkam.

»Aber natürlich.« Sie begann das Kaffeegeschirr abzuräumen. »Du weißt, wo es steht.«

Nach fünf Minuten kehrte Stafford zurück. »Jan-Willem Hendrykxx hat wirklich gelebt. Ich habe unseren Mitarbeiter in Jersey angerufen. Er brauchte nur ins Telefonbuch zu schauen. Hendrykxx ist, glaube ich, ein flämischer Name.« Er nahm das Testament vom Tisch. »Das erklärt auch das Haus in Belgien. Ich habe unseren Mann übrigens auch gebeten, sich einmal vorsichtig nach dem Testamentsvollstrecker zu erkundigen. Vielleicht findet er auch heraus, wann und woran der alte Hendrykxx gestorben ist.«

»Hast du irgendeinen Verdacht...?« Alix runzelte die Stirn. »Ich meine, er war doch wirklich schon alt.«

Stafford lächelte. »Das liegt an meiner Ausbildung beim Militär; ich war bei der Abwehr. Wenn du ein Puzzle lösen willst, kann dir auch die unbedeutendste Information helfen.« Er überflog die Blätter in seiner Hand. »Die Ol-Njorowa-Stiftung erhält ungefähr vierunddreißig Millionen Pfund Sterling. Ich frag' mich, was die Leute damit anstellen.« Er setzte sich. »Alix, was ist mit dir und Dirk? Du wirktest gestern so bedrückt.«

Ihr Gesicht hatte einen sorgenvollen Ausdruck angenommen. »Ich verstehe ihn nicht mehr, Max. Irgendwie scheint er sich in seiner neuen Rolle nicht wohl zu fühlen. Wir waren wirklich glücklich miteinander. Aber seit er von meiner Schwangerschaft wußte, ist er anders geworden.«

»In welcher Weise?«

»Er ist so übellaunig und zerstreut. Und jetzt ist er einfach nach Südafrika verschwunden. Unser Baby ist gerade drei Wochen alt – da kann man doch erwarten, daß er zu Hause bleibt.«

»Hm.« Stafford wollte dazu lieber nichts sagen. »Und er hat nie seinen Großvater erwähnt?«

»Ich kann mich nicht erinnern.« Sie machte eine abwehrende Handbewegung, wie um eine Fliege zu verscheuchen. »Ach, Max, das ist alles einfach lächerlich. Dieser Mann... dieser Flame mit dem merkwürdigen Namen... er ist vielleicht gar nicht mit Dirk verwandt. Es kann doch alles eine Verwechslung sein.«

»Das glaube ich nicht. Hardin hat den Weg zu dir so sicher wie eine Brieftaube gefunden.« Stafford zählte an den Fingern auf. »Hank Hendrix hat ihm gesagt, daß Dirk sein Cousin ist; Hardin hat den Auftrag von Peacemore, Willis & Franks gesehen, daß Gunnarson die noch lebenden Verwandten von diesem Jan-Willem Hendrykxx ausfindig machen sollte; dabei hat Hardin Henry Hendrix gefunden. Da paßt eins zum anderen.«

»Ich glaub' dir ja«, sagte Alix. »Aber kannst du mir auch erklären, warum es mir Sorgen bereitet, daß Dirk eine Millionenerbschaft gemacht hat?«

»Ich glaube, ja«, antwortete er. »Du störst dich an dem einzigen Punkt, der nicht in das schöne Bild paßt. Warum ist in Los Angeles auf Henry Hendrix geschossen worden? Und ich habe sogar noch einen zweiten. Warum hat die Peacemore-Sippschaft Dirk noch nicht gefunden? Hardin hat das in dreißig Sekunden geschafft.«

Curtis, Staffords Butler, öffnete überrascht die Tür. »Der Colonel ist heute früh zurück«, bemerkte er.

»Ja, ich bin unterwegs aufgehalten worden. Es lohnte nicht mehr, ins Büro zurückzugehen.«

»Wünscht der Colonel jetzt seinen Nachmittagstee?«

»Nein. Aber du kannst mir einen Scotch ins Arbeitszimmer bringen.«

»Wie der Colonel wünscht«, sagte Curtis mit mißbilligender Miene.

Curtis war Fahrer, Butler und Haushandwerker in einem; wenn es sein mußte, spielte er auch das Kindermädchen. 1943 war er zu den Royal Marines gegangen und war auch nach dem Krieg dabeigeblieben. Er hatte siebenunddreißig Dienstjahre auf dem Buckel, als er mit fünfundfünfzig pensioniert wurde. Das Zivilleben war ihm fremd geworden. Er fühlte sich wie ein Fisch auf dem Trockenen, und über das undisziplinierte Verhalten seiner Umgebung konnte er nur widerwillig staunen. Er war Witwer. Seine Frau Amy war fünf Jahre vor seinem Dienstende an Krebs gestorben. Die einzige Tochter war in Australien verheiratet. Curtis sollte demnächst zum drittenmal Großvater werden.

Nach seiner Scheidung hatte Stafford eine Zeitlang in seinem Club gewohnt, bis er eine kleinere Wohnung gefunden hatte, die besser zu seinem künftigen Junggesellenleben paßte. Damals hatte er sich wieder an Curtis erinnert; er kannte ihn noch aus der Zeit, die er als junger Offizier bei der Rheinarmee abgedient hatte. In einem der weniger seriösen Viertel von Hamburg war er einmal in eine brenzlige Situation geraten, aus der ihn ein Marinesergeant mit seinen Hammerfäusten herausschlug. Er hatte Curtis das nie vergessen, und sie waren in Verbindung geblieben. Nach der Trennung von seiner Frau entschloß er sich dann, Curtis anzustellen – oder hatte Curtis ihn angestellt? Wie auch immer es gewesen sein mochte, sie kamen gut miteinander aus.

Curtis hatte eine passende Nische in der fremden Welt gefunden, und Stafford war froh, einen tüchtigen, wenn auch etwas militärischen Schutzpatron zu haben. Nur einen Fehler hatte Curtis: Er bestand darauf, Stafford in der dritten Person anzureden und mit seinem alten Dienstgrad.

Stafford sah seinen untersetzten, stämmigen Schutzgeist an mit einem Blick, der seine Zuneigung nicht verheimlichte. »Wie geht's Ihrer Tochter, Sergeant?«

»Ich habe heute einen Brief von ihr bekommen. Sie schreibt, daß es ihr gutgeht, Sir.«

»Was soll es werden, Junge oder Mädchen?«

»Das ist mir ganz egal. Hauptsache, es ist gesund.«

»Sag mir, wenn es soweit ist, wir müssen ihr ein hübsches Geschenk aussuchen.«

»Vielen Dank, Sir. Wann möchte der Colonel das Bad eingelassen haben?«

»Wie immer. Und jetzt hätte ich gerne meinen Scotch.« Stafford ging in sein Arbeitszimmer.

Er setzte sich an den Schreibtisch und dachte über Gunnarson nach. Sie waren einander nie begegnet, aber für Gunnarsons Arbeitsmethoden hatte ihm dessen Londoner Ableger Peacemore, Willis & Franks einige wenig erfreuliche Beispiele geliefert.

Die Aufgabe von Stafford Security Consultants war, das geheime Material ihrer Kunden – Wirtschaftsorganisationen zumeist – zu schützen. Wer das zum erstenmal hörte, stellte sich sofort bewaffnete Wachen vor, die an stacheldrahtbewehrten Zäunen entlangpatrouillieren. Aber das war nur der sichtbare Teil der Arbeit. Der empfindlichste Teil jeder Organisation waren die Menschen, die in ihr arbeiteten, vom Chef an der Spitze bis zur Putzfrau, die nach Feierabend die Flure wischte. Die unvorsichtige Bemerkung eines Managers im Golfclub konnte ein Millionenprojekt auffliegen lassen. Und wer wußte, wo er suchen mußte, konnte aus einem Papierkorb die interessantesten Informationen herausholen.

Wenn Stafford Security Consultants ihr Geld damit verdienen konnten, Geheimnisse zu beschützen – und sie verdienten nicht schlecht –, dann mußte es andere geben, die daran interessiert waren, sie herauszufinden. Und den Leuten, die Gunnarson Associates anheuerten, war es ziemlich egal, *wie* Gunnarson an das herankam, was sie wissen wollten. Das gleiche galt für die Peacemore-Sippe in England.

Stafford dachte an ein Gespräch mit Ellis, das sie vor seiner Europareise geführt hatten.

»Wir haben Schwierigkeiten mit den Peacemore-Leuten«, hatte Ellis angefangen. »Sie haben Electronomics unterwandert, kurz vor der Fusion. Sie sind unbemerkt durch unseren Schutz gekommen.«

»Und wie?«

Jack zuckte die Schultern. »Du kannst gegen alles ein Mittel finden, aber nicht gegen Dummheit. Sie haben Pascoe überrascht, den Generaldirektor. Im Bett, mit einem Strichjungen. Jede Menge Fotos. Die Sache war natürlich eingefädelt, aber beweise das erst mal.«

»Aber die Leute sind doch heute viel zu liberal, als daß man jemanden wegen homosexueller Beziehungen erpressen könnte.«

»Es hat aber funktioniert. Pascoes Frau wußte nichts von seiner zweiten Neigung. Er hat eine Tochter im Schulalter. Sie haben gedroht, ihn zu ruinieren, also hat er nachgegeben. Nach der Fusion haben wir natürlich den Electronomics-Auftrag verloren; den hat jetzt Peacemore.«

»Und Pascoes kleiner Fehltritt ist trotzdem bekanntgeworden.«

»Sicher. Nach dem Zusammenschluß wurde er gefeuert, mit voller Angabe der Gründe. Er war nicht mehr vertrauenswürdig.«

»Da kennen die Kerle kein Erbarmen.«

Industriespionage unterscheidet sich nicht sehr von der Arbeit einer Behörde mit der Bezeichnung MI6, von der die Regierung behauptet, daß sie nicht existiert. Aber vom KGB weiß jeder, daß es ihn gibt, und über die Arbeit der CIA kann man sich inzwischen in jeder Leihbücherei informieren. Heute interessiert sich jedes Unternehmen der Autoindustrie für das, was die Konkurrenz für die kommenden Jahre an technischen Überraschungen in der Schublade hat. Und eine Fluggesellschaft, die für eine halbe Million Dollar einen Werbefeldzug geplant hatte, mußte hilflos zusehen, wie der größte Konkurrent die gleiche Kampagne eine Woche früher startete.

Ein Konzern, der einen Konkurrenten schlucken will, wie im Fall der Electronomics, interessiert sich natürlich für die Verteidigungsstrategie seines Opfers. Irgend jemand hatte wissen wollen, bei welchem Angebot die Anteilseigner von Electronomics schwach würden, und Peacemores Intrige hatte geholfen, es herauszufinden. Ohne daß sich einer der Aufsichtsräte die Weste, geschweige denn die Finger schmutzig machen mußte.

Alle Vorsichtsmaßnahmen mußten eben versagen, wenn der Gegner auf die Schwäche eines Mannes in den eigenen Reihen bauen konnte. Deshalb überprüfte Stafford Security Consultants regelmäßig das Personal seiner Kunden, um zweifelhafte Mitarbeiter rechtzeitig auszusondern. Manche Leute sahen darin eine Verletzung der Persönlichkeitsrechte, aber das machte die Arbeit nicht weniger notwendig.

Und manchmal kommen wir zu spät, dachte Stafford.

Er seufzte und nahm sich endlich den Whisky, den Curtis ihm hingestellt hatte. Und jetzt trieb Gunnarson sein Spiel mit Leuten, die er gut kannte. Nicht daß er sich Dirk Hendriks besonders verbunden fühlte; aber Alix war eine langjährige Freundin, und er würde es nicht zulassen, daß man ihr weh tat. Gunnarson mußte irgend etwas planen. Warum hatte er den gesuchten Erben nicht nach London gebracht?

Stafford sah auf die Uhr. Es war schon nach Büroschluß, aber er wollte trotzdem versuchen, die Anwaltskanzlei in Jersey zu erreichen. Niemand meldete sich.

7

Am nächsten Morgen hatte Stafford gerade sein Büro betreten, als ihm ein Anruf von Peter Hartwell durchgestellt wurde. Hartwell war Direktor der Holdinggesellschaft in Jersey, über die Stafford den finanziellen Teil seines Geschäftes abwickelte. »Ich habe die Informationen, um die Sie mich gestern gebeten haben«, sagte Hartwell. »Dieser Hendrykxx ist vor etwas mehr als vier Monaten gestorben. Er wurde eingeäschert. In den Zeitungen war nichts zu finden, außer der üblichen Anzeige.«

»Was war die Todesursache?«

»Herzversagen. Aber sein Arzt hatte damit gerechnet; er war schon länger mit Herzgeschichten in Behandlung. Ich bin auch zum Greffe gegangen und habe mir das Testament angeschaut. Liest sich sehr spannend, finde ich.«

»Es wundert mich auch, daß die Zeitungen die Sache nicht aufgegriffen haben. Schließlich legt sich nicht jeden Tag ein Multimillionär zur letzten Ruhe.«

Hartwell lachte. »Millionäre sind hier nichts Besonderes; außerdem hat Hendrykxx sehr zurückgezogen gelebt. Und die Reporter lesen auch nicht jedes Testament.«

»Wie lange hat Hendrykxx eigentlich auf Jersey gelebt?« fragte Stafford.

»Seit 1975. Viel hat er nicht mehr davon gehabt.«

»Und was ist mit dem Testamentsvollstrecker?«

»Der alte Farrar? Ein guter Anwalt, aber ein bißchen pedantisch und verstaubt. Warum interessiert Sie die Sache so, Max? Wollen Sie die Branche wechseln?«

»Nein, nein.« Stafford lachte. »Ein Freund hat mich um einen Gefallen gebeten. Erst einmal vielen Dank, Peter. Ich rufe wieder an, wenn ich noch etwas wissen will.«

Aber Hartwell legte noch nicht auf. »Eins ist ja schon merkwürdig an der Geschichte. Der Beamte im Greffe war ganz verzweifelt, weil von überallher Kopien von dem Testament angefordert werden. Eine aus England, zwei aus Amerika und die vierte aus Südafrika. Er überlegte schon, ob er nicht eine kleine Auflage drucken lassen sollte.« Beide lachten über den geplagten Mann im Greffe, dann verabschiedeten sie sich.

Stafford lehnte sich zurück und dachte nach. So weit, so uninteressant, bis auf die ungewöhnlich vielen Anfragen nach dem Testament. Er drückte einen Knopf der Sprechanlage. »Joyce, verbinden Sie mich bitte mit Mr. Farrar von Farrar, Windsor & Markham in St. Helier, Jersey. Es ist eine Anwaltskanzlei.«

Fünf Minuten später kam der Anruf herein, und Stafford stellte sich vor. »Sie haben doch Mr. Jan-Willem Hendrykxx vertreten. Er ist, wie ich höre, vor ungefähr vier Monaten gestorben.«

»Das stimmt.«

»Soweit ich weiß, haben Sie Schwierigkeiten, die Erben zu finden.«

»Das stimmt nicht.« Farrar hatte einen pedantischen Ton. Stafford wartete, daß er weiterredete, aber Farrar schwieg. Hartwell hatte den alten Kauz richtig eingeschätzt. »Wir sprechen doch beide von Henry Hendrix aus Los Angeles und Dirk Hendriks aus London?«

»Sie sind gut informiert. Darf ich fragen, woher Sie Ihre Kenntnis beziehen?«

»Ich habe das Testament gelesen.«

»Aber da standen die Namen nicht drin«, sagte Farrar trocken. »Trotzdem stimmen Ihre Informationen, Mr. Henry Hendrix wird morgen aus den Vereinigten Staaten hier eintreffen, und Mr. Dirk Hendriks ist unterrichtet worden.« Farrar machte eine Pause. »Es stimmt auch, daß es mich etwas überrascht hat, wie lange...« Er unterbrach sich, als hätte er sich selbst bei einer Indiskretion ertappt. »Darf ich fragen, welches Ihre Interessen in der Angelegenheit sind, Mr. Stafford?«

Er seufzte. »Sie sind soeben verflogen. Vielen Dank, daß Sie mir soviel Zeit geopfert haben, Mr. Farrar.«

Stafford hatte kaum aufgelegt, da klingelte das Telefon bereits wieder. Alix war am Apparat. »Es ist wahr, Max«, sagte sie aufgeregt. »Es ist alles wahr.«

»Wenn du Dirks Erbschaft meinst, erzählst du mir nichts Neues. Ich habe gerade mit Farrar gesprochen.«

»Wer ist das?«

»Der Testamentsvollstrecker. Er hat eine Kanzlei auf Jersey.«

»Merkwürdig. Wir haben einen Brief von einem Anwalt aus London erhalten. Er heißt Mandeville.« Alix redete hastig weiter. »Dirk hat es die ganze Zeit gewußt. Er wollte mich nicht beunruhigen, während ich im Krankenhaus lag. Die Reise nach Südafrika war notwendig, um noch einige persönliche Urkunden zu besorgen. Heute morgen ist er zurückgekommen, und morgen geht er schon zum Notar. Und den lange gesuchten Vetter gibt es auch, Max. Sie werden sich morgen treffen.«

»Das ist alles wirklich sehr aufregend«, sagte Stafford unbewegt. »Herzlichen Glückwunsch.« Er machte eine Pause. »Und was passiert jetzt mit Hardin?«

»Was schlägst du vor?«

»Er scheint ein ehrlicher Kerl zu sein«, sagte Stafford. »Auch wenn man ihn seinem Aussehen nach für einen Betrüger halten könnte. Aber er hat alles getan, um die Sache aufzuklären; mehr, als er tun mußte. Ich glaube, du solltest ihm seine Londoner Spesen zahlen und die gesamten Flugkosten. Das wird nicht allzuviel sein. Vielleicht kannst du noch ein kleines Honorar dazulegen. Soll ich mich darum kümmern?«

»Das wäre sehr nett«, sagte sie. »Schick mir einfach eine Rechnung.«

»Ich werde mich mit ihm zum Lunch verabreden. Alles Gute.« Er legte auf. Dann bat er Joyce, einen Termin mit Hardin zu vereinbaren. Stafford lehnte sich zurück, seine Finger trommelten unzufrieden auf dem Tisch.

Es gab nicht mehr viel zu überlegen. Mandeville war bestimmt ein Geschäftsfreund von Farrar. Stafford fragte sich nur, warum Dirk Hendriks seiner Frau die gute Nachricht nicht vor seinem Flug nach Südafrika mitgeteilt hatte. Aber er war nun einmal ein taktloser Geselle. Ein paar andere kleine Unstimmigkeiten paßten auch noch nicht richtig ins Bild. Wer hatte auf Hendrix geschossen – und warum? Und warum hatte Gunnarson den jungen Hendrix nicht früher nach London gebracht? Aber dabei mußte er sich schon auf Hardins Erzählung verlassen. Vielleicht war er doch ein Betrüger, der sein eigenes verschlagenes Spiel trieb. Stafford war immer stolz auf seine Menschenkenntnis gewesen; er schüttelte verwirrt den Kopf.

Dann machte er sich an die Arbeit.

Stafford hatte sich mit Hardin in einem anspruchsvollen Restaurant verabredet. Die letzten Ereignisse mochten für Hendrykxx' Erben erfreulich sein, für Hardin waren es schlechte Nachrichten. Stafford hoffte, daß ein gutes Essen ihn trösten würde. »Ich glaub', ich hab' mich ganz schön zum Narren gemacht«, sagte Hardin kläglich.

»Wer keine Fehler macht, kann auch nie etwas richtig machen«, antwortete Stafford wenig originell. »Mrs. Hendriks wünscht nicht, daß Sie irgendwelche finanziellen Nachteile wegen dieser Sache haben. Seit wann sind Sie nicht mehr bei Gunnarson Associates?«

»Seit ungefähr einem Monat.«

»Und was hat er Ihnen gezahlt?«

»Dreißigtausend im Jahr, plus Prämien.« Hardin zuckte die Schultern. »Die Prämien sind zum Schluß zwar immer seltener geworden, aber in guten Jahren bin ich alles in allem auf vierzigtausend Dollar gekommen.«

»Gut.« Stafford zog sein Scheckheft aus der Tasche. »Mrs. Hendriks zahlt Ihnen die gesamten Flugkosten, die Auslagen, die Sie hier machen mußten, und ein Monatsgehalt. Ist das in Ordnung?«

»Das ist sehr großzügig«, sagte Hardin aufrichtig.

Schon wieder mußte sich Stafford über Hardin wundern, aber dann sagte er sich, daß ein ehrliches Auftreten auch erst den guten Betrüger ausmacht. Sie einigten sich auf einen Dollarbetrag, Stafford rundete ihn zum nächsten Tausend auf, rechnete ihn in Sterling um und schrieb den Scheck aus. »Damit komme ich aus, bis ich zu Hause was Neues gefunden habe.« Hardin schob den Scheck in seine Brieftasche.

»Wann wollen Sie fliegen?«

»So schnell wie möglich. Vielleicht bekomm' ich morgen einen Platz.«

»Jedenfalls, viel Glück«, sagte Stafford. Dann wechselte er das Thema.

Während die folgenden Gänge aufgetragen wurden, erzählte er oberflächlich von seiner Zeit beim militärischen Abschirmdienst, und Hardin antwortete mit ein paar Erfahrungen, die er beim CIA gemacht hatte. Er erwähnte seine Einsätze in England, Deutschland und Afrika, aber er blieb allgemein und plauderte nicht aus der Schule. »Ich rede nicht gern darüber«, sagte Hardin offen. »Ich gehöre nicht zu diesen Klatschbasen, die nach Watergate überall aus dem Boden geschossen sind.«

Stafford gab ihm im stillen recht und mußte sich eingestehen, daß er sich allmählich bei Hardin nicht mehr auskannte.

Nach dem Essen zahlte Stafford. Sie verließen das Restaurant und schüttelten sich vor der Tür ein letztes Mal die Hände. Stafford sah Hardin nach, wie er die Straße hinunterging. Er hatte etwas rührend Trauriges an sich, und Stafford fragte sich, was jetzt wohl aus ihm werden würde.

Am folgenden Tag rief Dirk Hendrik an, und Stafford seufzte verzweifelt. Allmählich hatte er genug von der Affäre Hendriks. Dirks Stimme klang laut aus dem Hörer, und Stafford fand wieder einmal bestätigt, daß Akzente am Telefon deutlich zu hören waren.

»Ich bin beim Notar, Max. Morgen fahren wir nach Jersey, um Farrar zu treffen, den Testamentsvollstrecker.«

»Was heißt wir?«

»Ich und mein unerwarteter Verwandter. Ich habe ihn bei Mandeville kennengelernt.«

»Ein glückliches Familientreffen also«, sagte Stafford. »Wie ist dein neuer Cousin?«

»Nett, aber typisch amerikanisch. Er hatte die scheußlichste karierte Jacke an, die ich je gesehen habe.«

»Drei Millionen Pfund Sterling werden dir das Augenleiden erträglich gemacht haben«, sagte Stafford trocken. »Hast du erfahren, was hinter dieser Ol-Njorowa-Stiftung steckt?«

»Ja. Es scheint eine Art Landwirtschaftsschule und Versuchsfarm zu sein.« Hendriks zögerte. »Da ist eine merkwürdige Klausel in dem Testament – ich muß jedes Jahr einen Monat nach Kenia und für die Stiftung arbeiten. Wie findest du das?«

Stafford hatte die Klausel gelesen. Seine Stimme klang noch unbeteiligter. »Ein Monat Arbeit im Jahr für drei Millionen, das ist nicht viel verlangt.«

»Natürlich nicht, Max. Aber weshalb ich dich anrufe – dieser Hardin, was hast du von ihm gehalten?«

›Im Zweifel für den Angeklagten‹, dachte Stafford. »Ich glaube, er war ganz in Ordnung.«

»Das sagt Alix auch. Sie mochte ihn sogar. Wann fliegt er zurück in die Staaten?«

»Wahrscheinlich ist er schon weg. Hier hat ihn ja nichts mehr gehalten.«

»Kannst du mir dann seine New Yorker Adresse geben? Ich möchte ihm wenigstens seine Auslagen ersetzen.«

»Das ist bereits erledigt, Dirk«, sagte Stafford. »Ich schicke dir die Rechnung, du wirst sie dir jetzt leisten können. Außerdem hat Hardin keine Adresse hinterlassen.«

»Ah!« Stafford schien es, als klänge Verärgerung aus dieser einen Silbe. Es dauerte einen Moment, bis Hendriks weitersprach. »Dann vielen Dank, Max.« Er hatte es nun offenbar eilig. »Wir sind gerade von Mandeville zurück und wollen noch mit Cousin Henry auf das Wiedersehen anstoßen. Hast du nicht Lust vorbeizukommen?«

»Es geht nicht, Dirk. Leider fliegen mir die Millionen nicht so zu wie dir. Ich muß arbeiten.«

»Dann bis demnächst, Max.« Hendriks legte auf.

Stafford hatte gelogen. Er war gerade dabei, einige Papiere in seine Tasche zu stecken, um nach Hause zu fahren. Das Fernsehen übertrug an diesem Nachmittag ein Kricketmatch, und Stafford hoffte, daß England die Australier diesmal besiegen würde. Er wollte den Anfang auf keinen Fall versäumen.

Als er seine Wohnung betrat, empfing ihn Curtis voller Ungeduld. »Der Colonel hat Besuch, ein Herr namens Hardin wartet. Ich habe das Büro angerufen, aber der Colonel war gerade gegangen.«

»Oh! Wo ist er?«

»Ich habe ihn ins Wohnzimmer gebeten und ihm einen Highball serviert.«

Stafford sah Curtis unsicher an. »Was weißt du von Highballs?«

»Ich hatte einige Gelegenheit, mich mit der Marine der Vereinigten Staaten zu betrinken, Sir«, antwortete er mit unbewegtem Gesicht. »Natürlich war ich damals noch sehr jung.«

»Selbstverständlich. Ich bleibe aber bei Scotch.«

Als Stafford ins Zimmer trat, stand Hardin mit seinem Glas in der Hand vor einem Wandregal und studierte die Buchrücken. »Ich dachte, Sie wollten heute zurückfliegen?«

»Ich hätte es auch fast getan, aber dann habe ich mich entschlossen, doch noch zu bleiben.« Hardin drehte sich herum. »Ist Hank Hendrix angekommen?«

»Ja, Dirk hat mich angerufen. Er hat ihn am Nachmittag beim Notar getroffen. Sie mußten ihre persönlichen Unterlagen vorlegen. Aber wie Dirk sagte, scheint jetzt alles in Ordnung zu sein.«

»War das bei Mandeville?«

»Ja. Woher wissen Sie das?«

Stafford hatte noch Hardins mutloses Gesicht von ihrem Abschied in Erinnerung, aber jetzt wirkte er sehr lebendig. »Um ein Haar wäre ich heute morgen auf dem Flughafen Gunnarson in die Arme gelaufen. Er hat mich aber nicht gesehen, deshalb konnte ich ihm unauffällig folgen.«

Curtis kam mit einem Tablett ins Zimmer, und Stafford nahm sich seinen Whisky. »Und warum sind Sie ihm gefolgt?«

»Weil der junge Erbschaftskandidat an seiner Seite nicht der Hank Hendrix war, den ich in Los Angeles aufgelesen habe.«

Stafford war so überrascht, daß er fast sein Glas fallen gelassen hätte. »Das war nicht Henry Hendrix?«

Hardin schüttelte nachdrücklich den Kopf. »Ganz sicher nicht. Die Größe stimmte, die Haarfarbe – der Junge sah Hank Hendrix sogar ähnlich, aber er war es nicht.«

Stafford mußte an sein Gespräch mit Dirk denken. »Was für eine Jacke hatte er an?«

Hardin lächelte amüsiert. »Er sah aus wie der typische Amerikaner – bunt wie eine Vogelscheuche.«

Das waren fast genau Dirks Worte. Curtis wollte gerade aus dem Zimmer gehen, aber Stafford hielt ihn zurück. »Hör dir das bitte mit an. Wir sparen uns dann später die halbe Erklärung. Aber vielleicht holst du Mr. Hardin erst noch einen Highball und dir selbst auch einen. Mr. Hardin, ich möchte Sie mit Mr. Curtis bekannt machen, ehemals Sergeant der Königlichen Marineinfanterie.«

Hardin warf Stafford einen neugierigen Blick zu, dann stand er auf und streckte seine Hand aus. »Es freut mich, Sie kennenzulernen, Sergeant Curtis.«

»Ganz meinerseits, Mr. Hardin.« Sie schüttelten sich die Hände, dann wandte Curtis sich an Stafford. »Wenn der Colonel erlaubt, trinke ich lieber ein Bier.«

Stafford nickte, und nach zwei Minuten kehrte Curtis mit den Getränken zurück. »Sie sind Gunnarson also nachgefahren«, nahm Stafford den Faden wieder auf.

»Ja. Die Londoner Taxifahrer sind durch nichts zu erschüttern. Ich versprach meinem ein Extratrinkgeld, wenn er an Gunnarsons Wagen dranbliebe. Aber er sagte, das ginge auch einfacher. Sie waren an dasselbe Funknetz angeschlossen. Fünf Minuten später wußte ich, daß Gunnarson ins Dorchester fuhr. Wir waren noch vor ihm da. Ich ließ den Wagen warten, obwohl das teuer wurde.«

»Sie bekommen ihr Geld zurück.«

Hardin lachte. »Nicht nötig, Mr. Stafford. Das war mir das Vergnügen wert.«

Er trank von seinem Highball. »Gunnarson und sein Begleiter trugen sich an der Rezeption ein und gingen nach oben. Die nächsten zwei Stunden habe ich in der Hotelhalle gesessen; immer in der Angst, daß mich der Hausdetektiv aufs Korn nimmt. Dann kamen sie wieder herunter, und ich bin ihnen nach Lincoln's Inn Fields gefolgt.«

»Wo Mandeville seine Kanzlei hat, richtig? Daher wissen Sie den Namen.«

»Genau. Es dauerte eine Weile, dann kam Gunnarson wieder heraus. Im gleichen Moment betraten Mrs. Hendriks und ein Mann das Haus. Kann es Dirk Hendriks gewesen sein?«

»Groß und breitschultrig? Ein Kerl wie ein Stier?« Wie viele Südafrikaner hatte Hendriks die Figur eines Rugbyspielers.

»Dann war er es.« Hardin nickte zustimmend. »Ich bin Gunnarson weiter gefolgt, diesmal zu Peacemore, Willis & Franks. Dort habe ich das Taxi bezahlt. Als mir nichts mehr zu tun blieb, bin ich hierhergekommen.« Er sah Stafford an. »Ich wollte Sie nicht im Büro aufsuchen.«

Stafford nickte abwesend und überdachte das Gehörte. »Fassen wir kurz zusammen. Sie haben Henry Hendrix in Los Angeles aufgespürt und zu Gunnarson nach New York gebracht. Gunnarson hatte auf eine Goldmine gehofft und sie auch gefunden. Hendrix besaß keine Angehörigen und war auch nie längere Zeit außerhalb der Staaten gewesen. Bestimmt war es nicht schwierig, genug Informationen aus ihm herauszuholen, um hier in London einen Strohmann präsentieren zu können.«

Curtis hüstelte. »Ich begreife zwar nicht ganz, um was es hier geht – aber wo steckt denn nun der richtige Henry Hendrix?«

Hardin sah ihn von der Seite an. »Darüber möchte ich mir lieber keine Gedanken machen.« Betroffen hielt er inne, und auch die anderen dachten einen Moment über den Sinn seiner Antwort nach. »Und was tun wir jetzt?«

»Eigentlich müßte ich jetzt Farrar warnen, daß er hereingelegt worden ist«, sagte Stafford langsam. »Aber ich werde es bleiben lassen.« Hardins Gesicht hellte sich auf. »Weil Gunnarson sich leicht herausreden kann.«

»Genau«, stimmte Hardin zu. »Der junge Mann bekommt seine Strafe wegen Hochstapelei, und Gunnarson würde seine Hände in Unschuld waschen, weil er angeblich ebenso getäuscht worden ist wie alle anderen.«

»Und Ihnen würde ohnehin niemand glauben«, fuhr Stafford fort. »Er würde Sie als Lügner hinstellen, als rachsüchtigen Exangestellten, der wegen Unfähigkeit gefeuert wurde.«

»Das würde er ganz bestimmt.« Hardin kratzte sich das Kinn. »Aber da sind immer noch Biggie und die anderen aus der Kommune. Sie könnten bezeugen, daß der Kerl nicht Hank ist – und daß Gunnarson es gewußt haben muß.«

»Aber sie sind siebentausend Meilen weit weg«, sagte Stafford gereizt. »Dieser Bursche, wer immer er auch ist, hat in Amerika gegen kein Gesetz verstoßen. Man würde ihn in London vor Gericht stellen. Jersey käme vielleicht auch in Frage.«

»Und was gibt es hier für versuchten Betrug?«

»Nicht viel jedenfalls; zwei, drei Jahre.«

Hardin schnaufte verärgert, aber Stafford kümmerte sich nicht um ihn. Er war in Gedanken versunken und sah Hardin jetzt mit ganz neuen Augen. Der Mann hatte recht behalten, mit allem, und jetzt saß er hier; ein arbeitsloser Geheimagent, der Gunnarson bis aufs Blut haßte. Wenn Stafford etwas gegen Gunnarson unternehmen wollte, konnte er sehr nützlich sein. Er kannte Gunnarson, seine Tricks, und die erste Regel aller Strategie und Taktik hieß: kenne deinen Feind.

»Sie sagten mir gestern, daß Sie in Afrika gearbeitet haben, Mr. Hardin. Waren Sie auch in Kenia?«

»Sicher.« Hardin nickte. »Es wird sich einiges geändert haben inzwischen, aber ich würde mich schon zurechtfinden.«

»Sind Sie dort *persona non grata?*«

»Nicht in Kenia.« Er lächelte. »Aber es wäre bestimmt nicht ratsam für mich, auch nur einen Fuß über die tansanische Grenze zu setzen.«

»Wir haben gestern über ihr Gehalt bei Gunnarson Associates gesprochen«, sagte Stafford. »Ich könnte Ihnen das gleiche zahlen, vielleicht sogar etwas mehr. Wollen Sie für Stafford Security Consultants arbeiten?«

Hardin wirkte nicht sonderlich begeistert. »Verdienen Sie Ihr Geld auf die gleiche Art wie Gunnarson?«

»Das würde ich nicht sagen. Wir versuchen, Leuten wie ihm das Handwerk zu legen.«

Hardin streckt die Hand aus. »Dann bin ich Ihr Mann. Danke, Mr. Stafford.«

Stafford lächelte. »Ich heiße Max, Sie heißen Ben, und der Sergeant ist der Sergeant.«

Da Hardin am Morgen sein Hotelzimmer aufgegeben hatte, lud Stafford ihn ein, das Gästezimmer zu benutzen, bis er etwas Passendes gefunden hatte. »Wenn Sie Sergeant Curtis die Sache noch mal von Anfang bis Ende erklären, ist die Miete damit abgegolten. Und noch etwas: Unter uns hier sagen wir du zueinander. Einverstanden?«

»Einverstanden. – Und was sollte die Frage nach Kenia?«

»Ich glaube, daß da unten bald einiges los sein wird«, sagte Stafford. Er dachte daran, daß die Ol-Njorowa-Stiftung eine Menge Geld bekommen würde. Und vielleicht war Gunnarsons Hunger mit den sechs Millionen von Henry Hendriks noch lange nicht gestillt. Die Stiftung würde schon bald von einem Regen von siebzig Millionen US-Dollars überschwemmt werden. Stafford war sicher, daß Gunnarson den Geruch der Scheine schon in der Nase hatte.

8

Stafford besprach die Gunnarson-Affäre auch mit Jack Ellis, der nach ihm den größten Anteil an Security-Aktien hielt. »Gunnarson«, sagte Ellis nachdenklich. »Der kommandiert doch die Peacemore-Bande, nicht wahr?«

»Richtig.«

»Mit denen hatten wir einigen Ärger. Du erinnerst dich an Electronomics?«

»Nur zu gut«, sagte Stafford. »Aber das ist nicht alles, Jack. Unser nächster Schritt muß ein Büro in den Staaten sein. Früher oder später werden wir also mit Gunnarson aneinandergeraten. Ich möchte das lieber hinter mich bringen. Außerdem können wir ihn jetzt auf fremdem Boden überraschen.«

Ellis nickte. »Das kann vieles leichter machen. Wer weiß alles davon? Ich meine, daß Gunnarson einen Strohmann für Hendrix ins Spiel gebracht hat?«

»Vier Leute. Du, ich, Hardin und der Sergeant.«

»Und Alix Hendriks nicht?«

Stafford schüttelte den Kopf. »Dirk auch nicht. Ich will die Sache in der Hand behalten.«

»Und warum Kenia?«

Stafford sagte nachdenklich: »Es gab da einmal einen amerikanischen Bankräuber, Willie Sutton, der wurde gefragt, warum er das mache, in Banken einsteigen. Leicht empört soll er geantwortet haben: ›Weil da das Geld liegt.‹ Nach Kenia fließt bald mehr Geld als in die meisten Banktresore, fast siebzig Millionen Dollar. Gunnarson geht einfach da hin, wo das Geld liegt.«

»Was wissen wir über diese Stiftung?«

»Buchstäblich gar nichts. Aber das läßt sich ändern.«

»Und du willst das persönlich in die Hand nehmen?«

»Mit Unterstützung von Hardin und Curtis.« Stafford zuckte die Achseln. »Nimm es als Urlaub. Drei Jahre habe ich jetzt das Europageschäft aufgebaut. Es wird Zeit, daß ich mal ausspanne.«

Ellis verzog das Gesicht. »Ich habe ein merkwürdiges Gefühl dabei, als hätte ich das alles schon einmal gehört.«

»Versteh mich nicht falsch, Jack«, sagte Stafford. »Ich tue das nicht aus Gefälligkeit für Alix Hendrix, sondern um Security Consultants den nächsten Schritt zu erleichtern.«

Ellis mußte zustimmen.

Stafford schickte Hardin als Ein-Mann-Vorausabteilung nach Kenia. Er wollte auf jeden Fall vermeiden, daß sich Gunnarson und Hardin in London zufällig über den Weg liefen. Zwar hatte die Stadt immerhin acht Millionen Einwohner, aber ihm lag daran, jedes Risiko zu vermeiden. Außerdem wollte er nicht unvorbereitet nach Nairobi kommen. Hardin sollte Hotelzimmer besorgen, Wagen mieten und erste Informationen über die Ol-Njorowa-Stiftung einholen.

Gunnarson und der falsche Hendrix standen unter heimlicher Überwachung. Einmal warf Stafford aus sicherer Entfernung einen Blick auf beide, um sie jederzeit wiedererkennen zu können. Gunnarson verließ das Hotel nur selten. Meistens ging er dann in das Büro von Peacemore, Willis & Franks, was verständlich war, denn es gehörte ihm schließlich. Abends spielte er manchmal in einem Casino – und gewann regelmäßig. Sein Glück war schon unheimlich. Sein Strohmann hatte sich erst die Sehenswürdigkeiten von London angesehen und war dann mit einem Mietwagen auf eine Tour durch das Land gefahren.

An diesem Tag hatte Stafford Alix und Dirk Hendriks zum Essen eingeladen; sie waren seine Spione hinter den feindlichen Linien. Beim Aperitif fragte er Dirk: »Wie bist du mit Farrar zurechtgekommen?«

Dirk lachte. »Ich mußte so viel Papierkram unterschreiben, daß ich am Ende einen Schreibkrampf hatte. Der alte Hendrykxx war ein gewiefter Geschäftsmann. Er hat seine Anlagen gut gestreut.«

»Hast du deinen Großvater gekannt?«

Dirk schüttelte den Kopf. Auch Alix sah ihn fragend an. »Du hast mir nie von ihm erzählt.«

»Ich hatte geglaubt, er wäre schon lange tot«, sagte Dirk. »Er war 1922 in einen Aufstand weißer Arbeiter am Witwatersrand verwikkelt. Der damalige Premierminister Jan Christian Smuts hat die Revolte von Artillerie und Bombern zusammenschießen lassen. Seitdem hatte die Familie nichts mehr von ihm gehört. Es ist schon gespenstisch, daß er erst vor ein paar Monaten gestorben sein soll.«

»Und deine Großmutter hast du auch nicht gekannt?« fragte Stafford.

»Ich habe nur noch ganz verschwommene Erinnerungen an sie.« Dirk runzelte die Stirn. »Sie hat mir immer Geschichten erzählt.

Wahrscheinlich auch von meinem Großvater. Ich war noch ein Kind, als sie starb. Sie sind alle tot.«

»Alle?« faßte Stafford nach.

»Meine Eltern, meine Schwester und meine Großmutter sind bei einem Autounfall umgekommen. Ich hätte auch in dem Wagen sitzen sollen, aber ich lag im Krankenhaus. Mit Scharlach, wenn ich mich richtig erinnere.« Er setzte eine gespielt betrübte Miene auf. »Ich bin ein verlassenes Waisenkind.«

Alix legte die Hand auf seinen Arm. »Mein armer Liebling. Das wußte ich nicht.«

Stafford fand es merkwürdig, daß Dirk ihr nie etwas von dieser Familientragödie erzählt hatte. Aber er wollte jetzt nicht weiter nachbohren. »Und was ist nun mit dieser Stiftung in Kenia?«

»Ol Njorowa?« Dirk schüttelte den Kopf. »Ich weiß immer noch nicht mehr, als ich dir schon gesagt habe. Aber nächsten Mittwoch werde ich sie mir genauer anschauen können. Du kennst ja die unsinnige Testamentsklausel. Der Direktor ist ein gewisser Brice. Mandeville hält große Stücke auf ihn.«

»Wie ist Mandeville in die Sache hineingeraten? Ich dachte, Farrar vollstreckt das Testament.« Stafford winkte einem vorbeieilenden Kellner.

»Er hat meinen Großvater in vielen Rechtsdingen beraten. Sie waren anscheinend sogar befreundet. Mandeville hat bei ihm gewohnt, wenn er auf Jersey zu tun hatte.«

»Wird er dich nach Kenia begleiten?«

»Ganz bestimmt nicht.« Dirk lachte. »Er ist ein großes Tier; er hat es nicht nötig, zu den Leuten zu gehen – sie kommen zu ihm. Aber Farrar wird mitkommen. Er hat einiges mit Brice zu besprechen.«

»Und wie ist es mit dir?« Stafford wandte sich zu Alix.

Sie lächelte bedauernd. »Ich würde gerne mitfliegen, aber unser Sprößling läßt das noch nicht zu. Vielleicht das nächste Mal.«

»Aber Henry Hendrix kommt doch sicher auch mit. Wo ist dein Cousin eigentlich? Ich hatte gehofft, ihn heute kennenzulernen.«

»Du weißt, wie die Amerikaner sind. Er studiert die englische Landschaft.« Dirk wurde bissig. »Und wir werden auch künftig nicht jeden Tag zusammenhocken. Ich weiß jetzt, was das heißt: Du kannst dir deine Freunde aussuchen, aber nicht deine Verwandten.«

»Magst du ihn nicht?«

»Er ist nicht mein Typ«, sagte Dirk knapp. »Wir werden wohl

verschiedene Monate wählen, wenn wir für die Stiftung arbeiten müssen. Aber Mittwoch kommt er natürlich mit, schon wegen Farrar.«

»Vielleicht treffen wir uns in Nairobi«, sagte Stafford gleichmütig. »Ich habe mich endlich zu einem Urlaub überreden lassen. Aber ich fliege schon am Dienstag.«

»Oh!« Dirk sah ihn mit erstaunter Aufmerksamkeit an. »Wann hast du dich denn dazu entschlossen?«

»Ich habe die Reise schon vor einigen Wochen gebucht, oder richtiger, Joyce hat es getan.«

Der Kellner erschien und fragte nach ihren weiteren Wünschen, aber Alix wollte nichts mehr trinken.

»Dann laßt uns in den Speiseraum gehen«, sagte Stafford und erhob sich. Er war mit dem Ergebnis seines kleinen Verhörs sehr zufrieden.

Am nächsten Tag erfuhr er, daß Gunnarson ein Reisebüro aufgesucht hatte. Ein paar diskrete Fragen brachten sein Reiseziel ans Licht – Nairobi. Stafford ließ Curtis zwei Plätze in der Dienstag-Maschine buchen, dann schickte er Hardin ein Telegramm, das ihn zur Vorsicht mahnte.

»Ich soll Sie begleiten, Sir?« fragte Curtis.

»Ja; vielleicht brauche ich jemanden, der meine Hosen ordentlich weghängt. Was benötigt ein gepflegter Herr eigentlich in Kenia?«

»Darüber sollte sich der Colonel jetzt keine Gedanken machen. Jede indische Schneiderei in Nairobi kann ihm binnen vierundzwanzig Stunden einen Anzug anfertigen. Preiswert und für das Klima geeignet.«

»Du bist ja ein wandelndes Lexikon, Sergeant. Woher weißt du das jetzt wieder?«

»Ich bin schon einmal dort gewesen«, sagte Curtis unvermutet. »Ich war vor einigen Jahren in Mombasa, während des Mau-Mau-Aufstands. Dann hatte ich Gelegenheit zu einer Art Reise ins Landesinnere, unter anderem auch nach Nairobi.« Er schwieg einen Moment. »Mit welcher Art von Schwierigkeiten rechnet der Colonel – verlassen wir uns auf unsere Fäuste, oder benötigen wir Waffen?« Stafford sah ihn nachdenklich an. »Es ist nur, damit ich weiß, welche Vorbereitungen zu treffen sind.«

»Du weißt inzwischen soviel wie ich«, sagte Stafford. »Also tu, was du für richtig hältst.«

»Dann möchte ich mit Ihrer Erlaubnis den Nachmittag freinehmen. Es gibt noch einiges zu erledigen.«

»Ja. Aber sag mir nicht, was. Ich will es nicht wissen.«

Bis zu ihrer Abreise geschah nichts mehr von besonderer Bedeutung – abgesehen davon, daß der falsche Hendrix seinen Leihwagen zu Schrott fuhr. Er war auf einer steilen Abfahrt nahe Tintagel in Cornwall von der Straße abgekommen. Aber er hatte Glück im Unglück und trug nur ein paar Kratzer davon. Der Wagen war ein Totalschaden.

Curtis hatte einen Nachtflug erster Klasse gebucht. Er selbst war ein Riese und auch Stafford nicht gerade ein Zwerg. Es gab keinen Grund für sie, sich auf den Sitzen der Touristenklasse zu krümmen, die offensichtlich auf die Bewohner von Disneyland zugeschnitten waren. Wenn alles gutging, mußte am Ende ohnehin Gunnarson dafür zahlen. Stafford widerstand den vielen gutgemeinten Versuchen des Begleitpersonals, ihn mit Alkohol zu anästhetisieren. Er konnte in einem Flugzeug einfach nicht schlafen. Um drei Uhr morgens stieg er deshalb in die Lounge hinauf, um bei einem kühlen Bier einen Thriller zu lesen. Zwischendurch beobachtete er den Chefsteward beim Addieren der Rechnungen. Der Held des Romans hatte ein seltenes Talent. Wann immer er verfolgt wurde, spürte er das an einem Kribbeln seiner Nackenhaare.

Curtis schlief fest wie ein Baby.

Die Maschine landete kurz nach acht Uhr morgens, und selbst zu dieser frühen Stunde traf sie die Sonne wie ein Hammerschlag. Stafford sog die Luft durch die Nase. Es war der gleiche staubigwürzige Geruch, den er in Algerien zum erstenmal kennengelernt hatte – der Geruch von Afrika. Sie erledigten die Paßformalitäten und den Zoll. Hardin erwartete sie an der Sperre. »Hallo, wie war der Flug?«

»Es ging.« Stafford fühlte die Bartstoppeln im Gesicht. »Ich wäre lieber am Tage geflogen.«

»Die Piloten mögen die Sonne nicht«, sagte Hardin. »Der Flughafen liegt fast sechstausend Fuß hoch. Die Luft ist am Mittag heiß und dünn, und jede Landung wird dadurch höllisch gefährlich.«

Stafford fühlte den Sandstaub in den Augen. »Du bist fast so schlimm wie der Sergeant mit deinen Randinformationen.«

»Ich habe einen Wagen draußen. Und laßt bloß keinen von den Trägern an eure Sachen, die nehmen gleich die ganze Brieftasche als Trinkgeld. Ich helfe euch.«

Sie folgten Hardin aus dem Gebäude, und Stafford starrte ungläubig auf das Gefährt, das Hardin ansteuerte. Es war ein Nissan-Transporter, ein Achtsitzer mit offenem Dach. Der Wagen war in strahlenden Zebrastreifen lackiert; auch der dünne Staubfilm auf der Karosserie machte ihn nicht weniger auffällig. »Mein Gott, Ben!« Stafford war fassungslos. »Wir versuchen alles, um unverdächtig zu erscheinen, und du empfängst uns mit diesem Zirkuskarren. Den erkennt doch jeder aus einer Meile Entfernung.«

»Keine Sorge«, sagte Hardin beruhigend. »Diese Safariwagen siehst du überall im Land. Von denen nimmt man hier soviel Notiz wie von den Fliegen. Jeder wird uns für Touristen halten. Wart's ab.«

Hardin fuhr, und Stafford saß neben ihm. Curtis hatte es sich hinten bequem gemacht. »Wie weit ist es bis zur Stadt?« fragte Stafford.

»Ungefähr sieben Meilen.« Er zeigte mit dem Daumen aus dem Fenster. »Siehst du den Zaun? Dahinter ist das Großwildgehege von Nairobi.« Er lachte. »Das ist schon ein komischer Anblick, wenn du vor dir die Giraffen frei herumlaufen siehst und im Hintergrund die Wolkenkratzer der Stadt.«

»Ich hab' dich nicht hierhergeschickt, damit du in den Tierpark gehst.«

»Himmel, es war Sonntagmorgen. Dafür bin ich auch nicht zur Kirche gegangen. Sei nicht so griesgrämig, Max.«

Hardin hatte recht. »Entschuldige, Ben. Ich habe zu wenig geschlafen.«

»Schon gut.« Hardin schwieg eine Zeitlang. »In der Bar vom Hilton habe ich jemanden aus der Stadt kennengelernt. Er wohnt in Langata, das ist ein Vorort von Nairobi. Er erzählte mir, daß an dem Morgen im Hotel die Hölle los gewesen war. Ein Löwe hatte in den Ställen nebenan ein Pferd gerissen. So gefährlich lebt man nicht mal in Manhattan.«

Stafford fand, daß Hardin sich binnen kurzem in einen geschwätzigen Touristen verwandelt hatte. Er hatte keine Lust, sich über Löwen zu unterhalten. »Und was ist mit der Stiftung?«

Hardin hörte den scharfen Ton in Staffords Stimme und sah ihn von der Seite an. »Ich habe einiges erfahren«, sagte er ruhig. »Von dem Mann, der mir die Geschichte mit dem Löwen erzählt hat. Er ist einer der Kuratoren. Ein Inder namens Patterjee.«

Stafford seufzte. »Ich muß mich schon wieder entschuldigen, Ben. Heute scheint nicht mein bester Tag zu sein.«

»Das haben wir alle mal.«

»Was hat Patterjee dir erzählt?«

»Ein paar Namen. Leute aus dem Verwaltungsrat und Mitarbeiter. Er hat mir eine Broschüre über die Arbeit der Stiftung gegeben. Sie haben eine Landwirtschaftsschule eingerichtet und Forschungslabors; und eine Kooperative. Der verantwortliche Direktor heißt Brice. Er hat seinen Sitz in Ol Njorowa. Das ist in der Nähe von Naivasha im Rift Valley, ungefähr fünfzig Meilen von hier.«

»Wann wurde die Stiftung gegründet und von wem?«

»Gegründet wurde sie kurz nach dem Krieg, Anfang der fünfziger Jahre. Von wem, stand nicht in dem Heft. Ich hab' mich ein bißchen in Naivasha herumgetrieben, aber leider Brice nicht zu sehen bekommen. Vielleicht war es ganz gut so. Er ist Engländer, ich denke, daß du besser mit ihm zurechtkommst.«

»Hat Patterjee irgend etwas von dem Hendrykxx-Nachlaß erwähnt?«

»Mit keiner Silbe. Aber er sah auch nicht aus, als ob er darüber mit einem Fremden gesprochen hätte. Die Nachricht ist hier noch nicht bekannt, ich habe ein wenig in den alten Zeitungen geblättert.«

Sie kamen in die Stadt. Stafford hatte zwar keine genaueren Vorstellungen von dem, was ihn erwartete, aber jetzt war er doch überrascht. Er hatte gewußt, daß es in Nairobi keine Lehmhütten mehr gab, aber die Gebäude waren größer und moderner, als er geglaubt hatte. Hardin mußte scharf bremsen. »Achte bloß auf die Radfahrer, wenn du mit dem Wagen unterwegs bist. Die glauben immer noch, daß die Ampeln sie nichts angehen.«

Die Ampel sprang um, und Hardin ließ die Kupplung kommen. »Wir sind jetzt auf dem Uhuru Highway, da drüben ist der Uhuru Park.« Stafford sah schwarze Schulmädchen in Gymnastikanzügen beim Handballspiel. Überall standen Blumen in den unterschiedlichsten Farben. Sie bogen um eine Ecke, dann um eine zweite. »Harry Thuku Road, benannt nach einem Revolutionshelden, der in den Tagen der britischen Kolonialmacht auf die falsche Seite geriet. Und da ist das Norfolk, wo wir wohnen.«

Er parkte zwischen zwei Nissan-Bussen, die die gleiche Streifenzeichnung hatten wie ihr Wagen. »Einer davon gehört uns auch. Ich hielt es für besser, wenn wir zwei Wagen zur Verfügung haben.«

»Sehr gut.« Stafford drehte sich in seinem Sitz herum und sah zu Curtis. »Du bist wieder besonders redselig, Sergeant. Gibt es irgendwas?«

»Ich muß einige Gänge erledigen, wenn der Colonel erlaubt«, sagte er gleichmütig. »Einen Stadtplan könnte ich brauchen.«

»Ich kann dir meinen geben«, sagte Hardin. »Aber ihr meldet euch besser erst im Hotel.«

Als sie aus dem Nissan stiegen, stürzte ihnen eine Horde Träger entgegen. Nachdem Curtis sich eingetragen hatte, nickte er Stafford kurz zu, verließ das Hotel und ging auf die Straße hinaus. Hardin starrte hinter ihm her. »Der große Schweiger, wo mag er jetzt hingehen?«

»Frag lieber nicht«, sagte Stafford. »Er folgt seinen mysteriösen Pfaden und wird uns bald mit seinen Wundern überraschen.«

Ihre Zimmer lagen auf der anderen Seite des Innenhofs, der vom Lärm der Vögel aus zwei Volieren erfüllt war. »Der Sergeant schläft bei mir«, sagte Hardin. »Du hast ein Einzelzimmer. Ich habe dir ein Frühstück aufs Zimmer bestellt. Nach der langen Reise ist das angenehmer, als im Speisesaal zu sitzen.« Sie stiegen eine Treppe hinauf, dann öffnete Hardin eine Tür. »Hier ist es.«

Ein Kellner beugte sich noch über ein schwerbeladenes Tablett, das er gerade abgestellt haben mußte. Bei ihrem Eintritt richtete er sich gerade auf, und sein Mund verzog sich zu einem breiten Grinsen. »Frühstück, Sir; bestes englisches Frühstück.«

Hardin steckte ihm ein Trinkgeld zu, worauf er verschwand. »Schnaps ist im Kühlschrank.«

Stafford schüttelte sich. »Dafür ist es noch zu früh.«

»Eins wollte ich dich die ganze Zeit fragen«, sagte Hardin. »Wie ist das mit dir und dem Sergeanten? Ich dachte, England hätte das Klassensystem abgeschafft. Seid ihr zwei die letzte Ausnahme?«

»Zufällig glaube ich nicht an Klassen«, sagte Stafford. Er hob die Haube von einer Platte, und der Duft von Schinken und Ei schlug ihm entgegen. Er nahm sich das Glas Orangensaft, trank, und stellte genüßlich fest, daß der Saft frisch gepreßt war. »Hast du sonst noch was, bevor ich mich endgültig über das Frühstück hermache?«

»Ja. Der Name der Stiftung. Ol Njorowa heißt ein Ort in der Nähe von Naivasha, es kommt aus der Masaisprache. Ich weiß nicht, ob die Übersetzung stimmt, aber die englischen Siedler haben den Ort ›Höllentor‹ genannt. Wann soll ich dich wecken?«

»Halb eins.«

Nach dem Frühstück legte sich Stafford auf sein Bett. Eine Zeitlang dachte er noch über die Stiftung nach. ›Höllentor‹ war schon ein merkwürdiger Name für ein wohltätiges Unternehmen.

9

Hardin weckte Stafford zur vereinbarten Zeit. Er fühlte sich heiß und verschwitzt, aber eine kalte Dusche erfrischte ihn. »Der Sergeant ist wieder da – mit Freunden«, sagte Hardin, als Stafford aus dem Badezimmer kam.

»Was für Freunden?«

»Er wartet mit ihnen in der Delamere Bar.«

Stafford zog sich an. Dann verließen sie das Zimmer. Der Innenhof glühte in der Mittagshitze, und Stafford spürte, wie ihm sofort wieder der Schweiß ausbrach. Er mußte Curtis unbedingt nach einem Schneider fragen.

Die Delamere Bar lag wie eine große Veranda an der Vorderseite des Hotels. Von den einzeln beschatteten Tischen konnte man den vorbeifließenden Verkehr und das Treiben auf der Straße beobachten. Sämtliche Tische waren besetzt, aber der Sergeant hatte Plätze freigehalten. Er winkte ihnen zu, als er sie kommen sah, und erhob sich von seinem Platz. »Ich möchte den Colonel mit Pete Chipende und Nair Singh bekannt machen.«

Sie schüttelten sich die Hände. Chipende war ein Schwarzafrikaner. Sein breites Lächeln ließ seine weißen Zähne aufblitzen. »Nennen Sie mich bitte Chip.« Sein Englisch war fast ohne Akzent, nur leicht von dem singenden Tonfall der Ostafrikaner gefärbt. Nair Singh trug einen Turban, er war ein Sikh mit einem wilden schwarzen Bart und einem höflichen Lächeln.

Stafford setzte sich. »Das Bier schmeckt nicht schlecht hier«, sagte Hardin.

»Dann nehme ich eins.« Für einen Sikh mußte selbst in dem Bier noch zuviel Alkohol sein, stellte Stafford fest: Nair Singh hatte sich einen Fruchtsaft bestellt. Dann sah er zu Curtis und zog fragend die Augenbrauen hoch.

»Ich habe mir schon in London überlegt, daß wir vielleicht jemanden brauchen könnten, der das Land kennt und die Leute versteht«, sagte Curtis. »Deshalb habe ich mich ein wenig umgehört, bis man mir eine Adresse gab.«

»Unsere Adresse«, sagte Chip. »Wir tun alles und arbeiten gut.«

Stafford schaute weiter zu Curtis. »Und wer hat dir die Adresse gegeben?«

»Freunde, die ihre Freunde fragten, die wieder Freunde hatten«, sagte er unbekümmert.

»Du hast viele Freunde.« Curtis spielte den altgedienten Troupier, und Stafford wußte, daß er nichts mehr sagen würde – nicht jetzt. Er wandte sich an die anderen. »Sie wissen, um was es geht?«

»Sie wollen ein paar Leute beobachten lassen«, sagte Nair.

»Unauffällig«, ergänzte Chip. Er machte eine bedeutungsvolle Pause. »Und vielleicht noch ein bißchen mehr.«

»Vielleicht.« Ein Kellner stellte Gläser und Bierflaschen auf den Tisch. Stafford wartete, bis er wieder gegangen war. »Morgen kommt hier ein Mann aus London an. Gunnarson, ein Amerikaner. Ich will wissen, wohin er geht und was er macht.«

»Kann erledigt werden.« Chip schenkte sich Bier ein.

»Dann sind da noch zwei weitere. Hendrix, ebenfalls ein Amerikaner, und Farrar, ein Engländer. Hendrix ist wichtig – Farrar nicht ganz so. Schließlich wird noch ein vierter dabeisein, er heißt auch Hendriks, schreibt sich aber anders.« Er erklärte den Unterschied.

»Du willst Dirk auch beschatten lassen?« fragte Hardin überrascht.

»Warum nicht?« Stafford füllte sein Glas, probierte und fand das Bier erfrischend kühl. »Wissen Sie etwas über die Ol-Njorowa-Stiftung?«

»Ol Njorowa?« wiederholte Chip. Es klang flüssiger, wie er es aussprach. »Das ist in der Nähe von Naivasha.«

»Eine Landwirtschaftsschule«, fügte Nair hinzu. »Nach dem, was man hört, leisten sie gute Arbeit. Ich kenne dort jemanden, er heißt Hunt, ein Wissenschaftler.«

Stafford hatte interessiert zugehört. »Wie gut kennen Sie ihn?«

»Wir waren zusammen auf der Universität. Drüben, an der anderen Straßenseite.« Er zeigte in die Richtung und lächelte. »Hier haben wir uns immer von der Arbeit erholt und zuviel Bier getrunken. Das war, bevor ich wieder meine Religion angenommen habe. Von Zeit zu Zeit sehen wir uns noch.«

»Können Sie mich mit ihm bekannt machen? Unauffällig?«

Nair dachte einen Moment nach. »Das müßte möglich sein. Wann?«

»Am liebsten noch heute. Ich möchte mehr über die Stiftung herausgefunden haben, bis Gunnarson eintrifft.«

»Dann müssen Sie nach Naivasha kommen. Wird jemand Sie begleiten?«

»Ben. Der Sergeant und Chip sollten hierbleiben, damit sie Gunnarson morgen nicht verpassen.«

Nair nickte und stand auf. »Ich bereite alles vor und bin bald zurück.«

Stafford nahm einen langen Schluck aus seinem Glas. »Sergeant, ich schmelze hier noch weg, wenn ich nicht schnell leichtere Sachen bekomme.«

»Ich sorge dafür, daß der Colonel etwas Passendes erhält.«

»Wollen Sie einen Safarianzug wie meinen?« Er spielte an seiner Jacke herum und lächelte. »Dann rate ich Ihnen, nach dem Essen mit Nair zu gehen. Er wird einen besseren Preis aushandeln; Sie sehen zu sehr wie ein Tourist aus.«

Hardin reichte Stafford eine Speisekarte. »Wenn wir schon vom Lunch reden...«

Sie bestellten das Essen und für alle noch einmal Bier – nur für Nair einen Softdrink. Als er zurückkam, sah Stafford ihm schon von weitem an, daß alles geklappt hatte. »Ich habe Alan Hunt und seine Schwester für heute abend zum Essen eingeladen, ins Lake Naivasha Hotel. Es gehört zu derselben Kette wie das Norfolk. Ich habe uns auch gleich Zimmer reservieren lassen. War das richtig?«

»Vielen Dank, ja.«

Ihre Bestellung wurde serviert, und jeder war nur noch mit seinem Teller beschäftigt.

Am Nachmittag gingen Stafford und Nair zu einer indischen Schneiderwerkstatt in der Nähe des Marktes. In weniger als einer Stunde war Stafford neu eingekleidet. Nair feilschte mit dem Besitzer und handelte einen so erstaunlich niedrigen Preis aus, daß Stafford gleich noch zwei weitere Anzüge bestellte. Dann fuhren sie nach Naivasha. Nair steuerte, und Hardin hatte sich auf eine der Rückbänke des Nissan zurückgezogen.

Außerhalb der Stadtgrenze wurde die Straße sofort schlechter. Unzählige Schlaglöcher und schlecht reparierte Aufbrüche ließen den Wagen in den Federn ächzen. Stafford machte eine Bemerkung über die dauernde Schüttelei, und Nair nickte. »Es ist wirklich schlimm. Man sollte nicht glauben, daß dies die Hauptverkehrsader des Landes ist – die Verbindung nach Uganda. Die Regierung sollte die Straße endlich anständig herrichten und den Lastwagenverkehr verbieten.«

»Richtig«, stimmte Hardin zu. »Die wichtigsten Flüssigkeiten in diesem Land scheinen Bier und Benzin zu sein.«

Was er gemeint hatte, begriff Stafford erst, als sie Limuru hinter sich hatten und vom Hochland ins Rift Valley hinunterfuhren. Das Gefälle war enorm, und die Straße wand sich durch enge Haarnadelkurven. Sie blieben hinter einem Tanklaster hängen, vor dem sich ein weiterer Lastzug, vollbeladen mit Tusker-Bier, die Straße hinunterquälte. Nair mußte den Nissan in den ersten Gang zurückschalten; es war unmöglich, zu überholen. Dann stieß er verzweifelt die Luft aus und fuhr den Wagen auf den Seitenstreifen.

»Wir warten lieber etwas, sonst wird uns bei der Quälerei noch der Motor zu heiß.« Er stieg aus. »Ich zeige Ihnen inzwischen eines unserer Naturwunder.«

Stafford und Hardin folgten ihm durch das Buschwerk an den Rand eines steil abfallenden Kliffs. Er machte eine weit ausholende Handbewegung. »Das Rift Valley.«

Es sah aus, als ob ein Riese der Erde mit einem gigantischen Beil eine klaffende Wunde geschlagen hätte. Stafford schätzte den Einschnitt auf mindestens zwanzig Meilen Breite. In weiter Entfernung sah man einen See in der Sonne aufblinken. Nair wies auf eine Bergkette. »Das Mau-Escarpment – und das ist der Naivasha-See. Der Berg dort ist der Longonot, ein Vulkan, und die Gebäude von Ol Njorowa liegen direkt dahinter. Man kann sie von hier noch nicht sehen.«

»Wie lang ist das Rift?« fragte Hardin.

Nair lachte. »Länger, als für einen Fußmarsch gut wäre. Ungefähr viertausend Meilen, es reicht vom Libanon bis nach Moçambique. Es ist der längste geologische Graben auf der Erde. Gregory, der es als erster zusammenhängend erforscht hat, hat vermutet, daß man es sogar noch vom Mond aus erkennen müßte. Neil Armstrong hat dann bewiesen, daß das stimmte. An dieser Stelle wird Afrika in zwei Teile gespalten.« Er merkte, daß Stafford ihn verwundert ansah. »Ich habe Geologie studiert«, bemerkte er trocken.

»Und was machen Sie jetzt, Nair?«

»Ich bin Reiseführer und zeige Touristen die Schönheiten von Kenia.« Er drehte sich um. »Die Straße müßte jetzt wieder frei sein.«

Während sie zum Wagen zurückgingen, dachte Stafford über diese Antwort nach. Vielleicht stimmte sie, vielleicht auch nicht. Vielleicht war es die Wahrheit, aber nicht die ganze. Der Freund eines Freundes von Sergeant Curtis war für seinen Geschmack ein bißchen rätselhaft. »Und Chip? Ist er auch Reiseführer?«

»Warum? – Ja.«

Sie fuhren hinunter zur Talebene des Rift, ohne von weiteren Bierlastern behindert zu werden. Auf der Gegenspur schleppte sich eine nicht endende Autokarawane den Berg hinauf.

Auf der Talstraße konnte Nair wieder schneller fahren. Sie passierten eine Abzweigung, die links ins Tal hineinlief. »Das ist die Straße nach Narok und zur Masai Mara. Ein riesiges Schutzgebiet – Sie müssen es sich unbedingt ansehen.«

Stafford schnaufte ärgerlich. »Ich bin nicht hier, um Großwild zu bewundern.« Danach schwieg Nair, bis sie am Naivasha Hotel ankamen.

Es war ein langgestreckter Gebäudekomplex, weiß gestrichen und mit einem roten Dach. Es erinnerte Stafford an ein englisches Landhaus. Sie meldeten sich an der Rezeption, dann gingen sie auf ihre Zimmer. Stafford schloß die Tür hinter sich und Hardin. »Was hältst du von diesem merkwürdigen Pärchen – Chip und Nair?«

Hardin antwortete mit einem Achselzucken. »Mir hat der Sergeant nichts von ihnen erzählt.«

»Ich weiß, daß er hier unten Verbindungen hatte, während der Mau-Mau-Geschichte, aber das ist lange her. Chip und Nair können damals gerade erst dem Kindergarten entwachsen sein. Wenn wir wieder in Nairobi sind, muß ich mich einmal ernsthaft mit ihm unterhalten.«

Stafford duschte sich rasch, dann ging er zu den anderen in die Hotelhalle. Es war sechs Uhr, Zeit für einen Cocktail. Gruppen von Gästen saßen an den Tischen und genossen den Blick auf die untergehende Sonne. Der rote Feuerball versank langsam hinter dem Mau-Escarpment und entzündete mit seinen letzten Strahlen ein Lichtfeuerwerk auf dem Naivasha-See. Stafford bestellte sich einen Gin Tonic, Hardin trank einen Seagram, nur vor Nair stand wieder der obligatorische Saft.

Ein Dachshund jagte erfolglos große schwarz-weiß gezeichnete Vögel, die seinen wilden Angriffen immer wieder mit lässiger Verachtung auswichen.

»Das sind Ibisse«, sagte Nair. »Die kann man hier überall finden. Unten am See gibt es auch Kormorane, Marabus und Pelikane. Und sehen Sie diesen wunderschönen Star.« Er zeigte auf einen Vogel, der zwischen den Tischen umherhüpfte. Seine Federn schimmerten in irisierendem Blau, Grün und Rot.

»Für einen Geologen kennen Sie sich in der Vogelwelt erstaunlich gut aus«, sagte Stafford.

»Ein Reiseführer muß wissen, was seinen Gästen gefällt«, sagte Nair höflich. »Brauchen Sie für das Gespräch mit Hunt eine Cover-Story?«

Der abrupte Themawechsel ließ Stafford staunen. »Ich dachte, Alan Hunt sei Ihr Freund. Warum wollen Sie ihn dann beschwindeln?«

Nair zuckte die Schulter. »Wie schon gesagt, tue ich alles für meine Kunden. Ich habe Alan erzählt, daß Sie das geothermische Projekt bei Ol Karia besichtigen wollen. Es liegt ungefähr anderthalb Meilen auf der anderen Seite vom Höllentor.«

»Aber ich verstehe überhaupt nichts davon.«

»Das brauchen Sie auch nicht. Sie sind ein interessierter Besucher. Dort wird nach Dampfquellen gebohrt, mit denen später Elektrogeneratoren angetrieben werden sollen. Es ist wirklich interessant.«

Ganz bestimmt war es das. »Warum tun Sie das alles für mich, Nair? Warum spielen Sie so perfekt mit?«

Nair fingerte an dem eisernen Reifen, den er am Handgelenk trug. »Weil ein guter Freund aus England mich darum gebeten hat.«

Stafford sah zu Hardin. »Was hältst du davon?«

Er grinste. »Nicht viel.«

»Sie sollten froh sein, Mr. Stafford, daß wir Ihnen helfen«, sagte Nair ernst.

Stafford seufzte. »Wenn ich Sie schon Nair nennen soll, dann nennen Sie mich bitte Max.« Er fügte noch eine sarkastische Bemerkung in Pandschabi hinzu. Nair zog die Augenbrauen hoch und antwortete ihm fließend im gleichen Dialekt. »Hören Sie auf! Ich war nicht lange genug in Pakistan, um mehr zu lernen als ein paar Flüche. Es war gleich nach dem Krieg, mein Vater diente bei der Armee in Lahore, zur Zeit der Teilung.«

»Das muß eine schlimme Zeit gewesen sein.« Nairs Gesicht war ernst geworden. »Aber ich bin nie in Indien gewesen, ich wurde in Kenia geboren.« Er sah Stafford über die Schulter. »Da kommt Alan Hunt mit seiner Schwester.«

Hunt war groß und braungebrannt, sein Haar von der Sonne fast weißgeblichen. Das Haar seiner Schwester war einen Ton dunkler, aber man merkte es kaum. Sie hieß Judy. Nair machte alle miteinander bekannt. Ein Kellner nahm ihre Bestellung auf.

»Sind Sie zum erstenmal in Kenia?« Es war die unvermeidliche Frage, um den anderen kennenzulernen.

»Ja.« Stafford sah auf seine Uhr. »Ich bin seit genau zehn Stunden hier.«

»Dafür sind Sie aber schon weit herumgekommen.«

»Das Auto ist eine großartige Erfindung.« Alan Hunt sprach mit Nair. »Arbeiten Sie wie Ihr Bruder am Ol Njorowa College?«

»Ja. Ich befasse mich mit Anbauproblemen, Alan ist auf Bodenuntersuchungen spezialisiert. Dadurch ergänzen wir uns ganz gut. Und was machen Sie, Mr. Stafford?«

»Nennen Sie mich doch bitte Max. Ich bin ein Geschäftsmann aus der Londoner City, auch wenn Sie das im Moment nicht sehen können.« Er zog am Ärmel seiner Jacke. »Aber wenn ich meine Urlaubssachen zu Hause in den Schrank gehängt habe, trage ich wieder einen schwarzen Anzug, Bowler und Schirm.«

Judy lachte. »Das glaube ich Ihnen nicht.«

»Nehmen Sie mich beim Wort. Es ist immer noch *de rigueur*.«

»Leider war ich nie in England.«

»Es ist kalt und feucht. Glauben Sie mir, hier sind Sie besser aufgehoben. Aber sagen Sie mir, man hat mir vom Höllentor erzählt, ist das wirklich die Übersetzung von Ol Njorowa?«

»Zumindest haben die Engländer es so genannt.«

»Das klingt, als sei es der Eingang zu Dantes Inferno?«

»Es ist eine Schlucht, die an der westlichen Flanke des Longonot verläuft. Der Longonot ist ein großer Vulkan hier in der Nähe. In der Schlucht gibt es eine Menge heißer Quellen und Dampfschlote, daher kommt wohl der Name. Früher, als er noch größer war, hatte der Naivasha-See dort einen Abfluß.«

»Wie lange ist das her?«

Judy lächelte. Sie hatte ein schönes Lächeln. »Das weiß ich nicht genau – vielleicht eine Million Jahre.«

Nair stand plötzlich auf. »Wir gehen jetzt besser hinein. Nach Sonnenuntergang kommen die Fliegen vom See herauf.«

»Ist es schlimm?« fragte Hardin.

»Bestimmt nicht angenehm«, antwortete Hunt.

Beim Diner erfuhr Stafford mehr über Alan Hunt und die Stiftung. Hunt erzählte von seinen Bodenforschungen. »Es ist von allem ein bißchen, Geologie, Botanik, ein Quentchen Mikrobiologie und Chemie. Ein weites Feld.« Seit zwei Jahren arbeitete er für die Stiftung; er war begeistert. »Es geht zwar langsam voran, aber die Arbeit ist wichtig. Man kann das Verhalten der Menschen eben nicht in einer Generation ändern.«

Stafford fragte, was er damit meinte.

»Die Stämme in der Umgebung haben bisher nur für die eigene Versorgung gewirtschaftet – das ist etwas ganz anderes, als wenn man eine funktionierende Landwirtschaft mit Ernteüberschüssen betreiben will. Dazu muß man mit dem Land richtig umgehen können. Aber sie lernen schnell.«

Stafford sah über den Tisch zu Judy. »Verletzt es nicht den Stolz der Eingeborenen, daß sie auch von einer Frau angeleitet werden?«

Hunt lachte. »Im Gegenteil. Sie müssen wissen, daß der Landbau traditionell in den Händen der Kikuju-Frauen liegt, und mit denen kommt Judy blendend aus. Ihr Problem ist, daß sie die jungen, unverheirateten Mädchen meist viel zu schnell wieder verliert.«

»Wie kommt das?«

»Sie heiraten Masai-Männer. Die Masai leben im Süden, sie sind nomadisierende Viehzüchter. Die Frauen ihres Stammes verstehen nicht viel von der Feldarbeit; deshalb heiraten die Männer lieber Kikuju-Frauen, die mit dem Mais und der Hirse auf ihren Landflecken umgehen können.«

»Ein überraschendes Problem.« Stafford lächelte.

»Es gibt hier viele Probleme«, sagte Hunt ernst. »Aber wir werden sie lösen, eins nach dem anderen. Die Commonwealth Development Corporation und die Weltbank unterstützen die Hilfsprojekte. In der Nähe von Baringo läuft ein Projekt der CDC, das das gleiche wie wir unter den Njemps versucht. Es ist immer die Frage, die geeignetste Saat für den Boden zu finden. Unsere Stiftung ist mehr ein nationales Unternehmen der kenianischen Regierung. Deshalb fließen unsere Gelder auch nur spärlich. Aber in letzter Zeit kursieren Gerüchte, daß der Stiftung Geld vermacht worden sein soll.«

Das werden nicht lange Gerüchte bleiben, dachte Stafford. »Wann wurde die Stiftung gegründet?«

»Gleich nach dem Krieg. Aber während des Mau-Mau-Aufstands ist die Arbeit zusammengebrochen, und alles hätte sich fast aufgelöst. Dann ist vor sechs Jahren Brice hier Direktor geworden, und seitdem geht es wieder aufwärts.«

»Ein guter Mann?«

»Der beste. Er ist unglaublich rührig – ein guter Leiter und Verwaltungsmann, auch wenn er nicht viel von Landwirtschaft versteht. Er hat das richtige Gespür, jeden seine Arbeit machen zu lassen. Sie müssen uns besuchen kommen und ihn kennenlernen. Verbinden Sie es doch mit ihrer Fahrt nach Ol Karia.«

»Sehr gerne«, sagte Stafford. Er wollte nur nicht in Ol Njorowa auftauchen, wenn Dirk Hendriks dort gerade seinen Besuch machte. Seine Neugier konnte Verdacht erregen. »Geht es nächste Woche?«

»Natürlich. Rufen Sie mich vorher an.«

Sie gingen in die Hotelbar, um noch einen Kaffee und einen Brandy zu trinken. Hunt, der sich gerade setzen wollte, wies überrascht zu einem entfernteren Tisch. »Dahinten sitzen Brice und Patterson, einer unserer Tierverhaltensforscher. Da kann ich gleich einen Termin für ihren Besuch vereinbaren.« Er ging hinüber zu dem anderen Tisch und sprach eine Zeitlang mit Brice. Dann drehte er sich um und winkte.

Brice war mittelgroß und breitschultrig. Seine Haut war tief gebräunt wie Korduanleder. Er sprach ein *fast* reines Oxford-Englisch, nur die etwas breiter gesprochenen Vokale verrieten seine südafrikanische Herkunft. Doch der Akzent war so schwer herauszuhören, daß selbst Hardin ihn für einen Engländer hielt.

Er hatte einen festen Händedruck. »Es freut mich, Sie kennenzulernen, Mr. Stafford, Mr. Hardin. Wir haben selten Besuch aus England. Sind Sie schon lange in Kenia?« Die übliche Frage, um das Eis zu brechen.

»Ich bin erst heute morgen angekommen. Es ist ein wunderschönes Land.«

»Das ist es wirklich«, sagte Brice. »Es ist zwar nicht meine Heimat – noch nicht –, aber ich liebe es auch.«

»Noch nicht?« fragte Judy.

Brice lachte jovial. »Ich habe die kenianische Staatsbürgerschaft beantragt. In einigen Monaten wird mein Gesuch hoffentlich angenommen sein.«

»Dann sind Sie also noch Engländer.« Stafford wartete gespannt.

Brice lachte wieder. »Nein, nein. Ich bin Rhodesier. Hören Sie das nicht?« Er hob fragend die Augenbrauen, aber Stafford schwieg. »Nein? Nun, ich habe lange Zeit in England gelebt, vielleicht habe ich den Akzent da verloren. Ich habe Rhodesien verlassen, als dieser politische Narr Ian Smith mit seiner großspurigen Unabhängigkeitserklärung herauskam.«

»Aber warum sind Sie damals fortgegangen?« fragte Hardin.

»Jeder im Land hat gewußt, daß das nicht gutgehen konnte. Hunderttausend Weiße, die versuchen, Millionen von Schwarzen in Schach zu halten! Auch wenn es nur wenige öffentlich ausgesprochen haben. Der Guerillakrieg war die logische Konsequenz, bis auch die letzten Engstirnigen ihren Fehler eingesehen hatten.«

»Und jetzt, wo das Land Zimbabwe heißt und von Mugabe regiert wird, zieht es Sie nicht wieder zurück?«

Brice schüttelte den Kopf. »Nein. Kehre nie um – das ist mein Motto. Ich hätte auch keinen Grund mehr dafür. Wir hatten eine Farm in der Nähe von Umtali, und da tobte der Buschkrieg am wütendsten.« Sein Gesicht wurde hart. »Meine Eltern wurden umgebracht, und man hat mir erzählt, daß unser Haus, das mein Vater selbst aufgebaut hatte, niedergebrannt worden ist. Nein, ich bleibe in diesem Land.« Er trank aus seinem Glas. »Aber Afrika würde ich nicht mehr verlassen. England hat mir nicht gefallen. Zu kalt für meinen Geschmack.«

Er wandte sich an Hunt. »Natürlich würde ich mich freuen, wenn Mr. Stafford unser College besucht. Haben Sie schon einen Termin vereinbart?«

»Irgendwann in der nächsten Woche?« fragte Stafford.

Sie einigten sich auf einen Tag, und Brice machte eine Notiz in seinem Kalender. Er lächelte vergnügt. »Bis dahin kann ich wahrscheinlich auch die Gerüchte aufklären.«

Stafford zog die Augenbrauen hoch. »Welche Gerüchte?«

»Über das Geld, das der Stiftung angeblich vermacht worden ist«, sagte Hunt. Er sah Brice an. »Stimmt es denn?«

»Ja«, sagte Brice feierlich. »Ein unerwarteter Geldregen wird Ol Njorowa in diesem Sommer aufblühen lassen.« Dann wurde seine Stimme wieder sachlich. »Wahrscheinlich sind es sechs oder sieben Millionen.«

»Kenia-Shilling?« fragte Hunt.

Brice lachte. »Pfund Sterling.« Hunt stieß einen gedehnten Pfiff aus.

Auch Stafford war überrascht, doch ließ er sich nichts anmerken. Er fragte sich, wo das übrige Geld geblieben sein mochte. Immerhin fehlten in Brices Angabe ganze fünfundzwanzig Millionen.

»Aber behalten Sie das bitte für sich«, sagte Brice. »Ich möchte es erst offiziell bekanntgeben, wenn ich in den nächsten Tagen mit dem Stiftungsrat und dem Anwalt, der mich besuchen wird, gesprochen habe.«

Man unterhielt sich noch über dies und jenes; dann kehrten Stafford, Hardin und Hunt an ihren eigenen Tisch zurück. Stafford war ein wenig abwesend, weil er noch immer versuchte, einen Sinn aus den Angaben von Brice herauszulesen, aber Judy schaffte es, ihn aus seinen Gedanken herauszuholen. »Wenn Sie uns besuchen, müssen Sie unbedingt eine Ballonfahrt mitmachen.«

Er sah sie zweifelnd an. »Eine Ballonfahrt? Sie machen sich einen Scherz mit mir.«

»Überhaupt nicht. Alan hat einen Heißluftballon. Natürlich braucht er ihn für die Arbeit, behauptet er.« Sie lachte. »Wenn Sie mich fragen, hat er ihn sich aus sportlichem Ehrgeiz gekauft. Aber es macht großen Spaß, besonders, wenn man Tiere beobachten will.«

»Kann man den Ballon denn lenken?«

»Nicht besonders gut. Am besten läßt man sich über das Land treiben wie ein Distelsamen. Alan kann sehr gelehrt über den Windschub und andere technische Finessen reden; er behauptet auch, daß er landen kann, wo er will. Aber so ganz glaube ich ihm das nicht.«

»Und was passiert, wenn Sie über den See getrieben werden?«

»Wenn der Wind in die Richtung bläst, steigen wir gar nicht erst auf. Springt er während der Fahrt um, muß man leider schwimmen, bis das Begleitboot einen herausfischt – und hoffen, daß keine Krokodile in der Nähe sind.«

»Das nenn' ich ein gefährliches Leben«, sagte Stafford.

»Es ist nicht wirklich gefährlich. Das Schlimmste, was mir bis heute passiert ist, war eine verstauchte Hand. In Keekorok in der Masai Mara ist Ballonfahren eine Touristenattraktion. Sie nennen es Ballon-Safari.«

Stafford genoß die entspannte Unterhaltung und bedauerte es sehr, daß sich die Hunts um elf verabschieden mußten. Während sie sich die Hände schüttelten, erinnerte ihn Alan noch einmal an sein Versprechen, nach Ol Njorowa zu kommen. Als sie wieder allein am Tisch saßen, trugen Stafford, Hardin und Nair zusammen, was sie erfahren hatten. Die Ausbeute hätte in einen Fingerhut gepaßt.

»Ben, du mußt zurück nach London und etwas nachholen, was längst getan sein sollte. Außerdem wird hier der Boden für dich zu heiß. Nairobi ist nicht besonders groß, und ab morgen treibt sich Gunnarson in der Stadt herum. Wenn er uns zusammen überrascht, können wir alle nach Hause fahren.«

Hardin nickte zustimmend. »Aber was soll ich in London machen?«

»Finde alles über Jan-Willem Hendrykxx heraus. Langsam fängt es an, mich zu interessieren, wie er an seine Häusersammlung und den übrigen Kram gekommen ist – und warum er das meiste davon ausgerechnet der Ol-Njorowa-Stiftung vermacht. Du mußt das Verbindungsglied nach Kenia finden, Ben. Und dann hör dich ein bißchen auf Jersey um, solange Farrar weg ist. Mit irgendwem muß der alte Herr doch in den letzten sieben Jahren vor seinem Tod geredet haben.«

»Wann soll ich fliegen?«

»Morgen.« Stafford wandte sich zu Nair. »Und ich will jetzt auch alles über die Stiftung wissen. Haben Sie genügend Verbindungen, die uns noch weiterhelfen können?«

Nair nickte. »Ich glaube schon.«

»Gut. Dann fahren wir morgen gleich nach dem Frühstück nach Nairobi zurück.«

10

Sie erreichten Nairobi am nächsten Morgen kurz nach elf, und als Nair den Wagen vor dem Norfolk einparkte, entdeckte Stafford Curtis in der Delamere Bar, vor sich ein Glas Bier. Er sagte zu

Hardin: »Weck bitte den Sergeant aus seiner Bierruhe und komm mit ihm auf mein Zimmer.«

»Wird gemacht.«

»Ich sehe mich mal nach Chip um«, sagte Nair.

Stafford nickte und stieg aus. Er machte noch einen Umweg an die Bar, um sich Zigaretten zu holen, dann ging er in sein Zimmer. Curtis und Hardin erwarteten ihn bereits. Er sah Curtis fragend an. »Wo ist Gunnarson?«

»Im Hilton«, sagte Curtis. »Chip wollte ihn im Auge behalten.«

»Das wollte er also«, sagte Stafford gedehnt. »Und jetzt raus mit der Sprache, Sergeant. Was sind Chip und Nair nun wirklich?«

Curtis schien gekränkt. »Das habe ich doch gesagt.«

»Spiel mir nicht den alten Hasen vor, Sergeant«, sagte Stafford. »Kein Wort hast du gesagt. Ich will wissen, ob ich ihnen vertrauen kann. Ich will wissen, ob sie mich verkaufen, wenn Gunnarson ein besseres Angebot macht. Nebenbei, wieviel bekommen sie eigentlich von uns?«

»Nichts. Sie wollten mir einen Gefallen tun.«

Stafford sah ihn eine Zeitlang schweigend an. »Das reicht. Jetzt mußt du mir endlich sagen, was dahintersteckt.«

»Mich interessiert das auch«, sagte Hardin.

Curtis seufzte. »Also gut. Aber ich will nicht, daß irgend jemand Schwierigkeiten bekommt. Deshalb keine Namen und keine weiteren Fragen. Ich habe dem Colonel in London erzählt, daß ich schon einmal in Kenia war; es war aber nicht das einzige Mal. 1973 habe ich hier unten Urlaub gemacht. Der Colonel weiß, wie man das anstellen muß.«

»Du bist zu dem richtigen Offizier gegangen und als überzähliges Besatzungsmitglied auf einem Schiff Ihrer Majestät hierhergekommen. Kostenlos, versteht sich.«

Er nickte. »Das Schiff gehörte zur Beira-Patrouille.«

»Was ist das?« fragte Hardin.

»Der Versuch, den Hafen von Beira zu blockieren, um Rhodesien von seinen Öleinfuhren abzuschneiden«, erklärte Stafford. »Und natürlich war es ein Schlag ins Wasser. Erzähl weiter, Sergeant.«

»Ich ging in Mombasa an Land, sah mich ein bißchen um und fuhr dann mit dem Zug hierher. Am dritten oder vierten Tag wollte ich mir das große, runde Gebäude in der Stadt anschauen.«

»Das Kenyatta Conference Centre«, ergänzte Hardin.

»Genau«, sagte Curtis. »Damals war es noch nicht fertig. Überall lag Baumaterial herum, ein richtiges Chaos. Es war schon ein bißchen spät am Tag, und ehe ich mich versah, war die Sonne untergegangen. Und plötzlich hörte ich einen Schrei, und als ich um eine Ecke bog, sah ich, wie vier Schwarze auf einen alten Inder und ein junges Mädchen einschlugen. Als ich dazukam, lag der Alte schon auf dem Boden, und die Kerle machten sich gerade über das Mädchen her. Sie wollten sie wohl vergewaltigen, aber dazu kam es nicht mehr.« Er hielt seine Fäuste hoch. »Ich kann damit ganz gut umgehen.«

Stafford wußte das. Während seiner Dienstzeit bei der Marine war Curtis der ewige Zweite bei den Boxmeisterschaften gewesen. Vier untrainierte Schläger konnten ihm bestimmt nicht gefährlich werden. »Weiter.«

»Das Mädchen war fünfzehn Jahre alt, und der Alte war ihr Großvater. Das Mädchen war mit dem Schrecken davongekommen, aber der alte Mann sah schlimm aus. Also habe ich sie nach Hause gebracht. Aber dann haben sie ein fürchterliches Getue angestellt; ich mußte zum Essen bleiben. Es gab herrlichen Curry.« Curtis bekam ein verklärtes Gesicht, als er sich jetzt daran erinnerte.

»Spar dir die Gourmeterlebnisse für später auf«, sagte Stafford. »Wie ging es weiter?«

»Den Indern ging es damals nicht besonders gut hier. Kenyatta hatte angeordnet, daß jeder, der noch einen britischen Paß besaß, ihn gegen einen kenianischen Ausweis eintauschen müßte.«

»Es war eine richtige Massenkampagne«, bemerkte Hardin. »Ich war damals auch hier. Das Schlagwort hieß: Kenia den Kenianern.«

»Die Inder wollten ihre Pässe nicht abgeben, aber sie wußten, daß die Regierung sie ausweisen würde, wenn sie der Aufforderung nicht nachkamen.« Curtis überlegte einen Moment. »Indien wollte sie nicht aufnehmen – also blieb ihnen nur England. Aber das machte ihnen noch die geringsten Sorgen. Schlimmer war, daß sie kein Geld mit außer Landes nehmen durften. Und ihr Gepäck wurde an der Grenze scharf nach Wertgegenständen durchsucht.«

»Richtig«, sagte Hardin. »Plötzlich saßen sie zwischen allen Stühlen. Aber ich glaube nicht, daß man Kenyatta dafür einen Vorwurf machen kann. Er wollte ganz einfach keine Ausländerenklave im Land haben. Auch die Engländer haben ihn damals unterstützt.«

»Sie haben mich gebeten, ihnen zu helfen«, fuhr Curtis fort. »Ich sagte ihnen, wie ich ins Land gekommen war, und sie fragten, ob ich etwas mit nach England nehmen könnte.«

»Was war es?« fragte Stafford.

Curtis zeichnete ein kleines Päckchen in die Luft. »Eine kleine Schachtel, eingenäht in Leder.«

»Und was war drin?«

»Ich weiß nicht. Ich habe sie nicht aufgemacht.«

»Und was glaubst du?«

Curtis zögerte. »Ich nehme an, Diamanten.«

»Du bist doch manchmal ein unglaublicher Trottel, Sergeant«, sagte Stafford. »Wenn du erwischt worden wärst, hätte man dich ins Gefängnis werfen können. Zumindest wärst du unehrenhaft aus der Armee geflogen. Pension adieu. Du hast das Päckchen also nach England mitgenommen.«

»Ja. Gleich nach Ankunft in Portsmouth bin ich nach London gefahren. Der Alte hatte mir eine Adresse im East End gegeben.«

»Und was hast du für deine Dienste erhalten, Sergeant?«

Curtis blickte erstaunt hoch. »Nichts, Sir.« Stafford sah ihn forschend an. »Es waren gute Leute«, sagte Curtis. »Später sind sie nach England gekommen und haben sich in London niedergelassen. Bald darauf verschlechterte sich Amys Zustand, und ich hatte strenge Vorgesetzte. Ich bat um einen Sonderurlaub, er wurde abgeschlagen. Erst als sie im Sterben lag, konnte ich bei ihr bleiben. Aber die Inder haben sie jeden Tag im Krankenhaus besucht und ihr Obst und Blumen gebracht.« Er schwieg eine Zeitlang. »Es waren gute Leute.«

Stafford seufzte. Dann stand er auf, ging zum Kühlschrank und holte einen Karton Bier heraus. »Nimm dir eine Flasche, Sergeant.«

»Danke, Sir.«

Er reichte auch Hardin eine Flasche und bediente sich selbst. »Als ich dir gesagt habe, daß wir nach Kenia fliegen, bist du wieder ins East End gegangen und hast um Hilfe gebeten. War es so?«

»Ja, Sir.«

»Wie hieß die indische Familie?« Curtis schwieg. »Das bleibt unter uns, Sergeant.«

»Pillay«, sagte er zögernd.

Hardin stöhnte verärgert auf. »Weißt du, daß jeder zweite Gujarati Pillay heißt und die andere Hälfte Patel? Es ist das gleiche, wie wenn du in England nach einem Smith oder Jones suchst.«

Stafford, der sich gerade sein Bier eingoß, stellte abrupt die Flasche auf den Tisch. »Gujarati! Da hört die Sache auf, einen Sinn zu haben. Nair Singh ist ein Sikh, und seit wann kommen Sikhs und Gujaratis miteinander aus? Die einen haben einen moslemisch-hinduistischen Glauben, die anderen sind Parsen! Pete Chipende will ich gar nicht erwähnen – er ist Schwarzafrikaner, das paßt noch weniger ins Bild. Und du willst immer noch behaupten, die beiden helfen uns, ohne etwas dafür zu erwarten? Das glaubst du doch selbst nicht, Sergeant!«

»Einen Moment«, rief Hardin. »Max, du brauchst einen kleinen Nachhilfekurs in kenianischer Geschichte. Ich habe dir erzählt, für wen ich hier gearbeitet habe. Die Firma war damals sehr an der kenianischen Politik interessiert, also habe ich bis zum Hals dringesteckt.«

»Und?«

Hardin hob einen Finger. »Kenia hat nur eine Partei – die kenianisch-afrikanische Nationalunion, abgekürzt KANU. Kenyatta war ihr Präsident, Oginga Odinga war sein Vize. Aber auch in einem Einparteienstaat bilden sich Fraktionen. Odinga spaltete sich von Kenyattas Leuten ab und gründete die kenianische Volksunion – die KPU. Kenyatta gefiel das überhaupt nicht. Es kam zu einem Kampf um die Macht; am Ende wurde die KPU verboten, und Odinga verschwand eine Zeitlang im Gefängnis. Das war 1969. Wie es sich für Afrika gehört, ging es damals zuallererst um Stammesinteressen. Kenyatta war ein Kikuju, Odinga ein Luo. Seit wir hier sind, habe ich mich ein wenig umgehört; die KANU hat noch immer einen schlechten Ruf bei den Luos. Natürlich spielen dabei auch ideologische Gegensätze eine Rolle.«

»Und was soll das alles mit uns zu tun haben?«

»Odinga muß doch irgendwoher für seine Kriegskasse Geld bekommen haben. Ich weiß, daß die KPU von den Chinesen und den Russen unterstützt wurde. Kenyatta wollte mit den Kommunisten nichts zu tun haben, er hat sogar ihre Botschaften geschlossen. Also hatten sie allen Grund zur Rachsucht. Aber es gab auch immer den starken Verdacht, daß Odinga von den ausgewiesenen Indern in England Geld zufloß.«

»Ich versteh' immer noch nicht, worauf zu hinauswillst.«

»Kurz gesagt, glaube ich, daß Chip und Nair KPU-Leute sind, daß sie Odinga unterstützen. Die KPU ist zwar verboten, aber sie führt im Untergrund ein reges Leben. Und wenn eine englische Geldquelle eine Bitte äußert, wird man ihr die nicht abschlagen.«

»Ich will aber mit dieser verdammten Politik nichts zu tun haben«, erregte sich Stafford.

»Brauchst du auch nicht«, beruhigte ihn Hardin. »Du planst ja nichts gegen die Regierung. Akzeptier die Hilfe von Chip und Nair; alles andere geht uns nichts an. Und daß sie dir helfen können, haben sie doch bewiesen.«

Curtis sah kläglich in die Runde. Stafford lächelte ihn aufmunternd an. »Mach dir nichts daraus, Sergeant. Der Barmherzige Samariter fällt in dieser bösen Welt fast immer auf die Nase. Alles ist ebensogut meine Schuld, ich hab' dir gesagt, daß ich von nichts etwas wissen will.«

Curtis trank einen großen Schluck von seinem Bier. Stafford sah, daß er erleichtert war. »Ich wette, da treiben sich noch mehr herum als nur Chip und Nair«, sagte Hardin. »Auch wenn wir sie nicht zu sehen bekommen, sie sind da.«

»Woher willst du das wissen?«

»Aus Erfahrung.« Hardin leerte sein Glas.

So weit war es also gekommen, dachte Stafford. Jetzt hatte er plötzlich Verbündete, auf die er liebend gern verzichtet hätte. Aber Hardin hatte recht – sie konnten nützlich sein. Er würde ihre Unterstützung bis zu einem bestimmten Punkt annehmen, sonst aber nichts hören, nichts sehen und schon gar nichts sagen. Aber vertrauen würde er ihnen nicht.

Am frühen Nachmittag meldete sich Chip zurück. Gunnarson tat, was auch Stafford nach dem langen Flug getan hatte – er schlief. Er war nicht zum Essen erschienen, sondern hatte sich etwas aufs Zimmer kommen lassen.

»Und wer sieht jetzt nach ihm?«

Chip lächelte, daß man seine Zähne sah. »Machen Sie sich keine Sorgen. Wir passen schon auf ihn auf.«

Also hatte Hardin auch damit recht; Chip und Nair waren nicht allein. »Mr. Farrars Reisegesellschaft aus London kommt morgen früh hier an«, sagte Chip.

»Woher wissen Sie das?«

Wieder das Lächeln. »Mein Schwager arbeitet am Flughafen.«

Wenig später erschien auch Nair und überreichte Stafford einen dicken Umschlag. Es war eine komplette Akte über die Ol-Njorowa-Stiftung. Er wunderte sich, wie Nair das viele Material in der kurzen Zeit aufgetrieben hatte.

Der Stiftungsrat hatte fünf Mitglieder: K. J. Patterjee, B. J. Peters, D. W. Ngotho, Col. S. T. Lovejoy und Rev. A. T. Peacock. »Was sind das für Leute?« fragte Stafford.

Chip sah ihm über die Schulter. »Ein Inder, ein Parse, zwei Engländer und ein eingeborener Kenianer.«

»Sind es einflußreiche Leute oder besonders angesehen in der Öffentlichkeit?«

Chip gluckste in sich hinein. Als Stafford erstaunt aufblickte, sah er, daß auch in Nairs Gesicht ein breites Grinsen stand. »Das würden wir nicht unbedingt sagen, nicht wahr, Nair?« Chip konnte sich gar nicht beruhigen.

»Nicht unbedingt.« Nair lachte laut heraus.

Chip schob seinen Arm über Staffords Schulter und tippte auf die Namen. »Patterjee saß im Gefängnis, weil er versucht hat, zwölftausend Kilogramm Gewürznelken aus dem Land zu schmuggeln. Darauf stehen hier strenge Strafen. Peters wurden Währungsspekulationen nachgewiesen, was ihn ebenfalls ins Gefängnis gebracht hat. Ngotho war früher eine Geschäftshure und hat auch dafür gesessen.«

»Was zum Teufel ist eine Geschäftshure?«

»Ausländer dürfen in Kenia keine Unternehmen kontrollieren«, erklärte Nair. »Deshalb haben sich früher viele einen Strohmann gekauft – nominell besaß dann ein Kenianer die Aktien, aber sein Hintermann hatte das Geschäft in der Hand. Eine Art legaler Betrug. Mzee Kenyatta hat dafür den Ausdruck Geschäftshure geprägt.«

»Und hat es unter Strafe gestellt«, ergänzte Chip. »Colonel Lovejoy war sein Leben lang ein ehrlicher Mensch. Nur ist er inzwischen sehr alt. Peacock ist Missionar.«

Stafford war verblüfft. Welch eine sonderbare Versammlung! »Wie konnten drei Vorbestrafte in den Verwaltungsrat der Ol-Njorowa-Stiftung kommen?«

»Das ist wirklich merkwürdig«, stimmte Chip ihm zu. »Was interessiert Sie eigentlich an der Stiftung, Max?«

»Im Grunde gar nichts. Sie berührt mich nur am Rande.«

»Ich frage mich ...«, dachte Nair laut.

»Was fragst du dich?« unterstützte ihn Chip.

»Ob die Stiftung wirklich nur am Rande dessen liegt, was Max sucht.«

»Da wir nicht wissen, was Max sucht, ist das schwer zu sagen«, spann Chip den Faden genüßlich fort.

Stafford seufzte und lehnte sich in seinem Sessel zurück. »Es ist wohl besser, wir hören jetzt auf, mit gespaltener Zunge zu reden.«

»Aber wenn wir genauer wüßten, was wir die ganze Zeit tun, wäre das nicht schlecht. Was meinst du, Nair?«

»Ich bin ganz deiner Ansicht.«

»Ich werde darüber nachdenken«, sagte Stafford. »Wenn Sie ihr Komödiantenduett beenden, kann ich das hier weiterlesen.« Er blätterte eine Seite um. Es folgten Lageskizzen von dem College, das größer war, als Stafford erwartet hatte. Mehrere Hörsäle gehörten dazu, Büros, Laboratorien, eine Bibliothek und ein Wohnkomplex. Auch an verschiedene Sporteinrichtungen war gedacht worden. Ein Swimming-pool befand sich ebenso auf dem Stiftungsgelände wie ein Tennisplatz und ein Fußballfeld. Das größte Areal nahmen jedoch die Versuchsfelder ein, die auf den Karten aussahen wie Schrebergartenparzellen.

Stafford überschlug ein paar Seiten, bis er auf eine Liste stieß, die die verschiedenen Forschungsfakultäten aufzählte. Alan Hunts Name war dabei. Er tippte auf den Namen, der ganz oben auf der Seite stand. »Dieser Brice, der Direktor – Ihr Freund Hunt scheint viel von seiner Arbeit für die Stiftung zu halten. Würden Sie ihm zustimmen?«

»Ja, schon. Seit er hier ist, geht es mit der Stiftung wieder aufwärts. Und er arbeitet auch hervorragend mit der landwirtschaftlichen Fakultät an der Universität zusammen. Ich glaube, die Regierung und die Universität sind ganz froh, daß ihnen die Stiftung einen Teil der finanziellen Lasten abnimmt. Forschung ist teuer.«

Aber Hunt hatte gesagt, daß die Mittel knapp waren. Stafford ging für den Moment darüber hinweg. Er blätterte zurück zu den ersten Seiten. »Wie lange sitzen diese drei halbseidenen Vögel schon im Verwaltungsrat?«

»Das weiß ich nicht«, sagte Chip. »Aber wir können es herausfinden, nicht wahr, Nair?«

»Das können wir schon«, antwortete Nair. »Und es ist nicht mal besonders schwierig.«

Das Telefon klingelte, und Stafford hob ab. Dann hielt er Chip den Hörer hin. »Für Sie.«

Chip antwortete dem Anrufer einsilbig und beendete das Gespräch sehr schnell. »Gunnarson hat sein Hotel verlassen. Im Moment trinkt er einen Kaffee im Thorn Tree. Ich werde mich ein bißchen um ihn kümmern. Kommst du mit, Nair?«

»Warum nicht. Hier können wir ohnehin nur Max das Bier wegtrinken. Und ich kann nicht mal das.« Er folgte Chip zur Tür.

Chip drehte sich noch einmal um. »Ich hoffe, Sie entschließen sich bald, uns zu sagen, um was es hier eigentlich geht. Das wäre besser für uns alle.« Die Tür fiel hinter ihm ins Schloß.

Stafford bezweifelte das. Wenn Hardin recht damit hatte, daß Chip und Nair auf der Jagd nach Beute waren, um die Kriegskasse ihrer verbotenen Partei wieder aufzufüllen, dann konnte das für ihn schwerwiegendere Folgen haben, als es das Risiko, offen mit ihnen zu reden, wert war. Den Rest des Nachmittags grübelte er sich deshalb eine Geschichte zusammen, die die beiden befriedigen mußte. Dann ging er hinüber zu Hardin, der bereits am Packen war.

Hardins Maschine startete mit leichter Verspätung, dafür landete Farrar pünktlich. Er verlor auch weiterhin keine Minute seiner kostbaren Zeit und fuhr umgehend mit den beiden Erben nach Naivasha. Was er nicht wußte, war, daß Gunnarson ihnen zum Lake Naivasha Hotel gefolgt war. Und der konnte nicht ahnen, daß Chip und Nair ebenfalls Zimmer gebucht hatten. Eine behagliche Runde. Stafford war in Nairobi geblieben und grub noch ein wenig tiefer in der kuriosen Vergangenheit der drei Ratsmitglieder. Lieber hätte er allerdings das erste Zusammentreffen von Farrar, Hendriks, Hendrix und Brice in Ol Njorowa belauscht.

Erst nach drei Tagen kehrte die kleine, Reisegesellschaft nach Nairobi zurück. Und noch in derselben Nacht flogen Farrar und Dirk wieder nach England. Stafford wies Hardin telegraphisch an, auf sie zu achten. Gunnarson zog mit seinem Strohmann ins New Stanley um, und Stafford fragte sich, was als nächstes passieren würde. Früher oder später mußte er etwas unternehmen – aber er wußte nicht, was. Es war, als müsse er den nächsten Schachzug mit verbundenen Augen machen. Aber irgend etwas mußte geschehen, bevor das Erbe verteilt war und Gunnarson und sein Hendrix-Double hinter dem Horizont verschwanden – mit drei Millionen englischen Pfund in den Reisetaschen. Stafford brauchte dringend Munition, Kugeln, die trafen, und er hoffte inständig, daß Hardin welche ausgraben würde.

Die nächste Neuigkeit brachte ihm Chip. »Sie wollten wissen, wann die einzelnen Ratsmitglieder der Stiftung berufen wurden.«

»Ich brenne darauf, es zu hören.«

Chip lächelte. »Lovejoy und Peacock sind Gründungsmitglieder, sie gehören seit 1950 zum Rat. Die anderen drei kamen alle zur gleichen Zeit hinzu, 1975.«

Stafford lehnte sich zurück und überlegte. »Und wann wurde Brice als Direktor berufen? Wann genau?«

»Zum Jahresanfang 1976.«

»Sehr interessant. Was halten Sie von folgendem, Chip? Die Stiftung wurde 1950 gegründet, aber ihre Arbeit brach, so Alan Hunt, kurz nachdem Kenia unabhändig wurde, fast vollständig zusammen. Das muß aber nicht heißen, daß keine Gelder mehr vorhanden waren. Ich wette, es waren mehr da als je zuvor. Die englische Bewilligungskommission für Hilfsprojekte hat in einer Untersuchung festgestellt, daß einige Organisationen die ihnen bewilligten Mittel längst nicht mehr für das ausgeben, wofür sie ursprünglich beantragt wurden. Statt dessen flossen sie in sichere Anlagegeschäfte. Und zwar nicht einmal, um das Geld zu unterschlagen, sondern einzig wegen der Gleichgültigkeit und Nachlässigkeit der Verwaltungsräte.«

»Und weiter.«

»Die Stiftung *muß* Geld gehabt haben. Wie hätte Brice denn sonst den neuen Aufschwung finanzieren können? Jetzt stellen Sie sich drei Geier vor, Patterjee, Peters und Ngotho, die ein dummes, fettes Täubchen sehen, so richtig nach ihrem Geschmack. Irgendwie drehen sie es, in den Stiftungsrat gewählt zu werden. Dann berufen sie einen Ausländer, Brice, zum Direktor, einen Fremden, der weder Land noch Leute kennt. Weil sie dem das Fell nach Strich und Faden über die Ohren ziehen können.«

»Und inzwischen melken sie die Stiftungskasse?« sagte Chip. Er nickte. »Das paßt alles zusammen. Aber was ist mit Lovejoy und Peacock?«

»Ich habe mich mit den beiden ein wenig beschäftigt«, sagte Stafford. »Colonel Lovejoy ist, wie sagten Sie, sehr alt. Er ist zweiundachtzig, total senil und verläßt seit langem nicht mehr das Haus. Peacock, der Missionar, ist zwar in der Gegend von Naivasha bekannt, aber seit Idi Amins Sturz betreibt er sein gottgefälliges Werk in Uganda, in der Nähe von Karamoja. Ich glaube nicht, daß die beiden für unsere drei Betrüger ein besonderes Problem darstellten. Aber Brice war zu klug für sie. Daß er kein Dummkopf ist, hat er inzwischen bewiesen. Unser Trio hatte noch gar nicht richtig die Finger in der Kasse, da saß er auch schon obendrauf. Jetzt läuft alles durch seine Hände, und sie können nichts dagegen tun.«

»Und sie konnten ihn auch nicht wieder feuern.« Chip lachte. »Wenn er sie bei irgendwas erwischt hat, sind sie ihm ausgeliefert. Und wenn er wirklich gerissen war, hat er sie im Stiftungsrat gelassen. Das mußte ihn unantastbar machen. Er kann gar kein Interesse an einer stärkeren Verwaltung haben – die könnte ihm schließlich ins Geschäft pfuschen.«

»Vielleicht hat er ihnen die neuen Verhältnisse mit einem fetten Salär erträglich gemacht«, sagte Stafford. »Ich hätte es zumindest so gemacht, um sie ganz sicher still zu halten.«

»Sie haben eine so schlimme Phantasie, Max, daß Sie wirklich in allem recht haben könnten.«

»Aber als Ergebnis bleibt, daß Brice ein ehrlicher Mann ist. Sie hätten die Beute auch durch vier teilen können, aber er hat die Stiftung wieder aufgebaut. Ich würde ihn jetzt gerne kennenlernen.« Stafford sah auf seine Uhr. »Hoffentlich erreiche ich Alan Hunt noch.« Er griff zum Telefon.

»Ich kann Sie nach Naivasha fahren«, bot Chip sich an.

»Nein, ich will allein fahren. Aber wir müssen in Verbindung bleiben. Wenn Gunnarson und Hendrix irgend etwas unternehmen, will ich es sofort wissen.«

11

Das Ol-Njorowa-College lag ungefähr sieben Meilen vom Lake Naivasha Hotel entfernt. Stafford duschte sich noch einmal den Straßenstaub aus den Poren, dann machte er sich auf das letzte Stück seines Ausflugs. Um den See führte eine befestigte Straße, aber dann mußte er in einen ausgefahrenen Sandweg einbiegen, den jedes Regenwetter bestimmt in ein riesiges Schlammloch verwandelte. Schließlich entdeckte er das College am Fuß des drohenden Longonot.

Stafford wunderte sich über den engmaschigen, hohen Drahtzaun, der das Gelände einfaßte; dann kam er zu einem Pförtnerhaus. Das Tor war geschlossen. Auf sein Hugsignal kam ein Mann aus dem Häuschen gestürzt. Stafford ließ das rechte Seitenfenster herunter. Der Mann beugte sein zerfurchtes Gesicht zu ihm. »Ja, Sir?«

»Max Stafford. Ich bin mit Mr. Hunt verabredet.«

»Dr. Hunt. Ja, Sir.« Das Gesicht hellte sich auf. »Sie werden erwartet.« Er richtete sich auf, ließ einen gellenden Pfiff ertönen und beugte sich wieder zum Fenster. »Einfach geradeaus, Sir. Folgen Sie bitte den Pfeilen, dann können Sie es nicht verfehlen.«

Das Tor wurde geöffnet, und Stafford fuhr auf das Gelände. Die Straße war asphaltiert und in gutem Zustand. In regelmäßigen Abständen liefen kleine Buckel über sie hinweg, ›schlafende Polizisten‹, die jeden Wagen zu langsamer Fahrt zwangen. Als Stafford über den ersten hinwegschaukelte, sah er in den Rückspiegel. Das Tor schloß sich wieder, es war niemand zu sehen. Die meisten Gebäude, die er vom Wagen aus sehen konnte, waren flach und langgestreckt, aber in einiger Entfernung vor sich entdeckte er das zweistöckige Haus, zu dem er fahren sollte. Das Areal war gepflegt wie ein Park. Die Wiesen sahen frisch gemäht aus, überall standen blühende Bäume und Bougainvilleen.

Vor dem Gebäude parkte er den Wagen auf einem Stellplatz, der mit weißer Farbe sauber auf den Asphalt gezeichnet war. Als er ausstieg, überfiel ihn die Hitze wie eine unerwartete Last. Immer wieder ließ er sich von der Landschaft und den Höhenzügen täuschen und vergaß, daß er in Äquatorialafrika war. Hunt hatte im Schatten des Eingangs auf ihn gewartet und kam ihm jetzt entgegen.

Sie schüttelten sich die Hände. »Ich freue mich, daß Sie gekommen sind.«

»Schön haben Sie es hier.«

Hunt nickte. »Wir können uns alles in Ruhe ansehen. Möchten Sie vorher ein Bier oder hinterher?«

»Bringen Sie mich zu ihrem Bier«, sagte Stafford mit gespielter Leidenschaft. Hunt lachte.

Sie gingen ins Haus. »Hier ist fast ausschließlich unsere Verwaltung untergebracht, Büros und dergleichen. Und ein paar Laboratorien, die besondere Einrichtungen brauchen wie Kühlsysteme. Wir haben unseren eigenen Dieselgenerator hinter dem Gebäude.«

»Dann sind sie nicht ans Stromnetz angeschlossen? Das überrascht mich. Ich hab' doch Starkstrommasten gesehen, als ich um den See fuhr.«

»Die führen zu dem geothermischen Kraftwerk bei Ol Karia. Es arbeitet aber noch nicht. Das Kabelnetz wird von Japanern aufgebaut; am Kraftwerk arbeiten Berater aus Island und Neuseeland. Die verstehen was von Dampfkraft. Sind Sie schon draußen gewesen?«

»Nein, es ist das nächste auf meiner Liste.«

»Auch wenn wir später ans Netz angeschlossen werden, wollen wir unseren Generator behalten. Für Notfälle.« Er öffnete eine Tür. »Hier entlang.«

Er führte Stafford in einen großen Raum, der offensichtlich zur Erholung in den Arbeitspausen und am Abend dienen sollte. Zur Einrichtung gehörten ein kleiner Billardtisch, eine Tischtennisplatte, mehrere Spieltische, und überall standen bequeme Sessel herum. Am hinteren Ende sah Stafford eine Bar, hinter der ein schwarzer Kenianer in einer weißen Jacke stand und Gläser polierte. Hunt ließ sich in einen Sessel fallen und winkte dem Barmann. »Billy, zwei Bier.«

»Sehr wohl, Sir, sofort. Premium?«

»Nein, *Hapana.*« Hunt lächelte Stafford zu. »Premium ist zu stark, wenn wir hinterher durch die Mittagshitze gehen wollen.«

»Wir können unseren Rausch doch unter einem Baum ausschlafen«, schlug Stafford vor.

Hunt lachte. »Auch keine schlechte Idee. Wissen Sie, das viktorianische Zeitalter hatte eine völlig falsche Vorstellung von diesem Land. Mit ihren Tropenhelmen und den dicken Flanelljacken haben die Leute wahrscheinlich im Haus öfter einen Hitzschlag bekommen als in der Sonne. Die Häuser hatten Wellblechdächer, und gekocht wurde auf Holzfeuer. Die Räume müssen heiß wie Öfen gewesen sein.«

Stafford sah auf Hunts sonnengebleichtes Haar. »Sie haben also keine Angst vor einem Sonnenstich?«

»Wenn man sich erst einmal akklimatisiert hat und nicht übertreibt, kann einem nicht viel passieren.« Der Barmann stellte ein Tablett auf den Tisch. »Schreib es auf meine Rechnung«, sagte Hunt. Er schenkte die Gläser ein. »Auf Ihr Wohl.«

Stafford wartete, bis der erste Schluck ihn ein wenig abgekühlt hatte. »Sagen Sie, müßte ein Unternehmen wie das hier nicht eigentlich staatlich gefördert werden?«

Hunt streckte die Beine aus und rieb sich abwesend eine rotentzündete Schramme auf dem Oberschenkel. »Wir bekommen finanzielle Unterstützung, aber es reicht nie. Hoffentlich ändert sich das jetzt, Sie haben ja gehört, was Brice neulich gesagt hat. Leider hat er die Sache immer noch nicht offiziell bekanntgegeben. Immerhin ist es ihm gelungen, endlich einmal alle Ratsmitglieder zusammenzutrommeln. Diese Woche waren sie hier. Das erste Mal, daß ich sie hier gesehen habe, und ich bin seit zwei Jahren hier.«

»Ich hätte gedacht, daß sie Ihnen ständig auf die Finger sehen, wenn das Geld so knapp ist«, sagte Stafford.

»Brice hält sie auf dem laufenden.« Er zögerte einen Moment, als hätte er noch etwas hinzufügen wollen. Daß Brice den Rat an der Leine hatte, glaubte Stafford. »Es soll nicht so klingen, als wäre er ein kleiner Diktator. Mir ist es egal, ob ich die Kuratoren zu sehen bekomme oder nicht. Ich habe genug andere Sorgen.« Er sah zur Tür und winkte. »Da kommen Judy und Jim Odhiambo.«

Stafford war aufgesprungen, aber Judy drückte ihn zurück in den Sessel. »Bleiben Sie sitzen, Max. Ich brauch' jetzt sofort ein eiskaltes Tonic.«

Hunt machte Odhiambo und Stafford miteinander bekannt. »Dr. Odhiambo ist der größte Getreidespezialist am Ort. Mais, Hirse, Weizen, was Sie wollen.«

»Dr. Hunt übertreibt wieder einmal«, versuchte Odhiambo das Lob herunterzuspielen.

Er bestellte sich ein Bier und ein Tonic für Judy. »Ich habe etwas für dich gefunden, Jim«, sagte Hunt. »Als ich mich neulich in der Bibliothek umsah, bin ich zufällig auf eine Abhandlung über primitive Maisformen in Peru gestoßen. Ich habe mich sofort an unser Gespräch über die Rückgewinnung alter Erbanlagen erinnert. Wenn es dich interessiert, suche ich es heraus.«

Binnen zwei Minuten waren sie in ihre Fachsimpelei vertieft. »Das muß sehr langweilig für Sie sein«, sagte Judy mitfühlend.

»Ganz und gar nicht«, entgegnete Stafford. »Ich höre gerne Experten zu, auch wenn ich davon nur die Hälfte verstehe.« Er sah die Kohlensäurebläschen in seinem Glas aufsteigen. »Alan hat mir von der rosigen Zukunft der Stiftung erzählt.«

Sie schaute ihn begeistert an. »Ist das nicht großartig?« Dann wurde sie ernst. »Nicht, daß ich mich über den Tod des alten Mannes freue, aber das Geld hilft uns wirklich ein großes Stück weiter.«

»Wer ist er gewesen?«

»Ich habe nicht die geringste Ahnung«, sagte Judy.

Wieder eine Sackgasse. Allmählich mußte er zum Angriff übergehen, sonst würde er hier überhaupt nichts erreichen. »Wozu braucht die Stiftung die starken Sicherungsanlagen?«

Judy zog die Augenbrauen hoch. »Welche Sicherungsanlagen?«

»Der hohe Zaun, der das Gelände einfaßt, das Wachhäuschen mit dem geschlossenen Tor.«

»Ach, das.« Ihre Stimme hatte einen bedauernden Ton. »Wir würden uns unseren Besuchern gerne freundlicher präsentieren, aber es gibt hier einige schlimme Langfinger in der Gegend. Da verschwinden Sachen, nicht viel – kleine Landwirtschaftsgeräte, Saatgut, Benzin –, was eben bei uns zu finden ist. Das meiste ist leicht zu ersetzen, aber wenn Jim Odhiambo eine besondere Maissaat für einen ganz bestimmten Boden gezüchtet hat und die wird gestohlen und landet vielleicht im Kochtopf irgendeines Wananchi, der nichts Besseres damit anzufangen weiß, dann ist das ärgerlich. Sehr ärgerlich sogar.«

»Was ist ein Wananchi?«

»Ein eingeborener Kenianer. Man kann ihnen nicht einmal einen Vorwurf machen. Die Saat sieht aus wie jede andere, und sie verstehen eben nicht, was wir hier machen.« Sie schüttelte den Kopf. »Seit der Zaun und das Tor da sind, ist es besser geworden.«

Hunt trank sein Glas leer. »Kommen Sie, und sehen Sie sich mein Reich an, Max. Zuerst den Teil im ersten Stock.«

Stafford folgte ihm hinauf. »Ist Mr. Brice heute auch hier?«

»Vielleicht sehen Sie ihn später beim Essen.« Hunt ging den Korridor hinunter. »Hier ist es.« Er öffnete eine Tür.

Das Laboratorium war vollgestopft mit Geräten und Gegenständen, deren Sinn Stafford nicht verstand. Aber Hunt erklärte ihm alles mit unermüdlicher Geduld, und Stafford konnte immer wieder nur über seine Begeisterung staunen. »Vielleicht können wir jetzt auch bald den Gaschromatographen anschaffen, den ich schon mehrmals angefordert habe. Ich brauche ihn zum Nachweis von Spurenelementen.«

Stafford ging zum Fenster hinüber. Vom ersten Stock hatte man einen weiten Überblick. Ganz entfernt sah er den Zaun, und dann entdeckte er einen Mann, der wie ein Wachtposten an ihm entlangpatrouillierte. Er hatte ein Gewehr über der Schulter. »Wozu brauchen Sie bewaffnete Wachen?«

Hunt brach mitten in einem Satz ab. »Was, bitte?«

»Bewaffnete Wachen; wozu brauchen Sie die?«

»Wir haben keine.«

Stafford zeigte aus dem Fenster. »Und was macht der da draußen?«

Hunt kam zum Fenster. »Ach so! Wir hatten in letzter Zeit Probleme mit einem Leoparden. Niemand weiß, wie der Teufel über den Zaun gekommen ist. Er hat ein paar Hunde gerissen, und natürlich machen sich die Leute hier Sorgen – einige von ihnen haben kleine Kinder.«

»Und Sie wissen nicht, wie er reingekommen ist?«

»Brice glaubt, daß einer der Bäume – eine Akazie vielleicht – zu nahe an den Zaun gewachsen ist. Er wollte heute morgen mit einigen Männern den ganzen Umkreis abgehen und danach suchen. Deshalb war er nicht hier.«

»Und wie lang ist der Zaun?«

»Das weiß ich nicht«, sagte Hunt unbekümmert. »Darüber hab' ich mir noch nie Gedanken gemacht.«

Zum Essen gingen sie in die Kantine, die dem Speiseraum eines Mittelklassehotels in nichts nachstand. Sie war geräumig, freundlich eingerichtet, und auf den Tischen lagen sogar Silberbestecke. Das Essen war ausgezeichnet. Trotz des schmalen Budgets der Stiftung hatte Stafford den Eindruck, daß die Mitarbeiter gut für sich sorgten. Während des Aperitifs an der Bar wurden ihm so viele Leute vorgestellt, daß er die meisten Namen sofort wieder vergaß. Im Gedächtnis blieb ihm nur, daß die verschiedenen Hautfarben ungefähr gleich stark vertreten waren – schwarze Kenianer, Inder und Weiße. Und alle schienen bemüht, den Titel des anderen nicht zu vergessen. ›Herr Doktor‹, ›Herr Professor‹ klang es von allen Seiten.

»Titel sind bei uns fast so wichtig wie in Deutschland«, flüsterte Hunt ihm zu. »Sie haben nicht zufällig einen Dr. phil.?«

»Leider nicht.«

»Schade.«

Brice begrüßte Stafford. »Kümmert sich Alan auch genügend um Sie?« fragte er gut gelaunt.

»Wie um einen Staatsgast.«

Sie sprachen einen Moment miteinander, dann wurde Brice von einer anderen Gruppe in ein Gespräch verwickelt. Er blieb immer gleich freundlich und hatte für jeden ein passendes Wort. Ein umgänglicher Mensch, dachte Stafford; einer, der zu führen versteht.

Wenig später verteilten sich alle an die Tische. Stafford saß bei den Hunts und Dr. Odhiambo. Er nickte zu Brice hinüber, der von seinem Platz aus den ganzen Raum überblicken konnte. »Ein angenehmer Mann.«

Odhiambo nickte. »Dabei versteht er nicht das geringste von dem, was wir hier machen. Schade für so einen klugen Kopf. Aber er ist ein ausgezeichneter Verwaltungsmann.«

»Aber Jim«, sagte Judy. »Du verstehst doch auch nichts von Literatur.«

»Ich weiß sie aber zu würdigen«, widersprach Odhiambo ein wenig steif. »Auch wenn ich sicher nicht alles verstehe. Aber Brice *will* auch gar nichts von unserer Arbeit wissen.« Er schüttelte den Kopf und sah Stafford an. »Wir haben jede Woche ein Mitarbeitertreffen, dem Brice eigentlich vorsitzen sollte. Aber es funktionierte nicht, er verstand kein Wort. Bis er es schließlich aufgegeben hat und nicht mehr gekommen ist.«

»Du mußt zugeben, daß er seine Grenzen kennt und uns unbehelligt läßt«, warf Hunt ein.

»Das stimmt allerdings«, stimmte Odhiambo zu.

»Wer macht dann die Planungsarbeit?« fragte Stafford. »Für den wissenschaftlichen Bereich, meine ich.«

»Auf den wöchentlichen Sitzungen werden die einzelnen Projekte durchgesprochen und die künftige Arbeit festgelegt«, sagte Odhiambo.

»Brice kommt nur dazu, wenn es um die Kosten geht«, ergänzte Hunt. »Er hat die gesamte Finanzplanung in der Hand, und darin ist er sehr geschickt.«

Als der Nachtisch serviert worden war – es gab frisch zubereitetes Obst –, klopfte Brice plötzlich mit einem Messer an sein Glas. Das Stimmengemurmel im Raum erstarb. Er erhob sich von seinem Platz.

»Meine Damen und Herren, liebe Freunde und Kollegen. Ich weiß, daß verschiedene Gerüchte über die Zukunft unseres Instituts kursieren – über eine bessere Zukunft, sollte ich vielleicht hinzufügen. Ich für meinen Teil mag keine Gerüchte. Sie führen nur zu allgemeiner Verunsicherung. Deshalb betrachten Sie das Folgende bitte als offizielle Bekanntmachung.«

Er legte eine gekonnte Pause ein, es war totenstill. »Die Stiftung ist der glückliche Empfänger einer ansehnlichen Summe Geldes, die ihr ein Gönner aus Europa kurz vor seinem Ableben zugesprochen hat. Ich darf Ihnen mitteilen, daß wir mit einer Zuwendung rechnen dürfen in Höhe von ungefähr sechs bis sieben ...«, wieder eine Pause, »... Millionen Pfund Sterling.«

Ein Höllenlärm brach los. Wilder Applaus rauschte durch den Raum, alle waren aufgesprungen, klatschten in die Hände und jubelten. Stafford spielte mit, so gut er konnte, lächelte jeden an und bekam doch nicht die Frage aus dem Kopf, wo das restliche Geld geblieben war.

»Ist das nicht wundervoll!« Judys Augen strahlten glücklich.

»Sehr«, rief er ihr durch das Stimmengewirr zu.

Brice hob eine Hand, der Applaus legte sich. »Das soll aber nicht heißen, daß mir jetzt jeder ein Bündel Forderungen auf den Tisch legen kann.« Er erntete ein amüsiertes Gemurmel. »Bis wir das Geld bekommen, ist noch einiges an Paragraphenarbeit zu erledigen, wir machen also erst einmal weiter wie bisher.«

Er setzte sich, und sofort kletterte der Geräuschpegel im Raum wieder an die Lärmgrenze.

Stafford war noch immer verwirrt. Nach allem, was er über ihn herausgefunden hatte, mußte Brice ein Ehrenmann sein. Doch das Testament sprach der Stiftung fünfundachtzig Prozent von mehr als vierzig Millionen Pfund zu. Warum hatte Brice gelogen? Hatte er überhaupt gelogen? Ebensogut konnte längst ein anderer seine Hand auf Hendrykxx' Vermögen gelegt haben. Farrar etwa? Jeder wußte, daß es solche Anwälte gab.

Hunt sagte etwas, und Stafford erwachte aus seiner Grübelei. »Ich hab' Sie nicht verstanden.«

»Ich möchte Sie jetzt ein bißchen durch unser Gelände führen.«

»Gerne.«

Während sie mit dem Landrover herumfuhren, stellte Stafford fest, daß das Areal der Stiftung ausgedehnter war, als er angenommen hatte. Und es wurde auch nicht nur über Getreideanbau geforscht. Man betrieb auch Nutztierzucht und eine kleine Baumschule. »Wir wollen einen Strauch finden, den das blöde Viehzeug nicht mehr wegfrißt«, erklärte Hunt. »Wo die niedere Vegetation fehlt, versteppt auch bald der Boden.«

Eine große Fläche nahmen die verschiedenen Versuchsfelder ein, die in der Sonne lagen wie eine Patchworkdecke. Sie waren bereits auf dem Rückweg zum Verwaltungsgebäude, als Stafford plötzlich etwas entdeckte, was er in einer Landwirtschaftsschule am wenigsten erwartet hätte – eine ziemlich große Spiegelantenne, die senkrecht zum Himmel zeigte. »Halten Sie doch bitte einen Moment.« Er legte seine Hand auf Hunts Arm. »Wofür brauchen Sie das?«

Hunt bremste. »Das gehört zur Wildtierforschung. Sie ist nur ein Nebengebiet am College.«

»Das ist ein Radarschirm«, sagte Stafford bestimmt. »Und der kann nichts mit Tieren zu tun haben.«

»Falsch«, entgegnete Hunt. »Das ist eine Sender-Empfängerstation, die auf einen Satelliten da oben gerichtet ist.« Sein Daumen fuhr in die Höhe. »Und die hat sehr wohl etwas mit Tieren zu tun.«

»Also gut, ich glaub' Ihnen ja.«

»Selbst wenn Sie das beste Getreide ziehen, haben Sie nichts davon, wenn Ihnen das Wild immer wieder die Felder zerstört. Sie machen sich keine Vorstellungen, welchen Schaden ein Elefant anrichten kann. Flußpferde sind noch viel schlimmer. Ein Flußpferd in einem Maisfeld gleicht einer wildgewordenen Erntemaschine; was es nicht frißt, trampelt es nieder. Deshalb wird hier auch die Wildwanderung beobachtet. Wir müssen wissen, wie weit sie gehen, auf welchen Wegen und wann. Deshalb sind ausgesuchte Tiere mit einem Sender versehen worden, und der geostationäre Satellit da oben verfolgt ihre Spur.«

»Was euch Wissenschaftlern nicht alles einfällt!«

Hunt zuckte die Achseln. »Die Methode ist noch wirkungsvoller, wenn sie auf echte Wandertiere angewendet wird. Die Pipeline in Alaska ist so den Zügen der Karibus angepaßt worden. Ein Elefant wandert nicht im wörtlichen Sinn, auch wenn die Herden umherziehen; und ein Flußpferd hat vielleicht einen Bewegungsradius von zwanzig Meilen.« Er nickte zu dem Gebäude hinüber, auf dessen Dach die Antenne stand. »Nebenbei werden dort auch die jährlichen Wildwanderungen im Serengeti-Park aufgezeichnet.« Er löste die Bremse.

»Der liegt doch in Tansania, nicht?«

»Ja. Aber das Wild kennt keine Staatsgrenzen.«

Stafford lachte. »Radiowellen auch nicht.«

»Ich hätte Ihnen die Anlage gerne vorgeführt«, sagte Hunt, während er den Wagen vorsichtig über die Bremsbuckel auf der Straße lenkte.

»Aber sie ist zur Zeit nicht in Betrieb. Es ist wirklich nur ein Nebengebiet für uns, und das Projekt wird auch nicht von der Stiftung bezahlt. Wir haben eigentlich nur das Haus zur Verfügung gestellt. Wir kümmern uns auch nicht sehr um die Leute; sie wollen wohl auch lieber unter sich bleiben.«

Der Landrover hielt vor dem Verwaltungsgebäude. »Vielen Dank für die Führung«, sagte Stafford. »Darf ich Sie und Ihre Schwester dafür heute abend zum Essen bei mir im Hotel einladen?«

Hunt schüttelte bedauernd den Kopf. »Leider wird das nicht gehen – wir haben heute unsere Wochenbesprechung. Aber haben Sie nicht Lust, morgen mit mir eine Ballonfahrt zu machen? Ich muß für Jim Odhiambo ein paar Luftaufnahmen machen.«

Immer etwas Neues. »Ich würde mich freuen«, sagte Stafford.

»Ich werde Sie am Hotel abholen – sieben Uhr.«

Im Hotel lag eine Nachricht für Stafford: Curtis anrufen. Er ging auf sein Zimmer. Kurz darauf hatte er Curtis am Apparat. »Chip möchte den Colonel sprechen, wenn der Colonel sich einen Moment geduldet, bitte.«

Stafford wartete.

»Max?« fragte Chip.

»Was gibt es Dringendes?«

»Gunnarson und Hendrix wollen auf Safari gehen.«

»Und was soll das heißen?«

»Sie wollen eine Großwild-Lodge besuchen und Tiere beobachten. Unsere größte Touristenattraktion. Sie haben sich einer Reisegruppe angeschlossen, die in die Masai Mara fährt, an der tansanischen Grenze. Wohnen werden sie in der Lodge in Keekorok. Aber Sie brauchen deshalb Ihre Pläne nicht zu ändern. Wir behalten sie im Auge.«

»Sind Sie sicher, daß es eine normale Reisegruppe ist?«

»Ganz sicher«, sagte Chip beruhigend. »Ich habe da auch schon Leute herumgeführt. Das gehört in jedes Touristenprogramm, die Vorführung der großen fünf – Löwe, Leopard, Elefant, Nashorn und Büffel.« Er lachte. »Wenn sie Glück haben, gibt es viel zu bestaunen, aber manche Leute haben auch Pech.«

»Und was treibt unser Pärchen sonst?«

»Die Stadt besichtigen. Einmal waren sie in dem Drehrestaurant auf dem Kenyatta Conference Centre essen. Und Gunnarson hat sich an den Spieltischen im International Casino versucht. Was Touristen eben so tun.«

»Wann genau wollen sie auf Safari?«

»Übermorgen.«

Stafford überlegte. »Können Sie dafür sorgen, daß ich mir Gunnarson aus der Nähe ansehen kann?«

»Sie wollen auch in die Masai Mara?« Chip schwieg einen Moment. »Doch, das muß sich einrichten lassen. Wann?«

»Ich möchte vor Gunnarsons Ankunft dort sein.«

»In Ordnung. Dann holen wir Sie morgen in ihrem Hotel ab.«

»Bringen Sie den Sergeanten mit«, sagte Stafford, dann legte er auf.

Stafford hätte nicht genau sagen können, warum er Gunnarson sehen wollte, aber das tatenlose Herumsitzen machte ihn langsam unruhig. Und was suchte Gunnarson in einem Nationalpark? Bestimmt kein Großwild. Er bezweifelte, daß Gunnarson auch nur das geringste Interesse an der Wildnis hatte. Vielleicht wartete er auf etwas. Aber worauf? In jedem Fall schien die Sache wichtiger als eine Ballonfahrt. Stafford griff zum Telefon und sagte die Verabredung mit Alan Hunt ab.

12

Es war noch früher Morgen, als Chip, Nair und Curtis am Lake Naivasha Hotel eintrafen. »Wir werden keine zwei Wagen brauchen«, sagte Chip zu Stafford. »Wir können Ihren stehenlassen und auf dem Rückweg hier abholen.«

Dann nahm Stafford Curtis auf die Seite. »Gab es irgendwas, Sergeant?«

»Nichts, Sir.«

»Ich hoffe, du hast deine Ohren offen gehalten. Nichts, warum Chip und Nair uns so überaus freundlich helfen?«

»Ich hab' nichts gehört, Sir.« Curtis wartete einen Moment, ob Stafford weiterfragen wollte. »Ich werde jetzt den Koffer vom Colonel packen.«

Aber Stafford hatte bereits gepackt, und so konnten sie ohne Verzug aufbrechen. Die Straße war schmal, aber in gutem Zustand. Wie ein Pfeil durchschnitt sie das Rift Valley entlang der Höhenzüge des Mau-Escarpment. Bis Narok, einem unscheinbaren Dorf, kamen sie schnell voran.

Während der Fahrt versuchte Chip, Stafford vorsichtig auszuhorchen. »Haben Sie herausgefunden, was Sie über Brice wissen wollten?«

»Nicht ganz«, sagte Stafford. »Er hat mir erzählt, daß er die kenianische Staatsbürgerschaft beantragt hat. Ich hätte eher erwartet, daß ein weißer Nationalist aus Rhodesien hier *persona non grata* wäre.«

»Im Normalfall trifft das auch zu«, entgegnete Chip. »Aber Brice hat einen Leumund, der ohne jeden Schatten ist. Er war gegen Ian Smith, gegen die weiße Minderheitsregierung. Und er hat Zimbabwe – Rhodesien hieß es da noch – im richtigen Moment verlassen. Brice ist unter den Liberalen der Liberalste. So ist es doch, Nair?«

»O ja, er ist äußerst liberal«, sagte Nair.

»Sie scheinen eine Menge über ihn zu wissen«, bemerkte Stafford.

»Reines Interesse«, sagte Chip. »Er tut nicht besonders geheimnisvoll, redet viel, und wir hören zu. Wir hören vielen Leuten zu, Ihnen ja auch. Nur, daß Sie nichts sagen.«

»Ich mach' mir nichts aus überflüssigen Gesprächen.«

»Das haben wir auch festgestellt«, stimmte Chip ihm zu. »Aber vieles muß gar nicht lange erklärt werden. Zum Beispiel die Narbe an ihrer Schulter. Ich habe sie heute morgen gesehen, bevor Sie ihr Hemd angezogen haben. Eine alte Schußverletzung.«

Staffords Hand ging automatisch an die alte Wunde. »Nichts Ungewöhnliches für einen ehemaligen Soldaten«, sagte Stafford gleichmütig. Tatsächlich war die Kugel erst vor drei Jahren von Dr. Fahkri in Algier entfernt worden. Er hatte schlechte Arbeit geleistet, die Wunde hatte sich später entzündet. Deshalb war auch eine deutlich sichtbare Narbe zurückgeblieben.

»Sie haben die Armee vor zehn Jahren verlassen«, sagte Chip. »So alt ist die Narbe nicht.«

Stafford sah ihn von der Seite an. »Haben Sie etwa in meiner Vergangenheit geschnüffelt?«

Chip zuckte die Schultern. »Auch wir müssen sichergehen. Das ist alles.«

»Ich hoffe, daß ich die Prüfung ohne Einschränkung bestanden habe.«

»Soweit das möglich ist. Was interessiert Sie an Brice?«

»Er ist plötzlich zu einer Menge Geld gekommen«, sagte Stafford. »Oder besser, seine Stiftung.«

»Das wissen wir auch«, sagte Nair. »Es steht heute im *Standard.*« Er reichte die Zeitung nach vorn.

Es stand auf der ersten Seite. Die Ol-Njorowa-Stiftung hatte einen Teil des Vermögens von Jan-Willem Hendrykxx geerbt, einem wunderlichen Millionär. Die genaue Summe war noch nicht bekannt, aber man rechnete allgemein mit einem Betrag von ungefähr sieben Millionen Pfund. Die Nachricht war kurz, und sie sagte Stafford nichts Neues – außer daß jemand es plötzlich sehr eilig haben mußte, vollendete Tatsachen zu schaffen.

»Schon wieder eine neue Schreibweise für den gleichen Namen«, sagte Chip. »Haben sie etwas miteinander zu tun?«

Stafford nickte. »Dirk Hendriks und Henry Hendrix sind die direkten Erben des Hendrykxx-Vermögens.«

»Ein Südafrikaner und ein Amerikaner«, sagte Chip nachdenklich. »Klingt irgendwie unwahrscheinlich, nicht, Nair?«

»Sehr unwahrscheinlich«, echote Nair.

»Sie sind beide Enkel vom alten Hendrykxx«, erklärte Stafford. »Die Familie hat sich zerstreut, die Namen wurden den unterschiedlichen Ländern angepaßt. Das ist durchaus möglich.«

»Ich habe nicht gesagt, daß es nicht möglich ist«, bemerkte Chip. »Sieben Millionen Pfund Sterling sind sehr viel Geld. Ich frage mich, was der Verwaltungsrat von der Sache hält, Nair.«

Nair lächelte hinter seinem Bart. »Ich nehme an, daß sie hocherfreut sind.«

»Ich wünschte, ich könnte mehr über Brice herausfinden«, sagte Stafford. »Bei ihm paßt alles so sauber und nahtlos zusammen, daß es schon wieder zu schön klingt, um wahr zu sein.«

»Was wollen Sie denn noch wissen?« fragte Chip.

»Ich möchte wissen, ob die Eltern von Brice eine Farm in der Nähe von Umtali hatten. Ich möchte wissen, ob die Farm niedergebrannt worden ist und ob die Eltern von Guerilleros getötet wurden. Ich möchte wissen, ob ihr Sohn ... wie lautet eigentlich sein Vorname?«

»Charles«, sagte Nair. »Er heißt Charles Brice.«

»Ich möchte wissen, ob ihr Sohn Charlie das Land zu dem Zeitpunkt verlassen hat, den er jedem erzählt.«

»Das können wir alles herausfinden«, sagte Chip ernst.

»Und wie?«

»Unsere Brüder in Zimbabwe werden uns helfen. Glaubst du nicht auch, Nair?«

»Ich bin sicher«, antwortete Nair. »Ich werde sie fragen.«

Stafford holte tief Luft. »Sie scheinen zu einer großen Organisation zu gehören.«

»Die Menschen sollen einander helfen und unterstützen«, sagte Chip lächelnd. »Steht es so nicht in der Bibel? Deshalb helfen wir ja auch Ihnen.«

»Auf Bitten irgendeines Inders aus London?« fragte Stafford skeptisch. »Auf Bitten von Curtis? An welchem Ende man auch zieht, sofort geht eine Alarmglocke los. Was denkst du, Sergeant?«

»Es ist eine sonderbare Geschichte.«

Chip sah Stafford verletzt an. »Ich glaube, Max schätzt uns nicht besonders, Nair.«

»Argwohn zerfrißt die Seele, Max«, sagte Nair.

»Jetzt ist Schluß«, platzte Stafford heraus. »Hören Sie beide gut zu. Ich schätze Ihre Hilfe, aber ich zweifle an der Reinheit Ihrer Motive. Ich weiß nicht, wer Sie sind, und ich weiß nicht, was Sie sind. Die helfende Hand, die Sir mir so freundlich entgegenstrekken, ist mir äußerst verdächtig, und sie hat bestimmt nichts mit Ihren Bibelkenntnissen zu tun. Nair ist nicht einmal Christ, und ich weiß nicht, Chip, ob Sie einer sind.«

Chip lächelte. »Des Schwachen im Glauben nehmt euch an und verwirret die Gewissen nicht – Römer 14, Vers 1. Ich bin in einer Missionsschule erzogen worden, Max. Ich kenne mich in der Bibel sicher besser aus als Sie. Seien Sie nicht schwach im Glauben, und ersparen Sie uns allen diese zweifelnden Streitereien. Nehmen Sie es einfach an.«

»Chip hat ganz recht«, sagte Nair. »Sagen Sie, wenn wir noch irgend etwas für Sie tun können.«

Stafford war inzwischen klar, daß er aus den beiden nichts herausbekommen würde, was sie ihn nicht wissen lassen wollten. Wenn sie wirklich Mitglieder einer verbotenen politischen Organisation waren, war ihre besondere Vorsicht sinnvoll. Aber er hätte zu gerne den Grund dafür gewußt, warum sie ihn so aufmerksam umsorgten. An seinen schönen Augen konnte es nicht liegen.

In Narok tauschten Chip und Nair die Plätze. »Er fährt besser als ich«, sagte Chip.

»Brauchen wir denn jetzt einen besseren Fahrer?«

»Das werden Sie bald sehen.«

Hinter Narok verließen sie die Asphaltstraße und gerieten auf das übelste Wegstück, das Stafford in seinem bisherigen Leben kennengelernt hatte. Selbst seine Fahrerlebnisse während einer NATO-Übung in Deutschland waren dagegen Sonntagsausflüge gewesen. Die breiten Löcher, die der Regen in die Straßendecke gewaschen hatte, waren nicht wieder zugeschüttet worden, und die unzähligen Schwerlastzüge, die die Strecke vor ihnen befahren haben mußten, hatten tiefe Rillen in die Straße gefräst. Mehrmals rutschte Nair so tief in sie hinein, daß sie den Wagenboden über den steinigen Grund schrammen hörten.

»In dieser Gegend muß der Schrotthandel ein lohnendes Geschäft sein.« Stafford drehte sich auf dem Beifahrersitz herum. Sie zogen eine lange Staubfahne hinter sich her. »Warum wird diese Strecke nicht repariert? Oder sollen die Touristen auf diese Weise von der Masai Mara ferngehalten werden?«

»Der Distrikt Narok und die Regierung streiten seit langem darüber, wer die Reparatur bezahlen soll. Bisher zahlt niemand – nur die Kunden der umliegenden Werkstätten.«

Stafford faltete eine Straßenkarte auf, die er in Nairobi gekauft hatte. Sie durchquerten jetzt die Loita Plains. Oft lagen Hüttendörfer am Weg, und mehrmals sahen sie Hirten mit ihren Viehherden. Es waren hochgewachsene Männer mit noch längeren Speeren. Sie trugen lange Gewänder, die Stafford an Talare erinnerten. Chip sagte, daß es Masai waren.

»Zu welchem Stamm gehören sie?«

»Kikuju.«

Stafford erinnerte sich an Hardins Unterrichtsstunde in afrikanischer Stammespolitik. »Nicht Luo?«

Chip sah Stafford durchdringend an. »Warum fragen Sie, ob ich ein Luo bin?«

»Einfach so.« Chip runzelte die Stirn, sagte aber nichts.

Sie fuhren an einem Tanklastzug vorbei, der dem Weg zum Opfer gefallen sein mußte. Er war in die Böschung gekippt und ausgebrannt. Dann überquerten sie eine schmale Brücke, und Stafford sah wieder auf die Karte. Es waren nur zwei Brücken eingezeichnet. Nach der zweiten sollte aus der Hauptstraße eine Straße zweiter Ordnung werden. Stafford fluchte vor Selbstmitleid, worauf Nair in schallendes Gelächter ausbrach.

Zu Staffords Erstaunen besserte sich der Zustand der Straße, nachdem sie die zweite Brücke passiert hatten. Die ersten Wildtiere waren zu sehen, kleine Antilopenherden, Zebras und einige Strauße. Chip spielte den Fremdenführer, der seinen unwissenden Zivilisationsgeschädigten erklären muß, was sie groß und breit vor sich sehen. »Impala«, rief er, oder »Thomsongazelle«. Sogar einige Elen- und Kuhantilopen kamen in ihre Nähe.

»Sind wir schon im Reservat?« fragte Stafford.

»Erst wenn wir an dem Polizeiposten vorbei sind.«

»Dann sind da noch mehr Tiere?«

»Mehr?« Chip lachte. »Zwei Millionen Wildtiere kommen jedes Jahr aus der Serengeti in die Mara.« Stafford versuchte sich das Hufgetrappel vorzustellen. Chip reichte ihm eine Karte. »Vielleicht wollen Sie diesmal vorher sehen, wohin Sie mit uns geraten.«

Auf den ersten Blick konnte Stafford nichts besonders Unheilvolles entdecken. Die Masai Mara war von einem dichten Streckennetz durchzogen. Die Kartenbeschreibung bezeichnete die Linien als ›befahrbare Wege‹. Nachdem der zerschundene Pfad nach Narok als Hauptstraße eingezeichnet gewesen war, ahnte er, was ihn noch erwartete. Zwei Lodges waren eingetragen, Keekorok und Mara Serena. Für Zeltenthusiasten gab es das Governor's Camp und ein Dutzend Plätze weiter im Norden. Unzählige Flüsse und kleinere Wasserläufe mußten die Mara durchfließen, es gab einige Sümpfe und, wie Chip schon verkündet hatte, eine unüberschaubare Anzahl von Großwild und anderen Tieren.

Sie erreichten den Polizeiposten am Olemelepo-Tor. Nair stoppte kurz vor der Schranke. »Sie brauchen sich um nichts zu kümmern. Ich erledige das.« Chip ging zu einem Polizisten hinüber, der an einem Tisch vor dem Wachhäuschen saß.

Stafford stieg aus dem Wagen und reckte seine Beine. Als er auf seine Jacke schlug, stieg eine Staubwolke auf. Curtis gesellte sich zu ihm. »Wie gefällt es dir, Sergeant?«

Curtis klopfte seine Hose ab. »Es gibt Schlimmeres.«

»Andere Leute zahlen ein Vermögen für das Vergnügen.«

»Wenn ich jetzt ein Bier trinken könnte, würde es mir noch in der Kehle verdampfen.«

Stafford faltete die Karte auf und schätzte die Entfernung zur Keekorok Lodge. »Es ist nicht mehr weit – nur noch acht Meilen bis zur nächsten Bar.«

Es dauerte nicht lange, dann kam Chip zum Wagen zurück, und sie fuhren weiter. Es dauerte keine Stunde mehr, bis Curtis sein Glas an die Lippen setzen konnte.

13

Keekorok liegt 105 Meilen südlich des Äquators und auf einer Höhe von 5258 Fuß, so stand es auf einer Tafel vor der Lodge. Die Gebäude waren angenehm weitläufig angelegt, und es herrschte eine zwanglose Atmosphäre. Ein Ort, um sich zu erholen und auszuruhen. Im Innenhof gab es eine Bar, von der man auf eine ausgedehnte Wiese sah. Hierhin setzten sich Stafford und Chip am Abend. Sie tranken und redeten sporadisch, aber immer wieder wurden sie von einer Horde Affen abgelenkt, die im Licht der untergehenden Sonne herumtollte.

»Morgen können wir hinausfahren und uns die Tiere ansehen«, sagte Chip. »Ich werde Sie führen. Ich kenne die Mara sehr gut.«

»Ich will aber hier sein, wenn Gunnarson und Hendrix eintreffen«, sagte Stafford.

»Sie kommen nicht vor sechs Uhr abends.«

»Woher wollen Sie das wissen?«

»Weil man es ihrem Fahrer so gesagt hat«, antwortete Chip ruhig.

Stafford richtete sich auf. »Was soll das heißen?«

»Daß man Adam Muliro, ihrem Fahrer, gesagt hat, wann er seine Reisegruppe hier abliefern soll. Ich war es.« Chip machte eine Pause, er lachte. »Adam Muliro ist mein Schwager.«

»Schon wieder einer?« sagte Stafford skeptisch.

»Sie wissen doch, wie es in der dritten Welt zugeht – wir lieben große Familien. Nehmen Sie es leicht, Max.« Er breitete eine Karte auf dem Tisch aus. »Ich werde Ihnen Flußpferde zeigen. Hier, an der Mara New Bridge.« Er zeigte auf die Karte.

Der Fluß Mara schlängelte sich von Norden nach Süden, die Brücke lag nahe an der tansanischen Grenze.

Wenn der Kartenmaßstab annähernd stimmte, verlief die Straße nur dreihundert Meter von der Grenze entfernt. Stafford dachte an die gegensätzlichen gesellschaftlichen Systeme der Länder; Tansania war ein marxistischer Staat, Kenia hatte eine gemischte Wirtschaftsordnung. Er hatte gehört, daß sich die beiden Länder nicht besonders wohlgesonnen waren. »Hat Kenia Schwierigkeiten mit Tansania?«

Chip zuckte die Achseln. »Von Zeit zu Zeit wird die Grenze geschlossen. Es gibt Reibereien, aber nichts Besonderes. Es wird gewildert. Bei Ngiro Are haben wir deshalb eine Wildhüterstation eingerichtet.« Er sprach noch vom Zusammenbruch der Ostafrikanischen Föderation, dem Versuch dreier ehemals englischer Kolonien, zusammenzuarbeiten. »Es konnte nicht funktionieren – die politischen Ideen waren zu unterschiedlich. Tansania wurde sozialistisch – das genaue Gegenteil von dem, was wir wollten. Und Uganda ...« Er machte eine wegwerfende Handbewegung. »Mit Amin an der Macht war überhaupt nichts möglich.« Er klopfte auf die Karte. »Aber sehen Sie den Kern der Probleme?«

Stafford runzelte die Stirn. »Nicht ganz.«

»Ich habe meinen Finger drauf«, sagte Chip. »Südlich der Grenze liegt Tansania. Vor 1918 war es Deutsch-Ostafrika, dann Tanganjika, und unter britischer Verwaltung und heute ist es Tansania. Aber sehen Sie sich die Grenze an: eine gerade Linie, die europäische Bürokraten im neunzehnten Jahrhundert mit ihrem Lineal gezogen haben. Das Land ist auf beiden Seiten dasselbe und auch das Volk. Hier leben Masai.« Sein Finger wanderte nach Süden. »Und dort auch. Ein Volk, das von den Europäern auseinandergerissen wurde.« Seine Stimme hatte einen anklagenden Ton bekommen. »Und im Norden ist es das gleiche mit dem Shifta-Problem.«

»Davon habe ich noch nie etwas gehört.«

»Wieder eine Grenze, mit dem Lineal gezogen. Auf der einen Seite Somalia, auf der anderen Kenia, und auf beiden Seiten leben Somalis. Solange ich mich entsinnen kann, herrscht dort Bürgerkrieg. Niemand spricht viel darüber. Die Presse nennt es das Shifta-Problem. Banditentum, Viehdiebstähle und dergleichen. Tatsächlich wollen die Leute ein vereintes Somalia.« Er lächelte grimmig. »Touristen hat man nicht gern an der Nord-Ost-Grenze.«

Dann wurden sie wieder abgelenkt. Im Zwielicht war ein Elefantenbulle vom Fluß heraufgestiegen und trottete zielstrebig über die Wiese zum Swimming-pool. Einige Gäste schrien verängstigt auf, das weißgekleidete Personal der Küche kam herausgestürzt und schlug auf Töpfe und Pfannen. Der Elefant blieb verunsichert stehen und machte, die Ohren heftig schlagend, ein paar Schritte rückwärts. Dann drehte er sich um und trottete zum Fluß zurück.

»Diese Gefahren gibt es in englischen Gärten nicht«, sagte Stafford. Mit ungutem Gefühl hatte er bemerkt, daß der Elefant den Pfad gekreuzt hatte, der zu seinem Zimmer führte. »Sind die sehr gefährlich?«

»Nur wenn man ihnen zu nahe kommt. Aber hier sind Sie gut aufgehoben. Sehen Sie.« Er warf seinen Kopf zur Seite.

Stafford drehte sich herum und sah einen uniformierten Mann an der äußeren Grenze des Hofs stehen, der unauffällig ein schweres Gewehr bei sich hatte. Wenn Stafford Security Consultants eines Tages doch nach Afrika gehen sollte, hätten sie noch eine Menge zu lernen.

Am nächsten Tag fuhren sie hinaus, um Wild zu beobachten. Sie sahen Wildebeester, Impalas, Gazellen, Topis und Zebras. Später Löwen, Elefanten und Giraffen. Stafford kam aus dem Staunen nicht mehr heraus, als Chip ihm erklärte, daß dies nur noch ein kleiner Teil der riesigen Herden war, die im neunzehnten Jahrhundert durch die Ebenen gezogen waren. Auch wenn er nicht als Tourist gekommen war, genoß er doch den Tag, und was immer Chip sonst auch sein mochte, er kannte sich wirklich aus.

Nachmittags um fünf kehrten sie nach Keekorok zurück. Stafford ging auf sein Zimmer, duschte sich, dann ging er neu eingekleidet hinüber in die Bar. Bei einem erfrischenden Bier wartete er auf die Ankunft von Gunnarson und seinem Hendrix-Double. Pünktlich setzte der zebragestreifte Nissan die Reisegesellschaft vor der Lodge ab. Zu der Gruppe zählten noch vier weitere Touristen. Alle gingen sofort auf ihre Zimmer. Stafford hatte Gunnarson nicht aus dem Auge gelassen.

Später erschienen die neuen Gäste in der Bar, und Stafford konnte seinen Gegner zum ersten Mal aus der Nähe betrachten. Er schätzte Gunnarson auf Mitte Fünfzig. Sein Gesicht hatte einen harten Ausdruck, der von den grauen Haaren noch verstärkt wurde. Er war fast zwei Meter groß und in ausgezeichneter körperlicher Verfassung, kein Gramm Fett war auf seinen Muskeln, die sich durch die dünne Kleidung abzeichneten, zu entdekken. Er sah glänzend aus.

Das Hendrix-Double war Ende Zwanzig, ein schlaksiger junger Mann mit einem offenen, unschuldigen Gesicht. Er war ungefähr einsneunzig groß, hatte blonde Haare und eine helle Haut. Wenn er sich morgens zu rasieren vergaß, hätte man es abends noch nicht sehen können, im Gegensatz zu Gunnarson, auf dessen Kinn ein bläulicher Schimmer lag.

Chip setzte sich zu Stafford an den Tisch. »Jetzt sind sie hier. Und was nun?«

Stafford seufzte. »Ich weiß auch nicht.«

»Aber Max!« Chip war erbost. »Ich tue alles, um Ihnen zu helfen, aber wenn Sie mir nicht vertrauen, weiß ich auch nicht weiter. Nair fängt langsam an, sich zu ärgern. Er glaubt, daß wir hier nur unsere Zeit vergeuden und Sie besser sich selbst überlassen sollten. Und allmählich muß ich ihm recht geben.«

Die letzten Tage hatte Staffords Meinung über Chip verändert. Er begann ihn zu mögen. Chip war umgänglich und klug. Und Stafford ahnte, daß er noch jemanden brauchen würde, der sich in Kenia auskannte. Eigentlich war diese Rolle Hardin zugedacht gewesen, aber der saß in London.

»Also gut, ich werde Ihnen alles erzählen«, begann Stafford. »Dem jungen Mann dort drüben ist gerade ein Vermögen in den Schoß gefallen – drei Millionen Pfund Sterling aus dem Hendrykxx-Erbe.«

Chip stieß einen überraschten Pfiff aus. »Und Sie wollen es ihm wieder abnehmen?«

»Seien Sie nicht albern«, sagte Stafford ruhig.

Chip grinste breit. »Entschuldigung. So eine krumme Sache hätte ich Ihnen auch nicht zugetraut.«

»Die ganze Sache ist, daß der da gar nicht Hendrix ist, sondern ein Strohmann von Gunnarson.« Er erzählte Chip alles von Anfang an.

»Aber warum sind Sie nicht einfach in London zur Polizei gegangen?«

»Weil Gunnarson sofort die gutgläubige Unschuld gespielt hätte. Und ich will Gunnarson. Er ist ohne jede Moral und rücksichtslos, das habe ich ein paarmal zu spüren bekommen, aber diesmal ziehe ich ihm das Fell über die Ohren. Ich weiß nur nicht wie, soviel ich auch mein Hirn zermartere.«

»Ich muß darüber nachdenken«, sagte Chip. »Das ist keine Kleinigkeit.«

Stafford sah zu Gunnarsons Strohmann hinüber. Er redete auf ein Mädchen ein, das mit ihm gekommen war. »Wissen Sie, wer sie ist?«

»Sie heißt Michele Roche und ist mit ihren Eltern hier. Sie sind

Franzosen. Der Vater war Weinhändler in Bordeaux, vor sechs Wochen hat er sich aus dem Geschäft zurückgezogen.«

»Ihnen entgeht wohl nichts«, sagte Stafford.

Chip lachte. »Ich hatte Adam Muliro beauftragt, soviel wie möglich herauszufinden. Zu der Gruppe gehört noch ein junger Holländer, Frederik Koster. Er und der kleine Betrüger da können sich nicht leiden. Sie versuchen beide, Michele näher kennenzulernen, und treten sich dabei gegenseitig auf die Füße. Koster hat irgendwas mit dem Diamantenhandel zu tun – in Amsterdam, höre ich. Da kommt er übrigens.«

Stafford drehte sich herum und sah einen jungen Mann zur Bar hinübergehen. Er begrüßte das Mädchen, sie lächelte freundlich zurück. »Koster ist im Vorteil, er spricht Französisch«, sagte Chip.

»Und was hat ihr Adam Muliro über Gunnarson herausgefunden?«

»Er ist ein Versicherungsmakler aus New York.«

Stafford lachte. »Schön wär's. Er betreibt Industriespionage. Früher hat er für den CIA gearbeitet.«

»Hat er?« sagte Chip nachdenklich. »Das ist wirklich eine Neuigkeit.«

»Und was ist mit unserem falschen Hendrix?«

»Adam Muliro sagt, daß er *bhang* raucht. Sie kennen es besser als Marihuana. Das ist in Kenia verboten, kann uns aber natürlich noch nützlich sein. Wenn Sie ihn festsetzen wollen, kann man der Polizei jederzeit einen Tip geben. Und ich könnte dafür sorgen, daß auch *bhang* in seinem Gepäck gefunden wird.«

»Und Sie haben behauptet, ich hätte eine schlimme Phantasie«, bemerkte Stafford. »Sonst noch etwas? Prahlt er mit seinem neuen Reichtum herum?«

»Adam hat nichts gehört. Er spricht nicht viel über sich.«

»Was ich durchaus verstehen kann.«

Chip nickte. »Gunnarson soll ihm ein paarmal das Wort abgeschnitten haben, um das Thema zu wechseln.«

»Vielleicht hat er den Mund zu weit aufgemacht«, sagte Stafford. »Die kleinste falsche Bemerkung kann das Spiel platzen lassen. Die Warterei muß Gunnarson allmählich zermürben.«

»Wann bekommt sein Hendrix denn das Geld?«

»Ich weiß es nicht genau, aber ich nehme an, sehr bald. Farrar erledigt im Moment die letzten Formalitäten.« Stafford schüttelte den Kopf. »Ich möchte wissen, warum die beiden noch hier sind, während das Geld in London liegt. Ich an ihrer Stelle hätte Farrar Dampf gemacht.«

»Und in letzter Minute durch eine falsche Bemerkung alles verloren«, sagte Chip trocken. »Hier kann Gunnarson seinen Goldschatz doch viel besser abschirmen als in England. Und die beiden werden sich kaum gegenseitig über den Weg trauen.«

»Keine Ehre zwischen Dieben? Könnte stimmen. Am Ende spielt seine zweite Besetzung die Rolle noch so gut, daß Gunnarson leer ausgeht. Aber das wird er nicht zulassen.«

Chip streckte seine Arme. »Jetzt kenne ich zwar Ihr Problem, aber eine Lösung weiß ich nicht. Was sollen wir tun?«

»Was wir bis jetzt auch getan haben, abwarten und aufpassen. Was anderes fällt mir nicht ein.«

Am nächsten Tag fuhren sie wieder hinaus ins Reservat. Aber diesmal achteten sie nicht nur auf das Großwild, sondern auch auf Gunnarsons Reisegruppe. Stafford wollte ihn nicht aus dem Auge verlieren. Chip hatte Adam Muliro angewiesen, nicht zu weit vorauszufahren, und so konnten sie problemlos auf Sichtweite bleiben. Sollte Gunnarson sie in der Entfernung ausmachen, waren sie nur eine andere Touristengruppe. Stafford wußte nicht, wofür er diesen ganzen Ärger auf sich nahm, aber es war immer noch besser, als herumzusitzen und nichts zu tun.

Natürlich sahen sie wieder Großwild – manchmal. Es war nicht einfach, ein Tier auszumachen, das reglos verharrte. Einmal versuchte Nair, ihn auf eine Giraffe aufmerksam zu machen. Aber Stafford sah sie erst, als sie sich wieder bewegte. Er hatte die ganze Zeit durch ihre Beine gestarrt. Mit den Löwen erging es ihm nicht besser; das Gras war lang und hatte die gleiche Farbe wie ihr Fell. Erfolge bei ihrem Zeitvertreib konnte Curtis verzeichnen.

Auf der Fahrt zurück nach Keekorok bremste Nair plötzlich. »Wir kommen zu dicht auf.« Der Nissan vor ihnen erklomm eine Hügelspitze und verschwand auf der anderen Seite. »Wir müssen sie wieder sehen können, wenn sie da hinten durch die Biegung fahren.« Er zeigte zu einer Kurve, die ungefähr eine Meile entfernt lag. Stafford holte eine Schachtel Zigaretten heraus und ließ sie herumgehen. »Das hat uns heute keinen Schritt weitergebracht, Max«, sagte Chip.

Nair lächelte. »Es war doch ein schöner Ausflug, schau dort, ein Impala.«

»Bei allem Respekt, ich glaube, der Colonel vergeudet seine Zeit«, ließ sich Curtis hören.

Das waren starke Worte für den Sergeanten. »Und was würdest du tun?« fragte Stafford.

»Mir den jungen Mann greifen und ihn so lange durchprügeln, bis er zugibt, ein Betrüger zu sein.«

»Der Vorschlag hat seine Vorzüge«, bemerkte Chip.

»Das Problem ist, ihn von seinem Wachhund zu trennen«, sagte Stafford. »Ich will nicht, daß Gunnarson Verdacht schöpft.« Oder irgend jemand sonst, ergänzte er für sich. Er dachte an die undurchschaubare Verbindung zu Brice und der Ol-Njorowa-Stiftung. Stafford hatte Chip nichts von den verschwundenen fünfundzwanzig Millionen erzählt. Er wußte ja selbst nicht einmal, wie sie ins Bild passen sollten.

Eine Zeitlang erwogen sie noch den Vorschlag des Sergeanten. »Sonderbar«, warf Nair plötzlich ein. »Sie sind immer noch nicht zu sehen.«

»Sie werden hinter dem Hügel einen Löwen entdeckt haben«, sagte Chip. »Löwen sind ein beliebtes Fotomotiv; Kodak verdient daran ein Vermögen.«

»Aber nicht an Gunnarson und Hendrix«, sagte Stafford.

Sie redeten weiter, aber Nair wurde immer unruhiger. »Immer noch nichts. So viel Zeit braucht man auch nicht für den schönsten Löwen.«

»Vielleicht ist hinter dem Hügel eine Abzweigung von der Straße«, sagte Stafford.

»Nein«, sagte Nair bestimmt.

»Dann ist er eben einfach so ins Gelände gefahren.«

»Das würde Adam nicht machen, ohne uns ein Zeichen zu geben«, sagte Chip. Er drückte seine Zigarette aus. »Fahr los, Nair, auf den Hügel hinauf.«

Nair ließ den Motor anspringen. Auf der Anhöhe bremste er, und sie sahen in das kleine Tal hinunter. Der Nissan stand eine halbe Meile entfernt mitten auf der Straße. Das war im Reservat nichts Ungewöhnliches. Meist hatte der Führer dann etwas Aufregendes für seine Touristen entdeckt – den tötenden Prankenhieb eines Löwen, der seine Beute riß, zum Beispiel.

Chip holte ein Fernglas hervor und beobachtete einen Moment den Wagen. »Fahr hinunter, Nair«, sagte er leise.

Der Wagen rollte im Leerlauf den Hügel hinunter und blieb

neben dem Nissan stehen. Der Nissan war leer. Der erste bizarre Gedanke, der Stafford durch den Kopf schoß, war die Geschichte der *Marie Celeste.*

Chip warf Nair ein paar Worte zu, die Stafford nicht verstand. Vielleicht war es Swahili. Sie sprangen aus dem Wagen, liefen achtlos an dem verlassenen Nissan vorbei und suchten die Umgebung ab. Durch das Tal mußte einmal ein Wasserlauf geführt haben. Weiter vorn hatte Stafford ein Abflußrohr entdeckt, das die Straße unterquerte. Auch war der Busch hier auffallend dicht und grün.

Stafford und Curtis stiegen aus, um den anderen zu helfen, aber ein scharfer Zuruf von Chip stoppte sie. Es war verboten, im Reservat den Wagen zu verlassen. Auf diese Art waren schon Touristen verlorengegangen, und das war nicht gut für das Geschäft.

Chip bückte sich und hob etwas Blinkendes auf – eine Sonnenbrille mit einem zerbrochenen Glas. »Sie sind nicht freiwillig gegangen.«

»*Jeshi la Mgambo*«, sagte Nair.

»Das glaube ich auch.« Chip öffnete eine Tür des Nissan und sah hinein. »Ausgeplündert«, sagte er. »Keine Kameras, Ferngläser oder sonst was, alles weg.«

Nair sah die Straße hinunter. »Von da oben muß uns jemand beobachtet haben.« Er drehte sich herum. »Und vielleicht auch von da. Sie können uns immer noch im Visier haben.«

»Du hast recht.« Chip lief zu ihrem eigenen Wagen zurück und riß die Hecktür auf. Stafford hatte sich den Wagen vor ihrer Abfahrt genau angesehen. Er konnte sich deshalb nicht vorstellen, wo Chip die Dinger jetzt her hatte, aber als er sich herumdrehte, hielt er zwei Gewehre in den Händen. Eins warf er Nair zu, dann sah er Stafford fragend an. »Können Sie damit umgehen?«

»Früher jedenfalls«, sagte Stafford trocken. »Würden Sie mir jetzt bitte erklären, was hier eigentlich los ist?«

»Später.« Chip drückte ihm das Gewehr in die Hand.

»Ich weiß auch, wie man die Dinger benutzt«, sagte Curtis.

»Sie fahren zurück nach Keekorok, und zwar so schnell Sie können.« Chip zog ein Notizbuch und einen Stift aus seiner Jackentasche. Er schrieb ein paar Zeilen. »Geben Sie das dem Manager der Lodge, er wird dann den Polizeiposten an der Mara New Bridge benachrichtigen.« Er schob Curtis zum Fahrersitz und holte die Karte der Masai Mara hervor. »Wir befinden uns hier.« Er zeichnete ein Kreuz ein. »Und jetzt, Sergeant, fahren Sie wie der Teufel.«

Curtis sah fragend zu Stafford. Er nickte. »Welchen Wagen soll ich nehmen?«

»Unseren«, sagte Chip. »Aber warten Sie.« Er lief noch einmal zur Hecktür und beugte sich hinein. Als er sich wieder aufrichtete, hatte er eine Maschinenpistole im Arm, eine kleine israelische Uzi. Dann förderte er noch zwei Schachteln Gewehrmunition und ein Reservemagazin für seine Schnellfeuerwaffe zutage. »Fahren Sie los. Und lassen Sie sich von niemandem anhalten. Wenn jemand Ihnen den Weg versperrt, ziehen Sie den Kopf ein und geben Gas.«

Den Befehlston, der sich in den letzten Minuten wie selbstverständlich in Chips Stimme geschlichen hatte, beantwortete Curtis mit einem knappen »Jawohl, Sir«. Dann kletterte er auf den Fahrersitz, startete den Motor und verschwand in einer Staubwolke.

Stafford sah sein Gewehr prüfend an. Es war eine Sportwaffe, aber sie hatte wenigstens ein automatisches Schloß. Das fünfschüssige Magazin war geladen. Er ließ eine Patrone in den Lauf gleiten, sicherte die Waffe und tauschte das Magazin gegen ein neues aus. Den Rest der Munition steckte er in seine Jackentasche. Chip hatte ihm die ganze Zeit zugesehen. »Sie halten so was bestimmt nicht zum erstenmal in der Hand.«

Nair kniete neben dem Nissan und sah forschend auf die staubige Straße. »Es waren sechs«, sagte er. »Sechs, ich bin ziemlich sicher.«

»Von wem reden Sie?« fragte Stafford gereizt.

»*Jeshi la Mgambo*«, antwortete Chip. »Die sogenannte tansanische Polizeireserve. Eine paramilitärische Truppe, ohne jede Disziplin. Das passiert jetzt zum vierten oder fünften Mal. Sie kommen über die Grenze, stoppen einen Bus und treiben die Touristen über die Grenze. Dort werden ihnen sämtliche Sachen abgenommen, dann dürfen sie zurück nach Keekorok – zu Fuß. Die Regierung hat jedesmal eine Protestnote nach Tansania gesandt. Eine Zeitlang herrscht Ruhe, dann fängt das Spiel wieder von vorn an.« Er zuckte die Achseln.

»Sind sie bewaffnet?«

Die Antwort war kurz und erschreckend. »Kalaschnikows.«

Stafford verzog das Gesicht und sah abschätzend auf das Gewehr in seiner Hand. Die Kalaschnikow war eine vollautomatische Waffe, deren Geschoßgarben so dicht waren wie der Strahl aus einem Wasserwerfer. Sein Sportgewehr war zwar nicht gerade ein Kinderspielzeug, aber es gehörte einfach nicht zur selben Klasse wie die russische Waffe. »Und wir wollen sie verfolgen?«

Chip sah ihn an. »Was haben Sie denn sonst gedacht? Curtis ist der Älteste, fast sechzig. Deshalb hab' ich ihn zurückgeschickt. Es kann unangenehm werden.«

»Curtis hätte Ihnen bewiesen, daß dieses Argument für ihn nicht zählt«, sagte Stafford.

»Außerdem haben wir nur drei Gewehre.«

»Die Grenze ist dort drüben.« Nair zeigte ihnen die Richtung. »Ungefähr zwei Meilen entfernt. Sie können noch nicht weit sein, die Gefangenen werden sie aufhalten. Und dann müssen sie noch den Losemai durchqueren.«

»Das ist in dieser Jahreszeit kein Problem«, sagte Chip. »Also los.«

Sie mußten die Verfolgung zu Fuß aufnehmen, weil es unmöglich gewesen wäre, vom fahrenden Wagen aus die Spur der anderen zu erkennen. Chip führte sie. Sicher folgte er den wenigen sichtbaren Spuren, die Stafford nie entdeckt hätte. Während er hinter Chip und Nair hermarschierte, überlegte er, was für Männer das waren, die im Handumdrehen ein Waffenarsenal hervorzaubern konnten. Eine Uzi gab es nicht an jeder Ecke zu kaufen.

14

Im afrikanischen Busch gibt es eine Akazie, die ›Wart-ein-wenig-Dorn‹ genannt wird. Sie trägt ihren Namen zu Recht. Chip und Nair kannten ihre tückische Eigenart und wichen ihr geschickt aus. Stafford hatte noch nie von der Akazie gehört. Immer wieder fand er sich in ihren Zweigen gefangen wie in einem Stacheldrahtverhau. Seine Stimmung litt wie sein Anzug und seine Haut.

Nach einer Weile hatte er gelernt, in den Spuren seiner Führer zu gehen. Chip brachte sie mit erstaunlicher Geschwindigkeit voran und blieb nur selten stehen, um mit suchendem Blick die Umgebung abzutasten. Zweimal zeigte er auf Spuren, die den Weg der Gruppe vor ihnen verrieten – Schuhabdrücke im Staub. Nair nickte. »Militärstiefel«, flüsterte er Stafford zu.

Plötzlich riß Chip die Arme hoch, und sofort blieben sie stehen. Er schlug einen weiten Bogen. Als Stafford die Stelle in einiger Entfernung passierte, sah er im Sand eine Schlange liegen, nicht lang, aber dick wie ein muskulöser Männerarm. Als sie die Stelle passiert hatten, erklärte Chip ihm, daß es eine Puffotter war. »Die meisten Schlangen verschwinden, wenn sie spüren, daß sich ihnen jemand nähert. Die Puffotter nicht, sie ist faul. Wenn man nicht aufpaßt und auf sie tritt, schlägt sie zu. Ihr Gift wirkt fast immer tödlich.«

Es war heiß, und der Schweiß lief Stafford in Strömen herunter. Schwere körperliche Anstrengungen in Äquatornähe, noch dazu in fünftausend Fuß Höhe, sind niemandem zu empfehlen, der sich nicht vorher akklimatisiert hat. Das kenianische Olympiateam besitzt ein Camp in neuntausend Fuß Höhe, um die Leistungsfähigkeit unter starkem Sauerstoffmangel zu trainieren. Bei Wettkämpfen in tiefer gelegenen Sportstätten zahlt sich die Trainingsqual aus, die Läufer haben eine größere Ausdauer. Mit Stafford verhielt es sich genau umgekehrt; er litt unter der dünnen Luft.

In sanften Wellen öffnete sich vor ihnen das Gelände. Gelegentlich ragte der nackte Fels aus dem Boden. Auch die wenigen Bäume, meistens waren es Akazien mit flachen Kronen, boten kaum Deckung. Eine gewundene Linie dichteren Buschwerks zeichnete den Lauf ausgetrockneter Wasserläufe nach. Das Gras, durch das sie liefen, war hüfthoch. Jeden Augenblick mußten sie damit rechnen, von der Gruppe vor ihnen entdeckt zu werden. Aber in dieser Gefahr lag auch ein Vorteil für die Verfolger, niemand konnte ihnen in dem offenen Gelände entkommen.

In den Tälern zwischen den Hügeln beeilten sie sich, den Vorsprung der anderen aufzuholen, aber je näher sie einer Kammlinie kamen, desto vorsichtiger gingen sie weiter. Die letzten Meter zur Spitze robbten sie hinauf, um ohne Gefahr die folgende Talmulde überblicken zu können. Als sie wieder einen Kamm erreicht hatten, legte Chip seine Hand auf Staffords Arm. »Dort fließt der Losemai«, flüsterte er ihm zu. »Wir sind in Tansania.«

Vor ihnen erstreckte sich ein breiter Gürtel dichter grüner Vegetation, der den Fluß vor ihren Augen verbarg. Chip nahm das Fernglas von der Schulter. »Halten Sie Ihre Hand darüber, damit das Glas nicht die Sonne reflektiert.«

Stafford rückte näher an Chip heran. Ein Aufblitzen der Linsen wäre meilenweit zu sehen gewesen und hätte ihre Position verraten. Er fragte sich, wo Chip und Nair ihr Handwerk gelernt hatten. Ihr Verhalten in den letzten Stunden hatte ihm nur neue Rätsel aufgegeben.

Chip bewegte das Glas in einem langsamen Bogen. Plötzlich schnellte seine Hand vor. »Da – einen Daumensprung rechts von der Baumgruppe.« Wieder ein militärischer Ausdruck.

Stafford schaute nach Süden. Weit entfernt konnte er kleine Punkte erkennen, die sich bewegten. Er kniff die Augen zusammen, um sie zu zählen. »Es sind dreizehn«, sagte Chip. »Du hattest recht, Nair. Sechs von ihnen sind *Jeshi la Mgambo.* Dazu die sechs Touristen und Adam.«

»Glaubst du, daß sie auf dieser Seite vom Losemai bleiben?« fragte Nair.

»Gut möglich. Der Platz da unten bietet ihnen gute Deckung. Da können sie die Gruppe in aller Ruhe ausplündern.«

»Ist das nicht ein bißchen viel Aufwand für die magere Beute?« sagte Stafford.

Chip schnaufte. »Für sie ist es eine fette Beute. Sie wissen doch, wie die Touristen hier herumlaufen. Die meisten haben eine Filmkamera oder eine teure Spiegelreflex. Dazu kommen Teleobjektive und andere nette Kleinigkeiten wie Armbanduhren. Dann das Bargeld, Travellerschecks und Kreditkarten. Für beides gibt es hier einen blühenden Schwarzmarkt. Die meisten Touristen, besonders die Deutschen und die Amerikaner, schleppen Sachen im Wert von tausend Pfund Sterling mit sich herum. Und das ist mehr, als der Durchschnitt in Tansania in einem Jahr verdient.«

»Versuch nicht Max von etwas zu überzeugen, was er mit eigenen Augen sehen kann«, sagte Nair bissig. »Viel wichtiger ist, wie wir da herunterkommen.«

»Der letzte von ihnen ist zwischen den Bäumen verschwunden«, sagte Chip und nahm das Glas von den Augen. Er rutschte ein Stück zurück und rollte sich auf den Rücken. Dann sah er Stafford und Nair einen Moment lang an. »Auf dem geraden Weg können wir ihnen nicht folgen.« Sein Daumen zeigte zur Kammlinie hinauf. »Vielleicht haben sie eine Wache aufgestellt. Ich weiß, daß sie disziplinlos sind, aber darauf können wir uns nicht verlassen.«

Nair ließ seinen Blick den Höhenzug entlangwandern. »Vielleicht markiert die dünne Baumlinie da drüben einen Wasserlauf, der zum Losemai hinunterführt. Er könnte uns Deckung geben.«

»Sehen wir nach«, sagte Chip.

Sie hatten Glück. Es war tatsächlich ein Wasserlauf, oder zumindest würde es wieder einer werden, wenn der Regen kam. Jetzt lag das Bett ausgetrocknet und staubig vor ihnen, aber der Boden mußte genug Feuchtigkeit gespeichert haben, um die Akazien auch in der Trockenzeit grünen zu lassen. Da der Hügel nicht besonders steil war, hatte sich das Wasser auch nicht tief in den Boden graben können. Sie mußten in der flachen Rinne hinunterkriechen, wenn sie auch nur einigermaßen gedeckt sein wollten.

Stafford hatte das seit seiner Ausbildungszeit bei der Armee nicht mehr gemacht. Er war völlig aus der Übung. Einmal spürte er eine Bewegung unter seiner Hand. Als er den Arm erschrocken hochriß, machte sich etwas eilig davon. Es war ein Skorpion. Stafford schwitzte, und das nicht nur wegen der afrikanischen Hitze.

Stunden schienen vergangen zu sein, bis sie endlich die schützenden Bäume, die das Ufer des Losemai einsäumten, erreicht hatten und aufstehen konnten. Chip legte einen Finger an die Lippen, und vorsichtig gingen sie weiter auf den Fluß zu. Als sie die Böschung fast erreicht hatten, legten sie sich in den Schutz des hohen Grases. Stafford teilte die Halme und spähte hinüber zur anderen Uferseite.

Der Fluß war zu dieser Jahreszeit nicht besonders breit. An vielen Stellen ragten Sandbänke aus dem flachen Wasser. Mit ein paar Sprüngen, glaubte Stafford, konnte man trocken auf die andere Seite gelangen. Träge floß das trübbraune Wasser zwischen den flachen Inseln hindurch. Auf einer Lichtung am anderen Ufer entdeckte Stafford eine Giraffe, die mit gespreizten Vorderläufen am Ufer stand und trank. Dann bewegte sich plötzlich etwas auf einer Sandbank, ein Krokodil glitt ins Wasser. In Sekunden war es verschwunden, ohne daß noch ein Kräuseln der Wasserfläche zu erkennen war. Die Sandbänke schienen doch keine geeignete Brücke über den Fluß zu sein.

»Ich glaube nicht, daß sie den Fluß überquert haben«, sagte Chip leise. »Die Giraffe wäre dann nicht ans Ufer gekommen. Wir gehen auf dieser Seite langsam weiter.«

Sie bildeten eine militärische Formation. Chip, der die Maschinenpistole schußbereit in der Hüfte hielt, übernahm die Spitze; hinter ihm deckte Stafford den Rückraum, und Nair sicherte die Flanke. Stafford konnte ihn nur sehen, wenn er, das Gewehr im Anschlag, zwischen den Bäumen Schutz suchen mußte. Dann verschluckte ihn wieder das hohe Gras.

Es war eine mühselige und schweißtreibende Arbeit. Die Uferzone war voller Geräusche, Frösche quakten, Grashüpfer und Zikaden zirpten um die Wette. Mehrmals nahm Stafford im Augenwinkel eine plötzliche Bewegung wahr, und er riß jedesmal erschreckt das Gewehr hoch. Immer waren es Vögel, die aufgeregt über den Fluß davonflatterten. Dann ließ sich ein kleines braunes Tier klatschend ins Wasser fallen, weil Chip seinem Ruheplatz am Ufer zu nahe gekommen war.

Plötzlich ließ sich Chip auf die Knie fallen und reckte die Uzi mit beiden Armen über den Kopf. Stafford blieb abrupt stehen und entsicherte das Gewehr. Chip winkte ihn zu sich heran, und Stafford ließ sich neben ihm auf die Knie nieder. Stimmengemurmel war zu hören, dann ein lautes Lachen. »Geben Sie mir Deckung«, flüsterte Chip und robbte vorwärts.

Einen Moment verschwand er im hohen Gras, dann konnte ihn Stafford wieder sehen. Wieder gab Chip das Zeichen, ihm zu folgen, und Stafford ließ sich auf den Bauch gleiten. Chip teilte das Gras. »Da – sehen Sie.« Die Stimmen waren jetzt deutlicher zu verstehen.

Vorsichtig bog Stafford das Gras auseinander. Auf der Uferlichtung vor seinen Augen waren alle versammelt, die Tansanier und die Reisegruppe. Die Tansanier trugen tarnfarbene Kampfanzüge, alle sechs hielten die Kalaschnikow im Arm. Zwei hatten Handgranaten am Gürtel hängen, und einer mit Offiziersstreifen an der Uniform trug eine Pistole im Halfter.

Die Entführten waren in einem bedauernswerten Zustand. Sie hatten sich fast nackt ausziehen müssen. Michele und Madame Roche trugen nur noch Schlüpfer und BH. Madame Roches Gesicht war fleckenübersät, als hätte sie gerade geweint. Ihr Mann, eine lächerliche Figur, der der Bauch über den Unterhosenbund schwoll, versuchte sie zu trösten.

Michele Roche war unter der Sonnenbräune bleich geworden, ihre Gesichtsfarbe hatte sich zu einem kranken Gelb aufgehellt. Sie sah verängstigt aus, aber der junge Kosters, der bei ihr stand, hatte die Hand auf ihren Arm gelegt und sprach beruhigend auf sie ein.

Wenn Gunnarson sich fürchtete, so sah man es ihm nicht an. Als er sich nach seinen Schuhen bückte und ihm ein Gewehr in die Rippen gestoßen wurde, warf er sich wütend herum und schnauzte los. »Wir müssen doch wenigstens unsere Schuhe behalten.« Zur Antwort erhielt er ein Kopfschütteln und einen weiteren Stoß mit dem Gewehrlauf. Er ließ die Schuhe wieder fallen.

Staffords Augen suchten Gunnarsons Strohmann. Die Tansanier hatten ihn von den anderen getrennt. Er stand etwas abseits, zwei der Kidnapper hielten bei ihm Wache. Der junge Schwarze, der mit ausdruckslosem Gesicht auf dem Boden saß, mußte Adam Muliro sein. Vor ihm war die Beute aufgehäuft – Kameras, Objektive und Ferngläser, in denen sich das Sonnenlicht spiegelte, daneben ein Haufen Kleidungsstücke.

Langsam zog Stafford seine Hand zurück; der Grasvorhang schloß sich wieder. Chip hielt den Mund dicht an Staffords Ohr. »Wir können nichts machen, ohne ein Massaker zu riskieren.«

Das war nur zu wahr. Der Schrecken, der Stafford beim Anblick der Kalaschnikows in die Glieder gefahren war, hatte sich wiederholt, als er die Handgranaten entdeckte. Er war lange genug Soldat gewesen, um zu wissen, was man mit solchen Waffen anrichten konnte. Wenn auch diesmal alles so ablief, wie Chip es erzählt hatte, und die ausgeplünderte Gruppe bald zu Fuß nach Keekorok zurückgeschickt wurde, konnten alle froh sein. Sie würden am Ende des Marsches einen Sonnenbrand haben und wundgelaufene Füße, aber beides würde rasch wieder heilen. Einen Schußwechsel konnten sie auf keinen Fall riskieren. Die Tansanier waren ihnen in jeder Hinsicht überlegen – zahlenmäßig und in der Bewaffnung. Und die Sicherheit der Gefangenen war jetzt das erste, woran sie denken mußten.

Chip gab Stafford ein Zeichen, daß er zurückkriechen sollte. Stafford ließ sich leise in das Gras gleiten und schlängelte sich tiefer in die Uferwiese hinein. Als er nach einigen Metern über die Schulter hinter sich schaute, sah er Chip geduckt auf sich zulaufen. Im Vorbeilaufen fuchtelte Chip wild mit dem Arm, dann warf er sich in das hohe Gras und verschwand. Stafford hatte verstanden. Er sprang auf und rannte gebückt auf den nächsten Baum zu.

Er hatte ihn gerade erreicht, als er Stimmen hörte. Aber der Baumstamm war nicht dick genug, um sich dahinter verstecken zu können. Stafford drückte sich deshalb mit der Schulter gegen ihn. Die Männer kamen näher, und er bewegte sich langsam um den Stamm herum, um nicht in ihr Blickfeld zu geraten. Deutlich konnte er zwei Stimmen unterscheiden, eine hellere und eine tiefe. Er konnte auch einzelne Wortfetzen hören, aber er verstand die Sprache nicht, in der sie gesprochen wurden. Als sie vorüber waren, riskierte er einen kurzen Blick. Gunnarsons Strohmann stolperte am Ufer entlang, jeder Schritt ließ ihn vor Schmerzen zusammenzucken. Er war barfuß und nackt bis auf die Unterhose. Hinter ihm gingen zwei Tansanier, von denen einer den Gefangenen mit Gewehrstößen vorantrieb. Dann verschwanden sie zwischen den Bäumen.

Chips Kopf tauchte aus dem Gras auf. Seine Hand beschrieb einen weiten Kreis in der Luft, dann lief er zum Ufer hinunter und nahm die Verfolgung auf. Stafford drehte sich um und sah Nair aus seinem Versteck hervorkommen. Er deutete in die Richtung, in der Chip verschwunden war, dann folgte er ihm selbst in einem weiten Bogen. Chip hatte wieder die Spitze, aber die Flanke deckte jetzt Stafford und Nair den Rückraum. Stafford folgte dem Flußlauf in ungefähr fünfzig Meter Abstand. Nur gelegentlich schwenkte er näher ans Ufer, um die Spur des Gefangenen und seiner Bewacher nicht zu verlieren. Einmal kam er ihnen so nahe, daß er das Hendrix-Double jammern hören konnte. »Wo bringen Sie mich hin? Was habe ich getan?« Es folgten ein gedämpftes Murmeln, dann ein dumpfer Schlag und ein unterdrückter Schrei. »Gott. Oh, mein Gott.« Stafford fürchtete, daß sie ihn mit dem Gewehrkolben in die Nieren schlugen. Aber er wagte es nicht, noch näher an den Fluß heranzugehen, um sich zu vergewissern. Er hätte jetzt doch nichts unternehmen können.

Als sie ungefähr eine halbe Meile so gegangen waren, hatte Stafford ihre Spur plötzlich verloren. Vorsichtig schlich er zurück. Nach neunzig Metern entdeckte er sie wieder, sie waren stehengeblieben. Die beiden Tansanier hatten ihren Gefangenen dicht an die Uferkante gestellt, der Jüngere hielt den Lauf der Kalaschnikow auf ihn gerichtet, der Ältere hatte sich die Waffe lässig über die Schulter gehängt und rauchte. Nach einer Weile nahm er den heruntergerauchten Stummel aus dem Mund, sah ihn noch einmal bedauernd an, ließ ihn fallen und trat die Glut aus. Dann nahm er langsam das Gewehr von der Schulter. Er legte an, nahm sein Opfer ruhig ins Visier und legte den Finger auf den Abzug.

Hastig riß Stafford sein Gewehr hoch, aber im selben Moment knatterte Chips Uzi los. Die Garbe traf den Alten in den Rücken und schleuderte ihn vorwärts. Der junge Tansanier wirbelte herum, und Stafford drückte ab. Die Kugel traf genau zwischen den Augen. Er taumelte zurück und stürzte klatschend in den Fluß. Dann war es wieder still. Nur noch das Sirren der Insekten war zu hören und das leise Wimmern von Gunnarsons Strohmann, der auf die Knie gefallen war und auf den Körper vor sich starrte.

Chip trat vorsichtig auf die Lichtung, die Waffe sichernd vor sich; dann folgte Nair. Stafford ging zu ihnen. »Der Kerl wollte den Jungen erschießen.« Er hörte den ungläubigen Ton in der eigenen Stimme. »Einfach so.«

Chip stieß mit dem Fuß gegen den reglosen Körper, dann beugte er sich nieder und legte die Finger auf die Halsschlagader des Tansaniers. Er konnte keinen Puls mehr fühlen und richtete sich wieder auf. »Sie müssen verrückt geworden sein«, sagte er ausdruckslos. »So was haben sie noch nie gemacht.« Dann wandte er sich zu Nair. »Geh hundert Meter zurück, und paß auf.«

Stafford trat zu dem falschen Hendrix. Sein Gesicht war tränenüberströmt, und aus seiner Kehle drang ein würgendes Stöhnen. Stafford versuchte ihn hochzuziehen, aber er fiel kraftlos wieder zu Boden und rollte sich ein wie ein Kind im Mutterleib. »Steh auf!« zischte Stafford ihn an. »Oder willst du hier noch *freiwillig* sterben?«

»Er ist zu Tode erschreckt«, sagte Chip.

»Wenn er sich nicht bald bewegt, sind wir alle dran«, sagte Stafford grimmig. »Die anderen haben die Schüsse auch gehört.«

»Sie haben nichts anderes erwartet«, entgegnete Chip. »Hoffen wir, daß sie den Unterschied zwischen einer Uzi und einer Kalaschnikow nicht heraushören können. Aber sie sind ja ziemlich weit weg.« Er beugte sich wieder hinunter und begann die Taschen des Toten zu durchsuchen.

Stafford ging hinunter zur Uferkante. Die träge Strömung des Flusses hatte den Körper des Mannes, den er erschossen hatte, noch nicht weit abgetrieben. Er fühlte sich krank. Es war das erste Mal gewesen, daß er bewußt getötet hatte. Seinen Militärdienst hatte er fast ausschließlich in Friedenszeiten geleistet, und während des kurzen Einsatzes in Korea hatte er den Feind, auf den er schießen mußte, nie zu Gesicht bekommen. Und später beim Abschirmdienst gab es andere Mittel, um den Feind zu treffen.

»Keine Ausweispapiere, nur dies.« Chip hielt ein Bündel Geldscheine hoch. »Kenianische Zwanzig-Shilling-Noten.« Er stopfte sie sich in die Tasche. »Helfen Sie mir, ihn auszuziehen.«

»Warum wollen Sie ihn ausziehen?«

Chip deutete mit dem Kopf zu Hendrix hinüber. »Ohne Kleidung und Schuhe wird er nicht weit kommen. Und wir haben nicht mehr viel Zeit. Die anderen werden noch ein paar Minuten auf ihre beiden Kumpane warten, aber dann werden sie zu suchen anfangen.«

Während Stafford dem Toten die Schuhe aufband, zog Chip ihm die blutverschmierte, zerfetzte Jacke aus. Dann zogen sie ihm gemeinsam die Hose von den Beinen. Einen Toten zu entkleiden ist mühsam; er hilft nicht mit. Sie rollten den Körper zur Uferkante und ließen ihn in den Fluß fallen. Mit einem leisen Aufklatschen verschwand er in dem trüben Wasser. Auch die Leiche des jungen Tansaniers war nicht mehr zu sehen.

»Niemand wird sie finden«, sagte Chip. »Das sieht hier nach einem Tummelplatz für Krokodile aus. Und die werden sie irgendwo unter Wasser verkeilen, bis sie reif genug sind, um gefressen zu werden.« Es war ein grausiger Gedanke.

Sie nahmen die Sachen und gingen zu dem immer noch halb erstarrten Menschenbündel. Stafford fühlte ein wenig Schadenfreude. So hatte sich der kleine Betrüger seine Rolle sicher nicht vorgestellt. Sie zogen ihn an, aber auch er half ihnen nicht. Stafford bemerkte, daß ihm die Narbe auf der linken Schulter fehlte, die Hendrix von der Schußverletzung ganz sicher zurückbehalten hatte. Er behielt seine Entdeckung für sich. »Das erste Ihrer Probleme ist damit gelöst«, sagte Chip. »Wir haben den Jungen von Gunnarson getrennt. Wie lange soll er das bleiben?«

Darüber hatte Stafford überhaupt noch nicht nachgedacht. »Wir reden später darüber. Jetzt müssen wir hier erst einmal verschwinden.«

Sie stellten ihr Findelkind auf die Beine, und Stafford schlug ihm zweimal mit der flachen Hand ins Gesicht. Erschrocken rieb er sich die Wange. »Warum machen Sie das?« Die abwesende Starre in seinem Blick verschwand.

»Um etwas Vernunft in deinen Schädel zu prügeln«, sagte Stafford. »Wenn du nicht doch noch sterben willst, mußt du dich langsam bewegen.«

Allmählich schien er zu begreifen. »Mein Gott, ja!«

Chip verwischte mit einem Baumzweig ihre Spuren und streute Sand auf die wenigen noch sichtbaren Blutflecken. Dann ging er zu der Stelle, von der aus er geschossen hatte, und sammelte alle Patronenhülsen ein, die er finden konnte. Zusammen mit den beiden Kalaschnikows warf er sie in den Fluß. »Wir müssen Nair holen«, sagte Chip. Stafford nahm sein Gewehr, und sie verließen die Uferlichtung.

Rasch entfernten sie sich aus der Flußregion und liefen in nordöstlicher Richtung zurück zur Grenze. Wieder folgten sie dem Wasserlauf, der ihnen schon einmal Deckung gegeben hatte. Als sie die Kammlinie des Höhenzugs überschritten hatten, waren sie wieder in Sicherheit. Sie hielten an, um Kriegsrat zu halten. Chip gab Nair einen Wink, ihren Schützling zu bewachen; dann ging er mit Stafford außer Hörweite. »Und was jetzt?«

Bis zu dem Moment hatte Stafford keine Gelegenheit gehabt, über diese Frage nachzudenken. Seine ganze Energie war darauf gerichtet gewesen, am Leben zu bleiben und aus der Gefahr herauszukommen. Die Bedeutung und die Folgen dessen, was er gesehen hatte, stiegen ihm erst jetzt ins Bewußtsein. Er sorgte sich um die anderen Mitglieder der Touristengruppe. Wenn sie in ihrem Zustand bei dieser Gluthitze nach Keekorok zurücklaufen mußten, würden sie fürchterliche Hautverbrennungen erleiden. Und Chip hatte angedeutet, daß es gefährlich war, nachts durch den Busch zu gehen. »Wie weit ist es von hier nach Keekorok?«

»Ungefähr elf oder zwölf Meilen Luftlinie. Durch den Busch mindestens fünfzehn.«

Das war ein Tagesmarsch. Um Gunnarson oder Kosters machte sich Stafford keine Gedanken. Gunnarson war ein zäher Typ; auch der junge Holländer machte einen sportlichen Eindruck. Michele Roche konnte die Anstrengungen vielleicht auch noch ertragen, aber bei ihren Eltern war Stafford sich schon nicht mehr so sicher. Für den Weinhändler, der aussah, als genösse er seine Schätze am liebsten selbst, und seine ältliche Frau war die Strecke nur unter größten Schwierigkeiten zu bewältigen. »Das ist eine verrückte Geschichte, Chip. Ist wirklich noch nie jemand dabei getötet worden?«

Chip schüttelte den Kopf. »Nur Raub. Keine Toten und keine Vergewaltigung. Vor ungefähr einem Jahr haben sie drei Nissan-Busse mit Deutschen entführt. Alle sind wohlbehalten zurückgekommen.«

»Warum dann dieses Mal?« fragte Stafford. »Das war vorsätzlicher Mordversuch. Fast sah es wie eine Exekution aus.«

»Ich weiß es nicht«, sagte Chip. »Es will mir auch nicht in den Kopf.«

»Während der schönen Szene, als Gunnarson seine Schuhe aufheben wollte, haben Sie da unseren jungen Freund gesehen?«

»Ja, er stand von den anderen getrennt.«

»Und unter Bewachung. Aber welchen Grund können die Tansanier gehabt haben, gerade ihn zu töten? Weder wissen sie, daß er bald drei Millionen Pfund erbt, noch daß alles ein Betrug ist? Wenn Sie mir darauf eine Antwort geben könnten, wäre ich sehr dankbar. Denn ich glaube, dann klärt sich auch alles übrige.«

»Ich weiß keine Antwort«, sagte Chip offen.

»Ich auch nicht.« Stafford versank für eine Weile in Grübelei.

»Jedenfalls haben Sie jetzt den falschen Vogel in der Hand«, sagte Chip. »Und wenn Sie ihm ein bißchen unter die Federn schauen wollen, dann sollten Sie es gleich tun. Bevor er wieder zu den anderen zurückflattert.«

»Wer auch immer den richtigen Henry Hendrix aus dem Weg geräumt haben wollte, er hat versucht, es gründlich zu erledigen. Und sogar in aller Offenheit. Chip, stellen Sie sich einmal vor, Sie gehörten zu der Touristengruppe und hätten gesehen, wie der Junge weggeführt wurde. Kurz darauf fallen Schüsse, und seine Bewacher kehren mit breitem Grinsen zurück. Was würden Sie denken?«

»Ich würde glauben, daß er erschossen worden ist. Vielleicht bei einem Fluchtversuch.«

»Genau das hätte ich mir auch gedacht«, sagte Stafford. »Und mit Sicherheit denken das auch die anderen. Nur sind die Wachen nicht zurückgekehrt. Aber sie haben die Schüsse gehört. Was glauben Sie, Chip, könnte es so sein?«

»Durchaus.«

Nair stieß einen singenden Vogellaut aus und winkte sie heran. Sie krochen zur Kammlinie hinauf, und Nair zeigte zum Ufersaum des Losemai. »Sie kommen gerade zwischen den Bäumen heraus.«

Chip setzte das Fernglas an die Augen und zählte. »... vier ... fünf ... sechs.«

»Nicht mehr?«

»Nein. Nur die Touristen, bis auf unseren Todeskandidaten. Die Tansanier haben sie nach Hause geschickt.« Er sah zu der untergehenden Sonne. »Ohne Schuhe werden sie heute nicht mehr weit kommen. Sie müssen die Nacht im Busch verbringen.«

»Ist das sehr gefährlich?«

Er schüttelte den Kopf. »Nicht, wenn sie vorsichtig sind; sie werden sich ein bißchen fürchten. Wir werden hier oben auf sie warten.«

»Können wir uns darüber noch mal unterhalten?« fragte Stafford.

Ihr Schützling begann sich zu rühren. »Wer sind Sie eigentlich?«

»Lebensretter«, sagte Stafford kurz. »Und jetzt sei still.« Er sah Nair an. »Sorgen Sie dafür, daß er ruhig bleibt. Und wenn er den Mund nicht freiwillig hält, bringen Sie ihn zur Ruhe.« Der kleine Betrüger sollte sich über seine Retter gar nicht erst falsche Vorstellungen machen. Stafford wollte ihn langsam zermürben. Am besten war es, wenn der Junge das Gefühl bekam, von einem angenehm warmen Grillrost mitten in die Glut gefallen zu sein.

Stafford gab Chip mit dem Kopf ein Zeichen, und sie gingen ein Stück den Hügel hinunter.

»Ich weiß zwar kein Motiv für diesen zweiten Mordanschlag auf Henry Hendrix, aber bis jetzt wissen nur vier Leute, daß er nicht tot ist – der arme Kerl selber, Nair, Sie und ich. Und es hätte ihn sicher erwischt, wenn Sie mit der Uzi nicht so schnell gewesen wären. Es ging wirklich um Sekundenbruchteile.«

»Worauf wollen Sie hinaus?«

»Angenommen, er kehrt nicht zu den anderen zurück. Angenommen, er bleibt tot. Dann wird irgend jemand ziemlich verwirrt sein.«

»Und wer ist der Irgendjemand?«

»Woher soll ich das wissen? Aber die sechs Tansanier sind doch nicht von selbst auf die Idee gekommen, den Erben von drei Millionen Pfund Sterling zu erschießen. Sie hätten nicht einmal gewußt, daß es einen Henry Hendrix gibt. Irgend jemand, irgendwo, muß ihnen einen klaren Befehl gegeben haben. Und jetzt wird er denken, daß der Befehl ausgeführt und Hendrix tot ist. Über das Verschwinden der beiden Tansanier wird er sich wundern, aber Hendrix wird auch verschwunden sein. Die Überlebenden werden ihre Geschichte erzählen, und auch die läßt nur auf den Tod von Hendrix schließen. Denn wenn er nicht tot wäre, müßte er ja wiederauftauchen. Aber ich habe ihn in der Hand. Er ist keine Trumpfkarte, aber ein Joker, den man nur zur richtigen Zeit ausspielen muß.«

Chip sah Stafford lange schweigend an. »Sie verlangen eine ganze Menge von mir«, sagte er schließlich. Dann zählte er die Punkte an den Fingern auf. »Erstens, wir kidnappen ihren Hendrix; zweitens, wir müssen ihn aus der Mara herausschmuggeln, weil er an keinem der Tore gesehen werden darf; drittens müssen wir ihn ja wohl am Leben erhalten, er braucht Essen und Wasser, solange ihr Spiel dauert; viertens, wir müssen ein Versteck finden, wo er bleiben kann, wenn wir aus der Mara heraus sind; fünftens brauchen wir dazu Wachen, die auch essen und trinken müssen; sechstens ...« Er brach ab. »Sehen Sie, dabei merkt man erst, wie wenig Finger an einer Hand sind.«

»In der Vergangenheit haben Sie doch auch immer Mittel und Wege gefunden«, versuchte Stafford ihn zu überzeugen.

Chip lächelte ihn dünn an. »Die Hölle wird los sein«, sagte er. »Diese Geschichte wird auf der ganzen Welt Schlagzeilen machen. Amerikanischer Multimillionär entführt und erschossen – eine Titelstory voll diplomatischer Brisanz. Die Regierung von Kenia wird gezwungen sein, in Tansania scharf zu protestieren. Die amerikanische Regierung wahrscheinlich auch. Und was passiert uns, wenn wir ihn plötzlich wieder hervorzaubern? Dann rollen unsere Köpfe.«

»Überhaupt nichts wird uns passieren«, sagte Stafford. »Weil er nicht ein Wort sagen wird. Er *kann* nichts sagen. Sie vergessen, daß er gar nicht Hendrix ist.«

»Nichts vergesse ich«, sagte Chip kalt. »Alles, was ich weiß, sind Behauptungen von Ihnen. Und bis jetzt haben Sie noch nicht ein Wort davon bewiesen.«

Stafford drehte den Kopf und warf Hendrix einen Blick zu. »Fragen wir ihn doch, wie er heißt.«

»Ja, aber nicht hier. Wir müssen erst aus Tansania heraus.«

Stafford zögerte einen Moment. Er dachte an die Touristen, besonders die Roches machten ihm Sorgen. »Und wie sollen die anderen ohne uns zurechtkommen?«

»Adam Muliro kennt sich in der Masai Mara ebensogut aus wie ich«, sagte Chip ungeduldig. »Wenn sie klug sind und auf ihn hören, wird ihnen nichts geschehen. Wir kommen allein schneller voran. Wenn wir zurück sind, schicken wir ihnen einen Wagen, der sie an der Grenze in Empfang nimmt. Und auf unserem Weg nach Keekorok können Sie auch endlich das Geheimnis unseres Schützlings lüften.«

Das war keine schlechte Lösung. »Einverstanden«, sagte Stafford nach einigem Überlegen. »Gehen wir.«

»Aber ich verspreche Ihnen nichts, bis Sie nicht Ihre Behauptungen über den Jungen bewiesen haben«, sagte Chip. »Das ist die erste Bedingung.«

15

Sie gingen zurück nach Kenia, aber nicht auf dem Weg, auf dem sie gekommen waren. Kurz nach ihrem Aufbruch wandten sie sich nach Nordwesten, in Richtung zur Mara New Bridge. »Was auch passiert, wir brauchen eine einleuchtende Geschichte für die Polizei«, sagte Chip. »Und zwar eine, in der von Waffen nicht die Rede ist. Dr. Robert Ouko ist ganz bestimmt kein Freund von Zivilisten, die eine bewaffnete Invasion nach Tansania unternommen haben.«

»Wer ist das?«

»Unser Außenminister. Er wird eine Protestnote nach Daressalam schicken, und die möchte er ganz sicher nicht durch irgendwelche Gerüchte über Waffen beeinträchtigt sehen.«

»Und wie wollen Sie unseren jungen Freund am Reden hindern?«

»Glauben Sie etwa, daß ich daran noch nicht gedacht habe?«

Während sie weitergingen, brüteten sie eine Geschichte aus. Nachdem Curtis nach Keekorok abgefahren war, um Alarm zu schlagen, hatten sie beherzt und natürlich viel zu leichtsinnig die Verfolgung der Tansanier aufgenommen. Dann war ihnen bewußt geworden, daß sie dabei tansanisches Hoheitsrecht verletzten. Auf der Stelle waren sie umgekehrt, aber sie hatten den Weg verloren. Mehrere Stunden waren sie dann in der Dunkelheit umhergeirrt, bis sie schließlich die Straße zur Mara New Bridge gefunden hatten. Und jetzt wollten sie als gute Bürger der Polizei Meldung machen.

Eine dürftige Erklärung, die nicht allzu genau unter die Lupe genommen werden durfte. Außerdem setzte sie die Abwesenheit ihres neuen Begleiters voraus, was Stafford wieder aufmunterte. Anscheinend hatte Chip stillschweigend seinen Vorschlag akzeptiert, Gunnarsons Strohmann erst einmal verschwinden zu lassen. Gleichzeitig wurde Stafford den Verdacht nicht los, daß Chip bereits begonnen hatte, den Faden für eine zweite Version ihres Abenteuers zu spinnen, falls es notwendig werden sollte, den verlorengegangenen Millionenerben wieder auf der Bühne erscheinen zu lassen.

Bis zum Einbruch der Dunkelheit marschierten sie ohne Pause durch den Busch. Von Zeit zu Zeit jammerte Hendrix, daß sie viel zu schnell liefen; er fragte, wer zum Teufel sie seien, oder was ihm sonst noch in den Kopf kam. Er hörte erst damit auf, als Nair ein Messer hervorzog; es war ein *Kirpan*, das Zeremonienmesser der Sikhs. Aber es diente durchaus nicht nur dekorativen Zwecken, und sein Anblick brachte Hendrix so gründlich zum Schweigen, als hätte Nair ihm damit die Zunge abgeschnitten.

Als das letzte Licht vom Himmel verschwand, machten sie Rast. Vor ihnen lag noch eine lange Strecke, aber Chips Entscheidung, den nächsten Tag abzuwarten, wurde dadurch bestärkt, daß sie gerade eine enge Talmulde entdeckt hatten, die nach allen Seiten von dichtem Busch geschützt war. »Da unten können wir gefahrlos ein Feuer machen«, sagte Chip.

»Wo sind wir hier?« fragte Stafford. »In Kenia oder in Tansania?«

Chip lachte. »Werfen Sie eine Münze, dann haben Sie eine Antwort.«

Sie sammelten trockenes Holz, das im Busch überall zu finden war, und trugen es zur tiefsten Stelle ihres Lagerplatzes. Das Feuer sollte weniger ein Schutz vor der aufkommenden Nachtkälte sein – Stafford war froh, daß die Hitze allmählich nachließ –, es sollte vielmehr die Wildtiere in ihrer Umgebung fernhalten. Chip dachte dabei nicht so sehr an Löwen oder andere große Raubkatzen, als vielmehr an Hyänen. »Sie haben schon öfter einen Schlafenden angegriffen«, sagte er. Sie legten das Feuer so an, daß jederzeit ein brennender Knüppel zur Verteidigung griffbereit war.

Chip sah Stafford an. »Denken Sie an meine Bedingung.«

»Also gut.« Er drehte sich zu Gunnarsons Strohmann. »Wie heißt du?«

»Hendrix, Henry Hendrix. Die Leute nennen mich Hank. Und wer sind Sie?«

»Das tut nichts zur Sache. Aber du bist ein Lügner.« Er schwieg einen Moment. »Ich stelle fest, daß du dich noch nicht einmal bei deinen Lebensrettern bedankt hast.«

Die Augen des anderen funkelten im Schein des Feuers. »Sie sind wirklich gut! Immer wenn ich den Mund aufmachen wollte, bin ich angeblafft worden.«

»Jetzt darfst du reden. Wir ermutigen dich sogar dazu. Wer ist Gunnarson?«

»Ein Freund. Und natürlich, vielen Dank, für das, was Sie getan haben. Da am Fluß habe ich wirklich schon gedacht, jetzt ist alles aus.«

»Denk dir jetzt bloß nicht das Falsche«, warf Chip ein.

»Wer ist Hamsun – Olaf Hamsun?« fragte Stafford.

»Nie von ihm gehört.«

»Vielleicht kennst du ihn unter dem Namen Biggie.«

»Ach, Biggie! Das ist ein Bekannter von mir aus L. A. Was soll diese Fragerei eigentlich?«

»Wer ist Hardin?«

»Den kenn' ich ganz bestimmt nicht.«

»Das solltest du aber. Er hat dich von Los Angeles nach New York gebracht.«

»Ach so, der. Ich habe seinen Namen nie gehört.«

»Du bist also von Los Angeles mit einem Mann bis nach New York gefahren, der dir nicht einmal seinen Namen gesagt hat. Du solltest dir was Besseres ausdenken. Gleich sagst du uns noch, daß du deinen eigenen Namen auch nicht kennst. Wie heißt du?«

»Hendrix«, sagte er zögernd. »Hören Sie, ich weiß zwar nicht, was Sie von mir wollen, aber ich mag diese Fragerei nicht.«

»Es ist mir egal, was du magst und was du nicht magst«, sagte Stafford. »Es ist mir auch egal, wenn dich einer umbringt. Was trägt Biggie am Hals?«

Stafford traf ihn völlig unvorbereitet. »Was ist das jetzt wieder für eine verrückte Frage? Woher zum Teufel soll ich das wissen?«

»Ihr seid gute Freunde. Wo hast du Gunnarson kennengelernt?«

»In New York.«

»Wo ist das Loch in deiner Schulter?«

Er sah Stafford überrascht an. »Mein Gott noch mal, wovon reden Sie überhaupt?«

Stafford seufzte. »In Los Angeles ist auf dich geschossen worden. Hardin hat die Wunde versorgt. Du mußt zumindest eine Narbe haben.«

»Bei mir heilt so was sehr gut.«

»Du bist der größte Lügner seit Ananias«, sagte Stafford. »Man sollte dir den Mund mit Seife auswaschen. Du bist nicht Hendrix. Also, wie heißt du?«

Er zögerte. Nair fragte weiter: »Warum will dich jemand umbringen? Weil du Hendrix heißt?«

»Das ist es«, sagte Chip und lachte. »Es ist Jagdsaison für Hendrixe. Natürlich ist das illegal. Großwildjagd ist in Kenia verboten.«

»Aber nicht in Tansania.« Nair nahm den Faden auf. »Da kannst du schießen, auf was du willst.«

»Vielleicht will jemand sein Heim mit einem präparierten Hendrix-Kopf schmücken«, sagte Chip. »Als Trophäe.«

»Man müßte aber Glasaugen einsetzen«, lachte Nair. »Und ob man die Farbe genau trifft?«

»Ich glaube, man nimmt heute Kunststoff.« Chip blieb völlig ernst. »Mit Kunststoff kannst du alles machen.«

Hendrix hatte den verrückten Dialog mit wachsender Wut verfolgt. »Halt endlich den Mund, du blöder Nigger«, platzte er heraus.

Für einen Moment herrschte Totenstille, und Chip faßte ihn mit kalter Miene ins Auge. »So redet man nicht mit jemandem, der eine Waffe hat.« Aus dem Busch drang ein hustendes Grollen zu ihnen. »Ein Löwe«, sagte Chip. »Vielleicht sollten wir ihn den Löwen überlassen. Als Jagdtrophäe.«

Das auserkorene Opfer schluchzte würgend. »Seit deiner Ankunft in London bist du beobachtet worden«, sagte Stafford. »Wir *wissen*, daß du nicht Hendrix bist. Sag uns, wer du bist, dann lassen wir dich in Ruhe.«

»Mein Gott! Gunnarson bringt mich um.«

»Gunnarson wird dir nichts tun«, ermunterte ihn Stafford. »Den kannst du uns überlassen. Hast du immer noch nicht begriffen, was heute am Fluß passiert ist? Wenn du weiterhin die Rolle von Henry Hendrix spielst, bist du bald ein toter Mann.«

Mit zunehmender Dunkelheit wurden auch die Geräusche im Busch lauter. Aus der Entfernung war wieder das Brüllen des Löwen zu hören, dann ganz in der Nähe ein wütendes Knurren, dem ein schreckliches Kreischen folgte. Plötzlich brach das Zetern ab. Chip legte noch einen Ast ins Feuer. »Ein Leopard hat sich einen Pavian geholt.« Nair nahm sein Gewehr, ging an den Rand ihres Lagerplatzes und starrte in die undurchdringliche Dunkelheit hinaus.

Gunnarsons Strohmann waren Chips Worte nicht entgangen. Seine Augen rollten angsterfüllt, und er zitterte heftig. Ein schrecklicher Tag lag hinter ihm. Er war entführt und fast ermordet worden. Und jetzt, an diesem grauenerregenden Ort, veranstalteten bewaffnete Fremde, die bis auf seinen Namen schon alles wußten, ein Verhör mit ihm. Er brach zusammen.

»Sie halten mir Gunnarson vom Hals. Können Sie mir das garantieren?«

Stafford warf einen Blick zu Chip, der mit einem Nicken

antwortete. »Wir bringen dich an einen sicheren Ort, den niemand außer uns kennt«, versicherte Stafford. »Aber du mußt mit uns zusammenarbeiten. Und jetzt erzähle.«

Er zögerte immer noch. »Hat jemand eine Zigarette für mich?« Chip zog eine Packung aus der Tasche und klopfte eine heraus. Er nahm sie und zündete sie mit einem Holzspan an. Nach mehreren tiefen Zügen wurde er ruhiger. »Also gut. Ich heiße Jack Corliss. Vor ein paar Wochen bin ich an Gunnarson geraten. Mein Gott, wär' ich ihm doch nie begegnet.«

Stafford hatte nicht den Eindruck, daß Corliss lange überzeugt werden mußte. Sein Geständnis war kurz und einleuchtend. Corliss hatte bei einer Bank in New York gearbeitet. Er war Computerspezialist und verwaltete die Konten der Kunden. Mit einem simplen Trick hatte er kleinere Beträge in seine Tasche gelenkt. Gunnarson war ihm auf die Schliche gekommen und hatte ihn erpreßt.

»Ich mußte eine Menge über Hendrix lesen«, sagte Corliss. »Über seine Familie. Dann hörte ich mir unzählige Tonbänder an, auf denen Gunnarson sich mit Hendrix unterhielt. Er hat bestimmt nicht gewußt, daß die Gespräche mitgeschnitten wurden. Gunnarson fragte ihn viel nach persönlichen Dingen, es klang alles sehr freundlich. Ein paarmal machte Gunnarson ihn betrunken, dabei kamen die interessantesten Sachen heraus.«

»Interessant für jemanden, der später die Rolle von Hendrix übernehmen sollte«, sagte Chip trocken.

Corliss nickte. »Es sah ganz einfach aus. Hendrix war ein Einzelgänger. Er hatte auch keine Familie. Gunnarson sagte, daß die Sache todsicher sei.«

»Tot ist das richtige Wort«, sagte Stafford. »Was hat er dir noch angeboten, außer, daß er dich vor dem Gefängnis bewahrt hat?« Corliss mied seinen Blick. »Nun rück schon raus damit.«

»Eine Viertelmillion Dollar«, murmelte er. »Gunnarson meinte, ich müßte einen Anteil haben, damit die Sache hinterher besser aussah.«

»Ein Zwölftel der Beute«, sagte Stafford. »Du riskierst deinen Kopf, und Gunnarson hält die Hand auf. Du bist ein Blödmann, Corliss. Wie lange, glaubst du denn, hättest du deinen Reichtum genießen können?«

»Ich hatte doch gar keine andere Wahl! Gunnarson hatte mich in der Hand.«

»Wo ist Hendrix jetzt?«

»Woher soll ich das wissen?« fragte Corliss zurück. »Ich bin ihm nie begegnet.«

»Verschwunden auf Nimmerwiedersehen«, sagte Chip. »So nennt man das doch, oder?«

Stafford nickte. »Niemand hat gewußt, daß er nach New York gefahren ist, außer Hardin. Ich glaube, daß Hardin deshalb gefeuert wurde. Und er kann sich noch darüber freuen – ihm hätte dasselbe passieren können. Aber Gunnarson hat Hardin unterschätzt. Bestimmt hat er nicht damit gerechnet, daß Hardin sich von seiner Wut bis nach England treiben läßt.«

»Was passiert jetzt mit mir?« fragte Corliss stumpf.

Chip und Nair werden dich in ein sicheres Versteck bringen. Und da bleibst du, bis diese Sache ausgestanden ist. Danach setzen wir dich in ein Flugzeug in die Staaten, wo du am besten erst einmal untertauchst. Einverstanden, Chip?«

»Wenn er mit uns zusammenarbeitet und keine Schwierigkeiten macht«, antwortete Chip. »Sonst garantiere ich für nichts.«

»Ich werde Ihnen bestimmt keinen Ärger mehr machen«, sagte Corliss eifrig. »Ich will nur aus diesem verdammten Land heraus.« Er lauschte in die Nacht und schüttelte sich. »Es ist unheimlich hier.« Dann zog er sich die Tarnjacke fester um die Schulter, obwohl die Luft immer noch angenehm warm war.

»Da ist noch etwas«, sagte Stafford. »Gewöhnlich wird nicht ohne Grund auf jemanden geschossen. Wer will dich umbringen, Corliss? Sicher nicht Gunnarson; der wird nicht das Huhn schlachten, das ihm noch die goldenen Eier ins Nest legen soll. Wer dann?«

»Ich weiß es nicht«, sagte Corliss heftig. »*Mich* will niemand umbringen. Sie haben doch von einer großen Jagd auf Hendrix gesprochen.«

»Das war nur so dahingesagt«, antwortete Stafford.

Corliss schüttelte den Kopf, als könne er das alles noch nicht begreifen. »Ich hatte einen Unfall mit meinem Leihwagen, in Cornwall. Dabei bin ich kein schlechter Fahrer. Die Bremsen versagten, als ich ein steiles Gefälle hinunterfuhr. Ein Totalschaden.«

Stafford zuckte die Achseln. »Es muß ja nicht immer ein Gewehr sein.«

»*Cui bono?*« fragte Chip. Als er Staffords erstauntes Gesicht sah, zog ein so breites Grinsen über sein Gesicht, daß seine Zähne im Feuerschein weiß aufleuchteten. »Auch ein Nigger lernt an der Universität Latein. Wer erbt von Hendrix?«

Stafford dachte über die Frage nach. »Der Folgende in der Familienlinie, glaube ich. Corliss sagt zwar, Hendrix hätte keine Familie; aber das ist falsch. Der nächste in der Linie wäre sein Cousin, Dirk Hendriks. Vorausgesetzt, Henry Hendrix hat kein anderslautendes Testament gemacht.«

»Davon können wir wohl ausgehen«, sagte Chip unbewegt.

Stafford schüttelte den Kopf. »Ganz ausgeschlossen. Dirk ist mit Farrar nach England zurückgeflogen. Wie sollte er die Entführung nach Tansania also organisieren? Dazu muß man unmittelbar am Ort sein. Und schließlich hat er selbst drei Millionen geerbt. Ich sehe kein Motiv für ihn.«

Aus der Dunkelheit von der anderen Seite des Feuers kam Nairs Stimme. »Sechs sind besser als drei. Es gibt habgierige Leute.«

»Das reicht in diesem Fall nicht«, sagte Stafford. »Hendriks hat keine Verbindungen in Kenia; er ist Südafrikaner. Vor seiner Reise mit Farrar war er noch nie hier. Wie soll ein Mann, der beide Länder nicht kennt, in Kenia eine Entführung organisieren, die von Tansaniern ausgeführt wird? Ich würde behaupten, daß ein Südafrikaner in Tansania noch weniger willkommen ist als in Kenia.«

»Das stimmt«, sagte Chip. »Wir sind ein tolerantes Volk. Uns stören die Südafrikaner nicht, solange sie sich zu benehmen wissen. Die Tansanier sind nicht ganz so gastfreundlich.«

Sie rätselten noch eine Zeitlang herum, fanden aber keine Lösung. »Vielleicht gehen unsere Gedanken überhaupt in die falsche Richtung«, sagte Stafford schließlich. »Ich weiß, daß bei diesen Überfällen noch nie ein Tourist getötet worden ist. Aber früher oder später mußte es einmal passieren, wenn die Tansanier bewaffnet sind. Vielleicht war dieser Mordversuch an Corliss statistisch gesehen unausweichlich – die tansanische Ausnahme von der Regel.«

»Nein«, sagte Chip bestimmt. »Aus einer Waffe kann sich zufällig ein Schuß lösen und jemanden töten, ein Einzelgänger kann jemandem auflauern und ihn erschießen; aber das war es doch nicht. Zwei der Tansanier haben Corliss vorsätzlich herausgegriffen – und, wie haben Sie gesagt, es sah aus wie eine Exekution. Das war geplant.«

»Mein Gott!« stöhnte Corliss, als hätte ihn der Schrecken wieder eingeholt.

»Aber warum?« fragte Stafford.

Niemand konnte es ihm sagen.

Weil das Feuer in der Nacht nicht ausgehen durfte, mußten sie abwechselnd dabei wachen; Stafford war der erste. Stillschweigend hatten sie Corliss von der Pflicht ausgenommen. Niemand hätte ruhig schlafen können, solange er allein wach neben einer Uzi und zwei Gewehren saß. Nachdem Chip ihn am Feuer abgelöst hatte, streckte sich Stafford in das flache Gras. Er fühlte sich noch hellwach. Aber das nächste, was er merkte, war Nairs Hand, die ihn rüttelte. »Es ist Morgen.«

Als Stafford aufstand, spürte er, daß seine Arme und Beine steif geworden waren und daß seine Gelenke knackten. Während seiner Armeezeit und in der Sahara hatte er oft im Freien geschlafen, aber es war ein Spiel für die Jungen; je älter er wurde, um so mehr verging ihm der Spaß daran. Er reckte sich und warf dabei einen Blick über den Lagerplatz. »Wo ist Chip?«

»Er ist aufgebrochen, als die Sonne über den Horizont kam – vor zehn Minuten. In einer Stunde, vielleicht zwei, wollte er zurück sein.« Er nickte zu Corliss. »Wir müssen eine Lösung für unser Problem finden. Er darf von niemandem mehr gesehen werden, auch nicht von der Polizei.«

Stafford gähnte. »Mir ist klar, daß Sie beide erstaunliche Fähigkeiten entfalten können, aber ich wüßte doch sehr gern, was Chip diesmal vorhat. Die KPU muß immer noch über großen Einfluß verfügen.«

Nair zog die Augenbrauen hoch. »Die Kenianische Volksunion existiert nicht mehr. Wie kann sie da noch Einfluß haben?«

»Schon gut, Nair. Machen Sie, was Sie wollen.«

»Max«, sagte Nair ernsthaft. »Lassen Sie sich einen Rat geben. Es wäre sehr unklug, in der Öffentlichkeit über die KPU zu reden. Ein unvorsichtiges Wort reicht aus, um Sie ins Gefängnis zu bringen. Das ist immer noch ein empfindliches Thema in Kenia.«

Stafford hob die Hände beschwichtigend in die Luft. »Es kommt kein weiteres Wort über meine Lippen.« Nair nickte ernst.

Es dauerte zweieinhalb Stunden, bis Chip zurückkam. Er hatte zwei Männer bei sich, die er als Daniel Wekesa und Osano Gichure vorstellte. Gute Freunde, wie er sagte.

»Nur gute Freunde?« fragte Stafford. »Keine Schwäger?«

Chip ging nicht auf seinen Ton ein. »Sie werden sich um Corliss kümmern und ihn aus der Mara herausbringen.«

»Und wo bringen sie ihn hin?«

»Dazu kommen wir später. Die Touristen sind noch nicht wiederaufgetaucht, und auf der kenianischen Seite ist die Grenze voller Polizei.« Er rieb sich das Kinn. »Vielleicht sind sie noch im tansanischen Teil der Mara. Europäische Füße kommen ohne Schuhe nur langsam voran. Aber heute morgen müßten sie eigentlich zurückkommen, wie ich Adam kenne.«

»Was Sie zweifellos tun.«

»Ja. Ich muß ihn dringend sprechen. Ich will genau wissen, wie der Überfall abgelaufen ist. Außerdem möchte ich frühstücken. Gehen wir also.«

Chip sprach kurz mit Corliss und sagte ihm, man würde sich um ihn kümmern, wenn er sich anständig benahm. Dann brachen sie auf, wieder in Richtung Norden. Die Gewehre und die Uzi gaben sie Chips guten Freunden, und Chip ermahnte Stafford, auch an die Patronen in seiner Tasche zu denken. »Wenn die Polizei auch nur einen Schuß findet, kommen Sie in höllische Schwierigkeiten.«

Als sie abmarschierten, sagte Chip, daß er auf dem Weg zu ihnen die Polizei schon gesehen hatte. »Halten Sie sich an die Geschichte, auf die wir uns geeinigt haben. Dann kann uns nichts passieren.«

Chip hatte recht gehabt. Nach einer Stunde Fußmarsch sahen sie einen Wagen durch den Busch auf sich zuschaukeln. Ein Polizeileutnant und ein Konstabler stiegen aus. Sie berichteten von ihrem Abenteuer, das der Leutnant mit heftigem Kopfschütteln kommentierte. »Es war sehr unklug, den Männern einfach zu folgen. Ich bin froh, daß Mr. Chipende vernünftig genug war, Sie an der Grenze zurückzuhalten.«

Stafford sah finster zu Chip, der jetzt als rechtschaffener Bürger dastand. Der Leutnant lächelte. »Ich hoffe, die Geschichte hat Ihnen nicht die Ferien verdorben, Mr. Stafford. Ich kann Ihnen versichern, Vorfälle dieser Art sind äußerst selten. Einige unverantwortliche Elemente aus unserem Nachbarstaat haben das zu verantworten.«

»Haben Sie schon etwas von der Touristengruppe gehört?« fragte Chip.

Der Leutnant sah ihn betroffen an. »Leider noch nicht. Aber man wird sie an der Grenze herzlich in Empfang nehmen. Steigen Sie ein, ich bringe Sie rechtzeitig zum zweiten Frühstück nach Keekorok.«

Die Fahrt zur Lodge in Keekorok dauerte kaum eine halbe Stunde. Das war immer noch lange genug für Stafford, darüber nachzugrübeln, ob es für kenianische Polizeioffiziere üblich war, Grenzverletzungen nur mit einem müden Verweis zu bestrafen. Er hatte mit einem regelrechten Verhör gerechnet – und dieser Leutnant entschuldigte sich noch bei ihm, daß sein Urlaub gestört worden war. Vielleicht hielt er alle europäischen Touristen für Idioten.

Ihre Ankunft löste ein ziemliches Durcheinander aus. Obwohl der Manager sie schon vor dem Eingang begrüßte, um sie unauffällig auf ihre Zimmer zu lenken, wurden sie von den anderen Gästen entdeckt. Sofort bedrängte sie die Menge von allen Seiten, und von überallher wurden Fragen gestellt. Es war bekanntgeworden, daß sie die ganze Nacht im Busch verbracht hatten, und daß eine zweite Gruppe noch vermißt wurde. Geduldig gaben sie allen Antwort, aber das Gesicht des Managers verriet, daß er darin keine Werbung für sein Haus sah.

Auch Curtis war da, im Gesicht ein breites, erleichtertes Lächeln. Er schob sich zwischen Stafford und einen besonders aufdringlichen Amerikaner. »Ich hoffe, der Colonel ist wohlauf.«

»Du kannst beruhigt sein, Sergeant. Ich bin nur müde und ein bißchen mitgenommen vom Marsch durch den Busch. Was ich brauche, sind ein Frühstück und mein Bett.«

»Der Manager hat Ihnen ein Frühstück auf dem Zimmer anrichten lassen. Er dachte, es wäre besser so.«

»Besser für wen?« fragte Stafford spitz. Er konnte sich denken, daß der Manager sie am liebsten sofort verschwinden sehen würde, damit ihre schlechten Nachrichten nicht die Stimmung der anderen Gäste beeinflußten. Aber die Ankunft der anderen Gruppe würde ihm noch weniger Freude bereiten. Entführungen im Busch waren nicht gut für das Image der Keekorok Lodge. Was hier erst los war, wenn einer der Gäste, noch dazu ein amerikanischer Millionär, überhaupt nicht zurückkam, mochte sich Stafford nicht vorstellen. Der Manager würde mit seinem Schicksal hadern.

Das Frühstück brachte Stafford rasch wieder zu Kräften. »Ich habe deinen Rat befolgt, Sergeant. Wir haben Gunnarson seinen Strohmann abgenommen.« Er erzählte ihm, was vorgefallen war.

Curtis war ein Mann von unerschütterlichem Gleichmut, aber während er Stafford gespannt zuhörte, krochen seine Augenbrauen wie zwei haarige Raupen die Stirn hinauf. Als Stafford geendet hatte, saß Curtis eine Weile schweigend da. »Dann haben wir jetzt also Hendrix – ich meine Corliss. Wo?«

Stafford strich einen Toast. »Das weiß ich nicht. Chip ließ einen Pfiff ertönen, und aus dem Nichts erschienen zwei Männer, die ihn mitgenommen haben.« Er biß in seinen Toast. »Sergeant, ich glaube, ich muß dich noch einmal taufen lassen. Du solltest Aladin heißen. Du hast an der Lampe gerieben und einen Geist hervorgezaubert. Mein kleinster Wunsch ist für Chip ein Befehl, und ich weiß nicht im mindesten, wie er seine Wunder vollbringt. Es ist reine Zauberei.«

»Dabei fällt mir etwas ein«, sagte Curtis.

»Was?«

»Der Colonel erinnert sich bestimmt an den Moment, als wir am Eingang zur Masai Mara anhielten. Chip wollte alles erledigen. Man muß Eintritt bezahlen, um ins Reservat zu kommen – das ist überall so.«

Stafford nickte. »Er hatte uns eingeladen.«

»Aber er hat nichts bezahlt«, erklärte Curtis. »Nicht einen Schein hab' ich gesehen. Er zeigte eine Karte und trug sich in das Buch ein.«

Stafford war müde und blickte sehnsüchtig auf sein Bett. »Vielleicht war es eine Dauerkarte«, murmelte er. Aber eine Dauerkarte für vier Personen war ziemlich ungewöhnlich.

16

Curtis weckte Stafford. »Ich bin sicher, es interessiert den Colonel, daß die andere Gruppe gerade angekommen ist.«

Er war mit einem Schlag hellwach. »Da hast du recht. Wie spät ist es?«

»Kurz nach zwei.« Stafford blinzelte verwirrt zu den geschlossenen Vorhängen. »Nachmittag, Sir«, fügte Curtis höflich hinzu.

Stafford zog ein leichtes Hemd an, die Badehose und darüber Shorts. Dann schlüpfte er in seine Sandalen. »Wenn der Colonel erlaubt, möchte ich mit Nair zu Corliss gehen«, sagte Curtis.

»Warum?«

»Chip sagt, daß sie nicht genug zu essen für ihn haben. Wir könnten etwas besorgen.« Er machte eine Pause. »Außerdem glaube ich, daß es nützlich wäre, wenn wir wüßten, wo Corliss steckt.«

Stafford nickte. »Das ist richtig, Sergeant.«

In der Halle herrschte ein ohrenbetäubendes Stimmengewirr. In ihr drängte sich ein Empfangskomitee aus lauter Neugierigen – Gästen, die heute kein Großwild beobachten wollten. Es waren sehr viele. Stafford argwöhnte, daß die Masai Mara für die Touristikindustrie von sinkendem Wert sein würde, bis sich der Sturm wieder gelegt hatte. Großwildsafaris waren ein schönes Ferienabenteuer, aber nicht um den Preis einer möglichen Entführung.

Er ging zu Chip, der sich an eine Wand lehnte. »Wie geht es den anderen?«

»Ich habe sie noch nicht gesehen, und wir werden sie wohl auch vorerst nicht sprechen können. Es ist viel Polizei um sie herum.«

Die wiedergefundenen Touristen kamen herein, umgeben von einer Polizeieskorte. Sie hatten Mühe beim Laufen, aber ihre Füße waren bandagiert, und man hatte ihnen neue Kleider gegeben. Das meiste paßte nicht und war bunt zusammengewürfelt, doch das störte im Augenblick niemanden. Von allen Seiten drängte die Menge heran, Fragen wurden gerufen, und sofort hakten die Polizisten sich unter, um den Ansturm abzuwehren. Ein älterer Polizist hob seine Hände über den Kopf, in der einen hielt er sein Offiziersstöckchen. »Ruhe bitte! Den Leuten hier geht es nicht gut. Sie müssen dringend ärztlich versorgt werden. Machen Sie bitte Platz.«

Für einen Moment legte sich der Lärm. Dann rief plötzlich jemand aus dem Hintergrund. »Es sind ja nur sechs. Wer fehlt denn noch?«

»Mr. Hendrix. Wir suchen noch nach ihm.«

Als Blitzlichter im Raum aufflammten, entdeckte Stafford Gunnarson. Sein Gesicht zeigte einen verwirrten, geschlagenen Ausdruck. So also sah ein Mann aus, der um sechs Millionen Dollar betrogen worden war. 1929, bei dem großen Börsenkrach in New York, mußten viele so ausgesehen haben, bevor sie aus dem Fenster eines Wolkenkratzers sprangen. Es war ein Ausdruck blinder Wut über die Ungerechtigkeit des Lebens. Natürlich würde Gunnarson keinen Selbstmord begehen. Dazu war er nicht der Typ. Und schließlich kann man nur verlieren, was einem auch gehört hat. Aber es war bestimmt ein harter Schlag für ihn.

Stafford verlor ihn aus den Augen, als die Gruppe aus dem Raum geführt wurde. Als Adam Muliro an ihnen vorbeiging, machte Chip eine kurze Handbewegung, und Adam nickte kaum merklich zurück. »Wir werden sie eine Weile nicht zu sehen bekommen«, sagte Chip. »Lassen Sie uns schwimmen gehen.«

Das war eine gute Idee. Als die Menge sich zu lichten begann, gingen sie hinaus zum Swimming-pool. Auf halbem Weg wurden sie angehalten. »Mr. Stafford?« Ein Mann trat an seine Seite. »Eddy Ukiru, vom *Standard*. Darf ich Ihnen ein paar Fragen stellen?«

Hinter Ukiru hielt ein zweiter Mann seine Kamera bereit. Stafford warf Chip einen fragenden Blick zu. »Warum nicht?« sagte er.

Also gab Stafford ein Presseinterview. Als sie mitten im Gespräch waren, gesellte sich zu Ukirus Mißvergnügen ein Reporter des Konkurrenzblattes, der *Nation*, zu ihnen. Stafford mußte ein paar Details wiederholen, aber er ging mit keinem Wort über die vorbereitete Geschichte hinaus, die auch noch von Chip bestätigt wurde. Ukiru schien leise Zweifel an ihren Erklärungen zu hegen. »Sie sind also an der Grenze umgekehrt«, wiederholte er. »Aber wieso wußten Sie, daß Sie an der Grenze waren? Da steht doch kein Zaun, geschweige denn ein Grenzpfahl?«

Stafford zuckte die Schultern. »Die Frage müssen Sie Mr. Chipende stellen.«

Das tat er auch, und Chip antwortete in schnellem Swahili. Schließlich gab Ukiru mit einem Kopfnicken zu verstehen, daß ihm die Antwort ausreichte. Die Fotografen machten noch ihre Bilder, dann löste sich die kleine Versammlung auf. »Wie sind die hier so schnell hergekommen?« fragte Stafford.

»Der Manager wird sein Zentralbüro angerufen haben, das dann die Polizei in Nairobi unterrichtet hat. Auf dem Weg kann es viele undichte Stellen geben. Dann haben sie sich eine Maschine gechartert. Hier gibt es eine Landebahn.«

»Die habe ich gesehen«, sagte Stafford. »Aber keine Telefondrähte. Ich habe nicht gewußt, daß es hier Telefon gibt.«

Chip lächelte. »Der Manager hat ein Sprechfunkgerät in seinem Büro. Drahtleitungen können wir nicht legen, weil die Elefanten die Masten umreißen würden. Aber jetzt lassen Sie uns endlich schwimmen gehen.«

Stafford wollte unbedingt mit Gunnarson ins Gespräch kommen. Während der Cocktailstunde vor dem Essen fand sich eine Gelegenheit dazu. Bis auf Adam Muliro hatte sich die ganze Touristengruppe in der Bar versammelt und ließ sich von den anderen Gästen über ihre Erlebnisse im Busch ausfragen. Die Stimmung war euphorisch, es wurde viel gelacht; besonders von den Roches und Kosters. Hier in der Sicherheit schien ihr Abenteuer schon fast unwirklich – etwas, wovon man in den nächsten Jahren immer wieder genußvoll erzählen konnte.

Stafford unterhielt sich mit Kosters und Michele Roche. Er brauchte nicht viel zu fragen, um einen ausführlichen Bericht von ihnen zu bekommen. »Aber was ist mit Hendrix? Wo ist der eigentlich geblieben?« fragte er mit gespielter Verwirrung.

Die aufgekratzte Stimmung der beiden verschwand sofort. »Ich weiß es nicht«, sagte Kosters nüchtern. »Sie haben ihn weggeführt, dann waren Schüsse zu hören.«

»Sie glauben, er ist tot?«

Micheles Stimme klang traurig. »Er ist nicht zurückgekommen. Wir haben ihn nicht wiedergesehen.«

Stafford sah zu Gunnarson hinüber. Ihn hatte die gute Laune der anderen nicht angesteckt. Er saß mit ausgestreckten Beinen und sah düster auf seine bandagierten Füße. Er trug Pantoffeln, die aufgeschlitzt worden waren, damit sie über den dicken Verband paßten. Stafford nahm sein Glas und ging zu ihm hinüber. »Sie haben ein schreckliches Erlebnis hinter sich. Oh, entschuldigen Sie. Mein Name ist Stafford.«

Gunnarson sah aus schmalen Augen zu ihm hinauf. »Stafford? Sind Sie der, der versucht hat, uns zu folgen?«

»Wir sind nicht weit gekommen«, sagte Stafford bedauernd. »Wir haben uns verlaufen und zum Narren gemacht, das ist alles.«

»Lassen Sie uns ein Glas zusammen trinken.« Stafford setzte sich. »Gunnarson, John Gunnarson.« Er sah Stafford an, dann schüttelte er den Kopf. »Sie hätten uns auch nicht helfen können, Mr. Stafford – diese Kerle waren ein wandelndes Arsenal; aber vielen Dank für den Versuch. Was soll ich Ihnen bestellen?«

»Einen Gin Tonic.«

Gunnarson winkte einen Kellner heran und bestellte. Dann ließ er einen tiefen Seufzer hören. »Mein Gott, was für eine Erfahrung. Ich habe viele unangenehme Dinge in meinem Leben mitgemacht, aber das war eines der schlimmsten.«

»Ich habe gehört, daß es nicht die erste Entführung in der Mara war«, sagte Stafford beiläufig.

»Das stimmt. Und wenn diese Kenianer auch nur etwas Grips im Schädel hätten, wären die Grenztruppen längst verstärkt worden. Und wissen Sie, was das Schlimmste war? Wir mußten uns bis auf die Haut ausziehen. Nichts macht Sie schneller hilflos als das.« Er schnaufte leise vor Wut. »Nur die Unterhosen durften wir anbehalten.« Einen Augenblick grübelte er vor sich hin. »Der Rückweg war fürchterlich, die Hitze, und überall Dornen. Ich hab' das Gefühl, meine Füße sind zu Luftballons aufgeschwollen. Und dann verfolgte uns noch so eine verfluchte Hyäne.«

»Eine Hyäne?«

»Ein Riesenvieh. Sie trottete vielleicht hundert Meter entfernt neben uns durch den Busch. Immer auf der Lauer, daß einer zurückfiel oder nicht mehr weiterkonnte. Wenn wir nicht diesen Nig... den Schwarzen, Adam sowieso, bei uns gehabt hätten, wären wir bestimmt nicht heil zurückgekommen. Er hat uns gerettet.«

»Aber einer von Ihnen soll es doch wirklich nicht geschafft haben«, sagte Stafford.

»Hören Sie auf!« Gunnarson zog den Kopf zwischen die Schultern.

»Was ist mit ihm? Hieß er nicht Enderby?«

»Hendrix.« Gunnarson starrte finster vor sich hin. »Wir waren sechs, und die anderen waren sechs. Zu uns gehörte noch der Fahrer, Adam. Aber die anderen hatten Waffen. Kalaschnikows. Kennen Sie die?«

Stafford schüttelte den Kopf. »Mit so was hab' ich nichts zu tun.«

»Seien Sie froh. Das sind russische Schnellfeuergewehre. Wir waren ihnen einfach ausgeliefert. Hilflos.« Seine rechte Hand ballte sich zur Faust. »Zwei von ihnen haben Hendrix weggeschleppt; kurz darauf hörten wir Schüsse. Die Kerle bei uns haben schallend gelacht. Stellen Sie sich das vor.«

»Das kann ich nicht«, sagte Stafford bemüht sachlich. »Haben diese Männer Uniform getragen?«

»Ja, Tarnausrüstung. Sie sahen aus wie Soldaten. Aber wenn ich wieder in Nairobi bin, schlage ich Krach, das verspreche ich Ihnen. So etwas macht niemand ungestraft mit einem amerikanischen Staatsbürger.«

»Was haben Sie denn vor?« fragte Stafford interessiert.

»Ich werde dem amerikanischen Botschafter die Hölle heiß machen, das habe ich vor. Hendrix war ein netter junger Mensch, und ich will, daß so lange nach ihm gesucht wird, bis er gefunden ist. Lebendig oder tot. Und wenn er wirklich tot sein sollte, dann will ich Blut sehen. Und wenn ich die Sache bis vor die Vereinten Nationen bringen muß.«

Stafford dachte über die Antwort nach. Wenn Gunnarson bereit war, so weit zu gehen, so hieß das, daß der richtige Henry Hendrix sich nicht mehr zu Wort melden konnte. Verschwunden auf Nimmerwiedersehen, hatte Chip gesagt. Die Ermordung eines frischgebackenen Millionärs, noch dazu eines amerikanischen, würden die New Yorker Zeitungen mit Sicherheit gierig aufgreifen – falls sie Wind von der Sache bekamen. Wenn Gunnarson so weit ging, mußte er sich sehr sicher fühlen.

»Haben Sie ihn schon lange gekannt? Hendrix, meine ich.«

»Nicht besonders lange«, sagte Gunnarson. »Aber darauf kommt es nicht an, Mr. Stafford. Wichtig ist, daß man so etwas nicht ungestraft mit einem Amerikaner machen kann. Und das werde ich laut und deutlich in die Welt schreien.«

Das mußte er auch, wenn er damit rechnete, daß Hendrix-Corliss noch lebte und von den Tansaniern gefangengehalten wurde. Nur starker diplomatischer Druck von Kenia oder Amerika konnte seinen wandelnden Goldschatz noch retten. Es war ein riskantes Spiel, zu dem stählerne Nerven gehörten. Aber die hatte Gunnarson.

»Ich hoffe, Sie haben Erfolg«, sagte Stafford. »Und jetzt lade ich Sie zu einem Drink ein.«

Kurz nachdem der Kellner die Gläser gebracht hatte, verabschiedete sich Stafford und stand auf. Als er hinter Gunnarson vorbeikam, ließ er plötzlich seine rechte Hand auf seine Schulter fallen. »Viel Glück.« Gunnarson schrie auf und riß die Beine hoch, um unter der Hand wegzutauchen. Dann sprang er auf die Füße und stieß sofort wieder einen gellenden Schrei aus. Stafford entschuldigte sich wortreich, daß er nicht mehr an den Sonnenbrand gedacht habe. Dann machte er sich schleunigst davon.

17

Am nächsten Morgen brachen sie zur Rückfahrt nach Nairobi auf – und mit ihnen noch zahlreiche andere Gäste, die die Rückkehr der Touristengruppe von ihrem unfreiwilligen, kurzen Aufenthalt in Tansania miterlebt hatten. An der Rezeption entstand ein beträchtliches Gedränge, als die Furchtsamen ihre Rechnung beglichen. Der Manager schaute ihnen mit düsterem Blick zu, aber er fügte sich wortlos in sein Schicksal.

Wieder wurden sie auf dem Weg nach Narok durchgeschüttelt, daß ihnen die Knochen im Leibe schmerzten. Als sie endlich die asphaltierte Straße nach Nairobi erreicht hatten, ließen sie sich erschöpft in die Sitze sinken. Pünktlich zur Mittagszeit stoppte Nair den Nissan vor dem Norfolk. Im Hotel wartete eine Überraschung auf Stafford. Als er die Tür zu seinem Zimmer öffnete, fand er einen Umschlag auf dem Fußboden. Er enthielt die kürzeste aller Nachrichten: ›Bin zurück. Zimmer 14. Ben.‹

Er warf seine Tasche aufs Bett, suchte Zimmer 14 und klopfte.

»Ja, wer ist da?« fragte eine vorsichtige Stimme von drinnen.

»Stafford.«

Das Schloß schnappte, die Tür öffnete sich. Stafford trat ein, und Hardin empfing ihn verärgert. »Wo zum Teufel hast du gesteckt? Die letzten zwei Tage habe ich alle drei Stunden hier angerufen, aber du warst verschwunden. Also nahm ich das nächste Flugzeug. Und was finde ich hier? Keine Menschenseele!«

»Beruhige dich, Ben.« Stafford verzieh es sich selbst am wenigsten, daß er nicht an Hardin gedacht hatte. »Wir mußten Hals über Kopf los, aber wir haben gute Ergebnisse.« Er zögerte und horchte seinen eigenen Worten nach. »Auch wenn ich dir noch nicht genau sagen kann, was sie bedeuten.«

Hardin musterte Stafford von Kopf bis Fuß. »Dein Gesicht ist zerkratzt. Schwierigkeiten mit einer Dame?«

Stafford setzte sich. »Wenn du aufhörst, den Clown zu spielen, können wir weiterreden. Schließlich hatte ich dich mit einem Auftrag zurückgeschickt. Hast du etwas herausfinden können?«

»Ich will nur schnell den Zimmerservice abbestellen«, antwortete Hardin. »Solange ich nicht sicher war, wo Gunnarson sich herumtreibt, wollte ich nicht unten essen.«

»Nein, laß uns zusammen essen«, sagte Stafford. »Bestell dasselbe noch einmal für mich.«

»Gemacht.« Hardin rief den Service an und holte dann zwei Flaschen Bier aus dem Kühlschrank. »Jan-Willem-Hendrykxx ist in seinem langen Leben viel herumgekommen. Ich habe eine Menge von deinem Geld ausgegeben, Max; allein für Telefongespräche. Und dann mußte ich noch nach Belgien.« Er hob beschwichtigend den Arm. »Keine Sorge, ich bin Touristenklasse geflogen.«

»Die Firma wird's aushalten.«

Hardin gab Stafford eine geöffnete Flasche und ein Glas. »Ich habe einen ausführlichen Bericht angefertigt, aber ich kann dir das Wichtigste in Stichworten zusammenfassen. Einverstanden?«

»Schieß los.«

Hardin setzte sich. »Jan-Willem Hendrykxx wurde 1899 geboren, und zwar – ob du's glaubst oder nicht – in Hoboken.«

Stafford sah ihn überrascht an. »In den Staaten!«

»Das hab' ich zuerst auch gedacht.« Hardin genoß seine Rolle. »Nein, das ursprüngliche Hoboken ist ein kleiner Ort bei Antwerpen. Die Eltern waren arm, aber ehrlich. Was man von Jan-Willem nicht behaupten kann. Mutter und Vater gaben sich alle Mühe mit ihm, aber mit siebzehn Jahren ist er von zu Hause fortgelaufen, um auf einem Schiff anzuheuern. Er trieb sich eine Zeitlang herum; 1921 ist er in Südafrika hängengeblieben, wo er Anna Vermeulen geheiratet hat.

Hardin rieb sich das Kinn. »1922 brach in Johannesburg ein Streik aus. Beide Seiten hatten Artillerie; fast wäre es zu einem Bürgerkrieg gekommen. Jedenfalls war Jan-Willem plötzlich verschwunden, und seine Anna saß allein da – mit ihren Sorgen und mit den Zwillingen Jan und Adriaan. Jan ist der Vater von Dirk Hendriks und Adriaan der von Henry Hendrix, den ich in Los Angeles aufgestöbert habe. Kommst du noch mit?«

»Bis jetzt ist mir alles klar«, sagte Stafford.

»Jan-Willem hatte sich auf einem Frachter davongemacht, der ihn nach San Francisco brachte. Das Klima in Kalifornien gefiel ihm, also ist er geblieben. Das war zur Zeit der Prohibition, als Alkohol in Amerika so kostbar war wie heute das Wasser in der Sahara. Der Schmuggel blühte; über die Westküste wurde eine Menge Rum ins Land geschleust. Er kam aus Kanada und Mexiko. Jan-Willem steckte bis über beide Ohren in dem Geschäft. Als das Alkoholverbot endlich aufgehoben wurde, war er längst eine große Nummer in der Unterwelt.«

»Ein waschechter Gangster, willst du sagen.«

Hardin zuckte die Achseln. »So kann man das auch nennen. Aber er machte einen entscheidenden Fehler – er wurde nie amerikanischer Staatsbürger. Bei seinem ersten falschen Schritt kam er nicht ins Gefängnis, sondern wurde als unerwünschter Ausländer in seine Heimat zurückverfrachtet. Im April 1940 saß er wieder in Antwerpen.«

»Du bist fleißig gewesen, Ben«, lobte Stafford. »Wie hast du das alles so schnell herausgefunden?«

»Ich hatte Glück und die richtige Vorahnung. Nach allem, was ich in Antwerpen erfuhr, mußte Jan-Willem eine zwielichtige Gestalt sein. Angeblich war er 1922 in Johannesburg umgekommen, aber wir wußten, daß das nicht stimmt. Ich fragte mich, wo er geblieben sein konnte. Und dann fiel mir ein, daß auch über den kleinsten Gauner eine Akte existiert. Aus CIA-Tagen kenne ich noch ein paar Leute beim FBI. Die haben ein bißchen im Keller gesucht – und ganze Stapel von Material über Hendrykxx gefunden. Als er dem FBI zum erstenmal auffiel, haben sie seine ganze Vergangenheit durchleuchtet. Fast sechs Stunden habe ich mit Amerika telefoniert, du wirst es an der Rechnung sehen.«

Der Etagenkellner klopfte und richtete ihnen das Essen auf einem kleinen Tisch an. Hardin schwieg, bis er das Zimmer wieder verlassen hatte. »Ich weiß nicht, ob Hendrykxx es gut oder schlecht fand, wieder in Antwerpen zu sein. Allem Anschein nach hat er sich rasch eingelebt. Am 10. Mai begann die deutsche Westoffensive, Holland und Belgien fielen wie Kegel. Kurz darauf auch Frankreich. Zwei Wochen nach Hendrykxx' Ankunft war Antwerpen in deutscher Hand. Über dem, was er während des Kriegs gemacht hat, liegt ziemlich viel Nebel. Immerhin muß er kräftig in der belgischen Unterwelt mitgemischt haben, Schwarzmarkt und ähnliches. Damals galt das als patriotische Tat, aber ich bin sicher, daß Hendrykxx auch mit den Deutschen Geschäfte gemacht hat.«

»Ein Kollaborateur?«

Hardin biß in ein Sandwich und sprach mit vollem Mund weiter. »Das konnte nie bewiesen werden. Aber nach dem Krieg stand er besser da als vorher. Dann gründete er Import-Export-Firmen. Und als die Europäische Wirtschaftsgemeinschaft entstand, deutete er ihren Zweck recht eigenwillig. Es gab damals eine Menge Gummiparagraphen in den EWG-Bestimmungen, die man gewinnbringend ausnutzen konnte. Hendrykxx schickte Schiffsladungen von Butter den Rhein hinauf nach Deutschland. Dort wurden sie umetikettiert und an den Absender in Holland zurückgesandt. Die EWG zahlte dafür Subventionen. Die Schiffe fuhren so lange hin und her, bis die Butter ranzig war. Hendrykxx kannte viele solcher Tricks.«

»Ein mieser Zeitgenosse.«

»Er heiratete auch noch mehrmals. In jedem Fall war es Bigamie, schließlich lebte Anna Hendrykxx noch. Aber in Südafrika hat er sich ja nie wieder gemeldet. 1974 war er für seine krummen Geschäfte zu alt geworden. Er zog sich nach Jersey zurück, wahrscheinlich aus Steuergründen. Als er letztes Jahr starb, hinterließ er rund einhundert Millionen Dollar; das meiste davon vermachte er der Ol-Njorowa-Stiftung in Kenia. Ende der Geschichte.«

Stafford starrte Hardin verblüfft an. »Du mußt noch was vergessen haben, Ben. Wo ist die Verbindung zu Kenia?«

»Es gibt keine«, antwortete Hardin selbstsicher.

»Aber es muß eine geben.«

»Ich habe keine gefunden.« Er beugte sich über den Tisch. »Und ich will dir noch etwas sagen. Hendrykxx zählte nie zu den wirklich großen Köpfen im Geschäft, und sparsam leben solche Typen sowieso nicht. Ich bezweifle, daß er in seinem ganzen Leben mehr als fünf Millionen Dollar zusammenkratzen konnte. Vielleicht zehn. Das ist immer noch nicht wenig, aber es macht ihn nicht zu dem Finanzgiganten, der er am Ende gewesen sein soll. Also – wo ist der Rest von seinem Vermögen hergekommen?«

Staffords Gesicht hatte bei dem letzten Satz einen verärgerten Ausdruck angenommen. »Es ist zum Verrücktwerden. Jedesmal, wenn wir glauben, einen Schritt weiter zu sein, wird die Geschichte nur verwirrter.«

»Ich habe noch ein bißchen in der Sache herumgestochert«, fuhr Hardin fort. »Im Greffe habe ich mir den Totenschein von Hendrykxx zeigen lassen; da werden nämlich nicht nur Testamente gehortet. Er ist an einem Herzinfarkt gestorben. Sein Arzt, ein gewisser Morton, hat mir das bestätigt. Er sagte, daß Hendrykxx schon lange gefährdet war, und trotzdem ...« Hardin schüttelte den Kopf.

»Was soll das heißen, und trotzdem?« fragte Stafford.

»Nichts Greifbares, aber ich hatte den Eindruck, daß Morton über irgend etwas beunruhigt war.« Hardin füllte sein Glas. »In London habe ich mich dann nach Mandeville erkundigt. Politisch steht er rechtsaußen. Es ist allgemein bekannt, daß er vor Gericht

Neonazis verteidigt, die wegen Rassenkrawallen angezeigt wurden. Aber ich seh' da keinen Zusammenhang mit unseren Problemen.«

»Ich auch nicht«, pflichtete Stafford ihm bei. »Hast du mit ihm gesprochen?«

»Nein. Er macht Urlaub – in Südafrika.« Hardin trank von seinem Bier. »Und was gab's hier Neues?«

Bis Stafford seinen Bericht beendet hatte, war es später Nachmittag, und der Kaffee war kalt geworden. »Dann habt ihr ja einiges erlebt«, sagte Hardin nachdenklich. »Und wo steckt Corliss jetzt?«

»Als Curtis ihn gestern mit Nair besuchte, war er noch in einem abgelegenen Zeltcamp in der Masai Mara«, sagte Stafford. »Aber ich kann dir nicht garantieren, daß er immer noch da ist. Aber was hältst du von dem, was Gunnarson mir vorgespielt hat?«

»Edler Zorn ist sicher nicht sein Stil«, antwortete Hardin. »Aber natürlich muß er Corliss um jeden Preis finden. Und wenn er ihn so lautstark suchen will, wie du sagst, kann das nur eins bedeuten – Henry Hendrix ist tot.«

»Darauf bin ich schon selbst gekommen«, sagte Stafford.

»Aber das ist noch nicht alles.« Hardin zog seine Brieftasche aus der Jacke. »Das hier wartet in London auf mich. Jack Richardson hat es mir geschickt. Er hat es von Charlie Wainwright in Los Angeles erhalten. Charlie muß daran gedacht haben, daß ich mich für Biggie interessierte.«

Er fischte einen Zeitungsausschnitt zwischen seinen Papieren hervor und reichte ihn Stafford. Es war ein kurzer Bericht aus dem Los Angeles *Examiner* über ein verheerendes Feuer, das ein Haus in Santa Monica verwüstet hatte. Alle sechs Bewohner des Hauses waren in den Flammen umbekommen. Als Ursache des Unglücks wurde die Explosion eines überhitzten Brennofens für Töpferwaren angenommen. Die Opfer wurden namentlich genannt; fünf der Namen hatte Stafford noch nie gehört. Den sechsten kannte er. Es war Olaf Hamsun. Biggie.

Er sah Hardin an. »Denkst du dasselbe, was ich denke?« fragte er langsam.

»Wenn du glaubst, daß Gunnarson auf Nummer Sicher gehen wollte, dann ja.«

»Du hast unwahrscheinliches Glück gehabt, Ben. Wieso konntest du Gunnarson durchs Netz schlüpfen?«

»Du hast es gerade gesagt – es war reines Glück. Als ich den Artikel, den du in der Hand hältst, gelesen hatte, habe ich sofort Jack Richardson in New York angerufen. Er hat mir erzählt, daß die Pension, in der ich wohnte, auch niedergebrannt ist. Vielleicht bin ich gerade noch rechtzeitig verschwunden.« Hardin rieb sich das Kinn. »Aber es muß nicht unbedingt Gunnarson gewesen sein. In der Bronx gehen viele Häuser in Flammen auf, auf, weil jemand die Versicherungsprämie kassieren will. Das ganze Viertel besteht fast nur noch aus Brandschutt.«

Stafford hob den Zeitungsausschnitt in die Luft. »War das die ganze Kommune?«

»Soviel ich weiß, ja.«

»Dann bist du jetzt der letzte, der bezeugen kann, daß Corliss nur ein Strohmann für Henry Hendrix ist und keinen rechtmäßigen Anspruch auf das Erbe hat. Und anscheinend ist Gunnarson sich sicher, daß du ihm nicht mehr in die Quere kommen kannst, wenn er in der amerikanischen Botschaft Krach schlägt. Sein ganzes Verhalten deutet darauf hin, daß er in dir keine Gefahr mehr für seine Pläne sieht. Für uns kann das nur von Vorteil sein.«

»Was soll ich machen? Mir ein Bettlaken über den Kopf ziehen und ihn zu Tode erschrecken?«

»Uns wird schon etwas einfallen. Aber laß uns das Wichtigste nicht vergessen. Irgend jemand, der schon in Los Angeles versucht hat, Hendrix aus dem Weg zu räumen, weiß noch gar nicht, daß Gunnarson das Geschäft inzwischen für ihn erledigt hat. Sonst hätten die Tansanier Corliss nicht fast hingerichtet. Chip hat die richtige Frage gestellt – wer profitiert von seinem Tod? Die Antwort ist scheinbar einfach: Dirk Hendriks, sein einziger Verwandter. Ich war der Meinung, daß Dirk die Entführung in der Mara nicht organisieren konnte, weil er in England war. Andererseits kommt man heute sehr schnell von einem Kontinent zum anderen.«

»Aber er war in England«, sagte Hardin bestimmt. »Ich hab' ganz vergessen, es dir zu erzählen. Er ist ebenfalls heute morgen hier angekommen. Wir saßen in der gleichen Maschine.«

»Tatsächlich?«

»Keine Sorge, Max. Er hat mich noch nie gesehen. Außerdem saß er in der ersten Klasse, und die Herrschaften hinter dem Piloten lassen sich nicht mit den *hoi polloi* auf den schlechteren Plätzen ein.«

»Allmählich hab' ich das Gefühl, von einer Horde Intellektueller umgeben zu sein«, sagte Stafford sarkastisch. »Erst führt Chip sein Latein vor und jetzt du dein Griechisch.«

Hardin lachte, aber seine nächste Frage ließ ihn wieder ernst werden. »Du hast doch Hendriks nie richtig getraut, Max. Gibt es einen besonderen Grund dafür?«

»Nein. Bei dieser vertrackten Geschichte kommt mir jeder verdächtig vor. Je weiter man in sie eindringt, um so merkwürdiger wird alles.« Er zuckte die Schulter. »Und Dirk ist mir noch nie ganz geheuer gewesen. Ich hab' ihn schon nicht besonders gemocht, bevor du in London aufgetaucht bist.«

Hardin sah ihn fragend an. »Hat es was mit seiner Frau zu tun?«

Stafford lachte. »Großer Gott, nein. Zumindest nicht so, wie du dir das vorstellst. Alix und ich sind gute Freunde, nicht mehr. Aber ich mag es nicht, wenn jemand versucht, meine Freunde zu verletzen. Sie ist eine reiche Frau, und Dirk hat es sich bei ihr immer gutgehen lassen. Jetzt ist er ja selbst nicht mehr der Ärmste. Für meinen Geschmack spielt er zu sehr den Playboy.« Stafford wechselte abrupt das Thema. »Wie lange hast du eigentlich für den CIA in Kenia gearbeitet?«

»Mit kurzen Unterbrechungen mehrere Jahre.«

»Und findest du dich noch zurecht?«

»Sicher. Es hat sich nicht viel verändert.«

»Kennst du noch Leute hier?«

»Ein paar schon. Aber ob sie uns weiterhelfen können, hängt davon ab, was du von ihnen willst.«

»Ich will mehr über Pete Chipende und Nair Singh wissen. Besonders interessiert mich Chip. Mir ist aufgefallen, daß er die Befehle gibt.«

Hardin zog die Stirn kraus. »Und warum mißtraust du ihnen? Sie helfen uns doch, wo sie nur können.«

»Das ist es ja gerade«, beharrte Stafford. »Sie helfen uns viel zu viel, und auf jede Frage haben sie eine Antwort. Als wir in der Mara Corliss loswerden mußten, verschwand Chip mitten im Nirgendwo in den Busch, um wenig später mit zwei guten Freunden wiederaufzutauchen, die uns prompt aus der Klemme halfen. Aber mir ist noch mehr aufgefallen. Zum Beispiel haben beide eine erstklassige militärische Ausbildung – wie schlichte Reiseführer, die sie so gerne sein wollen, haben sie sich bei unserem kleinen Abenteuer jedenfalls nicht benommen. Sie sind

Profis, vom Scheitel bis zur Sohle. Und dann mußte ich immer an das denken, was du mir vor deinem Rückflug nach England gesagt hast.«

»Und was habe ich gesagt?«

»Du hast gesagt, daß noch mehr Leute als nur Chip und Nair ihre Hand im Spiel haben müßten, auch wenn wir sie nicht sehen könnten. Und ich glaube, du hattest recht. Hinter ihnen muß eine Organisation stehen, ein weitverzweigtes Netz von Beziehungen. Bevor uns die Sache über den Kopf wächst, möchte ich wissen, wer die Fäden in der Hand hält. Chip ist uns sehr behilflich, das stimmt. Aber ich möchte sichergehen, daß er uns am Ende nicht zu einem Platz im Gefängnis verhilft – oder zu einem Sarg. Ich will mich hier nicht in politische Querelen verwickeln lassen.«

Hardin überlegte einen Moment. »Ich weiß nicht, wer hier im Moment den CIA vertritt. Aber ich kann zur Botschaft gehen und nachschauen, ob ich noch jemanden kenne.«

»Sprechen die überhaupt noch mit dir?«

Er machte eine vage Geste mit den Händen. »Das kommt darauf an. Beim CIA ist es wie überall; es gibt falsche Hunde und Leute, auf die man zählen kann.« Er schnitt eine Grimasse. »Nur ist es manchmal schwer zu sagen, wer was ist.«

»Darauf müssen wir es ankommen lassen«, sagte Stafford. »Aber du kannst erst zur Botschaft gehen, wenn wir sicher sind, daß Gunnarson sich nicht dort rumtreibt. Chip soll sich darum kümmern.« Er lachte. »Dabei kann er uns soviel helfen, wie er will. Er soll sich an Gunnarsons Fersen hängen und dir Bescheid geben, wenn die Luft rein ist.«

Noch bevor Stafford die Tür zu seinem Zimmer aufschloß, hörte er das Telefon klingeln. Chip war am Apparat. »Wo sind Sie gewesen?« fragte er verärgert. »Nachdem Sie das Hotel betreten hatten, waren Sie wie vom Erdboden verschluckt.«

Stafford sah auf die Uhr. Sein Gespräch mit Hardin hatte sich fast über den ganzen Nachmittag hingezogen. »Ich hatte einiges zu erledigen«, antwortete er zugeknöpft.

Wenn überraschtes Schweigen hörbar wäre, dann hätte es jetzt in der Leitung rauschen müssen. »Ich hätte einige neue Gesichtspunkte mit Ihnen zu besprechen«, sagte Chip zuletzt. »Kann ich zu Ihnen heraufkommen?«

»Tun Sie das.«

Kurz darauf klopfte es an der Tür, und Stafford öffnete. »Um wen oder was geht es?«

»Um Brice«, antwortete Chip. »Sie wollten etwas über seine Vergangenheit in Zimbabwe wissen; genauer gesagt, als es noch Rhodesien hieß. Harry und Mary Brice hatten eine Farm am Sabi River, in der Nähe von Umtali. Sie hatten einen Sohn, Charles Brice. Als Rhodesien sich einseitig von England lossagte, kam es zu Meinungsverschiedenheiten zwischen Charles Brice und seinen Eltern, worauf der Sohn das Land verließ. Später, als die Guerilla in dem Gebiet aktiv wurde, brannte das Haus bei einem Anschlag nieder. Harry und Mary Brice kamen dabei um.«

»Das deckt sich mit dem, was Brice erzählt hat«, sagte Stafford.

»Bis in die letzte Kleinigkeit«, ergänzte Chip.

»Woher haben Sie die Information?«

»Ich sagte Ihnen schon, daß unsere Brüder in Zimbabwe sehr hilfsbereit sind. Sie wollten, daß Brice in seiner ehemaligen Heimat überprüft wird, Max. Das ist geschehen.«

»Und jetzt steht er noch weißer als weiß da.« Stafford dachte nicht lange über seine Bemerkung nach. Vielmehr beschäftigte ihn schon wieder Chip und das letzte Beispiel seiner unbegrenzten Möglichkeiten. »Sie müssen sich auf eine weitverzweigte Organisation verlassen können, Chip. Vor noch nicht langer Zeit haben Sie mir vorgeworfen, daß ich Ihnen nicht die volle Wahrheit sage. Vielleicht fangen Sie einmal damit an und sagen mir, wer Sie sind?«

»Es gibt Fragen, die stellt man besser nicht«, antwortete Chip.

»Ich frage aber trotzdem.«

»Und auf manche Fragen gibt man besser keine Antwort.«

»Das reicht mir nicht.«

»Mehr werden Sie von mir nicht zu hören bekommen«, sagte Chip grob. »Rühren Sie nicht an Dinge, die alles nur komplizierter machen würden. Sie könnten Schwierigkeiten bekommen, Max; und wir anderen auch. Lassen Sie die Sache auf sich beruhen, und akzeptieren Sie unsere Hilfe. Sie wissen selbst, wie sehr wir Ihnen geholfen haben.«

»Natürlich.« Stafford war noch nicht ruhiger geworden. »Aber ich weiß nicht, warum Sie das alles für mich tun. Und das will ich wissen.«

»Ich werde es Ihnen nicht sagen. Werfen Sie einen Blick auf die Geschichte Kenias, seit die Engländer das Land verlassen haben.

Dann ziehen Sie ihre eigenen Schlüsse.« Er schwieg einen Augenblick. »Sie haben Nair gegenüber ein bestimmtes Thema angesprochen, und er hat Ihnen geraten, darüber nicht in der Öffentlichkeit zu reden. Ich kann Ihnen nur dringend empfehlen, dem Rat zu folgen. Und jetzt noch etwas anderes. Dirk Hendriks ist heute morgen aus London zurückgekommen. Er wohnt im New Stanley. Wollen Sie immer noch, daß er überwacht wird?«

»Ja. Aber woher wissen Sie von seiner Ankunft?«

»Das habe ich Ihnen auch schon einmal gesagt. Ich habe Freunde, die am Flughafen arbeiten. Wir kontrollieren die Passagierlisten aller Londonflüge – genauer gesagt, sämtlicher Europaflüge. Deshalb weiß ich auch, daß Mr. Hardin wieder hier ist.«

Stafford richtete sich in seinem Sessel auf. »Lassen Sie uns etwa auch überwachen?«

Chip lachte. »Regen Sie sich nicht auf. Es war reine Routine von meinem Freund, daß er es vermerkte. Dann haben Sie also den ganzen Nachmittag mit Hardin gesprochen? Ich hätte es mir denken sollen. Hat er denn herausgefunden, was Sie wissen wollten?«

Das Spiel Traust-du-mir-nicht-trau-ich-dir-nicht ging weiter. »Es war leider eine kalte Spur«, sagte Stefford. »Hendrykxx war ein alter Mann, und in der kurzen Zeit kann man nicht achtzig Jahre eines Lebens durchleuchten. Ben ist zwar ein erfahrener Detektiv, aber so gut ist er leider auch nicht.«

»Wie schade«, sagte Chip.

»Und wo steckt Corliss jetzt?«

»Nicht weit von hier. Wenn Sie ihn sprechen wollen, kann er binnen einer Stunde in Ihrem Zimmer sein.«

»Aber wo er versteckt ist, wollen Sie mir nicht sagen.«

»Richtig. Sie lernen, Max.« Chip sah auf seine Uhr. »Gunnarson wird vor Sonnenuntergang wieder in Nairobi sein, im New Stanley. Sie wissen, wie schwierig es wird, ihn weiterhin zu überwachen.«

»Was wollen Sie damit andeuten?«

»Weder er noch Corliss haben gegen kenianisches Recht verstoßen. Der alte Hendrykxx hat sein Testament von einem Anwalt auf Jersey aufsetzen lassen; alles, was damit zusammenhängt, fällt folglich auch unter die Rechtsprechung der Insel. Wenn Gunnarson den wirklichen Erben gegen einen Strohmann ausgetauscht hat, ist das hier noch kein Verbrechen; kein Kenianer ist bis jetzt betrogen worden. Unter diesen Voraussetzungen haben wir nichts gegen die beiden in der Hand. Was wollen Sie also tun?«

»Das weiß ich nicht«, sagte Stafford verärgert. »Ich höre nur, daß selbst Sie schon wie ein Anwalt reden.«

»Wer sagt Ihnen denn, daß ich keiner bin?« fragte Chip lächelnd.

»Da haben Sie recht. Auf alle Fälle sind Sie ein Chamäleon. Wenn die kenianischen Behörden Gunnarson nicht aufhalten können, wird ihn nichts hindern, das Land zu verlassen. Aber das wird er nicht tun, bevor er nicht sicher weiß, was aus Corliss geworden ist. Trotzdem wäre es beruhigend, wenn irgend etwas ihn an einer möglichen Flucht hindern könnte.«

»Er könnte zum Beispiel seinen Paß verlieren«, schlug Chip vor. »Das hält ihn zwar nicht endgültig fest, aber er müßte sich erst einmal neue Papiere ausstellen lassen.«

»Und wieso soll ausgerechnet er seinen Paß verlieren?«

Chip ließ die Hände weit auseinanderfallen. »Das passiert jeden Tag einer Menge Leute. Verrückt, nicht wahr? Die Angestellten in den Botschaften haben viel Ärger damit.« Er stand auf. »Ich muß jetzt gehen, meine Arbeit erledigen und ein paar Dinge arrangieren. Nehmen Sie das alles nicht so schwer, Max. Und grübeln Sie nicht wieder, bis Ihnen der Schweiß ausbricht.« Er drehte sich um und ließ einige Zeitungen auf den Tisch fallen. »Vielleicht haben Sie Lust, ein bißchen zu lesen.«

Als Chip die Tür hinter sich geschlossen hatte, legte sich Stafford auf das Bett und zündete sich eine Zigarette an. Wenn Chip zur kenianischen Volksunion gehörte, würde er das natürlich niemals zugeben. Andererseits, wenn er kein Mitglied war, warum ließ er dann den Verdacht unwidersprochen, daß er zu der verbotenen Partei gehörte? Oder wollte er das gerade andeuten? Hatte Stafford vielleicht nur zu viel aus seinen Doppeldeutigkeiten herausgehört?

Aber mehr noch: ob Chip nun Mitglied der KPU war oder nicht – warum hatte er Max Stafford selbst noch bei der Entführung von Corliss geholfen? Warum plante er jetzt, Gunnarsons Paß verschwinden zu lassen? In beiden Fällen brach er eindeutig das Recht. Sicherlich war nicht der bescheidene Wunsch eines Inders aus dem Londoner East End der Grund dafür oder die schönen Augen von Curtis.

Er griff sich die Zeitungen und überflog die Titelseiten. *Standard* und *Nation* berichteten in großer Aufmachung von der Entführung der Touristengruppe und von Hendrix' Verschwinden. Wenn

Hendrix mit zurückgekehrt wäre, hätte man die Sache vielleicht heruntergespielt. Stafford war sich klar darüber, daß die Regierung jede schlechte Werbung für das Land unterdrücken würde. Aber nach Hendrix' spurlosem Verschwinden war das nicht mehr möglich – so etwas war noch nie passiert.

Der Leitartikel im *Standard* verlangte umgehend einen scharfen Protest bei der tansanischen Regierung und forderte, daß Hendrix sofort auszuliefern sei, lebendig oder tot. Ein Reporter der *Nation* hatte versucht, den amerikanischen Botschafter zu interviewen. Doch der hatte jeden Kommentar verweigert. Der berühmte ungenannte Sprecher ließ aber verlauten, daß die amerikanischen Behörden den Vorfall in sehr ernstem Licht sahen und entsprechende Schritte vorbereiteten. In welcher Richtung, sagte er allerdings nicht.

In keiner der beiden Zeitungen war das Interview abgedruckt, das Chip und Stafford Eddy Ukiru vom *Standard* und seinem Kollegen von der *Nation* gegeben hatten. Stafford, Chip, Nair und Curtis wurden in den Berichten nicht einmal erwähnt. Auch die Fotos waren nicht zu finden. Es war, als hätten sie bei diesem sensationellen Ereignis überhaupt keine Rolle gespielt. Verglichen mit Hendrix standen sie sicher im Hintergrund; trotzdem blieb es schlampiger Journalismus. Stafford warf die Zeitungen auf den Tisch. Vielleicht hatten Ukiru und sein Konkurrent im Gefecht um die beste Story auch nur den Redaktionsschluß verpaßt.

Erst in der Nacht, kurz vor dem Einschlafen, fiel Stafford plötzlich ein, daß er Chip nie erzählt hatte, wo der alte Hendrykxx sein Testament hinterlegt hatte. Wieso hatte er es dann gewußt?

18

Dirk Hendriks fuhr die gewundene Abfahrt vom Escarpment hinunter ins Rift Valley. Am Ende seiner Reise lag ein Ziel, das jahrelang nur in seinen Träumen existiert hatte: die *Kenia Stasie* – eine Geheimdienstbasis mitten in Kenia. Noch war sie zwar nicht voll operationsfähig, aber das würde sich ändern, wenn diese Sache glücklich zu Ende gebracht war. Jedenfalls hatte Frans Potgieter nicht schlecht gearbeitet, dachte man an das wenige Geld, das er zur Verfügung hatte. Ein vorzüglicher Mann.

Im Vorbeifahren sah er die Kirche, die während des letzten Krieges von italienischen Gefangenen gebaut worden war. Kurz darauf bog er nach Naivasha ab. An der Gabelung hatte auch ein Hinweis nach Narok gestanden. Ein zufriedenes Lächeln zog auf sein Gesicht. Potgieter hatte auch in der Masai Mara Erfolg gehabt, nachdem vor ihm andere schmählich versagt hatten. Ungeschick und unvorhersehbare Ereignisse hatten seinen Traum fast zum Scheitern verurteilt. Aber jetzt hatte sich alles zu ihren Gunsten gewendet.

Kurz vor Naivasha verließ er die Hauptstraße und bog auf die schmale Straße ein, die um eine Bucht des Sees lief und am Lake Naivasha Hotel vorbei nach Ol Njorowa führte. Es war Punkt zwölf, als er vor dem kleinen Wachhäuschen hielt und hupte. Der Wächter kam herbeigeeilt. »Sie wünschen, Sir?«

»Mein Name ist Hendriks. Mr. Brice erwartet mich.«

»Jawohl, Sir.« Der Wächter verschwand wieder. Kurz darauf öffneten sich die Tore. Als Hendriks das Häuschen passierte, hörte er ein warnendes *»Pole, Pole!«* hinter sich. Was das hieß, begriff er erst, als der Wagen von dem ersten ›schlafenden Polizisten‹ durchgeschüttelt wurde, daß ihm die Zähne zusammenschlugen. Sofort bremste er den Wagen ab. Es wurde Zeit, daß er Swahili lernte. In Zukunft würde er es noch öfter brauchen.

Er parkte den Wagen vor dem Verwaltungsgebäude und ging hinein. Die Luft in der Empfangshalle war angenehm kühl. Er ging zur Rezeption, hinter der ein junger muskulöser Schwarzer in einem frischen weißen Hemd und weißen Shorts saß. An einem Schreibtisch neben ihm hämmerte ein zweiter Kenianer auf die Tasten einer Schreibmaschine. »Mein Name ist Hendriks. Ich möchte zu Mr. Brice«, wiederholte er.

»Jawohl, Sir. Sie werden bereits erwartet. Wenn Sie mir bitte folgen wollen.« Der junge Schwarze führte ihn durch eine kleine Sperre und einen langen Gang hinunter zum Büro von Brice. Er nickte beifällig. Potgieter hatte hier alles unter Kontrolle. Niemand konnte unbeobachtet durch das Haus gehen.

Der Kenianer öffnete ihm die Tür, und er trat in das Zimmer. Brice saß hinter seinem Schreibtisch und empfing ihn mit einem Lächeln. Dann wurde die Tür hinter Hendriks geschlossen. *»Goeie middag, meneer Potgieter. Hoe gaan dit?«* begrüßte er Brice.

Das Lächeln verschwand. »Kein Afrikaans«, sagte Brice scharf. »Und ich heiße Brice – nur Brice. Bitte denken Sie daran!«

Hendriks lächelte und ließ sich in einen Sessel fallen. »Haben Sie Angst, daß wir abgehört werden?«

»Hier gibt es keine Wanzen.« Jedes Wort wurde durch ein nachdrückliches Klopfen auf den Schreibtisch verstärkt. »Aber schlechte Angewohnheiten legt man am besten sofort ab.«

»Ich bin Südafrikaner«, sagte Hendriks gleichmütig. »Da kann ich wohl Afrikaans sprechen.«

»Aber ich bin es nicht«, schnauzte Brice zurück. »Also werden Sie Englisch mit mir reden – nur Englisch.«

»Also gut«, lenkte Hendriks ein.

Brice nickte – damit war das Thema erledigt. »Wie ist es in London gelaufen?«

»Sehr gut. Farrar, der greise Narr, wird nächste Woche das Erbe verteilen.« Hendriks lachte. »Nach unserer Ankunft hat er mir sogar eine kleine Vorauszahlung gegeben, hunderttausend Pfund. Auch Ihre Kasse wird sich jetzt bald füllen.«

»Es wird auch Zeit«, antwortete Brice. »Ich habe dieses Herumgekrebse allmählich satt.« Er schüttelte den Kopf. »Es war nicht besonders klug, die Geschichte über Europa einzufädeln. Zu kompliziert. Hier hätten wir alles unter direkter Kontrolle gehabt. Farrar hat mir bei seinem Besuch ein paar heikle Fragen gestellt.«

»Wir mußten alles über Jersey laufen lassen«, antwortete Hendriks bestimmt. »Oder hätten wir dem englischen Schatzamt vielleicht für vierzig Millionen Pfund Erbschaftssteuer zahlen sollen, als kleiner Beitrag zur Sanierung der Staatsfinanzen? Und was Farrar angeht, den hat Mandeville fest an der Leine. Farrar übertreibt gern ein bißchen; es schmeichelt ihm, mit einem berühmten Londoner Anwalt zusammenzuarbeiten. Und Mandeville ist der richtige Mann dafür. Der beste.« Hendriks lächelte dünn. »Inzwischen wird er sich Gedanken darüber machen, wieviel wir ihm zahlen.«

Brice machte eine abwehrende Handbewegung. »Ich habe den europäischen Teil der Operation nie verstanden und will es auch gar nicht. Ich hatte genug eigene Sorgen.«

Du hast also Sorgen gehabt, dachte Hendriks verärgert, aber er sagte nichts. Er mußte an den Moment denken, in dem Alix ihm überglücklich mitgeteilt hatte, daß sie schwanger war. Es hatte ihn wie ein Schlag getroffen. Wenn das Kind geboren wurde, bevor der alte Hendrykxx starb, zählte es automatisch zu den Erben. Und das hätte er niemals zulassen dürfen. Das Kind hätte sonst Anspruch auf zwei Millionen von ihrem teuren Schatz, und Alix wäre in die Geschichte mit hineingezogen worden.

Zunächst hatte er daran gedacht, das Testament zu ändern. Aber Mandeville hatte gesagt, daß Farrar da nie mitspielen würde. Hendrykxx war bereits senil und nicht mehr in der Lage, selbst ein neues Testament aufzusetzen. Und der alte Farrar war die Rechtschaffenheit in Person. Deshalb mußte Hendrykxx sterben, bevor das Kind zur Welt kam. Es war gefährlich gewesen – das war Mord immer –, aber das Problem mußte bereinigt werden. Und zu dem Ganzen kamen noch die Schwierigkeiten mit Henry Hendrix, der plötzlich nicht mehr aufzufinden war. Inzwischen war auch das erledigt – oder nicht?

»Ihr Cousin war eins der Probleme, die Sie uns zugeschoben haben«, sagte Brice. »Wie konnten Sie es zulassen, daß er nach Afrika kam?«

»Wir hatten ihn aus den Augen verloren«, sagte Hendriks. »Und Pretoria hatte geschlafen. Als sie endlich begriffen, wie gefährlich er werden konnte, wenn der Alte tot war, hatte Farrar schon ein amerikanisches Detektivbüro beauftragt, ihn aufzuspüren. Sein Detektiv war zehn Minuten vor uns am Ziel.« Er schnaufte wütend. »Zehn Minuten und ein paar Zentimeter.«

Brice staunte. »Was heißt, ein paar Zentimeter?«

»Unser Mann hat noch versucht, ihn zu erschießen. Er traf ihn in die linke Schulter. Ein paar Zentimeter weiter rechts, und Hendrix wäre kein Problem mehr für uns gewesen.«

»Das ist er auch nicht mehr«, sagte Brice. »Ich habe mich darum gekümmert. Haben Sie in letzter Zeit die Zeitungen gelesen?«

Hendriks nickte. »Selbst in England ist ausführlich darüber berichtet worden.« Er beugte sich nach vorn. »Aber Sie irren sich, Brice. Henry ist immer noch ein Problem für uns. Wo ist seine Leiche? Wir brauchen die Leiche. Seine drei Millionen liegen fest, solange sein Tod nicht bewiesen ist. Und wir wollen doch nicht sieben Jahre warten, bis wir an sie herankönnen. Im Moment ist er nur verschollen.«

Brice seufzte. Er stand auf, ging hinüber zum Fenster und schaute hinaus. »Er ist nicht der einzige, der verschollen ist. Zwei von meinen Männern sind auch nicht zurückgekommen.«

»Was!« Hendriks sprang auf. »Was haben Sie gesagt?«

Brice drehte sich herum. »Sie haben mich schon verstanden. Ich habe zwei meiner Leute verloren.«

»Das erklären Sie mir besser«, sagte Hendrik scharf.

»Alles lief wie geplant. Sie haben es in den Zeitungsberichten lesen können. Die Berichte der übrigen Touristen, die entführt worden waren, stimmten bis auf eine Kleinigkeit. Sie hätten die Leiche sehen sollen. Aber sie war nicht da – und meine Männer auch nicht.«

»Kann Hendriks sie überrumpelt haben und geflüchtet sein? Wie waren sie bewaffnet?«

»Normale tansanische Armeeausrüstung. Kalaschnikows.«

Hendriks schüttelte den Kopf. »Hendrix hätte nie den Mut gehabt, dagegen anzugehen. Und wenn er geflüchtet wäre, müßte er auch längst zurück sein.« Er überlegte einen Moment. »Vielleicht haben ihn die Tansanier geschnappt. Die richtigen, meine ich.«

»Das wage ich zu bezweifeln«, sagte Brice. »Das Parlament hier ist in hellem Aufruhr, und der Außenminister übt jeden erdenklichen Druck auf Tansania aus. Ich habe einige meiner Leute an die Grenze geschickt. Die Tansanier durchsuchen das ganze Gebiet südlich der Masai Mara. Warum sollten sie das tun, wenn sie Henry längst hätten – oder seine Leiche?«

»Dann bleibt nur eine Antwort«, sagte Hendriks kalt. »Ihre Leute haben Sie hereingelegt.«

»Nicht meine Männer«, sagte Brice entschlossen. »Es waren zwei meiner besten.« Er schwieg einen Moment. »Außerdem haben sie Familien hier.«

»Und wie lautet dann Ihre Antwort?«

»Ich habe keine.« Er rieb sich nervös die Augen. »Wer ist denn überhaupt auf diesen verrückten Plan gekommen?«

»Wir«, sagte Hendriks knapp. »Sie und ich.«

Brice antwortete nicht mehr und zuckte nur noch die Schultern. »Immerhin bekommen wir bald den größten Teil des Geldes.«

»Das stimmt.« Hendriks setzte sich wieder. »Aber es ärgert mich, daß die drei Millionen jetzt festliegen. Nach allem, was ich riskiert habe, um das Geld hierherzubringen.« Er wechselte das Thema. »Warum haben Sie in Ihrer öffentlichen Erklärung nur von sieben Millionen gesprochen, die der Stiftung zufließen? War das nicht leichtsinnig?«

Brice hob beschwichtigend die Hände. »Wer soll das in Jersey nachprüfen? Ich wette, nicht mal einer von hundert Kenianern weiß überhaupt, wo Jersey liegt. Nicht einer von tausend.«

»Und wenn es nun doch einer weiß?« beharrte Hendriks.

»Dann sage ich, daß ich falsch zitiert worden bin oder mißverstanden. Die sieben Millionen sind dann eben der jährliche Gewinn, wenn das Geld erst richtig angelegt ist. Wir können doch nur noch gewinnen; verlieren können wir jetzt nicht mehr.« Er sah auf die Uhr. »Es ist Zeit, zum Essen zu gehen. Danach führe ich Sie ein wenig herum. Die interessantesten Dinge konnte ich Ihnen das letzte Mal nicht zeigen, Farrar klebte ja wie ein Blutegel an uns.«

»Zum Essen bleibe ich gerne«, sagte Hendriks. »Das andere kann warten. Ich will zurück nach Nairobi und ein bißchen Krach schlagen. Mein gerade erst gefundener Cousin ist schon wieder verlorengegangen. Ich muß den trauernden Verwandten spielen, damit die Sache echt aussieht. Aber jetzt lassen Sie uns gehen. Ich habe Hunger.«

19

Gunnarson war einem Wutanfall nahe. Seine Füße schmerzten, sein Rücken brannte; aber beides war nicht der Grund für seinen Zorn. Ihn ärgerte, daß er in der amerikanischen Botschaft von Pontius zu Pilatus geschickt worden war, ohne daß sich jemand für seinen Fall verantwortlich fühlte. »Hören Sie zu«, fuhr er den Beamten hinter der Barriere an. »Ich bin gerade das Opfer einer Entführung gewesen, und mein Freund wird immer noch vermißt. Wenn der Botschafter schon keine Zeit für mich hat, wen zum Teufel kann ich dann sprechen? Und schicken Sie mich nicht wieder zu jemandem, der sich für unzuständig erklärt. Ich will, daß hier endlich was passiert.«

Der Beamte seufzte. »Ich will sehen, was ich machen kann.« Er ging zu seinem Schreibtisch und zog sich das Telefon heran. »Ist Mr. Pasternak da?«

»Am Apparat.«

»Bei mir ist ein Mr. Gunnarson, der den Botschafter sprechen möchte. Er hat mir eine abenteuerliche Geschichte von einer Entführung nach Tansania erzählt, und sein Freund sei immer noch vermißt. Ich glaube, er ist verrückt, aber ich weiß nicht, wie ich ihn loswerden soll.«

Einen Moment schwieg Pasternak ungläubig, dann sagte er:

»Gleeson, lesen Sie keine Zeitung? Und haben Sie keinen Fernseher oder wenigstens ein Radio?«

»Ich war zwei Wochen auf Safari«, erklärte Gleeson. »Heute ist mein erster Arbeitstag. Ist denn etwas passiert?«

»Ja, es ist etwas passiert«, sagte Pasternak sarkastisch. »Halten Sie den Mann fest, ich komme sofort runter. Und informieren Sie sich gefälligst über das, was hier los war.« Pasternak legte auf, zog die oberste Schreibtischschublade auf und prüfte, ob sein Bandgerät aufnahmebereit war. Dann ging er hinunter, um Gunnarson in Empfang zu nehmen.

Gunnarson hatte sich immer noch nicht beruhigt; also spielte Pasternak zuerst einmal den Tiefbetrübten. »Es tut mir außerordentlich leid, daß Sie warten mußten, Mr. Gunnarson. Und ich muß mich wohl auch für die Dummheit entschuldigen, mit der man Sie behandelt hat. Würden Sie bitte hier entlangkommen?« Er paßte sich Gunnarsons langsamen Humpelschritten an, als er ihn zum Fahrstuhl führte. »Es muß schlimm für Sie gewesen sein.«

Gunnarson schnaufte. »Da haben Sie allerdings recht. Darf ich fragen, welche Position Sie hier bekleiden?«

»Oh, keine besondere«, sagte Pasternak gleichmütig. »Ich bin dritter Sekretär. Aber Sie dürfen mir glauben, daß wir alle hier mit Ihrem Fall beschäftigt sind. Und ganz besonders der Botschafter. Im Moment hat er ein Gespräch mit dem kenianischen Außenminister, damit endlich etwas geschieht. Und natürlich darf auch die übrige Arbeit nicht liegen bleiben – die Leute verlieren ihre Travellerschecks oder ihre Kreditkarten. Sie können es sich gar nicht vorstellen.«

»Aber diese Angelegenheit ist wichtiger«, sagte Gunnarson scharf. »Ein amerikanischer Staatsbürger ist verschwunden.«

»Wir tun, was wir können, Mr. Gunnarson«, versuchte Pasternak ihn zu beruhigen. »Und wir hoffen, daß Sie uns helfen können.« Sie traten aus dem Fahrstuhl und gingen einen Flur hinunter. »Hier, bitte.« Pasternak öffnete die Tür zu seinem Büro. »Darf ich Ihnen einen Kaffee anbieten?«

»Danke, gern.« Gunnarson ließ sich in den Sessel vor dem Schreibtisch sinken, froh, endlich die Füße entlasten zu können. Pasternak griff zum Telefon und bestellte bei seiner Sekretärin Kaffee.

Dann ging er hinter seinen Schreibtisch und setzte sich ebenfalls. Er griff in die Schublade, schaltete unauffällig das Tonbandgerät ein und legte einen Notizblock vor sich auf den Tisch. Er nahm einen Stift. »Ich habe die Zeitungsberichte gelesen – aber Sie wissen selbst, was davon zu halten ist. Deshalb bin ich dankbar, jetzt alles aus erster Hand zu erfahren. Wenn Sie nicht zu uns gekommen wären, Mr. Gunnarson, dann hätten wir Sie bestimmt in Ihrem Hotel aufgesucht. Und nun erzählen Sie bitte noch einmal, was alles geschehen ist. Lassen Sie nichts aus, auch wenn es Ihnen unwichtig erscheint.«

Während Gunnarson seine Geschichte erzählte, machte sich Pasternak ausführliche – und völlig überflüssige – Notizen. Von Zeit zu Zeit warf er eine Frage ein. »Sie sagen, daß diese Männer Uniformen getragen haben. Können Sie sie beschreiben?« Etwas später: »Sie sagen, die Männer seien mit Kalaschnikows bewaffnet gewesen. Wieso können Sie das so genau sagen?«

»Ich bin ein Waffennarr. Eine Kalaschnikow erkenne ich auf den ersten Blick.« Er kam zum Ende seiner Geschichte. »Und dann kamen wir wieder nach Keekorok. Das war es. Nur Hank Hendrix kam nicht zurück.«

»Ich verstehe.« Pasternak legte den Stift aus der Hand. »Noch etwas Kaffee?«

»Ja, bitte. Von dem vielen Reden bekommt man Durst.«

Pasternak schenkte ihm nach. »In welcher Beziehung stehen Sie zu Hendrix?«

»Wir waren Geschäftspartner«, sagte Gunnarson. »Und Freunde.«

Pasternak nickte verstehend. »Kein Wunder, daß die Sache Sie so berührt. Darf ich fragen, in welcher Art Geschäft Sie tätig sind?«

»Mir gehört Gunnarson Associates in New York. Wir betreiben Ermittlungen und Sicherungsdienste, fast ausschließlich für Großkonzerne.«

»Ermittlungen«, wiederholte Pasternak nachdenklich. »Und Sie haben eine Lizenz für den Staat New York?«

»Für die meisten anderen Bundesstaaten auch«, sagte Gunnarson stolz. »Es ist ein ziemlich großer Betrieb.«

»Und was haben Sie hier in Kenia gemacht?«

»Hank hatte geschäftlich hier zu tun. Er hat eine Erbschaft gemacht und mich gebeten, ihn zu begleiten. Also hab' ich ein paar Ferientage eingelegt.« Gunnarson beobachtete Pasternak über den Rand seiner Kaffeetasse. »Ich sage Ihnen, Pasternak, die Sache wird noch einigen Staub aufwirbeln. Hank hatte sechs Millionen

Dollar geerbt. Die Zeitungen drüben werden die Geschichte ganz groß herausbringen.«

Pasternak zog die Augenbrauen hoch. »Das Außenministerium trifft seine Entscheidungen nicht aufgrund von Zeitungsartikeln, Mr. Gunnarson. Aber Sie haben mich neugierig gemacht. Sie sagen, Hendrix hatte sechs Millionen Dollar vom Staat Kenia geerbt?«

Gunnarson schüttelte den Kopf. »Das habe ich nicht gesagt. Sein Großvater hat das Geld hinterlassen. Aber an die Erbschaft war eine verrückte Bedingung geknüpft. Hank hätte jedes Jahr einen Monat für eine Stiftung hier arbeiten müssen, zur Aushilfe oder was weiß ich. Die Annahme der Klausel mußte er dem Verwaltungsrat persönlich bestätigen.«

»Von welcher Stiftung sprechen Sie?«

»Ol Njorowa.« Das Wort kam Gunnarson nur stolpernd über die Lippen. »Das liegt in der Nähe von Naivasha.«

»Ja«, sagte Pasternak sinnierend. »Ich hab' gelesen, daß die Stiftung plötzlich zu Geld gekommen ist. Aber von Hendrix wußte ich nichts.« Er schwieg einen Moment. »Wie lange bleiben Sie noch in Kenia, Mr. Gunnarson?«

Gunnarson zuckte die Schultern. »Eine Weile noch. Ich will warten, ob Hank zurückkommt. Und ich werde mir bei nächster Gelegenheit den Botschafter vorknöpfen. Ein amerikanischer Staatsbürger ist verschwunden, Pasternak, und hier interessiert sich offenbar kein Schwein dafür. Ich sage Ihnen, ich schlage hier noch gehörig Krach.«

Pasternak ging nicht auf die Drohung ein. Er reichte Gunnarson seinen Notizblock. »Wenn Sie mir bitte aufschreiben wollen, in welchem Hotel Sie hier wohnen. Und Ihre Adresse in New Xork geben Sie mir bitte auch.«

»Wozu brauchen Sie meine New Yorker Anschrift?«

»Sie werden ja nicht für immer hier warten können«, sagte Pasternak. »Vielleicht müssen wir Sie auch noch einmal sprechen, wenn Sie schon zurückgeflogen sind. Und falls Sie sich entschließen, hier noch ein bißchen durchs Land zu fahren, geben Sie uns bitte vorher Ihre Reiseroute.«

»Und wozu soll das gut sein?«

»Vielleicht müssen wir Sie dringend erreichen. Für eine Identifikation zum Beispiel.« Das klang einleuchtend. Gunnarson schrieb alles auf, dann drückte Pasternak auf einen Knopf und erhob sich.

»Das wär's wohl fürs erste, Mr. Gunnarson. Vielen Dank, daß Sie sich hierherbemüht haben.« Er streckte ihm seine Hand entgegen. »Wir tun unser Bestes, um rasch herauszufinden, was mit Mr. Hendrix geschehen ist.«

»Es wäre besser, wenn Sie ihn finden«, sagte Gunnarson. »Es hängt viel von dieser Sache ab.«

Ein Mann betrat das Zimmer. »Der Bote wird Sie hinunterbegleiten.« Pasternak lächelte. »Ihnen brauche ich ja nicht besonders erklären, weshalb wir es nicht gern sehen, wenn Fremde sich allein im Haus bewegen.«

Gunnarson murmelte etwas in sich hinein und verließ das Büro ohne ein weiteres Wort. Pasternak zog die Schublade auf und stoppte das Band, dann ließ er es zurückspulen. Er hörte sich ihr Gespräch noch einmal an. Mehrere Passagen wiederholte er sich ein paarmal. Konnte ein Waffennarr wirklich auf den ersten Blick eine Kalaschnikow erkennen? In den Staaten gab es davon nicht allzu viele. Aber natürlich gab es Illustrationen in den Fachzeitschriften. Und dann hatte Gunnarson so ein vieldeutiges Wort benutzt, um sein Geschäft zu beschreiben. Sicherungsdienste. Das hörte sich harmlos an, konnte aber auch etwas viel Gefährlicheres bedeuten. Zumindest paßte vieles noch nicht richtig zusammen. Er ließ das Band noch einmal durchlaufen. Plötzlich runzelte er die Stirn. Ihm fiel auf, daß sie beide von Hendrix ausschließlich in der Vergangenheitsform sprachen.

Pasternak setzte sich an seine Schreibmaschine. Er faßte eine Anfrage ab nach sämtlichen verfügbaren Informationen über einen John Gunnarson, mit dem beigefügten New Yorker Wohnsitz. Dann brachte er sie persönlich zum Verschlüsseln.

Das Telex ging an eine Adresse in Langley, Virginia. Eine Stunde später wurde Pasternak zum zweitenmal gestört. Gleeson war am Apparat. »Ein Mr. Hardin möchte Sie sprechen.«

Pasternak kniff die Augen zusammen und suchte in seinem Gedächtnis nach einem Stichwort zu dem Namen. Dann hellte sich sein Gesicht auf. »Doch nicht etwa Ben Hardin?«

Eine Zeitlang war nur ein Murmeln in der Leitung zu hören. »Sie haben recht, Ben Hardin«, sagte Gleeson.

»Lassen Sie ihn sofort heraufbringen.« Pasternak drückte kurz die Telefongabel herunter und wählte eine Nummer im Haus. »Bringen Sie mir noch einmal Kaffee.« Als Hardin sein Zimmer betrat, stand er lächelnd auf. »Das ist ein unerwarteter Besuch, Ben.

Wir haben uns lange nicht gesehen. Was führt dich nach Kenia?« Sie schüttelten sich die Hände.

Hardin setzte sich. »Eine Art Arbeitsurlaub. Ich bin schon jahrelang nicht mehr hier gewesen. Aber das Land hat sich kaum verändert, bis auf Nairobi vielleicht. Ich hab' mir gedacht, schau doch mal nach, ob noch jemand aus den alten Zeiten im Haus ist.«

»Und da hast du mich gefunden.« Pasternak lächelte ihn an. »Es ist wirklich lange her. Was machst du heute?«

»Ich arbeite für eine englische Firma.« Er hob seine Hände. »Der Mensch muß schließlich leben.«

»Ich kann dir nur raten, deinen Urlaub auf Kenia zu beschränken«, sagte Pasternak. »Auf keinen Fall würde ich einen Ausflug nach Tansania machen. Nach dem, was du damals in Daressalam gemacht hast, haben sie deinen Namen immer noch auf der schwarzen Liste. Ich weiß, daß es Jahre her ist, aber die Kerle haben ein langes Gedächtnis.«

»Ich werde nicht einmal in die Nähe der Grenze fahren«, sagte Hardin. »Dort ist es ja nicht einmal für harmlose Touristen sicher.«

»Du hast davon gehört?«

»Sogar in London haben die Zeitungen darüber geschrieben.«

»Die amerikanische Presse wird den Fall inzwischen auch aufgegriffen haben«, stimmte Pasternak düster zu. »Und wenn nicht, dann wird es nicht mehr lange dauern. Einer der entführten Touristen hat mir eben noch die Ohren vollgejammert. Der zweite Amerikaner, der mit den anderen zurückgekommen ist, John Gunnarson. Er hat gedroht, ein Höllenspektakel zu veranstalten.«

»Gunnarson!« rief Hardin. Seine Überraschung wirkte echt. »Von Gunnarson Associates in New York?« Pasternak nickte. »Das ist doch nicht zu glauben!«

»Kennst du ihn?«

»Ich hab' für ihn gearbeitet, nachdem ich aus unserer Firma ausgeschieden war. Er hat vor Watergate auch dazugehört.«

»Das habe ich nicht gewußt«, sagte Pasternak. Er schenkte den Kaffee ein, während er nachdachte. Deshalb hatte Gunnarson also die Kalaschnikows sofort erkannt. Aber es erklärte nicht, warum er gelogen hatte, woher er es wußte. Vielleicht wollte er seine ehemalige Zugehörigkeit zum CIA nicht eingestehen. Er wäre nicht der erste, der nicht mehr daran erinnert werden wollte. Aber Gunnarson hatte nicht gerade besonders empfindlich gewirkt. »Was für ein Typ ist er?«

»Ein durch und durch falscher Hund«, sagte Hardin. Er sah Pasternak aufmerksam an. »Hör zu, Mike. Gunnarson muß nicht wissen, daß ich auch in Kenia bin. Wir haben uns im Streit getrennt, und jetzt arbeite ich für die Konkurrenz; das würde ihm ganz bestimmt nicht passen.«

Pasternak zuckte die Achseln. »Ich habe keinen Grund, es ihm auf die Nase zu binden. Für wen arbeitest du denn?«

»Stafford Security Consultants, London. Ich bin bei ihnen, seit Gunnarson mich gefeuert hat.«

In Pasternaks Kopf verwoben sich die Worte zu einem ganz anderen Muster. Schon wieder eine so vieldeutige Firma! »Du hast vorhin von einem Arbeitsurlaub gesprochen. Wieviel ist Arbeit und wieviel Urlaub?«

»Halb und halb«, sagte Hardin. »Mein Chef Max Stafford ist auch in Nairobi. Wir wollen prüfen, ob es sich lohnt, hier eine Niederlassung aufzumachen.« Er dachte einen Moment nach. »Ich wette, daß Gunnarson aus demselben Grund hier ist. Stafford muß das unbedingt erfahren.« Er trank von seinem Kaffee. »Und wie geht es dir? Ist viel los hier?«

Pasternak lächelte weise. »Du kennst die Antwort auf die Frage, Ben. Du gehörst nicht mehr zur Firma. Und selbst wenn du noch dabei wärst, von mir würdest du kein Wort erfahren.« Er beugte sich vor. »Aber du bist doch nicht gekommen, um über die alten Zeiten zu plaudern. Warum rückst du also nicht mit der Sprache heraus?«

»Du warst noch nie schwer von Begriff.« Hardin grinste. »Es geht um folgendes. Den europäischen Markt hat Stafford ziemlich sicher in der Hand. Fast alle multinationalen Konzerne sind unsere Kunden. Einige von ihnen machen sich ziemliche Sorgen über ihre Tochtergesellschaften hier. Sie haben Stafford aufgefordert, in Kenia ein Büro zu eröffnen. Das funktioniert natürlich nicht ohne genaue Planung. Und du brauchst mehr als zwei Kunden, damit sich die Sache lohnt. Deshalb ist er hier, um den Markt zu studieren. Kommst du noch mit?«

»Du machst das sehr gut«, sagte Pasternak trocken. »Es fehlt nur noch der Haken an der Geschichte.«

»Wir haben hier ein paar Leute kennengelernt, die hervorragend zu uns passen würden. Sehr vorsichtig, aber auch sehr geschickt. Nur glaubt Stafford, daß sie irgend etwas mit der Kenianischen Volksunion zu tun haben könnten. Und wenn Stafford hier eine

Niederlassung aufmacht, kann er es sich nicht leisten, mit einer verbotenen Partei in Verbindung zu stehen.«

»Wenn es herauskäme, wär's das Ende vom Geschäft«, stimmte Pasternak zu. Er griff zum Stift. »Hast du Namen?«

»Uns interessieren zwei, Pete Chipende, ein schwarzer Kenianer, und Nair Singh, ein Sikh. Kennst du sie?«

Pasternak war so überrascht, daß seine Hand mit dem Stift quer über den Block fuhr. »Nein. Aber wenn du mir etwas Zeit läßt, werde ich mich umhören.« Er schrieb sich die Namen auf. In seinem Kopf arbeitete es auf Hochtouren, um den Sinn von Hardins Geschichte zu begreifen. »Was ist dieser Stafford für ein Typ?«

»Soweit ich weiß, ist er in Ordnung«, sagte Hardin überlegt. »Jedenfalls macht er keine krummen Sachen.«

»Vielleicht treff' ich ihn ja einmal.« Pasternaks Stimme hatte einen fragenden Ton. »Wir könnten uns doch irgendwann auf einen Drink verabreden.«

»Warum nicht? Wir wohnen im Norfolk.«

»Heute geht es bei mir leider nicht. Aber ich kann dich morgen anrufen. Was meinst du?«

»Mach das. Stafford wird dich interessieren. Er war beim englischen Abschirmdienst.«

»Was du nicht sagst. Ich freue mich, wenn er Zeit hat.«

Als Hardin wenig später gegangen war, setzte sich Pasternak sofort wieder an seine Schreibmaschine und formulierte eine zweite Anfrage. Diesmal galt sie Max Stafford, und nachdem der Text verschlüsselt war, ging er an die amerikanische Botschaft in London. Aber Pasternak war noch nicht zufrieden. Das dritte verschlüsselte Telex ging wieder nach Langley. Es fragte nach Informationen über Hardin.

Gunnarson saß im Thorn Tree Café, das zum New Stanley Hotel gehörte. Ihm gegenüber saß Dirk Hendriks. Die Tür der Botschaft hatte sich gerade hinter ihm geschlossen, als er einen Mann hörte, der den wachhabenden Marinesoldaten vor dem Gebäude ansprach. »Mein Name ist Dirk Hendriks. An wen muß ich mich wenden, um etwas über Henry Hendrix zu erfahren, den Amerikaner, der nach Tansania verschleppt worden ist?«

Der Soldat zeigte auf die Glastür. »Fragen Sie dort am Schalter, Sir.«

Gunnarson tippte Hendriks an den Arm. »Sind Sie der Cousin von Hank Hendrix?«

Hendriks drehte sich herum und sah Gunnarson überrascht an. »Der bin ich.«

»Mein Name ist Gunnarson. Ich war dabei.«

»Wobei waren Sie?«

»Ich war bei Ihrem Cousin, als er entführt wurde.« Gunnarson wies mit dem Daumen zum Empfangsschalter. »Bevor Sie sich da drinnen den Schädel einrennen, um doch nichts zu erfahren, sprechen Sie besser mit mir.«

Dirk sah ihn neugierig an. »Dann hat man Sie auch entführt?«

»Ja. Ich hab' immer noch Schwierigkeiten beim Laufen. Wir mußten den Weg zur Grenze barfuß zurückgehen. Ich habe voller Dornen gesteckt.«

»Ich bin mit dem Wagen hier«, sagte Hendriks. »Wo kann ich Sie hinfahren?«

»Ich wohne im New Stanley. Wir können uns ins Thorn Tree setzen.«

Das Thorn Tree war einer der beliebtesten Treffpunkte in Nairobi, eine Institution. Seine Gäste saßen im Freien, in einem Garten, in dessen Mittelpunkt eine hohe Akazie stand, die Schatten spendete und dem Café den Namen gegeben hatte. Das Besondere am Thorn Tree war eine Tafel für Mitteilungen, die um die Akazie lief. Jeder konnte hier eine Nachricht für Freunde und Bekannte hinterlassen.

Sie setzten sich an einen der wenigen freien Tische, und Hendriks stoppte den ersten vorbeieilenden Kellner. Dann versuchte er an das Gespräch anzuknüpfen, das sie während der Fahrt begonnen hatten. »Das war also das letzte Mal, daß Sie meinen Cousin lebend gesehen haben.«

»Ja. Wenig später hörten wir Schüsse, und die Kerle, die uns bewachten, lachten sich halb tot.«

»Aber seine Leiche haben Sie nicht gesehen.«

Gunnarson schüttelte den Kopf. »Nein. Die Sache war überhaupt merkwürdig. Sie trieben uns flußabwärts, drei von ihnen. Der vierte blieb bei ihrer Beute. Wir mußten ein paar hundert Meter laufen, dann wurden sie plötzlich sehr aufgeregt und redeten unverständliches Zeug miteinander.«

»Was hat sie so aufgeregt?«

»Keine Ahnung. Vielleicht, daß sie Henry nicht finden konnten.

Dann suchte einer von ihnen, der mit dem Offiziersstreifen, die Umgebung ab. Nach einer Weile kam er zurück, und sie hielten einen langen Kriegsrat.« Gunnarson zuckte die Achseln. »Dann ließen sie uns laufen. Ihr Anführer zeigte den Hügel hinauf, und die anderen trieben uns mit ihren Gewehrläufen an. Wir waren froh, heil wegzukommen.«

Hendriks runzelte die Stirn. »Die beiden Männer, die meinen Cousin weggeführt hatten, waren die zu dem Zeitpunkt wieder zurück?«

»Ich habe sie nicht gesehen.«

Der Kellner servierte ihre Drinks. Hendriks nahm abwesend sein Glas in die Hand. »Kann es sein, daß Henry ihnen entkommen ist? Aber wenn er das geschafft hat, warum ist er dann noch nicht wiederaufgetaucht?«

»Daran habe ich auch schon gedacht«, sagte Gunnarson. »Er kann geflüchtet sein, und die Schüsse haben ihn nicht getroffen. Die beiden Tansanier hätten dann versucht, ihn zu verfolgen. Aber er kann ihnen entkommen sein.« Gunnarson schien sich selbst Mut zu machen.

»Aber warum ist er noch nicht zurückgekommen?«

»Waren Sie schon einmal da draußen? Es ist der schlimmste Flecken Erde, den ich je kennengelernt habe. Wo Sie auch hinsehen, alles sieht gleich aus. Hank kann sich verirrt haben wie die anderen Männer, die versuchten, uns zu folgen. Und vergessen Sie nicht, daß er fast nackt war. Es ist immer noch möglich, daß er wiederauftaucht. Wenn ihn die Tansanier nicht erwischt haben.«

»Wer ist Ihnen denn gefolgt?« fragte Hendriks alarmiert.

»Eine andere Touristengruppe entdeckte unseren verlassenen Wagen und hat uns gesucht. Aber sie haben sich verlaufen und mußten die Nacht im Busch verbringen.«

Hendriks war nachdenklich geworden. »Davon stand gar nichts in den Zeitungen.«

»Nach unserer Rückkehr habe ich mit einem von den Männern gesprochen«, sagte Gunnarson. »Stafford hieß er. Er sagte ...«

»Max Stafford!« rief Hendriks ungläubig.

»Seinen Vornamen hat er nicht genannt.« Gunnarsons Hand, die gerade sein Glas zum Mund hob, erstarrte mitten in der Bewegung. Der einzige Max Stafford, den er kannte, war der Chef von Stafford Security Consultants in London. Was zum Teufel ging hier vor?

Hendriks war nicht weniger nachdenklich. Stafford hatte ihm

gesagt, daß er Urlaub in Kenia machen wolle. Aber war er wirklich nur zufällig in die Suche nach Henry Hendrix verwickelt worden? »Wissen Sie, wo sich Stafford im Moment aufhält?« fragte er Gunnarson.

»Nein. Seit unserer Begegnung in Keekorok habe ich ihn nicht mehr gesehen. Kennen Sie ihn?«

Hendriks nickte abwesend. »Ja, ich glaube schon.«

»Also wenn das kein Zufall ist«, sagte Gunnarson.

»Nicht wahr?« Hendriks mußte jetzt dringend telefonieren. »Es war nett, daß Sie mich angesprochen haben, Mr. Gunnarson. Bleiben Sie noch länger hier?«

»Sicher.«

»Dann können wir uns vielleicht noch einmal zum Essen verabreden. Ich rufe Sie morgen an. Leider muß ich jetzt einen Termin wahrnehmen, obwohl ich lieber noch mehr über das Verschwinden meines Cousins erfahren hätte. Sie entschuldigen das hoffentlich.«

»Natürlich.« Nachdenklich folgten Gunnarsons Augen Hendriks, der eilig das Café verließ. Irgend etwas Merkwürdiges war hier im Gange, aber er wußte noch nicht, was es war. Wenn der Stafford, mit dem er in Keekorok gesprochen hatte, Max Stafford von Security Consultants war, dann waren sie mit Sicherheit nicht zufällig zusammengetroffen. Er mußte schnellstens telefonieren. Vorsichtig stemmte sich Gunnarson aus seinem Sessel.

Stafford aß an diesem Abend mit Curtis im Norfolk. Der Kellner hatte gerade serviert, als Hardin sich zu ihnen setzte. »Ich habe gerade Chip getroffen. Er sagte, daß Gunnarson und Dirk Hendriks heute nachmittag ein angeregtes Gespräch im Thorn Tree hatten.«

Überrascht legte Stafford Messer und Gabel aus der Hand. »Woher kennen sich die beiden?«

»Das hat nichts Gutes zu bedeuten«, knurrte Curtis.

»Bestimmt nicht.« Stafford sah Hardin an. »Ben, versuch dich zu erinnern. Was geschah, als du Gunnarson und Corliss zur Kanzlei von Mandeville verfolgt hast? Kann Gunnarson Dirk damals kennengelernt haben?«

Hardin schaute angestrengt zur Decke, als ob er dort die Vergangenheit sehen könnte. »Gunnarson und Corliss gingen hinein«, sagte er langsam. »Dann kam Gunnarson allein wieder heraus.« Er schnippte mit den Fingern. »Genau in dem Moment, als Dirk und Alix hineingingen – im Eingang sind sie aneinander vorbeigegangen.«

»Gab es ein Anzeichen dafür, daß sie sich kannten?«

»Nichts.«

»Wie konnten sie sich dann hier treffen?«

»Ich habe darüber mit Chip gesprochen, vielleicht stimmt seine Erklärung. Gunnarson ging erst zur Polizei und dann zur amerikanischen Botschaft, um die Leute dort wegen Hendrix auf Trab zu bringen. Mike Pasternak hat mir Gunnarsons Auftritt geschildert.« Hardin gab die Einzelheiten seines Gesprächs mit Pasternak wieder. »Wie Chip sagt, haben sich Hendriks und Gunnarson vor der Botschaft zufällig getroffen.«

»Schlecht für uns«, sagte Stafford. »Wenn Gunnarson meinen Namen in Zusammenhang mit Hendrix erwähnt hat, wird Dirk sofort Verdacht geschöpft haben.«

»Was für einen Verdacht soll er haben?« fragte Hardin. »Ich weiß wirklich nicht, was du immer gegen Dirk Hendriks hast – er ist doch nichts weiter als ein glücklicher Erbe. Gunnarson und Corliss sind die Betrüger in diesem Millionenspiel.«

Stafford wollte gerade antworten, als der Ober an ihn herantrat und ihm einen gefalteten Zettel reichte. »Von dem Herrn dort am Ecktisch, Sir.«

Stafford sah einen Mann, der ihn aufmerksam musterte. Der Mann nickte knapp und wandte sich dann wieder seinem Essen zu. Stafford faltete das Blatt auseinander und las: ›Ich wäre Ihnen sehr verbunden, wenn Sie nach dem Essen einen Moment Zeit für mich hätten.‹ Der Satz war mit einem unleserlichen Namenszug unterschrieben.

Stafford sah wieder zu dem Mann hinüber und nickte zustimmend. Dann gab er Hardin das Blatt. »Kennst du ihn?«

Hardin bestellte sich gerade ein umfangreiches Menü. Er ließ die Karte sinken und sah auf den Zettel. »Nein. Ist mir völlig unbekannt.« Es dauerte eine Weile, bis er sich für ein Dessert entschieden hatte. »Bevor ich es vergesse – Mike Pasternak hat es auch auf einmal eilig. Er hat vor einer halben Stunde angerufen und gefragt, ob er dich morgen treffen kann. Vier Uhr?«

»Das geht.«

»Er kommt hierher, an den Swimming-pool. Vielleicht kann er dir dann sagen, wer Chip wirklich ist.«

»Das wäre immerhin etwas.« Stafford war tief in Gedanken versunken – er versuchte, ein Puzzle zusammenzusetzen, um zu sehen, ob sich ein Muster ergab. Es stimmte, daß er außer einer unbestimmten Abneigung nichts gegen Dirk vorbringen konnte. Aber angenommen, daß Dirks Zusammentreffen mit Gunnarson an der Botschaft kein Zufall war, daß sie sich schon kannten. Gunnarson hatten sie als Betrüger entlarvt. Was war dann mit Dirk? Und dann saß da noch Brice in Ol Njorowa, dem auf unerklärliche Weise Millionen von Pfund Sterling abhanden gekommen waren. Wenn Dirk mit Brice sprach und erfuhr, daß Stafford nicht nur in Keekorok, sondern davor auch schon in Ol Njorowa gewesen war, dann würde er ohne Zweifel den Braten riechen.

Stafford schüttelte verwirrt den Kopf. Alles Hirngespinste – reine Phantasie. »Hat Chip dir erzählt, wo Dirk heute sonst noch gewesen ist?«

»Am Vormittag ist er nach Ol Njorowa rausgefahren, zum Essen geblieben, dann sofort nach Nairobi zurückgekommen. Hier ist er als erstes zur Polizei gegangen, anschließend zur amerikanischen Botschaft.«

»Wo er Gunnarson getroffen hat. Hat er noch mit jemandem von der Botschaft gesprochen?«

»Nein«, sagte Hardin. »Er ist sofort mit Gunnarson zum Thorn Tree gefahren.«

»Kann ihr Zusammentreffen arrangiert worden sein?« fragte Curtis.

»Du machst zwar wenig Worte, Sergeant«, sagte Stafford. »Aber die machen dafür viel Sinn.«

»Aber warum sollten sie sich ausgerechnet an der Botschaft treffen?« beharrte Hardin. »Sie wohnen beide im New Stanley – dort wäre es wesentlich bequemer für sie.«

»Das weiß ich auch nicht«, sagte Stafford. Er war das Herumrätseln leid. Mit einem Zug trank er den Rest Kaffee aus, dann nickte er hinüber zu dem Ecktisch. »Ich möchte wissen, was der nun wieder will.«

Stafford ging quer durch den Raum. Als er sich dem Tisch näherte, sah der Mann zu ihm auf. »Abercrombie-Smith«, stellte er sich vor. »Und Sie sind Stafford.«

Er war schmal, aber kräftig gebaut, mit einem breiten dunkelgebräunten Gesicht und einem sauber geschnittenen Schnurrbart. Sein Alter schätzte Stafford auf Anfang Fünfzig. Er hatte etwas

Militärisches an sich, das vielleicht von seiner aufrechten Haltung herrührte. Er zog eine Visitenkarte unter seiner Serviette hervor und reichte sie Stafford. Sein voller Name lautete Anthony Abercrombie-Smith, und die Karte wies ihn aus als Angehörigen der englischen Botschaft im Bruce House, Standard Street, Nairobi. In welcher Funktion er dort tätig war, stand nicht auf der Karte.

»Ich hätte Sie gern schon früher gesprochen«, begann er. »Wir haben Ihren Besuch bei uns im Büro erwartet.«

»Der Gedanke ist mir nie gekommen«, entgegnete Stafford.

»Ach! Sie hätten trotzdem kommen sollen. Aber lassen wir das. Wir können die Büroformalitäten auch außer acht lassen und uns zum Essen verabreden. Wie wäre es mit morgen?«

Stafford neigte seinen Kopf zur Schulter. »Das ließe sich einrichten.«

»Sehr schön. Dann essen wir morgen im Muthaiga Club. Ich hole Sie hier um zwölf Uhr ab.« Er beugte sich wieder zu seinem Teller, woraus Stafford schloß, daß seine Audienz beendet war.

20

Es war Punkt zwölf Uhr, als Abercrombie-Smith am nächsten Tag im Hotel erschien, um Stafford abzuholen. Hardin und Curtis hatten sich zu einem Ausflug in den Wildtierpark von Nairobi entschlossen, der mit dem Nissan bequem zu erreichen war.

Abercrombie-Smith fuhr nach Norden, durch einen Teil von Nairobi, den Stafford noch nicht kannte. Höflich machte er seinen Gast auf Sehenswertes am Straßenrand aufmerksam, die indischen Tempel und die vielen Märkte, auf denen der Handel blühte. Sehr bald gelangten sie in einen Vorort, in dem man den Reichtum seiner Bewohner fast riechen konnte. Die Häuser waren weiträumig – was man schon aus dem wenigen schließen konnte, das durch die dichten Hecken und Baumreihen zu erkennen war. Staffords berufliches Interesse erwachte, als er die vielen Wachtposten an den Toren und Auffahrten sah.

»Dies gehört bereits zu Muthaiga«, sagte Abercrombie-Smith. »Es ist wohl der exklusivste Stadtteil von Nairobi. Fast alle ausländischen Botschaften haben hier ihren Sitz. Mein Dienstherr, der Hochkommissar, wohnt ganz in der Nähe.« Sie bogen um eine

Ecke, verließen dann die Straße und fuhren durch einen Torweg. Ein Kenianer, der an der Durchfahrt postiert war, salutierte knapp. »Und hier ist der Muthaiga-Club.«

Die Räume waren kühl und luftig. Zahlreiche Wildtrophäen, Kongonis, Gazellen, Impalas und Leoparden, bedeckten die Wände. Sie gingen in die Lounge und setzten sich in bequeme Clubsessel. »Und was darf ich Ihnen jetzt bestellen, lieber Freund?« fragte Abercrombie-Smith.

Stafford entschied sich für einen Gin Tonic, sein Gastgeber schloß sich ihm an. »Dies ist einer der ältesten Clubs in Kenia. Und einer der exklusivsten dazu.« Abercrombie-Smith sah zu zwei Sikhs hinüber, die auf einem Tisch in der gegenüberliegenden Ecke ein Bündel Papiere ausgebreitet hatten und in eine Diskussion vertieft waren. »Wenn auch nicht mehr ganz so exklusiv wie früher einmal«, bemerkte er. »Zu meiner Zeit hätte niemand es gewagt, eine Geschäftsbesprechung in seinen Club zu verlegen.«

Stafford ließ ihn reden. Wenigstens ließ sich Abercrombie-Smith für sein unverbindliches Geplauder interessantere Themen einfallen, als Stafford erwartet hatte. Er verbreitete sich über die politische Lage in England und Amerika; dann beschwor er die Gefahren herauf, die aus der sowjetischen Intervention in Afghanistan und der Lage in Polen noch entstehen konnten. Es blieb bei Gemeinplätzen, und Stafford ließ nur gelegentlich eine Bemerkung einfließen, damit das Gespräch nicht endgültig versandete. Er konnte warten, bis sein Gastgeber zum entscheidenden Punkt kam. Inzwischen nutzte er die Zeit, den Muthaiga-Club genauer in Augenschein zu nehmen.

Er gehörte zweifellos zu den Überresten der Kolonialzeit, ein auserwählter Treffpunkt, den sich höhere Staatsbedienstete und die betuchteren und einflußreicheren Kaufleute nach ihrem Geschmack geschaffen hatten. Natürlich waren damals nur weiße Gäste willkommen. Hier waren mit Sicherheit die wichtigen Entscheidungen getroffen worden, und nicht im Parlament oder vor den Gerichten. Der Ruf Uhuru, Freiheit, muß den Clubmitgliedern schmerzhaft in den Ohren geklungen haben, als sie sich endgültig mit einer mehrrassigen Gesellschaftsordnung abzufinden hatten. Stafford fragte sich, wer wohl der erste tapfere Farbige gewesen war, der seine Aufnahme in diese geschlossene Gesellschaft beantragt hatte.

Ihre Gläser waren leer, und Abercrombie-Smith schlug einen

Wechsel vor. »Wir können jetzt zum Essen hinübergehen.« Das Thema, dem Stafford die Ehre der Einladung verdankte, war immer noch unberührt. Stafford nickte, sie standen auf und gingen in den Speiseraum. Die Hälfte der Tische war bereits von Schwarzen, Weißen und einigen Asiaten besetzt.

Gemeinsam studierten sie die Karte. Stafford wählte Melone als Vorspeise. »Ich kann den *tilapia* empfehlen«, sagte Abercrombie-Smith. »Ein Frischwasserfisch aus den Seen der Umgebung. Auch die Curries sind ausgezeichnet.« Stafford nickte seine Zustimmung, und Abercrombie-Smith bestellte für beide Curry. »Dann bringen Sie uns zu dem Fisch einen weißen Rheinwein und zum Curry ein Lagerbier.« Der Kellner entfernte sich. Abercrombie-Smith beugte sich über den Tisch. »Zum Curry paßt einfach kein Wein, finden Sie nicht auch? Außerdem, nichts erfrischt besser als ein gut gekühltes Lagerbier.«

Stafford stimmte höflich zu, wie es sich für jemanden gehört, der eingeladen ist.

Während sie ihre Melone aßen, diskutierten sie über Kricket und das bevorstehende Testspiel, während des Fischs die aktuellen Ereignisse in Ostafrika. Stafford nahm an, daß Abercrombie-Smith über abschweifende Umwege dem eigentlichen Anlaß des Essens allmählich näherkommen würde. Aber er mußte zugeben, daß der Fisch wirklich ausgezeichnet war.

Dann wurden die Schälchen mit den Curryspeisen serviert. »Bedienen Sie sich doch, lieber Freund«, sagte Abercrombie-Smith. »Nach dem unglücklichen Zwischenfall in der Masai-Mara haben wir mit Ihrem Besuch bei uns gerechnet.« Er zog eine Augenbraue hoch und sah Stafford erwartungsvoll an.

»Ich wüßte wirklich nicht, warum ich hätte kommen sollen. Ich hatte keinen Grund zur Klage.« Er löffelte sich Reis auf den Teller.

»Aber bedenken Sie – eine Entführung!«

Stafford reichte ihm die Reisschüssel. »Ich bin nicht entführt worden«, sagte er knapp. Das Curry hatte ein reiches, würziges Aroma.

»Hmm.« Abercrombie-Smith wußte mit der Antwort nichts anzufangen. »Immerhin haben wir Sie erwartet. Würden Sie so freundlich sein und mir den Ablauf der Ereignisse noch einmal schildern?«

»Gern.« Stafford nahm sich von dem Curry und erzählte genau die Geschichte, die Chip für sie ausgebrütet hatte.

»Ich verstehe, ich verstehe. Sie sind also an der Grenze umgekehrt. Aber wie konnten Sie wissen, daß Sie an der Grenze waren? Es gibt doch in der Wildnis da draußen weder einen Zaun noch Hinweisschilder. Zäune würde das wandernde Wild ohnehin nur niedertrampeln, und die Elefanten haben die schlechte Angewohnheit, jeden Pfahl zu knicken.«

»Und auch Leitungsmasten.« Stafford nickte. Er probierte das Curry und war angenehm überrascht. »Die letzte Frage müssen Sie Pete Chipende stellen. Er kennt sich in der Mara aus.«

»Probieren Sie die Sambals«, forderte Abercrombie-Smith ihn auf. »Die Soßen sind nach einem alten indonesischen Rezept angemacht. Die Tomaten und Zwiebeln sind in Kräutern mariniert; und die Kokosnuß ist wirklich frisch, nicht so ein strohtrokkenes Zeug, wie Sie es in England vorgesetzt bekommen. Auch das Mangochutney empfehle ich Ihnen.« Er nahm sich selbst eine Curryschüssel. »Ja, Chipende. Ein interessanter Mann, finden Sie nicht auch?«

»Jedenfalls ein sehr kluger Mann«, sagte Stafford.

»Auch da würde ich Ihnen zustimmen, ganz bestimmt. Wieso war er eigentlich bei Ihnen?«

Abercrombie-Smith war wirklich sehr neugierig. »Er hatte sich uns als Reiseführer angeboten«, sagte Stafford.

»Und Nair Singh? War der auch Ihr Reiseführer?« Seine Augenbrauen zogen sich zusammen. »War das nicht ein bißchen zuviel des Guten, lieber Freund?«

Stafford zuckte die Achseln. »Chip wollte Nair als Fahrer dabeihaben. Er sagte, Nair sei der bessere von ihnen.« Das war die reine Wahrheit, aber er erwartete nicht, daß sein Gastgeber sie glaubte.

Abercrombie-Smith fing an zu lachen. Er lachte so heftig, daß es ihm die Sprache verschlug. Dann ging das Lachen in ein atemloses Husten über, und es dauerte eine Zeit, bis er sich wieder erholt hatte. Als er sich den Mund mit einer Serviette wischte, gluckste er immer noch. »Oh, lieber Freund, das ist gut – das ist wirklich gut.« Er legte die Serviette aus der Hand. »Wußten Sie nicht, daß Mr. Pete Chipende drei Jahre hintereinander an der Ostafrika-Rallye teilgenommen hat? Er hat nie gewonnen, aber er ist jedesmal ans Ziel gekommen. Und schon das ist ein großer Erfolg.«

Stafford hatte von der Ostafrika-Rallye gehört. Sie galt als das mörderischste Langstreckenrennen auf der ganzen Welt. Und nach seinen Fahrerlebnissen auf der Strecke zwischen Narok und Keekorok glaubte er das auch. Er verfluchte Chip, weil er ihn in eine so unmögliche Lage gebracht hatte. »Das konnte ich nicht wissen. Auf dem Gebiet kenne ich mich überhaupt nicht aus.«

»Das hat Ihnen Chipende also erzählt? Schön, schön.«

Stafford beschloß, Abercrombie-Smith seinerseits etwas von dem albernen Getue angedeihen zu lassen, das ihn selbst aufs Glatteis geführt hatte. »Die Curries sind in der Tat ausgezeichnet; es war eine gute Empfehlung von Ihnen. Glauben Sie, daß der Küchenchef mir das Rezept verraten würde? Ich darf mich wohl selbst einen guten Koch nennen.«

Abercrombie-Smith bekam einen düsteren Blick. Er spürte es, wenn jemand versuchte, sich über ihn lustig zu machen. Aber er beherrschte sich. »Ich nehme nicht an, daß das Rezept ein Familiengeheimnis ist, lieber Freund.« Er zupfte nervös an der Serviette. »Dafür, daß Sie erst kurz im Land sind, Mr. Stafford, haben Sie schon viele interessante Leute kennengelernt. Interessant für mich, um genau zu sein.«

Stafford vermutete, daß sie für den MI 6, oder hinter welcher anderen Kennziffer sich die Auslandsspionage heute verbergen mochte, von noch größerem Interesse waren. »Wen meinen Sie zum Beispiel?« fragte er.

»Fangen wir doch gleich mit Pete Chipende und Nair Singh an. Überdies gibt es auch einige ehemalige CIA-Agenten in Ihrer Umgebung, Hardin und Gunnarson. Sergeant Curtis brauche ich nicht zu erwähnen, er ist mit Ihnen gekommen und auch nur ein kleinerer Fisch.«

»Das Curry schmeckt mir so gut, daß ich noch etwas nehmen muß.« Stafford bediente sich. »Auch an mir scheinen Sie ein übermäßiges Interesse zu haben.«

»Colonel Max Stafford«, sagte Abercrombie-Smith gedehnt. »Ehemals militärischer Abschirmdienst.«

»Das ist schon lange her«, bemerkte Stafford. »Ich habe die Armee bereits vor zehn Jahren verlassen. Und meinen Dienstgrad benutze ich auch nicht mehr.«

»Immerhin waren Sie schon mit fünfunddreißig Colonel. Da sollten Sie die Spielregeln kennen.«

»Kommen Sie endlich zur Sache. Was wollen Sie von mir?«

»Ich möchte wissen, was Sie hier in Kenia treiben.«

»Ich habe eine längst überfällige Arbeitspause eingelegt«, sagte Stafford. »Es ist mein erster Urlaub seit drei Jahren.«

»Ich kenne Ihre Ferienvergnügen«, entgegnete Abercrombie-Smith. »Als Sie sich das letzte Mal in der Sahara erholten, kamen Sie mit einer Kugel in der Schulter zurück.«

Stafford legte die Gabel hin. »Das war ein schlechter Witz.« Er bemühte sich, nicht die Beherrschung zu verlieren. Schließlich wollte er diese Pik Sieben, die sich hier als As aufspielte, selbst noch eine Weile aufziehen. Er schwieg einen Moment. »Was möchten Sie noch von mir wissen? Es gibt doch bestimmt noch mehr.«

»Natürlich«, sagte Abercrombie-Smith leichthin. »Am wichtigsten, wäre mir, mehr über Chipende zu erfahren.« Wem nicht, dachte Stafford. »Und dann interessiert mich, ob Gunnarson und Hardin früher tatsächlich für den CIA gearbeitet haben. Endlich möchte ich wissen, warum Sie sich für die Ol-Njorowa-Stiftung interessieren.«

»Und können Sie mir auch einen Grund nennen, warum ich Ihnen das alles erzählen sollte?« fragte Stafford bedächtig.

Abercrombie-Smith trommelte mit den Fingern auf den Tisch. »Was halten Sie von Patriotismus?«

»Patriotismus ist nicht genug, wie Edith Cavell schreibt. Und Samuel Johnson hat zugefügt, Patriotismus sei die letzte Zuflucht des Schurken.«

»Samuel Johnson war ein überheblicher, alter Dummkopf«, schnappte Abercrombie-Smith. »Und ich bin nicht hier, um Literaturkritik zu betreiben.«

Stafford grinste ihn an. »Das habe ich auch nicht von Ihnen erwartet.«

Abercrombie-Smith starrte Stafford an. »Patriotismus reicht Ihnen als Grund also nicht. Dann darf ich wohl vermuten, daß Sie Geld wollen.«

»Der Arbeiter ist immer seinen Lohn wert«, sagte Stafford. »Aber diesmal täuschen Sie sich – leider. Ich muß Ihnen nicht sagen, was Sie mit ihrem Geld machen können.«

»Verdammt noch mal, Stafford. Können Sie nicht vernünftig sein?«

»Schon, wenn es einen Grund dafür gibt. Wie die Dinge liegen, nehme ich Ihnen übel, daß Sie ihre Nase in meine Angelegenheiten gesteckt haben. Und Sie haben es anscheinend sehr gründlich getan.«

»Schön, dann werde ich wenigstens versuchen, vernünftig zu

sein. Sehen Sie denn nicht, daß Sie sich in einer sehr prekären Lage befinden? Stafford Security Consultants arbeitet in England für ein Dutzend Unternehmen, die im militärischen Bereich tätig sind.« Er rasselte ein halbes Dutzend Namen herunter. »Natürlich haben wir Sie durchleuchtet. Wir wären dumm gewesen, wenn wir es nicht getan hätten. Unter den gegebenen Voraussetzungen war das Risiko, daß Sie umgebracht werden, viel zu hoch. Das verstehen Sie doch, nicht wahr?«

Natürlich verstand Stafford ihn. Er hatte die Herren vom Geheimdienst kennengelernt, als er während seiner Zeit beim Militär sporadisch mit den Leuten von der Spionageabwehr, dem MI 5, und der geheimen Sonderabteilung der Polizei zu tun gehabt hatte. Ihnen fehlten an allen Ecken und Enden Planstellen. Deshalb konnten sie auch nie so umfassende Sicherungsmaßnahmen garantieren, wie Stafford sie den Unternehmen anbot. Ohne es offen zuzugeben, waren sie froh, wenn Stafford ihnen einen Teil der Arbeit abnahm. Und Stafford verstand auch, daß sie selbst bei ihm absolut sichergehen wollten. Genügend ehemalige Agenten hatten sich in der Vergangenheit vom Gegner einkaufen lassen.

»So sieht die Sache also für Sie aus«, sagte Abercrombie-Smith. »Die Zusammenarbeit mit uns wäre auch für Sie nur ein Vorteil. Sollten Sie sich dennoch weigern, könnte Ihr Geschäft in England in erhebliche Schwerigkeiten geraten.«

Der Kellner trat an ihren Tisch. Stafford war froh über die kurze Unterbrechung. Abercrombie-Smith hatte sich zurückgelehnt und ließ seinen Blick durch den Raum wandern, während Teller und Besteck abgeräumt wurden. Dabei entging ihm Staffords Gesichtsausdruck, der die Wut über den plumpen Erpressungsversuch deutlich erkennen ließ.

Als der Kellner gegangen war, schlüpfte Abercrombie-Smith wieder in die Rolle des aufmerksamen Gastgebers. »Bevor wir unseren Kaffee trinken, sollten wir noch eine Kleinigkeit essen, die den Currygeschmack vertreibt. Wie wäre es mit Früchten? Ich kann Ihnen die Litschis sehr empfehlen. Sie sind frisch; nicht so ein fades Zeug aus Dosen, wie es in England serviert wird.«

»Gern«, sagte Stafford mechanisch. »Ich nehme auch Litschis.«

Anschließend gingen sie zurück in die Lounge, um ihr Gespräch bei einem Kaffee fortzusetzen. Auf dem Weg entschuldigte sich Stafford für einen Moment; er ging in die Empfangshalle und bat den Portier, ihm ein Taxi zu bestellen. »Wie lange wird es dauern?«

»Fünf Minuten, Sir. Länger auf keinen Fall.«

»Sagen Sie mir dann bitte Bescheid. Sie finden mich in der Lounge.«

»Gerne, Sir.«

Als er sich gesetzt hatte, bot Abercrombie-Smith ihm eine Zigarre an. Er lehnte dankend ab. Abercrombie-Smith angelte einen silbernen Zigarrenabschneider aus seiner Jackentasche und schnitt das eine Ende der Zigarre vorsichtig ein. Dann entzündete er ein Streichholz und rauchte sie konzentriert an. Zufrieden lehnte er sich zurück, der silberne Schneider verschwand wieder in der Tasche. »So, jetzt können wir hoffentlich zu unserem Geschäft kommen.«

»Ich dachte, Sie sprechen in Ihrem Club nicht über Geschäfte.«

»Sie wissen schon, auf welche Geschäfte ich mich vorhin bezogen habe.«

»Sie meinten die schäbige Notwendigkeit, Geld zu verdienen.«

»Genau. Dies hier ist etwas anderes.«

Stafford tat etwas Zucker in den Kaffee und rührte um. »Sam Johnson, den Sie offenbar nicht mögen, hat auch dazu etwas geschrieben. Er sagte, daß es nur weniges gibt, womit ein Mann sich unschuldiger beschäftigen kann als mit dem Geldverdienen. Ist der Vorschlag, den Sie mir gerade gemacht haben, vielleicht weniger schäbig als irgendein anderes Geschäft?«

Abercrombie-Smith zog die Augenbrauen hoch. »Mein lieber Freund, ich sehe, Sie sind ein Moralist. Haben Sie Skrupel? Ich hätte gedacht, daß Skrupel in Ihrem Beruf nur lästig sind, wenn nicht gar ein Hindernis.« Seine Stimme wurde schärfer. »Ich rate Ihnen, in dieser Sache zuerst an sich selbst zu denken und an Ihre – äh – Geschäftsinteressen, wo Sie doch eine so hohe Meinung vom Geldverdienen haben.« Er wurde unverschämt.

Aber Stafford konnte seine Verachtung ertragen. »Ich heiße Max. Haben Sie etwas dagegen, wenn ich Sie Anthony nenne?« Er trank einen Schluck Kaffee.

Der Wechsel in Staffords Ton traf Abercrombie-Smith völlig überraschend. »Wenn es sein muß«, sagte er steif. Er kam aus der förmlichen Welt der englischen Internate und der Londoner Clubs, in der der legere Gebrauch des Vornamens als taktlos galt.

»Hören Sie zu, Tony«, begann Stafford. »Sie sind nichts weiter als ein mieser, kleiner Erpresser – ein ganz gewöhnlicher Krimineller. Wenn die Sicherheit Englands von Ihnen oder Leuten wie

Ihnen abhängt, dann helfe uns Gott. Ich habe natürlich nichts gegen Erpressung, aber Ungeschicklichkeit ist unentschuldbar. Ihr Annäherungsversuch hatte die Raffinesse einer Hure aus Soho.«

Abercrombie-Smith war bei jedem Wort tiefer in den Sessel zurückgewichen, als hätte ein neugeborenes Lamm ihn angegriffen und gebissen. Sein Gesicht schwoll rot an. »Reden Sie nicht mit mir in dieser Sprache.«

»Ich spreche mit Ihnen, wie es mir gefällt.«

»Dann wollen Sie also nicht mit uns zusammenarbeiten. Das kann für Sie unangenehm werden, ich habe es Ihnen bereits gesagt.«

Stafford setzte seine Tasse ab und lehnte sich zurück. »Mir gefällt Ihre Vorstellung von Zusammenarbeit durchaus, aber ich bezweifle, daß das Wort sie ausreichend erklärt. Tu, was ich sage, oder sonst – ich habe Sie doch richtig verstanden?« Er beugte sich vor. »Ich habe in den letzten zehn Jahren eine ziemlich schlagkräftige Organisation aufgebaut. Stafford Security Consultants ist in erster Linie eine defensive Schutzorganisation, aber sie kann auch zum Angriff antreten. Wenn sich in der nächsten Zeit irgend etwas in meinen Geschäften zum Schlechteren entwickelt, dann mache ich Sie fertig. Nicht Ihre Dienststelle oder den Idioten, der Sie beschäftigt, sondern Sie persönlich. Ich werde Sie persönlich ruinieren. Habe ich mich klar genug ausgedrückt?«

Abercrombie-Smith saß wie vom Schlag getroffen. Er schluckte einen Moment. »Das ist ungeheuerlich«, stieß er schwer atmend hervor. »Noch niemand hat es gewagt, so mit mir zu sprechen. Niemand.«

»Wie schade«, sagte Stafford und stand auf. Der Portier war in die Lounge gekommen und machte ihm ein Zeichen. »Vielleicht wäre aus Ihnen noch ein halbwegs anständiger Mensch geworden, wenn jemand Sie früher auf Trab gebracht hätte.« Er hob eine Hand. »Bleiben Sie nur sitzen. Ich finde schon selbst hinaus.«

Als das Taxi vor dem Norfolk hielt, war Staffords Zorn schon ein wenig abgekühlt. Er zahlte und stieg aus. Während er langsam auf das Hotel zuging, dachte er darüber nach, ob er sich nicht selbst am meisten geschadet hatte. Stafford hatte es immer für eine Tugend gehalten, sich nie unnötig Feinde zu machen. Und Abercrombie-Smith hatte er hart angefaßt. Aber dessen Anmaßung, daß er nur den kleinen Finger zu rühren brauche, um Stafford springen zu lassen, war auch abstoßend genug gewesen. Stafford beschloß, sich rechtzeitig um seinen Schutz zu kümmern.

Als Stafford an der Rezeption seinen Schlüssel abholen wollte, fand er eine Nachricht von Hardin vor: er wartete am Swimmingpool auf ihn.

Er durchquerte den Innenhof, vorbei an den Volieren, in denen die Vögel lärmten, und ging durch den Bogengang zum Pool. Hartin erwartete ihn voller Ungeduld. »Wo bist du so lange gewesen? Pasternak hat wieder angerufen, er mußte unser Treffen vorverlegen. Jeden Moment kann er hier sein.«

»Mir ist eine Gehirnwäsche verpaßt worden«, sagte Stafford säuerlich. »Pasternak ist nicht zufällig der Boss des CIA in Kenia?«

Hardin grinste ihn an. »Das könnte schon sein. Aber er wird es dir nicht verraten.«

»Erzähl mir von ihm.«

»Ich habe Pasternak in Langley kennengelernt. Wir waren nicht gerade dick befreundet, aber von Zeit zu Zeit haben wir uns auf einen Drink getroffen. Es kann uns nur nützen, daß er jetzt hier ist.«

»Wo steckt Curtis?«

»Er ist in die Stadt gegangen.« Hardin sah Stafford über die Schulter. »Da kommt Pasternak.«

Pasternak war von hagerer Statur, sein Blick wirkte verschlossen. Sie schüttelten sich die Hände. »Es ist nett von Ihnen, daß Sie sich Zeit für mich genommen haben, Mr. Stafford.«

»Das war doch selbstverständlich«, entgegnete Stafford. »Aber ich glaube nicht, daß ich Ihnen viel erzählen kann. Ben wird Ihnen gesagt haben, daß Schweigen zu meinem Beruf gehört. Möchten Sie etwas trinken,«

»Ich hol' was«, sagte Hardin. »Ein Bier, Mike?«

Pasternak nickte, und Hardin ging zur Bar. »Ben hat mir gesagt, daß Sie sich für Pete Chipende interessieren.«

»Das stimmt.« Stafford zeigte auf einen Gartensessel. »Setzen wir uns doch.«

Pasternak wählte den Platz gegenüber von Stafford und sah ihn nachdenklich an. »Ich würde einiges dafür geben, um zu erfahren, *was* Sie und Pete Chipende zusammengebracht hat.«

»Hat Ben Ihnen nichts erzählt?«

»Doch.« Pasternak verzog sein Gesicht. »Aber ich glaube ihm nicht. Ich hoffe, daß Sie es mir jetzt erzählen.«

»Ich fürchte, das geht nur mich etwas an, Mr. Pasternak«, sagte Stafford.

»Mit der Antwort habe ich gerechnet. Schade. Hoffentlich wissen Sie auch, auf was Sie sich einlassen.« Pasternak zündete sich eine Zigarette an. »Ben hat mir erzählt, daß Sie in derselben Branche wie Gunnarson arbeiten, nur in Europa. Er hat auch erwähnt, daß Sie früher beim militärischen Abschirmdienst waren.«

»Das ist richtig. So steht es in den Akten. Und Sie arbeiten für den CIA, werden es aber nicht offen zugeben.«

Pasternak lächelte. »Würden Sie es denn erwarten?« Das Lächeln verschwand. »Aber das hier ist wirklich eine verrückte Geschichte. Hendrix, ein frischgebackener Millionär, und Gunnarson, ein ehemaliger CIA-Mann, werden mit einer Touristengruppe nach Tansania verschleppt. Plötzlich taucht Stafford auf, schon wieder ein ehemaliger Geheimdienstler, und verfolgt die Kidnapper gemeinsam mit Chipende und Nair Sigh. Dann treffe ich Ben, auch ehemals CIA. Finden Sie das nicht selbst alles etwas merkwürdig, Mr. Stafford?«

Stafford parierte mit einer Gegenfrage. »Kennen Sie einen Abercrombie-Smith von der englischen Botschaft?«

Pasternak richtete sich auf. »Sagen Sie mir nicht, daß der auch in die Sache verwickelt ist. Was immer sie auch sein mag.«

»Ich habe mit ihm gegessen. Und jetzt sind Sie hier. Vielleicht sollten wir das Kenyatta Conference Centre für einen Geheimdienstkongreß mieten«, sagte Stafford trocken. »Aber was interessiert Sie an Chipende?«

Pasternak sah Stafford ungläubig an. »Machen Sie einen Witz?«

»Über ernste Dinge scherze ich nie, Mr. Pasternak. Ich würde es tatsächlich gerne wissen.«

»Es scheint, daß ich hier meine Zeit vergeude«, sagte Pasternak. »Und Ihre auch. Da kommt Ben mit unserem Bier. Ich möchte Sie einladen.«

»Das lassen Sie nur meine Sorge sein.« Stafford lächelte ihn an. »Erzählen Sie mir etwas über Chipende. Abercrombie-Smith würde das auch interessieren. Er hat heute mittag versucht, mich auszuquetschen.«

»Und mit welchem Erfolg?«

»Ich habe ihn ziemlich rüde behandelt.«

»Das muß mir ja nicht auch passieren, Mr. Stafford. Lassen Sie uns in Ruhe unser Bier trinken.«

Hardin stellte das Tablett auf den Tisch. Während sie ihr Bier tranken, unterhielten sie sich über Belanglosigkeiten; etwa über die Probleme der Vergasereinstellung bei Fahrten von Mombasa, das auf Meereshöhe liegt, zu dem 10000 Fuß hoch gelegenen Eldoret. Hardin schaute Stafford mehrmals verblüfft und verständnislos an.

Pasternak trank sein Glas aus. »Ich muß jetzt leider gehen«, sagte er und stand auf. »Es hat mich gefreut, Sie kennenzulernen, Mr. Stafford.«

»Besuchen Sie uns doch wieder«, antwortete Stafford ironisch. Er begleitete Pasternak durch den Innenhof. Vor einer der Volieren blieb Pasternak stehen. »Ist Ihnen schon aufgefallen, daß es in Afrika keine Singvögel gibt? Sie piepsen und zwitschern, aber sie singen nicht.« Er schwieg einen Moment. »Darf ich Ihnen einen Rat geben, Mr. Stafford?«

»Gerne.« Stafford lächelte ihn an. »Das Gute an Ratschlägen ist ja, daß man sie nicht befolgen muß.«

»Hüten Sie sich vor Gunnarson. Ich habe heute morgen einen Bericht über ihn erhalten. Der verheißt nichts Gutes.«

»Das ist der überflüssigste Ratschlag, der mir je erteilt wurde«, sagte Stafford. »Aber trotzdem, vielen Dank.« Sie schüttelten sich die Hände und trennten sich.

Auf dem Weg zu seinem Zimmer wurde Stafford von Hardin eingeholt. »Habt ihr euch in einem Geheimcode unterhalten? Ich dachte, wir wollten etwas über Chip erfahren.«

»Ich weiß jetzt, woran ich bin, Ben.« Stafford gab ihm einen freundschaftlichen Klaps auf die Schulter. »Bismarck wurde nachgesagt, daß er in sieben Sprachen schweigen konnte. Und ich wette, daß sein Schweigen mehr verraten hat als seine Reden. Gerade das, was Pasternak nicht gesagt hat, war das Wichtigste für mich.«

»So ein Unsinn!« sagte Ben entrüstet.

21

Am nächsten Morgen sagte Stafford nach dem Frühstück zu Hardin: »Ich bin dieses blinde Herumschleichen leid, Ben. Wir werden die Sache jetzt ein bißchen vorantreiben.«

»Und wo willst du damit anfangen?«

»Bei Chip. Sergeant?«

Curtis richtete sich in seinem Sessel auf. »Ja, Sir?«

»Du weißt doch bestimmt, wo Chip zu finden ist. Sorg dafür, daß er um zehn Uhr hier in meinem Zimmer ist.«

»Ja, Sir.« Curtis stand auf und verließ das Zimmer.

»Warum ausgerechnet Chip? Er ist doch auf unserer Seite.« Hardin sah ihn fragend an.

»Bist du da so sicher?« Stafford schüttelte den Kopf. »Pete Chipende steht auf keiner Seite, höchstens auf seiner eigenen. Und denk daran – er hat Corliss irgendwo versteckt, und wir wissen nicht, wo. Wenn es ihm einfallen sollte, kann er uns damit unter Druck setzen. Du, Ben, hast Corliss enttarnt, aber Chip hat ihn in der Hand. Das gefällt mir gar nicht.«

»Kein schlechtes Argument«, stimmte Hardin nachdenklich zu. »Aber ich kann mir nicht vorstellen, daß du viel bei ihm erreichen wirst.«

»Das werden wir sehen«, sagte Stafford.

Halb neun meldete sich Curtis zurück. »Chip wird um zehn Uhr hier sein, wie der Colonel es wünscht. Er fragte, was der Colonel von ihm will. Ich habe gesagt, daß der Colonel mich nicht ins Vertrauen gezogen hat.«

»Das holen wir sofort nach.« Stafford erzählte Curtis, wie er sich den Ablauf von Chips Besuch vorstellte.

»Max, bist du dir da ganz sicher?« fragte Hardin irritiert.

»Ja. Ich hab' es von Pasternak erfahren.«

»Ich habe aber nichts dergleichen gehört.«

»Er hat auch nichts davon gesagt.« Stafford drehte sich um und ließ Hardin verblüfft stehen.

Während der nächsten halben Stunde kümmerte sich Stafford um die eigene Rückendeckung.

Er schrieb einen Brief an Jack Ellis in London, in dem er ihn anwies, sämtliche Quellen und Verbindungen von Stafford Security Consultants auszuschöpfen, um das Leben eines gewissen Anthony Abercrombie-Smith zu durchleuchten. Und zwar gründlich, bis zurück zu seiner Geburt: Schulen, die er besucht hatte, seine Arbeit, Freunde, wenn vorhanden, Vermögenslage – alles, was interessant sein konnte.

Als Stafford das Blatt in einen Umschlag schob, fiel ihm ein Ausspruch des Kardinals Richelieu ein: Geben Sie mir sechs

Zeilen, geschrieben von dem größten Ehrenmann, und ich finde etwas darin, um ihn hängen zu lassen. Genauso würde es Abercrombie-Smith ergehen, wenn es sich als notwendig erwies.

Stafford klebte gerade den Umschlag zu, als Chip ins Zimmer trat. »Sie wollen mich sprechen?«

Stafford sah kurz zu Hardin und Curtis. »Wo steckt Corliss?«

»Er ist sicher untergebracht«, versuchte Chip ihn zu beschwichtigen.

»Daran zweifle ich nicht. Aber wo?«

Chip setzte sich. »Machen Sie sich keine Sorgen, Max. Wenn Sie ihn sprechen wollen, kann er in einer halben Stunde hier sein.«

Stafford lächelte ihn freundlich an. »Sie erzählen mir dauernd, daß ich mich nicht zu sorgen brauche, aber gerade das macht mir am meisten Kopfzerbrechen.« Er wechselte anscheinend das Thema. »Nebenbei, Abercrombie-Smith läßt Sie grüßen.«

Chips Hand, die gerade das Streichholz zur Zigarette führte, zögerte einen Moment in der Bewegung. Dann wanderte die Flamme weiter, und scheinbar unbeeindruckt sog er den ersten Rauch ein. »Wann haben Sie ihn gesehen?«

»Wir haben gestern zusammen im Muthaiga-Club gegessen.«

»Und was wollte er von Ihnen?«

»Angeblich wollte er wissen, warum ich nach der Entführung nicht sofort in die Botschaft gekommen bin. Aber dann hat er mich nur über Sie ausgefragt.«

Chip zog die Augenbrauen hoch. »Hat er das? Und was haben Sie ihm geantwortet?«

»Was konnte ich ihm schon sagen? Ich weiß doch nichts über Sie.«

Hardin rührte sich. »Das stimmt allerdings.«

»Wissen Sie, wer er ist?« fragte Chip.

Stafford lächelte. »Er wird als Handelsattaché akkreditiert sein oder etwas Ähnliches in der Richtung. Tatsächlich ist er der MI 6-Mann in Nairobi und tut hier das gleiche wie Mike Pasternak für den CIA.«

Chip stützte sich auf dem Bett auf. »Sie sind inzwischen viel herumgekommen. Haben Sie mit dem auch gesprochen?«

»Wir hatten eine kleine Unterhaltung bei einem Bier. Nichts von Belang.«

»Dafür, daß Sie fremd sind in diesem Land, haben Sie schon die interessantesten Leute getroffen.«

»Und ich mußte mich nicht einmal selbst bemühen, um sie kennenzulernen«, ergänzte Stafford. »Ich locke sie an wie ein Honigtopf die Wespen. Wir scheinen Interesse zu erregen, Chip. Wann dürfen wir den KGB zu Gast erwarten?«

»Darüber macht man keine Witze«, antwortete Chip ernst. »Ich kann darüber jedenfalls nicht lachen.«

»Ach, hören Sie doch auf«, sagte Stafford. »So schlimm ist es ja gar nicht. Alle sind doch ganz offen an mich herangetreten. Hardin kennt Pasternak seit Jahren, und da konnte er wohl schlecht bestreiten, daß er für den CIA arbeitet. Und Abercrombie-Smith ist doch wirklich nur ein schlechter Witz.«

»Lassen Sie sich von Abercrombie-Smith nicht täuschen«, warnte Chip. »Sie mögen seinen Lieber-Freund-Unsinn für harmlos halten, aber hinter dieser Maske ist er eiskalt. Was kann der Grund dafür sein, Max, daß sich zwei ausländische Geheimdienste für Sie interessieren?«

»Jetzt täuschen Sie sich«, sagte Stafford. »An mir waren sie gar nicht so besonders interessiert. Ich glaube, daß Sie ihr Interesse erregt haben. Alle beide haben mich gefragt, was Sie tun.«

Chip lächelte säuerlich. »Ich tue doch nur, um was Sie mich bitten, Max. Haben Sie das den beiden nicht erzählt?«

»Das habe ich vergessen«, sagte Stafford entschuldigend. »Ich habe einfach nicht daran gedacht.«

»Sehr komisch.«

»Oh, ich bin berüchtigt für meinen Humor«, stimmte Stafford zu. »Hier ist noch ein Beispiel. Welche Abteilung des kenianischen Geheimdienstes vertreten Sie eigentlich, Chip?«

Chip starrte ihn an. »Soll das ein Witz sein?«

»Nicht zwei Geheimdienste, Chip – drei. Und vielleicht kommt bald noch ein vierter hinzu.«

»Da komm' ich nicht mehr mit, Max«, sagte Hardin.

»Ich schon lange nicht mehr«, lachte Chip.

Stafford zählte an den Fingern auf. »Erstens: ob im Hotel oder in der Lodge, Sie haben uns überall mühelos Zimmer besorgt. Und zwar mitten in der Hochsaison. Dazu braucht man Beziehungen. Zweitens: die Auskunft über Brice aus Zimbabwe haben sie viel zu schnell gehabt. Drittens: eine kurze Anweisung von Ihnen hat gereicht, und schon war Adam Muliro der Tourführer von Gunnarsons Reisegruppe. Viertens: in der Masai Mara konnten Sie im Handumdrehen Hilfe herbeizaubern, und ebenso schnell war

Corliss in Sicherheit gebracht. Fünftens: Sie kennen sich viel zu genau mit den fremden Geheimdiensten hier aus, um nur ein gewöhnlicher Bürger ihres Landes zu sein. Sechstens: während meines Gesprächs mit ihm hat Pasternak die Namen einer Reihe von Leuten heruntergebetet, die alle etwas mit einem Geheimdienst zu tun hatten. Ihr Name und der von Nair waren dabei. Ich habe dann noch bemerkt, wir könnten ja gleich einen Geheimdienstkongreß veranstalten – Pasternak hat nicht widersprochen. Siebtens: in Keekorok sind wir interviewt und fotografiert worden, aber in den Zeitungen ist nichts davon erschienen. Dazu muß man Druck ausüben können. Es überrascht mich nicht, daß Sie Ihr Bild nicht gern in der Zeitung sehen würden – der allseits bekannte Geheimagent ist ein Widerspruch in sich. Achtens ...« Stafford brach ab. »Was haben Sie noch in der Mara gesagt, Chip – dabei merkt man erst, wie wenig Finger man hat.«

»Ich habe nie behauptet, daß ich nicht mit einer Organisation zusammenarbeite«, sagte Chip. »Die Kenianische Volksunion ...« Er schwieg. »Aber ich werde nicht darüber reden.«

»Das lassen Sie auch besser bleiben«, sagte Stafford grimmig. »Weil doch nur ein Haufen Lügen dabei herauskommen würde. Das Beste habe ich mir nämlich für den Schluß aufgehoben. Achtens: als wir am Tor zur Masai Mara hielten, haben Sie nicht bezahlt. Ihre Sparsamkeit hat Sie verraten. Sie haben dem Posten einen Ausweis gezeigt, den Sie sicherlich auch jetzt bei sich tragen. Sergeant!«

Bevor Chip wußte, wie ihm geschah, hatte Curtis ihn fest im Griff. Er versuchte noch, sich aus der Umklammerung zu befreien, aber Curtis war bei der Marine mit wesentlich widerspenstigeren Leuten fertig geworden. »Los, Ben. Durchsuch ihn«, sagte Stafford.

Hardins Hände wanderten flink durch Chips Taschen. Was er fand, warf er aufs Bett, damit Stafford es in Augenschein nehmen konnte. Er durchsuchte Chips Brieftasche, aber ohne Erfolg. Er fand überhaupt keinen Ausweis; nur der Führerschein lag zwischen den anderen Sachen auf dem Bett. »Verdammt noch mal. Such weiter, Ben.«

Hardin fand das Gesuchte in einer versteckten Tasche, die auf die Innenseite der Hose genäht war. Eine kleine Plastikkarte, die auf den ersten Blick wie eine Kreditkarte aussah; nur war ein winziges Foto von Chip in sie eingeschweißt. »Ist gut, Sergeant«, sagte Stafford zufrieden. »Du kannst ihn wieder loslassen.«

Chip klopfte sich ab und zog seinen Safarianzug wieder zurecht. Stafford ließ seinen Fingernagel gegen die Karte ticken. »Ein Colonel«, sagte er trocken. »Aber ich bin wohl der Dienstälteste. Militärischer Abschirmdienst?«

»Ja«, sagte Chip. »Sie hätten das nicht machen sollen. Dafür könnte ich Sie aus dem Land weisen lassen.«

»Das könnten Sie zweifellos«, stimmte Stafford ihm zu. »Aber Sie werden es nicht tun, weil Sie uns noch brauchen.« Er zog die Stirn kraus. »Ich verstehe nur nicht, was Sie zu Anfang an uns interessiert hat. Warum haben Sie sich uns so eilig angeschlossen?«

Chip zuckte die Achseln. »Es gab tatsächlich eine Verbindung zur Kenianischen Volksunion. Die Adresse, die Curtis in London erhalten hatte, sollte ihn zu einer geheimen Anlaufstelle der KPU führen. Wie Sie sehen, war die Adresse nicht so geheim, wie man in England annahm. Wir hatten den Stützpunkt längst unterwandert und haben Curtis abgefangen. Natürlich fanden wir es äußerst interessant, daß ein ehemaliger englischer Geheimagent in Kenia mit Hilfe der KPU Nachforschungen anstellen wollte. Wenigstens schienen Sie zu glauben, daß Sie mit der KPU zusammenarbeiten. Mit der Zeit wurde die Sache nur noch interessanter. Und komplizierter.«

Hardin schnaufte. »Kompliziert«, sagte er! »Dabei ergibt inzwischen nichts mehr einen Sinn.«

»Verraten Sie mir noch eins«, sagte Stafford. »Wer waren die beiden Männer, die Sie in der Mara zu Hilfe geholt haben, um Corliss verschwinden zu lassen?«

Chip lächelte ihn an. »Ich habe mir die beiden beim nächsten Polizeistützpunkt ausgeliehen und in zivile Kleidung gesteckt.«

»Und wo ist Corliss jetzt?«

»Knapp zweihundert Meter von hier«, sagte Chip ruhig. »In einer Zelle des Polizeihauptquartiers an der Ecke der Harry Rhuku Road. Ich habe Ihnen ja gesagt, er ist sicher untergebracht.« Er zündete sich eine neue Zigarette an. »Also Max, wie geht es jetzt weiter?«

»Was denken Sie sich denn?«

»Von mir aus kann alles bleiben, wie es war.«

»Und ich hole Ihnen die Kastanien aus dem Feuer«, sagte Stafford bissig. »Nein, Chip, das ist vorbei. In Zukunft darf es keine Geheimnisse mehr zwischen uns geben. Ich habe keine Lust mehr, blind durch die Gegend zu stolpern. Sie wissen genau, daß mehr hinter der Sache steckt, als Gunnarsons mißlungener Versuch, einen Strohmann einzuschmuggeln.«

»Und was steckt noch dahinter?« fragte Chip.

Stafford sah ihn forschend an. »Stellen Sie sich nicht dumm. Warum sagen Sie es nicht selbst?«

»Fünfundzwanzig Millionen Pfund Sterling«, sagte Chip leichthin. »Das Geld aus dem Hendrykxx-Erbe, das Brice in seiner öffentlichen Erklärung plötzlich nicht mehr erwähnt hat.«

»Unsinn!« fiel ihm Stafford ins Wort. »Es geht nicht um das Geld, das wissen Sie. Aber trotzdem, wie sind Sie darauf gekommen?«

»Weil Sie so neugierig nach der Ol-Njorowa-Stiftung gefragt haben, habe ich das auch getan«, antwortete Chip. »Ich rief bei der kenianischen Botschaft in London an und veranlaßte, daß sich jemand das Testament ansieht. So einfach war das. Aber erzählen Sie doch weiter.«

»Ich könnte mir in den Hintern treten«, sagte Stafford. »Ich hätte es schon sehen müssen, als Ben mit seinem Bericht über den alten Hendrykxx zurückkam und sagte, daß Hendrykxx keinerlei Verbindung nach Kenia hatte. Das hat mich erst verblüfft. Aber dann ist mir alles klargeworden.«

»Was ist Ihnen klargeworden?«

»Die Verbindung nach Südafrika.«

»Volltreffer«, sagte Chip leise. »Erzählen Sie weiter.«

»Als ich mir die ganze Geschichte noch einmal durch den Kopf gehen ließ, tauchten plötzlich an allen Ecken und Enden Verbindungslinien nach Südafrika auf. Der alte Hendrykxx hat lange dort gelebt. Dirk Hendriks ist Südafrikaner. Mandeville, der Londoner Anwalt, ist ein politischer Rechtsaußen, der seine Ferien in Südafrika verbringt. Im Moment ist er auch wieder da. Ich glaube, daß Farrar, ohne es selbst zu wissen, nur vorgeschoben worden ist, und ich wette, daß Mandeville das Testament aufgesetzt hat.« Stafford holte tief Luft. »Brice hat einen Fehler gemacht, als er in der Öffentlichkeit eine viel zu niedrige Summe für das Hendrykxx-Erbe genannt hat. Er war zu geldgierig. Sind Sie sicher, daß Ihre Informationen über ihn stimmen, Chip? Ich möchte wetten, daß auch er Südafrikaner ist.«

Während der nächsten Stunde versuchten sie, die einzelnen

Bruchstücke, die bisher nie zusammengepaßt hatten, zu einem sinnvollen Bild zusammenzufügen. Allzuviel Erfolg hatten sie nicht dabei. »Wenigstens in einigen Punkten sind wir jetzt einer Meinung«, faßte Chip zusammen. »Sowohl Dirk Hendriks wie auch Brice könnten südafrikanische Geheimagenten sein. Aber wir wissen nicht, wie Gunnarson in das Ganze hineinpaßt und wer versucht hat, Corliss aus dem Weg zu räumen.«

»Nicht Corliss«, hakte Hardin ein. »Hank Hendrix. Schon in Los Angeles ist auf Hank geschossen worden, noch bevor Gunnarson ihn durch seinen Strohmann ersetzt hat.«

»Wer auch immer daran interessiert ist, ihn umzubringen, weiß noch nicht, daß Gunnarson Hanks Rolle neu besetzt hat«, ergänzte Stafford nachdenklich. Er sah Chip an. »Der Überfall in der Mara wirkte so echt, daß jeder ihn sofort mit den früheren Entführungen in Verbindung gebracht hat. Was glauben Sie, Chip? Ist es sehr schwer, sich tansanische Uniformen und Kalschnikows zu besorgen?«

Chip lächelte dünn. »Wer genug zahlt, kann an der tansanischen Grenze *alles* kaufen. Und was die Kalaschnikows angeht – die Dinger finden Sie an allen Grenzen Kenias – Tansania, Somalia, Äthiopien, Uganda. Sie glauben also, daß die Entführung nur inszeniert war, um den Tansaniern die Schuld zuzuschieben?« Er nickte nachdenklich. »Das könnte sehr gut möglich sein.«

»Dann muß Brice die Sache organisiert haben«, sagte Hardin. »Dirk Hendriks war zu der fraglichen Zeit in England.«

»Aber das sind alles nur Vermutungen«, sagte Stafford ungeduldig. »Nicht eine einzige davon können wir beweisen, Chip, sagen Sie, was wir als nächstes tun sollen. Schließlich geht es um Ihr Land.«

»Auf keinen Fall können wir offen gegen die Stiftung vorgehen«, sagte Chip. »Das würde Wellen in der Öffentlichkeit schlagen, und wir hätten sofort die Zeitungsleute im Nacken. Ich muß das alles erst mit meinem vorgesetzten Offizier besprechen.« Er hob seine Hände vor die Brust. »Und fragen Sie mich bitte nicht, wie er heißt.«

Curtis rührte sich. »Würde der Colonel mir einen Vorschlag gestatten?«

»Nur heraus damit«, sagte Stafford. »Ein paar gute Ideen können wir dringend brauchen.«

»Schicken wir Corliss doch einfach zu Gunnarson zurück. Und warten wir dann ab, was passiert.«

»Du hast ein herzloses Gemüt, Sergeant«, sagte Hardin. »Dann können wir ihn auch gleich auf einen Schießstand binden.«

»Aber wir hätten die Chance zu sehen, wer auf ihn schießt.« Stafford sah Chip an. »Was glauben Sie? Er müßte eine glaubwürdige Geschichte erzählen können.«

»Keine Legende kann ihn jetzt noch decken«, antwortete Chip. »Wir haben ihn zu lange festgehalten. Außerdem ist er ein miserabler Lügner. Wir würden dabei nur selbst unsere Tarnung verlieren.« Er dachte einen Moment nach. »Nein, wir müssen in Ol Njorowa jemanden finden, der sich für uns dort umsehen kann.«

»Und vielleicht überhaupt nichts findet«, ergänzte Hardin mürrisch.

»Ich glaube, da gibt es genug zu finden.« Chip drückte seine Zigarette aus. »Seit Sie meine Aufmerksamkeit auf Ol Njorowa gelenkt haben, habe ich mir die Stiftung sehr gründlich angeschaut. Die Sicherheitsvorkehrungen gehen weit über das hinaus, was für eine Landwirtschaftsschule notwendig wäre.«

»Die Hunts haben versucht, mir das zu erklären«, sagte Stafford. »Judy sagte, daß bei ihnen schon häufiger gestohlen wurde. Meist kleine Gartengeräte, was nicht so schlimm war. Aber es seien eben auch schon unersetzliche Saaten verschwunden. Alan Hunt hat dann noch was von einem Leoparden erzählt.« Er dachte über die Hunts nach. »Es ist ganz unmöglich, Chip, daß sämtliche Mitarbeiter der Stiftung zum südafrikanischen Geheimdienst gehören. Die Hunts sind weiße Kenianer, und Dr. Odhiambo machte auch nicht gerade den Eindruck eines Agenten.«

»Vielleicht existiert erst eine Zelle«, stimmte Chip ihm zu. »Aber noch einmal zurück zu Hendriks. – Wie lange lebt er schon in England?«

»Das weiß ich nicht«, sagte Stafford. »Ich habe ihn erst vor zwei Jahren kennengelernt, als er Alix geheiratet hat.«

»Wenn er tatsächlich für den südafrikanischen Geheimdienst arbeitet, muß er in England als ›Schläfer‹ eingeteilt worden sein, der erst nach Jahren in Aktion tritt. Ihren ehemaligen Kollegen würde das bestimmt nicht gefallen, Stafford. Es ist wohl angebracht, wenn wir eine Verbindung nach London herstellen, und zwar auf höchster Ebene.« Chip stand auf. »Ich will sehen, ob ich jemanden nach Ol Njorowa hineinbekommen kann.«

»Warten Sie«, hielt Stafford ihn zurück. »Dirk weiß, daß ich in Kenia bin – ich habe ihm erzählt, daß ich hier Ferien mache. Ich denke, ich werde mich einfach selbst nach Ol Njorowa einladen. Außerdem habe ich von Alan Hunt eine Einladung zu einer Ballonfahrt.«

»Gehst du allein?« fragte Hardin.

»Nein. Der Sergeant wird mich begleiten.« Stafford lächelte Curtis zu. »Na, Sergeant, freust du dich schon auf die Ballonfahrt?«

Der widerwillige Ausdruck in Curtis' Gesicht sprach Bände.

Spannung knisterte in der Luft von Brices Büro, Hendriks ging wütend auf und ab. »Warum zum Teufel haben Sie mir nicht gesagt, daß Stafford in die Sache verwickelt ist?«

»Weil ich es nicht gewußt habe«, bellte Brice zurück.

»Himmel, er ist sogar schon hier gewesen! Sie haben ihn auch noch selber empfangen!«

»Und woher sollte ich wissen, wer er ist?« Brices Stimme hatte einen wehleidigen Ton bekommen. »Sie haben ihn mir gegenüber nie erwähnt. Ich wußte nur, daß er ein Freund der Hunts war. Sie haben zusammen im Lake Naivasha Hotel gegessen. Ein Inder war auch dabei, ein Sikh. Nair Singh hieß er, glaube ich.«

»Und was hat der mit den Hunts zu tun?«

»Er ist ein Freund von Alan Hunt. Sie haben zusammen studiert.«

»Und dann taucht Stafford plötzlich in der Masai Mara auf und jagt hinter Hendrix her. Können Sie denn nicht zwei und zwei zusammenzählen?«

»Ich habe doch nichts davon gewußt. In den Zeitungen hat nichts gestanden. Wer ist denn dieser Stafford überhaupt?«

»Ein Freund von Alix.« Hendriks war stehengeblieben und grübelte vor sich hin. »Und er ist ein scharfer Hund, Brice, das können Sie mir glauben.« Er erzählte Brice, wer Stafford war und womit er sein Geld verdiente. »Es ist kein Zufall, daß er überall im entscheidenden Moment auftaucht. Hat er meinen Namen erwähnt, als er hier war?«

»Nein.«

»Aber warum nicht? Er wußte doch, daß ich hierherkommen würde.« In Gedanken spielte er die möglichen Antworten durch. »Oh, mein Gott!« fuhr er plötzlich auf.

»Was ist denn jetzt wieder?« fragte Brice müde.

»Er hat das Testament gesehen«, sagte Hendriks bissig. »Ein gewisser Hardin ist bei Alix aufgetaucht, als ich in Südafrika war.«

Er erzählte Brice, was er gehört hatte. »Ich habe diesen Hardin nie gesehen. Alix sagte, er sei sofort in die Staaten zurückgeflogen.«

»Und Sie haben nie daran gedacht, mir die Geschichte zu erzählen?« fragte Brice scharf.

»Nein. Ich war in meinen Gedanken viel zu sehr mit Hendrix beschäftigt. Aber jetzt macht das auch keinen Unterschied mehr. Viel wichtiger ist, daß Stafford genau weiß, wieviel die Stiftung geerbt hat. Und Sie erzählen in seiner Gegenwart etwas von lächerlichen sieben Millionen.«

Brice zuckte die Achseln. »Dafür haben wir eine Erklärung, wie ich Ihnen schon sagte. Ich brauche nur die volle Summe des Geldsegens, der uns ereilt hat, bekanntzugeben, das ist schade, aber nicht zu ändern.« Er kam hinter seinem Schreibtisch hervor und trabte vor Hendriks, der sich an die Fensterbank gelehnt hatte, auf und ab. »Das ist eine sehr merkwürdige Geschichte, die Sie mir da gerade erzählt haben. Hardin, ein Amerikaner, kommt nach London, um Ihrer Frau zu berichten, daß Sie noch einen verschollenen Cousin haben. Er hat sich sogar die Mühe gemacht, eine Kopie des Testaments zu besorgen. Warum hat er das alles getan?«

»Laut Alix hatte er irgendeinen vagen Verdacht gegen seinen Chef. Aber ich habe Ihnen schon gesagt, daß ich diesen Hardin nie getroffen habe.«

»Und für wen hat er gearbeitet?«

»Eine Privatdetektei in New York.«

»Wie heißt sie?«

»Keine Ahnung. Alix hat den Namen nicht genannt.«

»Und wer hatte die Detektei beauftragt?«

»Farrar.«

Brice blieb vor Hendriks stehen und sah ihm in die Augen. »Und jetzt erklären Sie mir doch bitte, wieso Farrar wissen konnte, daß es noch einen Erben in Amerika gab?« Seine Stimme war schneidend kalt. Dirk schwieg. »Wie viele Personen wußten denn überhaupt von dem Cousin in Amerika?«

»Pretoria hat es gewußt«, antwortete Dirk. »Ich natürlich auch. Aber Farrar kann es nicht erfahren haben. Und Mandeville hat es gewußt.« Er sah Brice an.

»Mandeville hat es gewußt«, wiederholte Brice. »Der Kronanwalt Ihrer Majestät wußte es also. Soll ich Ihnen sagen, was passiert ist, Hendriks? Während Pretoria in Los Angeles auf Hendrix Jagd gemacht hat, waren ihm gleichzeitig irgendwelche amerikanische

Detektive auf der Spur, die ihren Auftrag von Farrar hatten. Und Mandeville hat ihn dazu angestiftet. Als Pretoria Hendrix fast erwischt hatte, ist er von Mandevilles Leuten gerettet worden. Was für ein aberwitziges Spiel! Hat denn noch niemand etwas von Koordination gehört? Wir haben uns gegenseitig bekriegt. Was ist denn in Mandeville gefahren, daß er so einen Unfug anstiftet?«

»Er hat immer gesagt, daß Pretoria die Sache nur verschleppt«, sagte Dirk. Seine Stimme klang beleidigt.

»Sie sollten so schnell wie möglich mit Mandeville sprechen. Und wenn unsere Vermutungen zutreffen, dann richten Sie ihm aus, daß er nie wieder etwas ohne unseren ausdrücklichen Befehl tun soll.« Er riß den Telefonhörer von der Gabel. »Melden Sie ein Gespräch nach London an, und fragen Sie, wie lange wir auf die Verbindung warten müssen.« Er legte den Hörer zurück und wandte sich wieder zu Henriks. »Vielleicht weiß Mandeville auch den Namen des amerikanischen Detektivbüros.«

»Der spielt doch jetzt keine Rolle mehr.«

»Woher wissen Sie das? Sind Sie auch schon Hellseher?« Brice ließ seine rechte Hand auf den Schreibtisch knallen. Es klang wie ein Pistolenschuß. »Bei dieser Sache ist schon viel zuviel falsch gelaufen. Ich habe nicht jahrelang Blut und Wasser geschwitzt, damit mir jetzt alles von Unfähigkeit torpediert wird.« Er setzte sich wieder. »Und nun will ich mehr über diesen Stafford wissen. Wieso kennt er das Testament?«

»Nachdem Hardin bei Alix gewesen war, hat sie ihn angerufen, und um Rat gefragt. Er hat sich dann mit Hardin getroffen.«

»Er kennt also das Testament, er ist hier herumgeschlichen, und er war in der Masai Mara, als Hendrix geschnappt wurde. Dieser Mann, den Sie getroffen haben ... äh ...?« Er schnippte mit den Fingern.

»Gunnarson.«

»Dieser Gunnarson hat Ihnen erzählt, daß Stafford den Entführern gefolgt ist. Stimmt das?«

»Genau. Stafford hat ihm gesagt, seine Leute hätten sich bei der Verfolgung verirrt.«

»Verirrt haben sie sich? Das wage ich zu bezweifeln.« Brice sah Hendriks durchdringend an. »Ich habe zwei Männer verloren, und Ihr Cousin wird immer noch vermißt. Wir haben schon einmal darüber gesprochen, aber da wußten wir noch nichts von Stafford.« Er rieb sich nachdenklich das Kinn. »Wir müssen schnellstens herausfinden, welche Rolle Stafford bei dem Ganzen spielt.« Das Telefon klingelte. Brice nahm den Hörer ab. »Oh!« Er verdeckte die Sprechmuschel. »Jemand für Sie. Wem haben Sie gesagt, daß Sie hier sind?«

»Niemand«, sagte Hendriks. »Nach meinem Gespräch mit Gunnarson bin ich zur amerikanischen Botschaft gegangen. Aber ich habe niemandem gesagt, wohin ich dann gehen würde.«

»Irgend jemand hat es gewußt.« Brice hielt ihm den Hörer entgegen. »Finden Sie heraus, wer es ist.«

Hendriks nahm gespannt den Hörer. »Dirk Hendriks am Apparat.«

»Hallo, Dirk. Hab' ich dich also doch noch aufgespürt«, sagte Stafford. Hendriks hätte fast den Hörer fallen lassen. »Hier ist Max. Ich dachte, versuch es doch mal in Ol Njorowa, vielleicht hast du dort Glück. Wie geht es dir?«

»Oh, sehr gut«, antwortete Dirk. Er legte die Hand auf die Sprechmuschel. »Stafford.«

»Hast du schon eine Ballonfahrt gemacht?« fragte Stafford.

»Was?« sagte Dirk verwirrt.

»Eine Ballonfahrt mit den Hunts. Sie haben mich zu einer Ballonfahrt eingeladen. Für morgen. Ich habe gerade mit Alan gesprochen. Ich übernachte im Lake Naivasha Hotel. Dann müssen wir uns unbedingt zum Essen treffen.«

»Unbedingt«, wiederholte Dirk mechanisch. »Bleib einen Moment am Apparat.« Wieder hielt er die Sprechmuschel zu. »Er kommt her. Wegen einer Ballonfahrt mit diesem Hunt. Er will im Hotel am See übernachten und mich treffen.«

Brice begann zu lächeln. »Gib mir den Hörer. Hallo, Mr. Stafford – Charles Brice hier. Ich höre gerade, daß Sie morgen mit Alan Hunt die Lüfte erobern wollen. Aber es kommt überhaupt nicht in Frage, daß Sie im Hotel übernachten. Wir haben genug Räume hier. Das wird auch für Alan viel bequemer sein. Ja, ich bestehe darauf. Wann dürfen wir Sie erwarten? Sehr schön, ich freue mich, Sie wiederzusehen.«

Brice legte den Hörer auf und lachte. »Je eher er hier ist, desto besser, dann kann ich ihn wenigstens im Auge behalten. Treten Sie näher, sagte die Spinne zur Fliege.«

22

Gunnarson lag in seinem Hotelzimmer auf dem Bett und las einen Roman, der ihn nicht interessierte. Mehrmals hatte er den Faden verloren und einige Seiten zurückblättern müssen. Die Handlung langweilte ihn, und er war gereizt. Der Arzt hatte schon recht gehabt, das Liegen tat seinen wunden Füßen gut. Aber nicht der ärztliche Ratschlag hatte ihn im New Stanley gehalten, sondern der Anruf aus London, den er dringend erwartete.

Das Telefon klingelte, und er griff nach dem Hörer. »Gunnarson.«

»Mr. Gunnarson, hier spricht George Barbour von Peacemore, Willis & Franks, London. Sie hatten nach dem derzeitigen Aufenthaltsort von Max Stafford von Stafford Security Consultants gefragt.«

»Richtig.«

»Wie wir in Erfahrung bringen konnten, verbringt Mr. Stafford im Moment einen Urlaub in Kenia. Er hat London am achtzehnten verlassen.«

Dieser Hund hat also in Nairobi gesessen und gewartet, dachte Gunnarson. »Stafford Security hat hoffentlich nichts von dieser Anfrage erfahren.«

Barbour fühlte sich verkannt. »Wir wissen unsere Nachforschungen diskret anzustellen, Mr. Gunnarson.«

»Schon gut. Und vielen Dank.«

Er legte auf, zog sich das Telefonbuch heran und begann die Hotels von Nairobi anzurufen. Beim fünften Versuch hatte er Erfolg, es war das Norfolk. Ja, Mr. Stafford wohnte im Norfolk. Nein, im Moment war er nicht im Hotel. Man nahm an, daß er auf Safari war, aber sein Zimmer hatte er behalten. Nein, mit dem genauen Aufenthaltsort von Mr. Stafford konnte man nicht dienen. Aber vielleicht wollte der Herr eine Nachricht hinterlassen,

Gunnarson wollte keine Nachricht hinterlassen. Er legte abrupt auf, ließ sich aufs Bett zurückfallen und versuchte, seine Gedanken zu ordnen. Zwar hatte er Stafford nie persönlich kennengelernt, aber durch Peacemore, Willis & Franks hatte er einiges über ihn erfahren. Es gab keinen Peacemore, keinen Willis und auch keinen Franks. Gunnarson hatte diesen behaglichen Dreiklang erfunden, als passendes Aushängeschild seiner Firma für die Londoner City. Das Geschäft wurde von Terence Ferney geführt, der von Zeit zu

Zeit ätzend über Stafford Security Consultants hergezogen war. »Staffords Heiligenschein wird kleiner, je mehr ihm der Kopf schwillt«, hatte er einmal gesagt. »Aber er weiß seinen Betrieb zu führen, das ist gar keine Frage. Da gibt es keine undichten Stellen, und er hat sich gute Leute geholt – Jack Ellis zum Beispiel.«

Gunnarson hatte Ferney in London getroffen, und der hatte ihm triumphierend erzählt, wie seine Leute Staffords Sicherungssystem bei Electronomics noch während der Übernahmeverhandlungen unterlaufen hatten. Aber Gunnarson hatte ihm das Wort abgeschnitten. »Für einen Sieg hast du fünf Niederlagen eingesteckt, Terry. Deine Akte sieht gar nicht gut aus. Bleib am Ball.«

Dann war es also Stafford, der ihm in der Masai Mara gefolgt war. Ein merkwürdiger Zufall. Der Chef von Amerikas größtem privatem Sicherheitsdienst wird entführt, und der Chef von Europas größtem Sicherheitsdienst ist passend zur Stelle. Verrückt!

Warum hatte Stafford in Keekorok ausgerechnet ihn angesprochen? Hatte er etwas mit dem Verschwinden von Corliss zu tun? Wußte er etwa schon Bescheid über Corliss – daß er nur ein Ersatzmann für Hendrix war? Warum hatte er sich überhaupt eingemischt? Gunnarson griff wieder zum Telefon und wählte. »Ich möchte ein Gespräch nach New York anmelden.«

Auch Hardin hatte sich nach dem Frühstück wieder hingelegt. Aber auf einer Liege am Swimming-pool des Norfolk-Hotels; er ließ sich von der Sonne bräunen. Er lag auf dem Bauch und beobachtete die Kohlensäurebläschen in einem Glas Premiumbier, das vor ihm stand. Stafford und Curtis waren nach Ol Njorowa gefahren, Chip und seine Gefolgsleute beobachteten Gunnarson. Hardin hatte nichts zu tun. Er war unzufrieden und fühlte sich irgendwie schuldig.

Eine Stunde lang blieb er in der Sonne liegen, dann stieg er in den Pool und schwamm zehn Bahnen. Danach trocknete er sich ab, ging in den Umkleideraum und zog sich an. Langsam durchquerte er den Innenhof, blieb einen Augenblick bei den Volieren stehen und schlenderte weiter zum Hintereingang der Hotelhalle. Er hatte schon einen Fuß in die Halle gesetzt, als er plötzlich umdrehte und eilig in den Hof zurückging. Gunnarson stand an der Rezeption und sprach mit einem der Portiers.

Hardin wollte gerade auf sein Zimmer gehen, als Nair Singh aus der Halle in den Innenhof kam, die Augen halb geschlossen in der grellen Sonne. Als er stehenblieb, um seine Sonnenbrille aufzusetzen, tippte Hardin ihm auf die Schulter. »Jetzt wäre ich fast Gunnarson in die Arme gelaufen. Sie hätten mich warnen sollen.«

»Ich habe versucht, Sie anzurufen. Aber sie waren nicht auf Ihrem Zimmer.«

»Ich hab' am Swimming-pool gelegen. Aber was zum Teufel will Gunnarson hier?«

»Ich würde sagen, er versucht herauszufinden, wo Stafford ist«, sagte Nair. »Wer Stafford ist, weiß er inzwischen. Er hat die Kosten eines Anrufs in England nicht gescheut, um sicher zu sein, daß der Stafford, den er in Keekorok getroffen hat, der Stafford von Stafford Security Consultants ist. So schwierig kann das Leben sein.«

»Und woher wissen Sie das?«

»Wir haben sein Telefon angezapft.« Nair lächelte. »Reine Routinesache. Vor einer Stunde hat er auch in New York angerufen. Er hat ein paar leute in Alarmbereitschaft versetzt, die er notfalls zur Verstärkung einfliegen lassen will.«

»Wen?« fragte Hardin. »Hat er Namen genannt?«

Nair nickte. »Drei Mann. Walters, Gottschalk und Rudinsky.«

»Gottschalk kenne ich nicht«, sagte Hardin. »Aber Walters ist ein sehr guter Mann, und Rudinsky hat schon einmal in Afrika gearbeitet. Er kommt auch von der CIA. Allmählich wird die Sache heiß. Hat er gesagt, wann sie kommen sollen?«

»Nein. Aber spätestens übermorgen will er ihnen seine Anweisung geben. Genug Zeit für uns zu überlegen, was wir dagegen tun können. Ich sollte mit Chip reden. Vielleicht kann er die drei schon am Flughafen als unerwünschte Ausländer wieder auf die Heimreise schicken lassen.«

Hardin wies mit dem Kopf zur Hotelhalle. »Verlieren Sie Gunnarson nicht aus den Augen. Er könnte Ihnen entwischen.«

»Das kann er nicht. Drei Mann sind um das Haus verteilt, und sie haben Sprechfunkgeräte im Wagen. Er steht immer noch an der Rezeption.« Nair lächelte Hardin freundlich an. »Ich habe einen Empfänger im Turban. Sie wissen ja, wie klein man die Dinger heute bauen kann.«

»Hübsch«, sagte Hardin und bewunderte den Turban mit neu erwachtem Interesse. Die Stoffalten verdeckten sogar den Ohrhörer, den Nair tragen mußte.

Mit einer Handbewegung brachte Nair ihn zum Schweigen. Dann drückte er die linke Hand gegen sein Ohr. »Er verläßt das

Hotel – und steigt in ein Taxi. Warten wir noch, bis er abgefahren ist, bevor wir an der Rezeption fragen, was er wollte.«

»Ich frage mich, wie er Stafford auf die Schliche gekommen ist«, gübelte Hardin.

»Vielleicht durch Dirk Hendriks«, sagte Nair. »Aber das ist unwichtig. Jetzt ist er draußen auf der Harry Thuku Road. Gehen wir hinein.«

Sie gingen in die Hotelhalle und befragten den Angestellten an der Rezeption. »Der Herr, der gerade hier war...«, begann Nair.

»Mr. Andrews? Den Amerikaner?«

»Ja, richtig«, sagte Hardin. »Mr. Andrews. Hat er nach jemandem gefragt?«

»Er wollte Mr. Stafford sprechen. Mr. Stafford ist ein Freund von Ihnen, nicht wahr? Ich habe Sie schon zusammen gesehen.«

Hardin nickte. »Was haben Sie Mr. Andrews gesagt?«

Der Mann bemerkte den nervösen Ausdruck in Hardins Gesicht. »Habe ich etwas falsch gemacht?«

»Ich glaube nicht«, sagte Hardin und dachte das Gegenteil. »Welche Adresse haben Sie ihm genannt?«

»Das Ol Njorowa College. Mr. Stafford hat es vor seiner Abfahrt erwähnt. Er sagte, er sei einige Tage nicht in Nairobi, wolle aber sein Zimmer behalten.«

Hardin sah Nair erstaunt an. »Vielen Dank.« Sie entfernten sich von der Rezeption. »Das war aber nicht besonders klug von Max.«

»Er konnte nicht ahnen, daß Gunnarson hier nach ihm suchen würde.« Nair blieb stehen und lauschte konzentriert der Stimme aus seinem Turban. »Gunnarson hat das Taxi in der Muindi Mbingu Street halten lassen.« Er schwieg einen Augenblick. »Er geht in das Büro der United Touring Company. Die UTC betreibt unter anderem auch einen Mietwagenverleih.«

Sie hatten sich längst entschieden. »Ich pack' ein paar Sachen ein«, sagte Hardin. »In fünfzehn Minuten bin ich fertig.« Als er sich an der Treppe noch einmal umdrehte, sah er Nair auf das Telefon zueilen.

Zum zweiten Mal mußte Stafford das Kontrollritual über sich ergehen lassen, bevor sich das Tor zum Ol Njorowa College öffnete. Er fuhr zum Verwaltungsblock, parkte den Nissan und ging hinein. Am Informationsschalter in der Halle nannte er seinen Namen. Dann ließ er seinen Blick durch den Raum wandern und entdeckte, was ihm bei seinem ersten Besuch entgangen war. Chip hatte recht, die Sicherheitsvorkehrungen waren schärfer, als man bei einem harmlosen Landwirtschaftsinstitut erwartet hätte.

Niemand konnte weiter in das Gebäude hineingehen, ohne ein kleines Pförtchen zu passieren. Und Stafford ging jede Wette ein, daß es jedesmal, wenn es geöffnet wurde, ein Signal aussandte, zumindest würde es das tun, wenn Stafford hier für die Sicherheit verantwortlich gewesen wäre. Seinem geschulten Auge entging auch der Glasschimmer im oberen Winkel einer Ecke des Raums nicht. Es mußte die Weitwinkellinse einer Fernsehkamera sein. Wer nicht bewußt nach ihr suchte, würde sie kaum entdecken. Er fragte sich, wo wohl der dazugehörige Monitor stand.

Der schwarze Kenianer hinter dem Schalter legte den Telefonhörer wieder auf die Gabel. »Mr. Henriks kommt sofort. Wenn Sie bitte solange hier Platz nehmen.«

Stafford ließ sich auf seinem Sessel nieder und nahm sich von dem Tischchen davor eine Illustrierte. Es war ein Wissenschaftsmagazin, das über die Getreideproduktion in den Tropen berichtete, ein Thema, das Stafford nicht sonderlich interessierte. Kurz darauf erschien Hendriks, der mit ausgestreckten Armen auf ihn zukam. »Max! Wie schön, dich hier zu sehen.«

Stafford bezweifelte, daß das ernst gemeint war, aber er stand lächelnd auf und schüttelte Dirk die Hand. »Es war nett von Brice, mich einzuladen. Aber ich hätte genausogut im Hotel übernachten können. Es ist gar nicht weit von hier.«

»Laß Charles das nicht hören«, sagte Hendriks. »Sobald er erfuhr, daß wir befreundet sind, war es für ihn selbstverständlich, daß du hier wohnst. Warum hast du es ihm nicht schon gesagt, als du das erste Mal hier warst?«

»Ich habe nur kurz mit ihm gesprochen, zumeist war ich mit Alan und Judy Hunt zusammen. Kennst du sie?«

»Nein. Aber ich bin auch gerade erst aus England zurückgekommen.«

»Und wie geht es Alix und dem kleinen Max?« fragte Stafford höflich.

»Die Mutterrolle steht ihr gut«, sagte Hendriks. Er hakte sich bei Stafford unter. »Laß uns zu Charles gehen.« Er führte Stafford durch die kleine Pforte und einen Flur entlang. Am Ende des Gangs öffnete er eine Tür. »Max ist gerade angekommen.«

Brice begrüßte Stafford ausnehmend freundlich. »Sie sind also ein ebenso unerschrockener Vogelmensch wie Alan Hunt. Aber besser Sie als ich; ich traue seinem Flugapparat ohnehin nicht – er wirkt nicht gerade sehr solide.« Mit einer Handbewegung lud er Stafford zum Sitzen ein.

Als er sich niedergelassen hatte, sagte Hendriks: »Schlechte Nachrichten von Cousin Henry. Du hast sicherlich auch schon davon gehört?«

Stafford war auf diese Frage gefaßt und hatte auch schon eine Antwort parat. »Nicht nur gehört«, sagte er. »Ich war sogar dabei. Nicht bei der Gruppe, die entführt wurde, aber bei einer zweiten, die eine etwas ungeschickte Rettungsaktion startete. Ich wußte nicht, daß dein Cousin zu den Entführten gehörte. Als ich in Keekorok den Namen Hendrix hörte, traf es mich wie ein Schlag. Im ersten Moment fürchtete ich, du selbst wärst gemeint.«

»Merkwürdig, daß von Ihrem Abenteuer nichts in den Zeitungen stand«, sagte Brice.

Stafford zuckte die Schultern. »Schlampiger Journalismus ist das. Hat sich inzwischen irgend etwas getan?«

»Nichts«, sagte Dirk. »Ich war bei der Polizei und auf der amerikanischen Botschaft, aber niemand scheint Genaueres zu wissen. Und wenn doch, dann sagen sie es nicht.«

»Der Vorfall hat den diplomatischen Beziehungen zwischen Kenia und Tansania bestimmt nicht gutgetan«, bemerkte Brice. »Auch wenn sie vorher schon nicht so glänzend gewesen sind.« Er wechselte das Thema. »Sie wollen sich jetzt sicher erst einmal frisch machen, Mr. Stafford. Wir haben im ersten Stock ein paar Gästezimmer für unsere VIPs – die Ratsmitglieder besuchen uns von Zeit zu Zeit und manchmal auch ein Vertreter der Regierung. Solange Sie hier sind, können Sie gerne eines der Zimmer benutzen.«

»Das ist sehr freundlich von Ihnen.«

»Aber das ist doch selbstverständlich. Sehen Sie, wir sind hier eine kleine eingeschworene Gemeinde – fast wie ein Kloster, wenn nicht auch ein paar Frauen wie Judy Hunt unter uns wären. Es tut uns ganz gut, einmal neue Gesichter zu sehen und Neues von der Welt draußen zu hören. Dirk wird Ihnen Ihr Zimmer zeigen und dann sehen, daß er Alan Hunt für Sie auftreibt.«

»Natürlich«, sagte Dirk. »Ich bring' dich auf dein Zimmer. Es liegt direkt neben meinem.«

»Und Sie werden hoffentlich mit uns essen«, verabschiedete sich Brice.

Stafford folgte Hendriks die Treppe hinauf. »Die einzige VIP hier bist natürlich du, Dirk. Was hast du für einen Eindruck von der Stiftung?«

»Ich habe noch nicht viel sehen können. Zuerst habe ich mich bemüht, die Behörden wegen Henry auf Trab zu bringen. Aber das Wenige, das mir gezeigt wurde, hat mich sehr beeindruckt. Hier ist dein Zimmer.«

Die Mönche in diesem Kloster leben nicht schlecht, dachte Stafford, als er sein Schlafzimmer sah. Es hätte einem Drei-Sterne-Hotel alle Ehre gemacht. Dirk zeigte auf eine Tür. »Das ist das Bad. Wenn du mir deine Wagenschlüssel gibst, lasse ich dein Gepäck heraufbringen.«

»Er ist nicht abgeschlossen.«

»Gut. Der Gemeinschaftsraum ist am anderen Ende des Korridors. Alan Hunt und ich werden dort in einer Viertelstunde auf dich warten. Wir können vor dem Essen noch einen Drink nehmen.«

»Ich weiß, wo der Gemeinschaftsraum ist.«

»Ja, natürlich«, sagte Dirk. »Ich hatte ganz vergessen, daß du schon einmal hier warst.«

Er verließ das Zimmer, und Stafford zweifelte keinen Augenblick daran, daß der Nissan jetzt gründlich durchsucht wurde. Und auch sein Koffer. Es war ihm einerlei, sie würden nichts Ungewöhnliches finden. Er nahm den Raum gründlich in Augenschein; nicht um die komfortable Einrichtung zu bewundern, sondern weil er Wanzen suchte – elektronische. Die Privatgespräche der Leute vom Verwaltungsrat und der Regierungsvertreter waren für Brice gewiß von Interesse.

Die Tischleuchte war sauber, die Leselampe über dem Bett auch. Unter dem Schreibtisch, dem Nachttisch und dem Bett fanden sich keine seltsamen Gegenstände. Nachdenklich musterte er das Telefon. Sicher war es angezapft, aber das spielte keine Rolle. Falls er es wirklich einmal benutzen mußte, wäre das Gespräch entsprechend harmlos. Vielleicht aber enthielt es noch anderes technisches Spielzeug. Er nahm den Hörer, schraubte die Sprechmuschel auf und untersuchte das Mikrophon. Ihm fiel nichts daran auf. Schnell schraubte er die Muschel wieder fest. Fünfzehn Sekunden hatte er dafür gebraucht.

Als er den Hörer auf die Gabel zurücklegte, klopfte es an der Tür. Der schwarze Kenianer, den er in der Halle am Schalter gesehen hatte, brachte seinen Koffer herein und stellte ihn neben den Ankleideschrank. »Mr. Hunt erwartet Sie im Gemeinschaftsraum, Sir.«

»Vielen Dank. Sagen Sie ihm doch, daß ich in ein paar Minuten bei ihm bin.« Stafford nahm sein Waschzeug und verschwand im Bad. Nachdem er sich ein bißchen erfrischt hatte, schaute er sich die Wände seines Zimmers genauer an. Wie in jedem Gästezimmer hing an einer Wand ein Bild. Es war ein Farbdruck nach einem Gemälde von David Shepherd, das einen Elefanten im Busch zeigte, dergleichen konnte man in jedem Andenkengeschäft von Nairobi kaufen. Er nahm es gründlicher unter die Lupe. Das Bild interessierte ihn weniger als der Rahmen. Er war aus weißem Naturholz und ungewöhnlich dick. An der unteren Kante entdeckte Stafford ein Astloch. Er lächelte zufrieden.

Aus einer Jacke holte er eine dünne Stiftlampe, um das Loch näher zu untersuchen. Vorsichtig schob er den Stift in die Öffnung. Dann bewegte er die Lampe hin und her, und im selben Takt sah er am Boden des Astlochs etwas aufblitzen – die Membrane eines Knopfmikrophons. Erleichtert steckte er die Stiftlampe wieder ein. Hätte er nichts gefunden, wäre er ziemlich ratlos gewesen. Bis jetzt hatte sein Verdacht gegen Hendriks und Brice an einer dünnen Kette vager Vermutungen gehangen. Aber das hier war der endgültige Beweis. Eine harmlose Landwirtschaftsschule würde nicht die Schlafzimmer ihrer Gäste abhören.

In dem dicken Rahmen des Bildes mußten ein Miniatursender und eine kleine Batterie, die ihn mit Strom versorgte, versteckt sein. Und in irgendeinem Gebäude der Stiftung stand der dazugehörige Empfänger, der mit Sicherheit an ein Bandgerät angeschlossen war, das sich beim Empfang von Schallwellen automatisch einschaltete. Stafford hätte das Mikrophon ohne große Schwierigkeiten außer Funktion setzen können. Er brauchte nur eine Nadel in das Astloch zu stoßen, und die kleine Wanze hätte ihr Leben ausgehaucht. Aber damit hätte er sich zugleich verraten. Also ließ er alles, wie es war. Doch er nahm sich vor, genau auf das zu achten, was er in Ol Njorowa sagte. Nicht nur in seinem Zimmer.

Bevor er sein Zimmer verließ, nahm er ein kleines Fernglas aus seinem Koffer und ging zum Fenster. In der Ferne konnte er einen Ausschnitt des Drahtzauns sehen, der das Gelände der Stiftung eingrenzte. Der Zaun war mindestens drei Meter hoch, und an seiner oberen Kante lief ein enggewickelter Stacheldraht entlang.

Irgendwo auf der anderen Seite untersuchte jetzt Curtis den Drahtzaun von außen. Er hatte den Auftrag, die Grenze der Stiftung in voller Länge zu erkunden. Stafford legte das Fernglas wieder in den Koffer und ging gutgelaunt zum Gemeinschaftsraum.

Hendriks legte den Telefonhörer zurück auf die Gabel. Er saß im Büro von Brice. Es war nicht einfach gewesen, Mandeville in London zu erreichen. Eine Sekretärin hatte ihm kühl mitgeteilt, daß der Anwalt am Gericht sei, aber Hendriks hatte dringend um Rückruf gebeten. Gerade hatten sie ihr Gespräch beendet. Mit leerem Blick sah er Brice an. Mandevilles Auskunft hatte ihn wie ein Schlag in den Magen getroffen.

»Was ist los?« fragte Brice ungeduldig. »Was hat Mandeville gesagt?«

»Das New Yorker Detektivbüro heißt Gunnarson Associates«, sagte Hendriks.

»*Was?*« Brice blieb der Mund offen. »Soll das heißen, daß der Kerl, mit dem Sie in Nairobi gesprochen haben, derselbe ist, der Henry Hendrix in den Staaten aufgespürt hat?«

»Es sieht so aus.« Hendriks stand auf. »So viele Gunnarsons werden hier nicht herumlaufen. Und der Gunnarson, den ich in Nairobi getroffen habe, war Amerikaner.«

»Und er gehörte zur Touristengruppe Ihres Cousins. Offensichtlich sind sie zusammen gereist. Jetzt sagen Sie, was dieser Detektiv hier in Kenia treibt, nachdem sein Auftrag schon in New York erledigt war? Und warum sollte Henry Hendrix das zulassen?«

»Vielleicht hat er, nachdem er das viele Geld geerbt hat, Angst bekommen und wollte sich schützen lassen?«

»Unwahrscheinlich.« Brice trommelte mit den Fingern auf die Tischplatte.

»Oh, sagen Sie das nicht«, widersprach Hendriks. »In Los Angeles ist auf ihn geschossen worden, und dann war da noch die Geschichte mit dem Leihwagen in Cornwall. Vielleicht hat er Verdacht geschöpft.«

»Das könnte stimmen«, sagte Brice müde. »Eine andere Möglichkeit ist, daß Gunnarson und Stafford zusammenarbeiten.« Er dachte einen Moment nach. »Wie auch immer, wir müssen Gunnarson beobachten lassen. Wir müssen herausfinden, wen er trifft, und vor allem, ob er Kontakt zu Stafford hat.«

»Soll ich nach Nairobi zurückfahren?« fragte Dirk.

»Nein. Sie bleiben hier und behalten Stafford im Auge. Patterson kann fahren.« Brice stand auf. »Ich gehe zu ihm hinüber. Er sitzt in der Radarstation. Sie sagten, Gunnarson wohnt im New Stanley?«

Dirk nickte. Brice war schon an der Tür, als Dirk ihn plötzlich zurückrief. »Warten Sie einen Moment. Mir ist gerade etwas eingefallen.« Brice drehte sich herum und sah ihn mit hochgezogenen Augenbrauen an. »Als ich mit Gunnarson im Thorn Tree sprach, hatte ich auf einmal das merkwürdige Gefühl, ihn schon einmal gesehen zu haben. Aber ich wußte nicht mehr, wo. Jetzt weiß ich es wieder.«

»Und wo haben Sie ihn gesehen?«

»Erinnern Sie sich noch an meinen ersten Besuch in Kenia? Als ich mit Farrar und Henry hier war? Wir haben damals im Lake-Naivasha-Hotel gewohnt, und Sie haben sich dort mit uns zum Essen getroffen.«

»Und?«

»Gunnarson war auch dort. Er saß an einem Ecktisch. Allein.«

23

Dirk Hendriks kam in den Gemeinschaftsraum und fand Stafford und Alan Hunt im Gespräch. »Ich muß morgen sowieso aufsteigen«, sagte Hunt. »Jim Odhiambo braucht ein paar Luftaufnahmen von seinen Versuchsfeldern. Für so etwas eignet sich der Ballon vorzüglich.«

Stafford winkte Dirk heran. »Alan, ich möchte Ihnen Dirk Hendriks vorstellen. Er ist der Enkel des Wohltäters von Ol Njorowa. Dirk – dies ist Alan Hunt.«

Die beiden Männer schüttelten sich die Hände. »Das Vermächtnis Ihres Großvaters kommt genau im richtigen Augenblick. Ich brauche einen kleinen Teil der sieben Millionen für einen Gaschromatographen.«

Dirk lachte. »Ich weiß wirklich nicht, was das ist.«

»Sieben Millionen!« sagte Stafford mit gespielter Überraschung. »Es muß viel mehr sein, ganz bestimmt.«

»Pro Jahr«, sagte Dirk unbeeindruckt. »Das ist der Gewinn, den sich Brice erhofft, wenn das Geld richtig angelegt wird. Ich glaube, er ist zu optimistisch. Vielleicht kommt er auf die Summe ohne Abzug der Steuern. Er verhandelt im Moment mit der Regierung, daß das Erbe steuerfrei bleibt. Immerhin ist die Stiftung ein gemeinnütziges Unternehmen.«

Das klang ganz überzeugend. »Dann muß ich Brice mißverstanden haben«, sagte Stafford.

Hunt stieß einen überraschten Pfiff aus. »Ich hab' ihn auch mißverstanden, und den Reportern ist es nicht besser ergangen. Wieviel hat Ihr Großvater uns denn hinterlassen?«

»Als er starb, werden es ungefähr vierunddreißig Millionen gewesen sein. Aber die amtliche Testamentseröffnung und die Überprüfung hat einige Zeit in Anspruch genommen, während der sich das Vermögen weiter verzinst hat. Jetzt sind es vielleicht schon siebenunddreißig Millionen.«

Hunt lachte vor Überraschung laut auf. ›Jetzt bin ich *sicher*, daß ich meinen Gaschromatographen bekomme. Darauf müssen wir anstoßen.« Er bestellte etwas zu trinken für sie. »Sie haben gesagt, daß Sie Luftaufnahmen für Dr. Odhiambo machen müssen«, sagte Stafford neugierig. »Ich versteh' den Sinn nicht ganz. Er kann sich doch seine Pflanzen auch auf dem Feld ansehen, oder nicht?«

»Natürlich«, sagte Hunt. »Aber so geht es schneller. Wir fotografieren die Felder mit Infrarotfilm. Schwächliche oder kranke Pflanzen sind auf den Bildern leicht zu erkennen, wenn man weiß, worauf man achten muß. Jim erspart sich auf diese Art kilometerlange Spaziergänge.«

»Die Wunder der Wissenschaft«, sagte Hendriks.

»Dasselbe System kann man auch über Satelliten anwenden«, erklärte Hunt begeistert. »Damit sind noch viel größere Gebiete zu erfassen.«

Stafford nahm einen Schluck von seinem Bier. »Wo Sie gerade von Satelliten reden – wem gehört eigentlich der Satellit, den Ihre Wildtierforscher benutzen? Sie haben ihn doch nicht selbst in den Himmel geschossen.«

Hunt lachte. »Bestimmt nicht. Das haben die Amerikaner für uns getan. Die Mitarbeiter der Wildforschung haben gefragt, ob für ihre Geräte noch Platz in dem Satelliten ist. Sie brauchten ja nicht viel. Die Amerikaner hatten nichts dagegen und haben das Zeug mit eingebaut. Aber der Satellit hat noch andere Aufgaben, außer der Überwachung von Wildwanderungen.« Er zeigte zur Decke. »Er steht direkt da oben, 22000 Meilen über uns, und beobachtet die Wolkenbildung über fast ganz Afrika und dem Indischen Ozean. Für eine Langzeitstudie über die Monsunregen.«

»Auf geostationärer Bahn also«, sagte Stafford.

»Genau. Die verläuft über dem Äquator. Hier sind wir ungefähr ein Grad südlich. Dadurch kommt es zu leichten Schwankungen in der Bahnbewegung, aber die fallen nicht ins Gewicht.«

»Ich kann Ihnen nicht mehr folgen«, sagte Hendriks. »Ich verstehe nicht einmal die Hälfte von dem, was Sie sagen.«

Er schüttelte den Kopf. »Mein Großvater wollte, daß ich einen Monat im Jahr hier arbeite, aber ich weiß immer weniger, was ich hier tun soll. Mir fehlt die richtige Ausbildung, um Ihnen nützlich zu sein. Ich habe Kunstgeschichte studiert.«

»Brice wird Sie sicher sehr gut in der Verwaltung gebrauchen können«, erklärte Hunt freundlich.

Das würde er ganz sicher, dachte Stafford. »Wo hast du eigentlich studiert, Dirk?«

»In Potchefstroom. Das liegt in Transvaal.«

Stafford speicherte die Information in seinem Kopf; es konnte ein wichtiger Hinweis sein, wenn es nötig sein sollte, Hendriks Vergangenheit gründlicher zu durchleuchten.

»Wenn Sie morgen mitkommen wollen, Max, müssen Sie früh aufstehen«, sagte Hunt. »Wir müssen vor dem Frühstück los. Die Luftverhältnisse sind am frühen Morgen stabiler. Ich werde Sie um halb sieben auf Ihrem Zimmer anrufen.« Stafford nickte, und Hunts Blick wanderte zu Dirk. »Haben Sie nicht auch Lust, mitzukommen? Für einen haben wir noch Platz.«

Hendriks schüttelte den Kopf. »Brice will mich morgen früh sprechen. Vielleicht ein andermal.«

Stafford war erleichtert. Er hatte seine eigenen Gründe, Ol Njorowa aus der Luftperspektive zu sehen. Und Hendriks' Nähe hätte ihm dabei gar nicht behagt. Daß die Hunts auch in die Geheimdienstaktivitäten am College verwickelt sein könnten, hielt Stafford für ausgeschlossen. Beide waren in Kenia geboren und machten auf ihn nicht den Eindruck, als ob sie sich von den Südafrikanern bestechen ließen. Er glaubte vielmehr, daß sie, wie sicherlich die meisten wissenschaftlichen Mitarbeiter der Stiftung, zu der Tarnung gehörten, hinter der sich Brice versteckt hielt. Den Wurm in diesem rosigen Apfel vermutete er ganz woanders.

Hunt entschuldigte sich, daß er nicht länger bleiben konnte. Seine Arbeit wartete auf ihn. Er trank sein Bier aus, verabschiedete sich und ging. Stafford und Hendriks setzten ihr Gespräch noch eine Weile fort. Es war eine merkwürdige Unterhaltung, bei der jeder versuchte, den anderen auszuhorchen, ohne selbst etwas zu verraten. Ihr Duell endete unentschieden.

Während der Fahrt nach Naivasha versuchte Gunnarson, die verworrenen Ereignisse der letzten Tage zu einem sinnvollen Bild zusammenzufügen. Er war nicht leicht aus der Ruhe zu bringen; doch der Schluß, zu dem er gelangte, erschreckte ihn. Dabei hatte er in New York alles sorgfältig wie ein Paket verschnürt. Aber diesem Paket war die lange Reise nicht bekommen, die Schnur hatte sich gelöst, die schöne Verpackung war ramponiert – und das schlimmste: der Inhalt war verschwunden.

Corliss wurde immer noch vermißt, dieser Hund!

Er war in New York so vorsichtig gewesen. Nachdem Hendrix von Hardin abgeliefert worden war, hatte ihn niemand mehr gesehen; Gunnarson hatte ihn persönlich aus dem Gebäude geschmuggelt. Dann hatte er ihn in ein Versteck nach Connecticut gebracht. Nur seine Sekretärin im Vorzimmer hatte Hendrix zu sehen bekommen, aber sie wußte nicht, wer er war, sein Name war nie genannt worden. Und Hardin hatte er sich erfolgreich vom Hals geschafft. Der Dummkopf war so leicht zu provozieren gewesen, daß die Kündigung wie eine verständliche Reaktion aussah.

Gunnarson trommelte mit den Fingern aufs Lenkrad. Merkwürdig nur, daß Hardin wie vom Erdboden verschluckt war, als er versucht hatte, ihn aufzuspüren. Vielleicht hatte er sich in irgendein Loch verkrochen, um seine Wunden zu lecken. Gunnarson zuckte die Achseln und verbannte Hardin aus seinen Gedanken. Das war vorbei und hatte nichts mit dem Problem zu tun, das ihm im Moment soviel Kopfzerbrechen bereitete.

Aber Hardins Bericht war für ihn sehr wertvoll gewesen. Er hatte seinen Plan erst möglich gemacht. Henry Hendrix war ein ausgeflippter Hippie ohne Familie; niemand in der Welt würde nach ihm suchen, wenn er für immer verschwand, weil niemand wußte, daß er überhaupt lebte. Bis auf die verrückte Kommune in Los Angeles. Aber Biggie und seinen Anhang hatte er zuerst nicht ernst genommen.

Damit hatte er Hendrix endgültig isoliert und die Voraussetzung für ein perfektes Wechselspiel geschaffen – zu gewinnen waren sechs Millionen Dollar. Hendrix hatte bereitwillig alles mitgemacht, weil er glaubte, daß Gunnarson die vielen Auskünfte für einen englischen Anwalt brauchte. Das Bandgerät, das jedes seiner Worte festhielt, hatte er nie gesehen.

Und dann war ihm Corliss in die Fänge geraten. Corliss war ein leichter Fall. Er war schwach und hatte schon dem ersten Druck nachgegeben. Gunnarson Associates war ihm bei einer Routinekontrolle auf die Schliche gekommen. Als Gunnarson ihm die Alternative nannte, hatte er sich sofort gefügt. Bei der Bank, die Corliss beschäftigt hatte, wunderte sich niemand, daß er nur den Job verlor und nicht angezeigt wurde. Keine Bank schätzt es, wenn die Öffentlichkeit erfährt, daß ein Programmierkünstler sie hereingelegt hat. Das ist schlecht fürs Geschäft; und deshalb wurde der Betrug vertuscht. Gunnarson hatte keine Mühe, Corliss ebenfalls zu isolieren, aber er achtete darauf, daß sich Hendrix und Corliss nicht begegneten.

Dann mußte Corliss in die Rolle von Hendrix hineinwachsen. Glücklicherweise waren sie sich nicht einmal unähnlich. Beide hatten blonde Haare, und auch das Alter stimmte fast überein. Jedenfalls war es nicht schwierig, den Paß von Hendrix zu fälschen. Hendrix konnte nichts mehr für Gunnarson tun, also mußte etwas mit ihm passieren. Gunnarson kümmerte sich persönlich darum. Es war ein Jammer, gewiß, aber es war notwendig. Hendrix lag jetzt, eingebettet in einen Zementblock, auf dem Meeresgrund vor Long Island.

Dann begann Gunnarson, sich um Biggie und die Kommune zu sorgen. Das plötzliche Glück von Henry Hendrix, der über Nacht Multimillionär geworden war, konnte die Aufmerksamkeit der Medien erregen. Wahrscheinlich würden sämtliche Zeitungen im Land darüber berichten, und vielleicht würde man sein Bild sogar im Fernsehen zeigen – und irgend etwas davon konnte auch Biggie mitbekommen. Das mußte um jeden Preis verhindert werden. Wieder kümmerte sich Gunnarson persönlich darum.

Er lächelte grimmig. Auch für dieses Problem hatte er in Hardins Bericht eine Lösung gefunden. Ein Brennofen, der einmal in die Luft geflogen war, konnte das auch ein zweites Mal tun. Nur waren diesmal die Folgen verheerender. Abgang Biggie und Kommune. Dann begann er ernsthaft nach Hardin zu suchen. Er fand ihn in einer verwahrlosten Pension in der Bronx. Kurz darauf brannte das Haus bis auf die Grundmauern nieder. Das Unglück war den

Zeitungen keine Zeile wert. Gunnarson ärgerte sich darüber, weil er so nicht sicher sein konnte, ob er Hardin erwischt hatte. Vorsichtige Nachforschungen ergaben, daß die wenigen Überreste, die man von den Hausbewohnern gefunden hatte, nicht mehr zu identifizieren waren. Aber als die weitere Suche nach Hardin erfolglos war, beruhigte er sich.

Danach war alles perfekt gelaufen. Corliss war in London als der gesuchte Erbe akzeptiert worden, und Farrar, der alte Narr, hatte ihm sogar zweihunderttausend Dollar gegeben – als Vorauszahlung auf das kommende Erbe. Damit sollte ihm das Warten versüßt werden; es war ein Appetitanreger für den Hauptgang. Dann waren sie nach Kenia gekommen, und der ganze gottverdammte Plan fiel auseinander, als Corliss von den Tansaniern entführt wurde. Am meisten irritierte Gunnarson, daß er nicht wußte, ob Corliss noch lebte oder schon tot war.

»Oh, mein Gott!« sagte er laut im leeren Wagen. »Wenn er noch lebt, kann mich das den Kopf kosten.«

Er spielte die verschiedenen Möglichkeiten durch. Wenn Corliss tot war, dann adieu, sechs Millionen; er würde die Verluste in Kauf nehmen und sofort in die Staaten zurückfliegen. Wenn Corliss noch lebte, gab es zwei Alternativen – entweder spielte er seine Rolle als Hendrix weiter, oder er brach zusammen und plauderte alles aus. Wenn er Nerven genug hatte, um als Hendrix weiterzumachen, würde sich nichts ändern, und alles stünde zum besten. Aber wenn er redete und aufdeckte, daß er gar nicht Hendrix war, dann würde es sofort die größten Schwierigkeiten geben. Jeder, Dirk nicht ausgenommen, würde als erstes fragen, was mit dem richtigen Henry Hendrix passiert war. Vielleicht konnte er sich noch schnell herausreden, indem er den ganzen Betrug dem verschwundenen Hardin in die Schuhe schob. Er konnte schwören, daß er Corliss für den richtigen Erben gehalten hatte, weil Hardin ihn wie alle anderen hereingelegt hatte. Vielleicht war das ein letzter Ausweg. Aber das hing davon ab, wie weit Corliss sein Mundwerk aufmachen würde.

Aber es stand viel auf dem Spiel – sechs Millionen oder sein Kopf. Gunnarson hämmerte verärgert auf das Lenkrad ein, daß der Wagen leicht ins Schleudern geriet. Corliss! Wo steckte dieser blöde Mistkerl?

Und jetzt mischte sich noch jemand ein: Max Stafford. Es war undenkbar, daß Stafford zufällig in Kenia war. Also mußte er etwas herausbekommen haben. Aber wie? Gunnarson schritt in Gedanken noch einmal alle Wege ab, die er und Corliss in London gegangen waren. Er fand nicht einen Fehltritt. Aber was zum Teufel trieb Stafford dann in Kenia, und wieviel wußte er wirklich? Das herauszufinden, war der Zweck seines Ausflugs nach Naivasha. Aber vorsichtig mußte er sein. Und im Moment fehlte ihm noch Unterstützung – er brauchte Leute, die für ihn ein bißchen herumschnüffeln konnten. Aber das Problem konnte er mit einem Anruf in New York lösen.

Er hatte die gewundene Abfahrt vom Escarpment hinter sich gelassen und fuhr jetzt auf der geraden, aber von Schlaglöchern übersäten Straße, die nach Naivasha führte. Das Kenatco-Taxi vierhundert Meter hinter sich bemerkte er nicht. Im Rückspiegel konnte er es auch nicht sehen, weil zwischen ihm und dem Mercedes zwei Tankzüge und ein Bierlaster fuhren.

Dann verließ er die Hauptstraße, schaukelte über die Bahngleise und fuhr auf der Straße, die um den See lief, weiter. Wieder mußte er an Hardins Bericht denken, daran, daß man in Los Angeles auf Hendrix geschossen hatte. Hatte es schon so früh begonnen? Was hatte Hardin gesagt? Ein Typ mit einem auffallenden Akzent – vielleicht ein Deutscher, der Hendrix suchte. Es würde sich lohnen, darüber nachzudenken.

Er bog auf den Parkplatz vor dem Lake-Naivasha-Hotel und stoppte in der Nähe des Eingangs. Dann stieg er aus, verschloß die Wagentür und ging ins Hotel. An der Rezeption trug er sich ein. »Können Sie mir sagen, welches Zimmer Mr. Stafford hat?«

»Stafford, Sir? Ich glaube nicht...« Der Manager blätterte seine Unterlagen durch. »Nein. Ein Mr. Stafford wohnt im Moment nicht bei uns. Aber ich erinnere mich, daß wir vor kurzem einen Gast dieses Namens hatten.«

»Vielen Dank«, sagte Gunnarson nachdenklich. Wo steckte der Typ?

»Ich schicke Ihnen jemand, der Ihr Gepäck nach oben tragen kann, Sir.«

»Ich gehe den Wagen aufschließen.« Als Gunnarson aus der Tür trat, wäre er fast mit einem Inder zusammengestoßen. In Gedanken versunken ging er zu seinem Wagen und merkte nicht, daß Nair Singh stehenblieb und hinter ihm herstarrte. Gunnarson schloß den Kofferraum auf und überließ den mühevolleren Teil der Arbeit dem Hoteldiener, der ihm eilig gefolgt war. Während die Koffer aus dem Wagen gehoben wurde, schaute er müde von der Fahrt in die Runde. Ein Taxi am anderen Ende des Parkplatzes erregte seine Aufmerksamkeit. Er kniff die Augen zusammen und ging langsam auf den Mercedes zu.

Vier Meter vor dem Wagen blieb er stehen. Er war jetzt wieder hellwach und ließ seinen Blick forschend über das Taxi gleiten. Eine Antenne war nichts Ungewöhnliches – vielleicht fuhr der Fahrer lieber bei Musik. Zwei Antennen? Waren auch möglich, vielleicht war das Taxi an eine Funkzentrale angeschlossen. Aber *drei* Antennen? Er brauchte nur daran zu denken, wie seine Leute arbeiteten, um zu wissen, was das zu bedeuten hatte. Er ging zur Fahrerseite, bückte sich zum Fenster hinunter und musterte das Armaturenbrett. Eines der Instrumente gehörte bestimmt nicht zur Werksausstattung des Wagens – es war ein Feldstärkenmesser.

Langsam ging er zurück. Bei seinem eigenen Wagen blieb er stehen, ließ sich erst auf die Knie nieder, legte sich dann auf die Seite und sah unter das Heck. Er fuhr mit der Hand hinter der Stoßstange entlang und blieb an etwas hängen, das sich unter dem Druck seiner Finger leicht bewegte. Er löste es ab und hielt eine kleine, unscheinbare Metallschachtel in der Hand, aus der zwei feste Drähte herausragten. Vorsichtig brachte er sie wieder in die Nähe der Stoßstange, und mit einem ›Klick‹ klebte sich der Magnet im Boden der Schachtel wieder an seinen Wagen. Gunnarson richtete sich auf. Er preßte die Lippen aufeinander und sah zu dem Taxi hinüber. Irgend jemand war ihm gefolgt; jemand, der ihn auf keinen Fall verlieren wollte und deshalb sogar einen kleinen Sender an seinem Wagen versteckt hatte. Mit ausholenden Schritten ging er zurück zum Hotel. »Das Taxi da draußen«, fragte er an der Rezeption. »Wo ist der Fahrer?«

»Ein Taxi, Sir?«

»Ja, ein Mercedes«, sagte Gunnarson ungeduldig. »Es gehört Kenatco – zumindest steht das auf dem Taxizeichen.«

»Vielleicht war der Inder der Fahrer, der kurz nach Ihnen in die Halle kam«, sagte der Manager. »Er ist eben wieder hinausgegangen.«

Gunnarson rannte zur Tür zurück und lief auf den Parkplatz hinaus. Das Taxi verschwand gerade mit hoher Geschwindigkeit in einer Staubwolke. Gunnarson starrte hinter dem Wagen her, in der rechten Hand schüttelte er nervös den Minisender. Dann ließ er ihn auf den Boden fallen und zertrat ihn mit dem Absatz.

Jemand trieb sein Spielchen mit ihm, und er wußte nicht, wer. Er mußte sich die Sache durch den Kopf gehenlassen, um nicht überstürzt zu handeln. Der Hoteldiener führte ihn auf sein Zimmer. Eine Zeitlang grübelte Gunnarson auf dem Bett vor sich hin, dann griff er zum Telefon und rief die Kenatco Taxi Company in Nairobi an. Er hatte sich die Registriernummer des Mercedes gemerkt. Wie er geahnt hatte, bestritt man bei Kenatco, den Wagen auch nur zu kennen.

24

Am nächsten Morgen klingelte um sechs Uhr dreißig das Telefon neben Staffords Bett. Verwirrt schreckte er aus dem Schlaf, doch als er Alan Hunts Stimme hörte, kam er allmählich zu sich. »In einer halben Stunde müssen wir aufbrechen, Max. Ich warte in der Halle auf Sie.«

Zur verabredeten Zeit kam Stafford die Treppe herunter, und Alan empfing ihn mit einem freundlichen Lächeln. »Keine Angst, Sie bekommen Ihr Frühstück noch.« Sie stiegen in den Landrover, fuhren zum Tor des Colleges und bogen auf die gewundene Sandstraße ein, die außen an der Umzäunung entlanglief. »Der Wind ist heute ideal«, sagte Alan. »Vielleicht trägt er Sie sogar durch das Höllentor. Sind Sie schon einmal mit einem Ballon geflogen?«

»Nie.« Stafford ließ es lieber unerwähnt, daß die Aussicht, gleich bei seiner ersten Luftfahrt durch das Höllentor fliegen zu müssen, ihm ein entschieden flaues Gefühl im Magen verursachte.

Hunt lenkte den Landrover von der Straße herunter; eine Weile schaukelten sie durch das offene Buschland. »Da sind wir.«

Stafford stieg steifbeinig aus dem Wagen. Ungefähr fünfzig Meter entfernt sah er Judy stehen neben einem Gegenstand, der wie ein zu groß geratener Wäschekorb aussah. »Kommt sie auch mit?«

»Ja. Sie fotografiert.«

Sie gingen zu ihr hinüber. »Hallo, schon gefrühstückt?« empfing ihn Judy. Stafford schüttelte den Kopf. »Sehr schön! Nach unserer kleinen Luftreise wird es Ihnen auch viel besser schmecken.«

Stafford untersuchte den Wäschekorb aus der Nähe und erfuhr, daß sie in ihm stehen würden, während sie durch die Lüfte schwebten. Judy hatte recht. Es war unbezweifelbar besser, erst *nach* dem Flug zu frühstücken. Stafford war nicht leicht zu erschrecken, aber er litt an Höhenangst. Zwar war er durchaus in der Lage, einen Berg zu erklettern, aber oben angekommen, konnte ihn nichts in der Welt dazu bringen, in die Tiefe zu sehen. Er fragte sich, wie er die nächsten Stunden überstehen würde.

Die oberen Kanten des Korbes waren mit Wildleder abgepolstert. Von allen vier Ecken ragte jeweils eine Stütze schräg nach oben. Zusammen hielten sie über der Mitte des Korbes eine komplizierte Rohrkonstruktion aus rostfreiem Stahl: der Brenner zum Aufheizen der Luft, nahm Stafford an. Hinter dem Korb lag eine buntgemusterte Ballonhülle. Sie war größer, als er erwartet hatte, und erschreckend dünn. Vier schwarze Kenianer breiteten sie auseinander und zogen die Drahtseile gerade.

Stafford drehte sich zu Hunt. »Die Hölle ist größer, als ich gedacht habe.« Daß sie ihm viel zu empfindlich aussah, erwähnte er nicht.

»Es ist eine Cameron N-84. Die Zahl am Ende gibt das Volumen an – 84 000 Kubikfuß. Wenn wir sie nachher aufgeblasen haben, ist die ganze Konstruktion vom Korbboden bis zum Scheitel des Ballons über zwanzig Meter hoch.«

»Woraus besteht die Hülle eigentlich?«

»Aus dichtgewebtem Nylon, der anschließend mit Polyurethan behandelt wurde, um die Poren zu verschließen. Diese Hülle ist fast neu; die alte war zu porös geworden, und durch den Luftverlust flog der Ballon nicht mehr gut. Das ultraviolette Licht zerstört die Hüllen im Laufe der Zeit, trotz der Spezialbehandlung. In England hält ein Ballon viel länger als hier. – Aber ich muß den anderen helfen.«

Hunt ging zu den vier Kenianern und überprüfte die Drahtseile. Stafford ging zu Judy, die sich am Ballonkorb zu schaffen machte. Sie klemmte eine große Plattenkamera an einer Seite fest. »Kann ich Ihnen helfen?«

Sie lächelte. »Ich bin gerade fertig. In zehn Minuten können wir aufsteigen.«

»So bald?« Er sah zweifelnd auf den schlaffen Nylonsack.

Alan kam zu ihnen. »Jetzt wollen wir das Ding mal in die Luft bringen. Lucas, hol den Ventilator. Chuma, du hältst das Seil an der Ballonspitze. Und ihr beide schlagt Luft in die Hülle.« Er sah Stafford an. »Sie können uns helfen, den Korb auf die Seite zu legen – aber langsam und vorsichtig.«

Sie richteten den gekippten Korb so aus, daß die Brenner auf den Ballon zeigten. Zwei Kenianer hatten die Hülle wie ein Bettlaken gegriffen und schlugen Luft in die Hülle. Mit jeder Welle schwoll sie langsam an und breitete sich sichtbar aus. Lucas brachte den Ventilator, der wie ein überdimensionaler Elektrolüfter aussah, aber von einem kleinen Benzinmotor angetrieben wurde. Der Motor stotterte erst, dann dröhnte er los und blies Luft in den Ballon.

Hunt kletterte in den Korb und kroch hinter die Brenner. Er steckte die Zündflamme an und richtete die Brenner genau auf die Öffnung des Ballons. »Lucas!« rief er laut, um den Ventilator zu übertönen. »Ist in Ordnung, du kannst jetzt zu Chuma an die Ballonspitze gehen. Judy und Max zum Korb.«

Stafford und Judy stellten sich jeder an eine Seite. Stafford wußte zwar nicht, was er tun sollte, aber er wollte sich genau nach Judy richten. Die Ballonhülle füllte sich immer mehr. Plötzlich hörte er ein grollendes Brüllen, und eine zwei Meter lange blaue Flamme schoß in die Öffnung der Hülle. Stafford war so überrascht, daß er schon den Korb losgelassen hatte, um sich in Sicherheit zu bringen, als er Judy ruhig stehenbleiben sah. Sie lachte, und er versuchte, mit einem Lächeln zu antworten. Es mißglückte ihm.

Das Brüllen hielt an, und der Ballon entfaltete sich wie eine Blume in einem Zeitrafferfilm. Dann drehte Hunt die Flamme ab, und einer der Kenianer schaltete den Ventilator aus. Für einen Moment herrschte himmlische Ruhe. Hunt sah zu dem Ballon, der sich langsam vom Boden löste. »Zwei Mann an den Korb.« Wieder ließ er den Flammenstrahl in die Hülle schießen.

Zwei der Kenianer halfen Judy und Stafford, den Korb zu halten, der sich wie lebendig zu bewegen begann. Langsam wurde er von der immer höher steigenden Hülle aufgerichtet. Hunt drehte die Flamme wieder ab. »Spitzenleine loslassen!« Sofort stellte sich der Korb aufrecht, und der Ballon schwankte über ihnen. »Alle an den Korb«, rief Hunt. Und vier Paar schwarze Hände klammerten sich an die vier Ecken. »Steigen Sie ein, Max.«

Stafford trat mit dem rechten Fuß auf die Stütze in der Korbwand und schwang sein linkes Bein über den Rand. Hunt stützte ihn am Arm, als er den rechten Fuß nachzog. Judy kletterte von der anderen Seite in den Korb. Sofort schraubte sie das Ventil einer der vier Gasflaschen zu, die sich im Korb befanden – in jeder Ecke eine. Hunt ließ die Flamme noch mehrmals für wenige Sekunden in die Hülle schießen. Als ob er den Ballon richtig abstimmen will, dachte Stafford. »Hände los!« rief er einmal, aber umgehend erfolgte das Gegenkommando: »Festhalten!«

Lucas rollte eine Gasflasche zum Korb, und Judy löste die, deren Ventil sie geschlossen hatte, aus ihrer Halterung und tauschte sie gegen die neue aus. Als sie die Flasche sicher befestigt hatte, tippte sie ihrem Bruder auf die Schulter. »Alles fertig.«

Hunt öffnete noch einmal kurz den Brenner, dann gab er den Kenianern das letzte Kommando. »Hände los!« Einen Moment schien es Stafford, als passiere überhaupt nichts. Aber dann merkte er, daß sie bereits in der Luft waren. Langsam fiel die Erde unter ihnen zurück, als sie in absoluter Stille aufstiegen. Auch die leichte Brise, die Stafford noch am Boden gespürt hatte, war verschwunden.

»Wir haben genau den richtigen Wind«, sagte Alan. »Wir werden über Jims Gemüsebeete fliegen, die Fotos machen und auch noch das Höllentor erreichen. Aber wir müssen noch höher hinauf.« Die Brenner donnerten wieder los. Stafford sah in die riesige, aufgeblähte Hülle hinein, in der die Flamme verschwand, und er fühlte sein Gesicht heiß werden. Als er wieder hinunterschaute, sah er, daß sie immer schneller stiegen. Und immer weiter öffnete sich die Landschaft ihrem Blick.

»Das Collegegelände.« Hunt zeigte nach vorn. »Gleich werden wir über ihm sein. Bist du fertig, Judy?«

Sie beugte sich über die Kamera. »Ich bin bereit.«

Auch Stafford zog eine Kamera aus der Jackentasche. Es war eine Pentax 110. Keine ›Spionagekamera‹, wie die Minox, aber klein genug, um sie unauffällig in der Tasche zu tragen. Und sie hatte ein ausgezeichnetes Objektiv.

Der Lärm des Brenners verstummte. »Wir werden auch so noch ein wenig steigen«, sagte Hunt. »Wie gefällt es Ihnen?«

Zu Staffords eigener Überraschung waren all seine Zweifel verflogen. »Es ist wundervoll«, sagte er. »So friedlich. Bis auf den Lärm der Brenner; aber die brauchen Sie ja nicht die ganze Zeit.«

»Da unten ist Dirk Hendrik«, sagte Hunt. »Er unterhält sich mit Brice vor dem Verwaltungsgebäude. Wenn wir tiefer wären, könnten wir uns an ihrem Gespräch beteiligen.«

»Wie hoch sind wir jetzt?«

»Seit dem Start sind wir 2000 Fuß gestiegen, das sind 8000 Fuß über dem Meeresspiegel. Paß auf, Judy. Wir kommen jetzt zu den Versuchsfeldern.«

»Ich sehe sie.« Sie machte ungefähr zehn Aufnahmen; auch Stafford fotografierte fleißig. »Das war's.« Sie richtete sich auf. »Die Arbeit ist getan, jetzt kommt das Vergnügen.«

»Weil Sie von dem Lärm der Brenner gesprochen haben«, wandte sich Hunt an Stafford. »Es ist sehr schwierig, einen leisen Brenner zu bauen; ich würde sogar behaupten, daß es unmöglich ist. Dieser hier entwickelt eine Kraft von zehn Millionen BTU – das sind ungefähr 4000 PS. Und die können Sie nicht leise halten, wenn sie losgelassen sind.«

»Sie wollen mich auf den Arm nehmen«, sagte Stafford ungläubig.

»Nein, es stimmt wirklich. Mit einer unserer Gasflaschen könnte eine durchschnittliche Familie einen Monat lang kochen – bei uns ist sie in einer knappen halben Stunde leer. Leider können wir die Kraft des Brenners hier nicht voll nutzen. In England und Amerika nimmt man Propan als Brennstoff, aber das wäre in der Hitze hier viel zu gefährlich. Wir verwenden Butan, und das hat einen geringeren Wärmewert. Außerdem müssen wir den Druck mit Stickstoff erhöhen. Dafür habe ich den kleinen Zylinder hier.«

Stafford sah die Brenner mit ganz neuen Augen an. »Auf diesem Anzeiger können Sie die Temperatur ablesen«, sagte Hunt. »Nicht die im Korb, sondern die oben in der Ballonspitze.« Sein Daumen zeigte in die Höhe. »Die Idealtemperatur liegt bei 100 Grad Celsius.«

»Aber das ist der Siedepunkt von Wasser.«

»Ganz richtig«, sagte Alan gleichmütig. »Wenn die Temperatur über 110 Grad steigt, muß ich aufpassen – das Nylon mag das nicht. Also hab' ich das Thermometer hier immer im Auge.«

»Wir kommen zum Höllentor«, rief Judy. »Alan, geh über Fischers Säule etwas herunter.«

»Gut, aber danach müssen wir wieder höher steigen.« Hunt zog eine Schachtel Zigaretten aus der Tasche und hielt sie Stafford hin. Als Stafford mißtrauisch auf die Butanflaschen im Korb sah, lachte Hunt. »Seien Sie unbesorgt, wir bekommen davon nur etwas mehr heiße Luft in den Ballon.«

Durch einen Spalt in dem steilen Fels trieben sie in die Schlucht des Höllentors. Von Zeit zu Zeit zündete Hunt kurz den Flammenstrahl. Aber sonst herrschte Stille um sie; Stafford konnte das Zirpen der Zikaden hören und das Gezwitscher der Vögel. Der Rauch ihrer Zigaretten stieg in trägen Spiralen über ihre Köpfe in den Ballon. Das lag daran, daß sie dieselbe Geschwindigkeit hatten wie der Wind. Es war wie verhext.

»Da unten im Wagen ist Lucas.« Judy zeigte hinunter. Stafford sah den Landrover über eine holprige Fahrspur auf dem Grund der Schlucht schaukeln. Er zog einen Anhänger hinter sich her.

»Das ist auch ein Problem der Ballonfahrerei«, sagte Hunt. »Man muß sich etwas ausdenken, um wieder an seinen Startplatz zurückkommen zu können.«

Stafford sah zu der riesigen Hülle über ihnen hinauf und dann wieder zu dem Landrover hinunter. Es war unglaublich, daß dieses sechs Stockwerke hohe Ding in den kleinen Anhänger passen sollte. Vor ihnen stach von dem Grund der Schlucht ein Felspfeiler herauf, der oben spitz zulief wie eine Nadel. »Fischers Säule«, sagte Judy. Sie öffnete den Deckel eines kleinen Behälters, der an einer Korbseite festgebunden war, und holte ein Fernglas heraus. »Wenn wir Glück haben, können wir Klippschliefer sehen. Ob Sie es glauben oder nicht, sie sind die nächsten Artverwandten der Elefanten. Süße kleine Kuscheltiere.«

»So kuschelig sind sie auch nicht«, sagte Alan. »Sie übertragen die Tollwut.«

Sie waren jetzt wieder dicht über dem Boden, vielleicht noch fünfzehn Meter hoch. Hunt hielt die Höhe, indem er mehrmals den Brenner zündete. Einen Moment fürchtete Stafford, daß sie gleich gegen die Felssäule prallen müßten, aber dann schwebte ihr Korb in sechs Meter Entfernung an ihr vorbei. »Da«, rief Judy. »Da sind Klippschliefer.«

Sie waren wirklich sehr klein. Stafford hätte sie für Nagetiere gehalten. Als der Schatten des Ballons über ihre Ruheplätze strich, schreckten sie hoch und verschwanden in den Felsspalten. »So nahe bin ich noch nie an Fischers Säule vorbeigekommen«, sagte Hunt. »Sie ist aus Vulkangestein.« Er hantierte an der Brennereinstellung, und wieder schoß die Flamme in den Ballon. »Auf geht's. Wenn wir weiter in die Schlucht hineinkommen, werden wir auch noch größeres Wild sehen.«

Der Ballon stieg höher, und vor ihnen öffnete sich die seltsame Landschaft des Höllentors. An den Felsabhängen im Osten sah Stafford Schwärme von Vögeln, die schneller flogen, als er es je bei anderen gesehen hatte. Judy sagte, es seien Nyanzas, Mauersegler. Dann tauchte vor ihnen eine zweite, etwas kleinere Felssäule auf. Sie wurde Embarta genannt, erklärte Alan. Als sie über die Felsenkliffs stiegen, konnten sie im Osten schon den Krater des Longonot sehen. Alan stellte den Brenner ab.

»Welche Wildarten gibt es hier noch?« fragte Stafford.

»Oh, sehr viele. Antilopen, Zebras, Impalas. Mit etwas Glück sehen wir auch Giraffen.«

Stafford sah sie alle. Als der Schatten des Ballons über die Zebras glitt, galoppierte die ganze Herde los. Die Giraffen folgten ihnen in einem merkwürdigen Schaukelpferdgalopp. Doch sobald der Ballon vorüber war, beruhigten sich die Tiere und grasten gelassen weiter. »Ist das hier auch ein Reservat?« fragte Stafford.

»Nein«, antwortete Hunter. »Aber es gibt auch außerhalb der Reservate viel Großwild.« Er hatte den Ballon wieder ein wenig sinken lassen und das Fernglas an die Augen gesetzt. »Sehen Sie, dort.« Er reichte Stafford das Glas. »Der Baum an dem großen Felsen dort. Auf dem Ast rechts liegt ein Leopard. Vielleicht hat er dem College einen Besuch abgestattet.« Der Leopard sah gelangweilt zu ihnen hinauf und gähnte, als der Ballon geräuschlos vorbeiglitt.

»Da, ein Lämmergeier«, rief Judy. Ihre Stimme hatte merkwürdig warnend geklungen. Stafford sah in die Richtung, in die ihr Arm wies, und sah einen großen Vogel, der mit weit gespannten Flügeln ruhig seine Kreise zog.

»Dann müssen wir unsere kleine Luftreise bald beenden«, sagte Alan. »Wenn der Lämmergeier aufsteigt, muß der Ballon landen.«

»Warum das?« fragte Stafford. »Kann er uns angreifen?« Er konnte sich gut vorstellen, daß ein scharfer Schnabel und spitze Krallen der dünnen Ballonhülle üble Risse beibringen konnten.

Die Antwort auf seine Frage war ein schallendes Gelächter. »Nein«, sagte Alan. »Ein Lämmergeier greift überhaupt nichts an. Er ist ein Aasfresser. Aber wenn er in der Luft ist, muß der Boden sich inzwischen so weit erhitzt haben, daß die Thermik stark genug ist, um ihn zu tragen. Und Aufwinde sind nichts für einen Ballon. Das unberechenbare Auf und Nieder kann sogar gefährlich werden. Deshalb sind wir auch so früh aufgebrochen.« Er sah angestrengt nach vorn. »Aber bis zum Ende der Schlucht schaffen wir es noch.«

Wieder genossen sie die vollkommene Ruhe. Stafford fühlte sich wie in einem verträumten Halbschlaf, fast wie in Trance. Vor ihnen trieb die Brise weiße Rauchwolken über den Paßgipfel, und aus der Tiefe drang das Geschrei der Paviane zu ihnen herauf. Sie waren fast am Ende des Höllentors angekommen, als er schließlich auch sah, woher es seinen sonderbaren Namen hatte. Was er aus der Entfernung für Rauch gehalten hatte, war in Wirklichkeit heißer

Wasserdampf, der aus Hunderten von Rissen im Fels herausschoß. Das laute Zischen überdeckte fast den grollenden Donner der Flamme aus dem Brenner.

»Da wären wir«, sagte Alan. »Wir müssen uns auf die Landung vorbereiten. Judy, zeig Max, was er tun soll.«

»Wenn Alan ›Jetzt!‹ ruft«, erklärte sie ihm, »hängen Sie sich in diese Seilschlingen und hocken sich auf den Boden des Korbs.« Sie machte es vor.

Sie glitten über die heißen Dampfquellen, und der Ballon tänzelte leicht in der Luft. Das Gelände unter ihnen war von zerklüfteter Lava durchzogen. Wenn sie hier landen mußten, dachte Stafford, würde das der Hülle bestimmt nicht gut bekommen. In fünfzehn Meter Höhe überflogen sie das rauhe Feld, weiter auf das dahinterliegende Grasland zu. Plötzlich rief Hunt: »Jetzt!« Und sofort gingen Judy und Stafford in die Hocke. Das letzte, was er gesehen hatte, war eine Antilope, die erstaunt zu ihnen heraufgeschaut hatte.

Der Korb berührte den Boden, und Stafford warf den Kopf herum. Hunt zerrte an einer Leine, und kurz darauf schien die Ballonhülle über ihnen aufzureißen. Stafford konnte den blauen Himmel sehen. Dann kippte der Korb auf die Seite, und Stafford fiel neben Judy auf den Rücken.

»Ende der Fahrt«, sagte sie und kroch ins Freie.

Stafford ließ sich aus dem Korb rollen und stand auf. Hinter ihnen lag das Lavafeld, über dem die Dampfwolken standen; vor ihnen war der Ballon im Gras zusammengesunken. Fast sah er wieder so aus, wie Stafford ihn das erste Mal gesehen hatte, schlaff und leblos. In einiger Entfernung sahen sie den Landrover über das Gras kommen. Hunt war zum Ballonkorb gekommen. »Wie fühlt man sich als Held der Lüfte?« fragte er grinsend.

»Das war eines der schönsten Abenteuer meines Lebens«, antwortete Stafford langsam.

»Es ist noch nicht ganz vorbei«, sagte Hunt. »Etwas wartet noch auf Sie. Aber vorher müssen Sie mit mir die Gasflaschen aus dem Korb holen.«

Sie lösten die Zylinder aus den Halterungen und rollten sie ins Gras. Inzwischen war der Landrover bei ihnen angekommen. Lucas und die drei anderen Kenianer stiegen aus. Lucas kam mit einem Picknickkorb im Arm zu ihnen herüber. »Frühstück!« sagte Judy. Sie öffnete den Korb und nahm einige Plastikbehälter heraus. »Kaltes Huhn, gekochte Eier, Obst. Hoffentlich habe ich Salz eingepackt – ich kann mich nicht erinnern.«

»Du vergißt das Wichtigste«, sagte Alan. Er bückte sich und holte eine Kühltasche aus dem Korb. »Es ist eine alte Tradition, daß jeder, der seine erste Ballonfahrt beendet hat, mit Champagner bewirtet wird.« Er öffnete die Tasche und zog eine Flasche heraus. »Angenehm kalt«, lachte er. »Deshalb nehmen wir so gern Passagiere mit, die zum ersten Mal mit einem Ballon fliegen. Schließlich trinken wir auch gern Champagner.«

Sie setzten sich auf die leeren Gasflaschen, frühstückten und tranken. Lucas und seine Freunde legten inzwischen die Ballonhülle zusammen. Sie falteten sie zu einem Quadrat, dessen Seiten ungefähr einen Meter maßen. Als sie ihren Morgenimbiß beendet hatten, stiegen sie über das Lavafeld, um sich die Dampfquellen aus der Nähe anzuschauen. Ein starker Schwefelgeruch hing über dem Gelände, und der Boden wärmte ihnen die Füße.

Hunt streckte den Arm aus.

»Ungefähr zwei Kilometer in dieser Richtung liegt Ol Karia. Dort wird sogar nach Dampf gebohrt; sie sind schon über fünfzehnhundert Meter tief.«

Stafford sah auf die vielen Dampfsäulen, zwischen denen er stand. »Ich sehe den Sinn nicht ein. Warum muß man so tief bohren, wenn es hier doch genug Dampf gibt?«

»Mit diesen schwachen Quellen kann man nichts anfangen. Um eine Turbine mit Dampf anzutreiben, brauchen Sie einen enorm hohen Druck.«

Stafford schüttelte den Kopf. »Ich hätte keine Lust, in einem Vulkangebiet zu leben. Feste Erde unter den Füßen ist mir lieber.«

»Der Boden hier in der Umgebung ist ziemlich ruhig«, sagte Hunt. »Das letzte Beben hatten wir vor ungefähr vier Jahren, aber es hat kaum Schaden angerichtet. Nur die Straße, die vom Escarpment herunterführt, war an einer Stelle eingebrochen.«

Stafford sah zum Longonot hinüber. Über dem Krater waren fast keine Wolken zu sehen. »Ist der Longonot noch aktiv?«

»So gut wie gar nicht mehr. Manchmal steigen noch Dampfschwaden auf, aber das ist auch alles. Ich bin einmal in den Krater geklettert und habe viele Höhlen gefunden. Einige waren sehr groß. Die Gase müssen sie herausgesprengt haben. Aber weiter südlich, in Tansania, gibt es noch aktive Vulkane. Am bekanntesten ist der Ol Doinyo Lengai.«

Sie kehrten zum Landrover zurück. Stafford war nicht wenig erstaunt, als er neben dem Geländewagen ein Taxi stehen sah. Und dagegen lehnten Hardin und Nair. »Was machen Sie denn hier?« fragte Alan Hunt überrascht.

Nair verwickelte die beiden Hunts in ein Gespräch, so daß Hardin ungestört mit Stafford reden konnte. »Schon gestern ging es los«, sagte Hardin. »Aber wir wußten nicht, wie wir dich unauffällig erreichen konnten. Nair hatte dann die glänzende Idee, einfach dem Ballon zu folgen. Ihr habt uns ganz schön durch die Landschaft gehetzt.«

Er berichtete kurz von Gunnarsons neugieriger Suche, und Stafford sah mißbilligend auf den Antennenwald des Taxis. »Das war ziemlich dumm von euch, bei einem Profi wie Gunnarson einen so einfallslosen Trick zu versuchen. Jetzt ist er gewarnt.«

»Das war Nair – nicht ich«, protestierte Hardin.

»Wir müssen uns jetzt zusammensetzen; du, ich, Nair, Curtis und Chip, wenn er in der Nähe ist.« Stafford zog seine Kamera aus der Jackentasche, öffnete sie und nahm die Filmkassette heraus. »Wir treffen uns, sobald dieser Film entwickelt ist und die Abzüge fertig sind.«

»Und wie können wir dir Bescheid geben?«

»Ich kann von meinem Zimmer aus den Grenzzaun von Ol Njorowa sehen«, erklärte Stafford. »Es gibt da eine Stelle hinter dem Zaun, wo das Gras abgebrannt ist. Curtis wird schon wissen, was ich meine. Er hat sich die Umgebung von Ol Njorowa genau angesehen. In der Mitte von diesem niedergebrannten Grasflecken steht eine Akazie. Wenn ihr soweit seid, muß einer von euch ein großes Stück Zeitung in die Dornen der Akazie hängen – als hätte der Wind es in den Baum geweht. Das ist das Zeichen. Wo habt ihr euch einquartiert?«

»Wir konnten nicht ins Lake-Naivasha-Hotel gehen«, sagte Hardin. »Gunnarson ist dort. Wir haben uns Zimmer im Safariland genommen.« Er beschrieb Stafford, wo das Hotel lag.

»Dann treffen wir uns dort.«

»Und über was müssen wir eigentlich so dringend sprechen?« fragte Hardin.

»Darüber, wie wir mit deiner Hilfe Gunnarson das Fürchten lehren und ihn anschließend den Wölfen vor die Fänge treiben können.« Stafford lächelte. »Im Moment liegen die Wölfe noch in Ol Njorowa auf der Lauer.«

25

Den Rest des Vormittags verbrachte Stafford mit einem ausgedehnten Spaziergang durch das Gelände der Ol-Njorowa-Stiftung. Erst begleitete ihn Alan Hunt, später Dirk Hendriks. Die Zuchtställe wurden ihm vorgeführt, das Labor für Bodentests, ein Labor, das die Wirkung verschiedener Kunstdünger untersuchte, und noch ein Labor und dann wieder eins. Er wurde unbarmherzig mit wissenschaftlichen Fachbegriffen vollgestopft; sie gingen zum einen Ohr hinein und zum anderen wieder hinaus. Doch die ganze Zeit zeigte er höfliches Interesse – und hielt Ausschau nach Dingen, die ihn wirklich interessierten.

Er kam zu einigen Schlüssen. Der wichtigste war, daß Hunt mit Sicherheit nicht zu der Agentenzelle von Brice gehörte. Solange Hunt ihn begleitete, wurden sie unauffällig von drei Männern beobachtet, zwei Schwarzen und einem Weißen. Die drei hatten nichts Besseres zu tun, als ihnen in halber Sichtweite auf ihrem Rundgang zu folgen. Als Hunt sich verabschiedete und wieder in sein Labor zurückkehrte, verschwanden auch die drei heimlichen Begleiter, und Dirk übernahm die weitere Führung. Offenbar war man sich nicht sicher, ob Hunt seinen Gast von den gefährlichen Stellen auf dem Gelände fernhalten konnte. Hendriks dagegen traute man das ohne weiteres zu.

Der zweite Schluß war, daß er anscheinend hinters Licht geführt werden sollte. Und wenn er nicht vorher den präparierten Bilderrahmen in seinem Zimmer entdeckt hätte, wäre er vielleicht sogar darauf hereingefallen. Emsig versuchte man den Eindruck zu erwecken, daß Ol Njorowa für jedermann ein offenes Buch war, das er an jeder beliebigen Seite aufschlagen konnte, um darin zu lesen. Leider klang ihm das Wissenschaftschinesisch wie eine Fremdsprache in den Ohren. Er hätte dringend einen Übersetzer gebraucht.

Schließlich sah Dirk auf seine Armbanduhr. »Das war eigentlich alles, Max. Wir müssen jetzt auch zurück zum Essen. Mehr kann ich dir nicht zeigen.« Er lachte. »Das soll nicht heißen, daß ich der geeignete Führer für dich war. Ich weiß selbst noch nicht viel über die Arbeit hier. Brice hatte vor, dich persönlich herumzuführen, aber ihm ist etwas dazwischengekommen.«

»Ja«, sagte Stafford. »Er hat sicher eine Menge zu tun.« Er ließ seinen Blick noch einmal über das ganze Gelände gleiten. »Wieviel Land gehört der Stiftung eigentlich?«

»Ungefähr sechshundert Hektar.« Hendriks schwieg einen Moment und rechnete die Zahl um. »Das ist ein bißchen mehr als zwei Quadratmeilen.«

Stafford lächelte ihn an. »Das hätte ich nicht so schnell umrechnen können.«

»In Südafrika ist jetzt auch das Dezimalsystem eingeführt worden. Da wird man zwangsläufig zweisprachig, was die Mathematik betrifft.«

Sie schlenderten zum Verwaltungsblock zurück, der ungefähr vierhundert Meter entfernt lag. Auf zwei Quadratmeilen kann man eine Menge verstecken, dachte Stafford verdrossen. Aber stimmte das wirklich?

Vorausgesetzt, Ol Njorowa war wirklich ein Landwirtschaftscollege mit dem ganzen dazugehörigen Wissenschaftsbetrieb, dann mußten die meisten Mitarbeiter auch echte Wissenschaftler sein. Sie hatten überall auf dem Gelände zu tun und würden sehr schnell über irgendwelche Verbote stolpern. Nein, dachte Stafford; wer etwas in Ol Njorowa verstecken wollte, hatte es gar nicht so leicht.

Sie gingen in den Speiseraum und drängten sich durch die Stuhlreihen zu dem Tisch von Brice. Judy, die mit ihrem Bruder zusammensaß, winkte ihnen zu, als sie vorbeigingen. Plötzlich wurde Stafford am Arm festgehalten. Dr. Odhiambo zog ihn zu sich herunter. »Gefällt es Ihnen bei uns, Mr. Stafford?«

»Sehr gut«, versicherte Stafford.

Sie setzten sich zu Brice. Stafford schaute ziellos im Raum umher. Er war von einem vielstimmigen Gemurmel erfüllt, das von den angeregten Gesprächen an den verschiedenen Tischen aufstieg. »Wie hat Ihnen die Luftreise mit Alan Hunt gefallen?« fragte Brice.

»Großartig.« Stafford probierte die Suppe, die ihm serviert worden war. »Alan behauptet, daß die Ballonfahrerei auch in England immer populärer wird. Vielleicht fang' ich nach meiner Rückkehr auch damit an.«

Brice verzog das Gesicht. »Mir würde diese Art Flugsport nicht gefallen. Jedesmal kommt man nur mit einer Bruchlandung zur Erde zurück. Und wann wollen Sie nach England zurückfliegen?«

»In den nächsten Tagen. Ich bin schon viel zu lange hier. Sie wissen doch, ich habe ein Geschäft, um das ich mich kümmern muß.«

»Ja.« Brice strich sich eine Scheibe Brot. »Dirk hat mir ein wenig von Ihrer Arbeit erzählt. Es muß interessant und abenteuerlich sein.«

»Sie glauben, viel Intrigen und Spionage?« Stafford lachte. »Es gibt nicht viel zu erleben an einem Schreibtisch in der City, Mr. Brice.«

»Oh, nennen Sie mich bitte Charles.« Brice blickte forschend auf, als ein Kellner an den Tisch trat und Hendriks eine Visitenkarte gab. Dirk sah sie kurz an und reichte sie weiter zu Brice. Sie flüsterten kurz miteinander, dann entschuldigte sich Dirk und stand auf. »Ein ... äh ... Bekannter von Ihnen ist gerade eingetroffen«, sagte Brice unbestimmt. »Vielleicht ißt er mit uns.«

»So?« Stafford zog die Augenbrauen hoch. »Ich wüßte nicht, wer das sein könnte. Ich kenne kaum Leute in Kenia.«

»Ich glaube, Sie haben ihn in Keekorok in der Masai Mara getroffen. Ein gewisser Gunnarson, ein Amerikaner. Ich frage mich, was er bei uns sucht. Aber einerlei, wir werden es schon herausfinden. Und was halten Sie von Ol Njorowa, nachdem Sie sich heute morgen bei uns so gründlich umgesehen haben?«

Stafford brachte es fertig, den Löffel Suppe an den Mund zu führen, ohne einen Tropfen zu vergießen. »Wirklich sehr beeindruckend. Sie leisten hier in der Tat wichtige Arbeit.« Er schob die Suppentasse beiseite. Die nächsten Minuten würden mit Sicherheit interessant werden.

»Und wir werden in Zukunft noch mehr leisten können, wenn uns erst das Hendrykxx-Vermögen zugeflossen ist. Es war wirklich sehr mühselig bis jetzt.« Brice sah zur Tür, als Hendriks und Gunnarson den Raum betraten. »Ist das Mr. Gunnarson?«

»Ja.« Stafford beobachtete aufmerksam Gunnarsons Gesicht. Sein Mienenspiel, als Gunnarson ihn neben Brice entdeckte, entging ihm nicht. In Sekunden wechselte der Ausdruck von Überraschung zu Begreifen und dann zu düsterem Argwohn.

Stafford und Brice standen auf. »Dies ist Mr. Brice, der Direktor der Stiftung«, stellte Hendriks vor. »Und Max Stafford kennen Sie, glaube ich, bereits.«

»Sehr richtig«, sagte Gunnarson. Brice ließ einen weiteren Stuhl holen. »Wir haben uns in Keekorok kennengelernt.« Der Blick, mit dem er Stafford musterte, verriet immer noch Verblüffung. »Wie geht es Ihren Füßen?« fragte Stafford.

Gunnarson setzte sich schnaufend. »Besser.« Er sah am Tisch herum; zu Hendriks, der gerade die letzten Löffel Suppe aß; zu

Brice, der eine Flasche hochhielt und ihn fragte, ob er Wein wolle; zu Stafford, der sich zurückgelehnt hatte, damit der Kellner einen neuen Teller vor ihn hinstellen konnte. Alle saßen einträchtig beieinander. Was zum Teufel ging hier vor?

»Ich war doch noch auf der amerikanischen Botschaft, Mr. Gunnarson«, sagte Hendriks. »Aber mir ist es nicht besser ergangen als Ihnen. Nicht ein Sterbenswörtchen habe ich erfahren. Haben Sie irgendwelche Neuigkeiten über meinen Cousin gehört?«

»Nein«, sagte Gunnarson knapp. Er begann, seine Suppe zu löffeln. »Was machen Sie in Kenia, Mr. Stafford?«

»Urlaub«, sagte Stafford gleichmütig.

Gunnarson schnaufte. »Wenn Sie sind wie ich, kennen Sie keine Ferien.« Er sah zu Dirk. »Wissen Sie, wer er ist?«

Hendriks sah ihn überrascht an. »Natürlich. Max Stafford.«

»Aber wissen Sie auch, was er macht?«

»Wir haben darüber gesprochen, bevor Sie gekommen sind«, sagte Brice und trank einen Schluck Wein. »Ich sagte gerade, daß es eine sehr interessante Arbeit sein muß.«

»Mr. Gunnarson ist in derselben Branche tätig«, bemerkte Stafford. »Aber drüben in den Staaten. Man könnte sagen, daß wir in gewisser Weise Konkurrenten sind. Oder bald sein werden.« Er lächelte Gunnarson an. »Ich denke daran, mein Arbeitsfeld etwas auszudehnen.«

»In die Staaten?« fragte Gunnarson. Sein Lächeln war nicht humorvoll gemeint. »Das wird schwer für Sie werden.«

»Es wird nicht schlimmer sein als in Europa«, sagte Stafford unbeeindruckt.

»Oder in Kenia.« Gunnarson schob seine Suppentasse zur Seite. »Nicht nur, daß Leute spurlos verschwinden, auch sonst geschehen merkwürdige Dinge hier. Zuletzt hatte ich eine Wanze im Auto. An der Stoßstange klebte ein kleiner Sender.«

Stafford zog die Augenbrauen hoch. »Wer sollte das getan haben?«

Gunnarson zuckte die Schultern. »Was fragen Sie mich? Sie kennen sich doch selbst in dem Gewerbe aus.«

Stafford legte Messer und Gabel neben seinen Teller. »Jetzt hören Sie mal zu, Mr. Gunnarson. Ich habe Ihnen gesagt, daß ich hier Urlaub mache. Außerdem bin ich mit Hendriks befreundet. Das kann man doch sagen, nicht wahr, Dirk?«

»Natürlich.« Dirk lächelte. »Besonders, besonders seit meine Frau unseren Sohn nach dir benannt hat.« Seine Stimme hatte einen säuerlichen Ton bekommen.

»Über Mr. Stafford wissen wir sehr genau Bescheid«, sagte Brice kühl. »Aber wir wissen nicht, warum *Sie* in Kenia sind, Mr. Gunnarson. Sie haben Henry Hendrix in Los Angeles aufgespürt und gemäß Ihrem Auftrag nach London gebracht. Aber warum haben Sie ihn dann noch nach Kenia begleitet, wo er unter mysteriösen Umständen verschwand?« Er legte die Fingerspitzen aneinander. »Es scheint, als hätten Sie uns eher etwas zu erklären als Mr. Stafford.«

Gunnarson sah ihn nachdenklich an. »Ich wüßte nicht, woher Sie das Recht haben, von mir eine Erklärung zu fordern. Aber bitte schön. Ich bin hier, weil Henry mich gebeten hat, ihn zu begleiten.« Er lächelte. »Er ist ein aufgeweckter junger Mann, und wir haben uns sehr gut verstanden, seit wir uns kennengelernt haben. Man könnte durchaus sagen, daß wir Freunde geworden sind. Und ich bin auf seine ausdrückliche Bitte mit nach Kenia gekommen.«

Brice zuckte kommentarlos die Achseln und wandte sich an Stafford. »Wollen Sie wirklich mit dem Ballonfahren anfangen, Max?« Er wollte anscheinend das Thema wechseln.

»Ja, vielleicht. Ich finde, es ist ein großartiger Sport.«

Das Gespräch verlor sich in allgemeinen Themen. Brice kam immer wieder enthusiastisch auf die Zukunft der Stiftung zu sprechen – jetzt, da endlich genug Geld vorhanden war. Gunnarson ließ ab und zu eine etwas sonderbare Bemerkung einfließen, aber sein größtes Interesse galt dem Essen. Er spürte zwar die gespannte Stimmung am Tisch, aber er konnte sich die Ursache dafür nicht erklären. Jedoch verstand er genug, um zu merken, daß irgend etwas Merkwürdiges an diesem Ol Njorowa war. Nicht das, was gesagt wurde, erregte seine Aufmerksamkeit – sondern das, was zwischen den Sätzen herauszuhören war. Zum Beispiel hatten sich Brice und Hendriks kaum zum Verschwinden von Hank Hendrix geäußert.

Während Stafford seinen Kaffee trank, kam ihm plötzlich eine Idee. Das kleine Mikrophon im Bilderrahmen konnte ihm vielleicht doch noch nützlich sein – bestimmt hatte Brice nicht an einen solchen Nutzen gedacht. Er stellte die Tasse auf den Tisch. »Mr. Gunnarson, ich hätte Sie gern kurz unter vier Augen gesprochen.«

»Und worüber wollen Sie mit mir sprechen?«

»Nun, ich habe ja gesagt, daß Stafford Security die Geschäfte auszudehnen gedenkt. Vielleicht können wir... äh... ein paar Grundregeln abstecken.«

Gunnarson schnaufte. »Grundregeln!« Er lachte grimmig. »Darüber rede ich gern mit Ihnen, ganz bestimmt.«

»Nach dem Essen auf meinem Zimmer?« schlug Stafford vor.

Gunnarson trank seinen Kaffee. »Das heißt, sofort.«

Stafford sah Brice an. »Ich hoffe, Sie entschuldigen uns. Gewöhnlich vermeide ich es, unter solchen Umständen über Geschäfte zu sprechen. Aber da Mr. Gunnarson schon einmal hier ist und ich die unerwartete Möglichkeit habe...« Er sprach den Satz nicht zu Ende.

»Natürlich«, sagte Brice verständnisvoll. »Man muß die Möglichkeiten nutzen, wo sie sich bieten.«

Stafford erhob sich, schob seinen Stuhl zurück und verließ den Tisch. Gunnarson folgte ihm. Einen Moment herrschte Schweigen am Tisch. »Das Gespräch der beiden würde ich zu gerne hören«, sagte Brice dann. »Gehen wir auch.« Beide standen auf.

An der Tür warf Stafford kurz einen Blick zurück. Er sah Gunnarson hinter sich und Brice und Dirk, die gerade von ihren Plätzen aufstanden. Ein leichtes Lächeln zog über sein Gesicht. Dann lief er, zwei Stufen auf einmal nehmend, die Treppe zu seinem Zimmer hinauf. Er wartete auf dem Gang, bis Gunnarson ihm gefolgt war. Sie gingen hinein, und er schloß die Tür. Gunnarson drehte sich abrupt zu ihm. »Stafford, was versuchen Sie hier?«

»Setzen Sie sich«, sagte Stafford. »Entlasten Sie Ihre Füße.« Nachdenklich sah er auf das Gemälde von Shepherd an der Wand. Brice und Hendriks würden noch etwas Zeit brauchen, bis sie ihren Horchposten eingenommen hatten. Er zog eine Packung Zigaretten aus der Tasche. »Rauchen Sie?«

Gunnarson angelte sich eine Zigarette aus der Schachtel, und Stafford gab ihm Feuer. Dann zündete er sich selbst eine an, inhalierte genußvoll den ersten Zug und stieß langsam den Rauch wieder aus. »Stimmt das, was Brice gesagt hat? Sie haben Henry Hendrix von New York nach London gebracht?«

Gunnarson blickte ihn finster an. »Und was geht Sie das an?«

»Nichts. Aber wenn es tatsächlich stimmt, dann werden Sie einiges zu erklären haben.« Er hob abweisend die Hand. »Nicht mir. Aber man wird Ihnen viele Fragen stellen. Dirk Hendriks wird mit Sicherheit zur Polizei gehen, und die wird Sie fragen. Man wird zum Beispiel wissen wollen, warum Sie nach Kenia gekommen sind, nachdem Ihr Auftrag in London erledigt war. Und Sie sollten sich besser schon jetzt eine gute Antwort darauf einfallen lassen. Nicht so einen Unsinn, wie Sie ihn Brice aufgetischt haben.«

»Ich bin nicht auf Ihr Zimmer gekommen, um über mich zu reden«, sagte Gunnarson scharf. »Wie steht es denn mit Ihnen? Was treiben Sie in Kenia? Sie waren in der Masai Mara, als Hank entführt wurde, und jetzt sind Sie plötzlich hier. Das ist doch kein Zufall mehr.«

»Die Erklärung dafür haben Sie bereits gehört. Ich bin ein enger Freund der Familie Hendriks.« Er machte eine Pause. »Das stimmt vielleicht nicht ganz. Eigentlich bin ich nur mit Alix Hendriks befreundet. Fast hätte ich ihr einmal einen Heiratsantrag gemacht, und Dirk weiß das. Ich glaube nicht, daß er mich besonders schätzt.«

»Hat seine Frau dem Baby tatsächlich Ihren Namen gegeben?« Stafford nickte. »Dann kann ich mir vorstellen, daß er sauer auf Sie ist.« Er zog an seiner Zigarette. »Aber Sie waren zur richtigen Zeit in Keekorok, um den Helden zu spielen. Und jetzt verfolgt mich jemand.«

»Wann haben Sie das festgestellt?«

»Gestern – gegen Mittag am Lake-Naivasha-Hotel.«

Stafford breitete die Arme aus. »Dann kann ich gar nichts damit zu tun gehabt haben. Um die Zeit war ich bereits hier und habe mit Alan Hunt über unsere Ballonfahrt gesprochen. Sie können ihn selbst fragen, er sitzt im Speiseraum.« Er klopfte die Asche seiner Zigarette am Aschenbecher ab. »Sie interessieren mich nicht im geringsten, Gunnarson. Aber irgend etwas werden Sie schon angestellt haben, daß jemand auf Sie aufmerksam geworden ist. Und ich glaube, es hat etwas mit Ihrem Ausflug nach Kenia zu tun. Und mit dem jungen Hendrix.«

»Ach, hören Sie doch auf!« fuhr Gunnarson ihn an. »Die Sache ist doch ganz einfach. Da gibt es diesen jungen Mann, der noch nicht ganz trocken hinter den Ohren ist. Und plötzlich erbt er sechs Millionen Dollar. Er hat sich Sorgen gemacht, war ein bißchen ängstlich, verstehen Sie? Hank ist nicht dumm, aber unerfahren. Also hat er mich gebeten, ihn zu seinem persönlichen Schutz zu begleiten.«

»Als eine Art Gorilla?«

»Ja, wenn Sie so wollen.«

Stafford lachte. »Gunnarson, Sie reden mit Max Stafford. Schon ganz andere Leute haben versucht, mich hereinzulegen. Der Chef von Gunnarson Associates würde so eine Sache niemals selbst übernehmen; den Auftrag hätten Sie irgendeinem Ihrer Schläger angehängt. Und jetzt erzählen Sie mir, was wirklich los ist.«

Gunnarson seufzte. »Schön. Warum nicht? Die Wahrheit ist, daß ich sechs Millionen Dollar zum Greifen nahe hatte und mir irgend etwas ausdenken wollte, um einen Teil davon in meine Tasche zu lenken. Also habe ich Hank überredet, mich nach Kenia mitzunehmen.«

»Sie wollten ihn betrügen«, sagte Stafford sachlich.

»Ich glaube, ja. Ich wußte nur noch nicht, wie. Ich habe die ganze Zeit überlegt, und dann ist er entführt und vielleicht sogar umgebracht worden. Wie gefällt Ihnen das?«

Stafford stand auf und ging zum Fenster hinüber. Gunnarson hatte ehrlich betrübt geklungen, und seine Geschichte kam der Wahrheit ziemlich nahe. Nur eine Kleinigkeit hatte Gunnarson ausgelassen: In New York war Corliss in die Rolle von Henry Hendrix geschlüpft. Stafford hoffte, daß Brice und Hendriks genau zugehört hatten.

Er blickte über das Gelände von Ol Njorowa. Plötzlich zuckte er zusammen. In den Zweigen der Akazie auf der anderen Seite des Zauns hing ein Stück Zeitungspapier. Nair hatte mit der Entwicklung des Films keine Zeit vergeudet. Sie konnten sich treffen.

Er drehte sich um und sah Gunnarson nachdenklich an. »Mich geht diese Geschichte jedenfalls nichts an.« Er hob seinen Koffer hoch, legte ihn aufs Bett und öffnete ihn. Dann nahm er seine Toilettentasche und begann sein Rasierzeug einzupacken.

»Was machen Sie da?« fragte Gunnarson ihn erstaunt.

Stafford zog den Reißverschluß der Ledertasche zu und ließ sie in den Koffer fallen. »Was würden Sie sagen – nach dem, was Sie sehen? Ich packe. Ich bin aus einem einzigen Grund nach Ol Njorowa gekommen. Um eine Ballonfahrt mit Alan Hunt zu machen. Das habe ich heute morgen getan. Also – wenn ich diesen Koffer gepackt habe, werde ich hinuntergehen und mich von Brice, Dirk und den Hunts verabschieden. Danach fahre ich zurück nach Nairobi. Wenn Sie mit mir fahren wollen, sind Sie herzlich dazu eingeladen.«

»Ich bin selbst mit dem Wagen hier.«

Staffords Ton wurde bissig. »Vielleicht wollen Sie auch noch wissen, was ich weiter zu tun gedenke. Morgen oder übermorgen werde ich nach London zurückfliegen. Das hängt nur noch davon ab, auf welcher Maschine ich einen Platz buchen kann. Sind Sie nun zufrieden?«

Er faltete ein Hemd zusammen. Gunnarson sah ihm aufmerksam dabei zu. »Warum sollten Sie etwas tun, damit ich zufrieden bin?«

»Das kann ich Ihnen auch nicht sagen. Aber ich hatte eigentlich vor, hier Urlaub zu machen. Den ersten seit drei Jahren. Leider hat es nicht ganz geklappt. Zufällig wurde ich in die Entführung einer Touristengruppe verwickelt, und seither fragt mich jeder nach dem Grund meiner Reise. Sogar Charles Brice konnte sich seine spitzen Fragen nicht verkneifen. Mir reicht es. Ich fahre nach Hause.« Er zog ein paar Schubladen auf, um sicher zu sein, daß er nichts vergessen hatte, dann verschloß er den Koffer. Hoffentlich hörte Brice ihnen noch zu. »Was ist denn Ihrer Meinung nach mit dem jungen Henry Hendrix passiert? Schließlich waren Sie dabei.«

»Ich weiß nicht, was ich denken soll. Und Sie?«

»Ich denke, daß die Touristengruppe von Tansaniern gekidnappt wurde. Es wäre ja nicht das erste Mal gewesen. Ich denke weiter, daß Hendrix getötet worden ist – vielleicht sogar aus Zufall – und dann begraben wurde. Aber vielleicht nicht einmal das. Dann haben die Aasfresser ihn sich geholt. Und schließlich glaube ich, daß Sie hier ihre Zeit vergeuden, Gunnarson. Sie haben Ihr kleines Spiel verloren. Warum machen Sie es nicht wie ich und fahren nach Hause?«

Gunnarson sah Stafford zynisch an. »Da muß noch viel passieren, bevor ich von Ihnen einen Ratschlag annehme. Irgendwas stimmt hier nicht, und wenn Sie das auch nicht sehen, ich tue es. Ich werde noch ein bißchen in der Sache herumstochern.«

Stafford zuckte die Achseln, dann nahm er seinen Koffer. »Machen Sie, was Sie wollen.« Er ging zur Tür. »Ich nehme an, daß wir uns sehr bald wiedersehen, vielleicht in New York. Stellen Sie sich auf einen Kampf ein.«

»Ich bin ein gefürchteter Gegner«, warnte Gunnarson.

»Das soll mich nicht hindern.« Stafford hatte die rechte Hand auf die Türklinke gelegt. »Kommen Sie mit, oder glauben Sie, daß Sie dieses Zimmer geerbt haben?«

»Ach, lassen Sie mich doch in Ruhe«, sagte Gunnarson. Aber er stand auf und folgte Stafford die Stufen hinunter. Am Fuß der

Treppe trennten sie sich. Gunnarson ging in den Speiseraum zurück und Stafford zu seinem Nissan, um das Gepäck zu verstauen. Zufrieden ging er dann noch einmal in den Verwaltungsblock. Sein Gespräch mit Gunnarson war mit jedem Satz auf Brice und Hendriks gezielt. Er hoffte nur, daß die kleine Wanze im Bilderrahmen richtig funktioniert hatte.

Als er den Speiseraum betrat, sah er Brice und Hendriks in ein Gespräch mit Gunnarson vertieft. Er ging zu ihnen und setzte sich. »Mr. Gunnarson hat uns gerade erzählt, daß Sie abreisen wollen?«

»Ja. Das stimmt. Ich bin nur noch einmal hierhergekommen, um mich zu verabschieden und mich für Ihre Gastfreundschaft zu bedanken.« Stafford sah zu Hendriks. »Das mit deinem Cousin tut mir leid, Dirk. Bitte halte mich über die weitere Entwicklung auf dem laufenden. Es kann sein, daß ich in nächster Zeit viel unterwegs bin, aber wenn du an mein Büro schreibst, erreichen mich deine Nachrichten auf jeden Fall.«

»Das tue ich ganz bestimmt.«

»Haben Sie und Mr. Gunnarson denn Ihre Differenzen klären können?« fragte Brice mit unschuldigem Gesicht.

Stafford lachte. »Wir haben keine Differenzen – jedenfalls nicht hier.« Ein Kellner stellte eine Tasse vor ihn auf den Tisch und schenkte Kaffee ein. »Die fangen erst in New York an.« Gunnarson schnaufte verärgert, aber Stafford fuhr unbekümmert fort. »Das ist auch der Grund dafür, daß ich soviel unterwegs sein werde.«

»Sie glauben, Sie können sich drüben breitmachen, während ich nicht da bin?« Gunnarson lachte in sich hinein. »Keine Chance, mein Bester.«

Stafford trank seinen Kaffee aus, dann streckte er Brice die Hand hin. »Es hat mich gefreut, Sie kennenzulernen, Mr. Brice – Charles. Ich hoffe, daß Sie Ihre Pläne für Ol Njorowa verwirklichen können.« Stafford stand auf und ging um den Tisch herum. Er gab Dirk einen freundlichen Klaps auf die Schulter. »Weißt du schon, wann du wieder in London sein wirst?«

»Nein. Noch ist hier für mich viel zu tun.«

»Du hast sicherlich nichts dagegen, wenn ich Alix und den Kleinen einmal besuche.«

»Natürlich nicht. Sie wird sich freuen.«

Stafford sah zur anderen Seite des Raums. »Ich beeile mich besser, bevor Alan Hunt mir entwischt. Alles Gute, und noch einmal vielen Dank für alles.«

Mit weit ausholenden Schritten ging er zur Tür, wo er Alan Hunt gerade noch aufhalten konnte. »Alan, ich fahre jetzt. Vielen Dank für die Ballonfahrt.«

»Ich habe Sie nur wegen des Champagners mitgenommen«, sagte Hunt mit einem Grinsen.

Stafford legte eine Hand auf Alans Arm und lenkte ihn zur Eingangshalle. »Ich muß Sie noch kurz sprechen. Sie sind doch in Kenia geboren, oder?«

»Ja, das stimmt.«

»Dann ist es also ihre Heimat. Was halten Sie von der Regierung?«

»Im ganzen ist sie nicht schlecht. Es werden Fehler gemacht, aber wo wäre das anders?« Hunt zog die Stirn kraus. »Worauf wollen Sie hinaus, Max?«

Sie gingen die Stufen hinunter ins Freie auf Staffords Nissan zu. »Halten Sie sich für einen Patrioten?«

»Das ist eine merkwürdige Frage«, sagte Hunt. »Meinen Sie fürs Vaterland sterben und so?«

»Mir würde es schon reichen, wenn Sie dafür leben«, entgegnete Stafford. »Hören Sie, Alan. Da ist ein Problem aufgetaucht. Kennen Sie das Safariland?«

»Natürlich.«

Stafford sah auf die Uhr. »Können wir uns dort in einer halben Stunde treffen? Ein paar Leute möchten Sie gern kennenlernen.«

»Warum nicht?« sagte Alan unsicher. »Aber um was geht es denn?«

»Das erfahren Sie, wenn Sie dort sind.« Stafford stieg in den Nissan. »Und es wäre mir lieber, wenn niemand erfährt, wohin Sie gehen. Sagen Sie einfach, Sie hätten etwas in Naivasha zu besorgen.«

Hunt lächelte dünn. »Das hört sich alles sehr mysteriös an – aber gut, ich komme.«

»Wir sehen uns dort.« Stafford lenkte den Wagen aus der Parklücke, winkte noch einmal und fuhr im Schrittempo zum Tor von Ol Njorowa. Er hatte schon einmal schlechte Erfahrungen mit den Bremswellen auf der Straße gemacht. Im Rückspiegel sah er Brice aus dem Gebäude kommen und auf Alan Hunt zugehen. Hoffentlich hatte Hunt Verstand genug, den Mund zu halten.

26

Stafford hatte erwartet, daß Hardin ihn vor dem Safariland erwarten würde. Statt dessen kam Curtis auf den Wagen zugelaufen, als er vor dem Hotel parkte. Stafford stieg aus. »Guten Tag, Sergeant. Wo sind denn die anderen?«

»Colonel Chipende hielt es für ratsam, unser Treffen nach Crescent Island zu verlegen. Das ist eine Insel im See, Sir. Wenn der Colonel mir bitte folgt, ein Boot liegt bereit.«

Stafford lächelte. Nachdem sich herausgestellt hatte, wer Chip war, behandelte Curtis ihn mit allen militärischen Ehren. »Ich glaube, wir bleiben besser bei Chip«, sagte Stafford ohne Vorwurf. »Wir können noch nicht los. Ich erwarte noch jemanden.« Er sah auf die Uhr. »In ungefähr fünfzehn Minuten.«

Alan Hunt war auf die Minute pünktlich, aber zu Staffords Bestürzung brachte er Judy mit. Er stieg aus dem Nissan. »Ich habe gebeten, niemand etwas zu sagen.« Staffords Stimme klang verärgert.

Hunt grinste ihn schief von der Seite an. »Ich wollte einen Zeugen haben.«

»Außerdem bin ich auch in Kenia geboren und eine Patriotin«, ergänzte Judy. »Was geht hier vor, Max? Das ist alles so sonderbar.«

Stafford stand einen Moment unentschlossen da, dann zuckte er resignierend die Achseln. »Also gut. Kommen Sie mit, Judy.«

»Das klingt nicht sehr erfreut«, sagte sie.

»Das sollte es auch nicht«, antwortete Stafford. Er winkte Curtis aus dem Wagen. »Gehen wir, Sergeant.«

Curtis führte sie hinunter zum See, zu einem grobgezimmerten Landungssteg. Ein schwarzer Kenianer erwartete sie im Heck eines kleinen offenen Bootes. Sie stiegen ein, und der Kenianer startete den Außenbordmotor. Dann fuhren sie mit ziemlicher Geschwindigkeit auf Crescent Island zu, das ungefähr eine Meile vom Ufer entfernt im See lag. »Warum fahren wir nach Crescent Island?« fragte Judy.

»Das weiß ich im Moment auch noch nicht«, sagte Stafford. »Aber wir werden es bald erfahren.« Er stieß Curtis an. »Wer ist alles auf der Insel?«

»Col...« Curtis schluckte und setzte neu an. »Chip und Nair und Mr. Hardin. Und dann ist noch ein anderer Mann bei ihnen. Ich weiß nicht, wer er ist.«

Stafford schnaufte, aber machte sich weiter keine Sorgen. Das tat er erst, als ihm klar wurde, daß der Fremde ihnen vielleicht Schwierigkeiten machen würde. »Meinen Sie Nair Singh?« fragte Hunt.

»Ja«, sagte Stafford knapp. Dann blickte er schweigend auf die Insel, die rasch näher kam.

Sie fuhren eine Zeitlang am felsigen Ufer entlang bis zu einer Stelle, an der sie landen konnten. Chip kam an den Strand, um sie in Empfang zu nehmen. Als er die Hunts entdeckte, verdüsterte sich sein Gesicht. »Können wir kurz miteinander sprechen?« wandte er sich an Stafford. Sie entfernten sich ein Stück von den anderen. »Das war keine gute Idee von Ihnen, Max. Warum haben Sie die beiden mitgebracht?«

»Ich wollte nicht *beide* mitbringen«, sagte Stafford gereizt. »Ich wollte nur Alan Hunt dabeihaben. Seine Schwester ist ohne Einladung gekommen.«

»Aber warum überhaupt Alan Hunt?«

»Wir brauchen jemand in Ol Njorowa, und ich habe ihn dafür ausgesucht«, antwortete Stafford. »Ich werde Ihnen meine Gründe schon noch nennen. Laut Curtis haben Sie auch eine Überraschung mitgebracht.«

Chip nickte. »Und Sie werden entschuldigen, wenn ich ihn nicht vorstelle. Er ist ... äh ... inkognito hier.«

»Einer Ihrer Vorgesetzten?«

Chip lächelte. »Das könnte gut sein.«

»Deshalb mußten wir uns also auf dieser Insel treffen. Also gut. Gehen wir zurück zu den anderen. Wir haben eine Menge zu bereden.«

Chip zögerte einen Moment, dann nickte er zustimmend. »Gehen wir.«

Stafford winkte Curtis und die Hunts heran. Sie folgten Chip über den Strand zu einem Weg, der sich zwischen Bäumen die Böschung hinaufschlängelte. Einmal schreckte Stafford zusammen, als ein großes Tier dicht neben ihm durch das Holz brach und davonrannte. Er konnte gerade noch einen weißgestreiften Rumpf erkennen. »Ein Wasserbock«, sagte Curtis gelassen.

»Sie fühlen sich wohl auf der Insel«, erklärte Chip. »Sie schwimmen vom Festland herüber. Die großen Katzen schätzen das Wasser nicht besonders, zumindest nicht, wenn sie eine Meile darin schwimmen sollen. Deshalb sind die Wasserböcke hier sicher vor Feinden.« Stafford amüsierte es, daß Chip nicht einmal jetzt seine Rolle als Reiseführer ablegen konnte. Doch der nächste Satz von Chip ließ ihn wachsam werden. »Passen Sie auf Schlangen auf.«

Eine Weile gingen sie noch weiter, dann kamen sie zu einem kleinen Plateau. In seiner Mitte waren die Grundmauern eines Gebäudes zu erkennen. Ob das Haus zusammengefallen war oder ob sein Besitzer den Bau in diesem Zustand aufgegeben hatte, konnte Stafford nicht erkennen. Hier warteten die anderen auf sie – Nair, Hardin und der Fremde. Es war ein älterer, schwarzer Kenianer mit grauen Haaren und einem ausdruckslosen Gesicht. Chip ging zu ihm hinüber und flüsterte ihm etwas zu.

Stafford ging zu Hardin. »Hallo, Ben. Wer ist der alte Mann dort?«

»Er verrät es nicht – und Chip auch nicht. Ich würde sagen, er kommt von ganz oben. Leider sagt er keinen Ton, sonst könnte man es vielleicht heraushören.«

»Er sitzt hier, um das Material der Anklage zu prüfen«, sagte Stafford spitz. »Er wird staunen, was ich ihm alles zu zeigen habe.«

Chip kam zurück und wandte sich an die Hunts. »Ich glaube, wir sollten uns schnell miteinander bekannt machen. Ich bin Pete Chipende, aber nennen Sie mich bitte Chip. Und das hier...«

»Nein!« unterbrach ihn Stafford scharf. »Hören wir auf, um den heißen Brei herumzureden.« Er sah Alan Hunt an. »Das ist Colonel Pete Chipende von der kenianischen Armee.« Chip warf ihm einen verärgerten Blick zu, aber Stafford achtete nicht auf ihn. »Nair kennen Sie bereits, aber seinen Dienstrang sicher ebensowenig wie ich.«

Nair trat einen Schritt vor. »Captain Nair Singh, zu Ihren Diensten.«

Hunt zog überrascht die Augenbrauen hoch. »Ich wußte gar nicht, daß du in der Armee bist, Nair.«

»Sie wissen es auch in Zukunft nicht«, sagte Chip bestimmt. »Dieses Gespräch findet überhaupt nicht statt. Verstehen Sie?«

»Ben Hardin haben Sie bereits kennengelernt«, fuhr Stafford fort. »Und dies ist Curtis. Den Herrn dort drüben kenne ich nicht, und ich glaube auch nicht, daß ich ihn kennenlernen will. Chip hat recht. Was Sie hier erfahren, müssen Sie streng vertraulich behandeln.«

Judy lächelte nervös. »Das hört sich ja sehr ominös an.«

»Ja«, stimmte Alan zu. »Richtig geheimnisvoll. Um was geht es denn eigentlich?«

»Sagen Sie es ihnen, Chip«, forderte Stafford ihn auf.

»Wir haben Grund zu der Annahme, daß Ol Njorowa nicht nur das ist, was es auf den ersten Blick zu sein scheint, sondern daß eine fremde Macht es als Basis in Kenia benutzt – als Spionagezentrum.«

»Sie sind verrückt«, sagte Hunt.

»Warten Sie mit Ihrem Urteil, bis Sie die Beweise gesehen haben, Alan.« Stafford drehte sich zu Nair. »Haben Sie die Fotos?« Nair gab sie ihm. »Die sind verdammt schnell fertig geworden.«

»Mein Schwager ist Fotograf. Er hat sie für uns gemacht.«

Stafford verzog das Gesicht. »Der Witz mit dem Schwager wird auch langsam alt, Nair.«

»Aber es ist die Wahrheit«, protestierte Nair. »Mein Schwager hat in Naivasha ein Fotogeschäft. Er hat mir gesagt, daß bei den ersten Abzügen die Farben nicht lange halten werden, weil er sie so schnell machen mußte. Aber er zieht uns noch einen zweiten Satz ab.«

Stafford blätterte die Bilder prüfend durch. »Die genügen fürs erste.« Er setzte sich auf ein Mauerstück und breitete die Fotos aus. »Ist inzwischen irgend etwas passiert, das ich wissen sollte, Chip?«

»Nicht besonders viel. Irgendwer hat sich im New Stanley nach Gunnarson erkundigt. Er war nicht mehr da, natürlich; er war schon nach Naivasha gefahren.«

»Und wer war der Neugierige?«

»Das wissen wir noch nicht. Aber die Sache wird weiter verfolgt.«

Stafford legte das letzte Foto auf die Mauer. »So. Diese Luftaufnahmen von Ol Njorowa habe ich heute morgen während der Ballonfahrt mit Alan gemacht. Möchte sich jemand zu ihnen äußern?«

Er trat ein paar Schritte zurück, damit die anderen Platz hatten, sich die Bilder in Ruhe anzusehen. Alle drängten sich um das Mauerstück, bis auf den älteren Kenianer, der auf seinem Stein sitzen blieb und gelassen seine Pfeife rauchte. Eine Zeitlang herrschte Schweigen. Dann winkte Hardin ihn wieder heran.

»Dieser Turm hier, wozu dient der?«

»Das ist unser Wasserturm«, erklärte Hunt. »Das Wasser wird hinaufgepumpt und dann über ein Leitungssystem auf das Gelände verteilt. Der Höhenunterschied erspart uns den Einsatz weiterer Pumpen.«

Curtis hüstelte. »Vielleicht dürfte ich dem Colonel zeigen, daß der Turm an der falschen Stelle steht.«

»Wieso, Sergeant?«

»Die geeignetste Stelle für einen Wasserturm wäre der höchste Punkt des Geländes.« Curtis zeigte auf ein anderes Foto. »Der wäre dort.«

Hunt sah Stafford neugierig an. »Sind Sie auch Colonel?«

»Ich versuche seit zehn Jahren meinen Abschied zu nehmen, aber Curtis läßt mich nicht«, sagte Stafford trocken. »Aber gut, ein Wasserturm, der an der falschen Stelle steht.«

Hardin nahm sich das Foto. »Er steht sehr dicht an einer Zaunecke. Ich würde sagen, das ist ein Wachtturm. Von oben hat man ein ziemliches Stück des Grenzzaunes im Blick. Ein idealer Punkt, um ein paar Fernsehkameras aufzustellen.«

»Was ist nachts? Wird der Zaun beleuchtet?« fragte Chip.

»Nein. Das habe ich überprüft«, antwortete Stafford.

»Vielleicht setzen sie Infrarotkameras ein«, sagte Nair. »Das hätten Sie nicht sehen können.«

»Bestimmt nicht. Sie sind hinter der Zeit zurückgeblieben, Nair. Wenn das Gelände von Kameras überwacht wird, dann benutzen sie mit Sicherheit Restlichtverstärker – wie sie auch die Armee in ihren Nachtsichtgeräten verwendet. Selbst wenn der Mond von Wolken verdeckt ist, erhält man damit noch ganz anständige Bilder.«

»Meinen Sie das ernst?« fragte Hunt.

»Sehr ernst sogar.« Stafford zeigte über die Fotos. »Sonst noch etwas?«

»Ja«, sagte Hardin. »Aber es ist nicht auf diesen Bildern zu sehen.« Er drehte sich zu Hunt. »Sie haben gesagt, daß ein Leopard über den Zaun gesprungen ist und daß deshalb eine bewaffnete Wache patrouilliert. Richtig?«

Hunt nickte. »Brice hatte auch ein Suchkommando losgeschickt. Er vermutete, daß der Leopard über einen Baum gekommen sein muß, der zu nahe an der Außenseite des Zauns steht.«

»Ja, das haben Sie uns erzählt.« Er sah Curtis an. »Sagen Sie es ihm, Sergeant.«

»Auf Anweisung des Colonels bin ich die gesamte Umgrenzung von Ol Njorowa abgeschritten. Das Buschwerk ist auf einen dreißig Meter breiten Streifen um den Zaun herum zurückgestutzt und ausgedünnt worden. Einen Baum in der Nähe des Zauns gibt es nicht. Ich habe auch Spuren gefunden, die auf den Einsatz chemischer Mittel zur Pflanzenvernichtung schließen lassen. Ein leerer Papiersack lag am Zaun. Ich habe ihn nicht berührt, aber mir den Namen des Gifts aufgeschrieben.« Er zog einen Zettel aus der Tasche und reichte ihn Stafford.

Hardin sah Stafford über die Schulter. »Ziemlich scharfes Zeug. Ein Entlaubungsmittel, das wir in Vietnam eingesetzt haben. Die allgemeine Verwendung ist verboten. Sieht aus, als wollte sich jemand ein freies Blickfeld um den Zaun schaffen.«

»Wie lange ist der Zaun insgesamt?« fragte Stafford.

»Ungefähr sechseinhalb Meilen, Sir«, antwortete Curtis.

»Drei Meter hoher Maschendraht und sechseinhalb Meilen lang«, sagte Stafford scharf. »Eine etwas übertriebene Sicherungsmaßnahme für ein unschuldiges Landwirtschaftscollege, das noch dazu knapp bei Kasse ist. Finden Sie nicht auch, Alan?«

»In dem Licht habe ich die Sache nie betrachtet«, antwortete Alan nachdenklich. »Der Zaun war schon da, als ich hier zu arbeiten anfing.« Er schüttelte den Kopf. »Und den ausgeholzten Streifen draußen habe ich nie gesehen.«

Chip nahm ein Foto von der Mauer. »Das hier interessiert mich.«

»Mich auch«, sagte Stafford. »Das ist der Schlüssel zu der ganzen Geschichte. Was wissen Sie darüber, Alan?«

Hunt nahm das Foto. »Oh, das ist die Wildbeobachtungsstation. Dazu kann ich Ihnen nicht viel sagen. Ich bin selbst nie in dem Gebäude gewesen.«

»Erzählen Sie Chip von den wilden Tieren«, sagte Stafford ironisch.

Hunt berichtete alles, was er über die Beobachtung der Wildwanderung, der die Station diente, erfahren hatte. Er zuckte die Schultern. »Mehr weiß ich auch nicht; es ist nicht mein Arbeitsgebiet. Außerdem gehört die Forschungsabteilung nicht unmittelbar zum College. Wir haben nur das Haus zur Verfügung gestellt.«

»Ich bin überall in Ol Njorowa gewesen«, sagte Stafford. »Man hat mir den großen Besichtigungsrundgang angedeihen lassen. Jede Tür wurde mir geöffnet, nur nicht die zu diesem sogenannten Laboratorium. Alan arbeitet jetzt seit zwei Jahren in Ol Njorowa, und nicht ein einziges Mal ist er in dem Haus gewesen.«

»Die Station wird auch nicht das ganze Jahr über benutzt«, sagte Hunt. »Die Wildwanderungen beginnen erst wieder in sechs Wochen.«

»Und auch dann sehen wir die Leute von der Station fast nie«, ergänzte Judy. »Sie arbeiten sehr zurückgezogen.«

»Das hat Alan mir auch schon gesagt.« Stafford sah zum Himmel hinauf. »Und irgendwo da oben, ungefähr 22000 Meilen über uns, steht ein amerikanischer Satellit, der das Wetter beobachtet«, sagte er mit verträumter Stimme. »Ein löbliches Projekt und sicher auch ein ehrliches. Aber in diesem Satelliten steckt auch die Ausrüstung dieser merkwürdigen Wildforscher von Ol Njorowa. Mir ist inzwischen klargeworden, daß ein Signal, das von der Spiegelantenne auf dem Dach der Station zu dem Satelliten hinaufgeschickt wird, ungefähr 25 Grad südlich wieder aufgefangen werden kann, sagen wir, in Pretoria. Oder auch irgendwo im nördlichen Transvaal, in Messina oder Louis Trichardt. Beides liegt ungefähr 22 Grad südlich.« Er lächelte. »Ich habe es mir anhand von Karten genau ausgerechnet.«

»Das ist doch alles reine Spekulation«, wehrte Hunt ab. »Sie reden von Fernsehkameras auf dem Wasserturm, aber Sie können nicht beweisen, daß es überhaupt welche gibt. Und dieses Gerede über Signale, die nach Pretoria gesandt werden, ist nach meiner Meinung schlichter Unsinn. Wenn Sie mich deshalb hierhergeholt haben, vergeuden Sie nur Ihre Zeit mit mir.«

»Alan«, sagte Stafford freundlich. »Hört eine ehrenwerte Hilfsorganisation etwa die Zimmer ihrer Gäste ab?«

»Sind Sie sich da ganz sicher?« fragte Chip scharf.

»Todsicher. Mikrophon und Sender sind im Rahmen eines Gemäldes versteckt.« Er beschrieb seinen Fund.

Chip blies erleichtert die Luft aus. »Gott sei Dank! Das ist der erste sichere Beweis, den wir haben.«

»Das habe ich mir auch gedacht«, sagte Stafford. »Ich habe Gunnarson in meinem Schlafzimmer in ein Gespräch verwickelt. Ich war sicher, daß Brice zuhören würde. Alles, was ich Gunnarson gesagt habe, war in Wirklichkeit für Brice bestimmt.« Ein Grinsen zog auf sein Gesicht. »Ich habe Gunnarson ein bißchen gereizt, bis er gesagt hat, daß er hier noch etwas herumschnüffeln wird. Er denkt, daß in Ol Njorowa irgend etwas nicht stimmt.«

»Er war immer ein scharfer Hund«, sagte Hardin ernst. »Das muß man ihm lassen. Er hat bestimmt kein Stroh im Kopf.«

»Mag sein, aber Brice wird gehört haben, was er gesagt hat.« Stafford lachte. »Ich bin schon gespannt, was jetzt passiert.«

Hunt sah zu seiner Schwester. »Was hältst du davon?«

»Bis Max von dem Bild in seinem Zimmer erzählt hat, war ich nicht sehr überzeugt«, antwortete sie. »Aber jetzt glaube ich ihm.«

»Haben Sie schon die Fernsehkamera in der Eingangshalle vom Verwaltungsblock gesehen?« fragte Stafford hilfreich.

Hunt sah ihn bestürzt an. »Nein. Hab' ich nicht.«

»Das überrascht mich nicht. Sie ist auch kaum zu entdecken, wenn man nicht weiß, wonach man suchen soll. Wenn Sie mit dem Gesicht zum Informationsschalter stehen, ist sie hinter Ihnen in der linken oberen Ecke der Halle. Und jetzt rennen Sie um Gottes willen nicht los und starren in den Winkel. Ein unauffälliger Blick wird genügen.«

Hunt schüttelte fassungslos den Kopf. »Erst neulich hat mir Brice einen Zeitungsartikel gezeigt, der von der Wildforschung von uns berichtete. Was ich gelesen habe, klang alles echt.«

»Das war es bestimmt auch. Echtes Material ist die beste Tarnung, die man haben kann.« Stafford wandte sich an Chip. »Als ich mit Gunnarson sprach, habe ich einfließen lassen, daß ich morgen oder übermorgen nach England zurückfliegen werde. Vielleicht hat mir Brice geglaubt, vielleicht auch nicht. Können Sie irgend etwas tun, um die Geschichte abzusichern?«

Chip dachte nach. »Wir wissen nicht, wie weit Brice seine Organisation schon ausbauen konnte oder ob er uns bereits unterwandert hat. Ich werde auf jeden Fall dafür sorgen, daß auf Ihren und Curtis' Namen Flugscheine ausgestellt werden. Geben Sie mir Ihre Paßnummern. Offiziell werden Sie Kenia dann morgen früh verlassen haben. Das heißt, Sie müssen irgendwo untertauchen.«

»Warum nicht hier?« warf Nair ein. »Hier, auf Crescent Island? Es liegt nicht weit von Ol Njorowa, und es ist nicht gefährlich hier. Wir können Ihnen ein Zelt und Schlafsäcke bringen. Und was Sie sonst noch brauchen.«

»Als erstes brauchen wir ein Boot«, sagte Stafford.

Curtis beugte sich zu Stafford vor. »Es wird den Colonel interessieren, daß jemand auf dem Weg hierher ist.«

»Wo?«

»Auf dem Pfad, der vom Strand heraufführt. Er geht sehr leise.«

Chip hatte Curtis auch verstanden. Er gab Nair ein Zeichen, und beide liefen auf den Weg zu. Sie verschwanden aus dem Blickfeld der Lichtung, und eine Zeitlang geschah nichts.

Dann kamen sie gemeinsam zurück. Chip riß einen Umschlag

auf. »Es ist alles in Ordnung; man hat mir nur eine Nachricht gebracht.« Er zog ein einzelnes Blatt aus dem Kuvert und überflog es. »Der Mann, der im New Stanley nach Gunnarson gefragt hat. Man hat seine Spur zurückverfolgen können – bis nach Ol Njorowa. Er heißt Patterson.«

Stafford kniff die Augen zusammen. »Irgendwie kommt mir der Name bekannt vor.«

»Er gehört zur Wildforschungsstation«, sagte Hunt. »Damit ist wohl alles klar.«

»Saß Patterson nicht am Tisch von Brice, im Lake-Naivasha-Hotel, als ich ihn das erste Mal gesehen habe?«

»Genau«, sagte Judy. »Ich glaube, Alan, daß Max seinen Verdacht damit endgültig bewiesen hat.«

Sie sah Stafford offen ins Gesicht. »Was können wir für Sie tun?«

»Chip gibt hier die Anweisungen«, sagte Stafford.

»Das stimmt nicht ganz«, antwortete Chip und nickte zu dem grauhaarigen Kenianer, der gerade seine Pfeife an dem Stein, auf dem er saß, ausklopfte. Stafford hatte ihn während ihrer Besprechung von Zeit zu Zeit beobachtet. Sein Gesicht hatte nie auch nur die leiseste Reaktion verraten, aber er hatte die ganze Zeit aufmerksam zugehört. »Ich muß erst mit ihm darüber sprechen«, sagte Chip. Er ging zum Rand der Lichtung. Der Kenianer stand auf, steckte seine Pfeife ein und folgte ihm.

»Wenn wir auf der Insel bleiben müssen, brauchen wir dringend Lebensmittel«, sagte Curtis zu Nair. »Zum Beispiel Bier.«

Stafford lachte. »Und was soll ich machen?« fragte ihn Hardin.

»Das hängt davon ab, was Chip jetzt plant. Und das hängt von der Entscheidung ab, die Mr. Unbekannt da drüben trifft. Vielleicht ist er auch General Unbekannt. Es hat ganz den Anschein, als wären wir in eine militärische Operation geraten. Wir können nur warten und uns überraschen lassen.«

»Ich kann immer noch nicht glauben, daß das hier alles wahr sein soll«, sagte Hunt.

»Und dabei kennen Sie noch nicht einmal die ganze Geschichte«, sagte Stafford. »Die werden Sie noch viel unglaublicher finden.« Er wandte sich wieder zu Hardin. »Es sieht ganz so aus, als hätte Gunnarson nichts mit Brice und Hendriks zu tun. Er hat sein eigenes kleines Spielchen getrieben.«

»Er wollte mit Corliss als Joker das Hendrykxx-Erbe kassieren«, stimmte Hardin zu.

Stafford lachte. »Und du bist an allem schuld, Ben. Hättest du dir in Los Angeles gedacht, daß du am Ende einen internationalen Spionagefall aufdecken würdest, und dazu mitten in Afrika? Nur weil wir Gunnarson in Verdacht hatten, haben wir überhaupt Wind von der Sache bekommen. Lange Zeit hat mich das völlig verwirrt. Ich wollte die vielen Einzelteile immer zu einem Bild zusammenfügen. Erst jetzt hab' ich begriffen, daß sie zu *zwei* Puzzlespielen gehören: das eine mit Gunnarson in der Mitte, und das andere um Ol Njorowa.«

»Und was passiert jetzt?« fragte Judy.

»Ich fürchte, daß wir jetzt den Politikern in die Hände geraten«, sagte Stafford. Er zeigte mit dem Kopf zum Rand der Lichtung. »Die beiden dort sind meiner Meinung nach einfach denkende Militärs. Wenn es nach ihrem Willen ginge, würden sie in Ol Njorowa eindringen und den Stall ausräuchern. Der gerade Weg. Aber die Politiker könnten ganz anderer Meinung sein.«

»Curtis spricht Sie immer als Colonel an. Sind Sie noch aktiv, und in welcher Stellung?« fragte Hunt.

»Großer Gott, nein. Ich habe vor zehn Jahren meinen Dienst quittiert.« Er setzte sich zurecht. »Ich war beim militärischen Abschirmdienst. Aber mit den Jahren bin ich die Herren Politiker leid geworden. Entweder hörten sie einem nicht zu, oder man wurde für irgendwas an den Pranger gestellt. Nur verstanden haben sie nie etwas. Deshalb habe ich die Armee verlassen und meinen privaten Sicherheitsdienst gegründet. Seitdem hatte ich mit der Weltpolitik nichts mehr zu tun.« Er machte eine Pause. »Bis heute.«

Hardin hob seinen Kopf. »Chip kommt zurück.«

Stafford hörte Chips Schritte im Sand. Er sah ihn fragend an. »Wie lautet das Urteil?« Im Augenwinkel sah er den grauhaarigen Mr. Unbekannt den Weg hinuntergehen und zwischen den Bäumen verschwinden.

»Wir warten erst einmal ab«, sagte Chip.

»Das hätte ich mir denken können«, sagte Stafford. Er zuckte heftig die Achseln, als wollte er seinem Gespräch mit Alan Hunt noch ein letztes Argument hinzufügen.

»Und was ist mit uns?« fragte Hunt. Er zeigte auf seine Schwester.

»Sie arbeiten ganz normal weiter«, erklärte Chip. »Wenn wir Ihre Hilfe brauchen, werden wir Ihnen eine Nachricht zukommen lassen. Aber bis dahin dürfen Sie nicht einmal mit einem Wimpernzucken andeuten, daß irgend etwas in Ol Njorowa nicht in Ordnung sein könnte.«

»Und ich? Was mach' ich?« fragte Hardin.

Chip blies geräuschvoll die Luft aus. »Sie sollten sich Mr. Stafford anschließen. Ja, ich empfehle Ihnen hierzubleiben – auf Crescent Island.«

Hardin stieß Nair in die Seite. »Dann brauchen wir auf alle Fälle noch mehr Bier.«

»Chip, Sie haben mit Ihrem Bekannten gesprochen. Ich nehme an, daß er ein hoher Offizier war.« In Staffords Stimme schwang Verbitterung mit. »Gehe ich recht in der Annahme, daß er erst weitere Instruktionen einholen muß?«

Chip schüttelte bedauernd den Kopf. »Sie wissen selbst, wie das ist, Max. Wir sind alle nur Rädchen in einem Getriebe, und jeder hat einen Vorgesetzten, der erst einmal unterrichtet werden muß. Jeder weitere Schritt in dieser Sache muß von ganz oben abgesegnet werden. Die Geschichte schlägt Wellen bis in die internationale Politik.«

Stafford seufzte. Er lehnte sich auf den linken Arm zurück und legte seine rechte Hand auf die Augen, um sie vor der Sonne zu schützen. »Dann wünsche ich Ihnen viel Vergnügen beim Wellenreiten.«

27

Brice stand am Fenster seines Büros und überblickte das Gelände von Ol Njorowa. Seine Stirn war tief zerfurcht, als er sich umdrehte und Hendriks abschätzend ansah. »Erst Stafford und jetzt Gunnarson. Sie haben es selbst gehört. Die beiden sind uns auf den Fersen.«

»Nicht Max«, widersprach Hendriks. »Er fliegt nach Haus.«

»Schön. Aber Gunnarson hat Verdacht geschöpft. Wer ist er?«

»Ich weiß nicht mehr als Sie«, sagte Hendriks. »Ihm gehört das amerikanische Detektivbüro, das Henry Hendrix in Kalifornien aufgespürt hat. Sie haben gehört, was er Stafford gesagt hat. Er wollte ein Teil des Geldes in seine eigene Tasche lenken. Nur hatte er das Pech, daß Hendrix in der Mara verlorenging. Er ist ein gewöhnlicher Krimineller, wenn Sie mich fragen.«

»Danach muß ich Sie nicht erst fragen«, entgegnete Brice bissig. »Das versteht sich von selbst.«

Hendriks reckte einen Finger in die Luft. »Eins scheint sicher zu sein«, sagte er. »Cousin Henry muß tot sein. Zumindest geht Stafford davon aus.«

»Das hilft uns nicht viel, solange die Leiche nicht gefunden wird.« Brice setzte sich hinter seinen Schreibtisch. »Und Sie haben Gunnarson gehört. Er will noch bleiben und hinter uns herschnüffeln.«

»Was kann er denn viel entdecken?« fragte Hendriks. »An uns ist er nicht interessiert. Er will Henry finden, sonst nichts – und das wird ihm nicht gelingen. Nach einer Weile wird er die Suche aufgeben und nach Hause fahren wie Max. Hier gibt es für ihn nichts zu finden – zumindest noch nicht.«

»Vielleicht, aber wir werden ihn im Auge behalten.«

»Tun Sie das«, sagte Hendriks. Er stand auf und ging zur Tür. »Wenn Sie mich brauchen, ich bin in meinem Zimmer.«

Er zog die Tür hinter sich zu und stieg langsam die Treppe hinauf. In seinem Zimmer legte er sich auf das Bett und zündete sich eine Zigarette an. Seine Gedanken wanderten über die Jahre zurück zu dem Zeitpunkt, an dem alles begonnen hatte.

Für ihn hatte alles mit seiner Anwerbung zum Nationalen Nachrichtendienst begonnen. Damals hieß die Abteilung noch Bureau for State Security. Joel Mervis, der zu jener Zeit in Johannesburg die *Sunday Times* herausgab, tauschte das ›for‹ beharrlich gegen ein ›of‹ aus, wodurch sich die Abkürzung BOSS ergab. Ein billiger Trick, aber wirksam. Zeitungen in der ganzen Welt übernahmen seine Wortschöpfung. Hendriks dachte darüber nach, wie merkwürdig einfältig und unsensibel seine Landsleute in solchen Dingen waren. Es dauerte nicht lange, bis sie die Doppeldeutigkeit begriffen. Dann wurde der Name in ›Department of National Security‹ geändert, der sofort zu DONS abgekürzt wurde. Auch dieses Wortspiel zitierte die Weltpresse mit Heiterkeit; ein weiterer Wechsel wurde nötig. Diesmal zu ›National Intelligence Service‹. Mit der Abkürzung ›NIS‹ ließ sich nicht mehr viel anstellen.

Er wurde gründlich ausgebildet und begann seine Agentenlaufbahn in Rhodesien, wie es damals noch hieß. Südafrika versuchte alles, um die Regierung Smith zu stützen, aber am Ende nützte das auch nicht viel. Der Tod Salazars im fernen Portugal brachte eine Reihe von Stützpfeilern der weißen Herrschaft im Süden Afrikas zu Fall. Das antikoloniale Regime in Portugal bedeutete den Verlust von Angola und Moçambique; der Feind stand plötzlich an der Grenze, und Rhodesien war nicht mehr zu retten. Jetzt waren die Kubaner in Angola, und Südwestafrika war bedroht. Die Aussichten waren mehr als trübe.

Doch das war die unerfreuliche Gegenwart. Als alles noch so aussah, als bliebe Rhodesien der weißen Zivilisation erhalten, hatte Hendriks Freude an seiner Arbeit. Bis ihn eine Kugel getroffen hatte. Und die hatte, Ironie des Schicksals, nicht einmal ein schwarzer Guerillakämpfer abgefeuert, sondern ein schießwütiger weißer Farmer.

Er wurde nach Südafrika gebracht und kam in ein Krankenhaus. Nach seiner Entlassung gab man ihm einen Monat Urlaub.

Er wußte mit der vielen Freizeit wenig anzufangen und suchte nach einer Ablenkung. Er brauchte geistige und körperliche Anstrengung, und jetzt lungerte er faul am Strand von Clifton oder Durban herum und ließ sich den Kopf von der Sonne wärmen. Irgendwann dachte er damals auch an seine Großmutter, an die er sich nur noch dunkel erinnern konnte – und an seinen Großvater, der angeblich 1922 bei einem Aufstand in Johannesburg ums Leben gekommen war. Aber seine Leiche war nie gefunden worden, und das brachte Hendriks auf eine Idee. Mit Einsatz aller Techniken, die man ihm beigebracht hatte, und den Möglichkeiten, die seine Stellung ihm eröffnete, begann er seine Nachforschungen. Ahnenforschung als Hobby eines Geheimagenten, um die Zeit totzuschlagen. Es machte sich bezahlt. In alten Hafenpapieren fand er einen Eintrag, demzufolge Jan-Willem Hendrykxx in Cape Town auf ein Schiff nach San Francisco gegangen war, und zwar am 22. März 1922, eine Woche nach der Niederschlagung des Aufstands durch General Smuts. Soweit war er bis zum Ende seines Urlaubs gekommen.

Er kam nicht zurück nach Rhodesien, sondern wurde statt dessen nach England geschickt. »Gehen Sie in London einmal auf die Botschaft«, erklärte man ihm. »Sie werden erwartet. Aber dann lassen Sie sich nie wieder dort sehen. Sie werden bei Ihrem Besuch alle notwendigen Anweisungen erhalten.«

So kam Hendriks nach London, wo seine wichtigste Aufgabe die Beobachtung der exilierten Mitglieder des Afrikanischen Nationalkongresses war, die sich in England niedergelassen hatten. Genau registrierte er, wen sie trafen und mit wem sie sprachen.

Manchmal bekam er auch den Auftrag, bestimmte Mitglieder anderer Botschaften zu überprüfen, was er ebenso sorgfältig erledigte.

Geheimdienste haben eine ziemlich eigenwillige Arbeitsweise. Die Regierungen zweier Länder können sich öffentlich die kalte Schulter zeigen, während ihre verschiedenen Geheimdienstabteilungen brüderlich zusammenarbeiten. Ein solches Verhältnis bestand zu jener Zeit zwischen Südafrika und den Vereinigten Staaten – dem BOSS und der CIA. Eines Tages gab Hendriks über seinen Kontaktmann eine Botschaft weiter: Kann jemand für mich herausfinden, was mit Jan-Willem Hendrykxx passiert ist, der 1922 in San Francisco von Bord eines Schiffes gegangen ist? Eine persönliche Angelegenheit, also keine Eile.

Zwei Monate später erhielt er eine Antwort, die ihn überraschte. Augenscheinlich war sein Großvater auch ein Veteran der Mafia. Er war 1940 aus den Vereinigten Staaten ausgewiesen worden. Aus reiner Neugier nahm Hendriks eine Woche Urlaub und fuhr nach Brüssel. Vorsichtige Nachforschungen ergaben, daß sein Großvater noch gesund und munter war. Hendriks machte um den alten Herrn einen großen Bogen, ging aber zur südafrikanischen Botschaft in Brüssel, wo er ein langes Gespräch hatte. Drei Monate später faßte er einen sehr ausführlichen Bericht ab, den er nach Pretoria schickte. Umgehend wurde er nach Südafrika zurückbeordert.

Hendriks' direkter Vorgesetzter war ein gewisser Colonel Malan, ein Afrikaaner von schwerer Statur, mit einem breiten Gesicht und eiskalten Augen. Er öffnete eine Akte, die auf seinem Schreibtisch lag, und nahm den Bericht von Hendriks heraus. »Das ist ein merkwürdiger Vorschlag, den Sie hier machen.« Der Bericht landete auf dem Schreibtisch. »Sind Ihre Erkenntnisse über diesen Belgier Hendrykxx verläßlich?«

»Sie sind wasserdicht. Er leitet einen Heroinring, der seine Schmuggelgeschäfte über Antwerpen abwickelt. Wir haben genug Beweise gegen ihn in der Hand, um ihn für den Rest des Lebens hinter Gitter zu bringen. Wenn er mit uns zusammenarbeitet, kann er seine letzten Jahre in Luxus verleben.« Hendriks lächelte. »Wie würden Sie sich da entscheiden, Sir?«

»Ich bin nicht Ihr Großvater«, knurrte Malan. Er blätterte in dem Bericht. »Sie stammen aus einer interessanten Familie. Und jetzt wollen Sie, daß wir dem alten Mann einen Haufen Geld geben, an das er selbst nicht herankann. Und er macht dann ein Testament, so daß wir das Geld bei seinem Tod hinschleusen können, wo wir wollen. Hab' ich das richtig verstanden?«

»Ja, Sir.«

»Und wo würden Sie das Geld hinlenken?«

»Nach Kenia«, sagte Hendriks, ohne zu zögern. »Wir müssen unbedingt unsere Position in Ostafrika ausbauen.«

»Ja«, sagte Malan nachdenklich. »Kenyatta hat uns gerade erst wieder vor die Vereinten Nationen gezerrt.« Er lehnte sich in seinen Stuhl zurück. »Wir haben auch schon einen interessanten Plan vorliegen, den uns Frans Potgieter unterbreitet hat. Aber es gibt Schwierigkeiten mit der Finanzierung. Kennen Sie Potgieter?«

»Ja, Sir.«

»Könnten Sie mit ihm zusammenarbeiten?«

»Ja, Sir.«

Malan beugte sich vor und klopfte mit der flachen Hand auf den Bericht. »Ihr Großvater ist alt, aber noch nicht sterbensalt. Er kann noch zwanzig Jahre leben, und das paßt überhaupt nicht in unseren Plan.«

»Ich bezweifle, daß er das wird.« Hendriks zog einen Briefumschlag aus seiner Brusttasche und schob ihn über den Schreibtisch. »Hendrykxx' Krankenbericht. Einen Tag vor meinem Abflug aus London habe ich ihn bekommen. Er hat ein schwaches Herz.«

»Und wie sind Sie an die Unterlagen gekommen?«

»Es scheint jemand in der Praxis seines Arztes eingebrochen zu haben. Die belgische Polizei sagt, daß nach Drogen gesucht worden ist. Die Einbrecher haben alles kurz und klein geschlagen. Sie müssen randvoll mit Stoff gewesen sein.«

Malan schnaufte, als er mit gebeugtem Kopf die Seiten überflog. Dann schob er den Bericht beiseite. »Sieht gut aus, aber ich werde das noch von einem Arzt prüfen lassen. Die Botschaft in Brüssel war an der Sache hoffentlich nicht beteiligt.«

»Nein, Sir.«

»Wir müssen die Sache sorgfältig angehen, Hendriks. Das Finanzministerium wird selbstverständlich auch beteiligt sein. Und das Testament muß rechtlich einwandfrei sein. Wir haben einen Anwalt in London, der uns dabei behilflich sein kann. Ich glaube, wir sollten Hendrykxx aus der Reichweite seiner Freunde holen. An einen Ort, wo wir ihn leicht im Auge behalten können.

Vorausgesetzt, die Sache wird genehmigt. Und das bestimme nicht ich. Wir werden eine Treppe höher fragen müssen.« Er lächelte freundlich. »Sie sind ein *slim kerel,* Hendriks.«

»Vielen Dank, Sir.« Hendriks zögerte. »Wenn Hendrykxx nicht rechtzeitig stirbt, könnte man ihm immer noch... äh... dabei helfen.«

Malans Gesicht wurde hart. »Was für ein Mann sind Sie?« flüsterte er. »Wer würde es wagen vorzuschlagen, daß der eigene Großvater umgebracht wird? Ich will nie wieder etwas davon hören.«

Das Unternehmen wurde auf höchster Ebene genehmigt. Das war zu der Zeit, als der südafrikanische Geheimdienst und der Propagandaapparat in voller Blüte standen. Geld war vorhanden, auch mehr, wenn es gebraucht wurde. Hendrykxx wurde in die Zange genommen und gab nach, als man ihn vor die Wahl stellte. Er wurde aus Belgien herausgeholt und in ein Haus auf Jersey gebracht, wo er unter der Aufsicht von Mr. und Mrs. Adams stand – seine Wächter in dem luxuriösen Gefängnis. Man hatte sich für Jersey entschieden, weil auf der Insel keine Erbschaftssteuer gezahlt zu werden brauchte und auch die übrigen Steuersätze niedrig waren. Fünfzehn Millionen Pfund Sterling wurden in den Plan investiert, die sich bei Hendrykxx' Tod auf wunderbare Weise in vierzig Millionen Dollar verwandelt hatten. Es ist erstaunlich, was geschickte Investitionen aus einer Summe zaubern können, die nichts weiter tun soll als wachsen und wachsen.

Frans Potgieter verschwand von der Bildfläche und tauchte als Brice wieder auf, der liberale Rhodesier. Der richtige Brice war bei einem Autounfall ums Leben gekommen. Er hatte versucht, die Strecke Johannesburg–Durban unter fünf Stunden zu schaffen. Der neue Brice ging nach England, um seinem Ansehen den letzten Schliff zu verleihen. Dann wurde er zum Direktor der Ol-Njorowa-Stiftung in Kenia berufen. Hendriks bezog wieder seinen Agentenposten in London.

Alles lief glänzend – bis zum Muldergate-Debakel von 1978. Plötzlich waren dieTage der unerschöpflichen Geldquellen vorüber. Und die Geschichten kamen eine nach der anderen ans Licht der Öffentlichkeit: die Gründung einer Zeitung, *The Citizen,* mit Regierungsgeldern; der versuchte Ankauf einer amerikanischen Zeitung; die Bestechung amerikanischer Politiker; die Aktivitäten der Gruppe der Zehn. All die kleinen Sünden waren auf einmal in aller Munde.

Connie Mulder, der Informationsminister, zog sich 1979 aufgrund des öffentlichen Drucks zuerst aus der Regierung zurück, dann aus dem Parlament und schließlich aus der Partei. Dr. Eschel Rhoodie, sein Staatssekretär, suchte Zuflucht in der Schweiz und drohte im Fernsehen, den ganzen Laden hochgehen zu lassen. Mulder drohte nicht nur – er beschuldigte Vorster, den Präsidenten der Republik von Südafrika und ehemaligen Premierminister, von dem ganzen faulen Zauber gewußt zu haben. Vorster bestritt das natürlich.

Ein Untersuchungsausschuß trat zusammen, sichtete die Beweismittel und legte einen Bericht vor. Darin war nachzulesen, daß Vorster ›volle Kenntnis der Unregelmäßigkeiten‹ hatte. John Balthazar Vorster legte daraufhin sein Präsidentenamt nieder. Es herrschte ein totales Chaos.

Hendriks, in London, las die täglichen Zeitungsberichte mit zunehmendem Entsetzen. Jeden Morgen rechnete er damit, daß die Hendrykxx-Affäre und das Ol-Njorowa-Projekt aufgeflogen waren. Aber irgend jemand in Pretoria mußte in Windeseile alle Löcher gestopft haben. Sicher war es nicht Colonel Malan. Er wurde von dem reißenden Strom der Anschuldigungen mitgerissen und gab seinen Posten auf.

Aber nicht nur die Entwicklung in Südafrika hatte Hendriks Kopfzerbrechen bereitet. Sein Onkel Adriaan, den er nie gesehen hatte, war ihm eingefallen. Und seine größte Sorge war, daß Adriaan legitime Nachkommen haben könnte, was sie zu Miterben von Hendrykxx machen würde. Seine Nachforschungen führten ihn auf die Spur von Henry Hendrix, der gerade sein letztes Jahr an der High-School hinter sich brachte. Hendriks wollte, wie er sich ausdrückte, ›sofort etwas unternehmen‹. Aber Malan war auf seine schönen Worte nicht eingegangen. »Nein«, hatte er bestimmt gesagt. »So etwas können Sie mit mir nicht machen. Wir werden uns etwas einfallen lassen, wenn es nötig wird.«

Und nach Muldergate, als Malan ihm nicht mehr im Weg stand, war Henry Hendrix plötzlich verschwunden. Ein unauffindbares Bröckchen Schlacke im Schmelztiegel von 220 Millionen Amerikanern. Hendriks hatte von London aus noch versucht, Pretoria auf Trab zu bringen, aber der Muldergate-Wirbel hatte den meisten so kalte Füße gemacht, daß sie untätig auf der Stelle traten.

Erst als Alix schwanger wurde und es unvermeidlich war, den alten Hendrykxx zu beseitigen, hatte Pretoria sich besonnen, halbherzig und viel zu spät. Mit zweiundzwanzigtausend Pfund Sterling hatte Hendrykxx in seinem Testament seine beiden Wärter Mr. und Mrs. Adams bedacht. Mandeville war in diesem Punkt hartnäckig geblieben, schließlich sollte alles echt aussehen. Sie dankten ihm seine Großzügigkeit damit, daß sie ihn umbrachten, was nicht besonders schwierig war. Er war bereits senil geworden, und sein Arzt rechnete ohnehin jeden Augenblick mit seinem Tod. Dennoch hatte Hendrykxx mit geradezu taktloser Zähigkeit am Leben gehangen.

Pretoria verpfuschte die Sache in Los Angeles, und Hendrix entkam. Wie durch ein Wunder überlebte er auch noch den Unfall in Cornwall. Aber Frans Potgieter hatte das Problem endlich gelöst, vielleicht auf etwas zu plumpe Art. Oder hatte auch er versagt?

Das Telefon neben seinem Bett riß Hendriks mit einem durchdringenden Klingeln aus seinen Träumereien. Potgieter war am Apparat. »Kommen Sie sofort herunter. Gunnarson fängt an herumzuschnüffeln. Ich habe Patterson auf ihn angesetzt.«

28

Stafford hatte die Seefliegen für die schlimmste Gefahr auf Crescent Island gehalten, bis er sich beinahe das Genick brach.

Chip, Nair und die Hunts hatten die Insel verlassen; die Hunts waren nach Ol Njorowa zurückgefahren, Chip nach Nairobi, und Nair besorgte in Naivasha Lebensmittel und was sie sonst auf der Insel noch brauchten. Am späten Nachmittag kehrte er in einem schwerbeladenen Boot zurück. Sie halfen ihm, alles an Land zu tragen. »Wir müssen das Camp auf der anderen Seite der Insel aufschlagen«, sagte er, »damit man vom Festland aus unser Licht nicht sehen kann.«

»Bleiben Sie bei uns?« fragte Stafford überrascht.

Nair antwortete mit einem kurzen Nicken. »Vielleicht glaubt Chip, daß jemand uns die Händchen halten muß«, schnaufte Hardin.

Stafford hatte einen ganz anderen Verdacht. Nair sollte sie im

Auge behalten. Das Geheimnis von Ol Njorowa war fast gelöst. Man brauchte Südafrikas geheimes Unternehmen nur noch auffliegen lassen. Aber Chip und sicher auch andere wollten keinen voreiligen Schritt riskieren. Nair hatte dafür zu sorgen, daß Staffords Gruppe sich nicht vom Fleck rührte. Sie schleppten ihre Vorräte und die übrige Ausrüstung achthundert Meter weit zur anderen Seite der Insel, dann schlugen sie ihr Lager auf. Mit ausdauernder Sorgfalt stellte Nair die Moskitonetze auf und befestigte sie an feinen Drahträhmchen über den Schlafsäcken. Es dauerte eine ganze Weile, während der er pedantisch an den Netzen herumzupfte, bis er endlich mit dem Ergebnis seiner Arbeit zufrieden war. »Gibt es noch Malaria in dieser Gegend?« fragte Hardin.

»Nicht hier.« Nair sah ihn an. »Aber jede Menge Fliegen vom See.« Er ließ sich nicht weiter darüber aus.

Curtis schraubte einen Gasbrenner auf einen kleinen Propanzylinder, dann machte er sich daran, ein paar Konservendosen zu öffnen. Es dauerte nicht lange, bis er ihnen das Abendessen servieren konnte. Anschließend tranken sie Kaffee. »Es wird Zeit, ins Bett zu gehen«, sagte Nair, als über dem Escarpment die Sonne unterging.

»So früh?« fragte Hardin. »Es ist doch erst kurz nach sechs.«

»Machen Sie, was Sie wollen«, sagte Nair. »Aber mit Einbruch der Dunkelheit dreht sich der Wind. Dann ziehen die Fliegen vom See herauf. Sie werden froh sein, wenn Sie dann geschützt sind.«

Fünf Minuten später hatte Stafford begriffen, wie recht Nair hatte. Immer wieder schlug er heftig auf seine Arme und Beine, die Fliegen schienen plötzlich überall zu sein. Als er sich endlich in seinem Schlafsack unter den Moskitonetzen in Sicherheit gebracht hatte, hatte er am ganzen Körper kleine Beulen, die wie wild juckten. Bald stellte er fest, daß er einige Tierchen mit in sein Bett genommen hatte. Es dauerte eine Weile, bis er das letzte von ihnen getötet hatte.

Von Curtis war wie immer kein Ton zu hören. Aber aus der Richtung von Hardins Schlafplatz kam ein ständiges Fluchen. »Verdammt noch mal, Nair! Sind Sie sicher, daß es keine Moskitos sind?«

»Nur Fliegen«, antwortete Nair ruhig. »Die werden Ihnen nichts tun. Sie übertragen keine Krankheiten.«

»Vielleicht nicht, aber sie fressen mich bei lebendigem Leib auf. Morgen früh bin ich ein abgenagtes Skelett.«

»Sie sind auch eine Gefahr für die Luftfahrt hier«, sagte Nair in gesprächigem Ton. »Besonders über dem Victoriasee. Sie blockieren sämtliche Luftfilter, und manchmal setzen sich Schwärme auf die Scheiben der Pilotenkanzel. Es ist deswegen schon zu Abstürzen gekommen. Aber aufgefressen haben die Fliegen noch niemanden.«

Stafford zündete sich eine Zigarette an und starrte durch das fast unsichtbare Netz in den Himmel. Er war wolkenlos, und am ganzen Firmament funkelten Sterne. Ihr Licht wurde immer strahlender, je mehr das Sonnenlicht im Westen verschwand. »Nair?«

»Ja, Max?«

»Hat Chip noch irgendwas gesagt, bevor er nach Nairobi gefahren ist?«

»Worüber?«

»Das wissen Sie ganz genau.«

Kurze Zeit herrschte Schweigen. »Ich bin kein hoher Offizier«, sagte Nair dann fast entschuldigend. »Ich erfahre nicht alles.«

»Aber man kann Ihnen nicht das Denken verbieten. Sie sind doch nicht dumm, Nair. Was, denken Sie, wird jetzt passieren?«

Wieder schwieg Nair einen Augenblick. »Die Sache ist sehr kompliziert geworden, Max. Zunächst wird es viele Gespräche an der Spitze geben. Und man wird versuchen, den besten Weg zu finden. Sie wissen, wie Geheimdienste arbeiten.«

Stafford wußte es. Es gab eine ganze Reihe Möglichkeiten, und er spielte sie in Gedanken durch. Sie konnten auf einen Propagandasieg setzen: mit Pauken und Trompeten, einschließlich des Fernsehens, in Ol Njorowa eindringen und die Sache vor die Vereinten Nationen bringen. Sie konnten sich aber auch ohne viel Aufsehen Brice und Hendriks schnappen und die Agentenzelle heimlich zerschlagen. Natürlich würden die Südafrikaner das erfahren, aber sie konnten nichts dagegen tun. Kenia hätte dann für die Zukunft ein As im Ärmel, ein Tauschmittel für irgendeine Konzession, die sie den Südafrikanern abverlangen konnten. Tun sie das für uns – oder wir bringen die Affäre an die Öffentlichkeit.

Stafford bezweifelte allerdings, daß Südafrika mit einer derartigen Erpressung zu beeindrucken war.

Es gab noch eine dritte Möglichkeit: nichts zu tun. Man konnte ein engmaschiges Netz um Ol Njorowa legen, Brice, Hendriks und die Wildforscher unter Beobachtung halten und sie sogar mit falschen Informationen füttern. Das wäre die eleganteste Lösung, der er selbst den Vorzug geben würde. Aber soviel Raffinesse traute er durchschnittlichen Politikern nicht zu. Der Horizont eines durchschnittlichen Politikers war eng begrenzt, die meisten würden eine schnelle Lösung verlangen. Hatte nicht Harold Wilson gesagt, daß sieben Tage in der Politik eine sehr lange Zeit sind?

Also würde es heute eine lange Nacht in Nairobi werden, bis die verschiedenen Regierungsstellen ihre Standpunkte vorgetragen hatten. Er hoffte, daß Chip und Mr. Unbekannt Verstand genug besaßen, ihr Wissen über Ol Njorowa nur einer ausgesuchten Minderheit preiszugeben.

Er drehte sich in seinem Schlafsack. »Nair, die Männer, die die Touristengruppe entführt haben – glauben Sie, daß es Tansanier waren?«

»Unter diesen Umständen bezweifle ich das.«

Stafford stützte sich auf einen Ellbogen auf. »Kenianer?«

»Vielleicht.«

»Aber wie hätte Brice sie anwerben können?«

»Manche Leute tun sehr viel für Geld.«

»Sogar töten, wie sie es mit Corliss vorhatten?«

»Auch das.« Er schwieg einen Moment. »Es können natürlich auch Schwarze aus Südafrika gewesen sein.«

Daran hatte Stafford noch gar nicht gedacht. »Könnte ein südafrikanischer Schwarzer sich für einen Kenianer ausgeben, ohne erkannt zu werden?«

»Die Gefahr ist nicht größer, als wenn ein Russe sich für einen Kanadier ausgibt«, sagte Nair trocken. »Alles eine Frage des Trainings.«

Stafford grübelte einen Moment über diese Antwort. »Aber ich begreife nicht, warum ein Schwarzer für die Südafrikaner arbeiten sollte. Warum sollte er die weiße Herrschaft auch noch verteidigen?«

»In der südafrikanischen Armee gibt es eine Menge Schwarze«, antwortete Nair. »Viele sind wegen des Geldes dabei. Einige haben andere Gründe – sie wollen zum Beispiel die modernen Waffen kennenlernen. Aber am Ende läuft doch alles auf das eine hinaus: zu den Ansichten, die der eine hat, werden Sie auch immer das Gegenteil bei einem anderen finden.«

»So wird es wohl sein«, sagte Stafford, aber er war nicht überzeugt.

»Den Weißen fällt es schwer, das Denken der Schwarzen zu

verstehen«, sagte Nair. Der amüsierte Ton in seiner Stimme war nicht zu überhören. »Ihre Probleme mit den Indern will ich gar nicht erwähnen. Sogar die Südafrikaner, die es doch besser wissen sollten, lassen sich täuschen.«

»Zum Beispiel?«

»Das fängt damit an, daß die Länder Afrikas künstliche Gebilde des weißen Mannes sind. Der Schwarze hat kein tiefes Verständnis vom Nationalstaat. Er fühlt sich seinem Stamm zugehörig.«

»Ja«, sagte Stafford nachdenklich. »Das hat Chip auch schon erwähnt.«

»Passen Sie auf«, erklärte Nair. »Zum Beispiel Zimbabwe, das ehemalige Rhodesien, ist so ein künstliches Gebilde. Es gab eine Wahl, um herauszufinden, wer das Land künftig führen sollte – Nkomo, Mugabe oder Muzorewa, der die Übergangsregierung leitete. Niemand gab Muzorewa eine Chance. Der große Favorit war Nkomo, Mugabe wurde auf dem undankbaren zweiten Platz erwartet. Sogar die Südafrikaner, die es hätten wissen müssen, haben so gewettet.«

»Warum hätten sie es wissen müssen?«

»Sie sind schon lange genug in Afrika. Sehen Sie, es gibt zwei große Stämme in Zimbabwe, die Ndebele und die Mashona. Nkomo ist ein Ndebele, Mugabe ein Mashona. Die Mashona sind zahlenmäßig viermal so stark wie die Ndebele, und Mugabe gewann die Wahl im selben Verhältnis. Ganz einfach, wirklich.«

»Dann ist nach Stammeszugehörigkeit gewählt worden?«

»Größtenteils.« Nair schwieg einen Moment. »Wenn es den Südafrikanern gelänge, hier eine Agentenbasis aufzubauen, die über genug Geld verfügt, könnten sie eine Menge Streit zwischen den Stämmen auslösen.«

Stafford drückte sorgfältig seine Zigarette aus, legte sich zurück und dachte noch einmal über Nairs letzten Satz nach. In Kenia gab es die unterschiedlichsten ethnischen und religiösen Strömungen. Ein geschickter und entschlossener Feind konnte das folgenschwer ausnutzen. Nair hatte recht.

Seine Gedanken hingen diesem Problem noch eine Zeitlang nach, dann schlief er ein.

Der Lagerplatz lag in graues Frühlicht getaucht, als Stafford erwachte. In einiger Entfernung bewegte sich etwas. Er rollte sich auf die Seite und entdeckte ein Tier; es sah aus wie eine Zwergziege, die, genüßlich Gras zupfend, durch seinen Blickwinkel schritt. Das Tier war unglaublich klein, nicht größer als ein Hündchen, ein Foxterrier, und seine Läufe waren dünn wie Kugelschreiber. Es hatte einen rundlichen Rumpf und Hörner, schlank wie Dolche. Noch nie hatte er ein so anmutiges Tier gesehen.

Ein Zweig knackte, und es hetzte davon in den sicheren Schutz der Bäume. Stafford stützte sich auf und sah Nair vom See kommen. »Das war ein Dikdik«, sagte Nair lächelnd.

»Sind die Fliegen wieder verschwunden?«

»Alle.«

»Sehr schön.« Stafford zog die Netze zur Seite und stieg aus seinem Schlafsack. Er zog sich die Hose an, dann die Schuhe und nahm sich ein Handtuch. »Ist es gefährlich, sich im See zu waschen?«

»Nicht besonders; aber achten Sie auf Schlangen. Auch wenn Sie wahrscheinlich keine zu sehen bekommen.« Stafford war schon ein paar Schritte gegangen, als Nair ihm noch etwas nachrief. »In den Bäumen am Seeufer haben ein paar Fischadler ihre Nester.«

Stafford schüttelte amüsiert den Kopf. Nairs Tarnung als Reiseführer paßte glänzend zu ihm. Ein Rudel Thomsongazellen trabte über seinen Weg, nicht besonders eilig. Aber die Tiere hielten sichere Distanz zu ihm. Dann wusch er sich ausgiebig am Ufer. Als er sich abtrocknete, kam Hardin zu ihm. »Ein friedliches Plätzchen ist das hier«, begrüßte er Stafford.

»Ja. Und wunderschön.« Stafford streifte sich sein Hemd über. »Wo ist Curtis? Sein Schlafsack war leer.«

Hardin machte eine ausholende Armbewegung. »Dort oben auf der Hügelkette muß er sein. Er wollte einen Blick zum Festland hinüberwerfen.«

Stafford lächelte. »Angewohnheiten vom Militär verliert man selten.«

Hardin starrte auf den See hinaus. »Und jetzt sieh mal dort hin.«

Stafford folgte seiner Blickrichtung, sah jedoch nichts außer ein paar kleinen Wellen, die sich auf der blanken Fläche des Sees kräuselten. »Was soll dort sein?«

»Warte!« Hardin hielt noch immer den Arm ausgestreckt. »Es war dort drüben. Paß auf! Jetzt kommt es wieder hoch. Ein Flußpferd.«

Stafford sah, wie der Kopf des Flußpferds aus dem See auftauchte, dann war aus der Entfernung ein Schnauben und Schnüffeln zu hören, und der Kopf verschwand wieder im Wasser. »Wir sind schließlich in Afrika«, sagte er. »Was hättest du denn in einem kenianischen See erwartet? Polarbären?«

»Krokodile, zum Beispiel.« Hardin sah vorsichtig am Seeufer entlang. »Und ich hoffe, daß Nair recht damit hatte, daß Löwen und Leoparden nicht so weit schwimmen. Wir haben nicht ein einziges Gewehr bei uns.«

Ganz in der Nähe sah Stafford einen kleinen Felsen aufsteigen, von dem aus das Flußpferd wahrscheinlich besser zu sehen war. Er ging hinüber. Nach den ersten Kletterschritten merkte Stafford, daß der Fels merkwürdig glitschig war. Seine Schuhe fanden kaum Halt, obwohl sie eine rutschfeste Sohle hatten. Beim letzten Schritt zur Spitze verlor er endgültig das Gleichgewicht. Seine Füße glitten ab, und er stürzte drei Meter den Fels hinunter.

Stafford wand sich schmerzgekrümmt und schnappte verzweifelt nach Luft. Zwar verlor er nicht das Bewußtsein, aber daß Hardin zu ihm kam und ihn auf den Rücken drehte, nahm er nur noch verschwommen wahr. »Alles in Ordnung, Max?« fragte Hardin ängstlich.

Es dauerte einige Minuten, bis Stafford endlich eine Antwort herausbrachte. »Mein Gott, das war schlimm.«

»Irgend etwas gebrochen?«

Stafford tastete sich ab. »Ich glaube, ich bin heil geblieben.«

»Als ich dich fallen sah, hab' ich gedacht, jetzt bricht er sich das Genick«, sagte Hardin noch immer erschrocken. »Was zum Teufel ist passiert?«

Stafford stand auf. »Irgend etwas muß an dem Fels kleben, er war höllisch glatt.«

Hardin musterte die Felsoberfläche und ließ auch noch seine Hand darübergleiten. »Soweit ich feststellen kann, ist da nichts als nacktes Gestein.«

»Verrückt«, sagte Stafford. »Ich hatte das Gefühl, auf einem Kugellager zu stehen.« Er untersuchte selbst noch einmal die rauhe Oberfläche, aber ohne Ergebnis.

»Wenn du soweit in Ordnung bist, gehe ich mich schnell waschen«, sagte Hardin und lief zurück zum Wasser. Stafford ruhte sich noch einen Moment aus. In der Luft hatte er einen der Fischadler entdeckt, von denen Nair gesprochen hatte. Träge zog der große Vogel über dem See seine Kreise. Aber Stafford mußte noch immer an den sonderbaren Felsbrocken denken.

Als Hardin seine Morgentoilette beendet hatte, gingen sie zurück. Stafford hinkte ein wenig. Er hatte sich einen Oberschenkelmuskel gezerrt. Nair wartete schon mit dem Kaffee auf sie. Bevor Stafford seine Tasse nahm, setzte er sich vorsichtig auf seinen Schlafsack. »Max ist unten am See schlimm gestürzt«, sagte Hardin. »Er glaubt, daß irgend etwas mit dem Fels gewesen sein muß.«

Nair sah zu Stafford. »Was soll denn gewesen sein?«

»Der Stein war verdammt glitschig. Ich hätte mir die Knochen brechen können.« Stafford massierte seinen Schenkel.

»Schauen Sie sich Ihre Schuhsohlen an«, riet ihm Nair.

Stafford zog die Schuhe aus, um sie näher zu untersuchen. Die Gummisohlen waren von einer dicken Schicht brauner Pflanzensamen überzogen.

»Auf normalem Grund werden Sie keine Schwierigkeiten beim Laufen haben«, sagte Nair. »Aber achten Sie darauf, daß Sie nicht wieder auf Fels kommen, oder Sie werden noch einmal stürzen.«

Nach dem Frühstück nahm Stafford sein Taschenmesser heraus und versuchte, die braune Schicht von seinen Schuhen zu kratzen. Die Samen sahen aus wie kleine dreiflächige Pyramiden. Und aus jeder Spitze dieser sonderbaren Tetraeder ragte ein Dorn. Wie immer sie auch auf den Boden fielen, ein Dorn ragte nach oben. Stafford mußte an die Fußangeln denken, mit denen man im Mittelalter die Reiterheere zersprengt hatte. Aber die Natur war zuerst darauf gekommen. »Jetzt weiß ich auch, warum Gunnarson so fürchterlich gehumpelt hat, als er nach Keekorok zurückkam.« An manchen Stellen waren die Samen unter seinem Körpergewicht abgebrochen. An diesen Stellen waren die Sohlen glattpoliert wie eine Tanzfläche. Dann schabte er mit dem Messer die restlichen Keime von den Schuhen. Die Sohlen waren voll feiner Löcher.

Anschließend half er den anderen, die bereits das Camp aufräumten. Als sie auch die Konservendosen flachgeschlagen und vergraben hatten, blieb ihnen nichts mehr zu tun. »Hat Chip gesagt, wann er zurückkommt?« fragte Stafford.

Nair zuckte die Achseln. »Ich bezweifle, daß er das selbst gewußt hat.«

»Dann können wir also erst mal nur Däumchen drehen«, sagte Stafford verärgert.

Curtis nahm Staffords Fernglas und stieg wieder zur Kammlinie der Hügelkette hinauf. Hardin beschloß, ihn zu begleiten. Nair und Stafford machten einen kleinen Spaziergang. Was hätten sie sonst tun sollen? »Wir gehen zur Nordspitze der Insel«, rief Nair hinter Hardin her.

Sie hatten kein besonderes Ziel und schlenderten langsam vor sich hin. Stafford schilderte Nair die verschiedenen Alternativen, die er für die kenianische Regierung sah, und wie er sie beurteilte. Nair stimmte ihm mit düsterem Blick zu. »Das Schlimme mit uns ist«, antwortete Nair, »wir sind zivilisiert genug, uns einen Geheimdienst mit verschiedenen Abteilungen zuzulegen, aber dann nicht reif genug, ihn nach besten Möglichkeiten einzusetzen. Wir haben nicht die Erfahrung der Engländer. Und ich glaube, wir sind nicht zynisch genug.«

Eine merkwürdige Erklärung für den Begriff Zivilisation, dachte Stafford. Aber vielleicht war sie nicht einmal falsch.

Einmal blieb Nair stehen und zeigte nach vorn an den Rand ihres Wegs. »Sehen Sie!«

Stafford sah nichts. Aber dann bewegte sich plötzlich ein Ohr, und ein Auge wie ein Perlenknopf sah ihn an. »Ein Kaninchen!« rief er erstaunt. »Ich habe gar nicht gewußt, daß es die in Afrika auch gibt.«

»Es sind auch nicht besonders viele«, sagte Nair. »Sie haben zu viele Feinde. Das ist ein Bunyoro-Kaninchen.« Er machte einen Schritt, und das Tier sprang in wildem Zickzack davon. Nair sah Stafford von der Seite an. »Zu viele Raubtiere in ganz Afrika.«

Und die meisten sind Menschen, dachte Stafford.

Es war kurz vor elf, als Hardin sie endlich eingeholt hatte. »Alan Hunt ist gerade mit einem Boot gelandet«, berichtete er. »Der Sergeant ist zum Strand hinuntergegangen.«

»Vielleicht bringt er Neuigkeiten«, sagte Stafford.

Es war kurz vor elf, als Hardin sie endlich eingeholt hatte. »Alan Hunt ist gerade mit einem Boot gelandet«, berichtete er. »Der Sergeant ist zum Strand hinuntergegangen.«

»Vielleicht bringt er Neuigkeiten«, sagte Stafford. Sie gingen zurück.

Hunt wußte jedoch nichts Neues. Er war in Naivasha gewesen, um die leeren Butanflaschen für seinen Ballon auszutauschen. Außerdem mußte ein Verbindungsrohr am Brenner geschweißt werden. Dann hatte er sich entschlossen, zur Insel zu fahren. Er war neugierig, was sich inzwischen ereignet hatte. »Nicht viel«, sagte Stafford. »Wir vertreiben uns hier die Zeit, bis die Herren in Nairobi zu einem Entschluß gekommen sind – wenn sie das überhaupt schaffen.«

»Sie hatten recht«, sagte Hunt.

»Womit?«

»Die Fernsehkamera in der Eingangshalle von Ol Njorowa. Ich habe sie auch entdeckt.«

Stafford schnaufte. »Ich hoffe, Sie haben sich nicht die Nase an der Linse plattgedrückt.«

»Und Ihr besonderer Freund, Gunnarson, ist sogar über Nacht geblieben. Brice war sehr freundlich zu ihm.«

Stafford dachte an das Gespräch, das er mit Gunnarson in seinem Zimmer geführt hatte. »Brice will ihn bestimmt abschätzen; kenne deinen Gegner, kein Zweifel.«

Hardin lachte. »Abschätzen ist das richtige Wort. Vielleicht für einen Sarg.«

Stafford war anderer Meinung. »Das glaube ich nicht. Das wäre nicht gut für seinen Plan, wenn plötzlich zu viele Leichen herumliegen. Für so dumm halte ich Brice nicht.«

»Es hätte ihm auch keine Sorgen gemacht, wenn an der tansanischen Grenze eine Leiche liegengeblieben wäre«, widersprach Hardin.

»Das war etwas anderes. Für eine Verbindung zwischen Brice und der Entführung gibt es noch keinen stichhaltigen Beweis. Er ist immer noch gut getarnt. Ich denke...«

Was Stafford dachte, blieb ungesagt, denn plötzlich kam von der Kammlinie des Hügels ein schriller Pfiff. Stafford sah hinauf und entdeckte Curtis, der sich von der Spitze zurückgezogen hatte. Er gestikulierte wild, daß sie hinaufkommen sollten. »Da oben muß irgend etwas zu sehen sein«, sagte Stafford und rannte los.

Er war völlig außer Atem, als er sich neben Curtis ins Gras warf. Nair und Hunt waren neben ihm, nur Hardin hatte es nicht so schnell geschafft. Curtis zeigte auf ein Boot, das auf die Insel zuhielt. Es hatte schon die halbe Strecke zurückgelegt. Er gab Stafford das Fernglas. »Wenn der Colonel einmal hindurchschauen möchte? Es kommt vom Lake-Naivasha-Hotel.«

Stafford hob das Glas an die Augen und justierte die Schärfe. Im Heck saß ein junger, schwarzer Kenianer, die Hand an der Pinne des Außenbordmotors. In der Bootsmitte saß Gunnarson und starrte zur Insel herüber, Stafford direkt in die Augen.

29

Stafford rutschte ein paar Meter vom Hügelkamm zurück. Schwer atmend ließ sich Hardin neben ihm ins Gras fallen. »Was ist los?«

»Gunnarson ist auf dem Weg hierher. Wie von einem Magneten angezogen. Woher zum Teufel weiß er, daß wir hier sind?« Stafford sah forschend die anderen an, aber niemand konnte ihm die Frage beantworten. »Du verschwindest am besten, Ben. Sie auch, Nair. Aber bleiben Sie in der Nähe. Curtis und ich werden das Empfangskomitee spielen. Los, Sergeant.«

»Und was ist mit mir?« fragte Hunt.

Stafford sah ihn nachdenklich an und zuckte die Achseln. »Das hängt davon ab, ob Sie in die Sache hineingezogen werden wollen. Wenn Sie Lust haben, kommen Sie mit uns.« Er spähte über den Hügelkamm. Gunnarsons Boot zielte wie ein Pfeil auf den grobgezimmerten Landungssteg.

»Dann komme ich mit«, sagte Hunt.

Zu dritt liefen sie nordwärts die Kammlinie entlang, immer so gedeckt, daß sie vom See aus nicht gesehen werden konnten. Im Schutz einer Baumgruppe, die die Sicht zum Landungssteg versperrte, wechselten sie auf die andere Seite des Hügels. Sie beeilten sich, weil Stafford Gunnarson noch am Strand abfangen wollte. Er sollte keine Gelegenheit haben, die Insel näher zu erforschen. Plötzlich brach ein Wasserbock aus dem Dickicht, schreckte bei ihrem Anblick kurz zurück und galoppierte dann über eine Lichtung vor ihnen. Als sie die Lichtung passierten, blieb der Bock stehen, starrte sie an und fing dann wieder beruhigt an zu äsen.

Kurz darauf waren sie der Landungsstelle schon so nahe, daß sie das Motorengeräusch des Bootes hören konnten. Stafford verlangsamte sein Tempo. Vorsichtig gingen sie weiter, bis sie durch die Blätter den Steg sehen konnten. Stafford blieb stehen und bog einen Zweig zur Seite. Gunnarson stieg gerade aus dem Boot. Aus der Entfernung drang ein kurzes Stimmengemurmel zu ihnen herüber, dann schwoll das Motorengeräusch wieder an. Das Boot legte ab. Gunnarson stand auf dem Holzsteg und sah auf die Boote, die an einem Pfahl festgebunden waren: das eine, mit dem Nair ihre Ausrüstung herbeigeschafft hatte, und das andere, mit dem Alan Hunt gekommen war.

»Sind Sie vom Lake-Naivasha-Hotel gekommen, Alan?« flüsterte Stafford.

»Nein – vom Safariland.«

Stafford runzelte die Stirn. Dann war es unwahrscheinlich, daß Gunnarson der Spur von Alan Hunt gefolgt war. Aber was hatte ihn dann auf die Insel aufmerksam gemacht? Gunnarson stieg in die beiden Boote und durchsuchte sie gründlich. Stafford lachte in sich hinein, er würde nichts finden.

Dann kletterte Gunnarson zurück auf den Steg. »Fragen wir ihn, was er will«, sagte Stafford. Sie traten aus ihrer Deckung und gingen am Ufer entlang.

Gunnarson stand mit dem Rücken zu ihnen, aber als er ihre Schritte im Sand hörte, drehte er sich sofort um. Über sein Gesicht zog ein grimmiges Lächeln, er stemmte die Arme in die Seiten und ließ sie näher kommen. Ein paar Meter vor ihm blieben sie stehen. »Guten Morgen, Mr. Gunnarson«, begrüßte Stafford ihn freundlich. »Wie geht es Ihren Füßen heute?«

»Stafford!« fauchte Gunnarson ihn an. »Sie sind doch der größte Lügner, der mir je begegnet ist. Sie haben es wirklich geschafft, mich hereinzulegen. Sie haben also Ihren Koffer gepackt, um nach London zu fliegen? Und ich habe Ihnen das auch noch geglaubt.«

Stafford fühlte sich erleichtert und beruhigt. Wenn Gunnarson auf seinen Trick hereingefallen war, dann war es Brice und Hendriks vielleicht nicht besser ergangen. »Was wollen Sie auf der Insel?« fragte er.

»Ich suche einen Kerl mit einem Turban. Aber ich nehme an, Sie ziehen es vor, nichts von ihm zu wissen.« Eine Armbewegung von ihm schnitt Stafford das Wort ab. »Und sagen Sie gar nicht erst, daß Sie ihn nicht kennen. Ich würde Ihnen jetzt nicht einmal glauben, daß die goldene Scheibe da am Himmel die Sonne ist.«

Stafford zuckte die Achseln. »Ihre Beschreibung paßt auf unseren Führer, Nair Singh.«

Gunnarson sah Alan Hunt forschend an. »Sie sind von Ol Njorowa. Ich habe Sie heute morgen beim Frühstück gesehen. Sie stecken also auch mit drin.«

»Mein Name ist Alan Hunt. Und wo stecke ich bitte mit drin, Mr. Gunnarson?«

Gunnarson schaute sie entnervt an. »Ich würde nicht so idiotisch hier draußen herumschleichen, wenn ich es wüßte.« Sein Blick fiel auf Curtis. »Wer sind Sie?«

Die Antwort war von typischer Kürze und bereitete Gunnarson wenig Freude. »Curtis.«

Gunnarsons Aufmerksamkeit wandte sich wieder Stafford zu. »Dieser Hindu, der Ihr Führer sein soll, wo steckt er?«

»Sie sollten ihn besser nicht einen Hindu nennen; er könnte es Ihnen übelnehmen; er ist nämlich ein Sikh.« Staffords Daumen zeigte über die Schulter. »Er ist da hinten. Wollen Sie mit ihm sprechen?«

»Ja. Ich will ihn fragen, ob er immer mit so einem merkwürdigen Taxi fährt, in dem man die Wanzen piepsen hört«, antwortete Gunnarson ironisch. »Im Moment steht es auf dem Hotelparkplatz. Ich nehme an, davon wissen Sie auch nichts.«

»Aber jetzt weiß ich es.« Stafford lächelte. »Sie haben es mir gerade gesagt.«

Gunnarson schnaufte. »Also wozu braucht ein Touristenführer ein Taxi mit drei Antennen und einem Feldstärkenanzeiger? Warum hat er mich verfolgt?«

»Fragen wir ihn doch einfach«, schlug Stafford vor. »Ich zeige Ihnen den Weg.« Er drehte sich um und ging los; Gunnarson beeilte sich, an seine Seite zu kommen. Curtis und Hunt schlenderten hinter ihnen her. »Und warum wollten Sie ihn ausgerechnet hier auf der Insel suchen?«

»Als ich heute morgen zum Hotel zurückkam, stand wieder dieses verdammte Taxi auf dem Parkplatz«, antwortete Gunnarson. »Ich fragte an der Rezeption, wo der Besitzer sei, und wurde hierhergeschickt.«

So leicht waren sie also zu finden gewesen, dachte Stafford. Nair hatte Fehler gemacht; erst hatte er Gunnarson den Sender an den Wagen geklebt, und dann hatte er sich den Mercedes nicht vom Hals geschafft. Gottlob war der Schaden gering.

Sie stiegen den Hügel hinauf und gingen die andere Seite hinunter zu ihrem Lagerplatz. »Nair!« rief Stafford. Und Nair erhob sich aus dem Schatten eines Baumes, in dem er unauffällig gelegen hatte. »Dieser Mann will mit Ihnen sprechen.«

Nair kam zu ihnen. »Worüber?« fragte er unschuldig.

»Das wissen Sie ganz genau!« bellte Gunnarson los. »Warum sind Sie so schrecklich interessiert an mir?«

»Haben Sie etwas zu verbergen?«

Gunnarsons Augen zuckten. »Was soll dieses Gerede?«

»Ich glaube, er *hat* etwas zu verbergen«, sagte Stafford. »Zum Beispiel würde ich gerne wissen, was mit Henry Hendrix passiert ist.«

»Das haben wir alles schon gehabt.« Gunnarson zog ein Taschentuch heraus und wischte sich über die Augenbrauen und den Nacken. »Ich habe keine Lust, die Geschichte noch einmal zu erzählen.«

»Oh, ich habe nicht Corliss gemeint«, sagte Stafford in gleichgültigem Ton. »Was mit ihm passiert ist, weiß ich. Aber was ist mit Hendrix geschehen?«

»Hendrix ist ...« Gunnarson brach den Satz abrupt ab, als er den Sinn von Staffords Worten endlich begriff. Hastig fuhr seine Zunge über die Lippen, dann schluckte er und setzte neu an. »Wer ist Corliss?«

»Ihr Freund, der in Tansania verschwunden ist.«

»Sie sind ja verrückt! Das war Hendrix.«

Stafford schüttelte den Kopf. »Gunnarson, Sie sind ein noch größerer Lügner als ich. Der Hendrix, den Sie nach London gebracht haben, war nicht der Hendrix, der in Los Angeles von seiner glücklichen Erbschaft erfahren hat.«

»Nicht Hendrix«, sagte Gunnarson tonlos. »Sie machen einen Witz.« Er zwang sich zu einem Lächeln.

»Ganz sicher nicht«, sagte Stafford. »Dafür gibt es Beweise.«

»Hören Sie, er ist in meinem Büro abgeliefert worden. Seine Papiere und Urkunden waren völlig in Ordnung. Das ist alles überprüft worden.« Er schwieg einen Moment wie in Gedanken versunken. »Ich hatte einen meiner Detektive nach Los Angeles geschickt, um ihn aufzustöbern. Kann der mich reingelegt haben?«

»Wie hieß er denn? Dieser Detektiv?«

»Hardin, Ben Hardin. War nicht viel los mit ihm. Ich mußte ihn rausschmeißen.« Gunnarson kam bei seiner kleinen Stegreifrede ins Schwitzen. »Wenn irgend jemand mich reingelegt haben sollte, muß es Hardin gewesen sein. Er ist ein ...«

Staffords Stimme schnitt ihm das Wort ab. »Komm heraus, wo du auch steckst.« Gunnarson sah ihn erstaunt an. »Warum fragen Sie ihn nicht einfach, Mr. Gunnarson«, sagte Stafford kühl. »Er steht hinter Ihnen.«

Gunnarson wirbelte herum. Seine Augen traten aus den Höhlen, als er Hardin lächelnd vor sich sah. »Hallo, du filziger Geizhals.«

»Sie haben die letzten Wochen unter einem Mikroskop gelebt«, sagte Stafford. »Jeder Ihrer Schritte ist beobachtet worden, seit Sie in London mit Corliss aufgekreuzt sind und ihn den Leuten als Hendrix präsentiert haben. Ich will nicht behaupten, daß wir jeden

Toilettengang von Ihnen mitbekommen haben, aber viel weiter weg haben wir nicht gestanden. Und Corliss hat gesungen, so schön wie eine Nachtigall. Das Spiel ist aus, Gunnarson.«

Gunnarson sah aus wie ein geschlagener Mann. Fast so, wie Stafford ihn in die Lodge von Keekorok humpeln gesehen hatte. »Wo ist Corliss?« murmelte er.

»Was erwarten Sie – in einer Zelle bei der Polizei. Und da hinein werden Sie auch wandern.«

Stafford sah überrascht zu Nair, der ein paar Schritte hervortrat und plötzlich ein Paar Handschellen hervorzauberte. »Sie sind unter Arrest, Mr. Gunnarson. Ich bin Polizeioffizier.«

Gunnarson warf sich herum und rannte los. Wie das Unglück es wollte, stand Curtis ihm im Weg. Es war, als prallte er gegen eine Betonwand. Hardin packte ihn von hinten und riß ihn zu Boden. Dann fesselte Nair ihn, das rechte Handgelenk an den linken Fußknöchel. »Die beste Methode, um jemanden am Laufen zu hindern. Jetzt kann er sich nur noch wie ein Reifen davonrollen.«

Curtis unterbrach den Schwall von Flüchen und Verwünschungen, den Gunnarson gegen sie ausstieß. »Wenn der Colonel erlaubt, beziehe ich wieder meinen Posten.« Er zeigte zur Hügelspitze.

»Sehr gut, Sergeant.« Stafford sah hinter Curtis her, der unbeeindruckt ruhig davonschritt. Dann wandte er sich an Nair. »Sie sind wirklich Polizeioffizier?«

Nair grinste. »Polizeireserve. Aber ich trage immer einen Ausweis bei mir. Wollen Sie ihn sehen?«

Stafford schüttelte lächelnd den Kopf. »Ihr Wort genügt mir.«

Gunnarson sah Hardin haßerfüllt an. »Du miese kleine Kröte! Dich zertret ich noch.«

»Sag so was noch einmal, und ich trete dir die Zähne ein«, sagte Hardin scharf. »Deine Verletzungen hast du dir dann beim Widerstand gegen die Festnahme geholt.«

»Ja«, sagte Nair. »Ich empfehle Ihnen, den Mund zu halten.«

Gunnarson warf den Kopf zu ihm herum. »Wie lautet die Anklage? Ich habe in Kenia nichts verbrochen.«

»Oh, uns wird bestimmt etwas einfallen«, antwortete Nair vergnügt.

Hunt sah verblüfft von einem zum anderen. »Ich begreife das alles nicht. Wer ist dieser Mann, und was hat er mit Ol Njorowa zu tun?«

»Er heißt Gunnarson, und mit Ol Njorowa hat er überhaupt nichts zu tun«, antwortete Stafford. »Er hat versucht, schnell zu viel Geld zu kommen, aber er wußte nicht, auf was er sich dabei einließ. Ausgerechnet durch ihn sind wir auf die merkwürdigen Arbeitsmethoden am Ol Njorowa College aufmerksam geworden. Hardin wird Ihnen alles erzählen.«

»Ja«, stimmte Hardin zu. »Bei einem Bier. Wir haben ein paar Packungen zum Kühlen in den See gelegt. Holen wir sie.«

»Bringt dem Sergeanten auch eins«, rief Stafford ihnen hinterher. Dann sah er fragend zu Nair. »Und was machen wir jetzt mit ihm?« Er zeigte auf Gunnarson.

»Gar nichts. Er muß hierbleiben, bis Chip zurück ist. Natürlich werden wir ihn solange durchfüttern.«

»Ja«, meldete Gunnarson sich. »Wenn es Bier gibt, möchte ich auch eine Dose haben. Und was ist mit Ol Njorowa? Ich habe geahnt, daß die Stiftung nicht koscher ist. Aber ich habe die faule Stelle nicht gefunden.«

»Hardin hat immer gesagt, daß Sie gerissen sind«, bemerkte Stafford. »Aber doch nicht gerissen genug, glaube ich. Dabei stecken Sie bis über beide Ohren in der Geschichte drin, Gunnarson. Einer meiner Partner hat sie elegant umschrieben: Die Sache wird in der internationalen Politik Wellen schlagen.«

Gunnarson starrte ihn verständnislos an.

Brice musterte Patterson mit eisigen Blicken. »Gunnarson hat sich also nach Crescent Island bringen lassen. Warum?«

»Ich konnte ihn schlecht fragen«, sagte Patterson scharf. »Er war schon zu weit auf dem Wasser, sonst hätte ich hinterhergeschrien. Aber ich glaube, er hat einen Inder gesucht – einen Sikh. Er hat sich nach dem Fahrer eines Kenatco-Taxis erkundigt, das auf dem Parkplatz vor dem Hotel stand. Dann hat er das Boot vom Hotel gemietet und sich zur Insel bringen lassen. Der Kenianer, der ihn gefahren hat, konnte aber nicht warten. Ein anderer Hotelgast wollte zum Fischen auf den See. Er hat Gunnarson versprochen, ihn in ein paar Stunden wieder abzuholen.« Er sah auf seine Uhr. »Das war vor knapp einer Stunde. Ich hab' Joe Baiya am Hotel zurückgelassen, damit uns Gunnarson nicht durch die Lappen geht. Dann bin ich sofort hierhergekommen, um meinen Bericht zu machen. Sie haben gesagt, daß in der Sache nicht telefoniert werden darf.«

»Das habe ich.« Brice ließ seinen Kugelschreiber auf die Schreibtischplatte ticken und starrte Dirk Hendriks geistesabwesend an. »Ein Sikh in einem Kenatco-Taxi. Das ist etwas ganz Neues.«

»Und interessant«, bemerkte Hendriks.

»Es wird noch interessanter. Ich hab' mir das Taxi genauer angesehen – ein Mercedes, wie Kenatco sie fährt, aber ich glaube nicht, daß der Wagen ihnen gehört. Er hatte drei Antennen und einen besonderen Funksignalempfänger am Armaturenbrett. Für professionelle Verfolgungen.«

Brice richtete sich in seinem Stuhl auf. »Gunnarson hat so was behauptet. Ich war nicht sicher, ob ich ihm glauben sollte oder nicht.« Er stand auf und ging unruhig auf und ab. »Ist man den einen Ärger los, schon ist der nächste da. Gerade haben wir Stafford vom Hals, da kommt uns dieser Gunnarson in die Quere. Ich möchte wissen, was er will?«

»Ist das sicher, daß Stafford abgeflogen ist?« fragte Patterson.

Hendriks nickte. »Unser Mann in Nairobi hat vor fünfzehn Minuten persönlich Bericht erstattet. Stafford ist heute mit der ersten Maschine geflogen. Er hat das Hotel sehr früh verlassen und auf der Bank am Flughafen noch sein kenianisches Geld eingetauscht, wie es sich für einen braven Touristen gehört. Unser Mann hat die Unterlagen gesehen – er hat sehr gute Kontakte am Flughafen. Beide, Stafford und sein Faktotum Curtis, waren auf der Passagierliste.«

»Aber hat sie auch jemand *gesehen*?« beharrte Patterson.

»Stafford können wir vergessen«, gab Brice zurück. »Im Moment müssen wir uns um Gunnarson kümmern und, was noch wichtiger ist, um den Typ, der ihm an den Hacken klebt. Mir gefällt die Sache nicht.« Er blieb vor seinem Schreibtisch stehen. »Da beide im Moment so bequem zu erreichen sind, schlage ich vor, daß wir nach Crescent Island fahren und nachsehen, was sie dort treiben. Kommen Sie, meine Herren.«

Als die drei durch die Empfangshalle kamen, winkte Brice dem Schwarzen hinter dem Empfangsschalter, ihnen zu folgen.

»Das ist die verrückteste Geschichte, die ich in meinem ganzen Leben gehört habe«, sagte Hunt.

Hardin gluckste in sich hinein. »Nicht wahr? Kürzlich hat Max mich gefragt, ob ich mir je hätte träumen lassen, daß mich die Geschichte mit Hank und Biggie am Ende in eine Spionageaffäre mitten in Afrika verwickeln würde. Wirklich verrückt. Wenn Gunnarson nicht den Trick mit Corliss versucht hätte, wäre die

Sache in Ol Njorowa nie aufgeflogen. Brice und Hendriks sind wirklich zwei Pechvögel.« Er rieb sich nachdenklich das Kinn. »Nur einer tut mir leid.«

»Und wer ist das?«

»Mrs. Hendriks in London. Ich hab' sie gemocht – eine nette Frau.«

»Vielleicht steckt sie genauso tief in der Sache wie ihr Mann.«

Hardin trank seine Bierdose leer und schlug sie flach. »Max sagt, nein. Und er kennt sie schon sehr lange. Noch aus der Zeit, bevor sie Dirk Hendriks geheiratet hat. Ich glaube, er hat ihr einmal sehr geholfen, als ihr Bruder in irgendeinem Schlamassel steckte. Deshalb hat sie ihn angerufen, als ich mit meiner Geschichte bei ihr aufgetaucht bin. Hendriks war gerade in Südafrika. Wenn sie mit Dirk zusammensteckte, hätte sie damals den Mund gehalten. Nein, ich glaube, es wird sie sehr verletzen, wenn das hier alles bekannt wird.«

Hunt sah auf die Uhr. »Wir gehen jetzt besser zurück.«

»Ist gut.« Hardin nahm eine Bierdose und warf sie Hunt zu. »Bringen Sie die Curtis auf Ihrem Rückweg vorbei. Es muß da oben heiß sein wie in der Hölle. Sagen Sie ihm, daß ich ihn heute nachmittag ablöse. Und bevor Sie zu Ihrem Boot gehen, sollten Sie noch mit Max sprechen. Vielleicht können Sie etwas für ihn in Ol Njorowa tun.«

»Mach' ich.« Hunt sah den Hügel hinauf. »Komischer Kauz, dieser Curtis. Redet er immer so wenig?«

Hardin grinste. »Der Sergeant ist der einzige, den ich kenne, der wirklich nur dann etwas sagt, wenn er was zu sagen hat. Alle anderen reden und reden. Aber wenn er etwas sagt, dann, rate ich Ihnen, hören Sie gut zu.«

Vor seiner Abfahrt meldete sich Hunt noch kurz bei Stafford. »Gibt es außer dem großen Tor noch einen zweiten Eingang zum Gelände von Ol Njorowa?« fragte er Hunt.

»Ich kenne keinen«, antwortete Hunt. »Wenn man nicht durch das Tor will, muß man durch den Zaun – oder über ihn hinweg.«

»Oder drunter durch«, schlug Nair vor.

Stafford schüttelte den Kopf. »Brice wird schon gewußt haben, was er macht, als er den Zaun aufstellen ließ. Ich wette, daß der Draht wie bei einem australischen Kaninchengitter mindestens einen Meter in den Boden reicht. Ist die Wildbeobachtungsstation eigentlich immer verschlossen?«

»Das weiß ich nicht«, sagte Hunt. »Ich bin nie an der Tür gewesen.«

Stafford verzog das Gesicht. »Natürlich nicht.« Er überlegte einen Moment. »Ich weiß zwar nicht, wie unangenehm diese Sache zu Ende gehen wird; bestimmt nicht in Wildwestmanier. Geheimdienste schätzen Waffen nicht besonders. Aber wenn Chip in Ol Njorowa eindringt, könnte es doch ziemlich rauh werden. Ich rate Ihnen, Judy da herauszuhalten. Schicken Sie sie für eine Woche nach Nairobi, sie kann einen Einkaufsbummel machen.«

»Das hab' ich schon versucht, aber sie will nicht«, sagte Hunt.

»Dann soll sie wenigstens besonders vorsichtig sein.« Sie schüttelten sich die Hände, dann ging Hunt den Hügel hinauf, um Curtis das Bier zu bringen. Stafford sah zu Nair, der gerade Gunnarson verhörte. Er ging zu den beiden hinüber. »Sie wollten uns erzählen, was mit Hank Hendrix passiert ist.« Nairs Stimme hatte einen scharfen Ton bekommen.

»Kümmern Sie sich um Ihre Angelegenheiten«, schnauzte Gunnarson zurück.

Curtis hörte Schritte hinter sich und drehte den Kopf herum. Als er Hunt den Hügel heraufkommen sah, ließ er sich hinter die Kammlinie zurückgleiten. Dankbar nahm er das Bier in Empfang.

»Das ist die richtige Medizin.«

»Hardin läßt ausrichten, daß er sie bald ablösen kommt.«

»Das ist gar nicht nötig.«

Hunt sah ihn neugierig an. »Sind Sie schon lange bei Mr. Stafford?« Curtis hatte die Bierdose aufgerissen und trank in tiefen Zügen. Sein Adamsapfel sprang heftig auf und nieder. Dann seufzte Curtis genießerisch. »Einige Jahre.«

»Waren Sie zusammen in der Armee?«

Curtis nickte. »Einmal, vor langer Zeit. In gewisser Weise.«

Hunt kam zu dem Schluß, daß es Schwerstarbeit war, mit Curtis ins Gespräch zu kommen. Der Sergeant war freundlich und entgegenkommend, aber auch knapp, als wären die Wörter rationiert und dürften nicht verschwendet werden. Wenn Kürze die Seele der Weisheit ist, dann war Curtis der weiseste Mann auf Erden. Zu Hunts Überraschung stellte der Sergeant plötzlich selbst eine Frage. »Sind Flußpferde eigentlich gefährlich?«

»Das kommt darauf an«, antwortete Hunt. »Mit einem Boot sollte man ihnen nicht zu nahe kommen und auch nicht gerade mit ihnen um die Wette schwimmen.«

»Da unten am Ufer ist eins.« Sie gingen ein paar Schritte zur Hügelspitze hinauf, und Curtis zeigte zum Strand. »Vor ungefähr einer Stunde ist es aus dem Wasser gekommen.«

Hunts Augen suchten angestrengt das Uferdickicht ab, aber er konnte nichts entdecken. »Gewöhnlich wagen sie sich bei Tag nicht ans Ufer. Und natürlich sind sie sehr gefährlich. Sie würden nicht glauben, wie schnell so ein Flußpferd sein kann. Bestimmt läuft es schneller als ein Mensch. Und ein Biß mit seinen Hauern kann tödlich sein. Am wichtigsten ist, daß man nie zwischen ein Flußpferd und das Wasser gerät.«

»Ich werde es dem Colonel sagen.«

Hunt nickte. »Ich fahre jetzt zurück nach Ol Njorowa.«

Curtis setzte das Fernglas an die Augen und sah auf den See hinunter. Als Hunt gerade losgehen wollte, hielt Curtis ihn am Arm zurück. »Ein Boot kommt. Fünf Männer; drei Weiße, zwei Schwarze.« Er schwieg einen Moment. »Der eine Weiße ist Dirk Hendriks, die anderen kenne ich nicht.« Er reichte Hunt das Glas.

Hunt regulierte die Schärfe und hatte das Boot plötzlich dicht vor den Augen. »Brice und Patterson«, sagte er. »Und Joe Baiya – er ist eine Art Hausmeister in Ol Njorowa – mit Luke Maiyana. Er sitzt hinter dem Informationsschalter im Verwaltungsblock.«

»Sie geben besser dem Colonel Bescheid. Ich bleibe hier«, sagte Curtis mit ruhiger Stimme.

Hunt rannte den Hügel hinunter zum Lagerplatz.

30

Staffords erste Reaktion war eine Frage an Nair. »Ist die Insel groß genug, um auf ihr Versteck zu spielen?«

»Sie wollen sich hier vor fünf Männern verstecken?« Nair schüttelte den Kopf. »Und was ist mit ihm?« Er zeigte auf Gunnarson, der eigensinnig Hardins Fragen widerstand.

»Verdammt noch mal!« fluchte Stafford. Gunnarson war wirklich ein Klotz am Bein. Wenn sie ihn gefesselt ließen, mußte Brice ihn finden; wenn sie ihm die Handschellen abnahmen, würde er vielleicht auf dem kürzesten Weg zu Brice laufen und alles, was er wußte, ausplaudern. Stafford verwünschte die Männer in Nairobi, die sicherlich viel redeten, aber nichts taten.

Er ging hinüber zu Gunnarson und ließ sich auf die Knie fallen. »Hängen Sie sehr an Ihrem Leben?« fragte er scharf.

Gunnarson starrte ihn mit weiten Augen an. »Was soll diese verrückte Frage?«

»Hören Sie zu, ich interessiere mich nicht für Ihre Tricks mit Corliss«, sagte Stafford. »Das ist Kleinkram im Vergleich zu dem, was Brice treibt.«

»Das kann man wohl sagen«, warf Hardin ein. »Du warst mit lächerlichen sechs Millionen zufrieden, aber Brice ist hinter dem großen Brocken her – vielleicht hundert Millionen.«

»Er ist auf dem Weg hierher«, sagte Stafford. Hardin stöhnte hörbar auf. »Und er hat auch seine Handlanger dabei. Ein paar Leben sind für ihn nichts gegen das, was er zu verlieren hat.«

»Es ist viel zu riskant für ihn, uns umzubringen«, sagte Hardin. »Die Schüsse könnten auf dem Festland gehört werden.«

Stafford mußte an den Mann denken, den er in Tansania getötet hatte. »Wer hat etwas von erschießen gesagt? Da gibt es andere Möglichkeiten, und die Beweise können im Magen eines Krokodils verschwinden.« Der Ton in Staffords Stimme hatte Gunnarson zurückweichen lassen. »Gefesselt hätten Sie keine Chance. Deshalb werde ich die Handschellen abnehmen. Aber behalten Sie gut im Gedächtnis, wer Ihnen den Gefallen getan hat.«

»Bestimmt«, sagte Gunnarson eifrig. »Aber nehmen Sie mir die Fessel vom Fuß.«

Stafford winkte Nair heran. Nair zuckte die Achseln und zog den Schlüssel aus der Tasche. Dann bückte er sich zu Gunnarson und schloß die Handschellen auf. Gunnarson stand auf und rieb sich das Handgelenk. »Hat er das ernst gemeint?« fragte er Hardin und wies mit dem Kopf auf Stafford. »Vorhin hat er noch ganz anders mit mir geredet.«

»Es stimmt«, sagte Hardin. »Wir sind mit dem südafrikanischen Geheimdienst aneinandergeraten. Und der macht keine Sandkastenspiele. Das weißt du so gut wie wir. Wir sind in eine ihrer größten Operationen hineingeraten.«

»Dann verschwinde ich«, kündigte Gunnarson an.

»Sie werden das tun, was man Ihnen sagt«, sagte Stafford. Er sah hinauf zum Hügelkamm, wo Curtis noch immer Ausschau hielt. »Fünf Mann haben Sie gesagt. Bestimmt nicht mehr?«

»Mehr hab' ich nicht gesehen«, antwortete Hunt. »Vielleicht ist ihnen noch ein anderes Boot gefolgt.«

»Dann hätte uns Curtis ein Zeichen gegeben«, sagte Stafford. »Was meinst du, Ben? Mit Gunnarson auf unserer Seite sieht es gar nicht so schlecht aus. Sechs zu fünf.«

»Du willst es auf einen Kampf ankommen lassen?« Hardin verzog das Gesicht. »Den verlieren wir«, sagte er tonlos. »Schau uns doch an – Männer im besseren Alter, außer Nair und Alan. Und ich kann mir nicht vorstellen, daß Alan die richtige Übung für so was hat. Dirk Hendriks ist jung und kräftig, und Brice sieht aus, als ob er Nägel zum Frühstück ißt. Die anderen kenne ich nicht.« Er sah Alan Hunt an.

»Patterson ist ein Schlägertyp. Und mit Luke Maiyani würde ich mich auch nur mit einem dicken Knüppel in der Hand anlegen«, sagte Hunt offen.

»Wenn wir uns nicht auf unsere Kraft verlassen können, müssen wir eben eine List gebrauchen«, sagte Stafford.

»Und wir können es uns nicht leisten, hier zu stehen und die Zeit zu verreden«, warf Gunnarson ein.

»Warum kommt Brice her?« sagte Nair plötzlich. Die Frage war rhetorisch gemeint, er beantwortete sie selbst. »Ich glaube, daß Gunnarson beschattet worden ist, vielleicht von Patterson. Patterson hat sich nach ihm in Nairobi erkundigt. Und Gunnarson ist mir gefolgt. Brice erwartet bestimmt nur uns beide auf der Insel.«

»Klingt überzeugend«, sagte Hardin. »Und das heißt ...«

»Genau«, sagte Stafford.

Gunnarson spürte, daß sich plötzlich alle Augen auf ihn richteten. »Moment mal«, sagte er. »Wenn Sie glauben, daß ich jetzt meinen Kopf für Sie hinhalte, nachdem Sie mich so behandelt haben, dann sind Sie verrückt.«

»Mr. Gunnarson«, sagte Nair höflich. »Wir beide, Sie und ich, werden jetzt zum Landungssteg gehen und Brice in Empfang nehmen. Auf dem Weg dahin werden wir uns ausdenken, was wir ihm sagen. Und ich bin sicher, daß Sie genügend Phantasie dafür haben.«

»Beschäftigt sie, damit wir das Zeug hier verschwinden lassen können«, sagte Stafford. Seine Hand zeigte auf ihre Schlafplätze. »Zehn oder fünfzehn Minuten. Dann lockt sie außer Sichtweite der Boote am Steg. Wir kommen über die Flanke. Und schickt Curtis her.«

Das Motorgeräusch ließ nach, als das Boot langsam an den Landungssteg glitt. »Zwei Boote«, rief Brice. »Mit einem ist der Sikh gekommen. Aber das Boot, das Gunnarson auf die Insel gebracht hat, ist wieder zurückgefahren.« Er drehte sich zu Patterson. »Wem gehört das andere?«

Patterson sah auf die Uhr. »Der Schwarze vom Hotel muß zurück sein, um Gunnarson zu holen. Die Zeit stimmt.«

Brice nickte knapp. Das Boot trieb an den Steg, und Baiya und Maiyani hielten es fest, als Brice an Land ging. Er drehte sich um. »Baiya bleibt hier, ihr anderen kommt mit mir.«

Baiya legte die Fangleine um eine Klampe an Hunts Boot, die anderen kletterten auf den Holzsteg. Hendriks schaute zum Hügel hinauf. »Wo fangen wir an?«

»Wir werden sie finden«, sagte Brice sicher. »Die Insel ist nicht groß.«

»Wir müssen nicht mal weit laufen«, sagte Patterson. »Sie haben uns schon gefunden. Da!« Er zeigte den Hügel hinauf. Auf der Kammlinie waren die Umrisse von zwei Männern zu sehen.

»Sehr schön, das spart uns Zeit«, sagte Brice. »Gehen wir ihnen entgegen. Ich möchte wissen, was hier gespielt wird. Aber laßt mich mit ihnen reden.«

Sie gingen den gewundenen Weg durch die Böschung hinauf und trafen Nair und Gunnarson am unteren Ende des kleinen Plateaus mit den Mauerresten. Überrascht sah Brice auf die Fessel an Gunnarsons Handgelenken. »Was geht hier vor?« fragte er scharf. »Warum trägt Mr. Gunnarson Handschellen?«

Nair sah ihn ernst an. »Kennen Sie diesen Mann?«

»Ich habe heute morgen mit ihm gefrühstückt.«

»Ich bin Polizeioffizier.« Nair zog eine schmale kleine Lederhülle aus der Tasche und klappte sie auf. »Nair Singh. Hier ist mein Dienstausweis. Mr. Gunnarson steht unter Arrest.«

Brice drehte sich zu Hendriks, der ihn erschreckt ansah. Dann wandte er sich wieder zu Nair. »Darf ich den Grund der Anklage wissen?«

»Er ist festgenommen, steht aber noch nicht unter Anklage«, sagte Nair. »Sie sagten, daß Sie heute morgen mit Mr. Gunnarson gefrühstückt haben. Nennen Sie mir bitte Ihren Namen, Sir?«

»Brice. Charles Brice.«

Nairs Gesicht wurde freundlicher. »Vom Ol Njorowa College?«

»Ja. Und jetzt sagen Sie mir, was hier eigentlich vorgeht.«

»Ah, dann werden Sie froh sein zu hören, daß wir diesen Mann festgenommen haben, bevor er großen Schaden anrichten konnte. Er ist ein Betrüger.«

»Das ist eine gottverdammte Lüge«, fauchte Gunnarson. »Hören Sie, Mr. Brice. Tun Sie mir einen Gefallen, und rufen Sie so schnell wie möglich die amerikanische Botschaft in Nairobi an. Dies ist ein abgekartetes Spiel; ich bin für etwas festgenommen worden, was ich gar nicht getan habe.«

»Die amerikanischen Behörden werden unterrichtet werden«, sagte Nair kühl.

»Warten Sie noch einen Moment«, sagte Dirk Hendriks. »Wen soll Mr. Gunnarson denn betrogen haben?«

Nair sah ihn an. »Wer sind Sie, Sir?«

»Hendriks. Dirk Hendriks. Ich bin zu Gast bei Mr. Brice in der Ol-Njorowa-Stiftung.«

Nair hatte ein merkwürdig verlegenes Gesicht bekommen. »Oh! Dann müssen Sie einer der Erben des Vermögens sein, von dem ein Teil auch Ol Njorowa zugeflossen ist.«

»Das stimmt.«

»Wen soll Mr. Gunnarson denn nun betrogen haben?« fragte Brice ungeduldig.

Nair spielte auf Zeit. »Dann war Ihr Cousin derjenige, der in Tansania verschwand«, sagte er zu Hendriks.

Hendriks und Brice tauschten einen kurzen Blick aus. »Ja«, sagte Hendriks. »Und anscheinend ist nichts in der Sache unternommen worden. Hatte Gunnarson etwas damit zu tun? Ist es das?«

»Nicht ganz«, antwortete Nair. »Wie lange haben Sie Ihren Cousin schon gekannt, Mr. Hendriks? Bevor er verschwand?«

Die Frage kam Hendriks sonderbar vor. »Was hat das mit der Sache zu tun? Und was mit Gunnarson?«

»Wie lange?« beharrte Nair.

»Nicht besonders lange – ein paar Wochen. Er ist Amerikaner. Ich habe ihn in London zum erstenmal gesehen.«

»Ah!« rief Nair aus, als wäre in der Finsternis plötzlich ein Licht aufgegangen. »Das erklärt einiges.«

»Erklärt was?« fragte Brice gereizt.

»Zwei Tage nachdem er entführt worden war, ist Henry Hendrix über die Grenze zurückgekommen«, sagte Nair. »Und...«

Brice und Hendriks fielen ihm gleichzeitig ins Wort, dann schwiegen sie plötzlich und sahen sich fassungslos an. »Warum ist niemand davon unterrichtet worden?« fragte Brice scharf. »Es ist ungeheuerlich, daß Mr. Hendriks hier in völliger Unkenntnis gelassen wurde. Er war außerordentlich besorgt um seinen Cousin.«

»Wie ich gesagt habe, Hendrix kam zurück«, fuhr Nair ungerührt fort. »Aber er hatte einen schweren Hitzschlag erlitten. In seinem Delirium phantasierte er über Dinge, die einige Nachforschungen nötig machten. Als er sich erholt hatte und befragt werden konnte, legte er ein volles Geständnis ab. Es tut mir leid, Ihnen mitteilen zu müssen, daß der Mann, den Sie unter dem Namen Henry Hendrix kennen, in Wirklichkeit Corliss heißt. Gunnarson hat ihn als Strohmann für seine Interessen eingesetzt.«

»Das ist eine Lüge«, schrie Gunnarson. »Er hat mich hereingelegt wie alle anderen auch.«

»Darüber wird das Gericht zu urteilen haben«, sagte Nair. Er sah forschend in die Gesichter von Brice und Hendriks, die zutiefst betroffen schienen. Er lachte innerlich. »Die amerikanische Botschaft ist selbstverständlich über sämtliche Entwicklungen informiert gewesen. Und sie stimmte zu, daß eine gewisse ... äh ... Zurückhaltung angebracht war, solange die Untersuchung lief. Mr. Gunnarson wird in Nairobi eine Menge Fragen zu beantworten haben.« Er sah auf die Uhr. »Und jetzt, meine Herren, entschuldigen Sie mich bitte.«

Etwas stimmte hier nicht, aber Brice konnte es nicht fassen. Er sah Gunnarson und Nair an sich vorbeigehen und fühlte dunkel, daß er hereingelegt werden sollte. »Haben Sie Gunnarson mit einem Kenatco-Taxi verfolgt?«

Nair blieb stehen und sah zurück. »Das war mein Auftrag.«

»Aber warum ist es denn jetzt genau umgekehrt? Warum ist Gunnarson Ihnen nach Crescent Island gefolgt?«

»Ich habe ihn hierhergelockt«, sagte Nair unbewegt.

»Das stimmt, ich bin auf ihn hereingefallen«, sagte Gunnarson bekräftigend.

Plötzlich sah Brice – oder besser, er sah es nicht – das fehlende Glied, den fehlenden Mann. Wenn Gunnarson zur Insel gekommen und sein Boot zurückgefahren war, und wenn der Schwarze wiedergekommen war, um ihn abzuholen – wo zum Teufel war er dann? Wo war der Bootsführer? Und wenn hier gar kein Bootsführer war, wem gehörte dann das zweite Boot am Steg? Brice drehte seinen Kopf blitzschnell zu Patterson. »Paß auf!« rief er scharf, seine Hand zeigte ziellos zwischen die Bäume.

Gunnarson und Nair warfen den Kopf herum. Brice hakte seinen Fuß um Gunnarsons Schienbein und stieß ihn nach vorn. Gunnarson stolperte den Hang hinunter und riß instinktiv die Arme hoch, um den Sturz abzufangen. Das gelang ihm auch, aber seine Handschellen flogen in einem aufblitzenden Bogen durch die Luft und schlugen auf einem Felsbrocken auf. Jetzt wußte Brice, daß er sich nicht getäuscht hatte.

Zwischen den Bäumen auf seiner Linken sah Stafford den Schatten von Curtis, er wandte den Kopf zur anderen Seite und sah Hardin rechts neben sich. Um die Profis, die ihr Handwerk gelernt hatten, brauchte er sich keine Sorgen zu machen, das wußte Stafford, aber mit Hunt war das etwas ganz anderes. Er war ein blutiger Amateur und konnte keinen Schritt selbständig tun. Sie hatten ihm deshalb eingeschärft, sich direkt hinter Stafford zu halten und genau in die Fußstapfen seines Meisters zu treten. »Ich will keinen Ton hinter mir hören«, hatte Stafford zu ihm gesagt. Hunt bemühte sich, so gut er konnte, aber dann knackte doch ein Zweig unter seinem Fuß; Stafford drehte sich herum, und Hunt zog schuldbewußt den Kopf zwischen die Schultern.

Curtis hob beide Hände über den Kopf. Ein militärisches Signal, das sie aufforderte, stehenzubleiben. Er winkte Stafford zu sich. Stafford bedeutete Hunt, sich absolut still zu verhalten, dann schlich er zu Curtis hinüber. Curtis zeigte auf eine winzige Lücke zwischen den Blättern. »Sie haben einen Mann bei den Booten gelassen«, sagte er mit leiser Stimme. Er wußte genau, warum er nicht flüsterte. Nichts ist aus der Distanz so gut zu hören, wie das Zischeln eines Flüsterns.

»Wo sind die anderen?«

»Irgendwo den Hügel herauf. Ich habe ihre Stimmen gehört.«

Stafford drehte den Kopf herum und winkte Hardin heran. »Bei den Booten ist eine Wache«, sagte er. »Und Nair hat Brice noch nicht weit genug weggelockt. Sie sind immer noch auf Hörweite. Und vielleicht haben sie die Boote sogar noch im Blickfeld.«

»Unschön«, sagte Hardin.

»Wünscht der Colonel, daß die Wache von ihrem Posten geholt wird?« fragte Curtis.

»Und wie willst du zum Steg kommen?«

Curtis zeigte auf das Wasser, das durch den Blättervorhang blinkte. »Schwimmen.«

»Das ist Wahnsinn!« sagte Hardin. »Was willst du mit den Krokodilen machen?«

»Vergiften«, sagte Curtis ernst und ohne ein Anzeichen von Humor im Gesicht.

»Ich weiß nicht.« Staffords Stimme klang unsicher.

»Ich habe das Wasser vom Hügelkamm aus beobachtet«, sagte Curtis. »Und ich habe nicht ein Krokodil gesehen.« Er zog sich bereits die Schuhe aus.

»Also gut«, sagte Stafford. »Aber warte auf mein Zeichen. Und du machst ihn nur kampfunfähig – du bringst ihn nicht um.«

»Ich bezweifle, daß uns jemand deshalb Schwierigkeiten machen würde«, sagte Hardin. »Wir haben unseren Verdacht bewiesen, und die Kenianer werden sich über den plötzlichen Tod eines südafrikanischen Agenten nicht aufregen.«

»Ben, der Mann dort kann ein unschuldiger Kenianer sein, der vielleicht nur das Boot gefahren hat. Wir können das nicht riskieren.« Stafford ging zurück zu Hunt. »Wenn Sie mir antworten, tun Sie es leise. Gibt es Krokodile im See?«

Hunt nickte. »Gewöhnlich sind sie in der Nähe des Sumpfs weiter nördlich.«

»Und hier?«

»Könnte sein.«

Stafford zog die Stirn kraus. »Vielleicht machen wir in ein paar Minuten einen Ausfall, um die Boote in die Hand zu bekommen. Sie folgen uns. Ihre Aufgabe ist es, einen Motor zu starten. Nur das, um alles andere kümmern Sie sich nicht. Wir werden es schon hören, wenn Sie Erfolg gehabt haben. Und wir werden *alle* Boote mitnehmen, also nehmen wir zwei in Schlepp.«

»Ich starte den Motor von meinem eigenen Boot«, sagte Hunt. »Den kenne ich am besten. Wir benutzen das Boot, um die Leute aus dem Wasser zu fischen, wenn der Ballon über den See getrieben wird.«

Stafford nickte und schlich zurück zu Curtis. Der Sergeant hatte inzwischen auch seine Hose ausgezogen und bog einen Ledergürtel zwischen den Händen. »Wo ist Ben?« Curtis zeigte nach rechts den Hügel hinauf.

Kurz darauf kam Hardin zurück. »Sie reden immer noch irgendwo da oben. Aber ich konnte nicht nahe genug heran, um sie zu verstehen.«

»Können sie den Steg von ihrem Platz aus sehen?«

»Das nehme ich an.«

Dann müssen wir warten, dachte Stafford. Erst wenn Nair Brice und seine Leute außer Sichtweite der Boote locken konnte, hatten sie eine Chance. Eigentlich hätte er Curtis jetzt losschicken können, der dann auf ein letztes Signal von ihm die Wache außer Gefecht gesetzt hätte. Aber je länger Curtis im Wasser bleiben mußte, um so größer wurde das Risiko für sie. Es blieb ihnen nichts übrig, als auf die erste Gelegenheit zum Losschlagen zu warten.

Sie kam schneller, als Stafford gedacht hatte. Plötzlich hörte er vom Hügel ein lautes Rufen. Sofort lief er gebückt hinüber zu Curtis. »Los, Sergeant! Jetzt!« Curtis glitt leise ins Wasser und verschwand unter der Oberfläche. Nur eine Spur aufsteigender Luftblasen verriet seinen Weg. Sie hörten weitere Rufe aus der Richtung des Plateaus, und die Wache bei den Booten stand auf, um besser sehen zu können.

Stafford versuchte aus seinem Versteck der Blickrichtung des Mannes zu folgen, aber er konnte nichts erkennen, bis Hardin ihn in die Seite stieß. »Da! Dahinten laufen Nair und Gunnarson.«

Beide kamen den Hügel heruntergesprintet, Gunnarson voran. Auf halber Höhe änderten sie die Richtung und entfernten sich vom Landungssteg. Patterson und ein Schwarzer kamen in Sicht, die hinter den Flüchtenden herrannten. Dann tauchten Brice und Hendriks auf. Brice warf den Arm in die Luft, dann warfen sich beide herum und liefen zur anderen Seite des Stegs den Strand hinunter. Alle waren wieder verschwunden.

»Jetzt!« rief Stafford, brach aus seinem Versteck hervor und hetzte auf die hundert Meter entfernt liegende Holzbrücke zu. Er hörte den keuchenden Atem Hardins und Hunts hinter sich. Aufgeschreckt von ihren Schritten im Sand warf sich der Schwarze im Boot herum. Einen Moment starrte er wie gelähmt auf die Angreifer. Als er gerade ansetzte, um Hilfe herbeizurufen, stolperte er plötzlich und stürzte über Bord.

Stafford erreichte den Steg als erster und sprang in ein Boot. Er lehnte sich über die Kante. »Hier, Sergeant.« Er griff nach Curtis' Arm und half ihm ins Boot. Hardin hatte ein Ruder ergriffen und stieß sie vom Steg ab. Von Hunts Boot hörte man ein ersterbendes Motorstottern. Stafford legte den schwer atmenden Curtis auf den Bootsboden und erwischte gerade noch die Fangleine des dritten Bootes. Er befestigte sie an einem Pflock und hatte endlich Zeit, sich umzusehen.

Hunt wickelte gerade die Starterschnur von seinem Außenborder auf. »Bringen Sie endlich das Ding in Gang«, fuhr Stafford ihn an. Er dachte an Nair. Hardins heftiger Rudereinsatz hatte sie drei Meter von dem Steg weggebracht, auf den sich die tropfnasse Wache gerettet hatte. Der Schwarze stieß einen gellenden Schrei aus. Stafford sah den Strand hinunter. Brice und Hendriks blieben wie angewurzelt stehen und sahen zurück.

Hunts Motor sprang stotternd an und fiel dann in ein dröhnendes Surren. »Weiter hinaus und dann nach Süden – hinter Nair her«, rief Stafford ihm zu. Der Ton des Motors stieg an, und der kleine Konvoi nahm Fahrt auf. Stafford beugte sich herunter. »Alles in Ordnung, Sergeant?«

»Ja, Sir. Mit mir ist alles in Ordnung.«

Hardin starrte ans Ufer zurück. »Brice sieht aus, als würde er gleich platzen.«

Brice und Hendriks waren unschlüssig stehengeblieben und sahen den Booten hinterher, die schon hundert Meter vom Steg entfernt waren und parallel zum Strand liefen. Brice sagte etwas zu Hendriks, dann liefen beide wieder los. »Wo stecken Nair und Gunnarson?« rief Stafford.

»Wenn die anderen sie noch nicht erwischt haben, müssen sie hinter der Landzunge dort sein.«

Stafford richtete sich auf und wandte sich zu Hunts Boot. »Drehen Sie auf, Mann! Schneller!«

Curtis war aufgestanden und hatte sich ans Heck gesetzt. Er versuchte den Motor ihres eigenen Bootes anzuwerfen. Hardin zog das dritte Boot an der Fangleine heran und sprang hinüber. Die beiden Motoren sprangen nacheinander an. Stafford löste die Verbindungsleinen, damit jedes Boot unabhängig manövrieren konnte. »Geh scharf an die Landspitze ran«, rief er Curtis zu. »Ich achte auf Felsen im Wasser.« Er signalisierte den anderen, daß sein Boot jetzt die Führung übernehmen würde.

»He!« rief Hardin und zeigte hinüber zum Ufer. Stafford entdeckte Patterson, der offenbar gestürzt war; er stemmte sich hoch und versuchte aufzustehen, aber als er sein linkes Bein belastete, brach er wieder zusammen. »Mit ein bißchen Glück hat er sich den Knöchel gebrochen, Sir«, schnaufte Curtis.

Mit jedem Atemzug wurden die Schmerzen in Nairs Brust größer. Er hatte das Gefühl, daß seine Lungen gleich platzen würden. Er warf einen kurzen Blick über die Schulter und sah den Schwarzen ungefähr zwanzig Meter hinter sich – und sonst niemanden. Vor ihm lief noch immer Gunnarson, aber er wurde langsamer. Nair holte einmal tief Luft. »Gunnarson! Hierher!« Er blieb stehen und drehte sich zu seinem Verfolger.

Luke Maiyani war völlig überrascht. Das Opfer sollte laufen und nicht stehenbleiben, um zu kämpfen. Bis er zu diesem Schluß gekommen war, hatte sich sein Abstand zu Nair auf fünf Meter verringert. Er blieb stehen und schaute zurück, in der Erwartung, Patterson zu sehen, aber weit und breit war niemand. Dieses kleine Zögern brachte ihm einen gebrochenen Kiefer ein. Nair hob einen schweren Stein auf, und als Maiyani sich wieder zu ihm drehte, schleuderte er ihn mit aller Kraft, die ihm noch geblieben war. Er hörte ein dumpfes Krachen, dann brach Maiyani auf der Stelle zusammen.

Nair sah sich nach Gunnarson um, aber der hatte seinen Ruf nicht beachtet und lief noch immer am Strand entlang. Er stand, seine Brust hob und senkte sich heftig, und schaute hinter ihm her. Plötzlich hörte er vom See her Rufe. Er wandte sich um und sah drei Boote auf das Ufer zuhalten. Stafford lehnte im Bug des ersten und gestikulierte wild. Die Ruderpinne des zweiten Boots hielt Hardin, der heftig auf die Landspitze zeigte. Er schaute in die Richtung und sah Brice und Hendriks auf sich zukommen.

Ohne zu zögern, stürzte Nair sich ins Wasser und versuchte, die Boote zu erreichen. In diesem Moment zog Hendriks einen Revolver hervor und zielte sorgfältig über den langen Lauf. Der Schuß war nicht zu hören, aber Nair stolperte und fiel ins Wasser. Er rollte sich weiter vom Ufer weg, bis das Wasser tief genug war, ihn zu tragen. Dann begann er mit heftigen Armzügen, die er mit einem Bein unterstützte, zu schwimmen.

Auch Gunnarson war durch die Rufe auf die Boote im See aufmerksam geworden. »Schwimmen Sie!« schrie Hunt ihm entgegen. Gunnarson zögerte einen Moment, aber als er Brice und Hendriks auf sich zukommen sah, entschloß er sich. Hunt steuerte weiter auf das Ufer zu und winkte Gunnarson anfeuernd zu. Plötzlich erstarrte sein Arm mitten in der Bewegung.

»Oh, mein Gott«, stieß er hervor.

Als Gunnarson auf das Wasser losrannte, hatte sich im Uferdikkicht hinter ihm etwas bewegt. Ein riesiger grauer Rumpf schob sich zwischen den Bäumen hervor. »Zur Seite!« schrie Hunt. »Weg da, zur Seite, Gunnarson!« Der Flußpferdbulle verkürzte die Distanz zu Gunnarson mit jedem Meter, den er lief. Am Wassersaum hatte der graue Riese Gunnarson eingeholt. Hunt sah, wie sich der mächtige Rachen mit seinen weißblitzenden Hauern öffnete und sekundenschnell wieder zuschnappte. Dann stürzte das Flußpferd in den See und wirbelte blutrotes Wasser auf. Von Gunnarson war nichts mehr zu sehen.

Hunt warf die Pinne herum und drehte den Motor auf, um zwischen das Flußpferd und Nair zu kommen, dessen Schwimmzüge immer schwächer wurden. Er hatte keinen Schuß gehört und wußte deshalb nicht, was auf einmal wie eine wütende Hornisse an seinem Kopf vorbeiwinselte und im Motor einschlug. Der Motor stockte kurz, stotterte noch ein paar Takte und blieb stehen. Das Boot verlor an Fahrt.

Staffords Boot schoß an ihm vorbei. »Kopf runter – auf Sie wird geschossen!« Stafford stand im Bug und hielt ein Ruder in der Hand.

»Ein Flußpferd! Passen Sie auf!« rief Hunt zurück. Er warf sich herum und sah auf das Wasser. Das Flußpferd war nicht zu sehen. Aber er entdeckte eine auffallende Welle auf der Seeoberfläche. Das Flußpferd lief über den Grund des flachen Wassers. Die Welle näherte sich Nair immer schneller, doch bevor sie ihn erreichte, wurde sie von Staffords Boot geschnitten. Stafford wäre fast ins Wasser gefallen, so heftig schlingerte das Boot.

Hardin war heran, als der Kopf des Flußpferds neben Staffords Boot aus dem See auftauchte. Er hob das Ruder über den Kopf und schlug mit aller Kraft auf den riesigen Schädel. Das Holz vibrierte singend in seinen Händen. Er hatte gut getroffen. Einen Moment sah ihn der Bulle mit einem starren Auge an, dann füllte er sich tief röhrend die Lungen und tauchte unter.

Curtis riß die Ruderpinne herum. Staffords Augen suchten Nair. Erleichtert sah er, daß Hardin ihn in sein Boot zog. Neben sich sah Stafford einen Wasserstrahl in die Höhe schießen. Er drehte sich zu Curtis um. »Laß uns um Gottes willen hier verschwinden.« Er winkte Hardin und zeigte auf den See hinaus. Curtis hielt auf Hunt zu, dessen Boot steuerlos auf dem Wasser trieb.

Er nahm die Geschwindigkeit zurück, als sie längsseits kamen, und Hunt sprang. Sofort drehte Curtis den Motor wieder auf und wandte den Bug zur Mitte des Sees. Stafford schaute noch einmal zurück und sah, wie Hunts Boot von dem attackierenden Flußpferd aus dem Wasser gehoben wurde und umschlug. Der See schäumte auf, dann verschwand das Boot in der Tiefe. Nur ein paar Planken trieben noch auf dem Wasser.

Der Strand von Crescent Island fiel hinter ihnen zurück. Als sie sich eine halbe Meile von der Insel entfernt hatten, wandte sich Stafford wieder zu Curtis. »Laß uns zu Hardin aufschließen, ich möchte wissen, was mit Nair ist.« Dann sah er Hunt lächelnd an. »Das waren schlimme Minuten.«

Als sie Hardins Boot erreicht hatten, nahm Curtis die Geschwindigkeit zurück und ging längsseits. Die beiden Boote trieben friedlich auf dem See. Nair hatte sich mit einem Messer die Hose aufgeschlitzt und untersuchte sein Bein. »Nair glaubt, daß er am Bein getroffen wurde«, sagte Hardin. »Aber ich habe keinen Schuß gehört.«

»Es war Hendriks«, sagte Stafford. »Er muß einen Schalldämpfer benutzt haben. Ist es sehr schlimm, Nair?«

»Nein, nur ein Loch im Oberschenkelmuskel. Aber die Kugel muß noch drin sein. Ich finde nur den Einschuß.« Er hielt seine rechte Hand hoch. »Und einen Finger hab' ich mir gebrochen; vielleicht auch zwei.« Er sah fragend zu Staffords Boot. »Wo ist Gunnarson?«

»Ja«, schloß Hardin sich an. »Wo ist der elende Kerl?«

»Das Flußpferd hat ihn erwischt«, antwortete Hunt.

»Das ist mir völlig entgangen«, sagte Stafford. »Wir haben nur auf Nair geachtet. Was ist denn geschehen?«

»Es hat ihn durchgebissen.« Hunt überlief es kalt.

»Mein Gott!« rief Hardin erschrocken. »Ich konnte den Kerl nicht ausstehen, aber das würde ich nicht einmal meinem schlimmsten Feind wünschen. Sind Sie sicher?«

»Absolut«, antwortete Hunt. »Ich hab' es gesehen. Da war eine Menge Blut im Wasser.« Er sah zum Himmel hinauf. »Sie haben sogar schon Krokodile durchgebissen«, fügte er hinzu.

Hardin wollte die Spannung mit einer witzigen Bemerkung auflösen. »Ich hätte gedacht, Gunnarson wäre zäher als jedes Krokodil.« Aber sein Witz kam nicht an.

»Wir müssen sehen, daß wir weiterkommen«, sagte Stafford. »Nair muß dringend zum Arzt. Ist sonst jemand verletzt?«

Niemand klagte über Verletzungen. »Ich habe meinen Gürtel am Steg verloren. Er war aus Schlangenleder«, sagte Curtis mit Trauer in der Stimme.

»Du hast noch mehr liegengelassen«, sagte Hardin. »Deine Hose.«

»Schon. Aber den Gürtel hatte mir Amy geschenkt.«

Einen Moment schwiegen alle. Dann sah Stafford die anderen entschlossen an. »Die Kerle sind jetzt auf der Insel gefangen. Wir sollten die Gelegenheit nutzen und in Ol Njorowa eindringen.«

»Das würde Chip bestimmt nicht gefallen«, warnte Nair.

»Chip kennt die Umstände nicht. Wieviel Mitarbeiter gehören zu der Satellitenstation, Alan?«

»Das kann ich nicht genau sagen«, antwortete Hunt. »Die Anzahl schwankt auch. Bis ich Patterson sah, habe ich gedacht, daß im Moment überhaupt niemand da ist.«

»Dann besteht die Chance, daß die Station nicht besetzt ist«, sagte Stafford. »Ich glaube nicht, daß Brice schon die volle Besetzung geholt hat. Bis heute hat er von der Hand in den Mund gelebt und auf das Geld von Hendrykxx gewartet. Und jetzt ist er aus dem Rennen. Dies *muß* der günstigste Augenblick sein, um ihn hochgehen zu lassen. Sergeant, wir fahren zum Festland hinüber.«

»Lassen Sie uns erst zum Safariland fahren«, sagte Hunt. »Ich glaube, ich weiß einen Weg, wie ich Sie unbemerkt nach Ol Njorowa hineinbringen kann.«

31

Francis Yogo, der Bootsführer des Lake-Naivasha-Hotels, machte sich Sorgen. Er hatte versprochen, Mr. Gunnarson von Crescent Island abzuholen, und bis jetzt hatte er es nicht getan, weil jemand sein Boot weggenommen hatte. Er hatte mit den Krebsfischern am See gesprochen und sie gefragt, ob sie sein Boot gesehen hätten. Einer glaubte, einen Mann gesehen zu haben, der es sich genommen hatte und dann mit einigen anderen Männern auf den See hinausgefahren war. Nein, er hatte nicht darauf geachtet, wohin sie gefahren waren; das hatte ihn nicht interessiert.

Niedergeschlagen ging Francis zum Hotel zurück und berichtete dem Manager von dem Vorfall. Der Manager hatte scharf von rücksichtslosen Touristen gesprochen und war dann telefonieren gegangen. Eine Stunde später rief er Francis in sein Büro. »Ich habe das Boot gefunden, Francis. Es liegt am Safariland. Es ist gerade gelandet. Du fährst jetzt mit dem Fahrrad rüber, und auf dem Rückweg holst du Mr. Gunnarson von der Insel. Ich bezweifle, daß ihm der lange Ausflug Spaß gemacht hat.« Dann schimpfte und fluchte er über die gedankenlose Vergnügungssucht mancher Leute; Francis hörte ihm geduldig zu. Er hatte sich das schon öfters anhören dürfen. Dann holte er sein Fahrrad.

Nair stützte sich schwer auf Staffords Arm, als er von dem kleinen Bootshafen des Safariland zum Büro des Managers humpelte. »Was ist auf der Insel eigentlich schiefgegangen?« fragte Stafford. »Wie ist Brice dahintergekommen?«

»Es war Gunnarsons Schuld«, sagte Nair. »Ich wollte mich, soweit es ging, an die Wahrheit halten. Also habe ich Brice erklärt, daß ich Gunnarson festgenommen hätte. Das hieß aber, daß Gunnarson Handschellen tragen mußte. Aber er wollte sich nicht fesseln lassen. Er wollte die Hände frei haben, falls irgend etwas passieren sollte. Deshalb habe ich ihm die Fesseln nur unverschlossen um die Handgelenke gelegt. Dann ist er den Abhang hinuntergestolpert, und die Handschellen flogen im hohen Bogen durch die Luft.«

»Und damit hat Brice alles gewußt.« Stafford schüttelte den Kopf. »Wenn man so will, hat Gunnarson seinen Tod selbst verschuldet. Werden Sie auch wirklich allein zurechtkommen, Nair?«

»Sobald Sie weitergefahren sind, rufe ich Chip an und dann einen Arzt.« Er setzte sich in einen Sessel auf der Liegewiese des Hotels. »Ich habe nicht den Eindruck, daß ich sie noch aufhalten kann.«

»Nein«, sagte Stafford bestimmt. »Es ist der günstigste Moment.«

»Vielleicht, aber ich werde Chip davon überzeugen müssen.« Nair zog ein Schlüsselbund aus der Tasche. »Fahren Sie erst zum Lake-Naivasha-Hotel. Unter dem Führersitz des Mercedes finden Sie eine Pistole und ein Reservemagazin.« Er warf Stafford die Schlüssel zu. »Aber benutzen Sie die Waffe nur, wenn es unbedingt nötig ist.«

»Vielen Dank. Ich muß jetzt gehen, die anderen warten schon. Und Hunt muß mir auch noch erklären, wie er uns nach Ol Njorowa hineinbringen will.«

Die Antwort war lächerlich einfach. Stafford wurde von Hunt,

Hardin und Curtis schon auf dem Hotelparkplatz erwartet. Sie standen neben Hunts Landrover. Hunt zeigte auf den Anhänger. »Da müssen Sie hinein.«

»Ist der denn groß genug für uns?«

»Bis auf ein paar Butanflaschen und den Gasbrenner ist er leer«, antwortete Hunt. »Ich mußte den Brenner wegen der Reparatur ausbauen, deshalb habe ich die Ballonhülle und den Korb heute morgen in Ol Njorowa gelassen. Mein Gott, das scheint mir jetzt auch schon eine Ewigkeit her zu sein.«

»Werden Sie denn nicht am Tor angehalten?« fragte Hardin.

»Bin ich noch nie. Mitarbeiter passieren ohne Kontrolle.«

»Ja, das müssen sie auch«, sagte Stafford. »Irgendwo mußten Brices Sicherheitsvorkehrungen ihre Grenze haben. Es würde seltsam aussehen, wenn man die Mitarbeiter einer Landwirtschaftsschule jedesmal gründlich durchsuchen würde, wenn sie das Schulgelände betreten. Das unterstützt nur mein Argument, daß wir in der Wildforschungsstation suchen müssen, wenn wir etwas in Ol Njorowa finden wollen.«

»Ich bringe Sie bis vor die Tür der Station«, sagte Hunt. »Aber ich kann Ihnen nicht versprechen, daß sie offen ist.«

»Setzen Sie uns nur ab«, beruhigte Hardin ihn. »Um den Rest kümmern wir uns schon.«

Hunt öffnete den Anhänger; Curtis und Hardin stiegen ein. Hunt sah Stafford zögernd an. »Gewöhnlich verschließe ich den Anhänger«, sagte er. »Wegen der vielen Diebstähle.«

»Machen Sie es wie immer«, stimmte Stafford ihm zu. »Aber auf dem Weg nach Ol Njorowa halten Sie noch kurz am Lake-Naivasha-Hotel an. Ich muß dort noch etwas abholen.« Dann kletterte auch Stafford in den Anhänger, und Hunt schloß hinter ihm ab. Langsam ging Hunt nach vorn zum Landrover. Er startete den Motor und fuhr vorsichtig an.

Nairs Polizeiausweis hatte ihm ein Telefon und die Abgeschiedenheit eines Büros gesichert. Von seinem Platz hinter dem Schreibtisch des Managers konnte er zwar die Tür im Auge behalten, aber nicht das Fenster in seinem Rücken. Und während Nair noch mit Chip telefonierte, radelte draußen Francis Yongo vorbei, hinunter zum Bootshafen des Hotels.

Hunt stoppte am Tor von Ol Njorowa, hupte langgezogen und winkte der Wache zu. Das Tor öffnete sich, und Hunt fuhr langsam auf das Gelände der Stiftung, am Verwaltungsblock vorbei und weiter zu dem Gebäude mit der Spiegelantenne auf dem Dach, das etwas mehr als achthundert Meter voraus lag. Ebenso langsam wie er fuhr vor ihm ein anderer Wagen, der plötzlich zur Wildforschungsstation einbog und hielt. Hunt sah einen Mann aussteigen und in dem Gebäude verschwinden. Hunt brachte den Landrover zum Stehen und stieg aus.

Vorsichtig sah er sich nach allen Seiten um. Das Gelände lag still und friedlich vor ihm. Nur auf den entfernter gelegenen Versuchsfeldern sah er einige Leute bei der Arbeit. Er ging nach hinten zum Anhänger und klopfte an die Tür. »Stafford! Können Sie mich hören?«

»Ja. Was ist?« antwortete eine gedämpfte Stimme.

»Wir sind in der Nähe der Station. Jemand ist gerade hineingegangen.«

»Lassen Sie uns aussteigen.«

Hunt schloß den Anhänger auf, und Stafford kam herausgekrochen, gefolgt von Hardin und Curtis. Sie streckten sich und lockerten sich die verkrampften Muskeln. Stafford sah zur Station hinüber und bemerkte den geparkten Wagen. »Wer war es?«

»Ich konnte es nicht erkennen«, sagte Hunt. »Ich habe ihn nur für einen kurzen Moment gesehen.«

Hardin sah hinauf zu der Richtantenne auf dem Dach. »Wissenschaft«, sagte er mit einem verächtlichen Ton in der Stimme.

»Sehen wir doch einfach nach.« Stafford winkte die anderen hinter sich, und alle vier gingen sie zur Vorderseite des Gebäudes. Stafford machte einen Schritt zur Tür, legte die Hand auf die Klinke und drückte sie vorsichtig herunter. Zu seiner Überraschung ging die Tür auf. »Wir haben Glück«, sagte er leise.

Er ließ die Tür weiter aufschwingen und sah knapp einen Meter vor sich eine weiße Wand. Verwundert zog er die Augenbrauen hoch, dann ging er hinein und nach links einen Gang hinunter, der ihn in ein Zimmer führte. Seine Hand in der Jackentasche umklammerte den Griff der Pistole.

Das Zimmer war leer, aber es hatte zwei Türen. Eine in der gegenüberliegenden Wand und eine in der Wand rechts. Tische und Stühle waren über den Raum verteilt, und in einer Ecke stand ein Wasserbehälter mit einer Kaffeemaschine daneben. In einem Wandregal standen Teller und Tassen. An den anderen Wänden hingen große Fotografien – Weißschwanzgnus, Flußpferde, Elefanten. Dies mußte der Aufenthaltsraum für die Mitarbeiter der Station sein.

Langsam ging Stafford in den Raum hinein. Der glänzende Fußboden war schlüpfrig glatt. Er schlich weiter zu der Tür rechts, seine linke Hand dirigierte Curtis und Hardin herein, die sich zu beiden Seiten der Tür postierten. Behutsam öffnete er die Tür und spähte in das Zimmer. Auch dieser Raum war leer, und Stafford huschte hinein. Es war ein Büro, dessen Einrichtung nichts Besonderes verriet. Ein Schreibtisch, ein Drehstuhl, ein Telefon, eine Schreibtischlampe, ein Fotokopierer – alles völlig normal.

An den Wänden hingen Landkarten, auf denen wie ein Spinnennetz rote Linien eingezeichnet waren. Stafford sah sich eine der Karten aus der Nähe an, aber er konnte den Sinn der Linien nicht entschlüsseln. Auch die Eintragungen auf den Karten, die auf einem Beistelltisch lagen, waren mit einem flüchtigen Blick nicht zu durchschauen.

Er ging zurück. Den fragenden Blick von Hardin beantwortete er mit einem Kopfschütteln. Seine Hand zeigte auf die andere Tür. Auch sie war nicht verschlossen, und wieder war das Zimmer leer. Der Raum war größer als die anderen und hatte keine Fenster. An einer Wand standen dicht an dicht elektronische Geräte – Datenrechner und Bildschirmgeräte, die im Licht der Neonröhren an der Decke klinisch kalt glänzten. Die Einrichtung erschien Stafford wie eine Miniaturausgabe des Raumfahrt-Kontrollzentrums in Houston. Er drehte sich um, aber das Zimmer hatte keinen zweiten Ausgang.

»Das ist wie verhext«, sagte Hardin hinter ihm. »Wo ist der Kerl abgeblieben?«

Stafford ging zurück in den Aufenthaltsraum, in dem Hunt auf sie gewartet hatte. »Sind Sie sicher, daß der Mann hier hineingegangen ist, Alan?«

»Natürlich. Sie haben doch selbst seinen Wagen gesehen.«

»Drei Räume«, sagte Stafford nachdenklich. »Und nur eine Tür. Es gibt keinen Hinterausgang, aber auch keinen Mann.« Er ging zum Fenster und sah hinaus, seine Schultern schoben die Vorhänge zur Seite. Als er sich wieder umdrehte, machte er eine Entdeckung, die ihn überrascht stehenbleiben ließ. »Dieses Laboratorium ist wie eine Festung gesichert. Eine Schutzmauer hinter der Tür, und seht mal hier ...« Er zog den Vorhang zur Seite. »Stahlrollläden, um die Fenster abzudecken.«

»Wie für eine Belagerung«, bemerkte Hardin.

»Jedenfalls nicht ganz harmlos.« Stafford sah zu Hunt. »Sie kennen sich besser mit diesem Wissenschaftszeug aus als wir. Sehen Sie sich einmal überall um, ob Ihnen etwas Merkwürdiges auffällt oder ob irgend etwas nicht hierhergehört.«

Hunt zuckte die Achseln. »Ich kenn' mich mit den elektronischen Sachen auch nicht besonders aus, aber ich sehe mal nach.«

Er verschwand in dem hinteren Zimmer, und Stafford ging noch einmal in das Büro. Dort setzte er sich hinter den Schreibtisch, zog die Schubläden auf und suchte darin herum. Wonach, wußte er selbst nicht. Hardin durchsuchte alle Winkel des Aufenthaltsraums, Curtis behielt den Eingang im Auge. Nach zehn Minuten versammelten sie sich wieder bei Hardin. »Hier ist nichts«, sagte er.

»Die elektronischen Einrichtungen scheinen zur normalen Ausrüstung zu gehören«, erklärte Hunt. »Aber sicher kann das nur ein Fachmann feststellen. Sonst hab' ich auch nichts Ungewöhnliches gefunden.«

»Das gleiche gilt für das Büro«, sagte Stafford unzufrieden. »Aber vielleicht habe ich etwas übersehen. Schauen Sie sich doch einmal die Karten an, Alan.«

Hunt ging in das Büro. »Wenn wir nur nicht einen Riesenfehler gemacht haben, Max«, sagte Hardin.

»Ich hätte auf einen ganzen Berg Bibeln geschworen, daß das, wonach wir suchen, in dieser Station ist«, sagte Stafford wütend.

»Und was machen wir, wenn alles koscher ist?« fragte Hardin. »Uns entschuldigen?«

»Das kann nicht sein. Nicht mit der Schutzmauer am Eingang und den Rolläden.«

Hunt kam zurück. »Normale Karten von Kenia«, berichtete er. »Und das Liniennetz, würde ich sagen, zeichnet die Tierwanderungen nach, wie sie das elektronische Ding auf dem Dach aufzeichnet. Ich habe Ihnen erzählt, daß Brice mir einen Artikel in einem Wissenschaftsmagazin gezeigt hat. Da waren die gleichen Karten abgebildet.« Er bemerkte den sonderbaren Ausdruck in Staffords Gesicht. »Was ist los?«

Stafford sah auf die Tür, die in das Hinterzimmer führte. Sie war offen, und ein Mann stand im Türrahmen. Stafford stürzte auf ihn zu, aber ebenso schnell war der Mann wieder in dem Zimmer verschwunden und schlug Stafford die Tür ins Gesicht. Es dauerte einen Moment, bis Stafford sie wieder geöffnet hatte, weil seine Schuhe auf dem glatten Boden den Halt verloren. Dann stieß er sie mit einem Ruck auf, der ihn endgültig aus dem Gleichgewicht brachte und zu Boden stürzen ließ. Im selben Augenblick fiel ein Schuß.

Er rollte sich auf die Seite und sah in das Zimmer. Es war leer. Langsam stand er auf und zog Nairs Pistole aus der Tasche. Sorgfältig suchte er den ganzen Raum ab, aber er fand nichts. »Es ist alles in Ordnung. Ihr könnt hereinkommen.« Er hob ein Bein und faßte an die Sohle. »Diese verfluchten Pflanzenkeime!« Dann bückte er sich und zog sich die Schuhe aus.

Hardin erschien in der Tür. »Wo ist der Kerl?«

Staffords Hand mit der Waffe fuhr nach vorn. »Kurz bevor ich fiel, stand er da.«

»Der Ausrutscher kann dir das Leben gerettet haben«, stellte Hardin trocken fest. »Die verdammte Kugel hätte mich fast getroffen.« Er fingerte an einem Riß in seinem Hemdsärmel und sah sich im Raum um. »Was also ist hier eigentlich los?«

»Ich hab' noch etwas gesehen, bevor ich hinfiel«, sagte Stafford. »Etwas Großes, Quadratisches.«

»Und was war das?«

»Keine Ahnung. Es scheint nicht mehr hier zu sein.« Stafford sah aufmerksam über den Boden, der mit einem karogemusterten Plastikbelag ausgelegt war. Zu seinen Füßen war in den Belag ein Metallquadrat von acht mal acht Zentimetern eingelassen. Er bückte sich und stellte fest, daß man die Platte hochklappen konnte. Sie hing in einem Federscharnier. Darunter, in den Boden eingebaut, war ein Stromverteiler mit drei Dosen.

»Die meisten elektronischen Geräte sind in Rollständer eingebaut«, sagte Hardin. »Deshalb braucht man Steckdosen im Boden.«

»Ja«, antwortete Stafford abwesend. Er ging hinüber zu der Stelle, wo er den Mann zuletzt gesehen hatte. Wieder fand er ein Metallquadrat. Er bückte sich und klappte es hoch. »Bingo!« sagte er leise. Unter der Platte lag kein Stromverteiler, sondern ein Metallring. »Unter dem Boden muß ein Keller sein – hier ist eine Falltür.«

Er tastete mit dem Finger an einem haarfeinen Riß entlang und fand das Scharnier. Die Falltür war quadratisch. Er mußte sie vorhin gesehen haben, als sie offen war. »Paß auf, Ben, und sag den anderen Bescheid. Vielleicht taucht er wieder auf.« Stafford klappte die Platte hoch und faßte den Ring. Dann zog er an. Die Tür ließ sich mühelos hochziehen. Als er sie fast zwanzig Zentimeter geöffnet hatte, fiel wieder ein Schuß. Die Kugel prallte an die Wand und winselte als Querschläger durch den Raum.

Stafford ließ die Falltür los und stand auf. Hardin, der sich die ganze Zeit an eine Wand gepreßt hatte, kam ein paar Schritte auf ihn zu. »Sieht aus wie ein klassisches Patt. Wir können nicht hinunter, und er kann nicht herauf. Aber wenn er da unten ein Telefon hat, kann er sich Verstärkung holen.«

Daran hatte Stafford nicht gedacht. »Sergeant! Wenn du irgendwo eine Telefonleitung siehst, schneide sie sofort durch. Und halt die Augen auf.« Hardin hatte recht mit seiner Bemerkung – vorausgesetzt, daß es nicht einen zweiten Ausgang aus dem Keller gab. Doch das hielt Stafford für unwahrscheinlich. Der Kellereingang, auf dem er stand, war geschickt getarnt, ein zweiter würde die Gefahr verdoppeln, daß das Versteck entdeckt wurde.

Plötzlich schnippte er mit den Fingern. »Ich hab's! Ich weiß, wie wir ihn aus seinem Versteck herausbringen. Geh mit Alan Hunt, und bringt den Brenner von seinem Ballon her und ein paar Butanflaschen. Dann haben wir so etwas wie einen Flammenwerfer.«

»Mein Gott!« rief Hardin.

»Wir kitzeln ihn ein bißchen – nur, um ihn Gottesfurcht zu lehren. Dann wird er brav heraufkommen.«

»Wird gemacht.« An der Tür blieb Hardin noch einmal stehen und drehte den Kopf zu Stafford. »Ich würde da nicht stehenbleiben«, sagte er. »Wenn er von unten durch die Falltür schießt, bist du mit Sicherheit deine Familienjuwelen los.«

Hastig trat Stafford einen Schritt zur Seite. Während er auf Hardin und Hunt wartete, rollte er zwei schwer beladene Geräteständer auf die Tür. Zufrieden ging er dann zu Curtis hinaus. »Irgendeine Bewegung zu sehen draußen?«

»Auf dieser Seite nicht, Sir. Mr. Hardin und Mr. Hunt kommen zurück.« Curtis ließ den Vorhang vor das Fenster fallen. »Ich werde auch die andere Seite überprüfen.« Er durchquerte den Raum und verschwand in dem Bürozimmer.

Hardin kam herein, den Brenner in den Armen. Dicht hinter ihm folgte Hunt, der unter der Last der Butanflasche fast ins Stolpern geriet. Sie gingen in das Hinterzimmer, wo Hunt den Butanzylinder erleichtert abstellte. »Können Sie den Brenner an die Flasche montieren?«

»Ja«, sagte Hunt zögernd. »Aber ich weiß nicht, ob ich das auch will.«

»Hören Sie zu!« fuhr Stafford ihn gereizt an. Sein Finger zeigte auf die Falltür. »Dieser Mann hat auf uns geschossen, und zwar ohne Vorwarnung. Nicht einmal ›Hallo‹ hat er gesagt. Er hätte jeden von uns töten können, und keiner von uns weiß, was er jetzt da unten anstellt. Ich will ihn da heraushaben. Und jetzt basteln Sie das verdammte Ding zusammen.«

»Nimm's leicht, Max«, sagte Hardin ruhig. Er sah zu Hunt. »Kann ich Ihnen helfen?«

»Nein, ich mach' das schon.« Hunt beugte sich zu dem Brenner, und Hardin sah ihm interessiert zu.

»Max hat mir schon davon erzählt«, sagte er. »Während unserer Mußestunden auf der Insel. Er sagte, der Brenner ist ziemlich wirkungsvoll. Stimmt das?«

Hunt schraubte die Verbindungsrohre zusammen. »Er wird auf eine Leistung von zehn Millionen BTU geschätzt. Aber dieser hier gibt nur ungefähr drei Viertel davon ab.«

»Ich habe leider nie rausgekriegt, was eine britische Wärmeeinheit ist«, sagte Hardin. »Als wir das in der Schule durchnahmen, muß ich gerade gefehlt haben.«

»Das ist die Wärme, die man benötigt, um die Temperatur von 453 Gramm Wasser um ein Grad Fahrenheit ansteigen zu lassen.«

»Und in dem Ding haben Sie zehn Millionen davon!« Hardin sah zu Stafford hinüber. »Hast du nicht gesagt, daß du ihn nur kitzeln willst?«

Stafford lächelte dünn. Er hatte sich wieder beruhigt, und er erkannte auch Hardins Absicht. In der Armee hatte er oft genug das gleiche getan, wenn seine Männer nervös waren. Hardin beruhigte Hunt, wie man ein störrisches Pferd beruhigt, durch gutes Zureden. »Als Zigarettenanzünder ein bißchen groß, nicht wahr?« sagte Stafford gleichmütig.

Der Brenner bestand aus zwei spiralförmigen Rohrsystemen aus Edelstahl, die drehbar in einen rechtwinkligen Rahmen montiert waren. »Das Ding sieht aus, als wäre es aus zwei Brennern zusammengesetzt. Stimmt das?«

»Eine Sicherheitsvorkehrung«, sagte Hunt. »Wenn ich in der Luft bin und ein Brenner fällt aus, brauch' ich sofort einen zweiten.« Er öffnete einen Hahn an der Butanflasche und hielt ein Streichholz an die Düse. Eine kleine blaue Flamme flackerte auf. »Ich bin soweit.«

»Lassen Sie mich an den Brenner«, sagte Stafford.

»Nein«, sagte Hunt entschieden. »Ich weiß besser als Sie, worauf zu achten ist.«

»Sie sollten lieber daran denken, was passiert, wenn die Tür hochgeht«, sagte Hardin. »Das erste, was herauskommt, ist eine Kugel.«

»Hat jemand ein Messer?« fragte Stafford. Hunt zog eins aus der Tasche, und Stafford schnitt damit ein Stück Schnur von einer Tischlampe ab. Dann klappte er die Metallplatte hoch und band das eine Ende der Schnur an den Metallring. »Von hier werde ich die Tür hochziehen«, sagte er. »Dann stehe ich hinter ihr, und die Tür wird meine Beine vor der Flamme schützen. Zünden Sie den Brenner erst, wenn ich die Tür ungefähr dreißig Zentimeter geöffnet habe, Alan. Und legen Sie sich flach hinter den Brenner, dann sind Sie einigermaßen sicher. Kugeln haben eine gerade Flugbahn. Ben, roll die Ständer von der Tür, und geh in Deckung.«

Zwei Minuten später sah Stafford zu Hunt. »Fertig?« Hunt nickte. »Lassen Sie die Flamme ruhig länger brennen«, sagte Stafford. Dann zog er die Falltür hoch.

Mit der ersten Bewegung der Tür setzte eine Serie ratternder Explosionen ein. Eine Kugelsalve fegte durch den größer werdenden Spalt, schlug gegen die Decke und streute durch den Raum. Lampen erloschen, als Kugeln in sie einschlugen; Monitorschirme implodierten, als sie getroffen wurden. Stafford war vor Schreck heruntergetaucht und wollte gerade die Tür fallen lassen, als Hunt den Brenner zündete. Plötzlich war der Raum in säureblaues Licht getaucht, und eine zwei Meter lange Flamme röhrte in den Keller hinunter. Die Gewehrsalve brach ab; nur noch das pulsierende Geräusch des Brenners war zu hören, das endlos zu dauern schien.

Als Hunt endlich den Brenner abdrehte, trat eine merkwürdige Stille ein. Dann ließ Stafford die Tür zurückfallen. »Alles in Ordnung?«

Hardin hielt sich den rechten Oberarm. »Ich habe eine eingefangen, Max. Was zum Teufel war das? Ein Maschinengewehr?«

»Das glaube ich nicht«, sagte Stafford. »Ich schätze eher eine Kalaschnikow, auf Dauerfeuer eingestellt.« Er sah auf Hardins blutverschmierte Hand. »Ein Querschläger, Ben. Ein direkter

Treffer hätte dir auf die kurze Distanz den Arm abgerissen. Langsam wird die Sache lebensgefährlich.« Er sah zu Hunt. »Sind Sie in Ordnung?«

Hunt war bleich, aber er nickte. »Das Schießen hat aufgehört.«

»Aber wissen Sie auch, ob er unseretwegen aufgehört hat?« fragte Stafford. »Oder nur, weil sein Magazin leer war?« Er sah zu Curtis, der im Türrahmen lehnte. »Geh zurück auf deinen Posten, Sergeant. Die Tür liegt im Feuerbereich.«

»Jawohl, Sir«, sagte Curtis und verschwand.

»Sind Sie fertig für die zweite Runde?« fragte Stafford. Hunt nickte. »Passen Sie auf. Wenn ich gleich die Tür hochziehe und er schießt nicht, dann lassen Sie den Brenner nur kurz laufen. Wenn er schießt, soll er sein Vergnügen haben – dann geben Sie ihm auch Dauerfeuer.« Er schaute zur Seite. »Ben, verschwinde da.«

Hardin zeigte mit dem Kopf in eine Ecke des Raums. »Ich leg' mich hinter die Bank dahinten.«

»Dann nimm das hier, und halt dich bereit.« Stafford gab ihm die Pistole und griff nach der Schnur. Dann nickte er Hunt zu und zog die Tür wieder hoch. Einen Moment war alles still, bis die Flamme wieder in den Keller hinabschoß. Nach wenigen Sekunden drehte Hunt den Brenner wieder ab.

Wieder lag der Raum still.

»He«, rief Stafford. »Du da unten! Komm heraus, aber mit leeren Händen. Du hast fünfzehn Sekunden Zeit, oder wir rösten dich.«

Ein entfernter Ruf drang zu ihnen hinauf. »Ich komme schon. Verbrennen Sie mich nicht!«

Sie hörten Fußtritte auf einer Treppe, dann erschien ein Mann in der Bodenöffnung. Seine Haare waren abgesengt, in seinem Gesicht und auf seinen Handrücken bildeten sich Brandblasen. »Raus!« befahl Stafford knapp. Hardin kam aus seiner Ecke hervor, die Pistole im Anschlag.

»Ist noch jemand unten?« fragte Stafford. Der Mann schüttelte stumm den Kopf. »Wir werden sichergehen«, sagte Stafford. »Schicken Sie noch einen langen Strahl hinunter, Alan.«

»*Nee, man, nee*«, rief der Mann. »*Jy kan nie ...*« Seine Worte verloren sich in dem Grollen eines lang anhaltenden Feuerstrahls. Er warf sich herum, um aus dem Raum zu entkommen, wurde aber an der Tür von Hardin mit der Pistole gestoppt. Die Flamme verlosch, und dann geschah alles so schnell, daß Stafford vor Verwirrung die Übersicht verlor.

Wie von einer Axt gefällt, sank Hardin zusammen, als ihn von hinten ein Schlag traf. Die Pistole fiel ihm aus der Hand, schlug auf den Boden, und ein Schuß löste sich. Stafford spürte den Luftzug der Kugel neben seinem Kopf und duckte sich instinktiv zusammen. Als er wieder hochsah, standen Hendriks und Brice im Raum. Hendriks hatte die Pistole mit dem Schalldämpfer in der Hand. »Keine Bewegung«, rief er.

Brice sah auf den Boden zu Hunt, dessen Hand noch immer auf dem Brennerventil lag. »Was zum Teufel geht hier vor?« Er sah den Mann mit seinen Brandverletzungen. »Was ist mit dir passiert, van Heerden?«

»Ich war da unten, sie haben diesen verdammten Flammenwerfer auf mich gerichtet«, stammelte er. »Unten brennt es ...«

Hendriks schrie entsetzt auf. Er stieß Brice seine Pistole in die Hand und sprang zur Falltür. Ein Fußtritt schleuderte den Brenner zur Seite, dann hastete er die Treppe hinunter in den Keller.

Im selben Moment legte sich von hinten eine Hand wie eine Eisenklammer um das Handgelenk von Brice und drehte den Arm blitzschnell um. Brice schrie auf, als der Knochen brach. Er ließ die Pistole fallen, und schon tauchte Curtis hinter ihm auf und fing sie auf.

Stafford stieß erleichtert die Luft aus. »Stehen Sie auf, Alan.« Hunt rappelte sich hoch und drehte sich um. »Kümmere dich um Ben.« Bevor er den ersten Schritt machen konnte, hörten sie einen dumpfen Schlag aus dem Keller heraufdringen, und das ganze Gebäude erzitterte. Eine dicke Rauchwolke, in der Flammen züngelten, schoß durch die Falltür aus dem Keller empor. »Es fliegt in die Luft«, schrie van Heerden.

Etwas stürzte herab und traf Stafford am Kopf. Dann wußte er nichts mehr.

32

»Die Trauben sind nicht schlecht«, sagte Stafford anerkennend. »Danke.«

»Es ist Sitte, Weintrauben ins Krankenhaus mitzubringen«, sagte Chip und zog seinen Stuhl näher ans Bett. »Und gewöhnlich ißt der Spender sie auch selbst.« Er pflückte sich ein paar Trauben ab und schob sie sich einzeln in den Mund. »Wann werden Sie hier entlassen?«

»In einer Woche.« Stafford faßte an seinen Kopfverband. »Es ist nichts gebrochen, aber wenn ich müde werde, sehe ich alles doppelt. Der Arzt sagt, es sei eine Gehirnerschütterung, und das einzige, was ich brauche, sei Bettruhe. Wie geht es Nair?«

»Ganz gut. Die Kugel wurde aus seinem Bein entfernt, und anschließend ist er genäht worden. Er liegt in einem Zimmer am Ende des Flurs.«

»Ich werde vorbeischauen und ihm guten Tag sagen.«

Chip lächelte ihn an. »Seit Ihrem Unternehmen ist die Belegquote dieses Krankenhauses dramatisch gestiegen. Hardin hat auch eine Gehirnerschütterung. Hunt mußte an den Beinen Haut übertragen werden – er hatte schwere Verbrennungen erlitten.«

»Und der Sergeant?«

»Dem fehlt nichts. Wirklich, ein zäher Bursche. Er wird Sie bald besuchen.«

»Schön. Und jetzt erzählen Sie mir, was passiert ist.«

»Curtis hat erst Hardin herausgeschafft und ist dann noch einmal umgekehrt, um Hunt dabei zu helfen, Sie herauszubringen. Brice konnte sich selber retten. Hendriks und Miller sind tot.«

»Miller?« fragte Stafford.

»So hieß der Mann im Keller.«

»Merkwürdig. Brice hat ihn van Heerden genannt.«

»Hat er?« Chip machte sich interessiert eine Notiz. »Sein Paß war auf den Namen Miller ausgestellt. Ein englischer Paß.«

»Als er die Nerven verlor, hat er ein paar Worte Afrikaans von sich gegeben. – Und was haben Sie im Keller gefunden?«

Chip sah ihn fragend an. »Wissen Sie es nicht?«

»Gar nichts weiß ich«, antwortete Stafford. »Sie sind mein erster Besuch.«

»Als Nair mir am Telefon sagte, was Sie vorhatten, habe ich ein paar Männer zusammengetrommelt und von Eastleigh einen Hubschrauber angefordert. Ich wollte so schnell wie möglich bei Ihnen sein, weil ich fürchtete, daß Sie sich übernehmen würden. Gerade als der Helikopter neben dem Gebäude mit der Spiegelantenne aufsetzte, flog es in die Luft. Fast wäre auch der Hubschrauber zerstört worden.«

»Flog in die Luft!« wiederholte Stafford überrascht. »Was in Gottes Namen war denn im Keller?«

»Unsere Spurensicherung hat sich die paar Reste angesehen, die übriggeblieben sind. Offensichtlich hat da unten sehr viel Sprengstoff gelegen; das meiste davon war handelsübliches Gelignit. Es ist auch nicht explodiert – dazu hätte ein Zünder vorhanden sein müssen –, aber es hat heiß gebrannt, und davon ist alles andere hochgegangen. In dem Keller war ein kleines Arsenal – Gewehre und Munition, Handgranaten und so weiter.«

»Das hätte doch nicht gereicht, um das ganze Haus zu sprengen.«

»Richtig«, stimmte Chip zu. »Der größte Schaden entstand ja auch erst, als das Feuer drei russische SAM-7-Raketen erreichte. Wir glauben, daß es drei waren, aber das ließ sich hinterher nur noch schwer feststellen.«

»Raketen!« Stafford rieb sich das Kinn. Er mußte daran denken, wie der heiße blaue Flammenstrahl in den Keller hinabgeschossen war. Welch ein Spiel mit dem Feuer!

»Das meiste von dem Zeug im Keller war russicher Herkunft«, sagte Chip. »Beutematerial aus Angola, vermutlich. Die Südafrikaner müssen es eingeschmuggelt haben, vielleicht über Mombasa. Das untersuchen wir gerade genauer.«

»Wofür, glauben Sie, sollte das Zeug im Keller verwendet werden?« fragte Stafford.

Chip zuckte die Achseln. »Darüber wird an der Spitze noch gestritten. Aber die grundsätzliche Meinung ist, daß die Waffen an verschiedene Gruppen im Land gehen sollten, um allgemein für Unruhe zu sorgen. Ihre Benutzer hätten sogar noch glauben können, daß sie von den Russen unterstützt werden. Damit hätte man viel böses Blut machen können.«

»Was sagt Brice dazu?«

»Brice hat noch kein Wort gesagt; er schweigt sich aus. Patterson sagt auch nicht viel. Aber Luke Maiyani wird reden, sobald ihm der Draht aus dem Kiefer gezogen wird«, sagte Chip grimmig. »Es werden noch viele Besucher zu Ihnen kommen, Max. Und alle werden Ihnen sagen, daß Sie über die Vorfälle schweigen müssen. Das alles ist nie geschehen. Sie verstehen doch?«

Stafford nickte. »Ich denke schon«, sagte er müde. »Und wie wollen Sie die Sache geheimhalten?«

»Ich habe Ihnen ein paar Zeitungen mitgebracht und die interessanten Artikel angestrichen. Der genaue Hintergrund von Brice ist noch nicht bekannt geworden, also konnten auch die Zeitungen nicht darüber berichten. Ich werde Ihnen verraten, was mit ihm geschehen wird. Er wurde wegen Veruntreuung von Geldern der Ol-Njorowa-Stiftung verhaftet; wir haben genug in seinem Büro gefunden, um ihn damit festnageln zu können. Er wird vor Gericht gestellt werden. Und er wird alles zugeben, weil ihm gar nichts anderes übrigbleibt. Wir wissen nicht, wer er ist, aber wir wissen, daß er nicht Brice ist.«

»Und woher wissen Sie das?«

»Bevor er Zimbabwe verließ, hatte er wegen irgendeiner Sache Ärger mit der Regierung Smith. Unsere Brüder in Zimbabwe haben die Polizeiakten genau durchgesehen und die Fingerabdrücke von Brice gefunden. Sie stimmen nicht mit denen von unserem Brice überein.«

Stafford begann zu lachen. »Also wandert Brice wegen Unterschlagung ins Gefängnis. Weil ihm gar nichts anderes übrigbleibt.«

»Er wird dort lange sitzen, und wenn er entlassen wird, weisen wir ihn aus.« Chip lächelte. »Vielleicht setzen wir ihn in ein Flugzeug nach Zimbabwe.« Er gluckste in sich hinein. »Und in Zimbabwe werden sie ihn wegen Urkundenfälschung und Paßvergehen festnehmen.«

»Er tut mir fast leid«, sagte Stafford.

»Das braucht er nicht.« Chips Stimme bekam einen grimmigen Ton. »In einer Wand des Kellers haben wir einen kleinen Tresor gefunden. Er war feuerfest. Unter anderem lagen auch drei Reisepässe darin, auf die Namen Gunnarson, Hendrix und Kosters. Für die Entführung nach Tansania war Brice also auch verantwortlich. An dem Ausweis von Hendrix ist herumgepfuscht worden.«

»Sein Foto ist gegen das von Corliss ausgetauscht worden«, sagte Stafford. »Was passiert eigentlich mit Corliss?«

»Wir geben ihm den Paß zurück und schicken ihn nach Hause«, sagte Chip. »Er weiß nicht, wie die Sache weitergegangen ist. Ein armer, verwirrter Knabe, dem man seine Phantastereien nie glauben wird.« Er stand auf. »Wenn Sie entlassen werden, müssen Sie unbedingt mit mir und meiner Frau essen.«

Stafford sah ihn überrascht an. »Ich wußte gar nicht, daß Sie verheiratet sind.«

»Das sind die meisten Leute.« Er deutete einen militärischen Gruß an und ging.

Stafford griff nach den Zeitungen und begann die Artikel zu lesen, die Chip angekreuzt hatte. Ein Besucher aus Amerika, Mr. John Gunnarson, war auf Crescent Island im Naivashasee von einem Flußpferd getötet worden. Seine sterblichen Überreste sollten nach Amerika überführt werden. Ein kurzer Kommentar zu dem Artikel wies darauf hin, daß alle Besucher Kenias diesen Vorfall als Warnung nehmen sollten; die Tiere, die sie in solcher Fülle sehen konnten, waren *wirklich* wild, und man durfte sich ihnen nicht ungestraft nähern. Zwar wurde der Tod von Mr. Gunnarson aufrichtig bedauert, doch konnte es nicht die Aufgabe der kenianischen Behörden sein, eigensinnige Touristen an der Hand durch das Land zu führen.

Ein anderer Bericht befaßte sich mit dem verheerenden Brand in Ol Njorowa. Die Wildforschungsstation hatte schweren Schaden erlitten, der in erster Linie auf die im Keller gelagerten Butanflaschen zurückzuführen war. Mehrere Personen, darunter der Direktor, Mr. Charles Brice, waren bei dem Unglück verletzt worden; Mr. Dirk Hendriks und Mr. Paul Miller waren ums Leben gekommen. Mr. Brice konnte im Moment keine Stellungnahme abgeben, aber sein Stellvertreter, Dr. James Odhiambo, sprach von einem schweren Schlag für die Entwicklung der Wissenschaft in Kenia.

Die Polizei schloß Brandstiftung aus.

Stafford griff gerade nach einer weiteren Zeitung, als es an der Tür klopfte. Hardin und Curtis kamen ins Zimmer. »Ich bin so frei gewesen, dem Colonel ein paar Früchte mitzubringen«, sagte Curtis und legte eine Papiertüte auf den Nachtschrank neben dem Bett.

Stafford lächelte ihn freundlich an. »Vielen Dank, Sergeant. Und ich habe erfahren, daß ich mich noch für etwas anderes bei dir bedanken muß. Du hast mich aus der Station geholt, bevor sie in die Luft geflogen ist.«

»Das war vor allem Mr. Hunt, Sir«, sagte Curtis gelassen. »Und es tut mir leid, daß Mr. Brice und Mr. Hendriks an mir vorbeigekommen sind. Aber ich mußte zwei Seiten gleichzeitig im Auge behalten; ich war hinten im Büro, als sie hereinkamen.«

Das war weniger eine Entschuldigung als eine Erklärung, dachte Stafford. »Es ist ja niemandem etwas passiert«, sagte er, aber berichtigte sich sofort. »Außer Hendriks – und Brice.«

»Kann ich Ihnen irgend etwas besorgen, Sir?«

»Einen neuen Kopf«, sagte Stafford. »Dieser fühlt sich ein bißchen lädiert an.«

»Genauso hab' ich mich auch gefühlt«, sagte Hardin. »Aber du hast von uns beiden den größeren Brocken abbekommen. Wir kommen wieder, wenn du dich besser fühlst.«

»Bleib noch eine Minute hier, Ben. Sergeant, macht es dir etwas aus?« Curtis verließ das Zimmer. »Hast du immer noch Lust, für mich zu arbeiten?« fragte Stafford.

Hardin grinste. »Nicht, wenn es immer so zugeht wie in diesem Monat. Dafür zahlst du zu schlecht.«

»So aufregend ist es nicht immer. Was hältst du denn davon, nach New York zurückzugehen? Ich möchte jetzt unbedingt schnell jemanden drüben haben – jemanden der weiß, wie die Dinge liegen.«

Hardin sah Stafford nachdenklich an. »Ja. Gunnarson Associates wird Schwierigkeiten haben – jetzt, wo Gunnarson tot ist. Das meinst du doch, oder?«

»So was in der Art. Ich brauche dich in New York; du weißt, wie dort die Geschäfte laufen. Mit ein bißchen Glück wirst du Chef der amerikanischen Niederlassung von Stafford Security.«

»Gunnarson hat die Zügel immer selbst in der Hand gehalten«, sagte Hardin. »Ich kann mir vorstellen, daß da jetzt einiges ins Wanken gerät. Ich werde dem Ganzen noch einen Stoß geben; mal sehen, vielleicht kann ich ein paar schöne Brocken auffangen. Um die Wahrheit zu sagen, ich hab' schon fast so etwas wie Heimweh. Die viele frische Luft kommt mir richtig unnatürlich vor. Ich vermisse den Benzingeruch. Jetzt wäre ich sogar mit Los Angeles zufrieden.«

»Aber fliege über London«, sagte Stafford. »Ich gebe dir einen Brief für Jack Ellis mit. Und sag ihm, wieviel Geld du brauchst.« Er schwieg einen Augenblick. »Wo wir gerade von Los Angeles reden – ich frage mich, was aus Henry Hendrix geworden ist. Aus dem richtigen, meine ich.«

»Ich werde ein bißchen herumfragen, aber ich glaube nicht, daß wir es jemals erfahren werden«, sagte Hardin.

Als Hardin gegangen war, fühlte Stafford sich erschöpft. Er fing auch wieder an, Dinge doppelt zu sehen. Er schloß die Augen und wartete auf den Schlaf. Sein letzter Gedanke galt Alix Hendriks, die nie die Wahrheit über den Tod ihres Mannes erfahren würde. Jedesmal, wenn er Alix zu Hilfe kam, wurde sie etwas reicher, und er holte sich ein paar Kratzer mehr. Diesmal würde sie auf Kosten der südafrikanischen Regierung das Vermögen ihres Mannes erben, und mit etwas Glück vielleicht auch das von Henry Hendrix.

Wenn Alix ihn noch einmal um Rat oder Hilfe anging, dann würde er nicht lange zögern, sondern auf der Stelle die Flucht ergreifen.

Der goldene Kiel

Für Joan – für wen sonst

INHALT

Erstes Buch
DIE MÄNNER

Zweites Buch
DAS GOLD

Drittes Buch
DIE SEE

ERSTES BUCH

Die Männer

Walker

Ich heiße Peter Halloran, aber alle nennen mich Hal; nur Jean, meine Frau, sagte immer Peter zu mir. Frauen mögen anscheinend keine Spitznamen für ihre Mannsleute. Wie so viele andere wanderte ich nach dem Kriege in die ›Kolonien‹ aus und trampte von England auf dem Landwege durch die Sahara und den Kongo nach Südafrika. Es war eine ziemlich beschwerliche Reise – aber das ist eine andere Geschichte; genug, ich kam 1948 in Kapstadt an, hatte keinen Job und kaum noch Geld.

In der ersten Woche in Kapstadt schrieb ich auf mehrere Stellenangebote in der ›Cape Times‹, und während ich auf die Antworten wartete, erforschte ich meine Umwelt. Eines Morgens hatte ich mich im Hafen herumgetrieben und fand mich schließlich im Jachthafen.

Über das Geländer gebeugt, sah ich mir die Boote an, als ich eine Stimme hinter mir hörte: »Na, welches nähmen Sie, wenn Sie die Wahl hätten?«

Ich wandte mich um, und mein Blick begegnete den zwinkernden Augen eines hochgewachsenen, grauhaarigen älteren Mannes mit gebeugten Schultern. Er hatte ein braunes, wettergegerbtes Gesicht und knochige Hände. Ich schätzte ihn auf etwa sechzig Jahre.

Ich wies auf eines der Boote. »Das da«, sagte ich, »groß genug, um brauchbar zu sein, und doch nicht zu groß für einen einzelnen.«

Meine Antwort schien ihm zu behagen. »Das ist die *Gracia*«, sagte er, »hab' ich gebaut.«

»Sehr hübsches Boot«, erwiderte ich, »gute Linienführung.«

Wir redeten noch eine Weile über Boote. Er erzählte, er habe eine Bootswerft etwas außerhalb von Kapstadt nach Milnerton zu und er habe sich auf den Bau von Fischerbooten, wie sie die malaiischen Fischer benutzten, spezialisiert. Die hatte ich schon gesehen, kräftige, ziemlich reizlose Fahrzeuge mit hohem Bug und einem Ruderhaus, das wie ein Hühnerkorb draufgepackt war. Sie sahen aber sehr seetüchtig aus.

Die *Gracia* war erst die zweite Jacht, die er gebaut hatte. »Jetzt, nach dem Krieg, werden die reißend gehen«, sagte er. »Die Leute haben Geld wie Heu und wollen jachtsegeln. Darum möchte ich mich auf dieses Gebiet legen.«

Er sah auf die Uhr und nickte zum Jachtklub hinüber. »Kommen Sie, trinken wir eine Tasse Kaffee«, schlug er vor.

Ich zögerte. »Ich bin nicht Mitglied.«

»Aber ich«, sagte er. »Sie sind mein Gast.«

Wir gingen also ins Klubhaus und setzten uns in die Halle, von der aus wir den Jachthafen überblicken konnten, und er bestellte Kaffee.

»Übrigens, ich heiße Tom Sanford.«

»Ich bin Peter Halloran.«

»Sie sind Engländer«, sagte er. »Schon lange hier?«

Ich lächelte. »Drei Tage.«

»Ich bin schon ein klein wenig länger hier – seit 1910.« Er schlürfte seinen Kaffee und sah mich nachdenklich an. »Sie scheinen ja was von Booten zu verstehen.«

»Ich hab' mein Leben lang damit zu tun gehabt«, erwiderte ich. »Mein Vater hatte eine Bootswerft an der Ostküste, ganz dicht bei Hull. Wir bauten auch Fischerboote, bis zum Kriege.«

»Und dann?«

»Dann wurden wir für die Admiralität verpflichtet. Wir bauten Hafenschutzboote und so – für größere Fahrzeuge waren wir nicht eingerichtet.« Ich zuckte die Achseln. »Dann kam ein Luftangriff.«

»Schlecht«, sagte Tom. »Ging was kaputt?«

»Alles«, sagte ich knapp. »Meine Leutchen hatten ein Haus dicht bei der Werft – das ging auch drauf. Meine Eltern und mein älterer Bruder kamen um.«

»Jesus!« sagte Tom verhalten. »Schrecklich. Wie alt waren Sie damals?«

»Siebzehn«, sagte ich. »Ich kroch bei einer Tante in Hatfield unter; Arbeit fand ich bei De Havilland – Mosquitos bauen. Das ist ein hölzernes Flugzeug, und sie suchten Leute, die sich in Holzbearbeitung auskannten. Alles, was ich tat, war von mir aus gesehen nur ein Hinbringen der Zeit, bis ich in die Armee eintreten konnte.«

Sein Interesse belebte sich. »Wissen Sie, die Sache hat Zukunft, die neuen Methoden, die De Havilland entwickelt hat. Dieses Heißformungsverfahren, das sie da haben – meinen Sie, daß man das im Bootsbau anwenden kann?«

Ich überlegte. »Warum nicht – es ist sehr widerstandsfähig. Außer Neubauten hatten wir auch Reparaturen in Hatfield, und da kriegte ich zu sehen, was diese Dinger auch bei sehr harten Treffern aushielten. Das Verfahren käme Sie aber teurer zu stehen als die alten Methoden, wenn Sie keine Massenproduktion haben.«

»Ich dachte dabei an meine Jachten«, sagte Tom bedächtig. »Sie müssen mir gelegentlich mehr davon erzählen.« Er lächelte. »Was wissen Sie sonst noch über Boote?«

Ich griente. »Ich hab' mal davon geträumt, Bootskonstrukteur zu werden«, sagte ich. »Als Junge – ich war vielleicht fünfzehn – hab' ich mir selber mal ein Renndingi entworfen und gebaut.«

»Haben Sie Regatten damit gewonnen?«

»Mein Bruder und ich haben alle geschlagen. Es war ein schnelles Boot. Nach dem Kriege, als ich auf meine Entlassung wartete und mich langweilte, hab' ich es mal wieder versucht – das Entwerfen meine ich. Ich zeichnete ein halbes Dutzend Boote – das half mir, die Zeit zu vertreiben.«

»Haben Sie die Entwürfe mit?«

»In meinem Koffer hab' ich welche vergraben«, sagte ich. »Hab' lange keinen Blick daraufgeworfen.«

»Ich würd' sie mir gern mal ansehen«, meinte Tom. »Sagen Sie mal, junger Mann, wie wär's, wenn Sie bei mir arbeiteten? Ich sagte Ihnen ja schon, daß ich meinen Betrieb auf den Jachtbau ausdehnen möchte, und ich könnte einen tüchtigen jungen Gehilfen brauchen.«

Und so kam es, daß ich bei Tom Sanford anfing zu arbeiten. Am nächsten Tag zog ich mit meinen Zeichnungen zur Bootswerft und zeigte sie Tom. Im ganzen gefielen sie ihm, aber er zeigte mir auch einige Möglichkeiten, sparsamer zu bauen. »Sie sind ein begabter Konstrukteur«, meinte er, »aber Sie müssen noch eine Menge praktischer Erfahrungen machen. Na, das werden wir schon sehen. Wann können Sie anfangen?«

Und so fing ich an, beim alten Tom zu arbeiten, und das war eine der gescheitesten Taten meines Lebens.

In den nächsten zehn Jahren passierte so mancherlei. Ob ich es so verdient habe – das ist eine andere Frage. – Es tat gut, wieder auf einer Bootswerft zu arbeiten. Die von meinem Vater erlernten Fähigkeiten hatte ich noch nicht verloren, und wenn sie zunächst noch etwas eingerostet waren, so war ich doch bald ein ebenso guter Arbeiter wie sonst irgendeiner auf der Werft, und vielleicht sogar noch etwas besser. Tom ermutigte mich zu neuen Entwürfen; meine Fehler verbesserte er unnachsichtig.

»Du hast ein gutes Auge für die Linienführung«, sagte er. »Deine Boote werden angenehm zu segeln sein – aber verdammt teuer. Du mußt dich mehr in die Details vertiefen und vor allem an allen Ecken sparen, wenn du ein erschwingliches Boot bauen willst.«

Nach vier Jahren machte Tom mich zum Werkmeister, und gleich darauf hatte ich meinen ersten kleinen Erfolg als Konstrukteur. Ich reichte bei der örtlichen Jacht-Zeitschrift einen Entwurf ein und bekam den zweiten Preis und 50 £. Aber es kam noch besser: Einem ortsansässigen Segler gefiel der Entwurf, und er wollte das Boot gebaut haben. Tom baute es ihm, ich bekam das Honorar für den Entwurf, und mein Bankkonto wuchs anschaulich.

Tom gefiel das, und er fragte mich, ob ich wohl ein Klassenboot als Muster für die Werft entwerfen wollte. Ich zeichnete ein Sechstonnenboot, das sich sehr gut machte. Wir nannten das Modell *Pinguin*-Klasse, und Tom baute und verkaufte im ersten Jahr ein Dutzend für je 2000 £. Mir gefiel das Boot so gut, daß ich Tom fragte, ob er mir auch eins bauen wollte, und das tat er, machte mir einen Freundschaftspreis und ließ mir mit der Abzahlung ein paar Jahre Zeit.

Daß wir ein Konstruktionsbüro hatten, gab der Werft neuen Auftrieb. Es sprach sich herum, und die Leute begannen zu mir zu kommen, anstatt britische oder amerikanische Entwürfe zu nehmen. Auf diese Weise konnten sie sich mit ihrem Konstrukteur besprechen. Tom war zufrieden, denn die meisten der von mir entworfenen Boote wurden auf seiner Werft gebaut.

1954 machte er mich zum Betriebsleiter, und 1955 bot er mir die Partnerschaft an.

»Ich habe keine Erben«, sagte er ergeben. »Meine Frau ist tot, Söhne habe ich nicht, und ich werde alt.«

Ich widersprach: »Du wirst noch Boote bauen, wenn du hundert Jahre alt bist, Tom.«

Er schüttelte den Kopf. »Nein, nein, ich merk es schon.« Er zog die

Brauen zusammen. »Ich bin die Bücher durchgegangen und sehe, daß du dem Geschäft mehr einbringst als ich. So will ich's dir mit dem Geld für die Partnerschaft leichter machen. Es kostet dich 5000 £.«

5000 £ waren ein lächerlicher Preis für den halben Anteil an solch blühendem Geschäft, aber ich hatte nicht annähernd soviel. Er sah meine Ratlosigkeit und zwinkerte mir zu. »Ich weiß, das hast du nicht – aber du hast für die letzten Entwürfe ganz schön was bekommen. Nach meiner Schätzung mußt du dir rund 2000 £ auf die hohe Kante gelegt haben.«

Tom, pfiffig wie immer, hatte recht. Ich hatte ein paar Hundert mehr als die 2000. »Ja, so ungefähr«, sagte ich.

»Schön, nimm die 2000 und leih dir die andern drei von der Bank. Wenn sie die Bücher sehen, geben sie sie dir. Aus den Einnahmen kannst du es in weniger als drei Jahren zurückzahlen, besonders wenn du deine Pläne mit dem Renndingi ausführst. Was meinst du dazu?«

»O. K., Tom«, sagte ich, »das ist ein Geschäft.«

Das von Tom erwähnte Renndingi war ein Einfall, der mir gekommen war, als ich die Entwicklung der Do-it-yourself-Bewegung in England beobachtete. Es gibt eine Menge kleiner Seen auf den südafrikanischen Hochebenen, und ich dachte mir, ich könnte kleine Boote ins Binnenland verkaufen, wenn ich sie billig genug herstellen konnte – und ich wollte entweder das fertige Boot verkaufen oder die Teile zum Zusammenbauen für den weniger bemittelten Liebhaber.

Wir machten eine weitere Werkstätte für Holzbearbeitung auf, und ich entwarf ein Boot, das erste der *Falcon*-Klasse. Einem jungen Mann, Harry Marshall, wurde es anvertraut, das Vorhaben in Gang zu bringen, und er machte es tadellos. Tom lag das weniger, und er hielt sich aus der ganzen Sache raus, die er als ›deine verdammte Werkstatt‹ bezeichnete. Aber sie brachte uns einen Haufen Geld ein.

Etwa zu dieser Zeit begegnete ich Jean, und wir heirateten. Die Hochzeit mit Jean gehört eigentlich nicht in diese Geschichte, und ich erwähne sie nur wegen der späteren Geschehnisse. Wir waren sehr verliebt und sehr glücklich. Das Geschäft ging gut, ich hatte ein Weib und ein Heim – was könnte ein Mann mehr wünschen?

Gegen Ende 1956 starb Tom plötzlich an einem Herzanfall. Meiner Meinung nach mußte er gewußt haben, daß sein Herz nicht in Ordnung war, wenn er auch nie darüber sprach. Seinen Geschäftsanteil hinterließ er der Schwester seiner Frau. Sie verstand nichts vom Geschäft und erst recht nichts vom Bootsbau. Also holten wir unsere Anwälte ran, und sie willigte ein, mir ihre Anteile zu verkaufen. Ich zahlte ein ganz Teil mehr als die 5000, die ich Tom gezahlt hatte, aber es war ein fairer Verkauf, wenn er mich auch in Geldsorgen und in große Bankschulden stürzte.

Es tat mir leid, daß Tom gegangen war. Er hatte mir eine Chance gegeben, wie sie wenigen jungen Leuten zufällt, und dafür war ich ihm dankbar. Die Werft schien leer geworden zu sein, da nun er nicht mehr auf den Hellings umhertapste.

Die Werft gedieh, und mein Ruf als Konstrukteur schien gesichert, ich bekam haufenweise Aufträge. Jean übernahm die Leitung des Büros, und da ich die meiste Zeit ans Zeichenbrett gefesselt war, ernannte ich Harry Marshall zum Betriebsleiter, und er machte das sehr geschickt. Jean hatte kaum das Kommando übernommen, da gab sie das Signal für ein großes Frühjahrsreinemachen – sie war eben eine Frau! –, und eines Tages stöberte sie eine alte Konservendose auf, die schon jahrelang auf einem abgestellten Regal gestanden hatte. Sie suchte darin herum, dann sagte sie plötzlich:

»Warum hast du diesen Zeitungsausschnitt aufbewahrt?«

»Was für einen Zeitungsausschnitt?« fragte ich zerstreut. Ich las gerade einen Brief, der zu einem interessanten Auftrag führen konnte.

»Diese Sache über Mussolini«, sagte sie. »Das muß ich mal lesen.«

»›In Mailand wurden gestern sechzehn italienische Kommunisten wegen Beteiligung am Beiseiteschaffen von Mussolinis Schatz verurteilt. Der Schatz, seit Kriegsende auf mysteriöse Weise verschollen, bestand aus einer Goldsendung der italienischen Staatsbank und mancherlei Eigentum Mussolinis, einschließlich der äthiopischen Krone. Man nimmt an, daß sich bei dem Schatz eine große Anzahl wichtiger Staatsdokumente befunden hat.‹«

Sie sah auf. »Was soll das?«

Ich war überrascht. Es war schon lange her, daß ich an Walker und Coertze gedacht hatte – und an das Drama, das sich in Italien abgespielt hatte. Ich lächelte und sagte: »Allein mit dieser Geschichte hätte ich ein Vermögen machen können.«

»Erzähl sie mir.«

Ich wehrte ab. »Das ist eine lange Geschichte. Ein andermal.«

»Nein, jetzt«, beharrte sie eigensinnig. »Für Schätze habe ich immer Interesse.«

Also schob ich die ungeöffnete Post beiseite und erzählte ihr von Walker und seinem tollen Plan. Wie aus einem Nebel, in Bruchstücken und Einzelheiten, kam es mir wieder zurück. War es Donato oder Alberto, der von dem Kliff gefallen – oder hinabgestoßen – war? Es dauerte lange, bis ich die Geschichte erzählt hatte, und mit der Büroarbeit wurde es an diesem Tage nichts mehr.

Walker begegnete ich gleich nach dem Kriege, als ich von England nach Südafrika gekommen war. Ich war sehr glücklich über meinen guten Job bei Tom, aber als Fremder fühlte ich mich doch etwas einsam. Darum trat ich in den Cape Town Sporting Club ein, um Gesellschaft und sportliche Betätigung zu haben.

Walker war trinkendes Mitglied, einer von diesen pfiffigen Leuten, die in den Klub eintraten, um irgendwo trinken zu können, wenn sonntags die Wirtschaften geschlossen waren. Die Woche über kam er nie ins Klubhaus, aber jeden Sonntag tauchte er auf, spielte eine Partie Tennis, um den Schein zu wahren, und verbrachte den Rest des Tages in der Bar.

In dieser Bar traf ich ihn an einem späten Sonntagnachmittag. Laut streitende Stimmen erfüllten den Raum, und ich bemerkte bald, daß ich mitten in eine Erörterung der Übergabe Tobruks geraten war. Bei der bloßen Erwähnung Tobruks kann es überall in Südafrika Streit geben; denn die Übergabe wird als nationale Schande angesehen. Darüber ist sich zwar alles einig, daß die Südafrikaner im Stich gelassen worden waren, aber dann wird es ziemlich unklar und hitzig; die einen tadeln die britischen Generale, die andern den südafrikanischen Festungskommandanten, General Klopper – es ist immer ein beliebter Anlaß für eine dieser langen, müßigen Barzänkereien, bei denen sich die Gemüter erhitzen und nichts je entschieden wird.

Mich interessierte das nicht besonders – ich hatte den Krieg in Europa mitgemacht –, darum trank ich schweigend mein Bier und hielt mich heraus. Neben mir saß ein schmalgesichtiger Mann von gutem, wenn auch verlebtem Aussehen; er beteiligte sich lebhaft am Gespräch und schlug dazu oft mit der Faust auf den Tresen. Ich hatte ihn schon früher einmal gesehen, wußte aber sonst nichts von ihm als das, was ich selber beobachtet hatte; er trank offenbar sehr viel, ich hatte mein Bier noch nicht aus, da hatte er schon zwei Weinbrand drinnen.

Als die Bar sich leerte, starb der Streit eines natürlichen Todes, und bald blieben mein Gefährte und ich allein zurück. Ich trank mein Bier aus und wandte mich zum Gehen, als er sagte: »'n Dreck wissen die davon!«

»Waren Sie dabei?« fragte ich.

»Und ob«, erwiderte er grimmig. »Ich war im Sack mit all den andern. Aber ich blieb nicht lange drin, 43 kniff ich aus dem Lager in Italien aus.« Er sah auf mein leeres Glas. »Noch einen für unterwegs.«

Ich hatte gerade nichts anderes vor und sagte: »Danke, dann nehm ich noch ein Bier.«

Er bestellte mir ein Glas und für sich selbst noch einen Kognak. Dann sagte er: »Ich heiße Walker. Also, ich kniff aus, als die italienische Regierung zusammenkrachte. Ich ging zu den Partisanen.«

»Das war sicher interessant«, sagte ich.

Er lachte kurz auf. »Das kann man wohl sagen. Interessant und schrecklich. Gewiß, man kann wohl sagen, daß ich mit Sergeant Coertze eine wirklich interessante Zeit durchgemacht habe – er war der Bursche, mit dem ich die meiste Zeit zusammen war.«

»Ein Afrikaner?« warf ich auf gut Glück ein. Ich war neu in Südafrika und wußte nicht viel über die Zustände, aber der Name klang nach Afrikaans.

»Stimmt«, sagte Walker. »Ein richtig zäher Bursche, das war er. Wir blieben zusammen, als wir aus dem Lager raus waren.«

»Ging es leicht – aus dem Lager rauszukommen?«

»Kinderleicht. Die Posten ließen uns glatt durch. Ein paar kamen sogar als Führer mit – Alberto Corso und Donato Rinaldi. Ich hatte Donato gern – übrigens er hat mir das Leben gerettet.«

Er bemerkte mein Interesse und versenkte sich mit Behagen in die Geschichte. Als 1943 die Regierung stürzte, ging in Italien alles drunter und drüber. Die Italiener waren unsicher; sie wußten nicht, was nun kommen sollte, und den Deutschen trauten sie nicht. Es war die beste Gelegenheit, aus dem Lager auszubrechen, zumal wenn ein paar Wächter gemeinsame Sache mit einem machten.

Ja, aus dem Lager herauszukommen, das war ganz einfach, die Schwierigkeiten begannen erst hinterher, als die Deutschen ein

Unternehmen einleiteten, um alle alliierten Gefangenen, die sich frei in Mittelitalien aufhielten, zusammenzutreiben.

»Damals erwischte es mich«, sagte Walker. »Wir gingen gerade über einen Fluß.«

Ein plötzlicher Angriff hatte sie überrascht. Alles war ruhig bis auf das Glucksen des Wassers und das unterdrückte Fluchen, wenn jemand ausglitt – dann war da mit einemmal das Geräusch zerreißenden Kattuns, als das Maschinengewehr das Feuer eröffnete, und das unheimliche Pfeifen der Geschosse, die von den aus dem Fluß ragenden Felsen abprallten, klang schrecklich durch die Nacht. Die beiden Italiener drehten sich um und feuerten mit ihren Maschinenpistolen. Coertze brüllte auf wie ein Bulle, griff wie ein Rasender in die Tasche seiner Kampfanzugshose, und dann kam sein Arm hoch wie bei einem Kricketwurf. Mit einem harten Knall explodierte die Handgranate nahe dem Ufer im Wasser. Coertze warf noch einmal, und diesmal detonierte die Granate auf dem Ufer.

Walker fühlte etwas gegen sein Bein schlagen, wurde herumgewirbelt und fand sich keuchend im Wasser wieder. Sein freier Arm schlug heraus und erwischte einen Felsen, an dem er sich verzweifelt festhielt.

Coertze warf noch eine Handgranate, und das Maschinengewehr stellte das Feuer ein. Die Italiener hatten ihre Magazine leergeschossen und beeilten sich nachzuladen. Alles war wieder ruhig.

»Die hielten uns sicher für Deutsche«, sagte Walker. »Von entwichenen Kriegsgefangenen Feuer zu kriegen, hatten sie sicher nicht erwartet. Zum Glück hatten die Italiener ein paar Gewehre mitgenommen. Jedenfalls, das verfluchte MG feuerte nicht mehr.«

Einige Minuten hatten sie mitten im Fluß gestanden, wo das schnellfließende kalte Wasser an ihren Beinen zerrte, und hatten sich nicht zu rühren gewagt aus Angst vor einem plötzlichen Feuerstoß vom Ufer. Nach fünf Minuten fragte Alberto leise: »Signor Walker, alles in Ordnung?«

Walker riß sich hoch und bemerkte erstaunt, daß er immer noch sein nicht abgefeuertes Gewehr fest umklammerte. Sein linkes Bein fühlte sich dumpf und kalt an. »Ja, alles in Ordnung«, antwortete er.

Nach einem langen Seufzer sagte Coertze: »Gut, dann also los, auf die andere Seite – aber leise.«

Sie erreichten das andere Ufer und mühten sich, ohne anzuhalten, den Abhang hinauf. Nach kurzer Zeit begann Walkers Bein zu schmerzen, und er blieb zurück. Alberto wurde unruhig. »Sie müssen sich beeilen, wir müssen vor Hellwerden über den Berg sein.«

Walker unterdrückte ein Stöhnen, als er den linken Fuß aufsetzte. »Ich bin getroffen«, sagte er, »ich glaube, ich bin getroffen.«

Coertze kam den Abhang herunter zurück. »Na, nun komm schon, los!«

Alberto fragte: »Ist es schlimm, Signor Walker?«

»Was ist denn?« fragte Coertze, der den Italiener nicht verstand.

»Ich hab' 'n Schuß ins Bein gekriegt«, sagte Walker niedergeschlagen.

»Das hat uns gerade noch gefehlt«, sagte Coertze. In der Dunkelheit wirkte er wie ein dunklerer Fleck, und Walker konnte sehen, daß er ungeduldig den Kopf schüttelte. »Wir müssen noch vor Tagesanbruch in das Partisanenlager kommen.«

Walker besprach sich mit Alberto, dann sagte er auf englisch: »Alberto sagt, da rechts hinunter ist eine Stelle, wo wir uns verstecken können. Er meint, daß einer bei mir bleiben soll, während er Hilfe heranholt.«

Coertze grunzte in sich hinein. »Ich geh mit ihm«, sagte er. »Der andere Itaker kann bei dir bleiben. Also los!«

Sie gingen den Berghang entlang, dann ging es hinunter, und plötzlich trafen sie auf einen kleinen Hohlweg, einen Spalt im Fels. Ein paar kümmerliche Bäume boten etwas Schutz, und unterhalb war ein trockener Wasserlauf.

Alberto blieb stehen und sagte: »Bleibt hier, bis wir wiederkommen. Verkriecht euch unter den Bäumen, so daß euch niemand sehen kann, und bewegt euch sowenig wie möglich.«

»Vielen Dank, Alberto«, sagte Walker. Ein paar kurze Abschiedsworte, dann verschwand Alberto mit Coertze im Dunkel. Die beiden ließen sich nieder, um die Nacht durch zu warten, und Donato machte es für Walker bequem.

Es waren schwere Stunden für Walker. Sein Bein schmerzte, und es war sehr kalt. Den ganzen nächsten Tag blieben sie in der Felsspalte, und mit Anbruch der Nacht begann Walker hoch zu fiebern, und Donato hatte Mühe, ihn ruhigzuhalten.

Als endlich die Rettungsmannschaft kam, war Walker besinnungslos. Als er sehr viel später aufwachte, fand er sich in einem

Bett in einem weißgetünchten Raum. Die Sonne ging auf, und neben seinem Bett saß ein kleines Mädchen. –

Unvermittelt schwieg Walker und starrte auf sein leeres Glas auf dem Tresen. »Na, nehmen Sie noch einen«, sagte ich schnell.

Er ließ sich nicht lange nötigen, und so bestellte ich nochmals für uns. »So sind Sie also rausgekommen«, sagte ich. Er nickte. »So war's. Himmel, war das kalt, diese zwei Nächte auf dem verfluchten Berg. Ohne Donato wäre ich abgekratzt.«

Ich sagte: »Jetzt waren Sie also in Sicherheit – und wo steckten Sie?«

»In einem Partisanenlager hoch in den Bergen. Die *Partigiani* organisierten sich gerade; sie fingen erst richtig an, als die Deutschen ihre Stellung in Italien zu festigen begannen. Die Jerries machten das gründlich – es sind arrogante Kerle –, und die Italiener mochten sie nicht leiden. So war die Zeit für die Partisanen gekommen; sie wurden vom Volk unterstützt und konnten ihre Unternehmungen auf breiter Grundlage beginnen.

Sie waren natürlich nicht alle gleich; da waren alle politischen Schattierungen vertreten von Blaßblau bis Knallrot. Die Kommunisten haßten die Monarchisten wie die Pest und umgekehrt und so weiter. Der Haufen, zu dem ich stieß, bestand aus Monarchisten. Da traf ich auch den Grafen.«

Graf Ugo Montepescali di Todi war damals über fünfzig Jahre alt, sah aber jünger aus und steckte voller Tatkraft. Er war dunkel, hatte eine Adlernase und einen kurzen ergrauenden Bart, der sich unten teilte und aggressiv gabelte. Er stammte aus einem Geschlecht, das schon während der Renaissance zu den alten gehörte, und war Aristokrat bis in die Fingerspitzen. Darum haßte er die Faschisten – haßte die Anmaßungen der Emporkömmlinge, die Italien regierten, mit all ihrer Korruption und Geldgier. Für ihn blieb Mussolini immer ein mittelmäßiger Journalist, der durch Demagogie Erfolg gehabt und praktisch den König eingesperrt hatte.

Walker traf den Grafen am ersten Tage seiner Ankunft im Berglager. Er war gerade aufgewacht und hatte das ernsthafte Gesicht des kleinen Mädchens gesehen. Sie lächelte ihm zu und verließ schweigend den Raum, und ein paar Minuten später kam ein untersetzter Mann mit struppigem Bart zur Tür herein und sagte auf englisch: »Ah, Sie sind wach. Sie sind jetzt in Sicherheit.«

Walker wußte, daß er jetzt eine dumme Frage stellte: »Aber wo bin ich?«

»Ist das wirklich von Bedeutung?« fragte der Graf spöttisch. »Sie sind noch in Italien – aber sicher vor den *Tedeschi*. Sie müssen im Bett bleiben, bis Sie wieder bei Kräften sind. – Sie haben eine ganze Menge Blut verloren. Sie müssen ruhen und essen und wieder ruhen.«

Walker war so schwach, daß ihm nichts anderes übrigblieb, als sich zu fügen, und so legte er sich aufs Kissen zurück.

Fünf Minuten später kam Coertze herein, und mit ihm ein schmalgesichtiger junger Mann.

»Ich hab' den Doktor mitgebracht«, sagte Coertze, »oder jedenfalls schimpft er sich so, wenn ich's richtig mitgekriegt hab'. Mir scheint, er ist bloß Medizinstudent.«

Der Doktor – oder Student – untersuchte Walker und fand seinen Zustand befriedigend. »In acht Tagen können Sie wieder rumlaufen«, meinte er, packte seine Tasche und ging hinaus.

Coertze kratzte sich den Hinterkopf. »Ich werd' doch noch diese wabbelige *Taal* lernen müssen«, sagte er. »Sieht ja so aus, als ob wir hier noch 'ne ganze Weile bleiben werden.«

»Keine Chance, nach Süden durchzukommen?« fragte Walker.

»Keine Spur von Chance«, sagte Coertze entschieden. »Der Graf – das ist der kleine Mann mit dem *Bokbaardjie* – sagt, daß die Deutschen da dichter stehen als Halme in einem Maisfeld. Wahrscheinlich wollen sie südlich von Rom eine Widerstandslinie bilden, sagte er.«

Walker seufzte. »Dann sitzen wir hier also fest.«

Coertze grinste. »Noch nicht das Schlechteste. Jedenfalls kriegen wir hier besseres Futter als im Lager. Der Graf möchte, daß wir uns seinem Haufen anschließen – anscheinend hat er so was wie ein *Skietkommando*, mit dem er ein kleines Territorium hält, und er sammelt Leute und Waffen, solange er kann. Wir können ebensogut hier kämpfen wie mit der Armee – ich hab' immer schon mal Lust gehabt, auf meine Weise Krieg zu führen.«

Eine dicke Frau brachte eine Schüssel dampfender Brühe für Walker, und Coertze sagte: »Komm hier erst mal raus, dann wirst du dich schon besser fühlen. Ich guck mich mal 'n bißchen um.«

Walker aß seine Suppe und schlief, wachte wieder auf und aß wieder. Nach einer Weile kam ein kleines Persönchen mit einer Schüssel und aufgewickelten Binden. Es war das kleine Mädchen, das er gesehen hatte, als er zum erstenmal die Augen aufschlug. Sie schien ihm etwa zwölf Jahre alt zu sein.

»Mein Vater sagt, ich soll Sie neu verbinden«, sagte sie mit ihrer klaren, jungen Stimme. Sie sprach englisch.

Walker stützte sich auf den Ellbogen auf und beobachtete sie, wie sie näher kam. Sie war sauber gekleidet und trug eine weiße, gestärkte Schürze.

»Vielen Dank«, sagte er.

Sie beugte sich nieder, um die Schiene vom Bein loszuschneiden, und löste dann sorgfältig den Verband von der Wunde. Er sah auf sie nieder und fragte: »Wie heißt du?«

»Francesca.«

»Ist der Arzt dein Vater?« Ihre Hände auf seinem Bein waren sanft und kühl.

Sie schüttelte den Kopf. »Nein«, sagte sie kurz.

Dann wusch sie die Wunde mit warmem Wasser, dem ein scharfes Antiseptikum beigegeben war, und streute Puder drauf. Geschickt erneuerte sie den Verband.

»Du bist eine gute Pflegerin«, sagte Walker.

Jetzt erst blickte sie ihn an, und er sah, daß sie kühle graue Augen hatte. »Ich habe viel praktische Erfahrung«, sagte sie, und Walker wurde verlegen unter ihrem Blick. Er verfluchte einen Krieg, der aus Zwölfjährigen geschickte Pflegerinnen machte.

Als sie fertig war, sagte sie: »So, nun müssen Sie schnell besser werden.«

»Das will ich«, versprach Walker ihr, »so schnell ich kann. Das will ich für dich tun.«

Überrascht sah sie ihn an. »Nicht für mich«, sagte sie. »Für den Krieg. Sie müssen besser werden, damit Sie in die Berge gehen und haufenweise Deutsche töten können.«

Ernsthaft suchte sie die schmutzigen Binden zusammen und verließ den Raum, und Walker sah ihr erstaunt nach. So lernte er Francesca kennen, die Tochter des Grafen Ugo Montepescali.

In wenig mehr als einer Woche konnte er am Stock gehen und sich außerhalb der Lazarettbaracke bewegen, und Coertze führte ihn im Lager herum. Die meisten der Männer waren Italiener, die aus der Armee desertiert waren, weil sie die Deutschen nicht leiden mochten. Aber es gab auch viele entwichene Kriegsgefangene, Alliierte verschiedener Nationalität.

Der Graf hatte die ehemaligen Kriegsgefangenen für sich zusammengefaßt unter Coertzes Kommando gestellt. Sie selbst nannten sich die ›Fremdenlegion‹. Viele von ihnen fielen in den nächsten paar Jahren, als sie mit den Partisanen zusammen gegen die Deutschen kämpften. Auf Coertzes Anforderung wurden Alberto und Donato der Einheit als Dolmetscher und Führer beigegeben.

Coertze hatte eine hohe Meinung vom Grafen. »Der *Kérel* weiß, was er tut«, sagte er. »Er holt sich Leute aus der italienischen Armee, so schnell er kann – und jeder Mann muß seine eigene Waffe mitbringen.«

Als die Deutschen sich zum Stehenbleiben entschlossen und ihre Winterstellung, die sich auf den Sangro und Monte Cassino stützte, befestigten, stockte der Krieg in Italien, und jetzt kam die Zeit, da die Partisanen eine rege Tätigkeit entfalteten und die deutschen Verbindungslinien angriffen. Die Fremdenlegion nahm an diesem Feldzug teil und spezialisierte sich auf Zerstörungen. Coertze hatte vor dem Krieg in den Goldminen am Witwatersrand gearbeitet und wußte mit Dynamit umzugehen. Er und Harrison, ein kanadischer Geologe, unterwiesen die anderen im Gebrauch von Sprengstoffen.

Sie zerstörten Straßen und Eisenbahnbrücken, sprengten Gebirgspässe, ließen Züge entgleisen und beschossen einzelne Lastwagenkolonnen, zogen sich aber immer zurück, wenn ihnen mit schwerem Feuer erwidert wurde. »Wir dürfen keine regelrechten Schlachten schlagen«, sagte der Graf. »Wir dürfen uns nicht von den Deutschen festnageln lassen. Wir sind Mücken, die den Deutschen das Fell jucken lassen sollen – wollen wir hoffen, daß sie Malaria von uns kriegen.«

Walker meinte, daß dies eine Zeit langer Erholungsperioden gewesen wäre, die gelegentlich durch Augenblicke des Schrekkens unterbrochen wurden. Die Disziplin war locker, und es gab keinen Gamaschendienst. Er wurde sehnig und zäh, und ein Tagesmarsch von dreißig Meilen über die Berge, beladen mit Waffen, mit Dynamit und Zündern, hätte ihm nichts ausgemacht.

Ende 1944 war die Fremdenlegion beträchtlich zusammengeschmolzen. Einige waren gefallen; viele aber hatten sich entschlossen, nach Süden durchzubrechen, nachdem die Alliierten Rom genommen hatten. Coertze sagte, er wolle bleiben, und Walker blieb mit ihm. Auch Harrison blieb und noch ein Engländer namens Parker. Die Fremdenlegion war nun tatsächlich sehr klein geworden. »Der Graf gebrauchte uns verdammt als Packesel«, sagte Walker. Er hatte noch eine Runde bestellt, und der Kognak machte sich bei ihm bemerkbar. Seine Augen waren rot gerändert, und er stolperte über die einzelnen Worte.

»Packesel?« fragte ich.

»Um wirklich zu kämpfen, war die Einheit zu klein«, erklärte er. »So ließ er uns Waffen und Lebensmittel in seinem Gebiet transportieren. Und so haben wir die Kolonne erwischt.«

»Was für eine Kolonne?«

Walkers Aussprache wurde nuschelig. »Das war so. Eine der italienischen Einheiten war losgezogen, um einen deutschen Posten auszuheben, und das erledigten sie in Zusammenarbeit mit einer anderen Partisanenbrigade. Aber der Graf war besorgt; dieser andere Haufen bestand nämlich aus Kommunisten – richtig verräterische Hunde waren das. Er fürchtete, von ihnen übers Ohr gehauen zu werden. Das taten sie immer, weil er Monarchist war, und sie haßten ihn mehr als die Deutschen. Sie hatten die Zeit nach dem Krieg im Auge, und wenn sie kämpften, setzten sie sich nicht mehr ein. Italienische Politik, wissen Sie!«

Ich nickte.

»So wollte er, daß Umberto – der Bursche, der das Sagen über unsere Italiener hatte – ein paar weitere Maschinengewehre haben sollte für den Fall eines Falles, und Coertze sagte, er wollte sie mitnehmen.« –

Er schwieg und sah in sein Glas.

Ich fragte: »Und was war mit dieser Kolonne?«

»Teufel noch mal. Ich will es Ihnen erzählen. Wir waren auf dem Weg zu Umberto, da stießen wir auf diese deutsche Kolonne, wo gar keine Kolonne zu erwarten war. Also schlugen wir sie zusammen.«

Sie waren auf dem Gipfel eines Hügels angekommen und Coertze hatte haltmachen lassen. »Wir bleiben hier zehn Minuten, dann geht's weiter«, sagte er.

Alberto trank einen Schluck Wasser und schlenderte dann bergab zu einem Punkt, von dem aus er das Tal gut überblicken konnte. Er sah zunächst zum Talgrund, wo sich eine rohe, unbefestigte, staubige Straße entlangzog. Dann hielt er nach Süden Ausschau.

Plötzlich rief er Coertze. »Sieh mal!«

Coertze lief hinunter und sah dorthin, wohin Alberto zeigte. In der Ferne, wo die braune Straße in der Hitze flimmerte, war eine Staubwolke. Er nahm sein Glas und stellte es hastig ein.

»Teufel, was machen die hier?« fragte er.

»Was ist es denn?«

»Deutsche Wehrmacht-Lkw«, berichtete Coertze. »Anscheinend sechs.« Er nahm das Glas herunter. »Sieht so aus, als ob sie auf Nebenstraßen durchschlüpfen wollen. Die Hauptstraßen haben wir ja wirklich ein bißchen unhygienisch gemacht.«

Walker und Donato waren heruntergekommen. Coertze blickte auf die MGs zurück, dann auf Walker. »Wie ist es damit?«

Walker erwiderte: »Und Umberto?«

»Oh, der kommt schon zurecht. Der Graf ist bloß ein bißchen ängstlich, jetzt, da der Krieg fast vorbei ist. Ich meine, wir sollten das kleine Bißchen nehmen – mit zwei MGs sollte das eine Kleinigkeit sein.«

Walker zuckte die Achseln. »O. K., meinethalben.«

Coertze sagte: »Los, komm«, und lief dahin zurück, wo Parker saß. »Hoch, *Kêrel*«, sagte er. »Der Krieg geht weiter. Wo zum Deubel ist Harrison?«

»Kommt schon«, rief Harrison.

»Wir wollen diesen Kram im Laufschritt auf die Straße bringen«, sagte Coertze. Er sah hinunter. »Diese Biegung sollte ein *lekker* Platz sein.«

»Ein was?« fragte Parker kläglich. Er zog Coertze immer auf wegen seiner Afrikaanismen.

»Egal«, knurrte Coertze. »Los, fix den Kram auf die Straße runter, wir kriegen was zu tun.«

Sie machten die MGs frei und glitten damit den Abhang hinunter. Auf der Straße angekommen, verschaffte sich Coertze einen schnellen Überblick. »Sie werden langsam um die Biegung kommen«, sagte er. »Alberto, du nimmst Donato mit, und ihr packt euer MG dahin. Von dort könnt ihr die letzten beiden Wagen unter Feuer nehmen. Die beiden letzten, verstanden. Behämmert sie so feste, daß die andern nicht mehr zurück können.«

Er wandte sich Harrison und Parker zu. »Ihr bringt euer MG drüben auf der andern Seite in Stellung und erledigt den ersten Wagen. Dann haben wir die andern eingeklemmt.«

»Und was soll ich tun?« fragte Walker.

»Du kommst mit mir.« Coertze lief die Straße hinauf, Walker hinterher. Er lief bis kurz vor die Kurve, dann kletterte er auf eine kleine Anhöhe, von wo aus er gute Sicht auf die deutsche Kolonne hatte. Als Walker sich neben ihn fallen ließ, hatte er sein Glas schon eingestellt.

»Vier Lkw sind's, nicht sechs«, sagte er. »Vorneweg ein Stabs-Pkw und davor noch ein Krad mit Beiwagen. Sieht aus wie eins von diesen BMW-Dingern mit einem MG im Beiwagen.«

Er gab Walker das Glas. »Wie weit vom Ende der Kolonne bis zum Stabswagen?«

Walker sah auf die sich nähernden Fahrzeuge. »Etwa sechzig Meter«, schätzte er.

Coertze nahm das Glas. »O. K. Du gehst jetzt die Straße sechzig Meter zurück, so daß der Stabswagen bei dir ist, wenn der letzte Lkw um die Ecke rum ist. Um das Motorrad kümmerst du dich nicht – das übernehme ich. Geh zurück und sag den Burschen, daß sie erst Feuer eröffnen dürfen, wenn sie Handgranaten detonieren hören. Die werf ich. Und sag ihnen, sie sollen sich auf die Lkws konzentrieren.« Er drehte sich um und sah zurück. Die MGs waren nicht zu sehen, und die Straße war leer. »Der schönste Hinterhalt, den man nur legen kann«, sagte er. »Mein *Oupa* hat's gegen die Engländer nicht besser gekonnt.« Er tippte Walker auf die Schulter. »Nun hau ab. Mit dem Stabswagen helf ich dir, sobald ich das Motorrad erledigt hab.« Walker glitt von der Anhöhe hinunter und lief die Straße entlang zurück. Bei den Maschinengewehren hielt er an, um Coertzes Anweisungen weiterzugeben. Dann fand er für sich selbst einen geeigneten Felsblock etwa sechzig Meter von der Kurve, kroch dahinter in Deckung und überholte seine Maschinenpistole.

Gleich darauf hörte er Coertze die Straße entlanglaufen und rufen: »Vier Minuten. In vier Minuten sind sie hier. Klarhalten zum Feuern.«

Coertze rannte an ihm vorbei und verschwand etwa zehn Meter weiter im Straßengraben.

Walker sagte, daß einem vier Minuten unter solchen Umständen wie vier Stunden vorkommen. Er hockte da, sah über die stille Straße zurück und hörte nur sein eigenes Herz schlagen. Nach einer kleinen Ewigkeit hörte er das Brummen der Motoren und die Getriebegeräusche und endlich das Aufdrehen des Motorrades.

Er schmiegte sich enger an den Felsen und wartete. Im Bein zuckte ihm ein Muskel, und sein Mund war plötzlich trocken. Der Krach des Motorrades übertönte nun alle anderen Geräusche, und er entsicherte seine MPi.

Er sah das Krad vorbeifahren, der Fahrer mit seiner Schutzbrille sah aus wie ein Kobold, und der Landser im Beiwagen wendete den Kopf, um die Straße zu überwachen, die Hände am MG, das vor ihm aufmontiert war. Wie im Traum sah er Coertzes Hand in sein Gesichtsfeld kommen, anscheinend in langsamer Bewegung, und eine Handgranate zufällig genau in den Beiwagen werfen. Sie fiel zwischen den Rücken des Schützen und die Lehne des Beiwagens, und der Mann drehte sich erstaunt um. Bei dieser plötzlichen Bewegung rutschte die Handgranate weiter runter und krepierte.

Der Beiwagen wurde zerfetzt, und dem Schützen müssen die Beine abgerissen worden sein. Das Krad rollte wie betrunken quer über die Straße, und Walker sah Coertze aus seiner Deckung kommen und mit seiner MPi die Geschosse in den Fahrer spritzen. Dann stieg er selbst heraus und feuerte mit seiner MPi auf den Stabswagen.

Er hatte sich sorgfältig orientiert, so daß er sich gut vorstellen konnnte, wo der Fahrer saß. Ohne groß zu zielen, eröffnete er das Feuer, und die Windschutzscheibe schmetterte dem Fahrer ins Gesicht.

Nebenbei wurde ihm das Tack-tack-tack der Maschinengewehre bewußt, die in langem Dauerfeuer die Lkw beschossen; aber er hatte weder die Zeit noch den Wunsch dorthin zu sehen. Er hatte genug zu tun, dem Stabswagen aus dem Wege zu springen, der auf ihn zugeschleudert kam, einen toten Mann am Steuer.

Der Offizier war vom Sitz neben dem Fahrer hochgeschnellt und griff nach seiner Pistolentasche. Coertze gab einen Feuerstoß auf ihn ab, und er brach mit einem Schlage zusammen und fiel in grotesker Haltung wie eine Stoffpuppe über den Metallrahmen der zerstörten Windschutzscheibe. Die Pistole entglitt seiner Hand und fiel klappernd in den Wagen.

Mit einem zerreißenden Krach schrammte der Wagen gegen einen Felsen an der Straßenseite, stand plötzlich still und ließ den Soldaten im Rücksitz des Wagens, der auf Walker schoß, taumeln. Walker hörte die Geschosse über seinen Kopf hinwegpfeifen und zog den Abzug. Ein Dutzend Geschosse traf den Deutschen und rammte ihn in seinen Sitz zurück. Walker sagte, die Entfernung habe vielleicht drei Meter betragen, und er schwor, er habe den Aufschlag der Geschosse gehört, als ob jemand mit einem Stock auf einen weichen Teppich schlüge.

Dann rief Coertze ihn an und winkte in Richtung auf die Lkw.

Er lief hinter Coertze die Straße entlang und sah, daß der erste Lkw gestoppt war. Nur zur Sicherheit gab er einen Feuerstoß auf das Fahrerhaus ab, nahm Deckung hinter dem Wagen und lehnte sich an die heiße Kühlerhaube, um neu zu laden.

Bevor er damit fertig war, war das Gefecht zu Ende.

Alle Fahrzeuge waren gestoppt, und Alberto und Donato brachten ein paar verblüffte Gefangene nach vorn. Coertze rief: »Parker, geh rauf und sieh, ob jemand kommt.« Dann drehte er sich um, um sich das Durcheinander anzusehen.

Die beiden Krad-Männer waren auf der Stelle getötet worden, ebenso die drei im Stabs-Pkw. Auf jedem Lkw waren zwei Mann im Fahrerhaus und einer hinten im Wagen gewesen. Alle Soldaten in den Fahrerhäusern waren innerhalb von zwanzig Sekunden von dem MG-Feuer getötet worden. Harrison sagte: »Auf zwanzig Meter konnten wir sie nicht verfehlen – wir spritzten zunächst in den ersten Wagen, dann spülten wir den nächsten ab. Es war leicht, wie wenn man mit einer Haubitze auf Kokosnüsse schießt.«

Von den siebzehn Deutschen lebten noch zwei, einer hatte eine Fleischwunde am Arm.

Coertze fragte: »Haste was bemerkt?«

Walker schüttelte den Kopf. Er zitterte in der Nachwirkung der Gefahr und war nicht in der Verfassung, aufmerksam zu sein.

Coertze ging zu einem der Gefangenen und fingerte an seinem Kragenabzeichen. Der Mann wich zurück.

»Das sind SS-Leute, alle.«

Er drehte sich um und ging zum Stabswagen zurück. Der Offizier lag auf dem Rücken, halb innerhalb, halb außerhalb der vorderen Tür, die leeren Augen sahen zum Himmel, schrecklich in ihrer Totenstarre. Coertze warf einen Blick auf ihn, dann beugte er sich in den Wagen und holte eine lederne Aktentasche vom Vordersitz. Sie war verschlossen.

»Irgendwas ist komisch an der Sache«, sagte er. »Warum sind sie diese Straße gefahren?«

Harrison sagte: »Sie hätten durchkommen können, weißt du. Wären wir nicht hiergewesen, so wären sie durchgekommen – und wir waren nur zufällig hier.«

»Weiß ich«, sagte Coertze. »Sie hatten eine gute Idee, und es wäre Ihnen ja auch beinah geglückt – aber gerade das macht mir Kopfzerbrechen. Die Jerries sind sonst nicht reich an Einfällen;

die wursteln nach ihrer Routine. Warum also wollten sie's hier anders machen, es sei denn, es war keine gewöhnliche Einheit.«

Er sah auf die Lkw. »Wär vielleicht kein schlechter Gedanke, mal nachzusehen, was auf den Wagen ist.«

Er schickte Donato als Wache ans Nordende der Straße; die übrigen gingen, um die Lkw zu untersuchen, bis auf Alberto, der die Gefangenen bewachte.

Harrison sah über die hintere Wand des ersten Lastwagens. »Nicht viel drin hier«, sagte er.

Walker blickte hinauf und sah, daß der Boden des Wagens mit Kisten bedeckt war – kleinen Holzkisten, etwa 35×30×12 Zentimeter. Er meinte: »Verdammt kleine Ladung.«

Coertze runzelte die Stirn und sagte: »Bei diesen Kisten klingelt's bei mir – ich kann's nur nicht unterbringen. Holen wir mal eine raus.«

Walker und Harrison kletterten auf den Wagen und zerrten den Leichnam eines Deutschen beiseite, der im Wege lag. Harrison griff nach der nächsten Kiste und wollte sie anheben. »Mein Gott!« rief er aus. »Das verdammte Ding ist festgenagelt.«

Walker faßte mit an, und die Kiste ließ sich bewegen. »Nein, ist sie nicht, aber sie muß ja wohl voller Blei sein.« Coertze ließ die Rückwand herunter. »Ich denke, wir holen sie besser mal raus und machen sie auf«, sagte er. Seine Stimme war plötzlich heiser vor Erregung.

Walker und Harrison kanteten eine Kiste zum Rand und ließen sie überkippen. Mit einem lauten Plumps fiel sie auf die staubige Straße. Coertze sagte: »Gib mal 'n Seitengewehr her.«

Walker nahm dem toten Deutschen das Seitengewehr ab und gab es Coertze, der die Kiste damit aufstemmte. Die Nägel kreischten, als der Deckel hochkam. Coertze riß ihn herunter und sagte: »Hab' ich mir doch gleich gedacht!«

»Was ist es denn?« fragte Harrison und rieb sich die Augen.

»Gold«, sagte Coertze leise.

Alle waren mäuschenstill. –

Als er bis hierher erzählt hatte, war Walker schon sehr betrunken. Er war unsicher auf den Füßen und hielt sich an der Kante des Bartisches fest, als er feierlich wiederholte: »Gold.«

»Um Himmels willen, was habt ihr damit gemacht?« fragte ich. »Und wieviel war's denn?«

Walker rülpste unterdrückt. »Wie ist es mit noch einem?« fragte er.

Ich winkte dem Barkellner und sagte dann: »Erzählen Sie weiter, das ist ja spannend.«

Er sah mich von der Seite an. »Eigentlich sollte ich's ja nicht erzählen«, zögerte er. »Aber Teufel noch eins! Jetzt schadet es ja nichts mehr. Es war so ...«

Sie hatten lange gestanden und einander schweigend angesehen. Dann sprach Coertze: »Wußte ich doch, daß ich diese Kisten kannte. Auf dem Reef verpacken sie darin die Goldbarren für die Verschiffung.«

Sobald sie festgestellt hatten, daß alle Kisten auf dem Wagen geradeso schwer waren, stürzten sie sich wie verrückt auf die anderen Wagen. Zuerst waren sie enttäuscht – der zweite Wagen enthielt Kisten voller Dokumente und Akten.

Coertze wühlte in einer Kiste, warf Papiere heraus und sagte: »Was ist das für 'n Zeug, in Deubels Namen?« Es klang enttäuscht.

Walker griff sich ein Bündel und blätterte es durch. »Anscheinend italienische Regierungsakten oder so; vielleicht ganz geheimer Kram.« Harrisons Stimme kam gedämpft aus dem Wageninnern: »He, Kerls, seht mal, was ich gefunden habe.«

Er tauchte auf, in beiden Händen Bündel von Lire-Noten – saubere, frisch gedruckte Lire-Noten. »Da ist mindestens eine Kiste voll davon da«, sagte er, »vielleicht mehr.« Der dritte Wagen enthielt weitere Goldkisten, wenn auch nicht so viele wie der erste, und dann waren da mehrere sehr stark gebaute, verschlossene Holzkisten. Sie erlagen schnell einem entschlossenen Bajonettangriff.

»Jesus!« sagte Walker, als er die erste öffnete. Ehrfürchtig zog er ein schimmerndes Juwelengeglitzer hervor, einen Halsschmuck aus Brillanten und Smaragden.

»Was ist das wert?« fragte Coertze Harrison.

Sprachlos schüttelte Harrison den Kopf. »O je, wie soll ich das wissen.« Er lächelte matt. »Nicht meine Sorte von Steinen.«

Beim weiteren Durchstöbern der Kisten fischte Coertze ein goldenes Zigarettenetui heraus. »Da ist was eingraviert«, sagte er und las laut vor: »*Caro Benito da parte di Adolf – Brennero – 1940.*«

Bedächtig sagte Harrison: »Hitler hatte 1940 ein Treffen mit Mussolini auf dem Brennerpaß. Damals entschied sich Mussolini, auf der Seite der Deutschen in den Krieg einzutreten.«

»Na, nun wissen wir, wem's gehört«, sagte Walker mit einem Winken in der Hand.

»Oder gehört hat«, sagte Harrison.

»Oder gehört hat«, wiederholte Coertze langsam. »Aber wem gehört es jetzt?«

Sie blickten einander an.

Coertze brach das Schweigen. »Los, sehen wir nach, was in dem letzten Wagen ist.«

Der vierte Wagen war voller Kisten mit Papieren, bis auf eine, und in der lag eine Krone.

Harrison mühte sich ab, sie hochzuheben. »Welcher Riese trägt denn die im Palast herum?« fragte er in die Runde. Die Krone war dicht mit Juwelen besetzt, mit Rubinen und Smaragden, aber keinen Diamanten. Sie war prächtig und sehr schwer. »Kein Wunder, wenn es heißt, ›unruhig liegt das Haupt, das eine Krone trägt‹«, witzelte Harrison.

Er senkte die Krone wieder in die Kiste. »Schön, was tun wir nun?«

Coertze kratzte sich hinter dem Ohr. »Ja, das ist ein Problem«, stimmte er zu.

»Ich sage, wir behalten es«, stieß Harrison rauh hervor. »Es ist unser Eigentum durch das Recht des Eroberers.«

Nun war es heraus – der heimliche Gedanke, den außer dem freimütigen Harrison niemand hätte zugeben mögen. Es reinigte die Luft und machte alles leichter.

Coertze meinte: »Ich finde, wir müssen die andern ranholen und abstimmen.«

»Das hat nur Wert, wenn es einstimmig ist«, gab Harrison zu bedenken.

Sie verstanden seinen Gesichtspunkt. Wenn auch nur einer sich heraushielt, um es dem Grafen zu erzählen, wäre ein Mehrheitsbeschluß wertlos. Zuletzt sagte Walker: »Das wird sich schon ergeben. Stimmen wir erst mal ab.« Es war ruhig auf der Straße, und so holte man Donato und Parker von ihren Posten heran. Die Gefangenen wurden in einen Wagen gesperrt, so daß Alberto an der Abstimmung teilnehmen konnte.

Harrison hätte keine Sorge zu haben brauchen, es gab nur eine Stimme. Die Versuchung war zu groß, als daß es hätte anders sein können.

»Eins ist mal sicher«, sagte Harrison, »wenn dieser Kram hier verschwindet, dann geht die größte aller Suchaktionen los, egal, wer den Krieg gewinnt. Die italienische Regierung wird nicht ruhen, bis sie alles gefunden hat, besonders die Papiere. Ich will wetten, die sind mehr als Dynamit.«

Coertze war nachdenklich. »Das heißt, wir müssen den Schatz mitsamt den Wagen verstecken. Es darf nichts, gar nichts gefunden werden. Es muß so sein, als ob sich alles in Luft aufgelöst hätte.«

»Wie sollen wir das machen?« fragte Parker. Er sah auf den steinigen Grund mit dem dünnen Erdbelag. »In einer Woche könnten wir gerade den Schatz vergraben, aber mit einem Wagen brauchen wir gar nicht erst anzufangen, von vieren schon gar nicht zu reden.«

Harrison schnalzte mit den Fingern. »Die alten Bleiminen«, sagte er, »die sind nicht weit von hier.«

Coertzes Züge hellten sich auf. »Ja«, sagte er. »Da ist ein Stollen, da würde der ganze Kram reingehen.«

Parker fragte: »Was für Bleiminen – und, um Himmels willen, was ist ein Stollen?«

»Das ist ein waagerechter Schacht, den man in einen Berg getrieben hat«, sagte Harrison. »Diese Minen sind seit der Jahrhundertwende aufgegeben. Da kommt niemals mehr jemand hin.«

Alberto fragte: »Wir fahren einfach die ganzen Wagen rein...«

»...und sprengen den Eingang dicht«, sagte Coertze befriedigt.

»Warum sollten wir nicht einige Juwelen mitnehmen?« schlug Walker vor.

»Nein!« sagte Coertze scharf. »Viel zu gefährlich – Harrison hat recht. Da wird die Hölle los sein, wenn dieser Kram auf Nimmerwiedersehen verschwindet. Es muß alles vergraben werden, bis es sicher genug ist, es wieder hervorzuholen.«

»Hast du gute Beziehungen zu Juwelenhehlern?« fragte Harrison mit grimmigem Hohn. »Wenn nicht, wie willst du die Juwelen loswerden?«

Sie beschlossen, alles zu vergraben – Wagen, Leichen, Gold, Papiere, Juwelen – alles. Sie stauten die Wagen um, alle wertvollen Sachen auf zwei, die wertlosen, wie die Dokumente, auf die andern zwei. Zuerst wollten sie den Stabswagen mit dem Motorrad hinten drauf in den Stollen fahren, dann die beiden Wagen mit den Papieren und den Leichen, und zuletzt die Wagen mit dem Gold und den Juwelen.

»Auf diese Weise können wir die Sachen, die wir brauchen, ziemlich leicht wieder rauskriegen«, sagte Coertze.

Das Beseitigen der Wagen war ganz leicht. Von der staubigen Straße zweigte ein unbenutzter Pfad zu den Minen ab. Sie fuhren zur Mine hinauf und setzten die Wagen rückwärts in der richtigen Reihenfolge in den größten Stollen. Coertze und Harrison machten eine Ladung zurecht, um den Eingang zu sprengen, eine einfache Sache, die nur ein paar Minuten dauerte. Dann steckte Coertze die Zündschnur an und lief zurück.

Als sich die Sprengwolke verzogen hatte, sahen sie, daß der Stolleneingang völlig verschüttet war – er verbarg nun ein reiches Mausoleum für siebzehn Männer.

»Was sagen wir dem Grafen?« fragte Parker.

»Wir sagen, wir hätten ein kleines Scharmützel gehabt«, sagte Coertze, »haben wir doch, oder etwa nicht?« Er grinste und trieb sie dann an weiterzugehen.

Als sie zurückkehrten, hörten sie, daß Umberto ein Gefecht gehabt und viele Leute verloren hätte. Die Kommunisten hätten ihn im Stich gelassen, und er hätte nicht genug Maschinengewehre gehabt. –

Ich fragte: »Und Sie meinen, daß das Gold noch dort ist?«

»Bestimmt«, sagte Walker und schlug mit der Faust auf den Tresen. »Trinken wir noch einen!«

Danach bekam ich nicht mehr viel aus ihm heraus. Sein Gehirn war umnebelt von Branntwein, und er erging sich in Belanglosigkeiten. Aber eine Frage beantwortete er doch noch sinnvoll.

Ich fragte: »Was wurde aus den deutschen Gefangenen?«

»Och die«, sagte er gleichgültig. »Auf der Flucht erschossen. Hat Coertze erledigt.«

Walker war viel zu wackelig auf den Füßen, als daß er hätte nach Hause gehen können. Darum ließ ich mir vom Klubsteward seine Anschrift geben, verfrachtete ihn in ein Taxi – und dachte nicht mehr an ihn. An seine Geschichte dachte ich auch nicht weiter: Es war ja doch nur das Geschwätz eines Betrunkenen. Möglich, daß er etwas gefunden hatte in Italien, aber mein Vorstellungsvermögen sträubte sich dagegen, an vier Lastwagen voller Gold und Edelsteinen zu glauben.

Es war mir aber nicht lange vergönnt, ihn zu vergessen. Schon am folgenden Sonntag sah ich ihn wieder in der Klubbar, wo er trübsinnig in sein Branntweinglas stierte. Er blickte auf, begegnete meinem Blick und sah hastig weg, als ob er sich schämte. Ich ging nicht hinüber, um mit ihm zu reden; er war ganz und gar nicht mein Fall – Trunkenbolde liegen mir nicht.

Später am Nachmittag, als ich gerade aus dem Schwimmbekken gekommen war und eine Zigarette rauchte, wurde ich gewahr, daß Walker neben mir stand. Als ich aufsah, sagte er gehemmt: »Ich glaube, ich schulde Ihnen noch etwas Geld – für das Taxi neulich nacht.«

»Reden wir nicht darüber«, erwiderte ich kurz.

Er ließ sich bei mir nieder. »Es tut mir sehr leid. Habe ich Ihnen Unannehmlichkeiten gemacht?«

Ich lächelte. »Entsinnen Sie sich denn nicht?«

»Keine Spur, verdammt«, gab er zu. »Ich bin doch nicht in eine Prügelei gekommen oder so?«

»Nein, wir haben uns nur unterhalten.«

Seine Augen flimmerten. »Worüber?«

»Ihre Erlebnisse in Italien. Sie erzählten mir eine ziemlich seltsame Geschichte.«

»Hab' ich Ihnen von dem Gold erzählt?«

Ich nickte. »Eben.«

»Ich war voll«, sagte er, »voll wie eine Strandhaubitze. Ich hätte Ihnen nichts davon sagen sollen. Sie haben es doch niemand weitererzählt?«

»Nein, hab' ich nicht«, erwiderte ich. »Sie wollen doch nicht sagen, daß die Geschichte wahr ist?« Im Augenblick war er sicherlich nicht betrunken.

»Nur zu wahr«, sagte er gewichtig. »Das Zeug ist noch da oben, in einer Höhle in Italiens Boden. Aber bitte, reden Sie nicht darüber.«

»Nein, bestimmt nicht«, versprach ich ihm.

»Kommen Sie, trinken wir einen«, schlug er vor.

»Vielen Dank«, sagte ich. »Ich geh jetzt nach Haus.«

Er schien bedrückt. »Na gut«, sagte er, und ich sah ihm nach, wie er mit hängenden Schultern zum Klubhaus hinaufging. Von dem Tag an war es, als triebe es ihn dauernd in meine Nähe. Es war, als hätte er mir ein Stück von sich selbst ausgeliefert und in meine Obhut gegeben und als müßte er nun darüber wachen, daß ich es auch sicher bewahrte. Er gebärdete sich, als wären wir beide Spießgesellen in einer Verschwörung, die sich hier zuzwinkern, da einen Wink geben und unvermittelt das Thema wechseln, wenn sie sich belauscht wähnen.

Wenn man ihn näher kennenlernte, war er gar nicht so übel, wenn man von dem beginnenden Alkoholismus absah. Wenn er wollte, konnte er einen gewissen Charme entfalten, und ganz gewiß wollte er mich mit diesem Charme gewinnen. Das war auch wohl nicht weiter schwierig; ich war ein Fremder in einem fremden Land, und er war sozusagen die einzige Gesellschaft, die ich hatte. Er hätte Schauspieler werden sollen, so, wie er sich darauf verstand, Menschen nachzuahmen. Als er mir die Goldgeschichte erzählte, wandelten sich seine beweglichen Gesichtszüge sehr eindrucksvoll, und seine Stimme veränderte sich, bis ich sie leibhaft vor mir sah: den bulligen Coertze, den freundlichen Donato, den sehnigen Alberto. Obwohl Walker für gewöhnlich einen leicht südafrikanischen Akzent hatte, konnte er ihn nach Belieben unterdrücken und die dumpfen Gutturale der Afrikaner oder das flinke Plappern der Italiener annehmen. Italienisch sprach er schnell und fließend; er gehörte sicher zu den Menschen, die eine Sprache in ein paar Wochen erlernen können.

Meine Zweifel an der Wahrheit seiner Geschichte hatte ich fast aufgegeben. Er hatte die Umstände zu genau geschildert. Die Sache mit der Inschrift in dem Zigarettenetui beeindruckte mich sehr. Ich konnte mir nicht vorstellen, daß Walker sich so etwas ausdenken konnte. Übrigens steckte nicht immer der Branntwein hinter seinen Reden. Er blieb bei seiner alten Geschichte, auch bei vielen Wiederholungen – ob er betrunken war oder nicht. Einmal sagte ich: »Das einzige, was ich mir nicht vorstellen kann, ist diese gewaltige Krone.«

»Alberto meinte, es sei die Kaiserkrone von Äthiopien«, sagte Walker. »Natürlich trüge man sie nicht im Palast, sondern nur bei Krönungen.«

Das schien einleuchtend. Ich fragte: »Woher wollen Sie wissen, daß die andern den Kram nicht ausgegraben haben? Harrison und Parker sind schließlich auch noch da, und für die beiden Italiener wäre es doch nur ein Kinderspiel, die sind ja an Ort und Stelle.«

Walker schüttelte den Kopf. »Nein, nur Coertze und ich sind

noch da, alle andern sind tot.« Er verzog den Mund. »Coertzes Nähe schien ungesund zu sein. Mir wurde die Sache schließlich mulmig, und ich haute ab.«

Ich sah ihn scharf an. »Wollen Sie damit sagen, daß Coertze sie umgebracht hat?«

»Legen Sie mir keine Worte in den Mund«, sagte Walker scharf. »Das hab' ich nicht gesagt. Alles, was ich weiß, ist, daß vier Mann zu Tode kamen, als sie in Coertzes Nähe waren.« Er zählte sie an den Fingern ab. »Harrison war der erste – das passierte gleich am dritten Tag, nachdem wir die Beute vergraben hatten.«

Er tippte an den zweiten Finger. »Als nächster kam Alberto – hab' ich selbst gesehen, wie das passierte. Ein Unfall, so astrein, wie man ihn nur hinkriegen kann. Dann Parker. Der fiel in einer Kampfhandlung, gerade wie Harrison, und gerade wie bei Harrison war Coertze der einzige, der in seiner Nähe war.«

Er hielt drei Finger hoch und bog langsam den vierten gerade. »Der letzte war Donato. Den fand man in der Nähe des Lagers, mit eingeschlagenem Schädel. Es hieß, er sei in den Felsen herumgeklettert, und man erklärte es für einen Unfall – aber bei mir nicht! Mir hatte das gelangt, und so haute ich ab und ging nach Süden.«

Ich dachte einen Augenblick darüber nach und fragte dann: »Was meinten Sie damit, Sie hätten es gesehen, wie Alberto getötet wurde?«

»Wir waren auf einer Streife«, erzählte Walker. »Es ging alles ganz schön, aber dann machten die Deutschen eine schnelle Umgehung und schlossen uns ein. Wir mußten versuchen, zur Hintertür hinauszukommen, aber die Hintertür war ein Felsabhang. Coertze konnte gut klettern, und er und Alberto gingen als erste, Coertze führte. Er sagte, er wollte den leichtesten Abstieg erkunden, und das war in Ordnung, das machte er gewöhnlich so.

Er ging ein Gesims entlang und kam aus Sicht. Dann erschien er wieder und machte Alberto das Klarzeichen. Er kam dann wieder bis zu uns zurück und berichtete, wir könnten hinuntersteigen, und so gingen Parker und ich als nächste los. Wir folgten Alberto, und als wir um die Ecke kamen, sahen wir, daß er steckengeblieben war. Vor ihm fand seine Hand keinen Griff mehr, und er hatte sich in eine Stellung gebracht, aus der er auch nicht mehr zurückkonnte. Just als wir ankamen, verlor er die Nerven. Wir sahen ihn zittern und beben. Da klebte er wie eine Fliege am Felsen, mit der Höllentiefe des Abhangs unter sich und einer Meute Deutscher über sich, die nur darauf wartete, über ihn herzufallen, und bibberte wie ein Pudding.

Parker rief Coertze zu, und der kam herunter. Es war gerade Platz genug, daß er an uns vorbeikonnte, und so sagte er, daß er Alberto helfen wollte. Er kam bis zu Alberto, und Alberto stürzte ab. Ich schwöre darauf, daß Coertze ihn hinunterstieß.«

»Haben Sie gesehen, daß Coertze ihn stieß?« fragte ich.

»Nein«, gab Walker zu. »Ich konnte Alberto überhaupt nicht sehen, nachdem Coertze an uns vorbeigekommen war. Coertze ist ein Kleiderschrank, und er ist nicht aus Glas. Aber warum gab er Alberto das Klarzeichen, das Gesims entlangzugehen?«

»Das kann doch ein Versehen gewesen sein.«

Walker nickte. »Hab' ich damals auch gedacht. Hinterher sagte Coertze, er habe nicht gemeint, daß Alberto so weit gehen sollte. Tatsächlich war da ein leichterer Abstieg kurz vor der Stelle, wo Alberto steckengeblieben war. Dort hat uns Coertze dann runtergeführt.«

Er steckte sich eine Zigarette an. »Aber als in der nächsten Woche Parker abgeknallt wurde, mußte ich wieder daran denken.«

»Wie geschah das?«

Walker zuckte die Achseln. »Die übliche Sache – Sie wissen, wie's im Gefecht zugeht. Als alles vorbei war, fanden wir Parker mit einem Loch im Kopf. Gesehen hat es niemand, aber Coertze war am nächsten dabei.« Er machte eine Pause. »Das Loch saß hinten im Schädel.«

»Ein deutsches Geschoß?«

Walker schnaufte. »Lieber Freund, für eine Autopsie hatten wir keine Zeit. Aber das hätte uns auch nicht weitergebracht. Wir hatten selbst deutsche Waffen – Beutewaffen. Und Coertze benutzte ausschließlich deutsche Waffen. Er sagte, sie seien besser als die britischen.«

Er brütete vor sich hin. »Seitdem ließ es mir keine Ruhe. Es ging alles zu glatt – all diese Kerls, so plötzlich erledigt. Als es Donato erwischte, haute ich ab. Die Fremdenlegion war sowieso nahe daran aufzufliegen. Ich wartete, bis der Graf Coertze irgendwohin geschickt hatte, dann packte ich meinen Kram zusammen, sagte adieu und zog nach Süden auf die alliierte Front zu. Ich hatte Glück und kam durch.«

»Und Coertze?«

»Der blieb beim Grafen, bis die Yankees dahinkamen. Ein paar Jahre später sah ich ihn in Johannesburg. Ich ging gerade über die Straße zu einer Kneipe, da sah ich Coertze hineingehen. Da suchte ich mir ein anderes Lokal; trinken wollte ich was, aber nicht in dieser Kneipe.«

Er schauderte. »Ich möchte von Coertze so weit weg sein wie möglich. Zwischen Kapstadt und Johannesburg sind tausend Meilen – das dürfte ja wohl genügen.« Unvermittelt erhob er sich. »Gehen wir, trinken wir eins in Gottes Namen.«

Also gingen wir und tranken eins – tranken mehrere.

Während der nächsten Wochen bemerkte ich, daß Walker damit umging, mir einen Vorschlag zu machen. Er sagte, er hätte einiges Geld zu erwarten und brauche einen guten Freund. Schließlich kam er damit raus.

»Wissen Sie«, sagte er, »mein alter Herr starb letztes Jahr, und ich habe zweitausend Pfund, sobald der Notar damit rüberkommt. Mit zweitausend Pfund könnte ich nach Italien gehen.«

»Das könnten Sie«, entgegnete ich.

Er biß sich auf die Lippe. »Hal, wollen Sie nicht mit mir kommen?«

»Wegen des Goldes?«

»Eben, wegen des Goldes. Halbpart.«

»Und was ist mit Coertze?«

»Zum Teufel mit Coertze!« fuhr Walker heftig heraus. »Mit dem will ich nichts mehr zu tun haben.«

Ich dachte darüber nach. Damals war ich noch jung und voller Unternehmungslust; es schien nur eine Fahrkarte zu kosten – wenn Walker die Wahrheit erzählt hatte. Und wenn es nicht wahr war, warum wollte er für mich eine Reise nach Italien bezahlen? Es sah nach einem amüsanten Abenteuer aus, aber ich zögerte noch. »Warum ich?« fragte ich.

»Allein schaff ich's nicht«, sagte er. »Coertze trau ich nicht übern Weg, und Sie sind der einzige sonst, der was davon weiß. Und Ihnen trau ich, Hal, ehrlich.«

Ich beschloß mitzumachen. »Schön, ist 'n Wort. Aber ich stelle Bedingungen.«

»Raus damit.«

»Ihr Trinken muß aufhören«, sagte ich. »Nüchtern sind Sie ganz in Ordnung, aber wenn Sie geladen haben, sind Sie unausstehlich. Und obendrein halten Sie nicht dicht, wenn Sie blau sind.«

Das lebhafte Gesicht verzog sich zu einer feierlichen Miene. »Das tu ich, Hal, ich rühre keinen Tropfen mehr an«, versprach er.

»In Ordnung«, sagte ich. »Wann soll's losgehen?«

Heute ist es mir natürlich klar, was für ein paar einfältige Esel wir waren. Wir glaubten, ohne besondere Umstände mehrere Tonnen Gold aus einer Höhle rausholen zu können. Wir hatten keinerlei Vorstellung, wieviel Verstand und Organisation das erfordern würde – und schließlich auch erfordert hat.

Walker sagte: »Der Notar meint, in etwa sechs Wochen sei alles klar mit der Erbschaft. Dann könnten wir jederzeit aufbrechen.«

Immer wieder kamen wir auf die Sache zu sprechen. Die praktischen Schwierigkeiten, an das Geld ranzukommen, beschwerten Walker nicht besonders, und ebensowenig die Frage, was wir damit anfangen sollten, wenn wir es erst hätten. Er war verhext von den Millionen, die darin steckten. Einmal sagte er: »Nach Coertzes Schätzung sind da vier Tonnen Gold. Nach dem heutigen Preis sind das gut und gern über eine Million Pfund. Dann sind da die Lire-Scheine – ganze Kisten von dem Zeug. In eine große Kiste gehen unheimlich viel Lire rein.«

»Das Papiergeld können Sie ruhig außer acht lassen«, sagte ich. »Geben Sie eine von diesen Noten aus, und schon haben Sie die italienische Polizei auf dem Hals.«

»Wir könnten sie ja außerhalb Italiens ausgeben«, meinte er eigensinnig.

»Dann kriegen Sie's mit der Interpol zu tun.«

»Na gut«, sagte er ungeduldig, »lassen wir die Lire. Aber dann sind da noch die Juwelen – Ringe und Halsketten, Brillanten und Smaragde.« Seine Augen funkelten. »Ich will wetten, daß die Juwelen mehr wert sind als das ganze Gold.«

»Aber nicht so leicht loszuwerden«, sagte ich.

Ich machte mir immer mehr Sorge über die rein praktischen Schwierigkeiten. Und was die Sache noch schlimmer machte, Walker wollte mir nicht die Lage der Bleimine angeben, und so konnte ich überhaupt keinen richtigen Plan entwerfen.

Er benahm sich wie ein Kind, das der Weihnachtsbescherung

entgegenfieberte. Ich konnte ihn nicht dazu bewegen, den Tatsachen nüchtern ins Auge zu sehen, und erwog ernstlich, mich aus diesem verrückten Vorhaben herauszuhalten. Ich sah vor meinen Augen nichts als ein mißglücktes Unternehmen mit einem vermutlich längeren Aufenthalt in einem italienischen Gefängnis als Abschluß. An dem Abend, bevor er zum Notar gehen wollte, um die Papiere zu unterschreiben und seine Erbschaft in Empfang zu nehmen, besuchte ich ihn in seinem Hotel. Er lag halb betrunken auf dem Bett, eine Flasche neben sich.

»Sie haben versprochen, nicht mehr zu trinken«, sagte ich.

»Och, Hal, dies ist kein Trinken, ist es nicht. Nur ein Schluck zur Feier des Tages.«

Ich erwiderte: »Sie täten besser, Ihre Feier zu unterbrechen, bis Sie diese Zeitung gelesen haben.«

»Was für 'ne Zeitung?«

»Diese hier«, sagte ich und zog sie aus der Tasche. »Den kleinen Absatz unten auf der Seite.«

Er nahm die Zeitung und sah stumpfsinnig darauf. »Was muß ich lesen?«

»Den Absatz mit der Überschrift ›Italiener verurteilt‹.«

Es waren nur ein paar Zeilen, um die Seite unten aufzufüllen.

Mit einemmal war Walker nüchtern. »Aber sie waren unschuldig«, flüsterte er.

»Das hat sie nicht davor bewahrt, rangekriegt zu werden«, sagte ich schonungslos.

»Mein Gott«, sagte er, »sie suchen immer noch danach.«

»Natürlich tun sie das«, sagte ich ungeduldig. »Sie werden danach suchen, bis sie es gefunden haben.« Ich war nur neugierig, ob den Italienern mehr an dem Gold oder an den Dokumenten lag.

Ich sah, daß Walker aus seinen seligen Träumen von plötzlichem Reichtum aufgeschreckt war. Er mußte jetzt der Tatsache ins Auge sehen, daß es gefährlich war, Gold aus einer italienischen Höhle zu holen.

»Das verändert die Lage«, sagte er langsam. »Jetzt können wir nicht gehen. Wir müssen abwarten, bis Gras darüber gewachsen ist.«

»Wird da jemals Gras drüber wachsen?« fragte ich.

Er sah mich an. »Ich geh jetzt nicht«, sagte er mit der Entschlossenheit der Furcht. »Die Sache ist unmöglich – unmöglich – vorläufig.«

In gewisser Weise fühlte ich mich befreit. Diese Schwäche in Walker hatte mich schon immer gestört. Ich hatte lange hin und her überlegt, ob es klug sei, mit ihm nach Italien zu gehen. Nun war es entschieden.

Ich verließ ihn unvermittelt, während er sich, typisch für ihn, ein neues Glas einschenkte.

Als ich nach Hause ging, überkam mich ein Gedanke. Der Zeitungsbericht bestätigte Walkers Geschichte ziemlich genau. Immerhin etwas!

Als ich meine Geschichte beendet hatte, war die Frühstückszeit längst vorbei. Meine Kehle war trocken vom Sprechen, und Jean hatte große, runde Augen.

»Das klingt ja wie ein Kriminalroman«, sagte sie. »Ist das Gold noch da?«

Ich zuckte die Achseln. »Weiß nicht. In der Zeitung hab' ich nichts drüber gelesen. Soviel mir bekannt ist, müßte es noch da sein – wenn nicht Walker oder Coertze es herausgeholt haben.«

»Was ist aus Walker geworden?«

»Er hat seine zweitausend Pfund gekriegt«, sagte ich. »Dann machte er eine Rundreise, die Kneipen leerzutrinken. Bald darauf verlor er seine Stellung und verschwand von der Bildfläche. Irgend jemand sagte mir, er sei nach Durban gegangen. Ich habe ihn jedenfalls seither nicht mehr gesehen.«

Jean war von der Geschichte gefesselt, und bald machten wir ein Spiel daraus, uns Mittel und Wege auszudenken, vier Tonnen Gold so unauffällig wie möglich aus Italien herauszukriegen. Rein akademisch, versteht sich. Jean hatte eine lebhafte Phantasie, und einige ihrer Ideen waren wirklich gut.

Das war ja das Problem – die rein physische Schwierigkeit, vier Tonnen Gold zu transportieren, ohne daß jemand bemerkte, was da transportiert wurde.

Durch eisere Sparsamkeit hatten wir 1959 unsere Bankschulden abgetragen. Die Werft war nun unser schuldenfreies Eigentum, und das feierten wir durch die Kiellegung eines Fünfzehntonners, den ich für Jean und mich entworfen hatte. Mit meiner alten braven *King Penguin*, der ersten dieser Klasse, konnte man großartig an der Küste entlangschippern, aber wir dachten daran, eines Tages auch mal eine Ozeanfahrt zu machen, und brauchten daher ein größeres Boot.

Für die Bedienung durch zwei Mann ist eine 15-Tonnen-Jacht gerade das richtige, und sie ist auch groß genug, daß man längere Zeit darauf leben kann. Das Boot sollte vierzig Fuß über alles messen, dreißig Fuß in der Wasserlinie bei einer Breite von elf Fuß. Es sollte für Ozeanfahrten maßvoll besegelt sein und einen kräftigen Diesel-Hilfsmotor erhalten. Zur Erinnerung an den alten Tom wollten wir die Jacht *Sanford* nennen.

Wenn sie fertig wäre, wollten wir ein Jahr Urlaub machen, wollten nordwärts segeln und einige Zeit im Mittelmeer verbringen und an der Ostküste zurücklaufen, so daß wir Afrika ganz umsegelt hätten. Jeans Augen glitzerten übermütig. »Und vielleicht bringen wir das Gold mit«, sagte sie dann.

Aber zwei Monate später schlug das Schicksal zu.

Ich hatte für Bill Meadows ein Boot entworfen und ihm die Risse zur Begutachtung hingeschickt. Durch ein Versehen waren die Einrichtungspläne nicht mit eingepackt worden, und Jean erbot sich, sie nach Fish Hoek, wo Bill wohnte, zu bringen.

Es ist eine schöne Fahrt am Chapman's Peak entlang nach Fish Hoek mit dem Blick auf See und Gebirge, viel schöner als alles, was ich später an der Riviera gesehen habe. Jean lieferte die Zeichnungen ab, und auf dem Rückweg in der Dämmerung drängte sie irgend so ein betrunkener Kerl in seinem amerikanischen Superwagen von der Straße, und sie stürzte hundert Meter tief in die See.

Mein Leben hatte seinen Inhalt verloren.

Was machte es mir schon aus, daß der andere fünf Jahre bekam – das konnte mir Jean nicht zurückgeben. Ich ließ die Dinge auf der Werft schleifen, und es war nur Harry Marshall zu verdanken, daß die Firma nicht zugrunde ging. Damals rechnete ich mein Leben auf und machte eine Art geistiger Bilanz. Ich war sechsunddreißig Jahre alt; ich hatte einen gutgehenden Betrieb, der mir sehr am Herzen gelegen hatte, mir nun aber nicht mehr ganz so sehr am Herzen lag; ich war gesund und kräftig – Bootsbau und Segeln halten einen körperlich in Form –, und ich hatte keine Schulden. Ich hatte sogar Geld auf der Bank, zu dem immer noch was hinzukam.

Auf der anderen Seite des Kontenblattes stand dieses schreckliche Entbehren Jeans, das alle Vorteile mehr als aufwog. Ich fühlte, daß ich nicht mehr auf der Werft oder überhaupt in Kapstadt bleiben konnte, wo Erinnerungen an Jean mich an jeder Ecke heimsuchten. Ich mußte fort. Ich wartete darauf, daß irgend etwas geschah.

Ich war reif für Abenteuer.

Ein paar Wochen später war ich in einer Bar in der Aderley-Straße, um meine zwei, drei Glas zu trinken. Ich war nicht gerade dem Trunk verfallen, aber sicherlich trank ich mehr, als es früher meine Gewohnheit gewesen war. Ich war gerade beim dritten Kognak angelangt, als mich jemand am Ellbogen faßte und ich eine Stimme sagen hörte: »Hallo, Sie hab' ich ja lange nicht gesehen.« Ich wandte mich um und sah Walker neben mir stehen.

Die Jahre waren nicht freundlich mit Walker umgegangen. Er war magerer geworden, hatte schärfere Züge bekommen, der Haaransatz war zurückgewichen. Sein Anzug war ungebügelt und an den Rändern abgewetzt, und ein Hauch von Schäbigkeit ging von ihm aus, der deprimierend war.

»Hallo«, sagte ich, »woher kommen Sie denn?« Er sah auf mein volles Branntweinglas, und ich sagte: »Kommen Sie, trinken Sie einen mit.«

»Vielen Dank«, sagte er schnell. »Einen Doppelten, bitte.«

Das gab mir ziemlich sicheren Aufschluß darüber, was mit Walker geschehen war, aber ich hatte nichts dagegen, mich mit ein paar Glas aufmöbeln zu lassen, und darum lud ich ihn zu dem doppelten Branntwein ein.

Mit leicht zitternder Hand führte er das Glas zum Mund, nahm einen kräftigen Schluck und setzte das Glas wieder nieder. »Sie sehen gut aus«, sagte er.

»Es geht mir nicht gerade schlecht.«

Er fuhr fort: »Es hat mir leid getan, als ich das von Ihrer Frau hörte.« Er sah meinen fragenden Blick und setzte schnell hinzu: »Ich las es in der Zeitung. Ich dachte, es müsse Ihre Frau sein – derselbe Name und alles.«

Sicherlich hatte er einige Zeit darauf verwendet, mich aufzustöbern: Alte Freunde und Bekannte sind wertvoll für einen Trinker. Man kann sie immer wegen noch eines Glases und der Moneten angehen.

»Das ist vorbei und vergessen«, sagte ich kurz. Unwissentlich, gewiß, hatte er meine wunde Stelle berührt – hatte er mich an Jean erinnert. »Und was machen Sie jetzt?«

Er zuckte die Achseln. »Mal dies, mal das.«

»Haben Sie vielleicht inzwischen etwas Gold erwischt?« fragte ich boshaft. Ich wollte mich dafür rächen, daß er meine Gedanken auf Jean gelenkt hatte.

»Seh ich so aus?« fragte er bitter. Und unerwartet setzte er hinzu: »Letzte Woche hab' ich Coertze gesehen.«

»Hier in Kapstadt?«

»Jawohl, er war gerade aus Italien zurückgekommen. Jetzt ist er wieder in Johannesburg, nehme ich an.«

Ich grinste. »Hatte er denn Gold mitgebracht?«

Walker schüttelte den Kopf. »Er sagte, es sei noch alles unverändert.« Er griff plötzlich nach meinem Arm. »Das Gold ist noch da – niemand hat's gefunden – es ist noch da – vier Tonnen Gold – da in dem Stollen – und die ganzen Juwelen!« Er redete wie ein Besessener.

»Nun, und warum tut er nichts?« fragte ich. »Warum geht er nicht hin und holt es raus? Warum gehen Sie beide nicht hin?«

»Er mag mich nicht«, sagte Walker verdrießlich. »Er redet kaum mit mir.« Er nahm eine Zigarette aus meiner Schachtel auf dem Tresen; amüsiert gab ich ihm Feuer. »Ist nicht leicht, es aus dem Land zu kriegen«, sagte er. »Selbst Seine Hoch- und Mächtigkeit Sergeant Coertze hat noch keinen Weg entdeckt.«

Er grinste schon ziemlich bezecht. »Stellen Sie sich das mal vor«, sagte er, geradezu munter, »selbst der superkluge Coertze kann's nicht. Er hat das Gold in das Erdloch gebracht, und nun ist er zu bange, es rauszuholen.« Er begann hysterisch zu lachen.

Ich faßte ihn hart am Arm. »Na, nun beruhigen Sie sich mal.«

Sein Lachen brach unvermittelt ab. »Schon gut«, sagte er. »Spendieren Sie mir noch einen; ich hab' meine Brieftasche zu Hause vergessen.«

Ich winkte dem Barmixer mit dem Finger, und Walker bestellte sich noch einen Doppelten. Langsam wurde es mir klar, warum er so heruntergekommen war. Seit vierzehn Jahren fraß es an ihm wie Krebs, daß da irgendwo in Italien ein Goldschatz nur darauf wartete, gehoben zu werden. Schon als ich ihn vor zehn Jahren kennenlernte, hatte ich diese verhängnisvolle Schlaffheit an ihm bemerkt, und jetzt konnte man sehen, daß die Bitterkeit des Verzichts zuviel für ihn war. Ich hätte gern gewußt, wie Coertze mit dieser Belastung fertig wurde. Wenigstens schien er doch etwas zu unternehmen, und sei es nur, daß er die Sache im Auge behielt.

Vorsichtig sagte ich: »Wenn Coertze Sie nun mitnehmen wollte, gingen Sie dann mit nach Italien, um den Kram herauszuholen?«

Er war plötzlich sehr still. »Was wollen Sie damit sagen?« fragte er. »Haben Sie mit Coertze gesprochen?«

»Ich hab' den Mann nie gesehen.«

Walkers Blicke irrten nervös in der Bar umher, dann straffte er sich. »Ja…, wenn er mich haben will… wenn er mich braucht… ich ginge mit«, sagte er forsch. Aber dann klang hämische Bosheit durch: »Sie wissen ja, einmal hat er mich gebraucht; als wir den Kram vergruben, da hat er mich gebraucht.«

»Sie würden sich nicht vor ihm fürchten?«

»Was soll das heißen – vor ihm fürchten? Warum sollte ich mich vor ihm fürchten?«

»Sie waren sich doch ziemlich sicher, daß er vier Morde auf dem Gewissen hat.«

Er war aus der Fassung gebracht. »Ach, das! Das ist lange her. Und ich habe niemals gesagt, er hätte jemand ermordet. Das hab' ich niemals gesagt.«

»Nein, ausdrücklich gesagt haben Sie es nie.«

Er rutschte unruhig auf seinem Barstuhl. »Was soll das überhaupt? Er würde mich ja doch nicht bitten mitzukommen. Jedenfalls sagte er das letzte Woche.«

»O ja, das wird er«, sagte ich leise.

Walker sah plötzlich auf. »Wieso das?«

Ich sagte ruhig: »Weil ich einen Weg weiß, wie man das Gold aus Italien rausbekommt und es, wohin auch immer, bringen kann, ziemlich einfach und verhältnismäßig sicher.«

Seine Augen weiteten sich. »Was sagen Sie? Wie wollen Sie das machen?«

»Das werd' ich Ihnen nicht auf die Nase binden«, sagte ich gleichmütig. »Schließlich würden Sie mir ja auch nicht sagen, wo das Gold versteckt ist.«

»Gut, machen wir es doch«, sagte er beflissen. »Ich sag Ihnen, wo es ist, Sie holen es raus, und damit hat sich der Fall. Warum sollen wir Coertze dazu ranholen?«

»Das ist eine Aufgabe für mehr als zwei. Im übrigen hat er Anspruch auf einen Anteil. Er hat schließlich vierzehn Jahre die Augen auf dem Gold gehabt, und das ist verdammt mehr, als was Sie getan haben.« Ich unterließ es hinzuzufügen, daß ich Walker für so schwach hielt wie ein Rohr im Winde. »Aber werden Sie auch mit Coertze auskommen, wenn die Sache losgeht?«

Er wand sich verdrießlich. »Nun, wenn er mich zufrieden läßt und mir nicht zynisch kommt: das laß ich mir nämlich nicht gefallen.« Er sah mich verwundert an, als würde ihm erst jetzt bewußt, worüber wir sprachen. »Sie meinen, es gäbe eine Möglichkeit, den Kram herauszukriegen? Wirklich eine Möglichkeit?«

Ich nickte und glitt vom Barstuhl. »Und nun entschuldigen Sie mich bitte.«

»Wohin wollen Sie?« fragte er schnell.

»Bei der Fluggesellschaft anrufen«, sagte ich. »Ich brauche für morgen einen Platz in der Maschine nach Johannesburg. Ich will Coertze besuchen.«

Der Wink, auf den ich gewartet hatte, war mir gegeben worden.

Coertze

Eine Reise im Flugzeug ist etwas Großartiges. Schon am Mittag des nächsten Tages nahm ich mir ein Zimmer in einem Hotel in Johannesburg, tausend Meilen von Kapstadt entfernt.

Im Flugzeug hatte ich viel über Coertze nachgedacht. Ich sagte mir, daß die ganze Sache ins Wasser fiele, wenn er nicht anbeißen sollte. Auf Walker konnte ich mich nicht verlassen. Ich mußte mir nun darüber klarwerden, wie ich Coertze anfassen wollte. Nach Walkers Bericht war er ein ziemlich zäher Bursche. Das machte mir weiter nichts aus; wenn's drauf ankam, konnte ich selber zäh sein; aber ich wollte ihn nicht herausfordern. Er würde vermutlich argwöhnisch wie der Teufel sein, und ich würde ihn mit Samthandschuhen anfassen müssen.

Dann noch eins – wie sollte das Unternehmen finanziert werden? Die Bootswerft wollte ich als Sicherheit behalten für den Fall, daß die ganze Sache aufflog; aber wenn ich Harry Marshall als Partner hereinnahm, mein Haus und meinen Wagen und noch dies und das verkaufte, müßte es mir möglich sein, so um

25 000 £ aufzubringen – nicht zuviel für das, was ich im Sinn hatte.

Aber das hing alles von Coertze ab. Ich mußte lächeln, wenn ich mir vorstellte, wo er arbeitete. Er hatte einen Job im Central Schmelzwerk, wo das Gold von allen Minen im Reef geläutert wurde. Durch seine Hände war in den letzten paar Jahren sicher mehr Gold gegangen, als alle Kriegsherren der Achse zusammengenommen in der ganzen Welt vergraben hatten. Er mußte Tantalusqualen ausstehen.

Am Nachmittag rief ich in den Schmelzwerken an. Es dauerte einen Augenblick, bis er an den Apparat kam. »Coertze«, sagte er kurz.

Ich kam sofort zur Sache. »Mein Name ist Halloran«, sagte ich. »Ein gemeinsamer Freund – Herr Walker aus Kapstadt – hat mir erzählt, daß Sie Schwierigkeiten bei der Ausfuhr von Waren aus Italien gehabt haben. Ich bin im Import-Export tätig. Ich glaube, ich könnte Ihnen helfen.«

Ein tiefes Schweigen kroch mir ins Ohr.

Ich sagte: »Meine Firma ist ganz auf die Durchführung solcher Geschäfte eingestellt. Wir haben in ähnlich gelagerten Fällen mit dem Zoll nie viele Schwierigkeiten gehabt.«

Mir war, als hätte ich einen Stein in einen sehr tiefen Brunnen geworfen und erwartete nun sein Aufklatschen. »Warum kommen Sie nicht mal zu mir«, sagte ich. »Ich möchte Sie jetzt nicht weiter aufhalten. Sie haben sicher viel zu tun. Kommen Sie heute abend um sieben, und dann können wir Ihre Schwierigkeiten beim Dinner besprechen. Ich wohne im Regency – das ist in Berea, in ...«

»Ich weiß, wo's ist«, sagte Coertze. Seine Stimme war tief und rauh, mit kehligem Afrikaansakzent.

»Gut, ich erwarte Sie«, antwortete ich und legte auf.

Dieser erste Kontakt gefiel mir. Coertze war mißtrauisch, und das mit Recht. Käme er aber ins Hotel, so hätte er angebissen, und ich brauchte dann nur noch an der Angelleine zu rucken, um ihn fest am Haken zu haben.

Ich war mir seines Kommens ziemlich sicher, schon wegen der menschlichen Neugier. Käme er nicht, so wäre er nicht menschlich – oder aber ein Übermensch.

Er kam, aber nicht um sieben, und ich begann schon an meinem Urteil über menschliche Schwächen zu zweifeln. Es war schon nach acht, als er an die Tür klopfte und, nachdem er sich vergewissert hatte, daß ich es sei, sagte: »Vom Essen woll'n wir nicht weiter reden, ich hab' gegessen.«

»Schön«, sagte ich, »aber was zu trinken?« Ich ging durch das Zimmer und nahm die Kognakflasche zur Hand. Ich war überzeugt, daß er Kognak wollte; die meisten Südafrikaner trinken ihn.

»Ich nehme einen Scotch«, sagte er wider Erwarten. »Danke«, fügte er einen Augenblick später hinzu.

Während des Einschenkens sah ich ihn an. Ein großer, schwerer Mann mit gewaltigem Brustkasten. Sein Haar war schwarz und ziemlich struppig, es gab ihm ein fast zottiges Aussehen; ausgezogen sähe er aus wie ein Grislybär. Seine Augenbrauen standen schwarz und gerade über Augen von einem eindringlichen stählernen Blau. Er hatte besser auf sich selber aufgepaßt als Walker. Ein Hauch von Gesundheit ging von ihm aus.

Ich gab ihm ein Glas, und wir setzten uns und sahen einander an. Er war gespannt und wachsam, wenn er das auch zu verbergen suchte, indem er übertrieben nachlässig auf seinem Stuhl saß. Wir glichen zwei Duellanten, die mit ihren Klingen Fühlung nahmen.

»Ich will zur Sache kommen«, sagte ich. »Vor langer Zeit erzählte mir Walker einmal eine interessante Geschichte, die sich um Gold drehte. Vor zehn Jahren war's, und wir wollten etwas unternehmen, aber es wurde nichts draus. Das war aber vielleicht ganz gut, wir hätten die Sache sicher verpfuscht.«

Ich wies mit dem Finger auf ihn. »Sie haben die Sache im Auge behalten. Sie haben vielleicht von Zeit zu Zeit mal einen Abstecher nach Italien gemacht, um die allgemeine Lage auszumachen. Sie haben sich den Kopf zerbrochen, um auf eine Möglichkeit zu kommen, das Gold aus Italien rauszukriegen, und das ist Ihnen nicht gelungen. Sie kommen nicht weiter damit.«

Sein Gesicht blieb unbeweglich; er hätte einen guten Pokerspieler abgegeben. Er sagte: »Wann haben Sie Walker zuletzt gesehen?«

»Gestern, in Kapstadt.«

Das zerfurchte Gesicht verzog sich zu einem höhnischen Grinsen. »Und Sie kommen hierher nach Johannesburg geflogen, um mich aufzusuchen, bloß weil Ihnen ein Saufbold wie Walker ein Ammenmärchen erzählt hat? Walker ist ein nichtsnutziger

Strolch; solche wie den sehe ich jeden Tag zu Dutzenden in den Library Gardens«, sagte er verächtlich.

»Es ist durchaus kein Ammenmärchen, das kann ich beweisen.«

Coertze saß bloß da und starrte mich an wie ein steinerner Wasserspeier, das Whiskyglas wie verloren in seiner riesigen Faust.

Ich fragte: »Warum sind Sie hier, in diesem Zimmer? Wenn an der Geschichte nichts drangewesen wäre, hätten Sie mich am Telefon doch nur gefragt, was in Teufels Namen ich Ihnen da vorredete. Die Tatsache, daß Sie hier sind, beweist, daß da irgend etwas ist.«

Er schaltete schnell um. »Schön«, sagte er. »Was haben Sie vorzubringen?«

Ich entgegnete: »Ihnen ist noch kein Gedanke gekommen, wie man vier Tonnen Told aus Italien rauskriegt. Stimmt's?«

Ein kleines Grinsen. »Nehmen wir's mal an.«

»Ich weiß einen narrensicheren Weg.«

Er setzte das Glas hin und nahm eine Schachtel Zigaretten heraus. »Und wie?«

»Das erzähl ich Ihnen nicht – noch nicht.«

Er griente. »Walker hat Ihnen nicht erzählt, wo das Gold ist, wie?«

»Nein, hat er nicht«, bestätigte ich. »Aber er täte es, wenn ich ihn ausquetschen würde. Walker kann nicht standhalten, wenn er unter Druck gesetzt wird, das wissen Sie ja.«

»Er trinkt zuviel«, sagte Coertze, »und wenn er trinkt, redet er. Ich nehm Gift drauf, so ist er auch dazu gekommen, Ihnen den ganzen Senf zu erzählen.« Er zündete sich eine Zigarette an. »Wieviel verlangen Sie?«

»Gleiche Anteile«, sagte ich entschieden. »Drei Teile, nach Abzug aller Unkosten.«

»Soll das heißen, Walker macht mit?«

»Ja«, sagte ich.

Coertze bewegte sich auf dem Stuhl. »Mann, die Sache liegt doch so«, sagte er, »ich weiß nicht, ob Sie einen narrensicheren Weg haben, das Gold rauszukriegen, oder nicht. Ich hab' es wohl schon zigmal versucht. Aber nehmen wir mal an, wir machen es nach Ihrem Plan. Warum sollten wir Walker mitnehmen?«

Er hob die Hand. »Das bedeutet ja nicht, ihn übers Ohr zu hauen oder so – obgleich er sich nichts daraus gemacht hätte, uns zu betrügen.

Geben Sie ihm seinen Anteil, wenn alles erledigt ist, aber um Himmels willen, halten Sie ihn aus Italien raus. Der richtet bestimmt nur Unheil an.«

Ich dachte an Harrison und Parker und die zwei Italiener. »Sie mögen ihn anscheinend nicht?«

Coertze befühlte zerstreut eine Narbe auf seiner Stirn. »Man kann sich nicht auf ihn verlassen. Durch ihn wäre ich während des Krieges ein paarmal beinah hops gegangen.«

Ich erwiderte: »Nein, wir nehmen ihn mit. Ich weiß nicht, ob wir zu dritt die Sache schaffen, zu zweit wär's jedenfalls unmöglich. Oder wollten Sie jemand anders mitnehmen?«

Er lächelte frostig. »Das ist nicht drin – nicht, wenn Sie mitkommen. Aber Walker sollte in Zukunft lieber seine große Schnauze halten.«

»Vor allem sollte er das Trinken aufgeben.«

»Stimmt. Halten Sie ihm die Flasche vom Hals; 'n paar Glas Bier schaden ja nichts, aber halten Sie ihn von den scharfen Sachen zurück. Das ist Ihre Sache; ich will mit dieser Ratte nichts zu tun haben.«

Er blies den Rauch in die Luft und sagte: »Nun lassen Sie mal Ihren Vorschlag hören. Wenn er gut ist, mach ich mit. Wenn nicht, will ich nichts damit zu tun haben. In diesem Fall machen Sie und Walker in Dreiteufelsnamen, was Sie wollen; aber wenn Sie auf das Gold losgehen, müssen Sie mit mir rechnen. Wenn man mir in den Weg kommt, bin ich ein Biest.«

»Genau wie ich«, sagte ich.

Wir grinsten uns an. In einer Weise gefiel mir der Mann. Zwar würde ich ihm nicht mehr trauen als Walker, aber ich hatte das Gefühl, Walker könnte einem ein Messer in den Rücken stoßen, Coertze würde einen jedenfalls von vorn niederknallen.

»Also gut«, sagte er, »schießen Sie los.«

»Das erzähl ich Ihnen nicht – nicht in diesem Raum.« Ich sah seine Miene und fuhr schnell fort: »Nicht, weil ich Ihnen nicht traue, aber Sie würden mir's einfach nicht glauben. Sie müssen es sehen – und zwar in Kapstadt.«

Er sah mich lange an und sagte dann: »Gut, wenn Sie meinen, mir soll's recht sein.« Nach kurzem Nachdenken fuhr er fort:

»Ich habe hier einen guten Posten, und ich denke nicht daran, ihn einfach auf Ihr Wort hin aufzugeben. Ich habe bald ein langes Wochenende – dann bin ich drei Tage frei. Ich werde nach Kapstadt fliegen und mir ansehen, was Sie mir zu zeigen haben. Wenn es in Ordnung ist, laß ich meine Stelle sausen; wenn nicht, behalte ich sie.«

»Ihre Unkosten trage ich«, sagte ich.

»Kann ich selber tragen«, knurrte er.

»Wenn nichts draus wird, ersetze ich Ihnen die Auslagen«, beharrte ich. »Dann sollen Sie nicht auch noch Geld dabei verlieren.«

Er sah auf und grinste. »Wir werden uns schon einig werden«, sagte er. »Wo ist die Pulle?« Als ich uns einschenkte, meinte er: »Sie sagten, Sie wollten schon mal mit Walker nach Italien. Was hat Sie davon abgehalten?«

Ich zog den Zeitungsausschnitt aus der Tasche und reichte ihn ihm. Er las ihn und lachte. »Da hat Walker sicher einen schönen Schreck gekriegt. Ich war damals gerade dort«, sagte er unerwartet.

»In Italien?«

Er nahm einen Schluck und nickte. »Ja. Ich ließ mir meinen rückständigen Sold und mein Entlassungsgeld auszahlen und ging '48 zurück. Kaum war ich da, da ging die Hölle los mit diesem Gerichtsverfahren. Ich hab's in den Zeitungen verfolgt – so 'n Haufen Quatsch haben Sie sicher Ihr Lebtag noch nicht gelesen. Nun, mir schien es das beste, mich ganz ruhig zu verhalten, und so verbrachte ich lieber *lekker* Ferien mit dem Grafen.«

»Mit dem Grafen?« fragte ich verblüfft.

»Sicher«, sagte er, »wenn ich in Italien bin, gehe ich immer zum Grafen. Viermal bin ich nun schon dagewesen.«

»Und was wollen Sie denn mit dem Gold anfangen, wenn Sie es erst mal aus Italien raus haben?«

»Das hab' ich schon alles vorbedacht«, meinte er zuversichtlich. »In Indien brauchen sie immer Gold, und da kann man auch einen guten Preis rausschlagen. Sie würden Augen machen über die Menge Gold, die aus dem Land geschmuggelt wird und schließlich in kleinen Mengen nach Indien reinkommt.«

Er hatte recht – Indien ist der Goldabladeplatz der Welt –, aber ich sagte beiläufig: »Meine Gedanken gehen in eine andere

Richtung – nach Tanger. Das ist ein offener Platz mit offenem Goldmarkt. Dort sollte man vier Tonnen Gold ziemlich leicht verkaufen können – und vor allem legal, man hat keine Malaise mit der Polizei.«

Er sah mich respektvoll an. »Daran hab' ich nicht gedacht. Über diese internationalen Finanzangelegenheiten weiß ich nicht gut Bescheid.«

Ich fuhr fort: »Da ist aber 'n Haken dabei. Tanger macht nächstes Jahr den Laden dicht; es wird von Marokko übergeschluckt. Dann ist es kein freier Hafen mehr, und der Goldmarkt ist geschlossen.«

»Wann nächstes Jahr?«

»Am 19. April, in neun Monaten also, es bleibt uns gerade eben noch Zeit genug.«

Er griente. »Darauf wär ich nie gekommen, das Gold legal zu verkaufen, dachte immer, das ginge gar nicht. Ich meinte, die Regierungen hätten das alles unterbunden. Ich hätte Sie früher treffen sollen.«

»Das hätte Ihnen nichts genützt«, sagte ich, »ich hatte noch nicht das Köpfchen, das ich heute habe.«

Er lachte, und dann machten wir uns über die Flasche her, bis sie leer war.

Zwei Wochen später kam Coertze nach Kapstadt. Ich holte ihn am Flughafen ab und fuhr gleich mit ihm zur Werft, wo Walker uns erwartete.

Als ich Walker erzählt hatte, daß Coertze uns besuchen wolle, zog er sich in sich selbst zurück. Trotz seiner hochtrabenden Prahlereien bemerkte ich doch, daß ihm ein näherer Kontakt mißfiel. Und wenn auch nur die Hälfte von dem, was er mir über Coertze erzählt hatte, stimmte, so hatte er tatsächlich allen Grund, sich vor ihm zu fürchten – und wenn man es recht bedenkt – ich auch.

Offensichtlich war Coertze zum erstenmal auf einer Bootswerft; er sah sich alles mit lebhaftem Interesse an, und er stellte eine Menge Fragen, die durchweg verständig waren. Zuletzt fragte er: »Gut, und was soll das nun alles?«

Ich nahm sie mit zum mittleren Slip, wo Jimmy Murphys *Estralita* darauf wartete, zur Überholung aufgeholt zu werden. »Das ist eine Segeljacht«, sagte ich. »Ein 15tonner. Wie schätzen

Sie ihren Tiefgang – ich meine, wie tief reicht sie ins Wasser hinunter?«

Coertze ließ seinen Blick über sie gleiten und sah dann zu dem hohen Mast empor. »Sie muß ziemlich tief gehen, um das alles auszubalancieren«, sagte er. »Aber wieviel, das weiß ich nicht. Ich weiß gar nichts über Boote.«

Wenn man bedenkt, daß er gar nichts über Boote wußte, war seine Antwort ganz vernünftig.

»In normalem Trimm ist ihr Tiefgang sechs Fuß«, sagte ich. »Im Augenblick geht sie nicht so tief, weil ein großer Teil der Ausrüstung von Bord genommen ist.«

Er kniff die Augen zusammen. »Ich hätte gedacht, es wäre mehr. Was passiert, wenn der Wind stark in die Segel bläst? Kippt sie nicht um?«

Die Sache ließ sich gut an, und ich fuhr fort:

»Ich hab' da grade noch so ein Boot wie dieses im Bau, einen 15tonner. Kommen Sie.«

Ich ging voraus zu dem Schuppen, wo die *Sanford* gebaut wurde, und Coertze folgte, offensichtlich befriedigt, weil er merkte, daß ich auf die Sache lossteuerte. Walker trollte hinterdrein.

Ich hatte draufgedrückt, daß die *Sanford* fertig wurde, und sie war so weit, daß sie zu Wasser gelassen werden konnte, sobald der Bodenbeschlag aus Glasfiber angebracht und der Innenausbau soweit war.

Coertze blickte zu ihr auf. »Sieht verdammt groß aus, wenn so 'n Ding aus dem Wasser raus ist.«

Ich lächelte. Das war die übliche Reaktion eines Laien. »Kommen Sie an Bord«, sagte ich.

Die Geräumigkeit, die er unten vorfand, machte Eindruck auf ihn, und er äußerte sich lobend über die Einrichtung. »Haben Sie das alles selbst entworfen?« fragte er.

Ich nickte.

»Hier könnte man ja richtig leben«, sagte er, als er die Kombüse besichtigte.

»Man kann – und Sie werden es«, sagte ich. »Dies ist das Boot, in dem wir die vier Tonnen Gold aus Italien herausholen werden.«

Überrascht sah er auf und runzelte die Stirn. »Wo wollen Sie das denn hinpacken?«

Ich sagte: »Nehmen Sie Platz, ich möchte Ihnen etwas über Segelboote erzählen, was Sie noch nicht wissen.«

Coertze hatte sich unbequem auf die Ecke der Steuerbordschlafbank gesetzt, auf der noch keine Matratze lag, und wartete auf meine Erklärungen.

»Dies Boot verdrängt – wiegt, heißt das – zehn Tonnen, und ...«

Walker unterbrach mich: »Ich denke, Sie sagten, es sei ein 15tonner.«

»Das ist Themsemaß, Jachtmaß. Die Verdrängung ist was anderes.«

Coertze blickte Walker an. »Halt die Schnauze und laß den Mann reden.« Er wandte sich mir zu. »Wenn das Boot zehn Tonnen wiegt und Sie packen noch vier Tonnen dazu, dann muß es doch nahe am Versinken sein, wie? Und wo woll'n Sie's hintun? Es kann nicht im Freien liegen, wo die Polente es sehen kann.«

Geduldig nahm ich den Faden wieder auf: »Ich sagte, daß ich Ihnen etwas über Segelboote erzählen wollte, was Sie noch nicht wissen. Nun, passen Sie auf – ungefähr 40 Prozent des Gewichts eines Segelbootes ist Ballast, der es in der richtigen Weise aufrecht hält, wenn der Wind auf die Segel drückt.«

Ich tappte mit dem Fuß auf den Kajütenfußboden. »Unter dem Bootskörper hängt ein gewaltiges Stück Blei, das genau vier Tonnen wiegt.«

Coertze starrte mich ungläubig an; in seinen Augen dämmerte eine Vermutung auf. Ich sagte: »Kommen Sie, ich zeig's Ihnen.«

Wir gingen nach draußen, und ich zeigte ihnen den bleiernen Ballastkiel. Ich sagte: »Dies alles wird in der nächsten Woche verdeckt sein, das Boot wird nämlich verschalt, um den Bohrwurm fernzuhalten.«

Coertze hockte auf den Fersen und betrachtete den Kiel. »So ist das«, sagte er langsam, »so ist das also. Das Gold unter dem Wasser versteckt, eingebaut als Teil des Bootes.« Er fing an zu lachen, und nach einem Augenblick fiel Walker ein. Auch ich begann zu lachen, und die Wände des Schuppens dröhnten.

Plötzlich war Coertze wieder ganz sachlich. »Welchen Schmelzpunkt hat Blei?« fragte er kurz.

Ich wußte, was nun kam. »327 Grad«, sagte ich. »Am Ende der Werft haben wir eine kleine Gießerei, wo wir unsere Kiele selbst gießen.«

»Ja«, sagte er nachdrücklich. »Blei können Sie auf einem Küchenherd schmelzen. Aber Gold schmilzt erst über tausend Grad, und dazu braucht man mehr als einen Küchenherd. Darüber weiß ich Bescheid, Goldschmelzen ist mein Fach. In unseren Schmelzereien haben wir verdammt große Schmelzöfen.«

Ich beeilte mich zu sagen: »Auch daran hab' ich gedacht. Kommen Sie mit zur Werkstatt. Ich will Ihnen was zeigen, was Sie noch nie gesehen haben.«

In der Werkstatt öffnete ich einen Schrank und sagte: »Dieser Apparat ist funkelnagelneu – ganz neue Erfindung.« Ich holte ihn heraus und stellte ihn auf die Bank. Coertze betrachtete ihn verständnislos.

Es war nicht viel dran zu sehen, nur ein Metallkasten, achtzehn mal fünfzehn mal neun Zoll groß, obendrauf eine Asbestplatte und ein Glühofen mit einem Satz Klammern. Ich sagte: »Sie kennen ja Instant-Kaffee, Express-Kaffeepulver – nun, dies hier ist Express-Hitze.« Ich machte die Maschine betriebsklar. »Der Apparat braucht Kühlwasser mit einem Druck von mindestens zweieinhalb Kilo auf den Quadratzoll – das können wir aus der Wasserleitung nehmen. Er arbeitet zudem mit normalem elektrischen Strom aus dem Netz. Man kann ihn also überall in Betrieb nehmen.«

Dann nahm ich das Kernstück der Maschine aus einer Schublade. Auch hieran war nicht viel zu sehen; nichts als eine kleine flache Gießform, drei mal vier Zoll groß. Ich erläuterte: »Irgendein Hexenmeister in den USA hat es herausgekriegt, Fäden aus purem Graphit zu spinnen und zu weben, und ein anderer kam auf diese Anwendung.«

Ich hob den Griff oben an der Maschine, setzte den Graphittiegel ein und klammerte ihn fest. Dann nahm ich ein Stück Metall und reichte es Coertze.

Er drehte es zwischen den Fingern und fragte: »Was ist das?«

»Einfach ein Stück gewöhnlicher Flußstahl. Aber wenn der Apparat Stahl schmelzen kann, dann kann er auch Gold schmelzen. Stimmt's?«

Er nickte und blickte zweifelnd auf die Maschine – sehr imponierend sah sie freilich nicht aus.

Ich nahm ihm das Stahlstück aus der Hand und legte es in den Graphittiegel. Dann gab ich Walker und Coertze Schweißbrillen. »Setzen Sie die lieber auf, es wird ein bißchen hell.«

Wir setzten die Brillen auf, und ich schaltete ein. Es war ein eindrucksvolles Schauspiel. Im Nu leuchtete der Tiegel in Weißglut auf, und das Stahlstück glühte rot, dann gelb und schließlich weiß. Es zerfiel wie schmelzendes Wachs, und in weniger als fünfzehn Sekunden war es zu einem Tropfen zerflossen. Das geschah unter heftigem Funkensprühen, als das Metall auf die Luft reagierte.

Ich schaltete aus und nahm die Brille ab. »Beim Goldschmelzen gibt es nicht solch ein Feuerwerk; es oxydiert nicht so leicht wie Eisen.«

Coertze starrte auf den Apparat. »Wie geht das vor sich?«

»So was wie 'n elektrischer Lichtbogen«, erklärte ich. »Man erreicht damit Temperaturen bis zu fünftausend Grad. Es ist nur als Laboratoriumsgerät gedacht. Aber ich schätze, man kann damit zwei Pfund Gold zur gleichen Zeit schmelzen. Mit drei von diesen Apparaten und einem Haufen Reservetiegeln könnten wir ziemlich schnell arbeiten.«

Er sagte zweifelnd: »Wenn wir immer nur ein paar Pfund zu gleicher Zeit gießen können, wird der Kiel so viele Risse und fehlerhafte Stellen bekommen, daß ich mir nicht sicher bin, ob er nicht unter seinem eigenen Gewicht bricht.«

»Auch daran hab' ich gedacht«, sagte ich ruhig. »Haben Sie jemals zugesehen, wenn Eisenbeton gegossen wird?«

Er runzelte die Stirn. Dann ging ihm ein Licht auf, und er schnalzte mit den Fingern.

»Wir machen eine Gießform und legen Drahtgeflecht hinein«, sagte ich, »das hält es zusammen.«

Ich zeigte ihm ein Modell, das ich aus Sicherungsdraht und Kerzenwachs gebastelt hatte, und er studierte es sorgfältig. Schließlich sagte er: »Sie haben verdammt viel darüber nachgedacht.«

»Einer muß es ja tun«, sagte ich, »oder soll das Gold da weitere vierzehn Jahre liegen?«

Das ärgerte ihn, weil es ihn als Dummkopf hinstellte; aber was sollte er schon dagegen einwenden? Er wollte etwas sagen, würgte es aber hinunter, und sein Gesicht lief rot an. Dann holte er tief Luft und sagte: »Gut, Sie haben mich überzeugt. Ich mache mit.« –

Und dann holte ich tief Luft.

Am selben Abend noch setzten wir uns zusammen.

Ich begann: »Mein Plan ist so: *Sanford*, meine Jacht, ist in der nächsten Woche klar für die Probefahrt. Sobald wir damit durch sind, bringe ich Ihnen beiden das Segeln bei. In höchstens vier Monaten, von heute an gerechnet, laufen wir aus nach Tanger.«

»Jesus!« sagte Walker. »So was hör ich ja nun nicht so gern.«

»Das ist doch gar nichts«, sagte ich. »Heutzutage treiben sich Hunderte von Leuten auf dem Atlantik herum. Deubel noch eins, da sind welche rund um die Welt gesegelt in Booten, die nur ein Viertel so groß waren.«

Ich blickte auf Coertze. »Das wird nun ein bißchen Geld kosten. Haben Sie was?«

»So um die Tausend«, sagte er.

»Die kommen mit in den Topf«, sagte ich, »zusammen mit meinen Fünfundzwanzigtausend.«

»Magtig«, sagte er, »das ist ein schöner Batzen Geld.«

»Wir werden jeden Pfennig brauchen«, sagte ich. »Vielleicht müssen wir in Italien eine kleine Bootswerft kaufen, wenn dies die einzige Möglichkeit sein sollte, den Kiel heimlich anzubringen. Ich leihe mein Geld der Firma Walker, Coertze und Halloran zu 100 Prozent. Bevor das ganze in drei Teile geteilt wird, möchte ich fünfundzwanzigtausend zurückhaben. Sie können mit Ihren tausend das gleiche machen.«

»Nichts gegen einzuwenden«, stimmte Coertze zu.

Ich fuhr fort: »Walker hat kein Geld, und wenn Sie Ihre tausend in den Topf getan haben, dann haben Sie auch nichts mehr. Darum setze ich Sie beide in meine Lohnliste. Sie erhalten während des Unternehmens frei Rauchen und täglich drei Gin.«

Diese Ankündigung gab Walker sichtlich neuen Auftrieb. Coertze nickte lediglich zustimmend. Ich sah Walker scharf an. »Und Sie geben das Saufen auf, oder wir kippen Sie über Bord. Vergessen Sie das nicht!«

Er nickte verdrießlich.

Coertze fragte: »Warum gehen wir zuerst nach Tanger?«

»Wir müssen Vorbereitungen treffen, um das Gold wieder in handelsübliche Barren zurückzugießen«, erläuterte ich. »Ich kann mir nicht vorstellen, daß eine Bank in aller Ruhe einen goldenen Kiel in ihren Tresor nimmt. Aber das ist eine spätere Sorge; zunächst muß ich ein paar einigermaßen brauchbare Seeleute aus Ihnen machen – und dann müssen wir erst einmal zum Mittelmeer kommen.«

Ich ging mit der *Sanford* auf die Probefahrten, und Walker und Coertze kamen mit, um sich anzusehen, in was sie sich da eingelassen hatten. Die Jacht zeigte alle Eigenschaften, die ich immer von einem Boot verlangt hatte. Sie war schnell genug für einen Hochseekreuzer und nicht zu rank. Mit ein wenig Segeltrimm lag sie genau richtig im Ruder, und ich sah, daß sie ohne große Änderungen in Ordnung käme.

Auf einem längeren Schlag nahm sie Fahrt auf und glitt fröhlich durch die Wellen, die an der Leereling entlangwirbelten und auf das Deck spülten. Walkers Gesicht war grünlich, als er sagte: »Sie erzählten uns doch, der Kiel würde das Ding senkrecht halten.« Er klemmte sich im Cockpit dicht an die Seite.

Ich lachte. Ich war so glücklich, wie ich es lange nicht gewesen war. »Machen Sie sich nichts draus. Das ist noch keine starke Krängung. Sie kentert noch lange nicht.«

Coertze sagte nichts – er hatte genug mit der Seekrankheit zu tun.

Die nächsten drei Monate ging es rauh und hart her. Die Leute haben vergessen, daß dies Kap früher ›Kap der Stürme‹ hieß, bevor so ein Vorläufer dieser Public-relation-Leute es umtaufte in ›Kap der Guten Hoffnung‹. Wenn der Bergwind wehte, konnte es hier genauso ungemütlich werden wie überall in der Welt.

Unbarmherzig trieb ich Walker und Coertze an. In drei Monaten mußte ich brauchbare Seeleute aus ihnen machen; die *Sanford* war ein wenig zu groß, um einhand gesegelt zu werden. Ich hoffte, die beiden zusammen würden einem Vollmatrosen gleichkommen. Es war nicht ganz so schlimm, wie es klingt; denn in diesen drei Monaten erwarben sie mehr Seefahrtszeit als der durchschnittliche Wochenendsegler in drei Jahren, und obendrein hatten sie den zweifelhaften Vorteil, einen erbarmungslosen Ausbilder zu haben.

Die Zeit an Land war ausgefüllt mit Unterricht über die Theorie des Segelns und mit dem Erlernen der Grundlagen der Marlspieker-Seemannschaft: Splissen und Knoten und Segelnähen. Über die Theorie murrten sie ein wenig, aber ich brachte sie schnell zum Schweigen, indem ich sie fragte, was sie wohl anfangen wollten, wenn ich mitten im Atlantik über Bord gespült würde.

Dann liefen wir aus, um praktisch zu erproben, was ich sie gelehrt hatte – zuerst in der Bucht, dann in der offenen See, zuerst in Küstensicht um die Halbinsel herumkreuzend, dann auf längeren Fahrten außerhalb von Landsicht.

Ich hatte gedacht, Coertze würde sich auf See als ebenso zäh erweisen, wie er es offensichtlich an Land war. Aber er war nicht seefest und würde es niemals werden. Er hatte einen schwachen Magen und konnte die Bewegungen des Bootes nicht aushalten. So erwies er sich als ziemlich unbrauchbar in der Handhabung des Bootes. Aber immerhin war er so heldenhaft, daß er auf den längeren Seetörns den Koch machte – eine undankbare Aufgabe für einen Seekranken.

Ich hörte ihn unten fluchen, wenn sich ihm bei rauhem Wetter eine Kanne mit heißem Kaffee über das Zeug ergoß. Einmal erzählte er mir, daß er nun wüßte, wie Pokerwürfeln zumute ist, wenn sie im Becher geschüttelt werden. Aus einem weniger gewichtigen Grunde würde er es nicht ausgehalten haben. Aber die Gier nach Gold war zu mächtig in ihm.

Walker war wirklich eine Überraschung. Coertze und ich hatten ihn, mochte er sich auch noch so sträuben, der Flasche entwöhnt, und nun aß er mehr, und die Luft und die körperliche Betätigung taten ihm gut. Er nahm zu, seine eingefallenen Wangen strafften sich, und seine Brust weitete sich. Die ausgegangenen Haare wuchsen zwar nicht nach, aber er sah doch nun dem netten jungen Mann, den ich vor zehn Jahren kennengelernt hatte, wieder sehr viel ähnlicher.

Was noch erstaunlicher war: er schien von Natur aus ein guter Seemann zu sein. Er liebte die *Sanford,* und offenbar liebte sie ihn. Er war ein guter Rudergänger, und er konnte sie höher an den Wind legen als ich, wenn wir kreuzten. Ich zögerte zuerst, ihm freie Hand mit der *Sanford* zu lassen, aber als er sich bewährte, widerstrebte ich nicht länger.

Schließlich waren wir fertig und brauchten auf nichts mehr zu warten. Wir rüsteten die *Sanford* aus und liefen am 12. November nach dem Norden aus, so daß wir Weihnachten in See feierten. Vor uns lag eine Wasserwüste, und dahinter lockte uns ein Köder von vier Tonnen Gold.

Man konnte es eigentlich eine Vergnügungsreise nennen.

ZWEITES BUCH

Das Gold

Tanger

Nach zwei Monaten liefen wir in Tanger ein. Wir hatten die Flagge ›Q‹ gesetzt und warteten auf den Hafenarzt, der uns die Landverkehrserlaubnis erteilen sollte, und auf die Abfertigung durch die Zollbeamten. An Backbord der *Sanford* lag die Europäerstadt mit ihren glatten, modernen Gebäuden, deren Umrisse sich scharf vom Himmel abhoben. An Steuerbord lag die alte, die Araberstadt: niedrige Hütten mit flachen Dächern, die sich einem Hügel anschmiegten und zwischen denen die Lanze eines Minaretts emporschoß. An Backbord – Europa; an Steuerbord – Afrika.

Für Walker und Coertze war das nichts Neues. Sie hatten sich während des Krieges so manches Mal in Kairo und Alexandria ausgetobt. Auf der Fahrt von Kapstadt hierher hatten sie sich oft über ihre Zeit in der Army unterhalten und immer auf italienisch. Wir hatten es uns zur Regel gemacht, soviel wie möglich italienisch zu sprechen, und während es für die beiden nur ein Wiederholungslehrgang war, blieb ich doch nicht weit hinter ihnen zurück, obwohl ich von Grund auf anfangen mußte.

Um unsere Tätigkeit im Mittelmeer zu verschleiern, hatten wir uns eine schöne Tarngeschichte ausgedacht. Ich war ein südafrikanischer Bootsbauer, der eine Vergnügungsreise mit einer Geschäftsreise verband. Ich dachte daran, mir den einträglichen Mittelmeermarkt zu erschließen und vielleicht eine Bootswerft zu kaufen, wenn Preis und Bedingungen mir zusagten. Diese Geschichte hatte den Vorteil, nicht gar zu weit von der Wahrheit entfernt zu sein, und sie würde uns dienlich sein, falls wir tatsächlich eine Werft kaufen mußten, um den goldenen Kiel zu gießen. Coertze war ein Bergmann, der an Gesundheitsstörungen litt. Sein Arzt hatte ihm Ferien in frischer Luft angeraten, und so kam er dazu, bei mir auf der *Sanford* mitzusegeln. Seine Tarngeschichte würde jedes Interesse, das er etwa an Bleiminen nehmen sollte, verständlich machen.

Walker, der sich geradezu als Schauspieler entpuppte, war ein junger Lebemann in bescheidenem Wohlstand. Er hatte sein Auskommen und keine Lust, etwas zu tun; um das zu vermeiden, war ihm jeder Weg, und sei er noch so lang, recht. Unsere Mittelmeerreise machte er mit, weil ihm Südafrika zum Halse heraushing und es ihn nach einem Tapetenwechsel gelüstete. Seine Aufgabe sollte es sein, unsere Angelegenheiten in Tanger zu ordnen, ein abgelegenes Haus aufzutreiben, wo wir die letzten Arbeiten unseres Vorhabens erledigen könnten.

Alles in allem war ich ganz zufrieden, wenn mir auch Coertze auf der Fahrt nach dem Norden etwas auf die Nerven gegangen war. Es ärgerte ihn, daß ich anscheinend den Herrn herauskehrte, und ich mußte es ihm sehr nachdrücklich einbleuen, daß ein Schiff nur einen Skipper haben kann. Das hatte er schließlich einsehen müssen, als wir auf der Höhe der Kanaren in schlechtes Wetter kamen, und es wurmte ihn, daß der von ihm so verachtete Walker der bessere Seemann war.

Als wir erst in Tanger waren, hatte er sich schnell wiedergefunden und neigte dazu, sich in den Vordergrund zu spielen. Mir war klar, daß ich ihn bald wieder einmal zusammenstauchen mußte.

Walker blickte im Hafenbecken umher. »Nicht viele Segelboote hier«, bemerkte er.

Das stimmte. Da lagen ein paar plumpe Fischerboote und eine schneidige Ketsch, die aussah, als ob sie zum Karibischen Meer wollte. Aber dann waren da noch wenigstens zwanzig Motorboote, offenbar sehr schnelle Fahrzeuge, die niedrig zu Wasser lagen. Mir war klar, was das für welche waren. Es war die Schmugglerflotte. Zigaretten nach Spanien, Feuerzeuge nach Frankreich, Antibiotika dahin, wo ein Geschäft damit zu machen war (dieser Handel war allerdings zurückgegangen), Narkotika überallhin. Gern hätte ich gewußt, ob viele Waffen nach Algerien geschmuggelt wurden.

Schließlich kamen die Beamten, und als sie gingen, hinterließen sie in meinen Decksplanken Löcher von ihren grobbenagelten Schuhen. Ich begleitete sie zu ihrer Barkasse, und kaum hatten sie abgelegt, tippte Walker mich am Arm:

»Wir kriegen noch mehr Besuch.«

Ich drehte mich um und sah ein Boot, das quer über den Hafen gewriggt wurde. Walker wies auf eines der Motorboote: »Von dem Boot da drüben hat er uns schon durch sein Glas beobachtet, und nun kommt er her.«

Ich wartete ab, daß das Dingi herankam. Es war ein Europäer am Riemen, nur konnte ich sein Gesicht nicht sehen. Als er aber geschickt die Fahrt aus dem Boot gebracht und gedreht hatte, um bei der *Sanford* längsseits zu kommen, sah er auf, und ich erkannte Metcalfe.

Metcalfe ist einer aus dieser internationalen Bande von Gaunern, von denen es vielleicht hundert in der Welt gibt. Es sind Glücksritter, die es zu jedem heißen Boden zieht, die auf ihrer Jagd nach dem Geld keine Gefahr scheuen. Ich war nicht eigentlich überrascht, Metcalfe hier zu sehen; Tanger ist seit undenklichen Zeiten ein Piratennest gewesen und gehörte sicher zu den natürlichen Stützpunkten Metcalfes.

Ich kannte Metcalfe flüchtig aus Südafrika, hatte aber keine Ahnung, was er dort damals trieb. Ich wußte nur, daß er ein verdammt guter Segler war und in Kapstadt viele Dingi-Regatten gewonnen hatte und beinahe die Dingi-Meisterschaft von Südafrika erreicht hätte. Er hatte eines meiner *Falcon-Boote* gekauft und war damit oft wieder auf der Werft erschienen, um es für die Regatten hinzutrimmen.

Ich hatte ihn gern gemocht und war etliche Male mit ihm gesegelt. Wir hatten in der Jachtklub-Bar manchen zusammen gehoben, und er hatte mit Jean und mir ein Wochenende in Kirstenbosch verbracht. Wir waren auf dem besten Wege, richtige Freunde zu werden, als er urplötzlich aus Südafrika verschwand, verduftete, um der Polizei zu entgehen, die ihn wegen Diamantenschmuggels schnappen wollte. Seitdem hatte ich ihn nicht wiedergesehen, aber seinen Namen hatte ich öfter nennen hören oder auch mal in der Zeitung gelesen, gewöhnlich im Zusammenhang mit irgendwelchen Affären in diesem oder jenem exotischen Brennpunkt.

Und nun kletterte er aufs Deck der *Sanford*.

»Dacht' ich mir's doch, das müßten Sie sein«, sagte er. »Nun, ein Blick durchs Glas, und ich wußte es. Was machen Sie denn hier?«

»Och, ich kreuze nur so herum«, erwiderte ich, »und verbinde das Geschäft mit dem Vergnügen. Ich dachte, ich könnte mich mal umtun, wie die Aussichten im Mittelmeer sind.«

Er grinste. »Die sind gut, Freundchen, aber das liegt wohl nicht auf Ihrer Linie, wie?«

Ich schüttelte den Kopf und sagte: »Lange nichts gehört von Ihnen; das letzte war, Sie seien in Kuba.«

»Ja, in Havana, aber nur kurz, keine Gegend für mich. Es war eine *ehrliche* Revolution, wenigstens so lange, bis die Kommunisten dazwischenkamen. Mit denen konnte ich's nicht aufnehmen, und darum haute ich ab.«

»Und was machen Sie jetzt?«

Er schmunzelte und blickte auf Walker. »Erzähl ich Ihnen später.«

Ich stellte vor: »Mr. Walker, Mr. Coertze.« Allgemeines Händeschütteln, und Metcalfe sagte: »Tut einem wohl, mal wieder südafrikanischen Akzent zu hören. Wenn ihr da unten nicht solche tüchtige Polizei hättet, wär euer Land wunderbar.«

Er wandte sich mir zu. »Wo ist Jean?«

»Tot«, sagte ich. »Autounfall.«

»Wie kam das?«

Ich erzählte ihm von Chapmans Peak und dem betrunkenen Fahrer und dem Hundert-Meter-Sturz in die See. Während ich berichtete, verfinsterte sich sein Gesicht, und als ich geendet hatte, sagte er: »Dieser Hund hat also nur fünf Jahre gekriegt! Und führt er sich gut, kommt er schon nach dreieinhalb Jahren raus.«

Er rieb sich die Nase mit dem Finger. »Ich hatte Jean sehr gern«, sagte er. »Wie heißt dieser Schweinehund? Ich hab' in Südafrika gute Freunde. Die können sich mal um ihn kümmern, wenn er rauskommt.«

»Wozu«, sagte ich, »das macht Jean nicht wieder lebendig.«

Er nickte. Dann klatschte er in die Hände: »So, und nun kommt ihr alle mit zu mir; ich habe Platz genug für eine ganze Armee.«

Ich zögerte. »Und das Boot?«

Er feixte. »Ich merk' schon, Sie haben von den Hafendieben in Tanger reden hören. Und ich kann Ihnen nur sagen, das stimmt alles ganz genau. Aber das macht nichts; ich setze einen von meinen Leuten hier an Bord. Meinen Männern oder mir stiehlt niemand was.«

Er wriggte über das Hafenbecken zurück und kam gleich darauf wieder in Begleitung eines pockennarbigen Marokkaners, mit dem er in einem schnellen und kehligen Arabisch redete. Dann sagte er: »Alles klar. Ich laß es im Hafen rumsagen, daß ihr meine Freunde seid. Ihr Boot ist hier so sicher, als ob es in Ihrer eigenen Werft läge.«

Das glaubte ich ihm gern. Ich durfte wohl annehmen, daß er in einem Hafen wie Tanger größten Einfluß hatte.

»Also los, gehen wir an Land«, sagte er, »ich hab' Hunger.«

»Ich auch«, meinte Coertze.

»Das gefällt Ihnen wohl, mal 'ne Zeitlang nicht kochen zu müssen, wie?« sagte ich zu Coertze.

»Mensch«, erwiderte Coertze, »ich hätt' nichts dagegen, wenn ich nie wieder 'ne Bratpfanne zu sehen kriegte.«

»Schade«, sagte Metcalfe, »ich hatte mich schon auf Ihre *Koeksusters* gefreut; südafrikanisches Futter hab' ich immer gern gemocht.« Er lachte schallend und schlug Coertze auf die Schulter.

Metcalfe hatte eine große Wohnung in der Avenida de España; er gab mir ein Einzelzimmer, während Coertze und Walker sich eins teilen mußten. Als ich meinen Koffer auspackte, blieb er neben mir stehen und redete.

»Südafrika ist Ihnen wohl zu ruhig?« fragte er.

Ich sagte meine wohlvorbereitete Rede auf über die Gründe, die mich hergeführt hatten. Ich hatte keine Veranlassung, Metcalfe mehr zu trauen als sonst irgendwem – vielleicht sogar weniger, wenn ich in Betracht zog, was für eine Sorte Mensch er war. Ob er mir glaubte oder nicht, kann ich nicht sagen, jedenfalls bestätigte er mir, daß für eine gute Bootswerft im Mittelmeer was zu machen sei.

Er meinte: »Vielleicht bekommen Sie nicht gerade viele Neubauaufträge, aber für Pflege und Instandhaltung von Booten ist bestimmt großer Bedarf. Ich an Ihrer Stelle ginge ins östliche Mittelmeer, nach Griechenland oder so. Die Werften auf den Inseln haben meist nur mit den Fischern dort zu tun. Da ist ein Feld für einen, der mit Jachten und Jachtseglern umzugehen weiß.«

Ich zog ihn auf: »Und wozu haben Sie ein Boot? Vermieten Sie es für Charter-Kreuzfahrten?«

Er grinste. »Oho, Sie kennen mich! Ich nehme jede Ladung, nur keine Narkotika.« Er verzog das Gesicht. »Ich weiß, ich bin ein ziemlicher Gauner, aber bei Rauschgift mach' ich 'n Punkt. Für alles andere bin ich zu haben.«

»Auch für Schußwaffen nach Algerien?« tippte ich an.

Er lachte. »Die Franzosen in Algier können mich nicht riechen. Vor ein paar Monaten haben sie versucht, mich reinzulegen. Ich packte meine Ladung in ein paar Fischerboote und lief dann zum Tanken in Algier ein. Sie konnten mir nichts wollen, ich war einwandfrei, Papiere und alles in Ordnung.

Ich ließ die Crew an Land gehen, um einen zu genehmigen, und haute mich hin zum Pennen. Da weckte mich irgend etwas auf; ich hörte einen Bums und dann so 'n komisches Geräusch, und das hörte sich an, als ob es von außenbords, unterhalb des Bootes käme. Ich stand auf und sah mich um. Wie ich an Deck komme, seh' ich ein Boot wegpullen, und mir war, als sähe ich einen Mann neben dem Boot herschwimmen!«

Er grinste. »Nun, ich bin sicher penibel und vorsichtig, greif mir also meine Schwimmflossen und meinen Schnorchel und geh über die Seite, um mal nachzusehen. Was meinen Sie wohl, was die französischen Sicherheitshunde mir da verpaßt hatten?«

Ich schüttelte den Kopf. »Keine Ahnung.«

»Eine Haftmine unter meinem Heck angebracht. Sie haben wohl gedacht, wenn sie mich nicht auf legale Weise am Kanthaken kriegen können, würden sie es eben illegal tun. Wenn das Ding hochgegangen wär, hätte es mir den ganzen Schiffsboden achtern aufgerissen. Na gut, ich nahm das Ding ab und dachte einen Augenblick scharf nach. Es war mir klar, daß sie den Zeitzünder nicht so eingestellt hatten, daß die Mine im Hafen krepiert wäre – das hätte nicht gut ausgesehen. Folglich mußte er so eingestellt sein, daß er nach meinem Auslaufen losging.

Ich hing mir das Biest mit einem Band um den Hals und schwamm über das Hafenbecken zu dem Polizeiboot und klebte es dem unters Heck. Mochten die ihre Freude haben, ein neues Boot zu kaufen.

Am nächsten Morgen liefen wir planmäßig aus, und als wir so losschippern, hör' ich mein Polizeiboot hinter uns loskurbeln. Sie folgten uns eine ganze Zeit, und ich lief quietschvergnügt meine zehn Meilen, so daß sie mich nicht verlieren konnten. So etwa dreißig Meilen zuckelten sie hinter uns her und warteten auf den Bums, und ich kann mir vorstellen, wie sie sich ins Fäustchen lachten, daß ich hochgehen würde. Aber als der Bums kam und ihrem eigenen Boot den Arsch wegriß, lachten sie gar nicht mehr.

Ich drehte und fischte sie auf. Es war ein sauberer Spaß, niemand war verletzt. Als wir alle aufgesammelt hatten, brachte ich sie nach Algier zurück – als edler Retter. Sie hätten bloß mal die Gesichter von diesen Sicherheitsburschen sehen sollen, als wir sie aufpickten. Sie mußten sich ja nun bequemen, mir zu danken, daß ich diese lausigen Schiffbrüchigen gerettet hatte. Ich machte ein ganz ernstes Gesicht und sagte, es müsse wohl eine der Wasserbomben gegen U-Boote am Heck losgegangen sein. Aber sie meinten, das könnte es nicht gewesen sein, da Polizeiboote keine Wasserbomben hätten. Ja, so war's.«

Er kicherte. »Nee, in Algier mögen Sie mich leiden.«

Ich fiel in sein Lachen ein. Es war eine hübsche Geschichte und gut erzählt.

Meine Gefühle für Metcalfe waren zwiespältig; er konnte mir nützen, aber auch sehr schaden. Einerseits konnte er uns in Tanger mancherlei Hilfe leisten; er kannte alle Schliche und hatte die nötigen Verbindungen. Andererseits mußten wir sehr vorsichtig sein, daß er nicht von unserem Plan Wind kriegte. Er konnte zwar ein verteufelt guter Kamerad sein, aber wenn er wüßte, daß wir losfuhren, um mit vier Tonnen Gold aufzukreuzen, würde er uns, ohne mit der Wimper zu zucken, ausrauben. Wir wären ein gefundenes Fressen für ihn.

Ja, wir mußten äußerst vorsichtig sein in unseren Unterhaltungen mit Mr. Metcalfe. Ich nahm mir vor, den anderen auf die Seele zu binden, daß sie kein Wort vor seinen Ohren fallenlassen durften.

Ich fragte ihn: »Was für ein Boot haben Sie?«

»Einen Fairmile«, erwiderte er. »Ich hab' natürlich einen neuen Motor einbauen lassen.«

Ich kannte die Fairmiles, aber ich hatte nie einen in der Nähe gesehen. Während des Krieges hatte man sie zu Hunderten als Hafenschutzboote gebaut. Das machte man im Fließbandverfahren, und das wurde abgestoppt, wenn's genug waren. Ihre Länge war 35 Meter insgesamt, und sie hatten einen starken Motor, mit dem sie leicht über zwanzig Meilen laufen konnten. Aber sie standen auch in dem Ruf, schlecht in der See zu liegen. Es waren hölzerne Boote ohne jegliche Armierung; als einmal einige von ihnen mit der *Campbelltown* in St-Nazaire einliefen, wurden sie elend zusammengeschossen.

Nach dem Kriege konnte man überzählige Fairmiles für etwa 5000 Pfund kaufen, und bei den Schmugglern von Tanger waren sie besonders beliebt. Wenn Metcalfe einen neuen Motor in seinen Fairmile hatte einbauen lassen, so war es bestimmt geschehen, um den Zollfahrzeugen davonlaufen zu können, und im Notfall würde er mindestens seine sechsundzwanzig Meilen laufen. Jedenfalls hätte die *Sanford* keine Aussicht, ihm zu entwischen, wenn es zum Klappen käme.

»Ich würd' mir das Boot gern mal ansehen«, sagte ich. Es konnte nichts schaden, einen etwaigen Gegner etwas näher kennenzulernen.

»Aber sicher«, erwiderte Metcalfe bereitwillig. »Nur nicht gerade jetzt. Morgen abend lauf' ich aus.«

Das paßte großartig – wenn Metcalfe aus dem Wege war, konnten wir ungestört unsere Vorkehrungen treffen. Ich fragte: »Wann kommen Sie zurück?«

»Im Laufe der nächsten Woche«, entgegnete er. »Hängt ab von Wind und Regen und so was.«

»So was wie französische Sicherheitshunde?«

»Genau«, sagte er gleichmütig. »Und nun kommen Sie zum Essen.

Metcalfe stellte uns seine Wohnung zur Verfügung und sagte, wir könnten während seiner Abwesenheit darin wohnen, seine Dienerschaft würde uns betreuen. Am Nachmittag führte er mich durch die Stadt und machte mich mit verschiedenen Leuten bekannt. Mit einigen von ihnen konnte die Verbindung ganz vorteilhaft sein, wie etwa mit einem Schiffshändler und mit einem Bootsbauer. Bei anderen war das weniger zu erkennen. Da war ein übel aussehender Café-Besitzer, dann ein Grieche mit undurchsichtiger Beschäftigung und ein Ungar, der wortreich erklärte, er sei ein ›Freiheits-Kämpfer‹, der nach der fehlgeschlagenen Revolution aus Ungarn entwichen sei. Er reizte mich, besonders zynisch zu ihm zu sein.

Mir schien, daß Metcalfe unauffällig die Parole verbreitete, wir seien seine Freunde und also tabu für die üblichen kleinen Gaunereien, die man gewöhnlich bei durchreisenden Jachtseglern anwendet. Metcalfe war kein übler Umgang, wenn man sein Freund und obendrein Jachtsegler war. Aber ich war kein gewöhnlicher Jachtsegler, und das konnte unter Umständen Metcalfe zu meinem gefährlichsten Gegner machen.

Bevor wir aus dem Hause gingen, nahm ich die Gelegenheit wahr, allein mit Coertze und Walker zu sprechen.

»Wir müssen hier eisern dichthalten und stets bei unserer Tarngeschichte bleiben. Wir unternehmen nicht das geringste, bevor Metcalfe ausgelaufen ist – und wir müssen versuchen, mit allem fertig zu sein, bevor er wiederkommt.«

»Wieso ist er denn gefährlich?« fragte Walker.

»Wissen Sie nicht über Metcalfe Bescheid?« Ich erklärte ihnen, was es mit ihm auf sich hatte. Gehört hatten sie beide schon davon; er hatte ziemlichen Wirbel in den südafrikanischen Zeitungen erregt – ein solch schillernder Charakter war für die Reporter ein gefundenes Fressen.

»Ach, der ist das!« sagte Walker bewundernd.

Coertze sagte: »Mir imponiert er nicht. Von dem haben wir nichts zu befürchten.«

»Wenn er's noch allein wäre«, sagte ich, »aber da steckt eine ganze Organisation dahinter, und er ist hier in seinem Revier. Wir müssen uns doch über eins klar sein: Er ist Fachmann, und wir sind Dilettanten. Also nehmt euch vor Metcalfe in acht!«

Fast hätte ich noch hinzugefügt: »Strenger Befehl!« Aber dann ließ ich es lieber. Coertze hätte sich womöglich dagegen aufgelehnt, und ich wollte es nicht gerade jetzt auf eine Kraftprobe ankommen lassen. Die würde schon bald genug von selber kommen.

So trieben wir uns eineinhalb Tage in Tanger herum und schnüffelten neugierig in alle Winkel, wie es Touristen eben tun. Wenn unsere Köpfe nicht so voll von anderen Dingen gewesen wären, hätte es sehr amüsant sein können; aber wie die Dinge nun einmal lagen, war es nur ein Zeitverlust. Zum Glück hatte Metcalfe genug mit seinen eigenen geheimnisvollen Geschäften zu tun, und wir sahen ihn kaum. Aber bevor er uns verließ, hatte ich Walker veranlaßt, ihm eine knifflige Frage zu stellen.

Und so sagte er denn beim Frühstück zu Metcalfe: »Wissen Sie, mir gefällt's in Tanger. Es müßte sehr angenehm sein, hier einige Monate zu bleiben. Ist das Klima immer so?«

»Fast immer«, erwiderte Metcalfe. »Ein sehr angenehmes, ausgeglichenes Klima. Es gibt viele Menschen, die sich hierher zurückziehen.«

Walker lächelte. »Oh, ans Zurückziehen denke ich nicht. Wovon auch sollte ich mich zurückziehen?« Er schauspielerte noch besser, als ich es erwartet hatte. Diese Szene war echt. Er fuhr fort: »Ich hatte daran gedacht, mir hier vielleicht ein Haus zu kaufen, wo ich einen Teil des Jahres zubringen könnte.«

Metcalfe entgegnete: »Ich würde meinen, daß für Sie das Mittelmeer das richtige wäre, die Riviera oder so was.«

»Ach, ich weiß nicht recht«, sagte Walker. »Ich glaube, hier lebt es sich mindestens ebenso gut wie dort, und die Riviera ist heutzutage so schrecklich überlaufen.« Er hielt inne, als schösse ihm ein anderer Gedanke durch den Kopf. Dann wandte er sich an mich: »Ein Boot brauch ich natürlich auch. Könnten Sie mir eins entwerfen? Ich lasse es dann in England bauen.«

»Sicher könnte ich das«, sagte ich. »Sie brauchen mir nur genug dafür zu bezahlen.«

»Natürlich«, antwortete Walker. »Ihr altes Boot können Sie wohl nicht entbehren, oder doch?«

Er trug jetzt ein wenig zu dick auf, und ich bemerkte, wie Metcalfe ihn mit belustigter Geringschätzung betrachtete, darum warf ich schnell ein: »Er segelt nämlich verdammt gut. Letztes Jahr hat er beinah die Kap-Dingi-Meisterschaft gemacht.«

Metcalfe reagierte genau, wie ich es berechnet hatte. Ein bewunderndes »Oh!« entfuhr ihm, und eine Zeitlang unterhielt er sich mit Walker über Boote. Schließlich kam Walker damit raus. »Wissen Sie, was mir wirklich zusagen würde, wäre ein Haus irgendwo an der Küste mit eigenem Ankerplatz und Bootsschuppen, alles in sich abgeschlossen.«

»Wollen Sie sich uns anschließen?« fragte Metcalfe grinsend.

»Aber nein«, wehrte Walker entsetzt ab. »Dazu hätte ich nicht die Nerven. Geld hab' ich genug, und im übrigen kann ich Ihre übelriechenden Fairmiles mit ihrem stinkenden Dieselöl nicht ausstehen. Nein, ich dachte an ein richtiges Boot, an ein Segelboot.«

Er wandte sich an mich. »Wissen Sie, je mehr ich darüber nachdenke, um so besser gefällt mir der Gedanke. Sie könnten mir einen Zehntonner entwerfen, mit dem ich einhand segeln könnte. Hier ist es gerade richtig für einen Start zum Karibischen Meer. Eine Transatlantik-Fahrt könnte mich reizen.

Unter uns gesagt, Metcalfe, diese Burschen, die den Ozean überqueren, sind alles prima Kerle. Aber meistens sind es Habenichtse, und sie müssen auf ihren Booten wohnen. Warum sollte ich das auch so machen? Stellen Sie sich mal vor, wieviel besser es ist, hier ein Haus mit einem Bootsschuppen im Garten zu haben, wo ich mein Boot hintrimmen kann, anstatt in diesem Dreckshafen zu liegen.«

Alle Achtung vor Walkers Erfindungsgabe! Das war wirklich eine verdammt gute Idee, wenn er tatsächlich ein unabhängiger, reicher junger Mann gewesen wäre, den die Leidenschaft gepackt hatte, einhand über den Atlantik zu segeln.

Nun, Metcalfe fand jedenfalls nichts daran auszusetzen. »Kein übler Gedanke, wenn Sie sich das leisten können. Ich will Ihnen was sagen: Suchen Sie meinen alten Freund Aristide auf. Der kann Ihnen ein Grundstück vermitteln, der hat sie zu Dutzenden an der Hand. Sagen Sie ihm aber, Sie kämen von mir, dann ist er wesentlich umgänglicher.«

Er kritzelte eine Adresse auf ein Stück Papier und gab es Walker.

»Oh, danke verbindlichst«, sagte Walker. »Das ist wirklich sehr nett von Ihnen.«

Metcalfe trank seinen Kaffee aus. »Ich muß jetzt gehen; heut abend seh' ich Sie noch mal, bevor ich auslaufe.«

Als er hinausgegangen war, sagte Coertze, der die ganze Zeit über mit ausdruckslosem Gesicht dagesessen hatte: »Ich hab' nachgedacht über das Go...«

Ich stieß ihn am Fuß und wies mit dem Kopf auf den marokkanischen Diener, der gerade ins Zimmer kam. *»Tula«*, sagte ich. *»Moenie hier praat nie.«* Dann fuhr ich auf englisch fort: »Kommt, geh'n wir 'n bißchen frische Luft schnappen.«

Wir verließen die Wohnung und setzten uns in ein Café in der Nähe. Ich sagte zu Coertze: »Wir können nicht wissen, ob Metcalfes Diener Englisch sprechen oder nicht. Aber wir müssen damit rechnen. Nun, was wollten Sie sagen?«

»Ich hab' mir überlegt, wie wir das Gold hier reinbringen. Wie sollen wir das machen? Gestern sagten Sie, Goldbarren müßten beim Zoll angegeben werden. Wir können doch nun nicht ankommen und sagen: ›Hier, Mann, ich hab' einen goldenen Kiel unterm Boot, so an die vier Tonnen schwer.‹«

»Hab' ich auch schon darüber nachgedacht«, sagte ich. »Es wird uns wohl nichts anderes übrigbleiben, als es einzuschmuggeln und in Barren umzugießen. Die müssen wir dann so nach und nach wieder rausschmuggeln und später offen reinbringen und beim Zoll angeben.«

»Das kostet Zeit«, warf Coertze ein, »und die haben wir nicht.«

Ich seufzte. »Das ist richtig. Überlegen wir uns mal, wieviel Zeit uns bleibt. Heut haben wir den 12. Januar, und Tanger macht – was das Gold betrifft – den Laden am 19. April dicht. Das sind – Augenblick – äh – siebenundneunzig Tage – sagen wir – vierzehn Wochen.«

Ich begann zu rechnen und die Zeit einzuteilen. Eine Woche würde es dauern, bevor wir aus Tanger auslaufen könnten; zwei weitere Wochen, bis wir in Italien wären. Das bedeutete noch mal zwei Wochen für die Rückfahrt und eine Woche Reserve für schlechtes Wetter. Damit wären sechs Wochen weg. Zwei Wochen für die Vorbereitungen und für das Herausholen des Goldes; drei Wochen, um den Kiel zu gießen – zusammen elf Wochen, wobei wir noch drei Wochen Spielraum hätten. So kämen wir ganz gut hin.

Ich fuhr fort: »Wir müssen die Lage peilen, wenn wir mit dem Gold zurück sind. Kaufen wird es todsicher jemand, selbst wenn es ein Klumpen ist. Aber wir dürfen keinen Ton sagen, bevor wir's haben.«

Mir kamen Visionen, wie ich weitersegeln müßte nach Ägypten, ja, nach Indien, wie ein moderner Fliegender Holländer, der verdammt ist, mit einem Kiel von einer Million Pfund die Ozeane zu durchpflügen.

Walker nahm keinen großen Anteil an unseren Vorbesprechungen. Er war zufrieden, wenn er das Coertze und mir überlassen konnte. Er hatte dabeigesessen und nur mit einem halben Ohr hingehört, während er die Adresse studierte, die Metcalfe ihm gegeben hatte.

Plötzlich fing er an: »Ich dachte, der alte Aristide wäre Grundstücksmakler, aber das ist er gar nicht.« Er las die Anschrift von dem Zettel ab. »›Aristide Theotopopoulis, Handelsbank Tanger, Boulevard Pasteur.‹ Vielleicht könnten wir von dem etwas erfahren.«

»Ach nee!« sagte ich spöttisch. »Er ist mit Metcalfe befreundet.« Ich sah Walker an. »Und noch eins«, fuhr ich fort. »Sie haben das heute morgen mit Metcalfe sehr gut gemacht, aber lassen Sie um Gottes willen diesen falschen Oxford-Akzent weg und bloß nicht soviel von diesem ›danke verbindlichst‹. Metcalfe läßt sich so leicht nichts vormachen, und überdies war er in Südafrika und kennt den Laden. Sie hätten sich lieber auf den Malmesbury-Akzent verlegen sollen, aber nun ist es zu spät dazu. Nur dämpfen Sie's ein bißchen, hören Sie?«

Walker grinste. »Okay, alter Junge!«

»Und nun wollen wir uns mal Aristide Theoto-oder-was-seris ansehen. Wär übrigens keine schlechte Idee, uns einen Wagen zu mieten. Damit kommen wir schneller rum, und es stützt unsere Tarngeschichte. Ihr wißt ja, wir sind reiche Touristen.«

Aristide Theotopopoulis glich einer Kugel. Er war fast so breit wie lang, und wenn er sich hinsetzte, knickte er in der Mitte ein wie eine halbaufgepumpte Fußballblase. Die Fettwülste von den Wangen und vom Nacken wabbelten und schwabbelten über seinen Kragen. Sogar seine Hände waren rund, schwammige Fettbälle, aus denen hier und da ein Goldglanz von den tief eingebetteten Ringen drang.

»Ah, sieh da, Herr Walker, Sie suchen ein Haus«, legte er los. »Metcalfe rief mich heute morgen schon an deswegen. Ich glaube, ich hab' genau das Richtige für Sie.« Er sprach ein fließendes Umgangsenglisch.

»Sie meinen, Sie haben ein passendes Haus?« fragte Walker.

»Natürlich! Was meinen Sie denn wohl, warum Mr. Metcalfe Sie zu mir schickt? Er kennt die Casa Saeta.« Er hielt kurz inne. »Es macht Ihnen doch nichts aus, wenn es ein altes Haus ist?« fragte er eifrig.

»Nicht im geringsten«, erwiderte Walker leichthin. »Ich kann es ja umbauen lassen, wenn es mir gefällt.« Er fing meinen Blick auf und fügte schnell hinzu: »Aber ich möchte vorschlagen, daß ich das Haus zunächst für sechs Monate miete mit Vorkaufsrecht.«

Aristide machte ein langes Gesicht, so daß aus dem Kreis eine Ellipse wurde. »Gut, wenn Sie es so wünschen«, sagte er unschlüssig.

Er fuhr uns mit seinem Cadillac zur Nordküste, und Coertze kam in unserem Mietwagen hinterher. Das Haus sah aus wie aus einem Charles-Addams-Cartoon, und ich wartete nur darauf, daß Boris Karloff irgendwo aus dem Fenster spähte. Maurischer Einschlag war nicht zu bemerken, es war scheußlichste viktorianische Gotik übelsten Geschmacks. Aber das sollte uns gleich sein. Hauptsache, es eignete sich für unsere Zwecke.

Wir gingen hinein, musterten flüchtig die wurmzerfressenen Paneelierungen und bemerkten den Mangel sanitärer Anlagen. Die Küche war primitiv, und hinterm Haus lag ein verwilderter Garten. Dahinter dehnte sich die See, und über ein niedriges Kliff hinweg konnten wir den Strand sehen.

Es war alles da, was wir brauchten: ein Bootshaus, groß genug für die *Sanford,* wenn wir den Mast umlegten, und auch eine einfache Slipanlage, die allerdings in einem schlimmen Zustand war und repariert werden mußte. Und sogar ein angebauter Schuppen war da, wo wir unsere Gießerei einrichten konnten.

Ich sah mir alles an und schätzte, wie lange es wohl dauerte, es in

Ordnung zu bringen. Dann nahm ich Coertze beiseite, während Aristide dem armen Walker die Schönheiten des Hauses anpries.

»Nun, was halten Sie davon?« fragte ich.

»Mann, das nehmen wir. So was finden wir in ganz Nordafrika nicht zum zweitenmal.«

»Ganz meine Meinung«, sagte ich. »Ich hoffe, wir finden etwas Ähnliches auch in Italien. Wir können ein paar Arbeiter aus der Stadt ranholen, die den Slip in Ordnung bringen, und wenn wir 'n bißchen Dampf dahinter machen, können wir in einer Woche damit fertig sein. Wir müssen zum Schein auch etwas am Haus machen lassen, aber in der Hauptsache müssen wir unser Geld für wesentliche Dinge aufsparen. Bewohnbar machen können wir es, wenn wir zurückkommen. Ich werde Walker dazu rankriegen, dazu ist er der Richtige; der denkt sich die verrücktesten Gründe für die unmöglichsten Dinge aus.« Wir schlenderten zu Walker und Aristide zurück, die immer noch laut am Feilschen und Handeln waren. Ich gab Walker einen unauffälligen Wink. Er lächelte Aristide strahlend an und sagte: »Hat alles keinen Zweck, Mr. Theotopopoulis, Sie können es mir nicht ausreden, ich nehme es, und zwar sofort. Sechs-Monats-Miete im voraus natürlich.«

Aristide, der gar nicht daran dachte, irgend jemand irgend etwas auszureden, war völlig verblüfft, fand sich aber schnell in die neue Rolle. »Sie verstehen, Mr. Walker, ich kann Ihnen keinerlei Garantien geben...«, sagte er in einem Ton, als riete er Walker zu seinem Besten.

»Schon gut, old man«, sagte Walker munter. »Aber denken Sie daran, ich muß auch das Vorkaufsrecht haben.«

»Ich denke, es wird sich machen lassen«, erwiderte Aristide mit gespielter Ungewißheit.

»Muß doch Spaß machen, in diesem wunderbaren Haus zu leben, was?« sagte Walker zu mir. Ich sah ihn warnend an. Es war schon ein Elend mit Walker, immer ließ er sich von seiner Rolle hinreißen. Er hatte sich schon wieder Aristide zugewandt und sah meinen Blick gar nicht. »Wie ist es, spukt's hier vielleicht?« fragte er, als setze er Gespenster mit toten Ratten hinter der Täfelung gleich.

Aristide wehrte lebhaft ab. »O nein, Gespenster gibt's hier nicht.«

»Schade«, sagte Walker mit lässigem Bedauern. »Das wünsch'

ich mir nämlich schon lange, in einem Haus zu wohnen, wo es spukt.«

Ich sah es Aristide an, wie er sich, was Gespenster anlangte, schnell anders besann und redete hastig dazwischen, um diesem Possenspiel ein Ende zu machen. Ich hatte zwar nichts dagegen, daß Aristide meinte, es mit einem Narren zu tun zu haben, aber einen so verdammt närrischen Narren, wie Walker ihn spielte, konnte es gar nicht geben, und ich fürchtete, Aristide könnte Lunte riechen.

»Also, ich schlage vor, wir fahren zurück in Herrn Theotopopoulis' Kontor und setzen den Vertrag auf. Es wird spät, und ich hab' noch was an Bord zu tun.«

Zu Coertze sagte ich: »Sie brauchen nicht mitzukommen. Zum Essen treffen wir uns in demselben Restaurant, wo wir gestern waren.«

Ich sah seine Zornesader schwellen über Walkers Narrenpossen, und ich wollte ihn aus dem Wege haben, bevor er hochging. Der Umgang mit Menschen kann schon verdammt schwierig sein, zumal mit solchen Gegensätzen wie Walker und Coertze.

Wir kamen in Aristides Kontor zurück, und alles wickelte sich nach Wunsch ab. Er haute uns ganz schön übers Ohr, aber ich hatte gar nichts dagegen. Wenn einer so mit dem Geld um sich warf wie Walker, mußte er schon ein ehrlicher Kerl sein.

Dann sagte Walker etwas, das mir das Blut in den Adern gerinnen ließ, wenn ich auch hinterher nach ruhiger Überlegung zugeben mußte, daß er sich das, so wie er seine Rolle spielte, erlauben konnte. Er sagte zu Aristide: »Tanger ist eine drollige Stadt. Man munkelt, hier lägen Goldbarren über die ganze Gegend verstreut.«

Aristide lächelte gemütlich. Er hatte sich sein Pfund Fleisch herausgeschnitten, warum sollte er nicht ein paar Minuten auf einen kleinen Schwatz verschwenden! Und außerdem, dieser Narr von Walker wollte ja in Tanger bleiben, bei dem war noch manches zu holen. Er antwortete: »Nun, verstreut will ich nicht gerade sagen; wir pflegen unser Gold in soliden Safes zu verwahren.«

»Hm«, sagte Walker, »wissen Sie, es ist doch eigenartig, ich hab' mein Lebtag in Südafrika verbracht, wo haufenweise Gold gewonnen wird, und hab' doch niemals was zu Gesicht bekommen. Man kann in Südafrika kein Gold kaufen, wissen Sie.«

Aristide zog die Brauen in die Höhe, als sei dies ganz unerhört.

»Ich habe gehört, man könne hier Gold pfundweise kaufen wie Butter über den Ladentisch. Es muß hübsch sein, Gold einzukaufen. Stellen Sie sich das mal vor, ich mit all meinem Geld, und hab' nie einen Goldbarren gesehen«, sagte er hochtrabend. »Ich hab' 'n Haufen Geld, wissen Sie. Die meisten Leute sagen, ich hätte zuviel.«

Aristide runzelte die Stirn. Das war ja pure Ketzerei. So was gab's ja gar nicht, zuviel Geld haben. Er wurde sehr ernsthaft.

»Mr. Walker, das Beste, was einer in diesen unsicheren Zeiten tun kann, ist, Gold kaufen. Es ist die einzig sichere Anlage. Der Wert des Goldes schwankt nicht wie all diese unstabilen Wertpapiere und Devisen.« Mit einem Fingerschnipsen tat er die Geltung von US-Dollar und Pfund Sterling ab. »Gold rostet nicht und schwindet nicht; immer ist es da, immer sicher, immer wertvoll. Wenn Sie etwas anlegen wollen, bin ich zu jeder Zeit gern bereit, Ihnen Gold zu verkaufen.«

»Tatsächlich?« fuhr es Walker heraus, »Sie verkaufen es, Sie verkaufen es wirklich?«

Aristide lächelte. »Ich verkaufe es wirklich.« Sein Lächeln verfinsterte sich. »Aber wenn Sie kaufen wollen, müssen Sie es sofort tun, der offene Markt in Tanger wird nämlich bald geschlossen.« Er zuckte die Achseln. »Sie sagen, Sie haben noch nie einen Goldbarren gesehen? Ich werde Ihnen Goldbarren zeigen, viele ...« Er wandte sich mir zu. »Ihnen auch, Mr. Halloran, wenn Sie wollen«, sagte er unvermittelt. »Bitte, kommen Sie mit.«

Er führte uns hinab ins Innerste des Gebäudes, durch Gittertüren hindurch bis zu einem mächtigen Gewölbe. Zwei breitschultrige Leibwächter begleiteten uns auf diesem Weg. Aristide öffnete die Tür zum Gewölbe, die mehr als zwei Fuß dick war, und führte uns hinein.

Und in diesem Gewölbe lag Gold, viel Gold, wenn auch wohl nicht vier Tonnen, aber doch sehr viel Gold. Da waren Barren verschiedener Größe sauber aufgestapelt. Da war gemünztes Gold in Kisten. Ja, es war verdammt viel Gold.

Aristide zeigte auf einen Barren. »Dies ist der normale Tanger-Barren. Er wiegt 400 Unzen Goldgewicht, das sind etwa 27,5 Pfund Handelsgewicht. Sein Wert liegt über 5000 Pfund Sterling.« Er nahm einen kleineren Barren zur Hand. »Dies ist eine handlichere Größe. Wiegt ein Kilo, eben über 32 Unzen, und ist etwa 400 Pfund wert.«

Er öffnete eine Kiste und ließ die Münzen genüßlich durch seine fetten Finger rieseln. »Hier sind britische Sovereigns, amerikanische Doppeladler, hier französische Napoleons und hier österreichische Dukaten.« Er sah Walker an, es glitzerte in seinen Augen, als er sagte: »Verstehen Sie wohl, was ich meine, wenn ich sage, daß Gold nie seinen Wert verliert?«

Er machte eine andere Kiste auf. »Es gibt nicht nur die alten Goldmünzen. Diese hier zum Beispiel hat eine Bank in Tanger schlagen lassen – nicht meine Bank. Da ist der Herkules von Tanger drauf. Enthält genau eine Unze Feingold.«

Er reichte Walker die Münze auf der Handfläche hin. Der drehte sie zwischen den Fingern und gab sie mir zögernd weiter.

In diesem Augenblick fühlte ich, wie dieses ganze verrückte, wahnwitzige Unternehmen aufhörte, nur gerade ein Abenteuer für mich zu sein. Das schwere, speckige Gefühl der Goldmünze kehrte etwas in meinem Inneren um, und ich verstand jetzt, was die Leute meinten, wenn sie vom Goldrausch sprachen. Ich verstand, warum Goldsucher sich abschinden, in unfruchtbarem, trockenem Boden nach Gold zu suchen. Es ist nicht nur der Wert des Goldes, was sie suchen, es ist das Gold selbst. Dieses gediegene gelbe Metall kann einen Menschen in seinen Bann schlagen, ist eine Droge, die es mit jedem noch so teuflischen Rauschgift aufnimmt.

Meine Hand zitterte, als ich Aristide die Münze zurückgab.

Er warf sie hoch und sagte: »Die kostet natürlich mehr als Barrengold, weil ja noch die Prägekosten hinzukommen. Aber sie ist handlicher.« Mit einem sardonischen Lächeln fügte er hinzu: »Die verkaufen wir viel an politische Flüchtlinge und südamerikanische Diktatoren.«

Als wir wieder im Kontor waren, sagte Walker: »'ne Menge Gold, was Sie da unten haben. Wo kriegen Sie das nun her?«

Aristide zuckte die Achseln. »Nun, ich kaufe Gold und ich verkaufe Gold. Bei beidem habe ich meinen Gewinn. Ich kaufe, wo ich kann, ich verkaufe, wenn ich kann; das ist in Tanger nicht verboten.«

»Aber es muß doch irgendwoher kommen«, beharrte Walker. »Wenn nun – nehmen Sie mal einen von diesen Piraten, diesen Schmuggelbrüdern mein' ich –, wenn da nun einer mit 'ner halben Tonne Gold zu Ihnen käme, würden Sie ihm die abkaufen?«

»Warum nicht, wenn der Preis in Ordnung ist«, sagte Aristide ohne Zögern.

»Ohne zu wissen, woher es kommt?«

Aristide verzog den Mund zu einem Grinsen. »Nichts ist so anonym wie Gold. Gold hat keinen Herrn; es gehört nur zeitweilig dem, der es gerade berührt. Gewiß, ich würde das Gold kaufen.«

»Auch wenn der Goldmarkt geschlossen wird?«

Aristide zuckte nur die Achseln und lächelte.

»Nun gut, vergessen Sie es nicht«, sagte Walker albern, »Sie werden viel Gold kaufen müssen, das nach Tanger reinkommt.«

»Wenn Sie also Gold haben wollen, ich verkaufe es Ihnen jederzeit, Mr. Walker«, erwiderte Aristide und nahm hinter seinem Schreibtisch Platz. Dann war er wieder ganz Geschäftsmann: »Übrigens, da Sie jetzt in Tanger bleiben, wollen Sie doch sicherlich ein Bankkonto eröffnen lassen.«

Walker warf mir einen Blick zu, ehe er antwortete: »Ach, ich weiß noch nicht. Ich mache ja noch diese Kreuzfahrt mit Hal, und was ich so laufend brauche, hol' ich mir auf einen Kreditbrief, den ich mir in Südafrika habe ausstellen lassen. Ich hab' mir hier schon einen Haufen Zaster von einer anderen Bank abgeholt – ich konnte ja nicht wissen, daß wir das Glück hätten, einen freundlichen Bankier kennenzulernen.« Er grinste Aristide gewinnend an.

»Wir bleiben jetzt nicht lange hier«, fuhr er fort. »In ein paar Wochen laufen wir wieder aus. Aber ich komme ja wieder, ganz bestimmt. Wann meinst du, Hal, sind wir wieder hier?«

Ich sagte: »Wir segeln nach Spanien und Italien und dann nach Griechenland, nach der Türkei und dem Libanon. Ich würde sagen, in drei, vier Monaten sind wir wieder hier.«

»Sehen Sie«, sagte Walker, »und dann will ich mich hier häuslich einrichten. Ach, Casa Saeta«, sagte er träumerisch, »klingt das nicht wunderbar?«

Wir verabschiedeten uns von Aristide, und als wir draußen waren, fuhr ich Walker wütend an: »Was fällt Ihnen ein, solch ein Affentheater zu machen?«

»Wieso?« fragte Walker mit unschuldiger Miene.

»Sie wissen ganz gut, was ich meine. Wir hatten abgemacht, nicht von Gold zu reden.«

»Aber irgendwann mußten wir irgendwas darüber sagen«, entgegnete er. »Wir können doch nicht irgendwem Gold verkaufen, ohne ein Wort darüber zu reden. Ich hielt es gerade für eine gute Gelegenheit, herauszufinden, wie sich Aristide gegenüber Gold von unbekannter Herkunft verhalten würde. Ich denke doch, das hätte ich ganz gut hingekriegt.«

Ich mußte ihm das zubilligen und fuhr fort: »Noch eins: Spielen Sie etwas weniger den dummen Esel. Sie haben mir einen schönen Schrecken eingejagt, als Sie Aristide mit den Gespenstern aufzogen. Was bei uns auf dem Spiele steht, ist zu wichtig, um darüber herumzualbern.«

»Ich weiß«, sagte er nüchtern. »Da im Gewölbe ist es mir wieder klargeworden. Ich hatte vergessen, wie Gold sich anfühlt.«

So hatte es ihn also auch gepackt. Ich beruhigte mich und sagte: »Okay, aber vergessen Sie's nicht wieder. Und um Gottes willen spielen Sie nicht den Hanswurst in Coertzes Gegenwart. Es macht mir ohnehin Mühe genug, den Frieden zu wahren.«

Als wir Coertze zum Essen trafen, erzählte ich ihm: »Wir haben einen Haufen Gold gesehen heut morgen.«

Er straffte sich: »Wo?«

Walker sagte: »In einem unheimlich großen Safe in Aristides Bank.«

»Ich dachte ...«, begann Coertze.

»Es ist nichts passiert«, sagte ich, »es ging alles ganz glatt. Wir haben 'ne Menge Barren gesehen. Davon haben sie zwei Standardgrößen, die hier in Tanger gehandelt werden, eine zu 400 Unzen, die andere zu ein Kilo.« Coertze machte ein finsteres Gesicht, und ich fügte hinzu: »Das sind beinah zweieinviertel Pound.«

Er knurrte und trank seinen Whisky. Ich fuhr fort: »Walker und ich haben schon darüber gesprochen, und wir sind zu der Meinung gekommen, daß Aristide uns das Gold unter der Hand abnimmt, auch wenn der Goldmarkt geschlossen ist – aber wir müssen uns wohl vorher mit ihm in Verbindung setzen, damit er sich darauf einrichten kann.«

»Ich finde, das tun wir am besten gleich«, sagte Walker.

Ich schüttelte den Kopf. »Nein! Aristide ist mit Metcalfe befreundet. Das wäre geradeso, als wollte man einen Tiger zum Essen einladen. Erst nach unserer Rückkehr dürfen wir mit ihm darüber sprechen, dann müssen wir es darauf ankommen lassen.«

Da Walker schwieg, sprach ich weiter: »Der springende Punkt ist, daß Aristide sicher nicht gern einen Vier-Tonnen-Klumpen Gold in sein Lager nimmt. Und so werden wir wohl nicht darum herumkommen, in Barren umzuschmelzen. Höchstwahrscheinlich wird Aristide, dieser Gauner, Mittel und Wege finden, um bei Kasse zu sein für diese vier Extratonnen. Das bedeutet aber, er muß Bescheid wissen, bevor der Goldmarkt geschlossen wird. Wir müssen also vor dem 19. April zurück sein.«

»Nicht viel Zeit«, sagte Coertze.

Ich erwiderte: »Ich hab' euch ja den voraussichtlichen Zeitbedarf für jede Phase unseres Unternehmens vorgerechnet, danach haben wir etwa einen Monat Reserve. Aber laß irgend etwas schieflaufen, dann brauchen wir alles. Doch darüber zerbrech' ich mir jetzt noch nicht den Kopf – mir sind da andere Bedenken aufgestiegen.«

»Wieso?«

»Paßt auf. Wenn – und falls – wir das Gold hierherkriegen und mit Umschmelzen anfangen, haben wir 'n Haufen Barren hier herumliegen. Ich möchte sie nämlich nicht Schub um Schub, wie sie fertig werden, Aristide übergeben – das wäre unklug, und da kann uns zu leicht jemand anders dazwischenkommen. Ich möchte ihm den ganzen Kram auf einmal geben gegen eine bombensichere Anweisung auf eine Schweizer Bank und dann abhauen. Das bedeutet aber, daß wir haufenweise Barren ungeschützt in der Casa Saeta herumliegen haben, und das gefällt mir nicht.«

Ich seufzte. »Wo nur hin mit den verdammten Dingern? Im Wohnzimmer aufstapeln? Und wie viele von diesen gottverfluchten Barren werden das überhaupt sein?« fügte ich nervös hinzu.

Walker blickte auf Coertze. »Du sagtest doch, etwa vier Tonnen, nicht?«

»Ja«, antwortete Coertze. »Aber natürlich nur geschätzt.«

Ich sagte: »Seitdem haben Sie ja nun mit Goldbarren zu tun gehabt. Was meinen Sie, wie genau die Schätzung sein mag?«

Er dachte nach, sandte seine Gedanken fünfzehn Jahre zurück und verglich das Bild von damals mit seiner Erfahrung von heute. Das menschliche Gedächtnis ist ein Wunderwerk. Schließlich sagte er langsam: »Ich glaube, es ist ziemlich genau geschätzt, ja, recht genau.«

»Schön«, sagte ich, »also vier Tonnen. Das sind 9000 Pounds, so genau wie's verflucht noch mal möglich ist. Jedes Pound zu 16 Unzen und ...«

»Halt, halt«, warf Coertze ein. »Gold wird in Goldunzen gewogen. Davon gehen 14.58333 – das ist 'n periodischer Bruch – auf das englische Pfund Handelsgewicht.«

Er hatte die Angaben so fix zur Hand, daß ich überzeugt war, er sei sich seiner Sache sicher. Schließlich war es ja sein Fach. Ich fuhr fort: »Wollen wir uns die Sache nicht unnötig schwer machen, sagen wir vierzehneinhalb Unzen aufs Pound, das genügt für unsern Zweck.«

Ich fing an zu rechnen und verrechnete mich ein paarmal, obwohl es doch eine ziemlich einfache Aufgabe war. Wenn man eine Jacht berechnet, ist man nicht so aufgeregt dabei. Schließlich hatte ich's. »So gut ich es hinkriege, ganz rund, ergeben sich etwa 330 Barren zu je 400 Unzen.«

Walker fragte: »Und wieviel macht das, wenn wir 5000 Pfund für den Barren kriegen?«

Ich kritzelte wieder auf dem Papier und starrte das Resultat ungläubig an. Ich hatte es mir zum erstenmal in Geldeswert umgerechnet. Bis jetzt hatte ich stets zuviel anderes im Kopf gehabt, um darüber nachzudenken, und vier Tonnen Gold, das war eine hübsche, runde Zahl, die man leicht behalten konnte.

Zögernd sagte ich: »Ich komme da auf 1650000 Pfund.«

Coertze nickte befriedigt. »Dieselbe Zahl hab' ich auch. Und dazu kommen noch die Juwelen.«

Über die Juwelen hatte ich meine eigenen Gedanken. Aristide hatte vollkommen recht, Gold ist anonym – aber Juwelen sind es nicht. Juwelen haben ihre Persönlichkeit, und ihre Spur kann zu leicht verfolgt werden. Wenn es nach mir ginge, würden die Juwelen im Stollen bleiben. Aber das mußte ich den beiden ganz behutsam klarmachen, später, wenn es soweit war. »Das sind ja für jeden über eine halbe Million«, sagte Walker.

»Sagen wir, rund eine halbe Million. Die überschießenden 150000 Pfund können wir als Unkosten verbuchen. Wenn das Ganze vorbei ist, haben wir mehr ausgegeben, als wir im Topf hatten.«

Ich kam auf unseren Ausgangspunkt zurück. »Also, wir haben nun 330 Goldbarren. Was machen wir damit?«

Walker sagte nachdenklich: »Da ist ein Keller im Haus.«

»Immerhin ein Anfang.«

Walker fuhr fort: »Wissen Sie, welche phantastische Vorstellung ich vorhin im Gewölbe hatte? Ich dachte, es sähe aus wie ein

Bauplatz, auf dem lauter Ziegelsteine herumlägen. Wir könnten doch eine Mauer im Keller bauen.«

Ich sah Coertze an, Coertze sah mich an, und dann platzten wir heraus vor Lachen.

»Was ist denn da nun wieder so komisch dran?« fragte Walker maulend.

»Nichts, gar nichts«, sagte ich, immer noch prustend, »es ist *die* Lösung, das ist alles.«

Coertze sagte grinsend: »Wenn ich anständig bezahlt kriege, bin ich ein tadelloser Maurer.«

Eine Stimme blökte mir ins Ohr, und ich wandte mich um. Ein fliegender Lotterielosverkäufer hielt mir ein Bündel Lose hin. Ich winkte ab, aber Coertze, ausnahmsweise gut gelaunt, sagte: »Nee, Mann, laß uns man eins nehmen. Schad nichts, wenn wir uns versichern.«

Das Los kostete hundert Pesetas, die wir aus dem Wechselgeld, das auf dem Tisch lag, zusammenscharrten, und dann gingen wir nach Haus.

Am nächsten Morgen gingen wir ernsthaft an die Arbeit. Ich blieb auf der *Sanford*, um sie seeklar zu machen, und saß dem Schiffshändler und dem Segelmacher gehörig auf der Pelle. Zu meiner Genugtuung schafften wir es bis zum Ende der Woche, so daß wir nach jedem Punkt der Welt hätten auslaufen können.

Coertze und Walker arbeiteten am Haus, setzten den Bootsschuppen und den Slip instand und überwachten die einheimischen Arbeiter, die sie durch Metcalfes freundliche Vermittlung gefunden hatten. Coertze sagte: »Wenn man diese Arabesken grad so behandelt wie unsere Kaffern zu Haus, hat man keine Schwierigkeiten mit ihnen.«

Ich war mir dessen nicht so ganz sicher, aber es schien alles gutzugehen.

Als Metcalfe zurückkam, von welch finsterer Unternehmung auch immer, waren wir ziemlich fertig und klar zum Auslaufen. Ich sagte Metcalfe aber nichts darüber. Mein Gefühl sagte mir, je weniger er wüßte, um so besser wäre es.

Als ich die *Sanford* wieder in Schuß hatte, ging ich zu Metcalfes Fairmile, um meinen versprochenen Besuch zu machen. Ein blonder Mann, der mit einem Schlauch das Deck spülte, sagte: »Sie sind gewiß Mr. Halloran. Ich bin Krupke, Metcalfes Steuermann.«

»Ist er da?«

Krupke schüttelte den Kopf. »Er ist mit Ihrem Freund Walker an Land gegangen. Er hat mir gesagt, ich sollte Ihnen alles zeigen, wenn Sie an Bord kämen.«

Ich fragte: »Sie sind Amerikaner, wie?«

Er grinste. »Ja, von Milwaukee. Hatt keine Lust, nach 'm Krieg wieder in die Staaten zu gehen, und so blieb ich hier. Mensch, ich war ja man 'n Kind, bloß zwanzig. Und da Onkel Sam mir nun mal das Fahrgeld hierher bezahlt hatte, sagt' ich mir, dann kannste auch ebensogut dein Glück hier versuchen.«

Womöglich war er ein Deserteur und konnte nicht in die Staaten zurück, obwohl es ja vielleicht eine Amnestie für Deserteure gegeben hatte. Ich hatte keine Ahnung, wie zivile Verjährungsfristen im Militärrecht angewandt wurden. Ich äußerte mich aber nicht dazu: Renegaten pflegen empfindlich zu sein und oft sehr patriotisch.

Das Ruderhaus – Krupke nannte es Deckshaus – war wohlausgerüstet. Zwei Echolote waren da, eines mit Schreibvorrichtung. Den Umdrehungsanzeiger hatte der Rudergänger vor Augen. Die Frontfenster waren mit Klarsichtscheiben für schlechtes Wetter ausgestattet. Da war ein großes Marine-Funkgerät und – Radar.

Ich legte meine Hand auf den Radarschirm und fragte: »Welchen Meßbereich haben Sie hier?«

»Mehrere«, sagte er. »Man sucht sich den heraus, der im Augenblick am geeignetsten ist. Ich zeig's Ihnen mal.«

Er legte einen Schalter und drehte an einem Knopf. Nach wenigen Sekunden leuchtete der Bildschirm auf, und ich sah einen winzigen Hafenplan, als die Antenne sich drehte. Auch die *Sanford* war als einer unter vielen Flecken zu sehen.

»Das ist Nahbereich«, sagte Krupke und drehte an einem anderen Knopf. »Und dies ist der äußerste Meßbereich – fünfzehn Meilen, aber Sie werden nicht viel sehen, weil wir im Hafen liegen.«

Die Landseite auf dem Schirm war zu unübersichtlich, um von Wert zu sein, aber nach See zu sah ich einen winzigen Fleck. »Was ist das hier?«

Er sah auf die Uhr. »Das muß die Fähre von Gibraltar sein. Ist zehn Meilen entfernt – die Meilen können Sie auf dem Gradnetz ablesen.«

Ich sagte: »Dieser Dobbas muß doch ganz praktisch sein, wenn man nachts nahe an die Küste kommt.«

»Aber sicher«, sagte er. »Sie brauchen nur das Bild auf dem Schirm mit der Karte zu vergleichen. Ob kein Mond scheint oder ob da Nebel ist, das ist völlig egal.«

Einen solchen Apparat hätte ich ja gern auf der *Sanford* gehabt, aber Radar läßt sich auf einem Segelboot schlecht aufstellen, da gibt's zu viele Leinen, die sich in der Antenne verfangen können. Und wo soll man schließlich den Betriebsstrom herkriegen?

Ich sah noch einmal im Ruderhaus umher. »Mit all dieser Ausstattung brauchen Sie ja keine große Crew, obwohl es ein ziemlich großes Boot ist«, sagte ich. »Wieviel Mann haben Sie an Bord?«

»Ich und Metcalfe, wir fahren es allein«, antwortete Krupke. »Wir machen ja keine so weiten Reisen. Aber gewöhnlich haben wir noch einen Mann mit – diesen Marokkaner, den Sie da auf der *Sanford* haben.«

Ich blieb noch eine ganze Zeit auf dem Fairmile, aber Metcalfe und Walker ließen sich nicht blicken, und ich ging schließlich in Metcalfes Wohnung zurück. Coertze war schon da, aber von den beiden war nichts zu sehen; so gingen wir denn zu zweit zum Essen.

Während der Mahlzeit sagte ich: »Wir sollten möglichst schnell losfahren. Wir sind mit allem fertig, und jeder weitere Tag hier ist Zeitverschwendung.«

»Ja«, stimmte Coertze mir bei, »ist ja schließlich keine Vergnügungsreise.«

Wir gingen wieder nach Hause und fanden außer den Dienstboten niemand vor. Coertze ging in sein Zimmer, und ich blätterte in einem Magazin. Um zehn Uhr hörte ich jemand hereinkommen und sah auf.

Was ich sah, versetzte mich in kochende Wut.

Walker war betrunken, sinnlos betrunken. Er knickte in den Knien ein und klammerte sich an Metcalfe. Der Unterkiefer hing ihm herunter, und seine schwimmenden Augen stierten blicklos umher. Metcalfe selbst hatte auch einen in der Krone, war aber nicht betrunken. Er gab Walker einen kleinen Ruck, damit er nicht umfiel, und sagte munter: »Wir wollten uns 'nen vergnügten Abend in der Stadt machen, aber unser Freund Walker verträgt ja nichts. Ihr müßt mir mal helfen, ihn auf sein Bett zu packen.«

Ich half Metcalfe, Walker ins Schlafzimmer zu schleppen, und wir legten ihn aufs Bett. Coertze, der in dem andern Bett schon schlief, wachte auf und fragte: »Was is 'n los?« Metcalfe sagte: »Euer Kumpel kann kein'n Sprit vertragen, er is mir aus den Pantinen gekippt.«

Coertze musterte Walker, sah dann zu mir herüber, und seine schwarzen Augenbrauen zogen sich finster zusammen. Ich gab ihm einen Wink, ruhig zu sein.

Metcalfe dehnte und streckte sich und sagte: »Na, nun werd' ich mich aber auch hinhauen.« Er sah auf Walker und äußerte etwas verächtlich: »Morgen wird's ihm schon wieder besser gehen bis auf einen gewaltigen Kater. Ich werd' Ismael sagen, er soll ihm eine Prärieauster zum Frühstück machen.« Zu Coertze gewandt, fuhr er fort: »Wie heißt das doch noch auf afrikaans?«

»'n Regmaker«, grunzte Coertze.

Metcalfe lachte. »Richtig, *Regmaker*. Das war das erste Wort, das ich auf afrikaans lernte.« Er ging zur Tür. »Alsdann, bis morgen«, sagte er und ging hinaus.

Ich schloß die Tür. »Dieser verdammte Idiot«, machte ich mir Luft.

Coertze kam aus dem Bett, packte Walker und schüttelte ihn. »Walker«, brüllte er, »hast du ihm was erzählt?«

Walker fiel der Kopf auf die Seite, und er begann zu schnarchen. Ich griff Coertze an der Schulter. »Seien Sie ruhig, Mann, Sie erzählen's ja dem ganzen Haus! Ist doch sinnlos jetzt; heut nacht kriegen Sie doch nichts aus ihm heraus, er ist doch nicht bei Besinnung. Lassen Sie das bis morgen.«

Coertze schüttelte meine Hand ab und fuhr herum, rot vor Wut. »Ich hab's Ihnen ja gesagt«, knurrte er, »ich hab's Ihnen ja gesagt, er taugt nichts. Wer weiß, was dieser *Dronkie* ausgeplaudert hat?«

Ich zog Walker die Schuhe aus und legte ihm eine Wolldecke über. »Das werden wir morgen herauskriegen«, sagte ich. »Und zwar *wir*. Fallen Sie bloß nicht über ihn her, dann kriegt er's nur mit der Angst und sagt erst recht kein Wort.«

»Bei Gott, der soll sein Donnerwetter haben«, fluchte Coertze.

»Lassen Sie ihn gefälligst in Ruhe«, entgegnete ich scharf. »Wir werden genug Schwierigkeiten haben, auch ohne daß wir uns untereinander streiten. Wir brauchen Walker.«

Coertze schnaufte verächtlich.

Ich fuhr fort: »Walker hat hier eine Sache fertiggekriegt, die keiner von uns beiden geschafft hätte. Er hat die Gabe, einen Idioten zu mimen, daß man's ihm glaubt.« Ich sah auf ihn hinunter und sagte dann bitter: »Schade, daß er auch ohne es zu spielen ein solch hirnverbrannter Idiot sein kann. Jedenfalls brauchen wir ihn noch, und darum lassen Sie ihn zufrieden. Morgen werden wir beide mit ihm reden, aber gemeinsam!«

Widerwillig gab Coertze nach, und ich ging in mein Zimmer.

Am nächsten Morgen war ich früh hoch, aber doch noch nicht so früh wie Metcalfe, der schon ausgegangen war. Ich ging, um nach Walker zu sehen, und fand Coertze schon aufgestanden und fast angezogen. Walker lag noch schnarchend im Bett. Ich nahm ein Glas Wasser und kippte es ihm übers Gesicht. Mir war nicht danach zumute, auf seine Empfindungen Rücksicht zu nehmen.

Er schüttelte sich, stöhnte und öffnete die Augen, gerade als Coertze sich die Wasserkaraffe langte und über ihn ausleerte. Prustend setzte er sich auf und sank wieder zurück. »Mein Kopf«, ächzte er und preßte die Hände gegen die Schläfen.

Coertze packte ihn vorn am Hemd. »*Jou Goggamannetje,* was hast du Metcalfe erzählt?« Er schüttelte Walker heftig. »He, was hast du ausgeplaudert?«

Diese Behandlung war nicht die richtige bei Walkers Kopfweh, darum griff ich ein: »Nu mal sachte; lassen Sie mich mal mit ihm reden.«

Coertze ließ von ihm ab, und ich stand neben Walker und wartete, daß er wieder zu Verstand käme. Schließlich sagte ich: »Sie haben sich gestern abend besoffen, Sie lächerlicher Narr, und als Trinkgenossen mußten Sie sich ausgerechnet Metcalfe aussuchen.«

Walker sah auf, sein Riesenkatzenjammer trübte seinen Blick. Ich setzte mich auf die Bettkante. »Nun, wie ist es, haben Sie ihm was von dem Gold erzählt?«

»Nein, nein«, rief Walker aus, »nein, hab' ich nicht.«

Ruhig sagte ich: »Versuchen Sie nicht, uns was vorzulügen. Sie wissen, was wir mit Ihnen machen, wenn wir Sie dabei erwischen.«

Er warf einen entsetzten Blick auf Coertze, der vor Wut kochend im Hintergrund saß und die Augen zusammenkniff. »Ich kann mich an nichts erinnern«, wimmerte er. »Es ist alles ratzekahl leer; ich weiß überhaupt nichts mehr.«

Das war schon besser; jetzt sagte er wahrscheinlich die Wahrheit. Dieser völlige Gedächtnisschwund ist typisch bei einem Rausch. Ich dachte eine Weile darüber nach und kam zu dem Schluß, daß Walker, selbst wenn er Metcalfe nichts von dem Gold erzählt hatte, doch sicherlich mächtig angegeben, alle Vorsicht in den Wind geschlagen und im Suff womöglich seine so gut gespielte Rolle ein für allemal zuschanden gemacht hatte, zurückgefallen war in sein dem Trunk ergebenes, unerfreuliches Ich.

Metcalfe war auf Draht, anders hätte er in seinem anrüchigen Gewerbe gar nicht bestehen können. Der Wechsel in Walkers Charakter mußte ihm einen Wink geben, daß mit seinem alten Freund Hal und seiner Crew irgend etwas nicht ganz koscher war. Das würde für Metcalfe genügen, die Augen offenzuhalten. Wir mußten also bei allem, was wir taten, damit rechnen, daß Metcalfe uns mit seiner Aufmerksamkeit beehrte.

»Nun, geschehen ist geschehen«, sagte ich und sah Walker an. Er hatte die Augen niedergeschlagen und fingerte nervös an einem Zipfel der Wolldecke.

»Sehen Sie mich an«, sagte ich, und er hob langsam den Blick. »Ich denke, Sie sprechen die Wahrheit«, sagte ich kalt. »Aber wehe, wenn ich Sie bei einer Lüge erwische, dann geht's Ihnen schlecht. Und wenn Sie auf dieser Reise noch einen Tropfen anrühren, brech' ich Ihnen das Genick. Sie denken, Sie müßten vor Coertze Angst haben, aber Sie haben allen Grund, vor mir noch mehr Angst zu haben, wenn Sie auch nur ein Glas kippen, verstanden?«

Er nickte.

»Es ist mir schnuppe, wieviel Sie trinken, wenn wir diese Sache hinter uns haben. Wahrscheinlich werden Sie sich in einem halben Jahr zu Tode gesoffen haben, doch das geht mich nichts an. Aber nur noch ein einziges Glas auf dieser Reise, und Sie sind ein toter Mann.«

Er schrak zusammen, und ich wandte mich Coertze zu. »Lassen Sie ihn jetzt, er wird es sich zu Herzen nehmen.«

Coertze knurrte: »Wenn ich den bloß zwischen die Finger kriegte! Nun sagen Sie schon ja.«

»Nein, Schluß«, sagte ich unwirsch. »Wir haben wichtigeres zu tun. Packen Sie Ihre Sachen, wir laufen aus.«

»Und Metcalfe?«

»Dem sag' ich, wir wollen zu einem Festival in Spanien.«

»Zu welchem Festival?«

»Weiß ich's? In Spanien gibt's immer irgendwelche blöden Festivals; mir wird schon ein passendes einfallen. Wir segeln los, sobald ich bei den Hafenbehörden ausklariert hab'.«

»Ob ich nicht doch lieber bei Metcalfe auf den Busch klopfe?« sagte Coertze nachdenklich.

»Lassen Sie Metcalfe in Ruh«, sagte ich, »wer weiß, vielleicht hat er gar keinen Verdacht geschöpft, aber wenn Sie ihn aushorchen, dann weiß er genau, daß etwas faul ist. Bloß kein Heckmeck mit Metcalfe, wenn's geht. Der ist uns über.«

Wir packten unsere Seesäcke und gingen an Bord, Walker trottete schweigsam hinterher. Moulay Idriss hockte auf dem Vordeck und rauchte eine Kif-Zigarette. Wir gingen hinunter und verstauten unsere Ausrüstung.

Ich hatte gerade die Karte mit der Straße von Gibraltar herausgeholt, um unseren Kurs abzusetzen, als Coertze achteraus kam und leise sagte: »Mir scheint, da hat jemand das Boot durchsucht.«

»Zum Teufel«, fluchte ich. Metcalfe hatte ja tatsächlich das Haus heute morgen sehr früh verlassen, hatte also reichlich Zeit gehabt, die *Sanford* gründlich zu durchsuchen. »Die Schmelzöfen?« fragte ich. Wir hatten die drei Schmelzöfen so gut es ging versteckt. Wir hatten die Klammern abgenommen und in Werkzeugkästen in der Vorspiek geworfen, wo sie aussahen wie irgendwelcher anderer Krimskram, der sich so mit der Zeit ansammelt. Die Hauptkästen mit den schweren Umformern waren auf der *Sanford* verteilt, einer fest eingebaut unter dem Kajütfußboden, der zweite als Radioapparat verkleidet mit allen dazugehörenden Knöpfen und Skalen, der dritte in eine Trockenbatterie im Motorenraum eingebaut.

Ob Metcalfe draus schlau wurde, wenn er sie sah, das war noch die Frage. Aber die Tatsache, daß sie sich so unschuldig gaben, mußte ihn doch stutzig machen, ihm einen Fingerzeig geben, daß wir etwas Bestimmtes im Schilde führten.

Eine Musterung des Bootes ergab, daß alles in Ordnung war. Abgesehen von den Schmelzöfen und den Reserve-Graphittiegeln, die das Innere des doppelten Kajütdaches füllten, gab es nichts an Bord, was uns von irgendeiner anderen Jacht in diesen Gewässern unterschied.

Ich sagte: »Vielleicht hat der Marokkaner auf eigene Faust herumgeschnüffelt.«

Coertze fluchte. »Wenn der seine Nase in was reingesteckt hat, was ihn nichts angeht, schmeiß ich ihn über Bord.«

Ich ging an Deck. Der Marokkaner hockte noch auf dem Vordeck. Ich sagte fragend: »Mr. Metcalfe?«

Er streckte den Arm aus und wies über den Hafen zum Fairmile. Ich brachte das Dingi zu Wasser und pullte hinüber. Als ich näher kam, rief Metcalfe mich an: »Wie geht's Walker?«

»Tut sich selber schrecklich leid«, sagte ich, als Metcalfe die Vorleine wahrnahm. »Schade, daß das passieren mußte. Er wird sich wohl hundeelend fühlen, wenn wir unterwegs sind.«

»Sie laufen aus?« fragte Metcalfe verblüfft.

»Ja, nach Spanien«, erwiderte ich. »Gestern abend hatte ich ja keine Gelegenheit mehr, es Ihnen zu sagen.« Ich tischte ihm meine Geschichte auf und fuhr dann fort: »Ich weiß nicht, ob wir auf dem Rückweg wieder herkommen. Walker will es natürlich, aber Coertze und ich möchten vielleicht an der Ostküste nach Südafrika zurücksegeln.« Mir schien, so verschleierte ich am besten unsere Absichten.

»Das tut mir aber leid«, sagte Metcalfe, »ich hatte Sie gerade bitten wollen, mir während Ihrer Anwesenheit hier ein Dingi zu entwerfen.«

»Ich will Ihnen was sagen«, erwiderte ich. »Ich schreib' nach Kapstadt, sie sollen Ihnen einen *Falcon*-Bausatz schicken. Das geht auf meine Rechnung; Sie hätten dann nur noch die Versandkosten zu tragen.«

»Großartig, vielen Dank«, sagte Metcalfe. »Verdammt anständig von Ihnen.« Er schien sich sehr zu freuen.

»Das ist wohl das mindeste, was mir zu tun bleibt, nach all Ihrer Gastfreundschaft«, wehrte ich ab.

Er reichte mir die Hand, und ich nahm sie. »Viel Glück, Hal, auf allen Fahrten. Ich hoffe, Sie haben Erfolg mit Ihrem Plan.«

Ich vergaß die Vorsicht. »Mit welchem Plan?« fragte ich einen Ton zu scharf.

»Wieso, Sie planen doch eine Bootswerft. Sonst haben Sie doch nichts weiter im Sinn, wie?«

Ich verfluchte mich selbst und lächelte matt. »Natürlich nicht.« Ich schickte mich an, in mein Dingi zu gehen, und Metcalfe sagte ruhig zu mir: »Für meine Art zu leben sind Sie nicht gebaut, Hal. Versuchen Sie es lieber nicht, falls Ihnen das mal in den Sinn kommen sollte. Es ist hart und überdies ein unbarmherziger Konkurrenzkampf.«

Als ich zur *Sanford* zurückpullte, grübelte ich darüber nach, ob das wohl eine versteckte Warnung hatte sein sollen, daß er unserm Vorhaben auf der Spur sei. Trotz seiner zwielichtigen Affären war Metcalfe ein ehrlicher Kerl, der nicht gern einen Freund niederschlüge. Wenn ihm aber der Freund in die Quere käme, würde er es doch tun.

Um drei Uhr nachmittags liefen wir aus und nahmen Kurs auf Gibraltar. Nun waren wir unterwegs, aber wir hatten mehr Mißgriffe hinter uns, als wir uns leisten konnten.

Francesca

Als wir durch die Straße von Gibraltar kreuzten, schlug Coertze vor, gleich nach Italien zu segeln. Ich lehnte ab: »Bedenken Sie, wir haben Metcalfe gesagt, wir gingen nach Spanien, und dabei muß es bleiben.«

Er schlug gegen das Setzbord. »Aber wir haben doch keine Zeit.«

»Die Zeit müssen wir eben rausschlagen«, sagte ich hartnäckig. »Ich sagte ja schon, wir müssen mit Verzögerungen rechnen, die unsern Reservemonat aufbrauchen; dies ist so eine Verzögerung. Für unsere Reise bis Italien müssen wir eben einen Monat nehmen anstatt zwei Wochen. Dadurch verlieren wir zwei der Reservewochen, aber es geht nicht anders. Vielleicht können wir das in Italien wieder rausschinden.«

Er murrte und meinte, meine Furcht vor Metcalfe sei unsinnig. Ich entgegnete: »Sie haben fünfzehn Jahre auf diese Gelegenheit gewartet – nun werden Sie es auch noch weitere vierzehn Tage aushalten. Wir werden Gibraltar, Malaga und Barcelona anlaufen; dann gehen wir an die Riviera, nach Nizza und Monte Carlo, dann nach Italien. Wir werden Stierkämpfe und Spielkasinos besuchen und uns genauso verhalten wie andere Touristen auch. Wir werden die harmlosesten Leute sein, auf die Metcalfe jemals sein Augenmerk gerichtet hat.«

»Aber Metcalfe sitzt doch wieder in Tanger.«

Ich lächelte dünn. »Wahrscheinlich ist er schon in Spanien. Mit seinem Fairmile könnte er uns jederzeit überholen. Er könnte auch geflogen sein oder die Fähre nach Gibraltar genommen haben. Er wird verdammt ein Auge auf uns haben, wenn er vermutet, daß wir auf irgendwas aus sind.«

»Dieser verfluchte Walker«, platzte Coertze heraus.

»Zugestimmt«, sagte ich. »Aber da kommt noch mehr zusammen.« Und ich zählte die Fehler auf, die wir gemacht hatten. Der erste war Walkers unvorsichtige Äußerung Aristide gegenüber, daß er auf einen Kreditbrief Geld abgehoben hätte. Das war eine Lüge, und obendrein eine überflüssige. Den Kreditbrief hatte ich, und das hätte Walker ja auch sagen können. Daß ich die Kontrolle über die Finanzen des Unternehmens behielt, war meine einzige Garantie dafür, daß mir Coertze nicht aus der Hand glitt. Ich kannte das Versteck des Goldes ja noch nicht.

Aristide würde nun natürlich unter seinen Bankierkollegen Erkundigungen über die finanziellen Verhältnisse des reichen Mr. Walker einziehen. Mühelos würde er erfahren, was er wissen wollte – die Bankiers hängen alle zusammen und pfeifen auf Diskretion –, nämlich daß der Mr. Walker von keiner Bank in Tanger Geld abgehoben hatte. Das würde ihn zwar nicht weiter stören, aber immerhin könnte er Metcalfe deswegen befragen und ihm so einen weiteren Punkt für seine Verdachtsliste liefern. Metcalfe würde Aristide ausholen und erfahren, daß Walker und Halloran ein auffälliges Interesse für die Gold-Ein- und -Ausfuhr von Tanger gezeigt hätten.

Er brauchte bloß zur Casa Saeta zu gehen und dort herumzuschnüffeln. Zwar würde er dort nichts finden, was Walkers Tarngeschichte widerspräche, aber eben dieser Tarngeschichte traute er nicht, weil Walker sie in seinem Suff unglaubwürdig gemacht hatte. Beim Wort Gold würde er die Ohren spitzen. Ein Mann wie Metcalfe fackelt nicht lange, wenn er Gold riecht, und wenn ich Metcalfe wäre, würde ich die Wege der *Sanford* mit hellwachen Interesse verfolgen.

Alles das unter der Voraussetzung, daß Walker in seinem Rausch nichts über das Gold ausgeplaudert hatte. Hatte er das doch getan, dann war es das gefundene Fressen für Metcalfe.

Wir liefen in Gibraltar ein und vertrödelten einen Tag mit dem Begaffen der Berberaffen und der Besichtigung der Höhlenmenschen-Höhlen. Dann segelten wir nach Malaga und bekamen da verflucht mehr Flamencomusik vorgesetzt, als wir verknusen konnten.

Am zweiten Tag in Malaga, als Walker und ich als brave Touristen uns die Zigeunerhöhlen ansehen gingen, merkte ich, daß wir beschattet wurden. Auf Schritt und Tritt stießen wir auf einen blassen, schnurrbärtigen jungen Mann. Als wir zum Essen in ein Café einkehrten, saß er in einer entfernten Ecke; er tauchte im Jachthafen auf; er klatschte den Flamencotänzern Beifall, als wir zu den Zigeunern kamen.

Den andern sagte ich nichts davon, aber es bestätigte mir meine Einschätzung von Metcalfes Möglichkeiten. Sicherlich hatte er in jedem Mittelmeerhafen Freunde; ihn auf dem laufenden zu halten, war also kein Problem. Die Bewegungen einer Jacht kann man nicht gut verbergen, und er saß sicher in Tanger wie die Spinne im Netz und wurde telefonisch angerufen, von wo immer wir auftauchten. Gewiß erfuhr er von jedem unserer Spaziergänge und kannte unsere Ausgaben bis zur letzten Peseta.

Uns blieb nur eins übrig, die Harmlosen zu spielen und zu hoffen, daß er es überkriegte; ihn so lange hinzuhalten, bis er zu dem Schluß kam, daß sein Verdacht doch wohl unbegründet sei.

In Barcelona gingen wir alle drei zum Stierkampf. Vorher hatte ich mir schon den Spaß gemacht, Metcalfes Mann herauszufinden. Er war nicht schwer zu entdecken, wenn man auf ihn gefaßt war, und entpuppte sich als ein langer hohlwangiger ›Mackie-Messer‹, der sich geradeso verhielt wie der Mann in Malaga.

Ich war mir ziemlich sicher, daß, wenn jemand auf der *Sanford* einbrechen sollte, es einer von Metcalfes Freunden wäre. Seine Parole mußte herum sein, daß wir seine Beute seien, und so würden die kleinen Haie von uns ablassen. Ich heuerte einen Wachmann an, der so aussah, als würde er seine Großmutter für zehn Peseten verkaufen, und dann gingen wir alle zum Stierkampf.

Vorher jedoch hatte ich wohlüberlegt meine Köder ausgelegt. Ich hatte einen Haufen erfundener Angaben notiert über die Kosten für die Einrichtung einer Bootswerft in Spanien, dazu eine Menge technischer Notizen, die ich aufgeschnappt hatte. Das alles ließ ich auf dem Tisch liegen, zusammen mit einem ungefähren Plan unserer Route bis nach Griechenland und einer Adressenliste von Leuten, die wir besuchen wollten. Und dann maß ich auf den Millimeter genau aus, wo jeder Zettel lag.

Als wir wieder an Bord kamen, meldete der Wachmann, alles sei ruhig gewesen. Ich gab ihm seinen Lohn, und er verschwand. Aber die Notizzettel waren verschoben worden. Also war jemand erfolgreich in die verschlossene Kajüte eingebrochen, trotz – oder wahrscheinlich wegen – des Wachmannes. Ich hätte gern gewußt, wieviel man ihm gezahlt hatte – und ich hätte gern gewußt, ob meine Unterlagen Metcalfe überzeugt hatten, daß wir harmlose Reisende wären.

Von Barcelona aus nahmen wir unseren Weg quer über den Golfe du Lion nach Nizza. Mallorca ließen wir aus, weil die Zeit zu knapp wurde, und wieder machte ich meine Runde bei den Bootswerften, und wieder entdeckte ich unseren Bewacher. Aber diesmal beging ich einen Fehler. Ich erzählte es Coertze.

Er kochte über. »Warum haben Sie mir das nicht vorher gesagt«, fragte er.

»Was sollte das für einen Sinn haben«, entgegnete ich. »Wir können ja doch nichts dagegen tun.«

»So, meinen Sie«, sagte er finster und versank in brütendes Schweigen. In Nizza passierte nichts weiter. Es ist ein angenehmes Plätzchen, wenn einen nicht anderwärts dringende Geschäfte erwarten; wir hielten uns hier gerade so lange auf, wie es nötig war, um unsere Tarnung glaubhaft zu machen, und dann segelten wir die paar Meilen nach Monte Carlo, abermals einer netten Stadt für müßige Touristen.

In Monte Carlo blieb ich am Abend auf der *Sanford,* während Coertze und Walker an Land gingen. Außer dem üblichen Haushaltskram war nicht viel zu tun, und so ruhte ich mich im Cockpit aus und genoß die Stille der Nacht. Die beiden blieben lange aus, und als sie zurückkamen, war Walker ungewöhnlich schweigsam.

Coertze war hinuntergegangen, und ich fragte Walker: »Was ist denn mit Ihnen los? Hat die Katze Ihre Zunge gefressen? Wie war's denn in Monte?«

Er wies mit dem Kopf zur Kajüte. »Er hat einen zusammengeschlagen.«

Mir wurde eiskalt. »Wen?«

»Da ist uns so 'n Bursche den ganzen Nachmittag gefolgt. Coertze bemerkte ihn und sagte, den wolle er sich mal vorknöpfen. Wir ließen den Kerl weiter hinter uns herlaufen, bis es dunkel geworden war. Dann lockte Goertze ihn in eine kleine Seitenstraße und schlug ihn zusammen.«

Ich stand auf und ging nach unten. Coertze kühlte sich in der Kombüse seine angeschwollenen Handgelenke. Ich stellte ihn zur Rede. »Nun haben Sie es also doch getan. Statt Ihres Köpfchens mußten Sie Ihre verdammten Fäuste gebrauchen. Sie sind schlimmer als Walker; dem kann man immerhin zugute halten, daß er ein Kranker ist.«

Coertze tat erstaunt. »Was ist denn?«

»Ich habe gehört, daß Sie einen zusammengeschlagen haben.«

Coertze betrachtete seine Fäuste, dann grinste er mich an. »Der schleicht uns nicht noch einmal nach, der ist reif für vier Wochen Krankenhaus«, erklärte er noch voller Stolz – daß Gott erbarm!

»Nun haben Sie's vermasselt«, sagte ich knapp. »Beinahe hatte ich Metcalfe so weit, daß er von unserer Harmlosigkeit überzeugt sein müßte, und da schlagen Sie einen von seinen Leuten zusammen. Jetzt weiß er, daß wir ihn auf dem Kieker und etwas zu verbergen haben. Geradesogut hätten Sie ihn anrufen und ihm sagen können: ›Hier, wir haben 'ne Portion Gold erwischt; kommen Sie her und nehmen Sie's uns ab.‹ Sie sind ein gottverdammter Narr.«

Seine Miene wurde finster. »So laß ich niemanden mit mir reden.« Er hob die Faust.

»Nun, *ich* rede so mit Ihnen«, antwortete ich, »und wenn Sie einen Finger gegen mich rühren, können Sie dem Gold adieu sagen. Sie können kein Boot segeln, weder dieses noch ein anderes, und Walker hilft Ihnen nicht, er haßt Sie wie die Pest. Schlagen Sie mich aber, dann ist der Spaß für Sie zu Ende. Ich weiß, Sie können mich vielleicht in Stücke brechen, und wenn Sie es versuchen wollen, bitte! Das Vergnügen kostet sie bloß eine kleine halbe Million.«

Diese Kraftprobe war seit langem fällig.

Er zögerte unsicher. »Sie verfluchter Engländer!« sagte er.

»Na los – schlagen Sie zu«, sagte ich und machte mich auf seinen Angriff gefaßt.

Er lockerte die Faust und wies drohend mit dem Finger auf mich. »Warten Sie nur ab, bis wir alles hinter uns haben«, sagte er, »warten Sie nur ab, dann werden wir aber abrechnen!«

»Einverstanden, dann werden wir abrechnen«, entgegnete ich. »Aber bis dahin bin ich der Boß, verstanden?«

Sein Gesicht wurde wieder finster, und er fuhr mich an: »Ich lasse mir nicht befehlen, von niemandem.«

»Gut«, sagte ich. »Dann laufen wir den Weg zurück, den wir gekommen sind, Nizza, Barcelona, Malaga, Gibraltar. Walker wird mir beim Segeln helfen, aber für Sie wird er nicht ein Jota tun.« Ich wandte mich zum Gehen.

»Warten Sie«, sagte Coertze, und ich drehte mich noch mal um. »All right«, stieß er heiser hervor. »Aber warten Sie, bis wir's geschafft haben; bei Gott, Sie können sich auf was gefaßt machen.«

»Aber bis dahin bin ich der Boß?«

»Ja«, knurrte er.

»Und Sie führen meine Befehle aus?«

Seine Fäuste ballten sich, aber er hielt an sich. »Ja.«

»Alsdann, hier ist der erste Befehl für Sie: Sie unternehmen verdammt nichts, ohne mich vorher zu Rate zu ziehen.« Ich stieg den Niedergang hinauf, aber auf halbem Wege schoß mir ein Gedanke durch den Kopf, und ich kehrte noch einmal um: »Übrigens, lassen Sie es sich nicht einfallen, mich oder Walker zu hintergehen; wenn Sie das nämlich tun, haben Sie es nicht nur mit mir, sondern auch mit Metcalfe aufzunehmen. Und es soll mir ein Vergnügen sein, Metcalfe einen Anteil zu überlassen. Wenn Metcalfe hinter Ihnen her ist, gäbe es auf der ganzen Welt nicht ein Eckchen, wo Sie sich verstecken könnten.« Er sah mich finster an und wandte sich ab. Ich ging an Deck. Walker saß im Cockpit. »Haben Sie's gehört?« fragte ich.

Er nickte. »Es freut mich, daß Sie mich zu Ihrer Seite gerechnet haben.«

Ich war gereizt und bebte noch von der Anspannung. Es war kein Spaß, sich mit einem Bären wie Coertze anzulegen – sein Handeln war triebhaft, nicht vom Verstand gezügelt, und er hätte mich zerbrechen können, wie man ein Streichholz zerbricht. Man mußte ihn an die Kandare nehmen wie ein störrisches Pferd.

Es fuhr mir heraus: »Verdammter Mist! Warum bloß hab' ich mich auf diese irrsinnige Fahrt eingelassen, mit einem Saufbold wie Ihnen und einem Wahnsinnigen wie Coertze. Erst setzen Sie Metcalfe auf unsere Spur, und dann hält er ihn drauf.«

Walker erwiderte leise: »Aber das hab' ich nicht gewollt, und ich glaub' nicht, daß ich etwas erzählt habe.«

»Glaub' ich auch nicht, aber irgendwie haben Sie sich in die Karten gucken lassen.« Ich rekelte mich, um die Muskeln zu lockern. »Nun, und wennschon. Entweder wir kriegen das Gold, oder wir kriegen's nicht. Mehr ist dazu nicht zu sagen.«

»Sie können sich auf mich verlassen, ich helfe Ihnen gegen Coertze, wenn es nötig ist.«

Ich mußte lächeln. Sich auf Walker verlassen, das hieß, sich im Orkan auf einen gebrochenen Mast verlassen – und dieser Orkan hieß Coertze; so wirkte er auf die Menschen, wie eine blinde, elementare Naturgewalt, alles in allem: ein überwältigender Mann.

Ich schlug Walker aufs Knie. »Schön, Sie sind mein Mann von nun ab.« Aber auch Walker mußte im Zaum gehalten werden, darum fuhr ich mit strenger Stimme fort: »Aber lassen Sie das Saufen! Was ich Ihnen in Tanger sagte, war bitterer Ernst.«

Als nächsten Hafen liefen wir Rapallo an, das wir in erster Linie als unsere italienische Basis vorgesehen hatten, falls wir dort einen geeigneten Unterschlupf für unsere Arbeit fänden. Mit Motorkraft liefen wir in den Jachthafen ein – und das erste, was mir ins Auge stach, war doch wahrhaftig eine *Falcon*, die sie aufs Trockene gezogen hatten. Ich wußte wohl, daß meine Werft einige Bausätze nach Europa geliefert hatte, aber einen zu sehen zu kriegen, damit hatte ich nicht gerechnet.

Da wir aus einem fremden Hafen kamen, gab es die üblichen Fragen von Zoll und Hafenarzt – reine Formsachen. Jachtsegler werden im Mittelmeer sehr nett behandelt. Ich klönte mit den Zöllnern über Jachten und Jachtsegeln und erzählte ihnen, daß ich selber Bootsbauer sei. Ich tischte ihnen unsere Tarngeschichte auf, daß ich mich mit dem Gedanken trüge, eine Bootswerft im Mittelmeer aufzumachen, wobei ich auf die *Falcon* deutend fallenließ, daß sie übrigens von meiner Werft stamme. Das machte großen Eindruck auf sie. Ein Mann, dessen Erzeugnisse sechstausend Meilen vom Herstellungsort entfernt verwendet wurden, mußte schon jemand sein. Über die örtlichen Verhältnisse konnten sie mir nicht viel sagen, aber sie gaben mir ein paar brauchbare Adressen.

Ich war überaus zufrieden. Wenn ich schon die Leute davon überzeugen wollte, daß ich in Ordnung sei, konnte ich damit auch bei den Zöllnern beginnen. Daß sich ausgerechnet hierher eine *Falcon* verirrt hatte, kam mir sehr zupaß.

Ich ging an Land und befahl Walker und Coertze an Bord zu bleiben. Es war nicht gerade notwendig, daß ich mich so herrisch gab, aber ich wollte meine neugewonnene Autorität über die beiden erproben. Coertze hatte sich mehr oder weniger wieder gefangen. Er gab sich gelassen und riß die üblichen Witze.

Aber ich machte mir keine Illusionen darüber, daß er etwas vergessen habe. Der Afrikaner ist bekannt dafür, daß er nachtragend ist wie ein Elefant.

Ich ging zum Jachtklub hinauf und legte meine Empfehlungsschreiben vor. Zu den erfreulichsten Dingen für den Jachtsegler gehört es, daß er gewiß sein kann, überall in der Welt willkommen geheißen zu werden. Die Jachtleute verbindet eine Kameradschaft, die in einer Welt, die nahe daran ist, sich selbst in die Luft zu jagen, um so herzerquickender ist. Diese internationale Brüderlichkeit, zusammen mit der Tatsache, daß die Schiffahrtsgesetze keine Lizenz für die Führung kleiner Boote verlangen, macht das Hochseesegeln zu einem der angenehmsten Erlebnisse der Welt.

Ich plauderte mit dem Sekretär des Klubs, der tadellos Englisch sprach, und verbreitete mich eingehend über meine Pläne. Er führte mich in die Bar, lud mich zu einem Kognak ein und machte mich mit einigen Mitgliedern und Klubgästen bekannt. Nachdem wir lang und breit über unsere Reise von Südafrika herauf geklönt hatten, zog ich los, um mich über die Bootswerften zu informieren.

Auf unserer bisherigen Fahrt durchs Mittelmeer war ich mir darüber klargeworden, daß meine Tarngeschichte durchaus keine Tarnung zu sein brauchte; sie konnte jederzeit wahr werden. Das Gold war mir gleichgültig geworden, zumal nach den dummen Streichen von Walker und Coertze, während sich mein Interesse an den geschäftlichen Möglichkeiten im Mittelmeer belebt hatte. Ich war mir keineswegs sicher, ob wir drei unser eigentliches Vorhaben durchführen könnten – unsere Charaktere waren so verschieden, daß sich Spannungen ergaben, die das ganze kunstvolle Gewebe unseres Planes zu zerreißen drohten. Also begann ich mich abzusichern und meine beruflichen Aussichten ernsthaft zu studieren.

Die Gier nach Gold, die mich in Aristides Gewölbe kurz überkommen hatte, war zwar noch da, aber sie schlief. Immerhin war sie noch so wirksam, daß sie mich antrieb, Coertze und Walker im Schach zu halten und zu versuchen, Metcalfe ein Schnippchen zu schlagen.

Hätte ich allerdings damals gewußt, daß neue Kräfte sich anschickten, auf den Plan zu treten, dann hätte ich's wohl in der Bar des Rapallo-Jachtklubs ein für allemal aufgegeben.

Am Nachmittag besichtigte ich mehrere Bootswerften, und zwar nicht nur, um Geschäftsmöglichkeiten zu erkunden – die *Sanford* hatte einen langen Seetörn hinter sich, und ihr Boden war bewachsen. Sie mußte aus dem Wasser genommen und abgekratzt werden; dadurch würde sie mindestens eine halbe Meile mehr laufen. Darüber waren wir uns schon einig geworden, daß dieses unser vorgeblicher Grund sein sollte, die Jacht aus dem Wasser zu holen; und wenn ich später im Jachtklub eine beiläufige Bemerkung fallenließe, daß mit den Kielbolzen etwas nicht in Ordnung sei, so genügte das, um den Austausch des Kiels plausibel zu machen. Darum hielt ich nun nach einem ruhigen Platz Ausschau, wo wir unseren goldenen Kiel gießen konnten.

Ich war beunruhigt, als mir plötzlich bewußt wurde, daß ich keinen Spion von Metcalfe bemerkte. Wenn er seine Wachköter zurückgepfiffen hatte, weil er uns für harmlos hielt, war ja alles in Ordnung. Nachdem aber Coertze das Spiel verpatzt hatte, schien mir das überaus unwahrscheinlich. Viel wahrscheinlicher war, daß sich etwas zusammenbraute – und was es auch sein mochte, es mußte sich jedenfalls um die *Sanford* drehen. Ich brach meine Erkundungen ab und eilte zum Jachthafen zurück.

»Kein Mensch hat mir nachspioniert«, sagte ich zu Coertze.

»Sagte ich Ihnen ja, meine Methode ist die beste«, erwiderte er. »Die haben die Nase voll.«

»Wenn Sie denken, Metcalfe ließe sich ins Bockshorn jagen, nur weil eine angeheuerte Hafenratte zusammengeschlagen wird, denken Sie besser noch einmal darüber nach«, sagte ich. Ich sah ihn scharf an. »Wenn Sie nun an Land gehen, um sich die Beine zu vertreten, kann ich mich drauf verlassen, daß Sie nicht gleich auf irgendeinen losdreschen, weil Sie sich von ihm schief angeguckt fühlen?«

Er versuchte, meinem Blick standzuhalten, aber dann wurden seine Augen flackerig. »Ist gut«, sagte er mürrisch. »Werd mich in acht nehmen. Aber Sie werden's schon noch sehen, meine Methode ist die beste.«

»Na schön; also dann können Sie und Walker an Land gehen und 'n Happen essen.« Zu Walker gewandt fügte ich hinzu: »Und Sie denken mir daran: nichts trinken, auch keinen Wein.«

Coertze sagte: »Werd schon aufpassen. Wir halten uns zusammen, wie?« Er gab Walker einen Schlag auf die Schulter.

Sie kletterten auf die Kaimauer, und ich sah ihnen nach; Coertze schritt kräftig aus, und Walker bemühte sich mitzukommen.

Ich grübelte noch, was Metcalfe wohl im Schilde führen mochte, aber ich sah ein, daß das müßig war. Darum ging ich nach unten, um nachzusehen, was wir für die nächsten paar Tage dringend brauchten. Ich machte mich auf der Backbord-Schlafbank lang, und ich muß wohl sehr müde gewesen und eingeschlafen sein;

denn als ich erwachte, war schon alles dunkel, nur von der Stadt her drang ein Lichtschimmer durch das Deckslicht.

An Deck bewegte sich was, und das hatte mich aufgeweckt.

Ich blieb noch einen Augenblick liegen, bis ich ein neues Geräusch hörte; ich erhob mich vorsichtig, ging leise zum Niedergang und hob meinen Kopf bis in Deckshöhe. Leise rief ich: »Coertze?«

Jemand fragte: »Ist dort Signor Halloran?« Die Stimme klang sehr weiblich.

Im Nu war ich im Cockpit. »Wer ist da?«

Ein dunkler Schatten kam auf mich zu. »Mr. Halloran, ich muß Sie sprechen.« Sie sprach ein gutes Englisch mit leichtem italienischem Akzent, und ihre Stimme war wohltuend tief und ruhig.

Ich fragte: »Wer sind Sie?«

»Es wäre wohl richtiger, wir könnten uns sehen, wenn wir uns miteinander bekannt machen wollen.« In ihrer Stimme war ein gebieterischer Klang, als wäre sie es gewohnt, daß alles nach ihrem Willen ging.

»Gut«, sagte ich, »gehen wir hinunter.«

Sie glitt an mir vorbei, und ich folgte und schaltete das Licht in der Kajüte an. Sie wandte sich mir zu, so daß ich sie sehen konnte, und sie war es schon wert, angesehen zu werden. Ihr rabenschwarzes Haar war zu beiden Seiten des Gesichts in weiche Wellen gelegt, wie um den Schwung der dunklen Brauen über ihren kühlen braunen Augen aufzufangen. Die hohen Jochbogen ließen in ihren Wangen eine geringe Spur einer Einbuchtung erscheinen, aber sie ähnelte auch nicht entfernt den modisch mageren Mannequins, wie man sie en vogue sieht.

Sie trug ein einfaches Wollkleid, das ihre gute Figur vollkommen zur Geltung brachte. Es konnte ebensogut von einem Warenhaus hier am Ort wie aus einem großen Pariser Modenhaus stammen; ich vermutete das letztere – wenn man lange genug mit einer Frau verheiratet ist, bekommt man schon einen Riecher für den Wert weiblichen Modezubehörs.

Sie trug die Schuhe in der Hand und stand da in Strümpfen; ein Punkt zu ihren Gunsten. Selbst ein Mädchen von nur hundert Pfund tritt mit bleistiftspitzen Absätzen mit einer Wucht von zwei Tonnen auf, und das mögen die Decksplanken gar nicht gern. Entweder verstand sie etwas von Jachten, oder...

Ich wies auf die Schuhe und sagte: »Sie haben noch nicht viel

Erfahrung als Einbrecher. Sie müßten sie an einem Band um den Hals tragen, um die Hände frei zu haben.«

Sie lachte. »Ich bin aber kein Einbrecher, Mr. Halloran. Ich trage nur nicht gern Schuhe. Und schließlich bin ich schon auf Jachten gewesen.«

Ich ging auf sie zu. Sie war groß, fast so groß wie ich selbst. Ich schätzte sie auf Ende Zwanzig oder vielleicht, aber unwahrscheinlich, Anfang Dreißig. Ihre Lippen waren blaß, sie trug fast kein Make-up. Und — ja, sie war eine sehr schöne Frau!

»Sie kennen mich nun, aber ich kenne Sie noch nicht«, sagte ich.

»Ich bin die Contessa di Estrenoli.«

Ich wies auf die Schlafbank. »Bitte, nehmen Sie Platz, Contessa.«

»Nicht Contessa, bitte – Madame«, sagte sie und setzte sich, zog mit einer Hand ihr Kleid über die Knie und stellte die Schuhe neben sich. »In unserer gemeinsamen Verbindung wollen Sie mich bitte Madame nennen.«

Langsam setzte ich mich auf die gegenüberliegende Bank. Metcalfe wartete uns wohl mit Überraschungen auf. Vorsichtig sagte ich: »Wir werden uns also miteinander verbinden? Nun, ich wüßte nicht, was mir lieber wäre. Wann soll's denn losgehen?«

Ihre Stimme war eisig. »Nicht die Art von Verbindung, an die Sie zu denken scheinen, Mr. Halloran.« Sie wechselte das Thema. »Ich sah Ihre ... nun ... Gefährten an Land. Sie haben mich nicht gesehen – ich möchte mit Ihnen allein sprechen.«

»Wir sind allein«, sagte ich kurz.

Sie sammelte sich, dann begann sie zielsicher: »Mr. Halloran, Sie sind mit Mr. Coertze und Mr. Walker nach Italien gekommen, um etwas Wertvolles aus dem Lande zu bringen, unerlaubt und ungesetzlich. Ihr Plan muß also geheim bleiben. Sie können nicht – sagen wir ›arbeiten‹, wenn Ihnen jemand über die Schulter blickt. Ich habe die Absicht, Ihnen über die Schulter zu blicken.«

Ich stöhnte innerlich. Metcalfe kannte die ganze Geschichte. Das einzige, was er nicht wußte, war offenbar das Versteck des Schatzes. Das Mädchen hatte ganz recht, wenn sie sagte, wir könnten den Schatz nicht heben, wenn wir beobachtet würden – und so erschien er denn nun und verlangte seinen Anteil. Walker hatte also doch in Tanger geplaudert, sonst hätte er uns nicht schon hier in Rapallo festnageln können.

Ich erwiderte: »Okay, Contessa; wieviel verlangt Metcalfe?«

Sie zog die geschwungenen Brauen hoch. »Metcalfe?«

»Ja, Metcalfe, Ihr Boß.«

Sie schüttelte den Kopf. »Ich kenne keinen Metcalfe, wer es auch sein mag. Ich bin mein eigener Boß, darauf können Sie sich verlassen.«

Ich glaube, es gelang mir, keine Miene zu verziehen. Eine Überraschung nach der anderen! Wenn diese Dame Estrenoli mit Metcalfe zusammenhing, warum leugnete sie es? Und wenn nicht, wer war sie dann, in drei Teufels Namen – und wieso wußte sie etwas von dem Schatz?

Ich sagte: »Wenn ich Sie nun auffordere, sich aus der Sache herauszuhalten?«

Sie lächelte. »Dann werden Sie diese Schätze nie aus Italien herausbekommen.«

Da schien mir doch der Ansatzpunkt für ein Zugeständnis herauszuklingen, und ich erwiderte: »Und wenn ich es nicht tue, dann werden wir den Kram also herausbekommen, meinen Sie es so?«

»Einen Teil davon«, räumte sie ein. »Aber ohne meine Mitwirkung werden Sie für lange Zeit in einem italienischen Gefängnis verschwinden.«

Nun, das zu bedenken, blieb mir später noch Zeit.

Ich sagte also: »Na gut, wer sind Sie nun, und was wissen Sie?«

»Ich weiß, daß an der Küste durchgesagt worden ist, es solle auf die *Sanford* aufgepaßt werden. Ich weiß, daß die Jacht Mr. Halloran gehört und daß Mr. Coertze und Mr. Walker ihn begleiten. Das sagt mir genug.«

»Und was hat die Contessa di Estrenoli mit Küstenparolen zu tun? Was hat eine italienische Aristokratin mit den Ganoven zu tun, für die solche Parolen bestimmt sind?«

Lächelnd antwortete sie: »Ich habe seltsame Freunde, Mr. Halloran. Ich erfahre alles, was sich Interessantes an der Küste ereignet. Ich sehe jetzt, daß möglicherweise Ihr Mr. Metcalfe diese Nachrichten verbreitet hat.«

»Sie erfuhren also, daß drei Männer in einer Jacht nach Rapallo kämen, und sie sagten sich: ›Aha, diese drei Männer kommen, um etwas illegal aus Italien hinauszubringen‹«, sagte ich mit beißendem Spott. »Da müssen Sie schon mit besseren Sachen kommen, Contessa.«

»Sie hören doch, ich kenne Mr. Coertze und Mr. Walker«,

erwiderte sie. »Dieser Coertze, dieser Kerl, war schon ziemlich oft in Italien. Jedesmal hab' ich's gewußt, und jedesmal habe ich ihn überwacht.« Sie lächelte. »Er war wie ein Hund, der vor einem Kaninchenloch jault, weil es zu klein für ihn ist und er nicht hineinkann. Jedesmal mußte er Italien wieder mit leeren Händen verlassen.«

Das war's! Auf einer seiner Routinereisen nach Italien mußte sie Coertze in die Karten geguckt haben. Aber, zum Teufel, woher kannte sie Walker? Der war doch in den letzten Jahren nicht in Italien gewesen – oder etwa doch?

Sie fuhr fort. »Als ich nun hörte, daß Mr. Coertze zurückkehrte, und zwar mit Mr. Walker und dem mir noch unbekannten Mr. Halloran, war mir sofort klar, daß da irgendeine große Sache im Gange war. Daß Sie dabei waren, irgend etwas Vergrabenes mitzunehmen, Mr. Halloran.«

»Sie wissen also nicht genau, worauf wir aus sind?«

»Ich weiß, daß es sehr wertvoll ist«, sagte sie einfach.

Ich erwiderte: »Und wenn ich nun Archäologe bin?«

Sie lachte. »Nein, Mr. Halloran, Sie sind kein Archäologe, Sie sind Bootsbauer.« Sie sah die Überraschung in meinen Augen und setzte hinzu: »Ich weiß eine ganze Menge über Sie.«

Ich sagte: »Hören wir auf mit diesem Drumherumgerede. Woher wissen Sie, was immer es auch sein mag?«

Langsam entgegnete sie: »Ein gewisser Alberto Corso hat einen Brief an meinen Vater geschrieben. Er wurde getötet, bevor er den Brief beendet hatte, und so konnte er nicht mehr alles schreiben, was ich wohl gern erfahren hätte. Aber es genügte mir, um zu wissen, daß man auf Mr. Coertze aufpassen mußte.«

Ich schnippte mit dem Finger. »Sie sind die kleine Tochter des Grafen! Sie sind ... ähm ... Francesca!«

Sie senkte den Kopf. »Ja, ich bin die Tochter eines Grafen.«

»Nun ja, nicht mehr so klein«, sagte ich. »Dann ist also der Graf hinter der Beute her.«

Ihre Augen weiteten sich. »Oh, nein, nein. Mein Vater weiß nichts davon, gar nichts.«

Ich dachte, das müsse eigentlich noch ein wenig erläutert werden und wollte sie gerade nach den näheren Umständen ausholen, da sprang jemand an Deck. »Wer ist das?« fragte die Contessa.

»Anscheinend kommen die andern zurück«, sagte ich und

wartete. Vielleicht gab es heute abend noch mehr Überraschungen.

Walker kam den Niedergang herunter und stutzte, als er die Contessa erblickte. »Oh«, entfuhr es ihm. »Ich störe doch hoffentlich nicht?«

Ich stellte vor: »Mr. Walker – die Contessa di Estrenoli«, und beobachtete ihn, ob er sie wohl wiedererkannte – aber nein, er erkannte sie nicht. Er sah sie an, wie eben ein Mann eine schöne Frau anblickt, und sagte auf italienisch: »Es ist mir ein Vergnügen, Signora.«

Sie lächelte ihn an und fragte: »Kennen Sie mich nicht mehr, Mr. Walker? Ich habe Ihnen das Bein verbunden, als Sie während des Krieges in unser Berglager gebracht wurden.«

Er sah sie genauer an und sagte ungläubig: »Francesca!«

»Ja, ich bin Francesca.«

»Sie haben sich aber verändert«, stotterte er, »Sie sind gewachsen, ich meine ... äh ...« Er verwirrte sich.

Sie sah ihn an. »Gewiß, wir alle haben uns verändert«, sagte sie, und mir schien, es klang Bedauern aus ihrer Stimme. Sie plauderten noch ein paar Minuten, und dann nahm sie ihre Schuhe auf. »Ich muß gehen«, sagte sie.

Walker sagte: »Jetzt schon?«

»Ja, ich habe in zwanzig Minuten eine Verabredung.« Sie erhob sich, und ich begleitete sie an Deck.

Sie wandte sich zu mir: »Coertze kann ich verstehen, und ich kann jetzt auch Walker verstehen; aber Sie kann ich nicht verstehen, Mr. Halloran. Warum machen Sie dies? Sie sind ein erfolgreicher Mann, Sie haben sich einen Ruf erworben in einem angesehenen Gewerbe. Warum nur tun Sie dies?«

Ich seufzte und erwiderte: »Anfangs hatte ich einen Grund; vielleicht habe ich ihn noch – ich weiß es nicht. Aber da ich nun mal so weit gegangen bin, muß ich auch weitergehen.«

Sie nickte, dann sagte sie: »An der Hafenstraße ist ein Café, ›Drei Fische‹ heißt es; kommen Sie doch bitte morgen früh um neun dahin, aber allein, ohne Walker und Coertze. Coertze habe ich nie gemocht, und Walker mag ich auch nicht mehr leiden. Ich möchte lieber nicht mit ihnen reden.«

»Wie Sie es wünschen«, erwiderte ich, »ich komme.«

Leichtfüßig sprang sie auf die Pier und schwankte ein wenig, als sie sich die Schuhe anzog. Ich sah ihr nach und hörte das helle

Klicken ihrer Absätze noch lange, nachdem die Dunkelheit sie verschluckt hatte. Dann ging ich nach unten.

Walker fragte mich: »Wo kam sie denn her? Woher wußte sie, daß wir hier sind?«

»Nun, unser Geheimnis ist ausposaunt worden«, sagte ich. »Sie weiß alles – oder so gut wie alles –, und nun setzt sie die Daumenschrauben an.«

Walker fiel der Kiefer runter. »Sie weiß von dem Gold?«

»Allerdings«, antwortete ich. »Aber warten wir, bis Coertze da ist. Ich hab' keine Lust, es zweimal durchzukauen.«

Walker protestierte, aber als er merkte, daß er doch nichts aus mir herauskriegte, schluckte er seine Ungeduld runter und rutschte unruhig auf der Bank hin und her. Nach einer halben Stunde hörten wir Coertze an Bord kommen.

Er war aufgekratzt, hatte zur Abwechslung einmal tüchtig aus einer anderen Küche als seiner gegessen und auch etliches getrunken. »Mensch«, sagte er, »diese Italiener können vielleicht kochen!«

»Francesca war hier«, sagte ich.

Er starrte mich an. »Die Tochter des Grafen?«

»Jawohl.«

Walker warf ein: »Möcht bloß mal wissen, wie sie uns aufgestöbert hat.«

»Was wollte denn dieses hochnäsige Luder?« fragte Coertze.

Ich zog die Brauen hoch. Offensichtlich war die Abneigung gegenseitig.

»Ihren Teil von der Beute«, sagte ich rundheraus.

Coertze fluchte. »Woher zum Teufel weiß sie denn was davon?«

»Alberto hat einen Brief geschrieben, kurz vor seinem Ende.«

Coertze und Walker tauschten Blicke, und nach einem bedeutsamen Schweigen sprach Coertze: »Also wollte Alberto uns doch hochgehen lassen.«

»Er hat euch hochgehen lassen«, sagte ich.

»Und wieso ist das Gold trotzdem noch da?« fragte Coertze.

»Der Brief blieb unvollendet«, sagte ich. »Wo das Gold ist, stand nicht drin.«

Coertze seufzte erleichtert auf. »Na, dann ist es ja halb so schlimm.«

Seine Blödheit regte mich auf. »Wie stellen Sie sich denn vor, sollen wir den Kram rauskriegen, wenn halb Italien uns überwacht?« fragte ich.

»Sie hat Sie schon die ganze Zeit auf dem Kieker, jedesmal, wenn Sie in Italien waren, hat sie Sie nicht aus den Augen gelassen – die lacht sich ja ins Fäustchen über Sie. Und sie weiß ganz genau, daß jetzt 'ne große Sache anläuft.«

»Hätt ich mir denken können, daß dieses Luder über mich lacht«, sagte Coertze gehässig. »Die hat mich immer schon wie Dreck behandelt. Und der Graf lacht sich wohl auch halbtot, wie?«

Nachdenklich rieb ich mir das Kinn. »Sie sagt, der Graf wüßte nichts davon. Was ist das eigentlich für einer?«

»Der Graf? Ach, das ist jetzt ein alter Jammergreis. Nach dem Krieg hat er seinen Landbesitz nicht zurückbekommen – warum, weiß ich nicht –, und nun ist er arm wie eine Kirchenmaus. Er hat eine erbärmliche Wohnung in Mailand, wo sich kaum 'ne Katze rumdrehen kann.«

»Und wer unterhält ihn?«

Coertze zuckte die Achseln. »Keinen Schimmer. Sie vielleicht – leisten kann sie sich's. Sie hat einen römischen Grafen geheiratet, der vor Geld stinken soll. Da wird sie wohl vom Haushaltsgeld etwas für den alten Knaben abzweigen.«

»Was haben Sie eigentlich gegen sie?«

»Och, das ist auch so eine von diesen eingebildeten ›Gesellschaftsnobs‹ – diese Sorte ist mir immer auf die Nerven gefallen. In Houghton haben wir die massenweise, aber hier sind sie noch schlimmer. Die ließ sich nicht mal zu einem ›Guten Tag‹ herab. Ihr Alter ist da ganz anders, mit dem bin ich gut ausgekommen.«

Mir kam es so vor, als hätte Coertze vielleicht während eines seiner Besuche in Italien Annäherungsversuche gemacht und sei abgeblitzt. Eine Werbung von Coertze muß so plump und täppisch ausfallen, wie von einem Gorilla vorgebracht.

Ich fragte ihn: »War sie oft dabei, wenn Sie in Italien waren?«

Er dachte einen Augenblick lang nach und sagte dann: »Manchmal, aber einmal mindestens tauchte sie immer auf.«

»Das genügte ihr auch. Um Sie im Auge zu behalten, meine ich. Mir scheint, sie hat einen Kreis tüchtiger und ergebener Freunde, und zwar von der Sorte, daß man sich wundern muß, wieso sie sich damit abgibt. Sie hat Metcalfes Durchgaben an die Mittelmeerhäfen mitgekriegt, und wie sie sie auslegt, beweist, daß sie ebenso klug wie schön ist.«

Coertze schnaubte verächtlich. »Schön? Diese Hopfenstange?«

Es war ihm also doch unter die Haut gegangen. Ich sagte: »Mag ja sein, jedenfalls hat sie uns erst mal matt gesetzt. Wir können nicht 'nen Finger rühren, solange sie uns auf der Pelle sitzt. Von Metcalfe gar nicht zu reden, der sich als nächster an uns ranmachen wird. Komisch übrigens, daß wir in Rapallo noch nichts von ihm gemerkt haben.«

»Ich sag' Ihnen doch, der hat die Nase voll«, brummte Coertze.

Ich ging nicht weiter darauf ein. »Egal, aber wozu uns den Kopf zerbrechen, bevor wir nicht genau wissen, was sie nun eigentlich will. Ich seh' sie morgen früh. Vielleicht kann ich Ihnen hinterher mehr darüber sagen.«

Sofort sagte Coertze: »Ich komm' mit Ihnen.«

»Mich will sie sprechen, nicht Sie«, entgegnete ich, »das hat sie ausdrücklich gesagt.«

»Dieses verdammte Luder«, entfuhr es Coertze.

»Nun denken Sie sich um Gottes willen mal 'n anderes Wort aus, das kann ich schon nicht mehr hören!« sagte ich angewidert.

Er sah mich lauernd an. »Sind Sie auf sie reingefallen?«

Ich hatte allmählich genug davon. »Ich kenne die Frau ja noch gar nicht, war gerade eine Viertelstunde mit ihr zusammen. Aber auch darüber kann ich Ihnen morgen genauer Bescheid sagen.«

»Sagte sie irgend etwas über mich?« fragte Walker.

»Nein«, schwindelte ich. Ich hatte keine Veranlassung, die beiden gegen sie aufzubringen. Wer wußte, ob wir nicht bald alle eng zusammenarbeiten mußten, und je weniger Reibungspunkte es dann gab, um so besser.

Coertze knurrte vor sich hin, und ich sagte: »Wozu regen Sie sich eigentlich auf? Sie weiß nicht, wo das Gold steckt, und ich weiß es auch nicht. Wir können also ohne Sie gar nichts machen, weder Sie noch ich, noch Metcalfe – wir dürfen Metcalfe nicht dabei vergessen.«

Am nächsten Morgen zog ich frühzeitig los, um die ›Drei Fische‹ zu suchen. Es war eines dieser gewöhnlichen kleinen Cafés, wie man sie in allen Häfen findet. Als ich es gefunden hatte, machte ich noch einen kleinen Bummel im Jachthafen und sah mir die eleganten Jachten und Motorboote der wohlhabenden Europäer an. Es waren eine Menge großer Boote da, für deren Handhabung man bezahlte Kräfte brauchte, während der Eigner und seine Gäste es sich bequem machen konnten, aber einige waren nach meinem Geschmack, kleine, handliche Segler, die von ihren Eignern gesegelt werden konnten, wenn er ein bißchen Arbeit nicht scheute.

Nach einer angenehm verbrachten Stunde bekam ich Hunger und ging zu einem späten Frühstück zu den ›Drei Fischen‹ zurück und kam Punkt neun Uhr dort an. Sie war noch nicht da; ich bestellte mein Frühstück, und es fiel besser aus, als ich erwartet hatte. Ich hatte gerade angefangen zu essen, als sie auf den Stuhl mir gegenüber glitt.

»Entschuldigen Sie meine Verspätung«, sagte sie.

»Ah, macht nichts.«

Sie hatte Hosen und einen Sweater an. Der Sweater stand ihr gut. Sie sah auf meinen Teller und sagte: »Ich habe schon früh gefrühstückt, aber ich denke, ich laß mir noch eins kommen, haben Sie etwas dagegen?«

»Sie sind es ja, die mich herbestellt hat.«

»Man ißt hier gut«, sagte sie und rief den Kellner, dem sie ihre Bestellung in raschem Italienisch aufgab. Ich aß weiter und sagte nichts. Es war ihre Sache, den Anfang zu machen.

Auch sie sagte nichts, sondern beobachtete mich nur, während ich aß. Als ihr Frühstück gebracht wurde, fiel sie darüber her, als hätte sie eine Woche lang gehungert. Sie war ein gesundes Mädchen mit gesundem Appetit. Ich beendete mein Frühstück und holte eine Schachtel Zigaretten heraus.

»Haben Sie etwas dagegen?« fragte ich.

Sie hatte gerade den Mund voll und schüttelte den Kopf; ich steckte mir also eine Zigarette an. Schließlich schob sie den Teller mit einem Seufzen beiseite und nahm auch eine Zigarette, die ich ihr anbot. »Kennen Sie unseren Espresso?« fragte sie.

»Ja, den kenn' ich.«

Sie lachte. »Natürlich, das hätte ich mir ja denken können, daß er schon bis in ihr dunkelstes Afrika gedrungen ist. Man trinkt ihn sonst eigentlich nach dem Dinner, aber ich trinke ihn zu jeder Zeit. Wie ist es, nehmen Sie auch einen?«

Da ich bejahte, rief sie dem Kellner zu. *»Due Expressi«*, und wandte sich dann wieder mir zu. »Nun, Mr. Halloran, haben Sie über unsere Unterhaltung von gestern abend nachgedacht?«

Ich sagte, ich hätte darüber nachgedacht.

»Und nun?«

»Und nun?« wiederholte ich. »Oder richtiger – was nun? Bevor ich Ihnen etwas anvertraue, muß ich noch eine ganze Menge über Sie wissen, Contessa.«

Sie war offenbar etwas verwirrt. »Lassen Sie die Contessa«, sagte sie pikiert. »Was wollen Sie noch wissen?«

Ich streifte die Asche von meiner Zigarette im Aschenbecher ab. »Zunächst einmal, wie haben Sie die Nachricht von Metcalfe aufgefangen? Mit solchen Dingen pflegt sich eine Contessa wohl im allgemeinen nicht abzugeben.«

»Ich sagte Ihnen ja, ich habe Freunde«, erwiderte sie kühl.

»Und was sind das für Freunde?«

Sie seufzte. »Sie wissen wohl, daß mein Vater und ich während des Krieges gegen das faschistische Regime Widerstand geleistet haben?«

»Ich weiß, Sie gehörten zu den Partisanen.«

Sie machte eine Handbewegung. »Gut, zu den Partisanen, meinetwegen. Aber lassen Sie das nicht meine Freunde hören. Die Kommunisten haben ein anrüchiges Wort daraus gemacht. Meine Freunde waren also Partisanen, und ich habe nie die Verbindung mit ihnen verloren. Sie wissen ja, ich war damals noch ein kleines Mädchen, und sie machten so etwas wie eine Maskotte der Brigade aus mir. Nach dem Kriege gingen die meisten an ihre Arbeit zurück, aber einige hatten nie etwas anderes kennengelernt, als Deutsche umzubringen. Das vergißt sich nicht so leicht, verstehen Sie?«

Ich erwiderte: »Sie meinen, sie haben Geschmack gefunden an Abenteuern und haben nun Appetit auf weitere.«

»So ist es. Auch nach dem Kriege war daran kein Mangel. Einige töteten nun nicht mehr Deutsche, sondern Kommunisten – italienische Kommunisten. Es war sehr schrecklich. Aber die Kommunisten waren ebenfalls zu stark. Daher wandten sich einige anderen Abenteuern zu, einige wurden sogar zu Verbrechern, aber meistens waren es keine so ernsthaften Sachen, wissen Sie, etwas Schmuggel, auch mal etwas Schlimmeres, aber eben meist doch keine ganz üblen Sachen. Als Gesetzesbrecher kennen sie natürlich auch andere Kriminelle.«

Allmählich wurde mir klar, wie das gelaufen war; es war in der Tat alles ganz logisch.

»In Genua gibt es einen gewissen Torloni, eine Art Gangsterboß, ein sehr bedeutender Mann auf seinem Gebiet. Der schickte seine Parole nach Savona, nach Livorno, nach Rapallo, nach den Häfen südwärts bis Neapel, daß er an Ihnen interessiert sei und jede Information honorieren würde. Er gab auch Ihre Namen durch und den Namen Ihres Bootes.«

Das war ein Vorgehen, das ganz nach Metcalfe aussah. Wahrscheinlich hatte er diesem Torloni mal einen Gefallen getan, für den dieser sich jetzt revanchierte?

Francesca fuhr fort: »Meine Freunde hörten den Namen Coertze. Der fällt in Italien durch seine Fremdheit auf, und sie wußten, daß ich an einem Mann dieses Namens Interesse hatte; darum erzählten sie mir davon. Als ich dann auch noch den Namen Walker hörte, war mir klar, daß da was im Busch war.« Sie zuckte die Achseln. »Und dann war da dieser Halloran – Sie. Über Sie wußte ich nichts, darum suchte ich das herauszufinden.«

»Hat man Torloni etwas über uns berichtet?«

Sie schüttelte den Kopf. »Ich bat meine Freunde, darauf zu achten, daß Torloni nichts erführe. An dieser Küste sind meine Freunde sehr stark; während des Krieges waren alle diese Hügel hier in unserer Hand, nicht in der der Deutschen.«

Allmählich kam ich ins Bild. Francesca war die Maskotte gewesen und überdies die Tochter des verehrten Führers. Sie war die Gutsherrin, die junge Herrin, die nichts Böses tun konnte.

Es sah auch so aus, als wäre Metcalfe blockiert – zumindest im Augenblick. Dafür hatte ich jetzt Francesca und ihre muntere Bande auf dem Hals, die den Vorteil hatten, ganz genau zu wissen, was sie wissen wollten.

Ich sagte: »Da ist noch etwas. Sie sagten, Ihr Vater wüßte von all diesen Dingen nichts. Wie ist das möglich, da Alberto Corso ihm doch diesen Brief geschrieben hat?«

»Den habe ich ihm nie gegeben«, erwiderte sie einfach.

Ich sah sie spöttisch an. »Handelt so eine Tochter gegenüber ihrem Vater? Daß sie nicht nur seine Korrespondenz liest, sondern sie auch noch zurückhält?«

»Es war ganz und gar anders«, versetzte sie entschieden. »Ich werde es Ihnen erzählen.« Sie stützte die Ellbogen auf den Tisch. »Während des Krieges war ich noch sehr jung. Aber mein Vater wies mir meine Arbeit zu, wie jeder seine Arbeit zu tun bekam. Zu meinen Aufgaben gehörte es, den Nachlaß der Toten zu sammeln, so daß alles Wertvolle gerettet und alle persönliche Habe den Angehörigen zugestellt werden konnte.

Als Alberto auf dem Hügel getötet wurde, sammelte ich auch

seine Habseligkeiten und fand dabei den Brief. Er war an meinen Vater gerichtet und enthielt zwei Seiten, war aber im übrigen unvollendet. Ich überflog ihn, und er schien mir wichtig zu sein. Ich war aber noch zu jung, um zu erkennen, wie wichtig er war. Ich steckte ihn in die Tasche, um ihn meinem Vater zu geben.

Da griffen die Deutschen an, und wir mußten fliehen. Wir fanden Zuflucht in einem Bauernhaus, mußten von dort aber auch sehr bald weiter. Nun führte ich mein persönliches Eigentum in einer kleinen Blechschachtel mit mir und vergaß sie in dem Bauernhaus. Erst 1946 kam ich wieder einmal dorthin, um den Leuten zu danken – früher ging es nicht.

Sie setzten mir Wein vor, und die Bauersfrau kam mit der Schachtel an und fragte mich, ob sie mir gehöre. Ich hatte sie ganz und gar vergessen, ich wußte nicht einmal mehr, was darin gewesen war.« Sie lächelte. »Es war eine Puppe darin – nein, nicht Puppe, wie sagen Sie noch ... Eddybär?«

»Teddybär.«

»Richtig, Teddybär, ich hab' ihn immer noch. Dann waren noch ein paar Kleinigkeiten drin und auch Albertos Brief.«

Ich fragte: »Und auch dann haben Sie ihn nicht Ihrem Vater gegeben. Warum nicht?«

Sie schlug mit ihrer kleinen Faust auf den Tisch. »Sie werden es sich kaum vorstellen können, wie es in Italien nach dem Kriege aussah, aber ich will versuchen, es Ihnen klarzumachen. Die Kommunisten waren sehr stark, besonders hier im Norden, und sie haben meinen Vater nach dem Kriege kaputtgemacht. Sie behaupteten, er sei Kollaborateur gewesen und habe die kommunistischen Partisanen bekämpft statt der Faschisten. Das von meinem Vater, der all sein Lebtag die Faschisten bekämpft hatte! Sie brachten falsche Zeugen an, und auf ihn selbst hörte niemand.

Seine Besitzungen waren von der faschistischen Regierung beschlagnahmt worden, und er bekam sie nicht zurück. Wie sollte er auch, da doch Togliatti, der Vize-Premier der Regierung, Führer der italienischen kommunistischen Partei war! Sie sagten einfach: ›Nein, er war Kollaborateur, also muß er bestraft werden.‹ Trotz aller falschen Zeugnisse wagten sie es nicht, ihn vor Gericht zu stellen, aber seinen Besitz bekam er nicht zurück, und heute ist er ein armer Mann.«

Francescas Augen standen voller Tränen. Sie tupfte sie ab und sprach: »Entschuldigen Sie, aber es überwältigt mich einfach.«

Verlegen stotterte ich: »Aber ja doch.«

Sie blickte auf und sagte: »Diese Kommunisten mit ihrem Kampf gegen die Faschisten! Mein Vater hat zehnmal härter gekämpft als irgendeiner von ihnen. Haben Sie einmal von der 52. Partisanenbrigade gehört?«

Ich schüttelte den Kopf.

»Das war die berühmte Kommunistenbrigade, die Mussolini gefangengenommen hat. Die berühmte Garibaldi-Brigade. Wissen Sie, wieviel Mann 1945 zu dieser so berühmten Garibaldi-Brigade gehörten?«

»Ich weiß kaum etwas darüber.«

»Achtzehn Mann«, sagte sie verächtlich. »Achtzehn Mann betitelten sich 52. Brigade. Mein Vater befehligte mehr als fünfzigmal soviel. Aber als ich 1949 zur Jahresfeier in Parma war, marschierten Hunderte von Männern als Garibaldi-Brigade durch die Straßen. Der ganze kommunistische Pöbel war jetzt aus seinen Löchern hervorgekrochen, jetzt, da der Krieg zu Ende und keine Gefahr mehr war. Jeder trug ein rotes Halstuch, so marschierten sie durch die Straßen, und jeder von ihnen nannte sich Partisan. Sie pinselten sogar das Denkmal Garibaldis an, so daß er nun in roter Bluse und mit einem roten Hut dastand. Darum nennen meine Freunde und ich uns nicht mehr Partisanen, und Sie dürfen uns auch nicht mit diesem Wort benennen, das die Kommunisten zum Gespött gemacht haben.«

Sie bebte vor Wut. Sie hatte die Fäuste geballt und sah mich an mit Augen, die von unvergossenen Tränen glänzten.

»Die Kommunisten richteten meinen Vater zugrunde, weil sie wußten, daß er ein starker Mann war und ihnen in Italien widerstehen würde. Er war liberal, er war für den mittleren Weg – für den Ausgleich. Und er, auf seinem Wege der Vermittlung, er wird zusammengeschlagen, und das war ihm unverständlich«, sagte sie finster. »Er glaubte, es sei ein ehrenhafter Kampf – als ob die Kommunisten jemals ehrenhaft gekämpft hätten!«

Es war eine bewegende Geschichte, und sie war kennzeichnend für unsere Zeit. Ich bemerkte auch, daß sie übereinstimmte mit dem, was Coertze mir erzählt hatte. Ich sagte: »Aber heute sind die Kommunisten doch nicht mehr annähernd so stark. Kann Ihr Vater nichts tun, damit sein Fall wieder aufgerollt wird?«

»Wenn jemand mit Schmutz beworfen wird, bleibt immer etwas hängen, von wem's auch kommt«, sagte sie mutlos. »Außerdem, der Krieg liegt lange zurück, die Menschen wollen nicht gern erinnert werden an diese Zeit, und schließlich gestehen Menschen, zumal in öffentlichen Ämtern, nicht gern ihre Irrtümer ein.«

Sie sah die Welt realistisch an, und ich machte mir klar, daß auch ich realistisch sein mußte. Ich fragte sie: »Aber was hat das alles nun mit dem Brief zu tun?«

»Sie möchten wissen, warum ich den Brief meinem Vater auch nach dem Kriege nicht gegeben habe, nicht wahr?«

»Allerdings.«

Sie lächelte schwach. »Wenn Sie meinen Vater kennenlernten, verstünden Sie es sofort. Sie wissen es ja selbst, was Sie suchen, mag es sein, was es will, ist wertvoll. Albertos Brief konnte ich entnehmen, daß es sich um Papiere und viele Goldbarren handelt. Nun, mein Vater ist ein Ehrenmann. Er würde alles der Regierung zurückgeben, da es von der Regierung kommt. Für ihn wäre undenkbar, auch nur das geringste bißchen Gold für sich zu behalten. Es wäre unredlich.«

Sie sah auf ihre Handrücken nieder. »Nun, ich bin keine ehrenhafte Frau. Es wurmt mich, meinen Vater so arm zu sehen, daß er in Mailand in einem Elendsquartier hausen muß, daß er seinen Hausrat verkaufen muß, um etwas zu essen zu haben. Er ist ein alter Mann – es ist unrecht, daß er so leben muß. Darum, könnte ich zu Geld gelangen, würde ich dafür sorgen, daß seine alten Tage glücklicher wären. Woher das Geld käme, brauchte er ja nicht zu wissen.«

Ich lehnte mich in meinem Stuhl zurück und sah sie nachdenklich an. Ich betrachtete die teure modische Kleidung, und sie errötete unter meinen forschenden Blicken. Ruhig fragte ich sie: »Und warum schicken Sie ihm kein Geld? Wie ich hörte, haben Sie eine gute Partie gemacht; es sollte Ihnen doch möglich sein, das wenige, was ein alter Mensch braucht, ihm zuzustecken.«

Ihr Mund verzog sich zu einem bitteren Lächeln. »Was wissen Sie schon über mich, Mr. Halloran, gar nichts! Ich kann Ihnen versichern, ich habe weder Geld noch einen Mann – oder doch niemand, den ich meinen Mann nennen möchte.« Sie schob die Hände auf den Tisch. »Ich habe meine Ringe verkauft, um Geld für meinen Vater zu bekommen, aber das ist schon lange her.

Wenn ich nicht meine Freunde hätte, läge ich auf der Straße. Nein, Mr. Halloran, ich habe kein Geld.«

Nun, wenn es auch so manches gab, das ich nicht verstand, so drängte ich doch nicht weiter. Weshalb sie sich einmischte, war belanglos; worauf es ankam, war nur, daß sie uns in der Hand hatte. Bei ihren Beziehungen konnten wir in Italien keinen Schritt tun, ohne über einen ihrer Freunde von den Expartisanen zu stolpern. Wenn wir den Versuch machen wollten, das Gold zu holen, ohne uns mit ihr geeinigt zu haben, würde sie ganz kalt im richtigen Augenblick dazustoßen und den ganzen Haufen nehmen. Sie hatte uns umstellt.

»Sie sind auch nicht besser als Metcalfe«, sagte ich.

»Danach habe ich Sie immer schon fragen wollen«, erwiderte sie, »wer ist dieser Metcalfe?«

»Er ist hinter demselben Wild her wie Sie.«

Ihre Sprachkenntnisse ließen sie im Stich. »Wild?« fragte sie verwirrt, »das sind doch Tiere?«

»Er ist einer unserer gemeinsamen Konkurrenten«, entgegnete ich. »Auch er ist hinter dem Gold her.« Ich beugte mich über den Tisch. »Nun, wenn wir Sie mit hereinnehmen sollen, müßten wir gewisse Garantien haben.«

Sie erwiderte kühl: »Meines Erachtens sind Sie nicht in der Lage, Garantien verlangen zu können.«

»Egal, wir brauchen sie. Aber seien Sie unbesorgt, es liegt auch in Ihrem Interesse. Metcalfe ist der Mann, der hinter Torloni steckt, und er ist ein ganz gefährlicher Bursche. Und also brauchen wir Schutz gegen Metcalfe und alles, was er uns entgegenstellen kann. Nach allem, was Sie sagen, steckt bei Torloni schon einiges dahinter, und wenn er nicht weiterkann, wird Metcalfe in der Lage sein, etwas mehr auf die Beine zu stellen. Was ich wissen möchte – können Sie uns gegen diesen Haufen abschirmen?«

»Ich könnte jederzeit hundert Mann zusammenkriegen«, sagte sie stolz.

»Was für Leute«, fragte ich geradezu. »Alte Soldaten im Ruhestand?«

Sie lächelte. »Die meisten meiner Kriegskameraden gehen jetzt friedlich ihrer Arbeit nach. Ich möchte sie nicht in eine ungesetzliche oder harte Sache verwickeln, obwohl sie mir helfen würden, wenn's darauf ankäme. Aber meine ...«, sie suchte den passenden Ausdruck, »... meine weniger begünstigten Freunde würde ich gern mit dieser Sache betrauen. Ich sagte ja schon, es sind Abenteurer, und es sind keine alten Männer – nicht älter als Sie, Mr. Halloran«, sagte sie kokett.

»Hundert solcher Leute?«

Sie überlegte. »Sagen wir fünfzig. Die Gebirgsschützen meines Vaters werden diesen Hafenbanditen mehr als gewachsen sein.«

Daran zweifelte ich nicht, wenn es um einen Kampf Mann gegen Mann ging. Metcalfe und Torloni aber könnten wahrscheinlich alle schweren Jungen Italiens zusammenbringen, und sie würden es auch tun für ein Unternehmen dieses Umfangs.

»Ich brauche aber noch weitere Garantien. Wie soll ich wissen, daß wir nicht hintergangen werden?«

»Das werden Sie nicht«, sagte sie schlicht.

Ich entschied mich, etwas melodramatisch zu werden. »Ich möchte, daß Sie es mir schwören, uns nicht zu hintergehen.«

Sie hob die Hand. »Ich, Francesca di Estrenoli, gelobe feierlich, daß ich Mr. Halloran aus Südafrika in keiner Weise täuschen werde.« Sie lächelte mich an. »Reicht das?«

Ich schüttelte den Kopf. »Nein. Sie sagten selbst, daß Sie keine ehrenhafte Frau seien; darum möchte ich, daß Sie beim Namen und bei der Ehre Ihres Vaters schwören.«

Rote Zornesflecken brannten auf ihren Wangen, und einen Augenblick schien es mir, als wollte sie mir ins Gesicht schlagen. Ruhig fragte ich: »Schwören Sie?«

Sie senkte die Augen. »Ich schwöre«, sagte sie leise.

»Beim Namen Ihres Vaters und bei seiner Ehre«, beharrte ich.

»Beim Namen meines Vaters und bei seiner Ehre«, wiederholte sie und blickte auf. »Nun sind Sie hoffentlich zufrieden.« Wieder standen ihr Tränen in den Augen.

Ich begnügte mich damit. Es war nicht viel, aber doch das Beste, was ich erreichen konnte, und ich hoffte, sie fühlte sich gebunden.

Der Mann von der Theke kam langsam zu unserem Tisch herüber. Er sah mich feindselig an und fragte Francesca: »Ist alles in Ordnung, Madame?«

»Ja, Giuseppi, alles in Ordnung.« Sie lächelte ihn an.

Giuseppi erwiderte ihr Lächeln, richtete noch einen strengen Blick auf mich und verzog sich wieder hinter die Theke. Ich fühlte ein Prickeln im Nacken. Ich hatte das Empfinden, hätte Francesca gesagt, es sei nicht alles in Ordnung, so wäre ich für ein nasses Grab im Hafen reif gewesen, bevor noch die Woche herum wäre.

Ich wies mit dem Daumen zum Tresen. »Einer Ihrer Soldaten-Freunde?«

Sie nickte. »Er sah, daß Sie mich gekränkt hatten, darum kam er herüber, um sich zu erkundigen, ob er mir beistehen könnte.«

»Es war nicht meine Absicht, Sie zu kränken«, sagte ich.

»Sie hätten nicht hierherkommen sollen, nein, Sie hätten nicht nach Italien kommen sollen. Was bedeutet das für Sie? Coertze und Walker kann ich verstehen; sie haben gegen die Deutschen gekämpft, sie haben das Gold vergraben. Aber Sie kann ich nicht verstehen.«

Ruhig warf ich ein: »Auch ich habe gegen die Deutschen gekämpft, in Holland und in Deutschland.«

»Verzeihen Sie«, erwiderte sie. »Das hätte ich nicht sagen dürfen.«

»Schon gut. Im übrigen...«, ich zuckte die Achseln. »Einer mußte dasein, um den Plan zu entwerfen und durchzuführen – dazu waren Coertze und Walker nicht imstande. Walker ist ein Alkoholiker und Coertze lauter Fleisch ohne Scharfsinn. Sie brauchten jemand, der sie anleitete und antrieb.«

»Aber warum sind gerade Sie es, der sie antreiben muß?«

»Ich hatte einmal einen Grund«, erwiderte ich kurz. »Aber lassen wir das. Reden wir lieber über das, was uns vor der Nase liegt. Wie ist es mit der Teilung?«

»Welcher Teilung?«

»Wie teilen wir die Beute?«

»Daran habe ich noch gar nicht gedacht – das müßte man sich erst einmal überlegen.«

»Allerdings müßte man das«, stimmte ich zu. »Also, wir drei, Sie und fünfzig Freunde von Ihnen – zusammen vierundfünfzig. Sollten Sie etwa an vierundfünfzig gleiche Teile denken, können Sie die Sache aufstecken; dann wollen wir nichts mehr damit zu tun haben.«

»Mir ist es noch ganz unklar, wie wir da zu einem Ergebnis kommen sollen, wenn wir nicht wissen, wieviel an Geldeswert darin steckt.«

»Wir müssen das in angemessener Weise aufteilen«, antwortete ich ungeduldig. »Meine Meinung ist – jedem von uns dreien einen Anteil, einen für Sie, und einen, der unter Ihren Freunden aufgeteilt wird.«

»Nein«, entgegnete sie entschieden. »Das ist nicht gerecht. Sie haben nichts dabei getan, absolut nichts. Sie sind nichts als ein Plünderer.«

»Dacht' ich mir's doch, daß Sie diesen Standpunkt einnehmen würden«, sagte ich. »Nun hören Sie einmal zu, und ich bitte Sie, hören Sie verdammt aufmerksam zu, ich habe keine Lust, das noch einmal zu wiederholen. Coertze und Walker haben ein Anrecht auf je einen Anteil. Sie haben gekämpft für das Gold und haben es sorgfältig untergebracht. Im übrigen sind sie die einzigen, die wissen, wo es ist. Haben Sie das gut verstanden?«

Sie nickte.

Ich mußte ingrimmig lächeln. »Und nun zu mir, den Sie so verachten.«

Sie wollte die Hand heben, aber ich winkte ab. »Ich bin der Kopf des Unternehmens. Ich weiß, wie man den Kram aus Italien hinausbekommt, wie man ihn verkaufen kann. Ohne mich würde die ganze Sache auffliegen, und schließlich habe ich eine Menge Zeit und Geld hineingesteckt. Daher meine ich, daß ich mir wohl den Anspruch auf einen gleichen Anteil erworben habe.«

Ich wies mit dem Finger auf sie. »Und nun kommen Sie daher, um uns zu erpressen. Jawohl, erpressen!« wiederholte ich, als sie den Mund zum Widerspruch öffnete. »Sie haben nichts Positives zu dem Plan beigesteuert, und Sie jammern hier herum, um gleiche Anteile herauszuschinden. Und Ihre Freunde sind, wie ich die Sache sehe, doch nur gedingte Muskelkräfte, die dafür bezahlt werden. Wenn Sie meinen, daß sie nicht genügend bezahlt sind, wenn sie ein Fünftel unter sich aufteilen, können Sie ihren Lohn ja von Ihrem eigenen Anteil erhöhen.«

»Aber das ist doch zuwenig für sie«, sagte sie.

»Wenig!« fuhr es mir heraus – und ich schnappte nach Luft. »Haben Sie 'ne Ahnung, wieviel da drinsteckt?«

»Nicht genau«, sagte sie zögernd.

Ich schlug alle Besonnenheit in den Wind. »Allein in Gold sind es mehr als 1 500 000 £ – und wahrscheinlich der gleiche Wert steckt in den geschliffenen Edelsteinen. Das Gold allein bedeutet einen Fünfer-Anteil in Höhe von 300 000 £, das sind 6000 £ für jeden Ihrer Freunde. Wenn Sie die Juwelen mitrechnen, können Sie diese Zahlen verdoppeln.«

Ihre Augen weiteten sich, als sie meine Angaben im Geiste in Lire umrechnete. Es war ein Rechnen mit astronomischen Zahlen und dauerte seine Zeit. »So viel!« flüsterte sie.

»Ja, so viel«, echote ich. Mir kam ein Gedanke. Die Steine machten mir Sorge, sie würden ›heiße Ware‹ sein – im kriminalistischen Sinne. Sie müßten umgeschliffen und verborgen werden, und die ganze Geschichte war ziemlich riskant. Nun bot sich mir die Möglichkeit zu einem vorteilhaften Handel.

»Nun passen Sie mal auf«, sagte ich großzügig. »Ich habe Ihnen und Ihren Freunden zwei Fünftel des Fanges angeboten. Wenn wir nun annehmen, daß die Juwelen mehr wert sind als zwei Fünftel – und damit rechne ich bestimmt –, dann können Sie die alle nehmen, wenn Sie uns dreien das Gold dafür überlassen. Schließlich sind Juwelen auch noch bequemer fortzuschaffen und leicht zu verbergen.«

Sie fiel darauf herein. »Ich kenne einen Juwelier, der während des Krieges bei uns war, der könnte sie abschätzen. Ja, das scheint mir ein billiger Vorschlag.«

Er erschien auch mir billig, da ich die ganze Zeit nur mit dem Gold gerechnet hatte. Für Coertze, Walker und mich würden immer noch je eine halbe Million herausspringen.

»Dann ist da noch etwas«, fuhr ich fort.

»Und das wäre?«

»Da ist eine Menge Papiergeld in dem Schatz – Lire, Francs, Dollars und so weiter. Davon darf niemand etwas nehmen – jede Bank der Welt hat bestimmt ein Verzeichnis der Nummern erhalten. Sie müssen Ihre Freunde überwachen, wenn wir darankommen.«

»Die werde ich schon überwachen«, sagte sie von oben herab. Dann lächelte sie und reichte mir die Hand. »Also, abgemacht?«

Ich sah auf ihre Hand, aber ich nahm sie nicht, sondern schüttelte den Kopf. »Noch nicht. Ich muß noch mit Coertze und Walker darüber sprechen. Es wird noch höllisch schwierig sein, sie zu überzeugen – besonders Coertze. Was haben Sie dem übrigens getan?«

Sie zog die Hand langsam zurück und sah mich mit einem seltsamen Blick an. »Beinahe gewinne ich die Überzeugung, daß Sie ein ehrlicher Mann sind.«

Ich grinste sie belustigt an. »Der Not gehorchend, das ist alles. Die beiden sind die einzigen, die wissen, wo das Gold ist.«

»Ach ja, das hatte ich vergessen. Nun, Coertze ist ein Bauer.«

»Er wäre der erste, der Ihnen zustimmen würde«, sagte ich. »Aber auf afrikaans hat das eine andere Bedeutung.« Mir kam ein plötzlicher Gedanke. »Weiß außer Ihnen noch jemand etwas über Albertos Brief und was damit zusammenhängt?«

Sie wollte schon den Kopf schütteln, hielt aber plötzlich inne – sie wollte ehrlich sein. »Ja«, antwortete sie. »Ein Mann, aber der verdient Vertrauen, er ist ein treuer Freund.«

»O. K.«, sagte ich. »Ich wollte nur die Gewißheit haben, daß nicht noch ein anderer die gleiche Masche dreht, wie Sie es getan haben, sonst wird noch so langsam das ganze vermaledeite Mittelmeer in die Sache verwickelt. Ich würde auch Ihren Freunden nichts erzählen, was sie nicht unbedingt wissen müssen, wenigstens nicht, bis alles vorüber ist. Wenn Kriminelle darunter sind, wie Sie sagen, könnten sie ihre eigenen Ideen haben.«

»Ich habe ihnen nichts erzählt und werde es auch jetzt nicht tun.«

»Schön. Was Sie ihnen aber sagen könnten, ist, daß sie auf Torlonis Leute aufpassen sollen. Wenn die auf der Suche nach der *Sanford* rumlaufen, wird das Boot dabei gleichzeitig von Ihren Leuten bewacht.«

»Aber ja doch, Mr. Halloran; ganz gewiß werde ich ihnen sagen, daß sie Ihr Boot im Auge behalten sollen«, sagte sie mit süßlicher Stimme.

Ich lachte. »Ich weiß, ich weiß. Also, wenn Sie alles eingeleitet haben, kommen Sie und verständigen Sie uns, zu jeder Zeit. Aber machen Sie schnell, die Zeit, die uns bleibt, ist begrenzt.«

Am Nachmittag dieses Tages kam sie zu uns in Begleitung eines Mannes, gewaltiger noch als Coertze, den sie als Piero Morese vorstellte. Er nickte mir mit gemessener Höflichkeit zu, nahm von Walker keine Notiz und heftete wachsame Blicke auf Coertze.

Mit Coertze hatte ich meine liebe Not gehabt. Mit grollendem Baß hatte er immer wieder gesagt: »Ich laß mich nicht übers Ohr hauen, nein, ich laß mich nicht übers Ohr hauen!«

Schließlich sagte ich erschöpft: »O. K. Das Gold liegt dort oben irgendwo in den Bergen; Sie wissen, wo es ist. Gehen Sie doch los und holen Sie es sich. Mit Torloni und Metcalfe und der Contessa und ihren Räuberbanden werden Sie ja sicher allein fertig, und ich bin gewiß, Sie können das Gold rausschaffen und bis zum 19. April nach Tanger gebracht haben. Los, gehen Sie doch ran und lassen Sie mich in Ruhe damit!«

Darauf hatte er klein beigegeben, aber zufrieden war er nicht, und er grummelte wie ein Vulkan, der nicht recht weiß, ob er ausbrechen soll oder nicht. Nun saß er in der Kajüte und sah die Contessa geringschätzig, den mächtigen Italiener mißtrauisch an.

Morese konnte kein Englisch, und so entwickelte sich das Gespräch auf italienisch, das ich auch verstehen konnte, wenn es nicht zu schnell gesprochen wurde. Die Contessa sagte: »Ich halte es für richtig, daß Piero bei unserem Gespräch dabei ist; er weiß alles, was ich weiß.«

»Wir kennen uns, Sie waren mit Umberto zusammen«, sagte Coertze in genuscheltem Italienisch.

Morese nickte kurz, ohne ein Wort zu sagen. Die Contessa fuhr fort: »Wir haben jetzt ernsthaft miteinander zu reden.« Sie blickte auf mich. »Haben Sie sich besprochen?«

»Ja, das haben wir.«

»Nehmen die andern die Bedingungen an?«

»Ja.«

»Sehr gut. Und wo ist das Gold?«

Coertze ließ ein Knurren hören, das ich aber schnell übertönte, indem ich in Lachen ausbrach. »Contessa, Sie sind noch mein Tod«, sagte ich. »Ich ersticke noch vor Lachen. Glauben Sie wirklich, das werden wir Ihnen erzählen? Meinen Sie das im Ernst?«

Sie lächelte säuerlich. »Nein – das nicht gerade –, aber ich dachte, ich könnte es ja mal versuchen. Na schön, also, wie gehen wir an die Sache heran?«

Ich sagte: »Vor allem anderen: Wir sind in der Zeit beschränkt. Spätestens am 1. März müssen wir das Gold hier in Rapallo haben. Dann brauchen wir einen Platz, wo wir ungestört an diesem Boot arbeiten können, entweder einen privaten Bootsschuppen oder eine Bootswerft. Das muß sofort in die Wege geleitet werden.«

Sie kniff die Augen zusammen. »Wieso am 1. März?«

»Das ist für Sie ohne Interesse. Es ist notwendig.«

Morese warf ein: »Da bleibt uns nicht viel Zeit. Der Erste ist schon in zwei Wochen.«

»Stimmt«, sagte ich. »Aber es ist durchaus notwendig. Der nächste Punkt: Nur wir fünf hier gehen an das Gold ran, kein anderer darf dabeisein. Wir öffnen das Versteck, packen alles, was wir brauchen, in Kisten und holen die raus. Dann wird das Versteck wieder zugemacht. Nach diesem Arbeitsgang, und nur dieses eine Mal, brauchen wir die Hilfe anderer Arbeitskräfte, und auch nur dazu, die Kisten zu verladen und an die Küste zu bringen. Es ist nicht nötig, daß zu viele wissen, was wir machen.«

»Ganz richtig«, warf Morese ein.

Ich fuhr fort: »Alles muß in den Bootsschuppen gebracht werden, alles, auch die Juwelen. Wir fünf werden einen Monat lang zusammenleben, während meine Freunde und ich unsere Arbeit tun. Wenn Sie die Juwelen abschätzen lassen möchten, müssen Sie den Schätzer zu den Juwelen bringen – nicht umgekehrt. Über die endgültige Verteilung wird entschieden, wenn die Steine abgeschätzt worden sind, aber nicht bevor das Boot wieder im Wasser ist.«

»Sie sprechen, als wenn Sie uns nicht übern Weg trauen«, sagte orese.

»Tu' ich auch nicht«, sagte ich geradeheraus. Ich wies mit dem Daumen auf die Contessa. »Hier, Ihre Freundin hat uns erpreßt in dieser ganzen Sache, da sehe ich nicht, wo das Vertrauen herkommen soll.«

Seine Züge verfinsterten sich. »Das ist Ihrer unwürdig.«

Ich zuckte die Achseln. »Sagen Sie lieber, es ist ihrer würdig. Sie hat diese ganze Geschichte angefangen, und dies sind die Tatsachen.«

Die Contessa legte Morese die Hand auf die Schulter, und er sagte nichts weiter. Coertze stieß ein kurzes Lachen aus. »*Magtig*, aber Sie haben sie richtig eingeschätzt.« Er nickte. »Sie werden auf sie aufpassen müssen, sie ist eine *slim meisie*.«

Ich wandte mich ihm zu. »Nun sind Sie dran. Was brauchen Sie, um das Gold rauszukriegen?«

Coertze beugte sich vor. »Als ich im letzten Jahr hier war, war nichts verändert oder in Unordnung. Es ist eine Stelle in den Bergen, wo niemand hinkommt. Eine holperige Straße führt dahin, auf der wir mit einem Lastwagen ganz ranfahren können. Die nächste Ortschaft ist vier Meilen entfernt.«

Ich fragte: »Können wir bei Nacht arbeiten?«

Coertze dachte nach. »Der Felsenhang sieht schlimmer aus, als er ist«, sagte er. »Mit Sprengen weiß ich Bescheid. Und das habe ich schon festgestellt: Zwei Mann mit Pickeln und Schaufeln können in vier Stunden durchkommen – bei Nacht vielleicht etwas länger –, sagen wir in sechs Stunden bei Nacht.«

»Dann werden wir also wenigstens eine ganze Nacht brauchen und vielleicht länger.«

»Ja«, sagte er. »Wenn wir nur nachts arbeiten, brauchen wir zwei Nächte.«

Die Contessa sagte: »Italiener pflegen nicht nachts in den Bergen zu spazieren. Wir werden ohne Gefahr Laternen benutzen können, wenn man sie vom Ort aus nicht sehen kann.«

Coertze erwiderte: »Vom Ort aus kann man kein Licht sehen.«

»Auf alle Fälle müssen wir uns tarnen«, sagte ich. »Wenn wir uns da mindestens einen Tag lang in der Gegend rumtreiben, müssen wir einen glaubhaften Grund vorbringen können. Hat da jemand einen guten Gedanken?«

Alles schwieg, aber da erhob plötzlich Walker zum erstenmal seine Stimme. »Wie wär's mit einem Wagen mit angehängtem Wohnwagen? Die Engländer sind ja bekannt für dergleichen – Camping und so. Die Italiener haben nicht einmal ein eigenes Wort dafür, die gebrauchen auch den englischen Ausdruck. Wenn wir da für ein paar Nächte kampieren, sind wir für die Bauern da nichts weiter als ein paar von den vielen Engländern, die auch so was machen.«

Wir dachten alle nach und fanden, der Gedanke sei nicht schlecht. Die Contessa erklärte: »Einen Wagen mit Wohnanhänger und ein Zelt kann ich beschaffen.«

Ich notierte alles, was wir brauchten. »Beleuchtung fehlt uns noch.«

»Wir nehmen die Autoscheinwerfer«, sagte Coertze.

»Das ist für draußen«, entgegnete ich. »Im Stollen müssen wir auch Licht haben. Taschenlampen brauchen wir – sagen wir ein Dutzend – und einen Haufen Batterien dafür.« Ich nickte Morese zu. »Die können Sie besorgen. Ferner müssen wir Picken und Schaufeln haben, vier Stück von jedem. Dann Lastwagen. Wie viele, wenn wir alles auf einmal schaffen wollen?«

»Zwei Dreitonner«, sagte Coertze ohne Zögern. »Die Deutschen hatten vier, aber da war auch noch eine Menge Zeugs darauf, das wir nicht brauchen.«

»Die müssen wir in der Nähe mit den Fahrern in Bereitschaft haben«, fuhr ich fort. »Und viel Holz brauchen wir, um Kisten zu machen. Das Gold muß umgepackt werden.«

»Warum, es ist ja schon in Kisten verpackt«, wandte Coertze ein. »Das wäre ja ein Haufen Extraarbeit.«

»Denken Sie einmal zurück«, erwiderte ich geduldig. »Denken Sie einmal daran, wie Sie diese Kisten zum erstenmal auf den deutschen Wagen sahen. Sie erkannten sie doch sofort als Kisten für Barren. Wir können es uns nicht leisten, daß irgendein Schnüffler sie auf unserem Rückweg ebenfalls erkennt.«

Walker bemerkte: »Sie brauchen das Gold nicht auszupacken, und Sie brauchen auch nicht viel Holz. Nageln Sie einfach dünne Bretter außen dran, so daß sie eine andere Form kriegen und ganz anders aussehen.«

Wenn Walker nicht betrunken war, war er eine richtige Gedankenmaschine. Er fügte hinzu: »Da muß noch viel Holz an Ort und Stelle sein, das wir nehmen können.«

»Nein«, warf ich ein. »Wir müssen neues Holz haben. Wir können nichts gebrauchen, was so aussieht oder auch nur so riecht, als käme es aus einer Erdhöhle. Überdies könnte eine Markierung auf dem Holz sein, die wir vielleicht übersehen, und die uns verraten könnte.«

»Sie gehen keinerlei Risiko ein, wie?« bemerkte die Contessa.

»Ich bin kein Spieler«, erwiderte ich kurz. »Das Holz kann mit den Lastwagen raufkommen. Ich blickte Morese an.

»Ich werde dafür sorgen«, sagte er.

»Denken Sie auch an Hämmer und Nägel«, setzte ich hinzu. Ich bemühte mich, an alles zu denken. Wenn wir mit unserem Vorhaben reinfielen, so könnte es nur wegen einer unscheinbaren Einzelheit sein, die niemand wichtig genommen hatte.

Ein wiederholter leiser Pfiff kam vom Kai. Morese sah die Contessa an, und sie nickte fast unmerklich. Er stand auf und ging an Deck.

Ich fragte Coertze: »Ist da noch irgend etwas, was wir wissen müssen – was Sie vergessen oder ausgelassen haben?«

»Nein«, antwortete er, »das ist alles.«

Morese kam zurück und meldete der Contessa: »Er möchte Sie sprechen.«

Sie erhob sich und verließ die Kajüte, und Morese folgte ihr an Deck. Durch die offene Tür hörte ich eine gedämpfte Unterhaltung.

»Ich traue ihnen nicht«, fuhr Coertze heftig heraus. »Ich traue weder diesem Luder noch diesem Morese. Es ist ein übler Bursche; ich kenne ihn schon vom Kriege her als üblen Burschen. Er hat nie einen Gefangenen eingebracht – nach seiner Meldung waren sie alle auf der Flucht erschossen.«

»Wie Ihre«, warf ich ein, »als Sie das Gold nahmen.«

Er warf den Kopf zurück. »Das war etwas anderes. Sie waren wirklich auf der Flucht.«

»Sehr bequem«, sagte ich säuerlich. Ich ärgerte mich, daß dieser Mann, den ich mit gutem Grund im Verdacht hatte, wenigstens vier ermordet zu haben, jetzt so zimperlich tat.

Er brütete ein wenig vor sich hin und sagte dann: »Wie sollen wir sie daran hindern, uns alles wegzunehmen, wenn wir es herausgeholt haben? Wie sollen wir sie daran hindern, uns abzuknallen und im Tunnel zu lassen, wenn sie ihn wieder verschließen?«

»Das würden Sie nicht verstehen«, entgegnete ich. »Das Ehrgefühl eines Mädchens für Vater und Familie.« Ich verbreitete mich nicht weiter darüber; ich war mir ja selber nicht sicher, ob das ein triftiges Argument war.

Die Contessa und Morese kamen zurück. Sie sagte: »Zwei von Torlonis Leuten sind in Rapallo. Vor noch nicht zehn Minuten haben sie beim Hafenkapitän nach Ihnen gefragt.«

Ich erwiderte: »Nun sagen Sie mir nicht, daß auch der Hafenkapitän zu Ihren Freunden gehört.«

»Nein, aber der leitende Zollbeamte gehört dazu. Der erkannte sie sofort. Einen von ihnen hat er vor drei Jahren wegen Heroinschmuggels hinter Gitter gebracht; auf den andern macht er schon seit langem Jagd. Wie er sagt, arbeiten beide für Torloni.«

»Nun gut, wir konnten nicht hoffen, daß wir ihnen lange verborgen blieben«, sagte ich. »Aber sie dürfen Sie nicht mit uns in Verbindung bringen – jedenfalls jetzt noch nicht –, darum werden Sie bis zum Dunkelwerden warten müssen, bevor Sie fortgehen.«

Sie sagte: »Ich lasse sie überwachen.«

»Das ist gut, aber es genügt nicht«, erwiderte ich. »Ich muß mit Metcalfe das gleiche machen, was er mit uns macht. Ich möchte, daß Torloni in Genua überwacht wird. Ich wünsche, daß alle Häfen dieses Küstenstrichs nach Metcalfes Boot überwacht werden. Ich muß es wissen, wenn er nach Italien kommt.« Bis ins einzelne beschrieb ich ihr Metcalfe, Krupke und den Fairmile.

»Können Sie das alles schaffen?«

»Natürlich. Sobald Metcalfe italienischen Boden betritt, werden Sie alles über ihn erfahren.«

»Gut«, sagte ich. »Und wie steht's nun mit einem Drink?«

Ich sah Coertze an. »Mir scheint nach allem, daß Sie Metcalfe doch nicht abgeschreckt haben.« Er erwiderte meinen Blick mit ausdruckslosem Gesicht, und ich mußte laut lachen. »Gucken Sie nicht so finster. Holen Sie die Pulle raus, und muntern Sie sich etwas auf.«

Danach kriegten wir die Contessa und Morese vorerst nicht wieder zu sehen; sie verschwanden aus unserem Gesichtskreis. Aber am nächsten Morgen fand ich eine Nachricht im Cockpit, ich solle in die ›Drei Fische‹ gehen und sagen, daß ich einen Wachmann für die *Sanford* suchte.

Natürlich ging ich hin, und Giuseppi war freundlicher als bei meinem vorigen Besuch. Er bediente mich persönlich, und als er den Teller vor mich setzte, begann ich: »Sie kennen sich ja sicher hier am Wasser aus. Könnten Sie mir wohl einen Wachmann für mein Boot empfehlen? Aber zuverlässig muß er sein.«

»Aber ja, Signore«, erwiderte er. »Da habe ich den richtigen Mann für Sie – den alten Luigi da. Es ist ein Jammer mit ihm; er wurde im Kriege verwundet und kann seitdem nur noch leichte Arbeit tun. Im Augenblick hat er keine Beschäftigung.«

»Schicken Sie ihn mir doch rüber, wenn ich mit Frühstücken fertig bin«, sagte ich.

So kamen wir zu einem ehrlichen Wachmann, und der alte Luigi wurde der Meldegänger zwischen der Contessa und der *Sanford*. Jeden Morgen brachte er einen Brief, in welchem die Contessa im einzelnen berichtete, wie die Vorbereitungen vorankamen.

Torloni wurde bewacht, aber es schien nichts zu passieren. Seine Leute waren noch in Rapallo, bewachten die *Sanford* und wurden selber bewacht. Die Lastwagen waren bereitgestellt worden, und die Fahrer hielten sich klar. Das Holz war vorbereitet und das Werkzeug gekauft. Man hatte der Contessa einen deutschen Wohnanhänger angeboten, aber sie hatte von einem englischen Anhänger gehört, der in Mailand zu verkaufen sei und der ihr besser zu sein schien – ich müßte ihr nur etwas Geld geben, sie hätte keines.

Es schien alles zur Zufriedenheit zu verlaufen.

Wir drei von der *Sanford* verbrachten unsere Zeit mit Besichtigungen, sehr zum Verdruß von Torlonis Spionen. Ich hielt mich auch viel im Klub auf, und es hatte sich bald herumgesprochen, daß ich mich am Mittelmeer niederlassen wollte und mich nach einer geeigneten Bootswerft umsähe, die ich kaufen wollte.

An unserem fünften Tage in Rapallo empfahl mir der Morgenbrief, zur Bootswerft von Silvio Palmerini zu gehen und mir einen Kostenanschlag für das Anlandsetzen und Anstreichen der *Sanford* machen zu lassen. »Der Preis wird schon in Ordnung sein«, schrieb die Contessa. »Silvio ist einer meiner – unserer – Freunde.«

Palmerinis Werft lag ein Stück außerhalb von Rapallo. Palmerini war ein knochiger Mann von etwa sechzig, der seine Werft und seine drei Söhne mit sanften Worten und eisernem Willen regierte. Ich sagte zu ihm: »Sie werden mich gewiß verstehen, Signor Palmerini, da ich selber Bootsbauer bin, möchte ich die Arbeit auf Ihrer Werft selbst machen.«

Er nickte. Es wäre ja nur natürlich, daß ein Mann nach seinem eigenen Boot sähe, wenn er dazu imstande wäre. Überdies wäre es auch billiger.

»Und ich möchte die Arbeit unter Dach machen«, sprach ich weiter. »Ich habe bei der Befestigung des Kiels ein Experiment gemacht, und ich muß ihn jetzt einmal abnehmen, um zu sehen, ob das Ergebnis befriedigend ist.« Er nickte abermals. Experimente wären eine gewagte Sache, und man sollte lieber bei den bewährten herkömmlichen Arbeitsweisen bleiben. Wenn Mylord seinen Kiel mitten im Mittelmeer verlöre, würde er sich in der Tat lächerlich machen.

Ich stimmte zu, daß ich wie ein Narr dastehen würde, und sagte: »Meine Freunde und ich sind imstande, die Sache selbst zu machen. Alles, was wir brauchen, ist ein Platz, an dem wir ungestört arbeiten können.«

Er nickte ein drittes Mal. Er hätte einen großen Schuppen, den wir benutzen könnten und der auch verschließbar sei. Niemand würde uns stören, nicht einmal er selber – und schon gar niemand, der nicht zu seiner Familie gehöre –, dafür werde er schon sorgen. Und wären Mylord vielleicht der reiche Engländer, der eine Bootswerft kaufen wollte? Wenn ja, dann möchte doch der Mylord vielleicht auch die Bootswerft Palmerini in Betracht ziehen, das Glanzstück ihrer Art im westlichen Mittelmeer.

Das gab mir einen Ruck. Da braute sich eine andre, eine höfliche Art von Erpressung zusammen, und ich sah schon kommen, daß ich die Werft kaufen müßte, vielleicht zu einem ungeheuren Preis – dem des Stillschweigens.

Ich sagte diplomatisch: »Ja, ich denke schon daran, eine Werft zu kaufen, aber der weise Mann erkundet erst alle Wege.« Verdammt! Jetzt verfiel ich schon in seine Sprechweise. »Ich bin in Spanien gewesen, und ich bin in Frankreich gewesen. Nun bin ich in Italien, und von Italien werde ich nach Griechenland gehen. Zuerst muß ich alles gesehen haben.«

Er nickte nachdrücklich, und sein Holzapfelkopf hüpfte auf und nieder. Ja, der Mylord sei in der Tat weise, sich zunächst alles anzusehen, aber trotzdem sei er sicher, daß der Mylord unfehlbar zu der Bootswerft Palmerini zurückkehren würde, da sie gewiß die beste im ganzen Mittelmeer sei.

Pah, was verstünden schon die Griechen vom Bau eleganter Boote? Die kannten ja nur ihre plumpen Kajiks. Der Preis würde für Mylord diskutabel sein, zumal sie ja offenbar gemeinsame Freunde hätten, und die Bezahlung könnte sich ja über einen längeren Zeitraum erstrecken, wenn ausreichende Garantien gegeben werden könnten.

Daraus entnahm ich, daß der alte Gauner warten wollte, bis unser ganzes Geschäft abgewickelt war und ich über flüssige Mittel verfügte, falls ich mich als Mann von Wort erweisen würde.

Zufrieden, daß es mit diesem Punkt unseres Programms so gut geklappt hatte, ging ich zur *Sanford* zurück. Selbst wenn ich Palmerinis Werft kaufen mußte, so war das noch nicht das schlechteste, und jede Überschreitung des Preises konnte ich ganz einfach als Expeditionsunkosten absetzen.

Am neunten Tage unseres Aufenthaltes in Rapallo meldete der übliche Morgenbrief, daß alles nun fertig sei und daß wir jederzeit starten könnten. Da jedoch der nächste Tag ein Sonntag sei, würde es für passender gehalten, mit dem Ausflug ins Binnenland am Montag zu beginnen. Mir schien, das brachte einen aufmunternden Ton in die Sache; ein neuer verrückter Gesichtspunkt eines verrückten Abenteuers.

Die Contessa schrieb: ›Torlonis Leute werden mit aller Vorsicht beobachtet; sie werden ihre Unfähigkeit, Sie zu finden, nicht mit irgendwelchen Tricks von Ihrer Seite in Verbindung bringen. Sie werden keinen Verdacht schöpfen. Lassen Sie das Boot in Luigis Obhut und treffen Sie mich morgen früh um neun in den ‚Drei Fischen'.‹

Ich hielt ein Streichholz an den Brief, dann rief ich Luigi herunter.

»Man sagt, Sie seien ein ehrlicher Mann, Luigi; würden Sie ein Bestechungsgeschenk annehmen?«

Er war ehrlich entsetzt. »Aber nein, Signore.«

»Sie wissen, daß dieses Boot überwacht wird?«

»Ja, Signore, von Ihren und Madames Feinden.«

»Wissen Sie, was Madame und ich vorhaben?«

Er schüttelte den Kopf. »Nein, Signore. Ich kam, weil Madame mir sagte, Sie brauchten meine Hilfe. Ich habe nichts weiter gefragt«, sagte er mit Würde.

Ich klopfte auf den Tisch. »Meine Freunde und ich gehen demnächst für ein paar Tage weg, und wir überlassen das Boot Ihrer Obhut. Was werden Sie tun, wenn die Männer, die das Boot überwachen, Sie bestechen wollen, damit Sie sie das Boot durchsuchen lassen?«

Er richtete sich auf. »Ich würde ihnen das Geld aus der Hand schlagen, Signore.«

»Nein, das werden Sie nicht«, sagte ich. »Sie werden sagen, das sei nicht genug, und Sie werden mehr Geld verlangen. Wenn Sie das bekommen haben, lassen Sie sie das Boot durchsuchen.«

Er sah mich verständnislos an. Ich sagte langsam: »Ich habe nichts dagegen, wenn sie es durchsuchen – es ist nichts zu finden. Es gibt keinen Grund, weshalb Sie nicht Madames Feinden etwas Geld aus der Tasche ziehen sollen.«

Plötzlich lachte er auf und klatschte sich auf den Schenkel. »Das ist gut, Signore, das ist großartig! Sie wollen es also, daß sie suchen.«

»Richtig«, erwiderte ich. »Aber machen Sie es ihnen nicht zu leicht. Sonst werden sie argwöhnisch.«

Ich wollte, zur weiteren Sicherheit, versuchen, Metcalfe an der Nase herumzuführen, wie es mir in Barcelona gelungen war, richtiger, wie ich gehofft hatte, daß es mir gelungen wäre, bis Coertze die Sache verpatzte. Ich schrieb einen Brief an die Contessa und berichtete ihr, was ich tun wollte, und gab ihn Luigi zur Besorgung.

»Wie lange kennen Sie Madame schon?« fragte ich neugierig.

»Seit dem Kriege, Signore, als sie noch ein kleines Mädchen war.«

»Und Sie würden alles für sie tun, nicht wahr?«

»Wie sollte ich nicht?« fragte er überrascht. »Sie hat mehr für mich getan, als ich jemals gutmachen kann. Sie bezahlte die Ärzte, als sie nach dem Kriege mein Bein richteten. Wenn sie es nicht ganz gerade kriegen konnten, so kann sie nichts dafür, aber ohne das wäre ich ein Krüppel geblieben.«

Das warf ein neues Licht auf Francesca. »Vielen Dank, Luigi«, verabschiedete ich ihn, »und wenn Sie Madame treffen, geben Sie ihr den Brief.«

Ich unterrichtete Coertze und Walker über die Lage. Im Augenblick konnten wir nichts weiter tun, als auf den Montagmorgen warten.

Der Stollen

Am Montagmorgen begann ich wieder, Papiere so zu verstecken, daß sie gefunden werden mußten. Nach dem Prinzip der ›Gestohlenen Briefe‹ hatte ich sogar die Kosten für eine Wiederinstandsetzung der *Sanford* auf Palmerinis Werft berechnet, ebenso einige Schätzungen aufgestellt über die vermutlichen Kosten bei einem Kauf der Werft. Das würde uns eine gute Rechtfertigung geben, wenn wir später dort gesehen würden.

Kurz vor neun verabschiedeten wir uns von Luigi, der mir kräftig zublinzelte, und zogen los. Mit dem Glockenschlag kamen wir in den ›Drei Fischen‹ an. Die Contessa und Morese erwarteten uns schon, und wir frühstückten zusammen. Mit Genugtuung stellte ich fest, daß sich die Contessa unauffällig auf englische Art gekleidet hatte; sie gebrauchte ihren Verstand.

Ich fragte: »Wie sind Sie Torlonis Männer losgeworden?«

Morese grinste: »Der eine hatte eine Wagenpanne. Der andere erwartete ihn am Hafen, wurde vom Warten müde und fiel auf unerklärliche Weise ins Wasser. Er mußte in sein Hotel fahren, um sich umzuziehen.«

»Ihr Freund Metcalfe ist gestern abend in Genua angekommen«, berichtete die Contessa.

»Sind Sie sich dessen sicher?«

»Ganz sicher. Er ging unverzüglich zu Torloni und war lange mit ihm zusammen. Dann ging er in ein Hotel.«

Nun war's also raus. Ich hatte schon seit einiger Zeit überlegt, ob mein Verdacht gegen Metcalfe vielleicht nur das Werk überhitzter Einbildung sei. Alles, was ich gegen ihn hatte, gründete sich schließlich nur auf Vermutungen und auf meiner Kenntnis seines Charakters.

»Lassen Sie ihn beschatten?«

»Aber selbstverständlich.«

Das Frühstück wurde gebracht, und die Unterhaltung verstummte, bis Giuseppe sich wieder hinter den Tresen zurückgezogen hatte. Dann begann ich: »Nun also, Freund Kobus, wäre es wohl soweit, uns zu verraten, wo das Gold steckt.«

Mit einem Ruck kam Coertze hoch. »Denkste!« sagte er. »Hinbringen will ich euch, aber ich werd' mich hüten, es vorher zu sagen.«

Ich seufzte. »Nun bedenken Sie doch mal, diese guten Leutchen haben den Transport vorbereitet. Wie sollen sie denn den Wagen einen Treffpunkt angeben, wenn wir nicht wissen, wo's hingehen soll?«

»Sie können ja hierher zurücktelefonieren.«

»Von wo aus.«

»Im Dorf wird es ja wohl ein Telefon geben.«

»Niemand von uns kommt in die Nähe des Dorfes«, erwiderte ich, »jedenfalls keiner von uns Fremden. Sollten Sie aber meinen, ich ließe einen von diesen beiden allein dorthin gehen, dann sind Sie schiefgewickelt. Von nun an lassen wir keinen von ihnen aus dem Auge.«

»Viel Vertrauen haben Sie wohl nicht, wie?« bemerkte die Contessa.

Ich sah sie an. »Vertrauen Sie mir?«

»Na, nicht übermäßig.«

»Dann sind wir quitt.« Ich wandte mich wieder Coertze zu. »Jedes Telefongespräch, das die Contessa noch zu erledigen hat, wird sie von dem Apparat drüben in der Ecke führen – mit mir daneben.«

»Nennen Sie mich nicht Contessa«, fauchte sie mich an.

Ich beachtete sie nicht und konzentrierte mich auf Coertze. »Sie sehen also, wir müssen den Ort wissen. Wenn Sie es uns nicht sagen wollen, Walker tut es sicher – aber lieber wär's mir, Sie täten es.«

Er dachte ziemlich lange darüber nach und sagte dann: »*Magtig*, aber mit Ihrem Mundwerk werden Sie Petrus eines Tages noch bereden, Sie in den Himmel zu lassen. Also schön, es ist etwa fünfundsechzig Kilometer nördlich von hier, zwischen Varsi und Tassaro.« Er fügte noch genauere Erläuterungen hinzu, und Morese sagte: »Mitten in den Bergen.«

Ich fuhr fort: »Wie denken Sie darüber, können Sie die Wagen an diese Stelle kommen lassen?«

Francesca antwortete: »Ich werde sie in Varsi warten lassen. Wir brauchen sie erst in der zweiten Nacht; wir können morgen nach Varsi fahren und sie von dort aus hinführen.«

»O. K.«, sagte ich, »dann lassen Sie uns jetzt anrufen.«

Ich begleitete sie in die Ecke und stand daneben, während sie ihre Anordnungen durchgab, und paßte auf, daß sie nichts verriet. Wir waren schon eine Bande des Vertrauens! Während wir zum Tisch zurückgingen, sagte ich: »Das wär's; wir können nun jederzeit aufbrechen.«

Wir beendigten unser Frühstück und machten uns fertig zum Gehen. Francesca sagte: »Nicht vorne raus; Torlonis Leute können jetzt zurück sein und das Lokal beobachten. Wir nehmen diesen Weg.«

Sie führte uns zur Hintertür hinaus in einen Hof, in dem ein Wagen stand, an den ein Wohnwagen angekuppelt war. Sie sagte: »Ich habe Verpflegung für eine Woche reingepackt – falls es nötig werden sollte.«

»Das wird's nicht«, sagte ich grimmig. »Wenn wir den Kram nicht morgen nacht rauskriegen, bekommen wir ihn nie – nicht, solange Metcalfe auf unserer Spur rumschnüffelt.«

Ich betrachtete unsere Gesellschaft und traf eine schnelle Entscheidung. »Wir sehen alle genügend englisch aus, nur Sie nicht, Morese. Sie sind nicht danach gebaut. Sie müssen im Wohnwagen reisen und sich nicht sehen lassen.«

Er runzelte die Stirn und sah Francesca an. Sie sprach: »Gehen Sie in den Wohnwagen, Piero, tun Sie, was Mr. Halloran sagt.« Dann wandte sie sich zu mir. »Piero nimmt nur von mir Befehle entgegen, Mr. Halloran. Vielleicht denken Sie in Zukunft daran.«

Ich zuckte die Achseln und sagte: »Alsdann, gehen wir!«

Coertze fuhr, weil er den Weg wußte. Walker saß neben ihm, und Francesca und ich saßen hinten. Wir sprachen kaum ein Wort; Coertze fuhr sehr langsam, es war ihm ungewohnt, einen Wohnwagen zu schleppen und gleichzeitig auch noch rechts zu fahren.

Wir verließen Rapallo und stiegen bald in die Berge auf – in den Ligurischen Apennin. Es war offenbar ein armes Land, der Boden war steinig und wenig bebaut. Nur an verstreuten Stellen wurde Landwirtschaft betrieben, und sie beschränkte sich auf Wein und Oliven, die beiden Gewächse, die aussehen wie zu Tode gemartert. In einer Stunde waren wir in Varsi, und bald darauf verließen wir die Hauptstraße und rumpelten eine zweitrangige Straße entlang, die unbeschottert war und eine jämmerliche Fahrbahn bot. Es hatte einige Tage nicht geregnet, und der Staub stieg in dicken Wolken auf.

Als wir nach einer Weile an eine Ecke kamen, ging Coertze mit der Fahrt fast bis zum Halten runter und sagte: »Hier haben wir die Lkw abgeschossen.«

Wir fuhren um die Ecke und sahen ein langes Stück leerer Straße vor uns liegen. Coertze hielt, und Walker stieg aus. Seit fünfzehn Jahren sah er diesen Ort zum erstenmal wieder. Er ging ein kleines Stück auf der Straße weiter bis zu einem großen Felsen auf der rechten Seite; dann wandte er sich um und sah zurück. Ich sagte mir, daß dies wohl der Felsen war, wo er gestanden hatte, als er seine Geschosse dem Fahrer des Stabswagens in den Leib jagte.

Ich dachte an das plötzliche und entsetzliche Abschlachten, das hier stattgefunden hatte; ich sah den überwucherten Abhang hinauf und stellte mir die um ihr Leben rennenden Gefangenen vor, die dort gejagt und abgeschossen wurden. Dann stieß ich heraus: »Wozu warten wir hier; fahren wir weiter!«

Coertze schaltete und fuhr langsam weiter, bis Walker eingestiegen war; dann nahm er wieder Fahrt auf, und wir verfolgten weiter unseren Weg. »Jetzt ist es nicht mehr weit«, sagte Walker mit erregter Stimme.

Keine Viertelstunde später hielt Coertze wieder an bei der Abzweigung einer anderen Straße, die so wenig befahren war, daß man sie kaum erkennen konnte. »Zur alten Mine sind es hier hinauf noch etwa zweieinhalb Kilometer«, sagte er. »Wie wollen wir's nun machen?«

Francesca und ich stiegen aus und vertraten uns die steifen Beine. Ich sah mich um und bemerkte in etwa hundert Metern Abstand einen Bach. »Da ist 'ne passende Stelle«, sagte ich. »Der vollkommene Lagerplatz. Und merkt's euch – niemand von uns läßt sich, solange es hell ist, dort auf der Straße blicken.«

Wir zogen den Wohnwagen von der Straße und brachten die Stützen aus. Dann schlugen wir das Zelt auf. Francesca ging in den Wohnwagen und sprach mit Morese. Ich sagte: »Nun benehmt euch um Himmels willen wie harmlose Touristen. Wir sind spleenige Engländer, die lieber unbequem leben, als daß sie in ein Hotel gehen.«

Es war ein langer Tag. Nach dem Essen, das Francesca in der kleinen Kombüse des Wohnwagens gemacht hatte, saßen wir herum, klönten über dies und das und warteten auf den Sonnenuntergang. Francesca blieb die meiste Zeit im Wohnwagen, um Morese Gesellschaft zu leisten; Walker zappelte nervös herum; Coertze war offenbar in Betrachtung seines Nabels versunken; ich versuchte zu schlafen, konnte aber nicht.

Die einzige Aufregung brachte am Nachmittag ein gemächlich näher kommender Bauernkarren. Er kam am Ende der Straße als Staubwolke in Sicht, und ganz langsam, im Schneckentempo, näherte er sich so weit, daß man ihn erkennen konnte. Coertze ermunterte sich hinreichend, um ein paar kleine Wetten anzubieten, wann der Karren in Höhe des Lagers sein würde. Endlich knarrte er vorbei, gezogen von zwei Ochsen und so aussehend, als ob er aus einem Gemälde von Breughel entflohen sei. Ein Bauer trottete nebenher, und ich holte mein schlechtestes Italienisch hervor, winkte ihm zu und sagte: »Buon Giorno.«

Er sah mich kurz von der Seite an, murmelte etwas, was ich nicht verstehen konnte, und zog seines Weges. Das war der einzige Verkehr auf dieser Straße, dem wir, solange wir hier waren, begegneten.

Um halb fünf raffte ich mich zu einem Besuch bei Francesca im Wohnwagen auf. »Es ist besser, wir essen frühzeitig«, sagte ich. »Sowie es dunkel ist, fahren wir mit dem Wagen zur Mine.«

»Ich hab' lauter Fertiggerichte in Dosen«, antwortete sie, »die sind schnell angerichtet. Während der Nacht werden wir wohl auch etwas brauchen, darum hab' ich zwei große Thermosbehälter mitgebracht. Vor unserem Aufbruch mach' ich das Essen heiß, und es hält sich dann so die Nacht hindurch. Für Kaffee habe ich Thermosflaschen.«

»Sie haben mein Geld gut angelegt«, sagte ich.

Sie übertönte meinen Spott. »Ich brauche Wasser. Würden Sie mir wohl etwas aus dem Bach holen?«

»Wenn Sie mitkommen –«, entgegnete ich. »Sie müssen auch etwas Bewegung haben.« Ich hatte das plötzliche Bedürfnis, mit ihr zu reden, um mehr über die Motive ihres Handelns zu erfahren.

»Gut«, sagte sie und holte aus dem Geschirrschrank drei Segeltucheimer.

Während wir zum Bach gingen, begann ich: »Sie müssen während des Krieges noch sehr jung gewesen sein.«

»Allerdings. Als mein Vater mit mir in die Berge floh, war ich zehn Jahre alt.« Sie wies auf die Berge ringsumher. »Diese Berge waren es.«

»Kein vergnügliches Leben für ein kleines Mädchen.«

Sie überlegte. »Zuerst machte es Spaß. Ferien mit Lagerleben mag wohl jeder gern, und dies waren ja Dauerferien für mich. Ja, das hat Spaß gemacht.«

»Und wann hörte es auf, Spaß zu machen?«

Eine stille Trauer legte sich über ihr Gesicht. »Als das Sterben der Männer begann; als das Kämpfen losging. Da war es kein Spaß mehr, es wurde bitterer Ernst, was wir taten. Es war eine gute Sache – aber es war furchtbar.«

»Und Sie halfen im Hospital?«

»Ja. Ich habe Walker gepflegt, als er aus dem Gefangenenlager kam. Wußten Sie das schon?«

Ich erinnerte mich an Walkers Schilderung des ernsthaften kleinen Mädchens, das wollte, daß er wieder gesund würde, um Deutsche töten zu können. »Ja, er hat es mir erzählt«, erwiderte ich.

Wir kamen zum Bach, und ich sah ihn mißtrauisch an. Das Wasser sah zwar ganz klar aus, dennoch fragte ich: »Ob es genießbar ist?«

»Ich koche es, dann ist es einwandfrei«, antwortete sie und kniete nieder, um in den flachen Grund eine Kuhle zu graben. »Wir müssen eine Kuhle machen, die so tief ist, daß ein Eimer reingeht; dann geht's leichter.«

Ich half ihr, die Kuhle zu machen und dachte darüber nach, daß dies auch ein Stück ihrer Guerilla-Erfahrung war. Ich hätte versucht, die Eimer in kleinen Portionen vollzukriegen. Als das Loch tief genug war, setzten wir uns ans Ufer und warteten ab, daß der Schlamm sich setzte. Ich fragte: »Ist Coertze mal verwundet worden?«

»Nein, er hatte immer Glück. Abgesehen von einer kleinen Schramme, ist er nie verwundet worden, obwohl es ihm an Gelegenheit nicht gefehlt hat.«

Ich bot ihr eine Zigarette an und gab ihr Feuer. »Dann hat er also an vielen Kämpfen teilgenommen?«

»Alle haben sie gekämpft«, sagte sie und sog nachdenklich an ihrer Zigarette. »Aber Coertze schien gern zu kämpfen. Er hat eine Menge Deutsche getötet – und Italiener.«

»Was für Italiener?« fuhr es mir heraus. Walkers Bericht fiel mir ein.

»Die Faschisten«, antwortete sie. »Die während der Salo-Republik zu Mussolini hielten. In diesen Bergen spielte sich ein Bürgerkrieg ab. Wußten Sie das nicht?«

»Nein, das wußte ich nicht«, erwiderte ich. »Es gibt vieles über Italien, was ich nicht weiß.«

Eine Zeitlang schwiegen wir, dann sagte ich: »Dann war Coertze also ein Menschenschlächter?«

»Er war ein guter Soldat – so einer, wie wir sie brauchten. Und er war eine Führernatur.«

Ich lenkte ab. »Wie wurde Alberto umgebracht?«

»Er stürzte von einem Felsen, als Umbertos Gruppe von den Deutschen verfolgt wurde. Ich hörte, daß es Coertze fast gelungen wäre, ihn zu retten, aber er kam nicht mehr rechtzeitig hin.«

Ich sagte: »Hm, so was Ähnliches hab' ich auch gehört. Und wie kamen Harrison und Parker ums Leben?«

Sie runzelte die Stirn. »Harrison und Parker – ach ja, die gehörten zur Fremdenlegion, wie wir sie nannten. Die beiden sind im Gefecht gefallen. Aber zu verschiedenen Zeiten, nicht beide gleichzeitig.«

»Und Donato Rinaldi? Wie wurde er getötet?«

»Ja, das war eine seltsame Sache. Er wurde nicht weit vom Lager tot aufgefunden, mit zerschmettertem Schädel. Er lag unter einem Felsen, und man nahm an, daß er beim Klettern abgestürzt sei.«

»Warum sollte er klettern? War er Bergsteiger oder so?«

»Ich glaub' nicht, aber er war ein junger Bursche, und junge Leute machen ja manchmal solchen Unsinn.«

Ich mußte lächeln, als ich an mich selber dachte, nicht nur die ganz jungen Leute machen manchmal Unsinn. Ich warf einen Kieselstein in den Bach. »Das klingt wie das Lied von den zehn kleinen Negerlein. ›Da waren's nur noch zwei.‹ Und warum ging Walker fort?«

Sie sah mich forschend an. »Wollen Sie damit sagen, daß diese Männer nicht zu sterben brauchten? Daß jemand aus dem Lager sie getötet hätte?«

Ich zuckte die Achseln. »Ich sage gar nichts – aber für irgend jemand war es doch ganz günstig. Stellen Sie sich das doch einmal vor: Sechs Mann haben das Gold versteckt, und kurz danach nahm es mit vier von ihnen ein plötzliches Ende.« Ich warf noch einen Kiesel ins Wasser. »Wer hat den Vorteil davon? Nur zwei kommen in Frage – Walker und Coertze. Warum ging Walker fort?«

»Ich weiß es nicht. Er verließ uns plötzlich. Wie ich mich erinnere, erzählte er meinem Vater, er wolle versuchen, zu den alliierten Streitkräften zu stoßen. Die waren damals schon ziemlich nahe.«

»War Coertze im Lager, als Walker ging?«

Nach langem Nachdenken sagte sie: »Das weiß ich nicht mehr, ich kriege das nicht mehr zusammen.«

»Mir hat Walker erzählt, daß er ging, weil er Angst vor Coertze hatte. Hat er übrigens immer noch, was das betrifft. Unser guter Kobus ist ja auch gelegentlich ein furchteinflößender Knabe.«

Nachdenklich zögernd sagte Francesca: »Die Sache mit Alberto damals auf dem Felsen – Coertze könnte ...«

»... ihn hinuntergestoßen haben? Ja, das könnte er. Und was Parker betrifft, so betont Walker, daß er von hinten in den Schädel geschossen worden ist. Nach allen Schilderungen, Ihre eingeschlossen, ist Coertze der geborene Mörder. Da fügt sich eins zum andern.«

Francesca entgegnete: »Das wußte ich schon lange, daß Coertze ein jähzorniger Mann ist, aber ...«

»Aber? Und warum mögen Sie ihn nicht, Francesca?«

Sie warf ihren Zigarettenstummel in den Bach und sah ihn mit dem Wasser wegteiben. »Nun, es war so eine Angelegenheit, wie sie zwischen einem Mann und einer Frau gelegentlich vorkommt. Er war ... zu aufdringlich.«

»Wann war das?«

»Vor drei Jahren, gleich nach meiner Heirat.«

Ich zögerte. Ich wollte sie nach dieser Heirat fragen, aber sie erhob sich plötzlich und sagte: »Wir müssen jetzt das Wasser holen.«

Als wir zum Wohnwagen zurückgingen, sagte ich: »Es sieht so aus, als müßte ich jederzeit bereit sein, Coertze unschädlich zu machen, er könnte gefährlich werden. Ich denke, Sie erzählen Piero besser die Geschichte, damit er vorbereitet ist, wenn was passiert.«

Sie blieb stehen. »Ist Coertze denn nicht Ihr Freund? Sie sind doch auf seiner Seite?«

»Ich bin auf niemandes Seite«, erwiderte ich kurz. »Aber ich bin gegen Mord.«

Den Rest des Weges legten wir schweigend zurück.

Die folgenden Stunden bis zum Dunkelwerden war Francesca

im Wohnwagen mit Kochen beschäftigt. Als es dämmerte, fingen wir Männer mit unseren Vorbereitungen an. Die Spitzhacken und Schaufeln und ein paar Taschenlampen packten wir in den Gepäckraum des Wagens. Piero hatte eine Tilley-Lampe mit zwei Litern Paraffinöl besorgt; die würde uns im Stollen bessere Dienste leisten als Taschenlampen. Auch eine Schubkarre zog er aus dem Wohnwagen und meinte: »Ich dachte mir, die könnten wir zum Wegräumen der Steine nehmen; wir dürfen vor dem Eingang zum Stollen keine losen Felstrümmer liegenlassen.«

Ich war froh, daß er daran gedacht hatte.

Coertze prüfte die Hacken mit sachverständigem Blick, fand aber keinen Fehler. Hacke ist Hacke für mich, und ein Spaten ist eben eine blöde Schaufel, aber anscheinend hat auch das Hacken- und Schaufelwesen seine Wissenschaft.

Als ich Piero half, die Schubkarre im Gepäckraum zu verstauen, stolperte ich über einen Stein und fiel mit voller Wucht gegen Coertze.

»Tut mir leid«, sagte ich.

Er knurrte: »Braucht Ihnen nicht leid zu tun; passen Sie lieber auf!«

Schließlich hatten wir die Schubkarre drinnen, wenn wir auch den Gepäckraum nicht mehr zukriegten. Leise sagte ich zu Coertze: »Ich möchte mit Ihnen sprechen ... gehen wir etwas abseits.«

Wir entfernten uns ein Stück von den anderen, bis uns die zunehmende Dunkelheit verbarg. »Was ist los?« fragte Coertze.

Ich klopfte auf eine harte Ausbeulung in Brusthöhe unter seinem Jackett. »Eine Pistole, vermute ich.«

»Allerdings, eine Pistole«, antwortete er.

»Und auf wen gedenken Sie zu schießen?«

»Auf jeden, der mir den Weg zum Gold versperren will.«

»Nun hören Sie mal gut zu«, sagte ich in einem Ton, der keinen Widerspruch duldete. »Sie werden auf niemanden schießen, denn Sie werden mir jetzt diese Pistole geben. Tun Sie es nicht, dann können Sie Ihr Gold allein holen. Ich bin nicht nach Italien gekommen, um irgend jemand umzubringen. Was mich betrifft, so bin ich kein Mörder.«

Coertze erwiderte: »*Klein Man,* wenn Sie meine Pistole haben wollen, müssen Sie sie mir schon wegnehmen.«

»O. K. Sie können uns alle mit vorgehaltener Pistole zur Mine zwingen. Aber es ist dunkel, und sobald Sie den Rücken gekehrt haben, werden Sie einen Stein an den Schädel kriegen – und kein anderer als ich wird ihn werfen. Und wenn Sie das Gold rausgekriegt haben – mit vorgehaltener Pistole –, welche andere Möglichkeit haben Sie dann, als drauf sitzen zu bleiben? Ohne Francescas Leute kriegen Sie es nicht an die Küste, und ohne mich kriegen Sie es nicht aus Italien raus.«

Ich hatte ihn schön in die Enge getrieben, ihm seine Zwangslage wieder bewußt gemacht, in der er sich seit Südafrika befand. Ihm blieb kein Ausweg.

Er entgegnete: »Woher wissen Sie denn, ob sich Francescas Partisanen nicht in diesen verdammten Bergen versteckt haben und über uns herfallen, sobald der Stollen geöffnet ist?«

»Weil sie nicht wissen, wo wir sind«, erwiderte ich. »Die Lkw-Fahrer haben lediglich den Auftrag erhalten, nach Varsi zu fahren. Überdies würden sie schon deshalb nicht über uns herfallen, weil wir die Contessa als Geisel haben.«

Er zögerte, und ich sagte: »Nun, geben Sie schon die Pistole her.«

Langsam schob er die Hand unter sein Jackett und zog die Pistole heraus. In der Dunkelheit konnte ich seine Augen nicht erkennen, aber ich wußte, daß sie von Haß erfüllt waren. Er richtete die Pistole auf mich, und sicherlich juckte es ihm in den Fingern zu schießen – aber er ließ sie sinken und legte sie mir in die ausgestreckte Hand.

»Wenn wir dies alles erst einmal hinter uns haben, wird es eine gewaltige Abrechnung zwischen uns geben«, sagte er.

Ich schwieg und sah mir die Waffe an. Es war eine Luger, geradeso eine wie meine eigene, die ich in Südafrika gelassen hatte. Ich richtete sie auf ihn und sagte: »Nun stehen Sie ganz still, ich durchsuche Sie jetzt.«

Er verfluchte mich, stand aber ruhig, während ich seine Taschen abklopfte. Und richtig, in seiner Jackett-Tasche fand ich noch ein Reservemagazin. Dann nahm ich das Magazin aus der Luger und sah nach, ob eine Patrone im Lauf war. Natürlich war eine drin.

Coertze sagte: »Morese hat bestimmt auch eine Pistole.«

»Das werden wir sofort feststellen«, erwiderte ich. »Ich werde ihn mir vornehmen, und Sie stellen sich hinter ihn in Bereitschaft, ihn notfalls niederzuschlagen.«

Wir gingen zum Wohnwagen zurück, und ich rief Francesca und Piero heraus, und als sie kamen, baute sich Coertze unauffällig hinter dem großen Italiener auf. Ich fragte Francesca: »Hat Piero eine Schußwaffe?«

Überrascht antwortete sie: »Ich weiß nicht«, und zu ihm gewandt: »Hast du eine Schußwaffe, Piero?«

Er zögerte, dann nickte er. Ich hob meine Luger und richtete sie auf ihn. »Dann hole sie heraus – aber langsam.«

Er blickte auf die Luger und zog grimmig die Brauen herunter; aber er folgte meinem Befehl und nahm langsam eine Pistole aus dem Schulterhalfter. Ich sprach: »Dieses eine Mal erhalten Sie Ihre Befehle von mir. Geben Sie Francesca die Waffe.«

Er übergab die Pistole Francesca, und ich steckte meine Luger weg und nahm Francescas Pistole an mich. Es war eine Armee-Beretta, wahrscheinlich ein Überrest aus den Partisanentagen. Ich nahm die Patronen raus, entspannte den Schlagbolzen und steckte sie in die andere Tasche. Coertze reichte mir zwei Reservemagazine, die er Pieros Taschen entnommen hatte.

Ich fragte Walker: »Haben Sie eine Schußwaffe?«

Er schüttelte den Kopf.

»Kommen Sie her und lassen Sie sich durchsuchen.« Wir fanden nichts.

Da Walker waffenlos war, sagte ich: »Durchsuchen Sie jetzt den Wagen und stellen Sie fest, ob dort irgendwas versteckt ist.«

Ich wandte mich an Francesca. »Haben Sie irgend etwas, womit man Menschen töten kann?«

Sie verschränkte die Arme. »Wollen Sie auch mich durchsuchen?«

»Nein, wenn Sie mir Ihr Wort geben, genügt mir das.«

Sie gab ihre Verteidigungsstellung auf und sagte leise: »Ich habe keine Schußwaffe.«

Dann sagte ich: »Hören Sie zu, jeder einzelne. Ich habe Coertze und Morese je eine Pistole abgenommen. Die Munition für beide Waffen halte ich in meinen Händen.«

Mit schnellem Doppelwurf schleuderte ich die Magazine in die Finsternis, und wir hörten sie metallisch klappernd auf Felsen aufschlagen. »Wenn es nun zu irgendeinem Kampf zwischen uns kommen sollte, so wird er mit der nackten Faust ausgefochten. Es wird niemand getötet. Sie verstehen mich!«

Ich zog die leeren Pistolen aus den Taschen und gab sie Coertze und Piero zurück. »Die können Sie als Hammer benutzen, wenn Sie die Kisten vernageln.«

Sie nahmen die Waffen ohne Dank, und ich sagte: »Wir haben nun genug Zeit mit diesem lächerlichen Kram verplempert. Ist der Wagen klar?«

»Nichts drin gefunden«, meldete Walker.

Als die andern einstiegen, sagte Francesca leise zu mir: »Ich bin froh, daß Sie das getan haben. Ich hatte keine Ahnung, daß Piero eine Pistole hatte.«

»Ich hab's von Coertze auch nicht gewußt, obgleich ich's mir eigentlich hätte denken können – nach allem, was ich von ihm weiß.«

»Wie haben Sie sie denn von ihm bekommen?« fragte sie.

»Kleiner psychologischer Trick«, antwortete ich. »Das Gold zu kriegen war ihm wichtiger, als mich umzubringen. Wenn er's erst hat, sieht die Sache anders aus.«

»Sie müssen sehr vorsichtig sein«, sagte sie.

»Es ist hübsch zu wissen, daß Sie sich darüber Gedanken machen«, erwiderte ich. »Aber nun kommen Sie in den Wagen.

Langsam und ohne Licht fuhr Coertze auf der überwucherten Straße weiter; ich hörte das lange Gras an der Unterkante unseres Wagens entlangfegen. Nachdem wir um eine Biegung gekommen waren und von der Hauptstraße aus nicht mehr gesehen werden konnten, machte er Licht und fuhr schneller.

Niemand sprach ein Wort. Coertze und Morese waren wütend auf mich, und auch Francesca war wegen meiner letzten Worte eingeschnappt. In Walker brodelte eine schlechtverhehlte Erregung, aber angesteckt von der üblen Laune der übrigen, schwieg auch er. Ich sagte nichts, weil ich nichts zu sagen hatte.

Bis zur Mine hatten wir nicht lange zu fahren, und bald glitten die Scheinwerfer über Gebäudetrümmer, die trübseligen Überbleibsel einer industriellen Anlage. Nichts zeigt so bedrückend den Anblick des Verfalls wie verlassene Fabrikgebäude und verkommene Maschinen-Überreste. Viel war allerdings nicht übriggeblieben. Bald nachdem die Mine aufgegeben worden war, muß die Landbevölkerung wie ein Heuschreckenschwarm darüber hergefallen sein und alles, was irgend von Wert war, weggeschleppt haben. Das noch Vorhandene war keine zehn Lire wert, es zu beseitigen würde aber sicher hunderttausend Lire kosten.

Coertze hielt, und wir stiegen alle aus. Piero fragte: »Was für eine Art Mine war dies?«

»Eine Bleimine«, antwortete Coertze. »Sie wurde schon vor langer Zeit aufgegeben, so um 1908 hörte ich.«

»Das war gerade die Zeit, als die großen Lager in Sardinien entdeckt wurden«, entgegnete Piero. »Es war leichter, den Bleiglanz zur Hütte in Spezia zu verschiffen, als ihn hier mit der Eisenbahn abzufahren.«

»Und wo ist nun Ihr Stollen?« fragte ich.

Coertze zeigte dorthin. »Da drüben. Neben dem, den ich versperrte, waren noch vier andere.«

»Wir bringen am besten den Wagen gleich in die richtige Stellung«, sagte ich, und Coertze stieg ein und setzte den Wagen vor. Die Lichtkegel fuhren herum und beleuchteten den eingebuchteten Eingang des Stollens. Es machte den Eindruck, als hätte ein Regiment Pioniere einen Monat damit zu tun, den Stollen freizulegen.

Coertze lehnte sich zum Seitenfenster heraus. »Da hab' ich saubere Arbeit geleistet«, sagte er selbstzufrieden.

»Und Sie sind sicher, daß wir da in einer Nacht durchkommen?« fragte ich.

»Mit Leichtigkeit«, sagte er.

Ich hatte keinen Zweifel daran, daß er damit Bescheid wüßte, er war ja ein alter Bergmann. Ich half Piero und Walker, das Werkzeug aus dem Kofferraum zu holen, während Coertze den Steinhaufen untersuchte. Von jetzt ab übernahm er die Leitung, und ich überließ sie ihm – er verstand ja den Laden und ich nicht. Er gab seine Anordnungen sicher und bestimmt, und wir befolgten sie ohne Einwände.

Er sagte: »Wir brauchen nicht den ganzen Kram wegzubuddeln. Ich habe die Ladungen so gesetzt, daß der Trümmerhaufen an dieser Seite möglichst klein blieb, es sind nicht mehr als drei Meter.«

»Drei Meter, das ist doch ein Riesenhaufen«, wandte ich ein.

»Ist 'ne Kleinigkeit«, begegnete er geringschätzig meiner Unwissenheit. »Ist ja kein gewachsener Felsen mehr, dies lockere Zeug.« Dann wandte er sich um und zeigte mit der Hand: »Dort hinter dem Gebäude liegen ein paar Holzbalken, die ich vor drei Jahren ausgesucht habe. Sie und Morese holen die her, während ich mit Walker anfange, diesen Kram hier rauszuholen.«

»Und was kann ich tun?« fragte Francesca.

»Sie können das, was wir ausräumen, auf die Schubkarre laden, und dann verteilen Sie es so in der Gegend, daß es ganz natürlich aussieht. Morese hat ganz recht, es ist nicht nötig, daß wir hier einen Steinhaufen hinterlassen.«

Piero und ich zogen mit Taschenlampen los und fanden die Balken, nach denen Coertze uns geschickt hatte. Ich mußte daran denken, daß Coertze alle drei, vier Jahre hergekommen war und immer wieder einem unlösbaren Problem gegenüberstand. Er mußte sich die Frage, wie man den Schatz heben könnte, oft überlegt haben und hatte sicher Stunden damit verbracht, das Holz für ein Unternehmen zusammenzusuchen, zu dem es vielleicht nie kommen würde. Kein Wunder, daß er so reizbar war. Wir brauchten etwa eine Stunde, um das Holz ranzuschleppen, und mittlerweile waren Coertze und Walker drei Fuß tief in das Gestein eingedrungen. Ich fand, das ließ sich gut an, und das sprach ich auch aus. Coertze aber erwiderte: »Es wird nicht die ganze Zeit so leicht gehen wie jetzt. Wir müssen die Arbeit unterbrechen und den Durchbruch oben abstützen; das kostet allerhand Zeit.«

Der Durchgang wurde nicht sehr groß, vielleicht anderthalb Meter hoch und sechzig Zentimeter breit, gerade ausreichend für einen Mann, um hindurchzuschlüpfen. Coertze machte sich daran, seine Hölzer zum Abstützen auszusortieren, und Piero und ich halfen Francesca, den Schutt zu verteilen.

Coertze hatte recht, das Abstützen des Gesteins nahm viel Zeit in Anspruch, aber gemacht werden mußte es. Es wäre übel gewesen, wenn der ganze Laden zusammenkrachte und wir von neuem beginnen müßten; überdies konnte dabei auch jemand verletzt werden. Als der Mond aufging, erleichterte sein Schein die Verteilung des abgeräumten Gesteins; wir stellten die Scheinwerfer ab, und Coertze arbeitete beim Licht der Tilley-Lampe.

Die Arbeit ganz vorn am Gestein behielt er sich selber vor. Walker, Piero und ich halfen ihm abwechselnd; dabei standen wir hinter ihm und schafften die losen Steine aus dem Eingang raus. Nach weiteren drei Stunden hatten wir fast zwei Meter sicher abgestützten Durchgangs in die Felswand getrieben und legten eine Essenspause ein.

Piero sprach mit mir über die Wegnahme seiner Pistole. Er sagte: »Ich war wütend, als Sie das taten. Ich mag es nicht haben, wenn man eine Waffe auf mich richtet.«

»Sie war ungeladen«, erwiderte ich.

»Das hab' ich nachher auch gemerkt, aber das machte mich noch wütender.« Dann kicherte er plötzlich. »Inzwischen hab' ich's mir überlegt, Sie haben es doch wohl richtig gemacht. Es ist besser, wenn's keine Schießerei gibt.«

Wir hatten uns etwas von den andern entfernt. »Hat Francesca mit Ihnen über Coertze gesprochen?« fragte ich.

»Ja, sie hat mir berichtet, was Sie ihr erzählt haben. Ich muß sagen, auf diesen Gedanken wäre ich nie gekommen. Als Donato Rinaldi damals tot aufgefunden wurde, war ich sehr überrascht, aber ich habe nie daran gedacht, daß ihn jemand umgebracht haben könnte. Wir waren doch alle gut Freund.«

Gold ist ein Lösungsmittel, das sogar Freundschaften auflöst, dachte ich, aber meine Sprachfertigkeit reichte nicht aus, um es auf italienisch zu sagen. Statt dessen fragte ich: »Nach allem, was Sie aus der Zeit wissen – meinen Sie, daß Coertze diese vier Männer hat töten können?«

Piero antwortete: »Harrison kann er nicht umgebracht haben, ich habe selbst gesehen, wie er fiel. Er wurde von einem Deutschen erschossen, und dieser Deutsche fiel von meiner Hand. Was die andern betrifft – Parker, Corso und Rinaldi –, ja, ich glaub' schon, daß Coertze die getötet haben kann. Er war so einer, dem es nichts ausmachte zu töten.«

»Er kann sie getötet haben, aber hat er es tatsächlich getan?« fragte ich.

Piero zuckte die Achseln. »Wer kann darüber was sagen? Es ist lange her, und Zeugen sind nicht da.«

Das war alles, und weiter nachzubohren schien aussichtslos; wir gingen darum wieder an unsere Arbeit.

Coertze beeilte sich mit dem Essen, um wieder an seinen Felsen zu kommen. Seine Augen funkelten im Lampenlicht; der Goldrausch hatte ihn gepackt; nur vier Fuß noch trennten ihn von dem Schatz, dem er vierzehn Jahre lang entgegengewartet hatte. Mit Walker war's ebenso; kaum machte Coertze eine Bewegung, da war Walker auf den Füßen, und beide machten, daß sie zum Stollen kamen.

Piero und Francesca waren gelassener. Sie hatten das Gold nicht selber gesehen, und bloße Berichte zünden nicht so unmittelbar. Francesca beendete ruhig ihr mitternächtliches Mahl, sammelte dann das Geschirr ein und brachte es in den Wagen.

»Eine seltsame Frau«, sagte ich zu Piero.

»Jedes Kind, das in einem Lager des Kleinkrieges aufwächst, wird dadurch verändert«, entgegnete er. »Sie hat ein schweres Leben gehabt.«

Ich tastete mich vorsichtig vor. »Ich hörte, sie sei eine unglückliche Ehe eingegangen.«

Er spie aus. »Estrenoli ist ein degenerierter Bursche.«

»Und warum hat sie ihn genommen?«

»Die oberen Zehntausend sind da anders als wir gewöhnlichen Sterblichen«, sagte er. »Die Ehe war vereinbart worden zwischen den Familien – so ähnlich sprach man darüber. Aber die Sache war noch ein wenig anders.«

»Und was meinen Sie?«

Er nahm eine Zigarette von mir an. »Wissen Sie, was die Kommunisten mit ihrem Vater gemacht haben?«

»Sie hat mir etwas darüber erzählt.«

»Es war schändlich. Er war ein Mann, ein guter, richtiger Mann, und sie waren nicht wert, ihm die Stiefelsohlen abzulecken. Und jetzt ist er ein Wrack, ein alter, gebrochener Mann.« Er strich ein Streichholz an, und die Flamme beleuchtete sein Gesicht. »Ungerechtigkeit kann einem Mann das Mark aus den Knochen saugen, wenn sein Körper auch in den Straßen rumläuft«, fuhr er fort.

»Und was hat das mit Francescas Heirat zu tun?«

»Der alte Herr war dagegen, er kannte die Estrenoli-Brut. Aber Madame bestand darauf. Sehen Sie, der junge Estrenoli wollte sie. Liebe war nicht dabei, nur Sinnenlust – Madame ist eine Schönheit –, und so wollte er sie besitzen, konnte sie aber nicht kriegen. Sie durchschaute ihn.«

Das verwirrte mich. »Warum zum Deubel hat sie ihn dann geheiratet?«

»Der Estrenoli ist ein gerissener Bursche. In der Regierung sitzt ein Onkel von ihm, und er sagte, man würde vielleicht den Fall ihres Vaters wieder aufrollen. Natürlich hatte die Sache ihren Preis.«

»Ja, ich versteh'«, sagte ich nachdenklich.

»So hat sie ihn denn geheiratet. Mir wär's lieber gewesen, sie hätte ein Tier geheiratet.«

»Und er sah, daß er sein Versprechen nicht halten konnte?«

»Nicht konnte?« rief Piero empört aus. »Er hatte von vornherein nicht die Absicht gehabt, es zu halten. Seit fünfhundert Jahren haben die Estrenolis kein Versprechen gehalten.« Er seufzte auf.

»Sie wissen vielleicht, daß sie eine treue Tochter ihrer Kirche ist, und als sie ihn heiratete, wußte Estrenoli, daß sie ihm für immer gehörte. Und er war stolz auf sie, o ja, das war er, sehr stolz. Sie war die schönste Frau in Rom, und er kaufte ihr Kleider und zog sie an, wie ein Kind seine Puppe anzieht. Sie war das am kostbarsten gekleidete Mannequin Italiens.«

»Und dann?«

»Dann wurde er ihrer müde. Er ist Päderast und kam wieder auf seine Knaben und seine Rauschgifte zurück und was es in Rom sonst noch für Laster gibt. Signore Halloran, die römische Gesellschaft ist die korrupteste der Welt.«

Das war mir nichts Neues; vor kurzem erst hatte man ein junges Mädchen ertränkt, das gedroht hatte, den ganzen Schmutz aufzudecken. Man sagte aber, daß die italienische Regierung die Sache vertuschen wollte.

Piero setzte seine Erzählung fort. »Damals half sie ihrem Vater und ihren alten Kameraden. So mancher war in Not geraten, und sie tat, was in ihrer Kraft stand. Aber Estrenoli kam dahinter und erklärte, er wünsche nicht, daß sein Geld unter einem Haufen dreckiger Partisanen verschwendet würde, und gab ihr kein Geld mehr – nicht eine Lira. Er versuchte sie zu korrumpieren, sie auf sein Niveau hinunterzuziehen, aber das gelang ihm nicht, sie ist unantastbar. Da setzte er sie auf die Straße. Er hatte bekommen, was er wollte, soweit er es erlangen konnte. Er war fertig mit ihr.«

»Und so kam sie nach Ligurien zurück.«

»Ja. Wo wir können, helfen wir ihr, um ihrer selbst und um ihres Vaters willen. Wir versuchen, auch ihm zu helfen, aber das ist schwierig, weil er alles ablehnt, was nach Almosen aussieht.«

»Und sie ist immer noch mit Estrenoli verheiratet?«

»In Italien gibt's keine Scheidung, und sie gehorcht der Kirche. Aber ich sage vor Gottes Angesicht, die Kirche hat unrecht, wenn solches geschehen kann.«

»Und nun helfen Sie ihr also in diesem Unternehmen.«

»Ich halte es nicht für richtig und meine, sie ist mißberaten«, erwiderte er. »Ich fürchte, dies kann manches Menschenleben kosten. Aber ich helfe ihr.«

»Eins ist mir noch nicht ganz klar«, sagte ich. »Ihr Vater ist alt; ihm kann das Gold nicht mehr viel nützen.«

»Es soll auch nicht nur für ihren Vater sein«, antwortete Piero. »Sie sagt, daß das Geld für alle sein soll, die mit ihrem Vater gekämpft haben und durch die Kommunisten Schäden erlitten. Sie sollen dafür ins Krankenhaus kommen, wenn es nötig ist, und es soll für die Erziehung ihrer Kinder verwendet werden. Wenn niemand dabei ums Leben kommt, wird es ein gutes Werk sein.«

»Ja, das wird es«, sagte ich nachdenklich. »Ich will nicht, daß jemand getötet wird, Piero, niemand.«

»Ich weiß, Signore Halloran, das haben Sie bewiesen. Aber da gibt's ja noch andere – Torloni und diesen Metcalfe. Und Ihr Freund Coertze ist auch noch da.«

»Sie trauen ihm auch nicht, wie? Und Walker?«

»Pah – ein Würstchen.«

»Und ich? Trauen Sie mir?«

Er trat nachdenklich seine Zigarette aus. »Überall sonstwo würde ich Ihnen vertrauen, Signore Halloran, in einem Boot oder auf einem Berg. Aber Gold verdirbt den Charakter.«

Was ich schon früher gedacht hatte, sprach er nun aus. Ich wollte etwas erwidern, aber Coertze rief aufgeregt: »Was treibt ihr euch denn da herum? Kommt schon zum Ausräumen!«

Also gingen wir wieder an die Arbeit.

Um drei Uhr morgens waren wir durchgebrochen. Coertze stieß einen Jubelruf aus, als seine Spitzhacke ohne Widerstand zu finden ins Leere stieß. Innerhalb von zehn Minuten hatte er die Öffnung so erweitert, daß ein Mann hindurchkriechen konnte, und er schlüpfte hinein wie ein Hund, der hinter einer Ratte her ist. Ich reichte die Tilley-Lampe durch und folgte ihm.

Coertze stieg über Gesteinsbrocken, die den Boden der Mine bedeckten. »Nun mal ganz langsam«, sagte ich. »Wir brauchen nichts zu überstürzen.«

Er kümmerte sich nicht darum und stürzte sich weiter in die Finsternis hinein. Ich hörte ein Krachen und dann sein Fluchen. Er brüllte: »Los schon, her mit dem verdammten Licht.«

Ich drang weiter vor und der Lichtkegel mit mir. Coertze war mit voller Wucht gegen einen Lastwagen gerannt. Aus einer Wunde auf seiner Backe rann das Blut und zeichnete rote Streifen in den Staub, der sein Gesicht bedeckte; seine Augen glühten, er sah aus wie ein Wahnsinniger.

Aufgeregt schnatterte er los: »Hier ist es, hier ist es. *Magtig*, was hab' ich Ihnen gesagt? Hab' ich nicht gesagt, daß das Gold hier ist? Und hier ist es, so viel Gold, wie das Reef in einem ganzen Monat hergibt.« Wie von einem Wunder betroffen sah er mich an. »Mein

Gott, was bin ich glücklich! Nie hätte ich gedacht, daß es mir gelingen würde.«

Ich hörte die andern durch das Loch kommen und wartete, bis sie heran waren. »Kobus Coertze wird für uns eine Führung durch seine Schatzhöhle veranstalten«, sagte ich. Walker schwatzte drauflos: »Das Gold ist im ersten Wagen, hier, in diesem hier. Das meiste jedenfalls, das ist hier drin. Dann ist noch mehr da, im zweiten Wagen, da ist auch noch Gold drin, aber das meiste ist hier im ersten Wagen. Die Juwelen sind im zweiten, Halsketten und Ringe haufenweise, Diamanten und Smaragde und Perlen, goldene Feuerzeuge und Zigarettenetuis und Geld, viel Geld, Lire und Dollars und Pfunde und so, und 'ne Unmenge Papiere, aber die sind auf den Lastwagen ganz hinten, wo die Leichen drauf sind ...« Sein Redefluß versiegte, »... wo die Leichen drauf sind«, wiederholte er mechanisch.

Schweigen befiel uns, als es uns bewußt wurde, daß wir nicht nur in einer Schatzkammer, sondern auch in einer Grabkammer waren. Coertze ermannte sich als erster und gewann seine gewohnte sachliche Haltung wieder. Er nahm mir die Lampe ab und beleuchtete damit den ersten Wagen. »Ich hätte ihn aufbocken sollen«, brummte er vor sich hin.

Die Reifen waren platt und verrottet. Coertze sagte: »Sie müssen bedenken, als ich den Kram hier abstellte, dachte ich, ich könnte die Lkw in absehbarer Zeit wieder rausfahren. Daß darüber fünfzehn Jahre vergehen würden, konnte ich damals ja nicht ahnen.« Er lachte kurz auf. »Wir hätten ganz schön zu tun, die Dinger jetzt in Gang zu bringen.«

Walker wurde ungeduldig. »Nun laß uns schon voranmachen!« Das Schreckbild, das er selber heraufbeschworen hatte, beschwerte ihn offensichtlich nicht mehr.

Ich sagte: »Wir wollen doch nun mal ganz methodisch vorgehen und uns Wagen für Wagen vornehmen. Sehen wir uns mal den ersten an.«

Coertze zeigte uns mit der Lampe den Weg. Zwischen Wagen und Stollenwand konnte man sich gerade so durchquetschen. Ich bemerkte die zertrümmerte Windschutzscheibe, durch die ein Feuerstoß aus der Maschinenpistole Fahrer und Beifahrer getötet hatte. Alles war mit einer dicken Staubschicht bedeckt. Den meisten Staub mußte Coertze aufgewirbelt haben, als er den Stolleneingang sprengte.

Coertze hämmerte mit einem Stein auf den Verschlußbolzen der Ladeklappe. »Das verdammte Ding hat sich festgefressen«, sagte er, »ich brauch' 'nen Hammer.«

»Piero«, rief ich, »holen Sie mal einen Hammer.«

»Hier, ich hab' schon einen«, sagte Francesca ruhig, so nahe hinter mir, daß ich mich überrascht umdrehte. Ich nahm ihn und reichte ihn Coertze. Mit wenigen Schlägen kriegte er nun den Bolzen los und schlug auch den anderen heraus; dann fing er den Schwung der herunterfallenden Ladeklappe auf. »Hier ist es richtig«, rief er aus, »hier holen wir uns das Gold«, und er sprang auf den Wagen.

Ich reichte ihm die Lampe, stieg selber hinauf und wandte mich, um Francesca die Hand zu reichen. Walker drängte sich gleich hinter mir ran, voller Gier, das Gold zu sehen. Dann stieg Piero ruhig auf den Wagen. Nun hockten wir im Kreis herum auf den Kisten mit den Goldbarren.

»Wo ist die Kiste, die wir geöffnet haben?« fragte Coertze.

»Sie muß dahinten irgendwo sein.«

Da schrie Francesca auf. »Ich hab' einen Nagel in den Fuß gekriegt.«

»Das ist sie«, sagte Coertze befriedigt.

Francesca ging zur Seite, und Coertze leuchtete auf die Kiste, auf der sie gesessen hatte; sie war aufgebrochen gewesen und flüchtig wieder zugemacht worden. Ich hob den Deckel langsam hoch. Im Licht der Lampe sah man den gelben Schimmer des Metalls, den matten Glanz des Goldes, das weder Rost noch Motten fressen – gleichsam ein Schatz, im Himmel aufbewahrt. Dies Gold aber war in der Hölle aufbewahrt worden.

Coertze seufzte auf. »Ja, da ist es.«

Ich fragte Francesca: »Haben Sie sich den Fuß verletzt?«

Sie starrte das Gold an und sagte abwesend: »Nein, ist schon gut.«

Piero langte nach einem Barren. Aber er unterschätzte das Gewicht und wollte nur eine Hand dazu nehmen; dann mußte er mit beiden Händen zugreifen und packte sich den Barren auf den Oberschenkel. »Wahrhaftig, das ist Gold«, sagte er, in Staunen versunken.

Der Barren machte die Runde, und wir alle befühlten, begriffen und streichelten ihn. Ich fühlte plötzlich wieder den Goldrausch in mir aufsteigen, der mich in Aristides Stahlkammer überkommen hatte, als ich den schweren goldenen Herkules in meinen Fingern fühlte.

Aus Walkers Stimme klang ein plötzliches Entsetzen: »Woher wissen wir überhaupt, daß in allen Kisten Gold ist? Wir haben doch gar nicht nachgesehen.«

»Doch, das weiß ich«, sagte Coertze, »ich habe damals vor fünfzehn Jahren das Gewicht jeder einzelnen Kiste probiert. Da hab' ich keinen Zweifel. Auf diesem Wagen sind rund drei Tonnen Gold und eine weitere auf dem nächsten Wagen.«

Das Gold fesselte uns ganz niederträchtig, wir konnten uns nicht davon trennen. Für Walker und Coertze war dies der Gipfelpunkt des Kampfes, den sie vor fünfzehn Jahren auf der staubigen Landstraße ausgefochten hatten. Für mich war es das Ende der Geschichte, die man mir vor vielen Jahren in den Kneipen Kapstadts erzählt hatte.

Ich riß mich plötzlich zusammen. Dies war noch nicht das Ende der Geschichte, und wenn sie ein glückliches Ende nehmen sollte, blieb uns noch viel zu tun.

»Schön, machen wir hiermit erst mal Schluß«, sagte ich. »Es gibt noch mehr zu sehen und dann verdammt viel Arbeit.«

Als der Goldbann gebrochen war, gingen wir zum nächsten Wagen, und Coertze hämmerte wieder die Ladeklappe los. Die Barrenkisten lagen hier verborgen unter anderen Kisten, die darauf gestapelt waren.

»Das ist die Kiste, wo die Krone drin ist«, sagte Walker aufgeregt.

Wir stiegen alle hinauf und drängten uns hinten auf dem Wagen, und Coertze sah sich um. Dann blickte er auf Francesca und sagte: »Machen Sie mal die Kiste auf, und nehmen Sie sich 'ne Probe.« Er zeigte auf eine starke Kiste mit erbrochenem Schloß.

Sie öffnete die Kiste und atmete schwer. War das ein Glitzern und Funkeln, das reine Weiß der Diamanten, das leuchtende Grün der Smaragde, das tiefe Rot der Rubine. Sie griff auf gut Glück hinein, und holte das erste Stück heraus, das ihr in die Finger kam, ein Halsband mit Diamanten und Smaragden.

Sie ließ es durch die Finger gleiten. »Wie entzückend!«

Aus Pieros Stimme klang Habgier: »Wieviel mag das wert sein?« fragte er heiser.

»Keine Ahnung«, sagte ich. »Vielleicht fünfzigtausend Pfund?« Spöttisch setzte ich hinzu: »Das heißt, wenn die Steine echt sind.«

Coertze sagte: »Kriegt den ganzen Kram raus, dann sehen wir, was wir alles haben. Als wir's reinbrachten, hatte ich keine Zeit dazu.«

»Ein fabelhafter Gedanke«, erwiderte ich, »aber wir haben jetzt leider auch keine Zeit. Es wird bald hell, und es ist nicht nötig, daß man uns hier in der Gegend sieht.«

Wir machten uns daran, die Kisten rauszuholen. Coertze hatte mit Vorbedacht den Abstand der Wagen so bemessen, daß es sich ohne Schwierigkeiten machen ließ. Vier Kisten mit Juwelen waren dabei, und eine enthielt nur Trauringe, Tausende von Trauringen. Ich hatte so eine vage Erinnerung, daß die patriotischen Italienerinnen im Kriege ihre Trauringe geopfert hatten – und hier waren sie nun.

Da war die Kiste mit der Krone, einer massiven, mit Juwelen besetzten Haube. Dann waren da acht große Behälter mit dem Papiergeld, säuberlich verpackt und umwunden von verrotteten Gummibändern. Die Lirebündel hatten noch die originalen Bankstreifenbänder. Und da, auf dem Boden des Wagens, waren die restlichen Barrenkisten – eine weitere Tonne Gold.

Francesca ging zu unserm Wagen und kam mit einigen Flaschen Kaffee zurück, und wir setzten uns und betrachteten unsere Beute. Die Kiste, aus der Francesca das Halsband genommen hatte, war die einzige, die Juwelen hohen Wertes enthielt, aber das genügte auch schon. Ich verstehe zwar nichts von Edelsteinen, aber mit aller Vorsicht schätzte ich doch den Wert dieser einen Kiste auf reichlich eine Million Pfund.

Eine andere Kiste enthielt verschiedene Wertgegenstände, vor allem goldene, wie altmodische Taschenuhren, Zigarettenetuis, Feuerzeuge, Goldmünzen und Medaillons, Zigarettenabschneider und was es sonst noch alles gibt. In viele Stücke waren Namen eingraviert, und ich dachte mir, dies müsse wohl der Tribut der Männer sein für den Krieg.

Die dritte Kiste war die mit den Trauringen, und die letzte war voller Goldmünzen, darunter viele britische Sovereigns und solche von der Art, wie Aristide sie uns gezeigt hatte. Amerikanische Adler und österreichische Dukaten waren dabei, sogar auch der Herkules von Tanger. Es war eine sehr schwere Kiste.

Francesca nahm wieder ihren Halsschmuck in die Hand. »Ist doch schön, nicht wahr?« sagte ich.

»Es ist das Schönste, was ich je gesehen habe«, flüsterte sie.

Ich nahm ihr das Schmuckstück aus der Hand. »Drehn Sie sie mal um«, sagte ich und legte ihn ihr um den Hals. »Dies ist die einzige Gelegenheit, daß Sie ihn jemals tragen können. Wär ja schade, wenn wir uns die entgehen ließen.«

Unwillkürlich richtete sie sich auf, und die dreifache Reihe von Edelsteinen hob sich glitzernd von ihrem schwarzen Sweater ab. Ganz weiblich äußerte sie den Wunsch: »Jetzt möcht ich einen Spiegel haben«, und ihre Finger liebkosten das Halsband.

Walker lachte und sprang taumelnd auf die Füße. Dann packte er die Krone mit beiden Händen und setzte sie Coertze auf, so daß dessen runder Kopf zwischen den Schultern einzusinken schien. Übergedreht kreischte er: »Heil König Coertze!«

Coertze saß steif unter dem Gewicht der Krone. *»Nee, Man«*, sagte er, »ich bin Republikaner.« Dann grinste er mich diabolisch an und sagte: »Dort ist der König der Expedition.«

Für einen Unbeteiligten wäre es ein närrischer Anblick gewesen. Vier schmutzige Männer in Räuberzivil, einer mit einer goldenen Krone über dem mit Streifen trocknenden Blutes gezierten Gesicht, und eine auch nicht gerade saubere Frau mit einem Halsschmuck, der einer Königin würdig gewesen wäre. Uns selbst wurde die Ungereimtheit dieses Schauspiels gar nicht bewußt; unsere Wunschträume hatten uns diesen Augenblick schon zu oft vorgegaukelt.

Ich mahnte: »Na, nun laßt uns mal wieder an die Arbeit denken.«

Coertze nahm die Krone herunter. Der Spaß war vorbei, es wurde wieder ernst.

»Sie müssen den Eingang noch fertigmachen«, sagte ich, »das letzte Stück ist nicht groß genug, um alles rauszukriegen.«

Coertze erwiderte: »Ja, aber das geht schnell.«

»Trotzdem, es wird am besten sofort gemacht, bald wird's hell.« Ich wies mit dem Daumen auf den dritten Wagen. »Dahinten drin noch irgendwas von Wert?«

»Weiter nichts als Kisten mit Papieren und tote Deutsche. Wenn Sie wollen, können Sie sich's ja mal ansehen.«

»Ja, das will ich.« Ich sah im Stollen umher. »Ich denke mir, daß Walker und ich heute hierbleiben, die Sachen rausholen und nach vorn bringen, so daß wir sie nachher fixer nach draußen kriegen. Wir haben dann Zeit gewonnen, wenn die Wagen kommen; ich möchte nicht, daß die sich hier lange rumtreiben.«

Diese Maßnahme hatte ich mir sorgfältig zurechtgelegt. Darauf konnte man sich verlassen, daß Coertze scharf auf Piero und Francesco aufpassen und keinen Unfug von ihnen durchgehen lassen würde, wenn sie nach Varsi gingen.

Aber in Coertze sprang sofort das Mißtrauen hoch; er wollte mich und Walker nicht mit dem Schatz allein lassen. »Verdammt noch mal«, fuhr ich ihn an, »Sie können uns hier ja einsperren, und selbst wenn wir ausbrächen, was wir uns da in die Taschen stopfen könnten, wär ja nicht der Rede wert, wenn man's mit dem Rest vergliche. Mir kommt es nur auf den Zeitgewinn an.«

Einen Augenblick brummte er noch vor sich hin, fügte sich dann aber meinem Vorschlag und ging mit Piero daran, den Eingang fertigzumachen. Ich forderte Walker auf: »Kommen Sie, wollen dahinten noch mal hinsehen.«

Erst zögerte er, dann aber erklärte er: »Nee, nee, dahinten geh' ich nicht hin. Kommt nicht in Frage.«

»Ich geh' mit«, sagte Francesca ruhig. »Ich fürchte mich nicht vor Deutschen, schon gar nicht vor toten.« Sie sah Walker geringschätzig an.

Ich nahm die Tilley-Lampe auf, und Walker schrie hysterisch los: »Nicht das Licht wegnehmen!«

»Benehmen Sie sich nicht so kindisch«, sagte ich. »Bringen Sie die Lampe zu Coertze, die ist besser für ihn als 'ne Taschenlampe. Sie können ihm auch gleich helfen.« Als er losgezogen war, schaltete ich meine Taschenlampe ein und Francesca die ihre. Ich griff mir den Hammer und sagte: »So, nun wollen wir mal den Geistern einen Schrecken einjagen.«

Der dritte Wagen war mit Kisten und Waffen vollgepfropft. Es schienen genug Gewehre zu sein, um einen Krieg anzufangen. Ich suchte mir eine Maschinenpistole heraus und probierte das Schloß. Es war etwas schwer gängig, aber es funktionierte, und als ich es öffnete, wurde eine leere Hülse ausgeworfen. Ich dachte, daß mein tapferes Bemühen, Coertze und Piero zu entwaffnen, vergebens gewesen war – oder gewesen wäre, wenn Coertze an all diese Waffen gedacht hätte. Ich hätte nur gern gewußt, ob die Munition noch brauchbar war.

Francesca hatte einige Gewehre beiseite geräumt und den Deckel einer Kiste geöffnet. Sie war voller Akten, staubiger Akten, auf deren Decken die *Faszes* der faschistischen Regierung geprägt waren. Francesca zog eine Akte heraus, blätterte und las darin.

»Was Interessantes?« fragte ich.

»Betrifft Albanien«, erwiderte sie, »Sitzungsprotokolle des Armeestabs.« Dann vertiefte sie sich in eine andere Akte. »Das gleiche über den äthiopischen Feldzug.«

Ich überließ sie den verstaubten Zeugen vergessener Kriege und ging weiter zurück zu dem vierten Wagen. Es war kein sehr schöner Anblick. Die Mine war sehr trocken, und Ratten gab es offensichtlich nicht. Die Körper waren mumifiziert, die Gesichter schwarz geworden, und die zusammengeschrumpfte Haut hatte sie mit einem scheußlichen Grinsen überzogen – die starre Maske des Todes. Ich zählte die Leichen – es waren fünfzehn auf dem Lastwagen, wie Kraut und Rüben durcheinandergeworfen – und zwei im Stabswagen, einer davon ein SS-Offizier. Hinten auf dem Lastwagen war noch ein hölzerner Kasten, aber ich forschte nicht weiter nach – wenn irgend etwas von Wert darin war, mochten die Toten das behalten.

Ich ging noch einmal zum Stabswagen. Ich hatte da etwas gesehen, was mich interessierte. Auf dem Rücksitz, halb von dem Motorrad verborgen, lag eine Schmeisser-Maschinenpistole. Ich nahm sie und wog sie nachdenklich in der Hand. Ich dachte mehr an Coerzte als an Metcalfe, und es waren nicht eben freundliche Gedanken. Coertze stand im Verdacht, mindestens drei Menschen getötet zu haben, um diesen Schatz allein für sich zu retten. Die Verteilung der Beute lag noch vor uns, und es war immer noch drin, daß er des einen oder anderen Tages das alte Spiel spielen würde. Schließlich ging es um einen riesigen Einsatz. Die Schmeisser-MPi ist eine sauber gearbeitete Waffe, die ich während des Krieges gesehen und bewundert hatte. Sie sieht genauso aus wie eine gewöhnliche Selbstladepistole und kann auch so benutzt werden. Sie hat aber auch noch einen einfachen Ansatzkolben, der im Halfter untergebracht wird und den man hinten im Handgriff einrasten lassen kann, so daß sich die Pistole an der Schulter ansetzen läßt.

In der Konstruktion ähnelt sie der alten Mauserpistole, aber mehr auch nicht. Magazine für die Schmeisser gibt es in zwei Größen, eins mit acht Schuß wie bei einer gewöhnlichen Pistole und ein großes Magazin mit dreißig Schuß. Wenn das große Magazin eingeführt und Dauerfeuer eingestellt ist, so hat man eine sehr handliche Maschinenpistole, die auf nahe Entfernung überaus wirksam ist.

Seit dem Kriege hatte ich keinen Schuß abgegeben, und der Gedanke, daß dies Ding hier, mit seiner Fähigkeit, die Geschosse nur so herauszuspritzen, meinem Mangel an Schießkunst aufhelfen könnte, war sehr verlockend. Ich sah umher, ob ich wohl Reservemagazine entdecken könnte, fand aber keine. Maschinenpistolen werden gewöhnlich an Unteroffiziere und junge Offiziere ausgegeben. Ich machte mich also auf ein unerquickliches Suchen gefaßt.

Nach zehn Minuten hatte ich, was ich brauchte, Halfter und Leibriemen, steif vom langen Lagern, aber mit dem Ansatzkolben, vier langen und vier kurzen Magazinen. Es war noch eine Maschinenpistole da, aber die ließ ich liegen. Ich steckte die Waffe ins Halfter und packte alles zusammen mit der Munition in eine Nische der Stollenwand. Dann ging ich wieder zu Francesca.

Beim Schein der Taschenlampe las sie noch in den Akten. Ich redete sie an: »Na, immer noch beim Geschichtsstudium?«

Sie blickte auf. »Ein jämmerlicher Bericht: dieser Zank und Streit in den höchsten Stellen, alles säuberlich geordnet und niedergeschrieben.« Sie schüttelte den Kopf. »Am besten bleiben diese Akten hier, dem Vergessen anheimgegeben.«

»Sie wären sicher 'ne Million Dollar wert«, erwiderte ich, »wenn wir eine amerikanische Universität auftun könnten, die unredlich genug wäre, sie uns abzukaufen. Mancher Historiker würde seinen rechten Arm dafür hergeben. Aber Sie haben schon recht, wir dürfen sie nicht in die Außenwelt lassen, das würde uns unweigerlich verraten.«

»Und was ist da hinten los?«

»Scheußlich.«

»Ich möchte es sehen«, sagte sie und sprang vom Wagen. Ich dachte an das kleine Mädchen aus dem Kriege, das die Deutschen haßte, und versuchte nicht, sie zurückzuhalten.

Bleich und mit starrem Blick kam sie vor Ablauf von fünf Minuten zurück und sprach kein Wort. Lange Zeit später hat sie mir einmal erzählt, daß sie sich bei diesem Anblick vor Entsetzen erbrechen mußte. Sie meinte, daß den Leichen ein anständiges Begräbnis zukäme, wenn es auch Deutsche seien.

Als wir zum Stolleneingang zurückkamen, war Coertze mit seiner Arbeit fertig, und das Loch war groß genug, um die Kisten hindurchzubringen. Ich schickte Walker und Francesca zum Wohnwagen, um Verpflegung und Bettzeug zu holen. Dann nahm ich mir Coertze beiseite und sprach Englisch mit ihm, damit Piero uns nicht verstehen konnte.

Ich fragte ihn: »Führt noch irgendein anderer Weg hierher zur Mine außer der Straße, auf der wir gekommen sind?«

Er antwortete: »Höchstens wenn Sie querfeldein laufen.«

Ich fuhr fort: »Bleiben Sie mit Piero und Francesca bis zum späten Nachmittag im Wohnwagen. Und passen Sie auf, ob irgend jemand hier die Straße heraufgeht. Sollte das geschehen, kommen Sie so schnell Sie können und auf dem kürzesten Wege quer durchs Gelände her und warnen Sie uns; es könnte ja sein, daß wir uns durch Geräusche verraten würden. Am Nachmittag werden wir voraussichtlich schlafen; so wird es wohl am besten sein.«

»Ja, das scheint mir auch.«

»Piero wird vielleicht die Magazine suchen wollen, die ich weggeworfen habe. Haben Sie also ein Auge auf ihn. Und wenn sie nach Varsi fahren, um die Lkw zu holen, sorgen Sie dafür, daß Sie alle zusammenbleiben, und lassen Sie niemand mit irgend jemand sprechen, wenn Sie nicht dabei sind.«

»Moeni panik nie«, sagte er, »sie werden nichts hinter meinem Rücken tun.«

»Gut«, erwiderte ich. »Ich geh' jetzt noch mal einen Augenblick raus, um frische Luft zu schnappen. Das wird dann für längere Zeit das letzte Mal sein.«

Ich ging hinaus und schlenderte eine Zeitlang umher. Ich überlegte mir, daß sich eigentlich alles ganz gut machte, und wenn es so weiterginge, würde ich zufrieden sein. Nur eins machte mir Sorge. Da Francesca und Piero mit uns gekommen waren, hatten wir uns selbst von unserem Nachrichtendienst abgeschnitten und wußten nicht, was Metcalfe und Torlini unternahmen.

Nach einer Weile kam Piero aus dem Stollen und gesellte sich zu mir. Er blickte zum Himmel und sagte: »Bald wird es dämmern.«

»Ja«, erwiderte ich, »hoffentlich kommen Walker und Francesca bald zurück.« Ich wandte mich ihm zu. »Piero, ich mach' mir Gedanken.«

»Um was denn, Signore Halloran!«

»Um Coertze«, erwiderte ich. »Er hat noch seine Pistole, und ich fürchte, er wird versuchen, die Magazine wiederzufinden, die ich fortgeworfen habe.«

Piero lachte. »Ich paß schon auf. Er wird mir nicht aus den Augen kommen.«

Das war also in Ordnung. Die beiden würden sich so eifrig gegenseitig bewachen, daß sie keine Zeit finden würden, Dummheiten anzustellen, und sie würden wach bleiben und die Straße beobachten. Ich fühlte mich wie ein kleiner Machiavelli. Um Francesca machte ich mir keine Sorgen mehr; ich glaubte nicht, daß sie irgend jemand hintergehen würde. Mit Piero war es schon anders; wie er selbst gesagt hatte – Gold hat einen schlechten Einfluß auf den Charakter.

Ein paar Minuten später kamen Walker und Francesca mit dem Wagen zurück und brachten Verpflegung und Wolldecken und ein paar Sitzpolster aus dem Wohnwagen als Kissen. Leise fragte ich Walker: »Irgendwas los?«

»Nein, nichts«, entgegnete er.

Im Osten kam der erste bleiche Morgenschimmer hoch. »Zeit, hineinzugehen«, sagte ich und ging mit Walker wieder in die Mine. Coertze machte sich daran, den Eingang zu verbauen, und ich half von drinnen. Als die Wand aus Felsstücken höher wuchs, kam ich mir vor wie ein Eremit, der sich zu seinem Seelenheil einmauern ließ. Bevor die letzten Felsbrocken eingefügt wurden, sagte Coertze: »Machen Sie sich keine Sorgen wegen Varsi; das kommt schon in Ordnung.«

Ich erwiderte: »Morgen bei Anbruch der Nacht erwarte ich Sie zurück.«

»Wir sind pünktlich hier«, entgegnete er. »Sie glauben doch wohl nicht, daß ich Ihnen unbegrenzt vertraue mit all dieser reichen Beute hier?«

Dann versperrte der letzte Stein den Eingang; aber ich hörte ihn noch eine ganze Zeit rumwirtschaften und sich abmühen, dem Abschluß draußen ein möglichst natürliches Aussehen zu geben.

Als ich in die Mine zurückging, fand ich Walker vor einer Kiste knien, die Arme ellbogentief in Sovereigns vergraben. Dann zog er sie heraus und ließ die Münzen mit lieblich klingelndem Geräusch fallen. »Wir können ebensogut mit der Arbeit anfangen«, sagte ich. »Wir bringen zunächst die Hälfte der Kisten zum Eingang, frühstücken dann und bringen dann die andere Hälfte nach vorn. Und dann wird uns inzwischen wohl nach Schlafen zumute sein.«

Die Arbeit mußte getan werden, also konnten wir sie auch gleich tun. Überdies lag mir daran, Walker todmüde zu machen, damit er fest schliefe, wenn ich mir die Schmeisser wieder holte.

Zunächst gingen wir daran, vor dem ersten Wagen die Felstrümmer wegzuräumen. Diesen Platz brauchten wir zum Arbeiten, wenn wir die Bretter auf die Barrenkisten nagelten und den andern Kram verpackten. Wir arbeiteten schnell und schweigend. Man hörte nur unser schweres Atmen, das dumpfe Summen der Tilley-Lampe und gelegentlich das Aufschlagen von Gesteinsbrocken.

Nach einer Stunde hatten wir den Platz frei gemacht und begannen nun damit, das Gold zum Eingang zu schleppen. Diese Barrenkisten waren verdammt schwer, und man mußte vorsichtig mit ihnen umgehen. Eine wäre Walker beinahe auf den Fuß gefallen, bis ich schließlich darauf kam, sie vom Wagen auf die aufgestapelten Polstersitze aus dem Wohnwagen gleiten zu lassen. Wenn die Kissen auch darunter litten, das war nicht so schlimm wie ein gebrochener Fuß.

Es war eine scheußliche Arbeit, die Kisten nach vorn zu bringen. Der Platz zwischen Wagen und Stollenwand war zu eng, als daß wir beide zusammen eine Kiste tragen konnten, und für einen allein waren die Dinger ein bißchen schwer. Ich verfluchte Coertze, daß er die Wagen rückwärts in die Mine gefahren hatte.

Auf gut Glück suchte ich zwischen den Wagen herum und fand schließlich eine lange Schleppkette, die wir an den Kisten festmachten, so daß wir sie über den Boden ziehen konnten. So ging's schneller.

Als wir alles Gold vom ersten Wagen runter und nach vorn gebracht hatten, verkündete ich Frühstückspause. Francesca hatte eine warme Mahlzeit für uns gemacht, und Kaffee war reichlich da. Beim Essen plauderten wir miteinander. Neugierig fragte ich Walker: »Was gedenken Sie mit Ihrer Beute anzufangen?«

»Och, das weiß ich noch nicht. Ich hab' noch keine ernsthaften Pläne gemacht. Aber erst mach' ich mir mal 'ne gute Zeit, kann ich Ihnen sagen.«

Ich verzog das Gesicht. Ich dachte mir, die Buchmacher würden einen großen Teil seines Vermögens einstreichen, und die Kneipen würden plötzlich Rieseneinnahmen haben, vielleicht ein Jahr lang, und dann würde Walker an Leberzirrhose und Delirium tremens gestorben sein.

Walker sagte: »Wahrscheinlich werde ich furchtbar viel reisen. Ich hab' immer schon gern reisen wollen. Und Sie? Was wollen Sie tun?«

Ich lehnte den Kopf zurück und träumte. »Eine halbe Million ist ein schöner Haufen Geld«, sagte ich. »Ich möchte viele Boote entwerfen, Versuchsboote, an die kein vernünftiger Mensch sich rantrauen würde, einen großen Kreuzer-Katamaran zum Beispiel; auf diesem Gebiet kann noch viel getan werden. Ich hätte dann Geld genug, um von jedem Entwurf Modell-Schleppversuche machen zu lassen, wie es sich gehört. Ich könnte es mir auch leisten, um den Amerikacup mitzusegeln; ich wollte immer schon mal eine 12-Meter-Jacht entwerfen. Wär das nicht eine großartige Sache, wenn mein Boot gewönne?«

»Sie wollen sagen, daß Sie weiter arbeiten wollen?« rief Walker entsetzt aus.

»Ich habe meine Freude dran, und darum empfinde ich es nicht als Arbeit.«

Und so bauten wir Luftschlösser, eins immer großartiger als das andere, bis ich schließlich auf die Uhr sah und sagte: »Wollen mal wieder weitermachen; je eher wir's geschafft haben, desto eher können wir schlafen.« Die Uhr war neun, und ich dachte, bis Mittag könnten wir fertig sein. Wir holten nun das Gold vom dritten Wagen. Da hatten wir einen längeren Weg zu ziehen, und es dauerte also länger. Schließlich waren nur noch die Kisten mit dem Papiergeld übrig. Walker sah sie an und fragte zögernd: »Sollten wir nicht ...?«

»Auf keinen Fall«, sagte ich scharf. »Wenn ich bestimmt wüßte, daß man den Rauch nicht sehen könnte, würde ich den ganzen Kram verbrennen.«

Über solche Ketzerei, daß jemand Geld verbrennen wollte, schien er sehr bekümmert zu sein. Während ich meine Wolldecken herkriegte, um mein Lager zu bauen, setzte er sich hin, das Geld zu zählen. Ich hatte mich kaum hingelegt, da sagte er plötzlich: »Hier sind etwa tausend Millionen Lire drin – eine unheimliche Menge Geld. Und da ist jede Menge in Sterling, Tausende von britischen Fünfern.«

Ich gähnte. »Welche Farbe?«

»Weiß; der größte Notenwert, den ich je gesehen habe.«

»Da brauchen Sie nur eine auszugeben, dann sind Sie aber dran«, sagte ich. »Sie haben ganz neue Fünfer rausgegeben, als sie entdeckten, daß die Deutschen wer weiß wie viele Millionen nachgemacht hatten. Wenn ich's so bedenke, dann ist es sehr leicht möglich, daß dies welche von den deutschen Fälschungen sind.«

Offenbar war er sehr enttäuscht. Ich sagte: »Nun schlafen Sie erst mal. Später werden Sie froh sein.«

Er nahm seine Wolldecken und legte sich hin. Ich lag wach und wehrte den Schlaf ab, bis ich das langsame, gleichmäßige Atmen tiefen Schlafes hörte; dann stand ich auf und schlich mich den Stollen entlang. Ich holte die Schmeisser und die Magazine und kam mit ihnen zurück. Zuerst wußte ich nicht, wohin damit. Dann entdeckte ich, daß das Sitzpolster, das mir als Kissen diente, an einer Stelle einen Riß hatte, aus dem die Füllung herausquoll. Ich zerrte noch mehr von der Füllung heraus und stopfte die MPi und die Magazine hinein. Es war nun ein hartes Kissen, aber das machte mir nichts aus – wenn mir jemand mit der Pistole zuwinkt, wollte ich ihm wenigstens mit einer Pistole zurückwinken können.

Wir konnten beide nicht recht schlafen, dafür lag uns zu viel auf der Seele. Ich lag unruhig, wälzte mich hin und her und hörte, daß es Walker nicht anders erging. Schließlich hielten wir es nicht länger aus und gaben es auf, so zu tun, als ob wir schliefen. Es war vier Uhr nachmittags, und ich dachte mir, daß die andern jetzt wohl gerade nach Varsi aufbrächen.

Wir gingen noch einmal zum Eingang des Stollens, um zu sehen, ob alles in Ordnung sei, und konnten jetzt nur noch den Anbruch der Nacht erwarten. Wenn meine Uhr uns nicht eines anderen belehrte, hätte es für uns schon Nacht sein können, es gab ja kein Licht im Tunnel, abgesehen von dem Lichtkreis der Lampe, der sich schnell im Dunkel verlor.

Walker war nervös. Zweimal fragte er mich, ob ich nicht ein Geräusch gehört hätte, nicht vom Eingang her, sondern vom Hintergrund des Stollens. Die Leichen der Männer, die er getötet hatte, beschwerten ihn. Ich riet ihm, hinzugehen und sie sich anzusehen, weil ich dachte, eine Schocktherapie wäre das beste für ihn. Aber er wollte nicht.

Schließlich hörte ich ein schwaches Geräusch vom Eingang her. Ich nahm den Hammer zur Hand und wartete – Coertze konnte das bestimmt nicht sein. Ein Felsbrocken polterte herunter, und eine Stimme sagte: »Halloran?« Ich entspannte mich und atmete tief. Es war Coertze.

Wieder klapperte ein Stein. Ich fragte: »Alles klar?«

»Gar keine Schwierigkeiten«, erwiderte er und riß dabei wie ein Wilder die steinerne Abschlußwand ein, »die Lkw sind hier.«

Walker und ich halfen von drinnen, die Wand niederzureißen,

und Coertze leuchtete mir mit einer Taschenlampe ins Gesicht. »Mann«, sagte er, »Sie haben aber mal 'ne Wäsche nötig, mein Lieber.«

Ich konnte mir schon vorstellen, wie ich aussah. Waschwasser hatten wir nicht, und wir waren voller Dreck. Francesca stand neben Coertze. »Geht's Ihnen gut, Mr. Halloran?«

»Danke, O. K. Wo sind die Lastwagen?«

Sie trat zur Seite und war in der Dunkelheit kaum noch zu sehen. »Hier hinten sind sie.«

»Vier Italiener sind dabei«, sagte Coertze.

Ich fragte schnell: »Wissen sie, was hier vor sich geht?« Piero tauchte aus dem Dunkel auf. »Sie wissen, daß die Sache geheim ist, also bestimmt ungesetzlich. Aber weiter wissen sie nichts.«

Ich überlegte einen Augenblick. »Schicken Sie zwei davon zum Wohnwagen und lassen Sie sie das Lager abbrechen. Dann sollen sie dort warten, die Straße überwachen und uns warnen, wenn jemand kommen sollte. Die beiden andern sollen sich so auf dem Berg aufstellen, daß sie die Mine überblicken können, einer rechts, einer links. Sie müssen auf jeden aufpassen, der querfeldein in die Nähe kommt. Dies ist jetzt unsere heikelste Arbeit, und wir können keinen gebrauchen, der uns überrascht, wenn wir das Gold im Freien haben.«

Piero ging los, und ich hörte, wie er die Leute mit schnellen Worten instruierte. Dann ordnete ich an: »Wir andern arbeiten jetzt drinnen. Holt mal das Holz von dem Wagen ran.«

Die Lkw waren in Ordnung und größer, als unbedingt nötig gewesen wäre. Auf dem einen lagen die Bretter aus ungehobeltem Kistenholz, und auch einige rohe Kisten waren da, in das wir die losen Sachen packen konnten. Wir holten das Holz heraus und schafften es in die Mine, ebenso das Werkzeug, ein paar Sägen, vier Hämmer und mehrere Pakete Nägel, und dann begannen wir, die Barrenkisten mit Brettern zu benageln, so daß sie ihr Aussehen änderten und man ihnen nicht mehr ansah, was drin war.

Zu viert kamen wir flott voran, und beim Arbeiten entwickelten wir schnell eine Art Fließbandverfahren. Walker sägte das Holz in die richtige Länge, Coertze nagelte Böden und Deckel, ich die Längsseiten und Piero die Querseiten. Francesca war eifrig dabei, die Juwelen und die kleinen Goldsachen aus den alten in die neuen Kisten umzupacken.

In drei Stunden waren wir fertig; nun mußten wir die Kisten nur noch rausschaffen und verladen.

Ich packte meine Wolldecken zusammen und brachte sie und mein Kissen hinaus und klemmte sie hinter den Fahrersitz eines der Lastwagen – so brachte ich die Schmeisser sehr schön unter.

Die Kisten waren schwer, aber Coertze und Piero hatten die nötige Muskelkraft, sie auf die Wagen raufzubringen und sauber zu stauen. Walker und ich arbeiteten wieder mit der Kette, um die Kisten durch den engen Eingang zu ziehen. Francesca, die sich wohl sagte, daß Essen Leib und Seele zusammenhielte, holte ein paar Thermosflaschen Kaffee heraus und stellte uns einen Berg Butterbrote hin, und wir aßen und tranken während der Arbeit.

Schließlich hatten wir alles geschafft. Ich sagte: »Wir müssen jetzt alles aus dem Stollen rausholen, was wir reingebracht haben, wir dürfen nicht die geringste Spur hinterlassen, nichts, was jemand auf unsere Fährte setzen könnte.«

Wir gingen also noch mal in die Mine und sammelten alles ein – Wolldecken, Kissen, Werkzeuge, Taschenlampen, Flaschen, sogar die krummgeschlagenen Nägel und die Stoffreste aus den beschädigten Polsterkissen. Alles wurde hinausgebracht und auf die Wagen gepackt, und ich blieb als letzter, um mich noch einmal umzusehen.

Ich hatte gerade ein noch unzersägtes langes Brett aufgenommen, das vergessen worden war, und wandte mich zum Gehen.

Da geschah's.

Coertze hatte wohl etwas hastig gearbeitet beim Abstützen der Steine für den langen Rest der Eingangstür – er hatte das Gold gesehen und war nicht mehr recht bei der Sache. Als ich mich zum Eingang umdrehte, stieß ich mit dem Brett gegen die Seite des Mauerloches, so daß ein Stein herausfiel. Ich hörte ein warnendes Geräusch und wollte weglaufen – aber es war zu spät.

Ich fühlte einen schweren Schlag gegen meine Schulter, der mich auf die Knie schleuderte. Ein dröhnendes Poltern fallender Felsstücke – dann schwanden mir die Sinne.

Als ich wieder zu mir kam, hörte ich, noch ganz benommen, eine Stimme: »Halloran, sind Sie heil geblieben? Halloran!«

Ich fühlte etwas Weiches meine Backen berühren und danach etwas Kaltes und Feuchtes. Ich stöhnte und schlug die Augen auf, konnte aber nur ganz verschwommen sehen. In meinem Hinterkopf hämmerte es, und Schmerzwellen schossen mir von dort in die Augen.

Ich muß wieder ohnmächtig geworden sein. Als ich dann wieder die Augen aufmachte, sah ich schon klar. Ich hörte Coertze fragen: »Können Sie denn die Beine bewegen, Mann, können Sie die Beine bewegen?«

Ich versuchte es. Es war mir nicht klar, warum ich die Beine bewegen sollte, aber ich versuchte es. Anscheinend waren sie in Ordnung, darum versuchte ich mich aufzurichten, wenn mir auch noch ganz schwindelig war. Ich kam nicht hoch. Ein Gewicht in meinem Rücken hielt mich nieder.

Wieder hörte ich Coertzes Stimme: »Na, nu, Mann, mal sachte. Wir kriegen Sie hier schon raus, keine Bange.«

Er schien wegzugehen, und dann hörte ich Francesca sagen: »Halloran, Sie müssen ganz ruhig liegen und dürfen sich nicht bewegen. Können Sie mich hören?«

»Ich hör' Sie«, murmelte ich. »Was ist denn passiert?« Das Sprechen wurde mir schwer; mit der rechten Gesichtshälfte lag ich auf etwas Rauhem und Hartem.

»Sie sind von einem Steinhaufen niedergeschlagen worden«, antwortete sie. »Können Sie die Beine bewegen?«

»Ja, kann ich.«

Sie ging fort, und ich hörte sie mit jemandem sprechen. Meine Sinne wurden wieder klarer, und ich bemerkte, daß ich mit einem schweren Gewicht im Rücken auf dem Bauch lag. Den Kopf nach links gedreht, lag ich mit dem Gesicht auf einem Felsen. Mein rechter Arm lag mir längs dem Körper; ich konnte ihn nicht bewegen. Mein linker Arm schien nach oben eingeklemmt zu sein.

Francesca kam wieder und sprach zu mir: »Nun hören Sie bitte einmal ganz genau zu. Coertze sagt, daß, wenn Ihre Beine frei sind, Sie nur in der Mitte des Körpers festsitzen. Er wird sie frei machen, aber es wird ganz langsam gehen, und Sie dürfen sich keinesfalls bewegen. Haben Sie alles verstanden?«

»Hab' verstanden«, sagte ich.

»Wie fühlen Sie sich? Haben Sie Schmerzen?« fragte sie mit leiser, gütiger Stimme.

»Alle Glieder sind mir wie betäubt«, gab ich zur Antwort. »Ich fühle einen unheimlichen Druck im Rücken.«

»Ich hab' etwas Kognak, möchten Sie einen?«

Ich wollte den Kopf schütteln, aber es ging nicht. »Nein«, sagte ich, »sagen Sie Coertze, er soll mich hier rauskriegen.«

Sie verließ mich, und Coertze kam wieder zu mir.

»Mann, Sie sitzen schön drin«, sagte er. »Aber kein Grund zur Aufregung, ich kenn' den Laden, so was hab' ich schon gemacht. Sie müssen sich nur eisern ruhig halten.«

Er trat beiseite, und dann hörte ich das Klappern und Kratzen von Felsstücken, die bewegt wurden, und frischer Staub legte sich auf mein Gesicht.

Es dauerte lange. Coertze ging langsam und vorsichtig zu Werke, bewegte immer nur einen Stein zur Zeit und probierte jeden einzelnen, bevor er ihn fortnahm. Manchmal ging er wohl weg, und ich meinte eine leise Unterhaltung zu hören, aber dann kam er immer zurück und setzte seine Arbeit mit unendlicher Geduld fort.

Endlich sagte er: »Nun dauert's nicht mehr lange.«

Mit einemmal fing er an, in schnellerem Tempo Gesteinstrümmer fortzuschaffen, und das Gewicht auf meinem Rücken verringerte sich. Ein herrliches Gefühl! Dann sagte Coertze: »Ich zieh' Sie jetzt raus; vielleicht tut es ein bißchen weh.«

»Ziehen Sie, los«, erwiderte ich.

Er griff mich am linken Arm und zog. Ich fühlte, wie mein Körper folgte. Zwei Minuten später war ich im Freien und sah die verblassenden Sterne. Ich wollte hochkommen, aber Francesca sagte: »Still liegen!«

Es dämmerte, und es war hell genug, daß ich ihr Gesicht erkennen konnte, als sie sich über mich beugte. Die geschwungenen Augenbrauen zogen sich herunter, als sie in ernsthafter Konzentration meinen Körper sanft nach Knochenbrüchen abtastete. Dann fragte sie: »Können Sie sich umdrehen?«

Es tat weh, aber ich drehte mich auf die Seite, und dann hörte ich, wie sie mein Hemd aufschnitt. Sie stieß die Luft zwischen den Zähnen aus. »Ihr Rücken ist bös zerschunden.«

Wie bös, das konnte ich mir vorstellen. Ihre Hände waren sanft und milde, wie sie über meinen Rücken glitten. »Sie haben gar nichts gebrochen«, sagte sie verwundert.

Ich mußte grinsen. Für mich fühlte es sich so an, als ob mein Rücken zerbrochen sei und als ob jemand ein Feuer darauf entzündet hätte; aber es tat gut zu hören, daß keine Knochen kaputt waren. Sie zerriß ein Stück Leinen und verband meine Wunden, und als sie fertig war, setzte ich mich auf.

Coertze zeigte mir einen Balken von sechs mal sechs Zoll. »Sie haben unverschämtes Glück gehabt, Mann. Dies Ding lag quer über Ihrem Rücken und hat das ganze Gewicht der Felsstücke über Ihnen aufgenommen.«

Ich sagte nur: »Danke, Kobus.«

Er wurde plötzlich verlegen und blickte zur Seite. »Schon gut – Hal«, erwiderte er. Zum erstenmal hatte er mich Hal genannt.

Er blickte auf den Himmel. »Am besten machen wir uns jetzt auf.« Er wandte sich an Francesca. »Kann er fahren?« Ich stand langsam auf. »Natürlich kann ich«, sagte ich. Francesca machte eine plötzliche Gebärde, die ich nicht beachtete. »Wir müssen raus hier.«

Ich blickte auf die Mine. »Vielleicht holen Sie jetzt den Rest von dem kleinen Schmutz da runter, und machen Sie's gut. Dann können wir weg.«

Coertze ging zum Stollen, und ich fragte: »Wo steckt Walker?«

Piero antwortete: »Der sitzt schon lange in einem der Lastwagen.«

»Schicken Sie ihn zum Wohnwagen, und holen Sie Ihre zwei Burschen ran, sie können mit ihm gehen. Sie können jetzt alle losfahren nach Rapallo.«

Piero nickte und ging. Francesca fragte mich: »Wollen Sie nicht lieber noch etwas ruhen?«

»Ausruhen kann ich mich in Rapallo. Können Sie so einen fahren?«

Ich nickte zu einem der Lkw hin.

»Selbstverständlich.«

»Gut. Coertze und Piero können einen nehmen; wir nehmen den anderen. Aber ich werde wohl nicht imstande sein zu fahren.«

Ich wollte Piero und Francesca nicht allein lassen, und Walker brauchte ich zur Überwachung der anderen Italiener. Natürlich hätte ich als Pieros Passagier fahren können, aber wenn er irgendeine krumme Sache versuchte, war ich ihm in meinem zerschlagenen Zustand nicht gewachsen. Coertze konnte es mit ihm aufnehmen. Also mußte ich mit Francesca fahren.

»Ich kann fahren«, sagte sie.

Wir hörten es vom Stollen her rumpeln, als Coertze den Zugang einstürzen ließ, ihn versiegelte für immer, wie ich hoffte. Als er zurückkam, sagte ich: »Gehen Sie mit Piero in den Wagen dort, in einer Minute ist er wieder da. Und nicht zu dicht auffahren, wir wollen nicht wie eine Kolonne aussehen.«

Er fragte: »Na, geht's jetzt besser?«

»Ja, es wird schon gehen«, gab ich zur Antwort und ging steif auf den Wagen zu, auf den ich meine Sachen gepackt hatte. Es war eine peinvolle Angelegenheit, ins Fahrerhaus zu kommen, aber ich kam schließlich damit zu Rande und pflanzte mich ganz vorsichtig auf meinen Sitz; anzulehnen wagte ich mich nicht. Mit leichtem Schwung war Francesca auf dem Fahrersitz und schlug die Tür zu. Sie sah mich an, und ich winkte mit der Hand. »Also los!«

Sie ließ den Motor an, fuhr jammervoll an und strapazierte die Gänge, und dann ging's mit stuckernder Fahrt die Straße von der Mine hinunter; durch die Windschutzscheibe schien die aufgehende Sonne.

Die Rückfahrt nach Rapallo war für mich kein Vergnügen. Der Lkw war so unbequem, wie es eben nur Lkw sein können in dieser besten aller Zeiten. Es war eine Marter für mich, daß ich mich nicht zurücklehnen konnte. Ich war hundemüde, die Glieder waren mir wie zerschlagen und taten weh, und mein Rücken war wund. Unter diesen Umständen fühlte ich mich nicht gerade glänzend.

Wenn Francesca auch gesagt hatte, sie könne einen Lastwagen fahren, so gut jedenfalls konnte sie es nicht. Sie war die synchronisierten Gänge eines Personenwagens gewöhnt und hatte dauernd Schwierigkeiten beim Schalten. Um meine Gedanken von meinen Beschwerden abzuziehen, fuhren wir langsamer, und ich brachte ihr bei, Zwischengas zu geben; danach ging es leichter, und wir unterhielten uns.

Sie sagte: »Sie müssen zum Arzt, Mr. Halloran.«

»Meine Freunde nennen mich Hal«, erwiderte ich.

Sie warf mir einen Blick zu und zog die Brauen hoch. »Bin ich nun Ihr Freund?«

»Sie haben mir nicht die Zähne eingeschlagen, als ich im Stollen eingeklemmt war. Demnach sind Sie doch mein Freund.«

Wieder traf mich ein Blick aus dem Augenwinkel. »Das hat Coertze auch nicht getan.«

»Der braucht mich noch. Ohne mich kriegt er das Gold nicht aus Italien raus.«

»Er war tatsächlich sehr bestürzt«, stimmte sie mir bei, »aber ich glaube nicht, daß er dabei das Gold im Sinne hatte.« Sie schwieg, da sie ihre Aufmerksamkeit gerade auf eine Wegbiegung richtete. »Walker dagegen lag das Gold im Sinn. Er saß die ganze Zeit in einem Lastwagen, immer auf dem Sprung, schnell abzufahren. Ein schäbiger kleiner Mann.«

Ich war zu benommen vor Müdigkeit, um alles aufzufassen, was damit gesagt war. Ich sah das Band der Straße sich abrollen und glitt unwillkürlich in eine Art Dämmerzustand. Mancherlei Vorstellungen huschten mir durchs Gehirn; ganz flüchtig kam mir auch der Gedanke, daß ich das Zigarettenetui gar nicht gesehen hatte, von dem Walker vor vielen Jahren erzählt hatte – das Zigarettenetui, von dem man annahm, Hitler habe es Mussolini 1940 auf dem Brennerpaß geschenkt.

Dieser Gedanke tauchte auf und kam mir wieder aus dem Sinn und kam nicht wieder, bis es zu spät war, irgend etwas zu unternehmen.

Metcalfe

Am nächsten Tag fühlte ich mich schon besser.

Mittlerweile war alles ohne widrigen Zwischenfall in Palmerinis Bootswerft eingetroffen, und wir hatten uns in den großen, für uns reservierten Schuppen zurückgezogen. Die Lastwagen waren ausgeladen und mit Dank ihren Eigentümern zurückgegeben worden. Der Wohnwagen stand in einer Ecke und bot uns Kochgelegenheit und Schlafraum.

Zu richtiger Arbeit war ich noch nicht wieder in Form. Ich überließ es daher Walker und Coertze, die *Sanford* vom Jachthafen herzubringen, nachdem ich mich nach Metcalfe und Torloni umgetan hatte. Francesca hatte mit Palmerini gesprochen, und bald schlich sich immer mal wieder ein Italiener in die Werft, der einen Bericht zu liefern hatte. Sie redeten ernsthaft mit Francesca und tauchten dann wieder unter; es machte ihnen offensichtlich Freude, wieder Partisan zu spielen.

Als Francesca alles, was ihre Männer ihr erzählen konnten, in sich aufgenommen hatte, kam sie mit steinernem Gesicht zu mir. »Luigi liegt im Krankenhaus«, sagte sie bekümmert. »Sie haben ihm den Schädel eingeschlagen.« Der arme Luigi. Torlonis Leute hatten sich also nicht die Mühe gemacht, ihn zu bestechen. Die

Hafenpolizei suchte nach den Tätern, aber ohne Erfolg; sie wollte mich sprechen, um zu erfahren, was gestohlen worden war. In den Augen der Polizei war es eben nur ein weiterer Einbruch.

Eisige Kälte war um Francesca. »Wir wissen, wer es war«, sagte sie. »Sie werden nicht auf eigenen Füßen aus Rapallo hinauskommen.«

Ich erhob Einspruch. »Nein, lassen Sie sie laufen.« Ich wollte mir keine Blöße geben; wenn wir ein wenig Glück hatten, konnten ja Metcalfe und Torloni auf die Geschichte hereingefallen sein, die ich aufgebaut hatte. Und aus einem gewissen Grunde, über den ich mir selber noch nicht klar war, schien es mir nicht ratsam, daß Francesca offen mit uns im Bunde war – schließlich sollte sie ja weiter in Italien leben, wenn wir fort waren.

»Lassen Sie sie jetzt zufrieden«, sagte ich. »Wir können uns später um sie kümmern. Aber was ist mit Metcalfe und Torloni?«

Die waren noch in Genua und sahen sich jeden Tag. Als sie herausgekriegt hatten, daß wir aus Rapallo verschwunden waren, hatten sie schleunigst noch drei Mann auf die Beine gestellt, so daß es jetzt also fünf waren. Metcalfe hatte seinen Fairmile an Land ziehen lassen, und Krupke war eifrig dabei, den Bodenanstrich zu erneuern. Der Araber, Moulay Idriss, war verschwunden; niemand wußte, wo er war, in Rapallo jedenfalls bestimmt nicht.

Abgesehen von der Verstärkung von Torlonis Leuten in Rapallo schien das ganz befriedigend. Ich rief Coertze und erzählte ihm, was los war. »Wenn Sie die *Sanford* holen, sagen Sie der Polizei, daß ich einen Unfall bei einer Kletterpartie hatte und noch nicht wieder auf bin. Regen Sie sich tüchtig über den Einbruch auf, so als ob Sie ein ehrlicher Mann wären. Besuchen Sie auch Luigi im Krankenhaus und sagen Sie ihm, daß die Rechnung dort für ihn in voller Höhe bezahlt wird und daß er auch noch eine Sondervergütung für seinen Schaden haben soll.«

»Den Hunden, denen werd' ich's geben! Einen alten Mann niederzuschlagen.«

»Nein, kommen Sie ihnen jetzt nicht zu nahe«, entgegnete ich. »Später, bevor wir lossegeln, will ich Ihnen gern freie Hand lassen.«

Er murrte, aber er fügte sich; dann zog er mit Walker los, um sich die Schäden auf der *Sanford* anzusehen. Als sie gegangen waren, sprach ich mit Piero. »Haben Sie die Sache mit Luigi gehört?«

Er zog die Mundwinkel nach unten. »Ja, 'ne dolle Schweinerei – aber echt Torloni.«

Ich sagte: »Ich meine, wir müßten uns hier schützen.«

»Dafür ist schon gesorgt«, erwiderte er. »Wir werden gut bewacht.«

»Weiß Francesca Bescheid?«

Er schüttelte den Kopf. »Frauen verstehen nichts davon – wenn es soweit ist, werd' ich's Madame schon sagen. Aber die Werft ist gut bewacht. Innerhalb einer Viertelstunde kann ich zehn Mann zusammenhaben.«

»Das müssen aber kräftige und zähe Burschen sein, wenn sie's mit Torlonis Gangstern aufnehmen wollen.«

Sein Gesicht verzog sich zu einem grimmigen Lächeln. »Torlonis Leute sind Stümper«, sagte er verächtlich. »Meine Männer sind Kämpfer, die mit unbewaffneter Faust bewaffnete Deutsche niedergemacht haben. Torlonis Bande täte mir leid, wenn sie nicht die Sache mit Luigi gemacht hätten.«

Ich war sehr zufrieden. Ich konnte mir gut diese Sorte Rowdys vorstellen, die Torloni für sich arbeiten ließ; die hatten keine Aussicht, standzuhalten gegen disziplinierte Männer mit militärischer Schulung.

Schließlich sagte ich noch: »Denken Sie aber daran, wir wollen keine Toten.«

»Wenn die nicht damit anfangen, wird es keine Toten geben. Dann aber...« Er zuckte die Achseln. »Wenn die Wut der Männer gereizt wird, kann ich keine Garantie übernehmen.«

Ich verließ Piero und ging in den Wohnwagen, um die Schmeisser zu reinigen und zu ölen. Der Stollen war trocken gewesen, und die Pistole hatte keinen Schaden genommen. Mit der Munition war ich mir nicht so sicher; ich fragte mich, ob die Pulverladung sich in diesen fünfzehn Jahren nicht chemisch verändert haben könnte. Das würde ich aber erst herausbekommen, wenn die Schießerei losging.

Aber vielleicht kam es ja gar nicht zum Schießen. Wir hatten immerhin gute Aussicht, daß Metcalfe und Torloni nichts von unserer Verbindung mit den Partisanen wußten – ich hatte mir Mühe genug gegeben, sie zu tarnen. Sollte Torloni angreifen, so würde er die Überraschung seines Lebens erleben, aber ich hoffte, er täte es nicht – es war mir nicht recht, wenn die Italiener zu sehr in die Sache verwickelt würden.

Am späten Nachmittag kamen Coertze und Walker mit der *Sanford* in der Werft an, und Palmerinis Söhne machten sich sogleich eifrig daran, das Boot an Land zu setzen und den Mast umzulegen. Coertze berichtete: »Eine kräftige Barkasse ist uns gefolgt.«

»Dann wissen sie also, daß wir hier sind?«

»Ja«, erwiderte er. »Aber wir haben es Ihnen ein bißchen ungemütlich gemacht.«

Walker fiel ein: »Wir segelten ein Stück raus, und sie mußten uns folgen, weil sie dachten, wir wollten auslaufen. Draußen stand ein bißchen Seegang, und sie wurden alle drei seetoll.« Er grinste. »Coertze auch.«

»Haben sie bei dem Einbruch auf der *Sanford* viel Schaden angerichtet?«

»Nicht viel«, erwiderte Coertze. »Sie haben sämtliche Spinde ausgeräumt, aber die Polizei hat wieder in Ordnung gebracht, was diese Ferkel angerichtet haben.«

»Und die Schmelzöfen?«

»Sind in Ordnung, danach hab' ich zuerst gesehen.« Das erleichterte mich sehr. Die Schmelzöfen waren jetzt der Angelpunkt unseres Unternehmens, wenn sie die weggenommen hätten, wäre damit unsere ganze Arbeit zunichte gemacht. Wir hätten keine Zeit mehr gehabt, sie zu ersetzen und dann noch den Stichtag in Tanger nicht zu verpassen. Wir mußten uns ohnehin schon gehörig beeilen.

Coertze ging sofort daran, die Schmelzöfen von Bord zu nehmen. Es dauerte nicht lange, und er hatte sie zusammen auf einer Bank in einer Ecke des Schuppens. Piero sah sie verständnislos an, sagte aber kein Wort.

Ich sah ein, daß es sinnlos war, unseren Plan vor Piero und Francesca geheimzuhalten – es ging einfach nicht. Und schließlich wurde ich allmählich der Wolke des Argwohns, mit der ich mich selbst umgeben hatte, überdrüssig. Die Italiener hatten sich uns gegenüber bisher immer anständig verhalten, und wir waren ihnen ohnehin auf Gnade oder Ungnade ausgeliefert; wenn es ihnen gefiel, konnten sie uns zu jeder Zeit alles wegnehmen.

Ich sagte: »Wir wollen einen neuen Kiel für die *Sanford* gießen.«

»Warum das?« fragte Piero. »Was fehlt denn dem alten?«

»Nichts weiter, als daß er nur aus Blei gemacht wurde. Ich hab' so meine Eigenheiten – ich möchte einen goldenen Kiel haben.«

Ein entzücktes Lächeln ließ sein Gesicht aufleuchten. »Und ich wundere mich schon die ganze Zeit, wie Sie bloß das Gold aus dem Land bringen wollen. Ich hab' gegrübelt und gegrübelt und kam auf keine Möglichkeit. Aber Sie machten immer einen so sicheren Eindruck.«

»Ja, so woll'n wir's machen«, sagte ich und ging zu Coertze hinüber. »Hören Sie«, sagte ich. »Ich bin in den nächsten Tagen nicht für schwere Arbeit zu gebrauchen. Ich werd' die Schmelzöfen zusammenbauen – das kann ich im Sitzen machen –, und Sie machen besser etwas anderes. Wie wär es mit den Gußformen?«

»Ja, das werd' ich übernehmen. Palmerini hat genügend Formsand.«

Ich löste meinen Gürtel und zog die Werkzeichnung des neuen Kiels, die ich vor vielen Monaten gezeichnet hatte, aus der Geheimtasche. Dann sagte ich: »Ich hab' Harry die Änderungen am Kielschwein machen lassen, die für den neuen Kiel nötig sind. Er hielt mich für verrückt. Sie brauchen nur den Kiel genau nach der Zeichnung zu gießen, und er wird haarscharf passen.«

Er nahm die Zeichnung und machte sich auf den Weg zu Palmerini. Ich ging daran, die Schmelzöfen zusammenzubauen – es dauerte nicht lange, und ich wurde noch am Abend fertig.

Ich könnte mir denken, daß nicht eben viele Menschen Gelegenheit gehabt haben, Goldbarren mit einer Metallsäge zu zerteilen. Es ist eine gemeine Schufterei, weil sich die Zähne der Säge von dem weichen Metallstaub immer wieder verstopfen. Walker meinte, es wäre, als sägte man durch Sirup.

Es mußte aber gemacht werden, weil wir immer nur ein paar Pfund Gold auf einmal schmelzen konnten, und es war Walkers Aufgabe, die Barren in handliche Stücke zu zerkleinern. Der Goldstaub war ein Problem, das ich löste, indem ich einen kleinen Staubsauger besorgen ließ, und Walker benutzte ihn unablässig, um jedes Partikelchen Gold, das er sah, aufzusaugen.

Wenn er mit seiner Sägerei für den Tag fertig war, fegte er rings um seinen Arbeitsplatz und wusch den Staub in einer Pfanne wie die Goldwäscher in alten Zeiten. Aber ich schätze, daß wir trotz aller Vorsichtsmaßnahmen etliche Pfund Gold durch das Sägen verloren haben.

Voller Spannung standen wir alle um den Schmelzofen, um das erste Schmelzen zu beobachten. Coertze legte ein kleines Stück Gold in den Graphittiegel und schaltete den Apparat ein. Ein intensives weißes Flackern zeigte an, wenn der Tiegel zur Weißglut kam, das Gold fiel zusammen und floß auseinander und konnte nach wenigen Sekunden in die Form gegossen werden.

Die drei Schmelzöfen arbeiteten großartig, aber schließlich waren es ja nur Laboratoriumsinstrumente, die immer nur ein kleines Quantum zur Zeit schmelzen konnten; dieser Arbeitsgang nahm also viel Zeit in Anspruch. In die Gußform hatten wir ein Drahtgeflecht gelegt, welches das Gold zusammenhalten sollte. Coertze stand dieser Methode, lauter kleine Portionen zu gießen, sehr kritisch gegenüber; mehrere Male unterbrach er die Arbeit und holte das schon gegossene Gold wieder heraus.

»In diesem Kiel werden so viele Fehler und Risse sein, ich kann mir nicht denken, daß er hält«, sagte er.

Wir legten also immer mehr Draht ein und gossen das Gold herum in der Hoffnung, daß es so besser zusammengehalten würde.

Ich war steif und hatte starke Schmerzen, und jede Bewegung des Rückens verursachte schreckliche Qualen; so konnte ich nicht viel wirksame Hilfe leisten. Ich besprach das mit Coertze und sagte: »Sie wissen ja, daß es besser ist, wenn sich einer von uns in Rapallo sehen läßt. Metcalfe weiß, daß wir hier sind und wird es seltsam finden, wenn wir alle immer im Schuppen hocken und niemals herauskommen. Er wird sofort wissen, daß wir etwas im Schilde führen.«

»Warum laufen Sie dann nicht lieber in der Stadt umher«, fragte Coertze. »Hier können Sie ja doch nicht viel anfangen.«

Ich ließ mir also von Francesca den Rücken neu verbinden und ging in die Stadt und zum Jachtklub. Der Sekretär sprach mir wegen des Einbruchs auf der *Sanford* sein Bedauern aus und hoffte, daß nichts gestohlen worden sei. »Jemand aus Rapallo kann's nicht gewesen sein«, sagte er.

Da er mein zerschundenes Gesicht mit stummer Frage betrachtete, lächelte ich und sagte: »Ihre Berge hier in Italien sind anscheinend aus härterem Fels gemacht als unsere in Südafrika.«

»Ach, haben Sie eine Kletterpartie gemacht?«

»Sagen wir: versucht«, erwiderte ich. »Darf ich Sie zu einem Drink einladen?«

Da er ablehnte, ging ich in die Bar und bestellte mir einen Whisky. Ich setzte mich damit an den Tisch vor dem Fenster, von wo ich den Jachthafen überblicken konnte. Ein neues Boot war eingelaufen, eine große Motorjacht von etwa hundert Tonnen. Die sieht man häufig in den Mittelmeerhäfen, die Luxusboote der Reichen. Nur bei ruhigem Wetter gehen sie in See, und die hochbezahlte Besatzung lebt wie der Herrgott in Frankreich – kaum was zu tun und Landurlaub noch und noch. Zum Zeitvertreib sah ich mir die Jacht durch das große Doppelglas des Klubs an. Sie hieß *Calabria*.

Als ich den Klub verließ, bemerkte ich meine Aufpasser und machte mir das Vergnügen, sie zu den harmlosesten Stellen zu führen, die jeder Tourist aufgesucht hätte. Wenn es mir besser gegangen wäre, hätte ich sie sich die Beine ablaufen lassen, aber ich war zu einem Kompromiß gezwungen und nahm ein Taxi. Ihre Zusammenarbeit war gut organisiert, denn schon kam von irgendwoher ein Wagen, der sie in aller Ruhe aufnahm.

Ich ging nach Haus und erzählte Francesca davon. Sie sagte: »Torloni hat noch mehr Leute nach Rapallo geschickt.«

Das klang weniger schön. »Wie viele?«

»Drei – nun sind es acht. Ich denke, er wird allerhand Leute brauchen, wenn er jeden von Ihnen beobachten lassen will, auch wenn Sie sich teilen. Und schlafen müssen sie ja auch mal.«

»Wo ist Metcalfe?«

»Noch in Genua. Sein Boot wurde heute morgen zu Wasser gebracht.«

»Vielen Dank, Francesca, Sie machen das alles großartig.«

»Ich bin froh, wenn diese Sache erst einmal zu Ende ist«, sagte sie bedrückt. »Ich wollte, ich hätte mich nie darauf eingelassen.«

»Kriegen Sie kalte Füße?«

»Ich weiß nicht, was Sie damit meinen; aber ich befürchte, daß es demnächst zu Gewalttätigkeiten kommt.«

»Mir gefällt das auch nicht«, gestand ich offen ein. »Aber die Sache läuft nun mal, und wir können sie nicht mehr aufhalten. Sie haben da so eine italienische Redensart – *che sera, sera.*«

Sie seufzte. »Ja, in solchen Angelegenheiten wie dieser kann man nicht mehr umkehren, wenn man erst einmal angefangen hat.«

Ich ließ sie allein im Wohnwagen zurück; ich sah, daß es ihr allmählich klarwurde, daß es kein fröhliches Abenteuer war, in das sie sich begeben hatte. Dies war tödlicher Ernst, ein Spiel mit höchstem Einsatz, in welchem man vor ein paar Morden nicht zurückschrecken würde, jedenfalls unsere Gegner nicht – und Coertzes war ich mir auch nicht sicher.

Mit dem Kiel ließ es sich gut an. Coertze und Piero schwitzten über ihren Schmelzöfen; sie sahen gespenstisch aus, wenn das Licht aufblitzte. Coertze schob die Schutzbrille hoch und fragte: »Wie viele Graphittiegel hatten wir noch?«

»Wieso?«

»Sie reichen nicht mehr weit. Ich kann mit jedem nur viermal schmelzen, dann sind sie ausgebrannt. Kann sein, daß sie alle werden, bevor wir fertig sind.«

»Ich werde es klären«, sagte ich und nahm Papier und Bleistift zur Hand. Nachdem ich meine Berechnungen geprüft und den Tiegelvorrat gezählt hatte, ging ich wieder zu Coertze. »Können Sie auf Kraft fünfmal mit einem Tiegel schmelzen?«

Er grunzte. »Dann müssen wir sehr vorsichtig arbeiten, und das heißt langsamer. Können wir die Zeit rausschinden?«

»Wenn wir die Tiegel verbrennen, bevor wir fertig sind, spielt die Zeit keine Rolle mehr – dann ist sie sowieso nutzlos verschwendet. Wir müssen einfach die Zeit rausschinden. Wie oft können Sie am Tag schmelzen, wenn Sie jeden Tiegel fünfmal benutzen?«

Er dachte nach. »Dann schaffen wir nur noch zwölf in der Stunde, mehr nicht.«

Ich machte mich wieder ans Rechnen. Wenn wir das Gold mit 9000 Pfund einsetzten, dann hieß das, daß wir 4500 mal schmelzen mußten, und 500 davon hatte Coertze schon erledigt. Zwölfmal schmelzen in der Stunde ergab 340 Arbeitsstunden – das bedeutete bei einem Zwölfstundentag achtundzwanzig Tage.

Zuviel – noch mal von vorn anfangen!

340 Stunden bei einem Sechzehnstundentag – einundzwanzig Tage. Aber konnte er sechzehn Stunden am Tag arbeiten? Ich verwünschte meinen wunden Rücken, der mich hinderte zu helfen. Aber wenn etwas passierte und es schlimmer mit ihm wurde, dann war es mit der Durchführung unseres Planes ohnehin Essig. Einer mußte die *Sanford* zurücksegeln, und Walker gegenüber wuchs mein Mißtrauen; er war sehr schweigsam und verschlossen geworden. Ich begab mich zu Coertze zurück und ging ganz steif, weil mir der Rücken wie das höllische Feuer brannte.

»Sie werden lange Arbeitstage machen müssen«, sagte ich. »Die Zeit ist knapp.«

Er antwortete nur: »Wenn ich könnte, würde ich vierundzwanzig Stunden am Tag arbeiten, einfach bis ich umfalle.«

Ich dachte darüber nach, ob sich nicht noch eine andere Möglichkeit finden ließ. Ich beobachtete genau, wie Coertze und Piero ihre Arbeit angingen. Und dann kam ich auch darauf, wie man die Arbeit beschleunigen könnte.

Am nächsten Morgen übernahm ich die Leitung. Ich wies Coertze an, nur noch das Gießen zu besorgen; mit dem Beschicken der Schmelzöfen, dem Reinigen der Tiegel sollte er nichts mehr zu tun haben: Nur gießen sollte er noch. Piero bekam den Auftrag, das Gold zu schmelzen und die Schmelzöfen mit dem geschmolzenen Gold Coertze zu reichen. Die Schmelzöfen waren leicht genug, daß sie sich bewegen ließen, und obendrein stellte ich einen Tisch so auf, daß man sie mühelos darauf verschieben konnte. Walker hatte einen reichlichen Goldvorrat zersägt. Ich nahm ihn daher von seiner Bank weg. Er sollte von Coertze die Öfen übernehmen, die Tiegel erneuern und die Goldklumpen fertig zum Schmelzen drauflegen. Ich selbst übernahm es, die gebrauchten Tiegel zu reinigen, so daß sie wieder benutzt werden konnten. Das konnte ich im Sitzen tun.

Alles in allem war es die einfache Aufgabe, aus Zeit- und Bewegungsstudien eine Art Fließbandverfahren zu entwickeln. Am Ende des Tages brachten wir es auf sechzehn Schmelzvorgänge in der Stunde ohne zu starken Verschleiß an Tiegeln.

So vergingen die Tage. Wir arbeiteten nun sechzehn Stunden am Tag, aber wir konnten es nicht durchhalten, und langsam sank unsere Tagesleistung wieder ab, trotz höheren Stundenertrages. Es wurden immer mehr Fehler gemacht, und der Anteil ausgebrannter Tiegel wuchs beängstigend. Das Arbeiten in den plötzlichen Hitzeausbrüchen der Schmelzöfen war höllisch; wir alle verloren Gewicht, und unser Durst war unstillbar.

Als unsere Tagesleistung unter 150 Schmelzvorgänge am Tag sank, machte ich mir ernstliche Sorgen. Um nach Tanger zu segeln, brauchte ich glatte drei Wochen, und es sah so aus, als ob die nicht mehr übrigblieben.

Es mußte entschieden etwas getan werden.

Als wir eines Tages nach Feierabend beim Essen saßen, sagte ich, bevor wir erschöpft ins Bett sanken: »Hört mal zu: Wir machen uns kaputt. Morgen arbeiten wir mal nicht. Wir tun gar nichts – nur rumfaulenzen.«

Ich ließ es mal darauf ankommen, in der Annahme, daß die höhere Leistung erfrischter Kräfte den Verlust eines Tages mehr als ausgleichen würde. Aber Coertze warf stur dazwischen: »Nee, wir arbeiten. Wir haben keine Zeit zu verlieren.«

Coertze war ein tüchtiger Mann, nur schrecklich dickköpfig. Ich setzte ihm entgegen: »Bisher hab' ich doch noch immer recht behalten, stimmt's?«

Das mußte er widerwillig zugestehen.

»Wenn wir erst mal ausgeruht haben, schaffen wir auch wieder mehr, kann ich euch versichern.«

Coertze brummelte noch ein bißchen, gab aber nach – er war zu müde, sich noch zu streiten. Die andern stimmten müde zu, und wir legten uns in dem Bewußtsein hin, daß der kommende Tag ein Ruhetag werden sollte.

Am nächsten Morgen beim Frühstück fragte ich Francesca: »Was macht der Feind?«

»Bewacht uns noch.«

»Hat er Verstärkung gekriegt?«

Sie schüttelte den Kopf. »Nein, bisher sind es nur die acht. Die lösen sich ab.«

Ich sagte: »Wir könnten ihnen eigentlich etwas zu tun geben. Wir teilen uns und lassen sie durch die Stadt laufen, meinetwegen sogar nach außerhalb. Sie haben's die letzte Zeit zu leicht gehabt.«

Ich sah Coertze an. »Aber keinesfalls rangehen – für einen Entscheidungskampf sind wir jetzt nicht bereit, und je später der kommt, um so besser für uns. Wir können es uns nicht leisten, daß auch nur einer von uns jetzt außer Gefecht gesetzt wird; wenn das passiert, sind wir verratzt. Wir brauchen unsere ganze Zeit, um mit dem Kiel fertigzuwerden, damit wir den Stichtag einhalten können.«

Und zu Walker sagte ich: »Und Sie bleiben mir vom Alkohol. Vielleicht kommen Sie in Versuchung, aber geben Sie nicht nach. Sie wissen wohl noch, was ich Ihnen in Tanger sagte?«

Er nickte verdrießlich und sah auf seinen Teller nieder. Er gefiel mir nicht; er war mir in letzter Zeit zu still gewesen, und ich hätte gern gewußt, was ihm im Kopfe herumging. Zu Francesca sagte ich: »Wollten Sie nicht einen Juwelier ranholen, um die Juwelen zu schätzen?«

»Ich werde ihn heute sehen«, erwiderte sie. »Er wird wahrscheinlich morgen kommen.«

»Ist recht. Aber es muß irgendwie kaschiert werden, wer da kommt. Wenn Torlonis Leute erst spitzkriegen, daß es sich um Juwelen handelt, dann ist womöglich kein Halten mehr.«

Darauf bemerkte Piero: »Palmerini bringt ihn in einem geschlossenen Lieferwagen rein.«

»Ist in Ordnung.« Ich stand auf vom Tisch und reckte mich. »Alsdann verwirren wir die Lage und den Feind. Wir gehen alle in verschiedene Richtungen. Piero, Sie und Francesca verlassen die Werft besser etwas später; ich möchte nicht, daß unsere Gegner uns irgendwie miteinander in Verbindung bringen. Und wird hier auch alles sicher sein, wenn wir alle gehen?«

Francesca antwortete: »Zehn von unsern Männern sind den ganzen Tag auf der Werft.«

»Sehr schön«, sagte ich. »Sagen Sie ihnen noch, daß sie sich möglichst unauffällig verhalten sollen.«

Ich fühlte mich richtig wohl, als ich in die Stadt ging. Mein Rücken heilte nun, und mein Gesicht sah nicht mehr wie ein Schlachtfeld aus. Mich beschwingte die Aussicht auf einen vor mir liegenden freien Tag, und ich stellte mir vor, daß Coertze noch vergnügter sein müsse als ich. Er war nicht mehr aus der Werft gekommen, seit er die *Sanford* hineingebracht hatte, während ich doch ein paarmal in der Stadt gewesen war.

Ich bummelte den ganzen Morgen herum. In der Piazza Cavour, wo ich auch einen Laden mit englischen Büchern fand, machte ich einige Einkäufe, wie Touristen es zu tun pflegen. Dann saß ich längere Zeit in einem Boulevard-Café und las in aller Muße einen Roman zu unzähligen Tassen Kaffee – seit Monaten hatte ich keine Zeit für so etwas gehabt.

Gegen Mittag ging ich auf einen Drink in den Jachtklub. In der Bar ging es geräuschvoller zu als gewöhnlich, und ich ermittelte die Ursache der Störung in einer Gruppe halbbetrunkener, streitsüchtiger Leute am anderen Ende des Raumes. Die meisten Mitglieder waren peinlich bemüht, dieses Schauspiel zu ignorieren, aber bei jedem lauteren Geschrei gingen doch die Augenbrauen in die Höhe. Ich ließ mir einen Whisky kommen und fragte den Steward: »Was wird denn da gefeiert?«

Er sah geringschätzig lächelnd zum Ende der Bar hin. »Das ist keine Feier, Signore; bloß Betrunkenheit.«

Ich war erstaunt, daß der Sekretär die Leute nicht aus dem Hause schickte, und sagte das dem Steward. Der hob hilflos die Schultern. »Was kann man dabei machen, Signore? Es gibt eben Leute, die sich alles erlauben dürfen – und hier ist so einer drunter.«

Ich bohrte nicht weiter nach; es war nicht meine Angelegenheit, und es war auch nicht meine Aufgabe, den Italienern beizubringen, wie sie einen Klub zu führen hätten, in dem ich ihr Gast war. Aber ich nahm mein Glas und setzte mich damit in die angrenzende Vorhalle, um meinen Roman zu Ende zu lesen.

Das Buch war sehr interessant, aber ich habe es nie zu Ende gelesen, und ich habe noch oft darüber nachgedacht, wie der Held wohl aus der Bredouille herausgekommen ist, in die ihn der Autor hat reinschlittern lassen. Ich hatte noch kein halbes Dutzend Seiten gelesen, als der Steward kam und meldete: »Eine Dame möchte Sie sprechen, Signore.«

Ich ging ins Entree und erblickte Francesca. »Was zum Teufel tun Sie hier?« fragte ich.

»Torloni ist in Rapallo.«

Ich wollte gerade weitersprechen, als der Klubsekretär um die Ecke kam und uns bemerkte. Ich sagte: »Kommen Sie besser mit hinein, hier fallen wir zu sehr auf.«

Der Sekretär kam eilends zu uns herüber: »Ah, Madame, Sie haben uns lange nicht die Ehre Ihres Besuches erwiesen.«

Ich war Mitglied des Klubs, wenn auch nur als Ehrengast. Daher fragte ich: »Vielleicht darf ich Madame als meinen Gast einführen?«

Er sah seltsam erschrocken aus uns sagte nervös: »Ja, ja, natürlich. Madame braucht sich nicht ins Gästebuch einzutragen.«

Als ich Francesca in die Halle begleitete, sann ich noch darüber nach, was wohl den Sekretär so aufgeregt haben mochte. Aber ich hatte andere Sachen in den Kopf zu nehmen und ließ den Gedanken fallen. Ich bot Francesca einen Platz an und sagte: »Am besten trinken Sie etwas.«

»Campari, bitte«, sagte sie und fuhr dann schnell fort: »Torloni hat einen Haufen Leute mitgebracht.«

»Beruhigen Sie sich erst mal«, sagte ich und bestellte einen Campari beim Steward. Als er gegangen war, fragte ich: »Was ist mit Metcalfe?«

»Der Fairmile ist aus Genua ausgelaufen. Wo er im Augenblick ist, wissen wir nicht.«

»Und Torloni? Wo steckt der?«

»Vor einer Stunde hat er sich in einem Hotel an der Piazza Cavour eingetragen.«

Das war gerade zu der Zeit, als ich in dem Promenaden-Café saß. Möglich, daß ich ihn sogar gesehen hatte. Ich fragte: »Sie sagten, daß er einige Leute mitgebracht hat?«

»Ja, acht Mann hatte er mit.«

Das war übel; es sah aus, als ob ein Angriff vorbereitet würde. Acht und acht sind sechzehn, dann Torloni selbst, womöglich Metcalfe, Krupke, der Marokkaner und was der Fairmile etwa sonst noch an Bord haben mochte. Mehr als zwanzig Mann!

Francesca fuhr fort: »Wir mußten schnell zu Werke gehen. Es gab eine Menge umzuorganisieren – darum bin ich auch selbst hergekommen, es war niemand weiter da.«

»Und wieviel Mann haben wir nun dagegen aufzubieten?«

Sie runzelte die Stirn. »Fünfundzwanzig – später vielleicht auch mehr. Im Augenblick kann ich's nicht so genau sagen.«

Das klang schon besser; der Unterschied in der Zahl ging noch zu unseren Gunsten. Ich wunderte mich nur über Torlonis Kräftemassierung. So viele Leute wären nicht nötig gewesen, um drei vermutlich ahnungslose Opfer anzugreifen; sicher hatte er Wind bekommen von unserem Bündnis mit den Partisanen, und so hätten wir vielleicht nicht mehr den Vorteil der Überraschung.

Der Steward brachte den Campari, und während ich bezahlte, sah Francesca durch das Fenster über den Jachthafen hin. Als der Steward gegangen war, fragte sie: »Was ist das für ein Schiff?«

»Welches?«

Sie zeigte auf die Motorjacht, die ich schon bei meinem früheren Besuch im Klub bemerkt hatte. »Ach das da, das ist irgendeines reichen Mannes schwimmendes Bordell.«

Mit gepreßter Stimme fragte sie: »Wie heißt es?«

Ich suchte in meinem Gedächtnis. »Ähm – *Calabria*, glaub' ich.«

Sie umklammerte die Armlehnen ihres Sessels, daß ihre Knöchel weiß wurden. »Das ist Eduardos Boot«, sagte sie leise.

»Wer ist Eduardo?«

»Mein Mann.«

Jetzt ging mir ein Licht auf. Daher also die Aufregung des Sekretärs. Es ist ja nicht gerade üblich, daß ein Fremder eine Dame bittet, sein Gast zu sein, wenn der Gatte dieser Dame in nächster Nähe, wohl gar im selben Augenblick im Klub ist. Ich kicherte und sagte: »Ich wette, dann ist er der Bursche, der in der Bar solchen Krakeel macht.«

Sie erklärte: »Ich muß gehen.«

»Warum?«

»Ich möchte ihm nicht begegnen.« Sie schob ihr Glas zur Seite und nahm die Handtasche auf.

»Sie können ruhig Ihr Glas austrinken«, erwiderte ich. »Es ist das erste Mal, daß ich Sie dazu eingeladen habe. Das ist kein Mann wert, daß man seinetwegen sein Glas stehen läßt.«

Sie hielt inne und griff dann nach ihrem Campari. »Eduardo ist überhaupt nichts wert«, warf sie knapp hin. »Also gut, ich will mich korrekt benehmen und erst austrinken. Aber dann geh' ich.«

Und dann begegneten wir ihm doch. Als er in der Tür erschien, theatralisch verhielt, dann die Richtung auf unseren Tisch einschlug und schließlich Francesca anredete – das brachte nur ein Estrenoli fertig, nach allem, was ich von der Sippschaft gehört hatte.

»Ah, mein liebendes Weib«, begann er. »Ich bin überrascht, Sie in dieser zivilisierten Umgebung zu finden. Ich dachte, Sie tränken in der Gosse.«

Er war untersetzt, seine Züge waren entstellt durch rotgeränderte Augen und einen schlaffen Mund. Ein dünner Schnurrbart verunstaltete seine Oberlippe, und sein Gesicht war vom Trinken gerötet. Mich ignorierte er völlig. Mit zusammengepreßten Lippen sah Francesca steinern geradeaus, und sie wandte ihm das Gesicht auch nicht zu, als er sich schwer neben ihr in einen Sessel fallen ließ.

Ich sagte: »Sie sind nicht eingeladen worden, bei uns Platz zu nehmen, Signore.«

Er schwang sich herum und stieß ein kurzes Lachen aus, wobei er mich mit einem unverschämten Anstarren musterte. Dann wandte er sich wieder an Francesca. »Wie ich sehe, ist Ihnen der Abschaum Italiens nicht mehr gut genug; nun sind Sie schon auf einen ausländischen Galan angewiesen.«

Ich streckte meinen Fuß aus und hakte ihn hinter die Querleiste seines Sessels; dann ruckte ich hart an. Der Sessel rutschte unter ihm weg, so daß er hinfiel und längelang auf dem Boden lag. Ich erhob mich und stand nun über ihm. »Ich sagte, Sie wären nicht eingeladen worden, Platz zu nehmen.«

Mit wutverzerrtem Gesicht sah er zu mir auf und kam langsam wieder auf die Füße. Dann funkelte er mich an. »Ich werde dafür sorgen, daß Sie innerhalb von vierundzwanzig Stunden des Landes verwiesen werden«, kreischte er. »Sie wissen wohl nicht, wer ich bin?«

Die Gelegenheit war zu günstig, um sie sich entgehen zu lassen. »Abschaum schwimmt gewöhnlich oben«, sagte ich von obenhin, dann setzte ich mit harter Stimme hinzu: »Estrenoli, gehen Sie nach Rom zurück. Ligurien ist eine ungesunde Gegend für Sie.«

»Was wollen Sie damit sagen?«, fragte er unsicher. »Wollen Sie mir drohen?«

»Im Umkreis von einer Meile sind fünfzig Mann, die untereinander um das Vorrecht kämpfen würden, Ihnen die Gurgel durchzuschneiden«, sagte ich. »Ich will Ihnen was sagen: Ich bin es, der Ihnen vierundzwanzig Stunden Zeit gibt, aus Ligurien zu verschwinden. Danach gebe ich keine lumpige Lira mehr für Ihr Leben.«

Ich wandte mich Francesca zu: »Gehen wir, hier riecht's nicht gut.«

Sie nahm ihre Tasche und begleitete mich in stolzer Haltung zur Tür und ließ Estrenoli unschlüssig zurück. Ich hörte, wie die Vorgänge in der Halle in unterdrücktem Flüstern besprochen wurden und wie hier und da über seine Niederlage gekichert wurde. Sicher waren da viele, die gern das gleiche an ihm getan hätten, aber er war zu mächtig, als daß man ihm in die Quere kommen durfte. Ich kümmerte mich den Teufel darum; ich kochte vor Wut.

Das Kichern war zuviel für Estrenoli, und er holte uns ein, als wir gerade durch das Entree gingen. Ich fühlte seine Hand auf meiner Schulter und wandte den Kopf. »Nehmen Sie die Hand da weg«, sagte ich kalt.

In seiner Wut ging ihm alles durcheinander. »Ich weiß nicht, wer Sie sind, aber der britische Botschafter wird dies erfahren.«

»Mein Name ist Halloran, und nun nehmen Sie Ihre verfluchte Pfote da weg.«

Er tat es nicht, im Gegenteil, er griff fester zu und drehte mich um, so daß ich ihm ins Gesicht sehen mußte. Das war zuviel.

Ich stieß ihm drei steife Finger in den weichen Bauch, so daß er aufjapste und zusammenknickte. Dann rammte ich ihm die Faust ins Gesicht, so hart ich es überhaupt vermochte. Alle Wut, die sich in mir über die Fehlschläge der letzten Wochen angestaut hatte, setzte ich hinter diesen Schlag; mit ihm traf ich Metcalfe und Torloni und alle diese Banditen, die sich wie die Geier ansammelten. Ich mußte Estrenoli den Kiefer zerbrochen haben, und auch meine Knöchel waren ganz schön poliert. Er fiel um wie ein Mehlsack und lag zu einem Häufchen zusammengekrümmt; Blut quoll ihm aus dem Mund.

Als meine Faust bei ihm landete, fuhr mir ein brennender Schmerz durch den Rücken. »Verflucht, mein Rücken!« stöhnte ich und drehte mich nach Francesca um; aber sie war verschwunden.

Statt dessen stand ich Metcalfe gegenüber.

»Das war 'n Schlag!« sagte er anerkennend. »Dem Burschen haben Sie bestimmt den Kinnbacken zerbrochen, ich hab' gehört, wie er krachte. Wollen Sie nicht als Halbschwergewichtler gehen, Hal?«

Vor Verblüffung kriegte ich kein Wort raus. Dann dachte ich an Francesca und sah mich verzweifelt um. Da sah ich sie hinter Metcalfe wieder auftauchen.

Er fragte: »Sagte diese Type nicht was vom britischen Botschafter?«

Er sah sich in der Vorhalle um. Zum Glück war sie leer, und niemand war Zeuge des Spektakels gewesen. Metcalfe blickte zur nächsten Tür, die zur Herrentoilette führte. Er grinste. »Sollen wir den Kadaver nach nebenan schleppen?«

Ich verstand, was er meinte; gemeinsam zerrten wir Estrenoli in die Toilette und stopften ihn dort in ein Kabinett. Metcalfe richtete sich auf und sagte: »Wenn dieser Vogel mit dem britischen Botschafter verkehrt, muß er 'n ziemlich hohes Tier sein. Wer ist er denn?«

Ich sagte es ihm, und Metcalfe pfiff durch die Zähne.

»Sie haben ihn verdammt angeknackst! Ich hab' auch schon von Estrenoli gehört. Warum haben Sie ihn geschlagen?«

»Aus persönlichen Gründen«, erwiderte ich.

»Hängt es mit der Dame zusammen?«

»Es ist seine Frau.«

Metcalfe knurrte. »Freundchen, das gibt Schwierigkeiten. Sie sind in der Patsche, da ist gar kein Zweifel – innerhalb von zwölf Stunden wird man sie dreikantig aus Italien rauspfeffern.« Er kratzte sich hinterm Ohr. »Aber vielleicht auch nicht; vielleicht kann ich das noch einrenken. Warten Sie mal hier und passen Sie auf, daß niemand diesen Apparat hier benutzt. Ihrer Freundin sag' ich, daß sie auf uns warten soll – ich bin gleich wieder zurück, paar Minuten nur.«

Ich lehnte mich gegen die Wand und versuchte, mir ein Bild über Metcalfe zu machen, aber ich konnte mich nicht konzentrieren. Mein Rücken brannte wie die Hölle, und in meiner Hand, mit der ich Estrenoli geschlagen hatte, klopfte es dumpf. Mir schien, ich hätte alles verkehrt gemacht, alles verdorben. Wie oft hatte ich Coertze gewarnt, er solle Streitigkeiten vermeiden, und nun hatte ich selbst dagegen verstoßen – und obendrein war ich auch noch an Metcalfe geraten.

Metcalfe hielt Wort und war in zwei Minuten zurück. Er brachte einen stämmigen Italiener mit, mit einem bläulichen Schimmer auf den Wangen, höchst elegant gekleidet. Metcalfe machte uns bekannt: »Ein Freund von mir, Guido Torloni, Peter Halloran.«

Torloni warf mir einen schnellen überraschten Blick zu, Metcalfe sagte: »Hal ist in der Klemme. Er hat einen Regierungs-Kinnbacken zerschmettert.« Er nahm Torloni beiseite und sprach leise mit ihm. Ich beobachtete Torloni und dachte bei mir, daß wir immer mehr in die Bredouille kämen. Metcalfe kam wieder heran. »Also nun machen Sie sich keine Sorgen weiter, Guido kriegt das schon hin – der kriegt alles hin.«

»Auch Estrenoli?« fragte ich zweifelnd.

Metcalfe lächelte. »Auch Estrenoli. Hierzulande ist Guido Mr. Krieg-es-hin in eigener Person. Kommen Sie, wir wollen es ihm überlassen.«

Wir gingen in die Vorhalle, aber ich sah Francesca nicht. Metcalfe sagte: »Mrs. Estrenoli wartet draußen in meinem Wagen.«

Wir gingen zum Wagen hinaus, und Francesca fragte: »Ist alles in Ordnung?«

»Alles«, sagte ich.

Metcalfe kicherte. »Ihr Gatte ausgenommen, Madame. Wenn er wieder zu sich kommt, wird er sich selbst leid tun.«

Francescas Hand lag auf der Türkante. Ich legte meine Hand darauf und drückte sie warnend. »Es tut mir leid«, sagte ich. »Hier, Francesca, ist Mr. Metcalfe, ein alter Freund aus Südafrika.«

Ich fühlte die plötzliche Anspannung ihrer Finger und fuhr schnell fort: »Mr. Metcalfes Freund, Mr. Torloni, bemüht sich um Ihren Gatten, da ist er bestimmt gut aufgehoben.«

»Aber ganz gewiß«, stimmte Metcalfe vergnügt zu. »Ihr Gatte ist in den besten Händen; er wird niemand mehr in die Quere kommen.« Dann wurde er ernst. »Wie steht's mit Ihrem Rücken, Hal? Sie sollten ihn lieber mal richtig behandeln lassen. Ich bringe Sie gern zu einem Arzt.«

»Nicht nötig«, sagte ich. Ich wollte nicht gern mit Metcalfe fahren.

»Ach, Unsinn! Wer ist Ihr Arzt?«

Wenn es schon sein mußte, suchten wir uns besser selber den Arzt aus. Ich sah Francesca fragend an, und sie sagte: »Ich kenne hier einen tüchtigen Arzt.«

Metcalfe klatschte in die Hände. »Schön, dann also los!«

Er fuhr uns durch die Stadt, und Francesca lotste ihn zur Praxis. Metcalfe hielt und sagte: »Ihr beide geht rein; ich erwarte euch hier und fahr euch nachher zu Palmerinis Werft.«

Wieder 'n Reinfall. Es machte Metcalfe anscheinend gar nichts aus, uns wissen zu lassen, wo wir uns aufhielten. Es lag irgend etwas in der Luft, was mir nicht gefiel.

Kaum waren wir im Wartezimmer, da sagte Francesca: »Das ist Metcalfe? Scheint doch ein sehr netter Mann zu sein.«

»Das ist er auch«, erwiderte ich. »Aber kommen Sie ihm ja nicht in den Weg, da überfährt er Sie glatt.« Ich fuhr zusammen, da ein besonders unangenehmer Schmerz meinen Rücken durchzuckte. »Was zum Teufel machen wir jetzt?«

»Es hat sich nichts geändert«, sagte Francesca nüchtern. »Wir wußten, daß er kommen würde, und nun ist er da.« Und sie hatte recht. Dann sagte ich: »Tut mir leid, daß ich Ihren Gatten geschlagen habe.«

»Mir nicht«, sagte sie ganz natürlich. »Mir tut's nur leid, daß Sie sich dabei verletzt haben und daß Sie vielleicht Unannehmlichkeiten dadurch haben.«

»Die werde ich nicht haben«, erwiderte ich grimmig. »Solange er in Torlonis Händen ist, nicht. Aber das versteh' ich auch wieder nicht – was für ein Interesse haben Metcalfe und Torloni daran, mir aus diesen Schwierigkeiten zu helfen? Ich kann keinen Sinn darin sehen.«

Der Arzt rief uns hinein und untersuchte meinen Rücken. Er

erklärte, ich hätte einen Sehnenriß und wickelte mich ein wie einen Säugling. Er verband auch meine Hand; sie war leicht beschädigt, wo die Knöchel an Estrenolis Zähnen entlanggeschrammt waren.

Als wir das Haus verließen, winkte uns Metcalfe vom Wagen aus zu und sagte: »Ich bring' euch jetzt zur Werft.« Wir fanden in unserer Lage keinen Anlaß abzulehnen und stiegen ein. Unterwegs fragte ich beiläufig: »Woher wissen Sie, daß wir in Palmerinis Werft sind?«

»Ich wußte ja, daß Sie in diesen Gewässern kreuzten«, erwiderte Metcalfe ungezwungen, »und da hab' ich den Hafenkapitän gefragt, ob Sie noch nicht aufgetaucht seien. Der hat mir dann genau über Sie berichtet.«

Das klang alles ganz folgerichtig, und ich hätte ihm auch geglaubt, wenn ich es nicht besser gewußt hätte. Er fuhr fort: »Wie ich hörte, haben Sie Kummer mit Ihrem Kiel.« Das ging schon fast bis an den Knochen. Ich gab ihm zur Antwort: »Ja, ich habe eine Methode, den Kiel zu befestigen, ausprobiert, aber die bewährt sich offenbar nicht. Ich werd' ihn wohl abnehmen und neu befestigen müssen.«

»Machen Sie ihn nur recht fest«, erwiderte er. »Es wäre schade, wenn sie ihn mitten auf See verlören. Sie müßten sofort kentern.«

Es war eine ungemütliche Unterhaltung; im Grunde war es eine ganz vernünftige Kleinbootsfachsimpelei – aber bei Metcalfe konnte man nie wissen. Zu meiner Erleichterung kam er auf etwas anderes zu sprechen.

»Was haben Sie mit Ihrem Gesicht gemacht? Hatten Sie kürzlich schon einmal eine Auseinandersetzung?«

»Ich bin in den Bergen abgestürzt«, sagte ich leichthin.

Mitleidig schnalzte er leicht mit der Zunge. »Sie müssen besser auf sich aufpassen, Hal, alter Junge. Ich möchte nicht gern, daß Ihnen etwas zustößt.«

Das ging zu weit. »Warum plötzlich so besorgt?« fragte ich spitz.

Erstaunt sah er mich an. »Ich seh' es nicht gern, wenn meine Freunde ringsherum anecken, bei Ihnen schon gar nicht. So 'n anständiger Kerl wie Sie.« Er wandte sich an Francesca. »Ist er doch, nicht?«

»Ich glaub' schon«, gab sie zur Antwort.

Ich war überrascht. Als Metcalfe vor dem Werfteingang vorfuhr, sagte ich: »Ich werd' schon überleben. Ich werde da so langsam sachkundig.«

Francesca und ich stiegen aus, und Metcalfe sagte: »Wollen Sie mir nicht mal zeigen, wie Ihr neuer Kiel befestigt wird, Hal?«

Ich grinste. »Menschenskind, ich bin Bootskonstrukteur von Beruf. Sie glauben doch wohl nicht, daß ich jemandem meine Fehler vorzeige.« Wenn er sich auf eine zweideutige Unterhaltung verstand, ich tat's auch.

Er lächelte. »Sehr klug von Ihnen. Na, ich denke, wir kriegen uns hier noch mal zu sehen?«

Ich ging nahe an ihn heran, so daß Francesca uns nicht hören konnte. »Was geschieht mit Estrenoli?«

»Nichts Besonderes. Guido bringt ihn zu einem tüchtigen und verschwiegenen Arzt, und wenn sie ihn zusammengeflickt haben, wird er ihn in Rom abladen, nachdem er ihm genügend Angst eingeimpft hat. Nach meiner Einschätzung ist Estrenoli ein Feigling, und unser Guido kann ihn schon genügend einschüchtern. Er wird keinen Ärger mehr machen.«

Erleichtert trat ich vom Wagen zurück. Ich hatte schon befürchtet, man würde Estrenoli in einem Betonmantel auf dem Grunde der Bucht versenken, und ich wollte kein Menschenleben auf dem Gewissen haben, nicht einmal seines. »Vielen Dank«, sagte ich, »ja, wir sehen uns noch. In einer so kleinen Stadt läßt sich das wohl kaum vermeiden, wie?«

Er schaltete und fuhr langsam an. Er grinste zum Seitenfenster heraus. »Sie sind ein guter Bursche, Hal; lassen Sie sich von niemand unterkriegen.«

Dann war er fort, und ich war meinem Grübeln überlassen, was das nun alles zu bedeuten hatte.

Im Schuppen herrschte eine gespannte Atmosphäre. Auf dem Wege durch die Werft war mir aufgefallen, daß da viel mehr Leute waren als sonst, wohl Francescas Freunde. Als ich eintrat, kam Piero auf mich zu und fragte: »Was ist im Klub passiert?« Seine Stimme bebte vor Erregung.

»Nichts ist passiert«, entgegnete ich. »Nichts Besonderes.« – Im Hintergrund sah ich ein fremdes Gesicht, einen kleinen Mann mit klaren, wachen Augen. »Wer ist das?«

Piero wandte sich um. »Cariaceti, der Juwelier. Um den brauchen Sie sich nicht zu kümmern. Aber was ist im Klub passiert?

Erst sind Sie reingegangen, dann Madame, bald danach Metcalfe und Torloni. Dann kamen Sie und Madame mit Metcalfe raus. Was war da los?«

Ich erwiderte: »Das brauchen Sie nicht weiter tragisch zu nehmen, das ist schon alles in Ordnung. Wir stießen mit Estrenoli zusammen und haben ihn abserviert.«

»Estrenoli?« Piero staunte und blickte auf Francesca, die zustimmend nickte. »Und wo ist er jetzt«, fragte er aufgeregt.

»Torloni hat sich seiner angenommen.«

Das war zuviel für Piero. Er sackte auf einen Schemel und starrte auf den Boden. »Torloni?« fragte er verwirrt. »Was wollte denn Torloni mit Estrenoli?«

»Das möcht' ich auch gern wissen. Die ganze Geschichte gehört zu Metcalfes überraschenden Spielen. Ich kann nur berichten, daß ich eine Prügelei mit Estrenoli gehabt habe und daß Metcalfe ihn für eine Weile aus dem Verkehr gezogen hat, aber fragen Sie mich nicht, warum.«

Er blickte auf. »Ich hörte, daß Sie heute mit Metcalfe sehr freundschaftlich umgingen.« In seiner Stimme klang tiefes Mißtrauen.

»Und warum nicht? Dabei ist nichts zu gewinnen, wenn man ihm feindselig gegenübersteht. Wenn Sie genau wissen wollen, was geschehen ist, fragen Sie Francesca – sie war dabei.«

»Hal hat recht«, sagte Francesca. »Er hat sich Metcalfe gegenüber einwandfrei verhalten. Er hat sich allerlei Anzüglichkeiten anhören müssen, ohne sich aus der Reserve locken zu lassen. Überdies«, fügte sie mit einem leichten Lächeln hinzu, »dürfte es nicht ganz einfach sein, Metcalfe als Gegner zu haben.«

»Torloni als Gegner zu haben ist nicht schwierig«, murrte Piero, »und Metcalfe ist sein Freund.«

Dieses Gespräch führte zu nichts, ich fragte daher: »Wo stecken Coertze und Walker?«

»In der Stadt«, erwiderte Piero. »Wir wissen, wo sie sind.«

»Es ist besser, sie kommen her«, sagte ich. »Es kann sich jetzt schnell etwas zusammenbrauen. – Wir müssen uns überlegen, was wir machen wollen.«

Schweigend stand er auf und ging hinaus. Ich ging zu dem kleinen Juwelier hinüber. »Signore Cariaceti«, redete ich ihn an. »Wie ich höre, sind Sie hier, um sich ein paar Edelsteine anzusehen.«

»So ist es«, entgegnete er, »aber ich habe nicht die Absicht, lange zu bleiben.«

Ich ging zu Francesca zurück und sagte: »Lassen Sie Cariaceti jetzt lieber auf die Juwelen los. Möglich, daß wir nicht mehr viel Zeit haben.«

Sie ging, um mit Cariaceti zu sprechen, und ich sah trübselig auf den Kiel, dem noch etwa zwei Tonnen fehlten. Die Dinge hatten einen Tiefpunkt erreicht, und ich fühlte mich ziemlich mutlos. Wir mußten noch acht Tage mit Hochbetrieb arbeiten, um den Kiel fertigzukriegen, einen weiteren Tag, um ihn am Boot festzumachen und noch einen Tag, um die Glasfiberverkleidung anzubringen und die *Sanford* ins Wasser zu setzen.

Zehn Tage! Ob Metcalfe und Torloni uns so viel Zeit ließen?

Nach einigen Augenblicken kam Francesca zurück. »Cariaceti ist überrascht – staunt Bauklötze –«, sagte sie. »Ich habe selten jemand so glücklich gesehen.«

»Freut mich, wenn jemand glücklich ist«, sagte ich finster. »Die ganze Sache droht zu Bruch zu gehen.«

Sie legte ihre Hand auf meinen Arm. »Sie dürfen sich nicht selbst Vorwürfe machen«, sagte sie. »Mehr als Sie hätte niemand tun können.«

Ich setzte mich auf den Schemel. »Gewiß, es könnte noch schlimmer kommen. Walker kann sternhagelvoll sein, wenn wir ihn gerade brauchen, Coertze kann Amok laufen wie ein wütender Bulle, ich kann fallen und mir ein paar Knochen brechen.«

Sie nahm meine verbundene Hand in ihre. »Das habe ich noch zu keinem Manne gesagt – aber Sie sind ein Mann, den ich sehr bewundern könnte.«

Ich betrachtete ihre Hand, die auf meiner ruhte. Leise fragte ich: »Nur bewundern?«

Ich blickte zu ihrem Gesicht auf und sah sie erröten. Sie zog schnell die Hand zurück und wandte sich ab von mir. »Manchmal können Sie mich recht ärgerlich machen, Mr. Halloran.«

Ich erhob mich. »Eben hieß es noch Hal. Ich hab' Ihnen ja gesagt, meine Freunde nennen mich Hal.«

»Ich bin Ihr Freund«, sagte sie langsam.

»Francesca, ich möchte, daß Sie mehr sind als nur mein Freund.«

Sie war plötzlich ganz still, und ich legte meinen Arm um

sie. Dann sagte ich: »Ich glaube, ich liebe dich, Francesca.« Schnell drehte sie sich herum, unter Tränen lachend. »Das glaubst du nur, Hal! Was seid ihr Engländer doch für eine kühle und schwerfällige Gesellschaft. Ich weiß es, daß ich dich liebe.«

Mir war, als löste sich ein Druck von meinem Magen, und der ganze dunkle Schuppen erschien mir plötzlich viel heller. »Ja«, sagte ich, »ich liebe dich; aber ich wußte nicht, wie ich das so geradeheraus sagen sollte – ich wußte nicht, was du dazu sagen würdest.«

»Bravo, sag' ich.«

»Was werden wir für ein Leben haben!« sagte ich. »Am Kap ist es wundervoll – und die ganze weite Welt steht uns offen.«

Ein Schatten kam auf ihre Freude. »Ach, Hal, ich weiß nicht, wie es werden soll. Ich bin ja noch verheiratet; ich kann dich nicht heiraten.«

»Italien ist nicht die Welt«, sagte ich sanft. »In den meisten anderen Ländern ist eine Scheidung nichts Anstößiges. Die Männer, welche die Scheidungsgesetze gemacht haben, waren weise Leute. Sie wollten keine Frau für ihr ganzes Leben an einen Mann wie Estrenoli binden.«

Sie schüttelte den Kopf. »Bei uns in Italien – und in den Augen meiner Kirche – ist Scheidung eine Sünde.«

»Dann haben Italien und deine Kirche unrecht. Das sagt sogar Piero.«

Langsam fragte sie: »Was geschieht mit meinem Mann?«

»Das weiß ich nicht, aber Metcalfe sagte mir, man würde ihn unter Begleitung nach Rom zurückbringen.«

»Ist das alles? Wird Torloni ihn nicht umbringen?«

»Das glaub' ich nicht. Metcalfe sagte nein – und ich glaube ihm. Er mag ein Schurke sein, aber bei einer lumpigen Lüge habe ich ihn noch nie erwischt.«

Sie nickte zustimmend. »Ja, das glaub' ich ihm auch.« Sie schwieg einen Augenblick und fuhr dann fort: »Wenn ich Eduardo in Sicherheit weiß, geh' ich mit dir nach Südafrika oder wo auch immer. Ich laß mich im Ausland scheiden, und wir heiraten. Nur Eduardo muß am Leben und wohlauf sein. Ich könnte ihn nicht auf dem Gewissen haben.«

Ich erwiderte: »Ich werde mich darum kümmern und Metcalfe aufsuchen.«

Ich blickte auf den Kiel. »Aber ich muß auch sehen, wie wir hiermit zu Rande kommen. Ich hab' da nun mal mit angefangen – und dann muß ich ja auch an die anderen denken, an Coertze, Walker, Piero, an all deine Freunde – ich kann's nicht mehr abstoppen. Nicht bloß des Goldes wegen, das weißt du ja.«

»Ja, das weiß ich. Aber dir muß einer einen Floh ins Ohr gesetzt haben, daß du dich in eine solche Sache eingelassen hast. Das sieht dir gar nicht ähnlich.«

Ich sagte: »Ich hatte eine Frau, und durch einen Trunkenbold wie Walker ist sie zu Tode gekommen.«

»Ich weiß so wenig von deinem früheren Leben«, sagte sie voller Anteilnahme. »Du wirst mir noch viel erzählen müssen. Und deine Frau – wie tief hast du sie geliebt.« Das war keine Frage, es war eine Feststellung.

Ich erzählte ihr etwas über Jean, mehr aber über mich selbst, und eine ganze Zeitlang redeten wir leise miteinander, wie es Verliebte tun.

Dann kam Coertze herein.

Er wollte wissen, was die ganze Aufregung zu bedeuten habe und warum er um den Rest seines freien Tages gebracht wurde. Er mochte nicht seine Arbeit unterbrechen, aber ebenso zuwider war es ihm, wenn er in seinen kargen Vergnügungen unterbrochen wurde.

Ich berichtete ihm die neuesten Ereignisse, und er war verblüfft wie jeder von uns. »Wieso hilft Metcalfe uns?«

»Das weiß ich nicht, und ich gedenke ihn auch nicht danach zu fragen. Vielleicht würde er mir die Wahrheit sagen, und die Wahrheit könnte schlimmer sein als jeder Verdacht, den wir hegen mögen.«

Coertze tat das gleiche wie ich und starrte auf den Kiel.

Ich sagte: »Mindestens acht Tage brauchen wir noch zum Gießen.«

»Magtig«, brach er los. »Jetzt laß ich mich hier von niemandem vertreiben.« Er zog sich die Jacke aus. »Jetzt woll'n wir aber gleich tüchtig rangehen.«

»Für 'ne Stunde müssen Sie schon noch auf mich verzichten«, erwiderte ich. »Ich habe eine Verabredung.«

Coertze glotzte mich an, sagte aber nichts, als ich mich in mein Jackett quälte. Francesca half mir, es über den Panzer von

Binden unter meinem Hemd zu kriegen. »Wohin willst du?« fragte sie ruhig.

»Zu Metcalfe. Ich möchte alles in die Reihe bringen.«

Sie nickte. »Aber sei bitte vorsichtig.«

Auf dem Wege hinaus stieß ich auf Walker, der sehr niedergeschlagen dreinblickte. »Was ist denn mit Ihnen los?« fragte ich ihn. »Sie sehen ja aus, als ob Sie einen Shilling verloren und ein Sixpence-Stück gefunden hätten.«

»Irgend so 'n Schweinehund hat mir die Tasche ausgeräubert«, sagte er wütend.

»War viel drin?«

»Ja, mein Zi...«, er verbesserte sich, »meine Brieftasche.«

»Darum würde ich mir jetzt keine Gedanken machen. Aber wir werden unser Gold los, wenn wir nicht aufpassen. Lassen Sie sich alles von Coertze erzählen.« Ich schob mich an ihm vorbei, und er starrte mir nach.

Ich ging zu Palmerini ins Büro und bat ihn, mir seinen Wagen zu leihen. Da er nichts dagegen hatte, nahm ich seinen kleinen Fiat und fuhr damit zum Jachthafen. Ich fand sofort den Fairmile und stellte fest, daß man ihn vom Jachtklub aus nicht sehen konnte; darum auch hatte ich ihn nicht schon früher bemerkt. Krupke wienerte das Messing am Ruderhaus.

»Hallo«, rief er. »Freut mich, Sie zu sehen. Metcalfe erzählte mir schon, daß Sie hier seien.«

»Ist er an Bord? Ich möchte ihn sprechen.«

»Einen Moment«, sagte Krupke und ging nach unten. Fast im gleichen Augenblick kam er zurück. »Sie möchten runterkommen.«

Ich jumpte an Bord und folgte Krupke hinunter in den Salon. Metcalfe lag auf einem Sofa und las.

»Nun, was führt Sie so schnell schon zu mir?«

»Ich hab' Ihnen was zu erzählen«, sagte ich und warf einen Blick zu Krupke hinüber.

»O. K., Krupke«, sagte Metcalfe, und Krupke ging hinaus. Metcalfe holte eine Flasche und zwei Gläser aus einem Spind. »'n Drink?«

Er schenkte zwei große ein und trank mir zu. »Mast- und Schotbruch!«

Wir kippten die Gläser runter, dann fragte er: »Na, was haben Sie auf dem Herzen?«

»Sie sagten mir, daß Torloni sich um Estrenoli kümmern würde – ist das wahr?«

»Sicher, Estrenoli ist jetzt beim Arzt.«

»Ich wollte mich nur vergewissern, und um es ganz klar zu machen: Sagen Sie doch bitte Torloni von mir, daß ich ihn eigenhändig kaltmachen werde, wenn Estrenoli nicht gesund und sicher in Rom eintrifft.«

Metcalfes Augen weiteten sich. »Hoho! Hat man Sie mit Tigermilch gesäugt? Warum liegt Ihnen denn Estrenolis Sicherheit so am Herzen?«

Er sah mich mit verkniffenen Augen an, dann lachte er auf und schlug sich auf die Schenkel. »Aber natürlich, die Contessa hat kalte Füße gekriegt.«

»Lassen Sie die Contessa aus dem Spiel.«

Metcalfe lächelte verschmitzt. »Ihr junges Volk, euch ist doch nicht übern Weg zu trauen.«

»Halten Sie den Mund!«

In gespieltem Erschrecken hielt er die Hände hoch. »Schon gut, schon gut.« Dann mußte er lachen. »Und dabei haben Sie Estrenoli beinah selbst umgebracht. Hätten Sie nur ein bißchen härter zugeschlagen, dann wär er jetzt ein toter Mann.«

»Härter konnte ich nicht.«

»Das würd' ich nicht so sagen«, entgegnete Metcalfe. »Er ist immer noch bewußtlos. Der Medizinmann hat ihm den Kiefer geschient, und er wird wohl einen Monat lang nicht sprechen können.« Er schenkte neu ein. »Schön, ich will sehen, daß er nicht kaputter nach Rom kommt, als er jetzt schon ist.«

»Ich wünsche eine schriftliche Bestätigung«, sagte ich. »Und zwar von Estrenoli selbst, in einem Brief, von der Post in Rom nicht später als heut in einer Woche abgestempelt.«

Metcalfes heitere Miene schwand. »Meinen Sie nicht auch, daß Sie's ein bißchen weit treiben?« fragte er sanft.

»Eben das ist meine Absicht«, erwiderte ich stur.

Er sah mich scharf an. »Irgendwer hat einen Mann aus Ihnen gemacht, Hal«, sagte er. »Schön, dann muß es wohl so sein.« Er schob mir das Glas über den Tisch zu. »Wissen Sie«, fuhr er nachdenklich, wie zu sich selbst, fort, »ich an Ihrer Stelle würde mich nicht lange in Rapallo aufhalten. Ich würde schleunigst meinen Kiel anmachen und abhauen. Mit Torloni ist nicht gut Kirschen essen.«

»Ich hab' noch keine Kirschen mit Torloni gegessen. Ich hab' ihn heute zum erstenmal gesehen.«

Er nickte. »O. K. Wenn Sie das Spiel machen wollen, das ist Ihre Sache. Aber sieh mal, Hal, Sie haben mich gerade eben rangenommen, und ich hab' mitgespielt, weil Estrenoli nicht meine Angelegenheit ist und weil Sie ein alter Kumpel von mir sind und weil es mir nichts ausmacht, in dieser Sache rangenommen zu werden. Aber legen Sie sich nicht mit Torloni an; das ist ein übler Bursche, der verspeist Sie zum Frühstück.«

»Ich lege mich nicht mit Torloni an, solange er mich zufrieden läßt.«

Ich trank aus und stand auf. »Wir sehen uns noch.«

Metcalfe grinste. »Bestimmt. Sie sagten's ja schon – es ist eine kleine Stadt.«

Er begleitete mich an Deck, um mich zu verabschieden, und als ich zur Werft zurückfuhr, dachte ich gründlich über Metcalfe nach. Einiges war sehr deutlich gesagt worden – aber noch nicht deutlich genug –, und das Geheimnis um Metcalfes Absichten war nur noch tiefer geworden. Er hatte doch klar genug gesagt: Paß auf, daß Torloni dich nicht zusammenschlägt! Aber ich konnte seine Gründe nicht verstehen, schließlich war Torloni doch sein Mann. Das ging über meinen Horizont.

Als ich zur Werft zurückkam, war die Arbeit im Schuppen im Gange, als wäre sie nie unterbrochen gewesen. Ein Goldklumpen zerschmolz mit grellem Aufblitzen, und Coertze beugte sich zum Gießen über die Form.

Francesca kam zu mir heran, und ich sagte: »Es ist abgemacht. Innerhalb einer Woche bekommst du Nachricht von Eduardo.«

Sie seufzte. »Komm zum Abendbrot. Du hast überhaupt noch nichts gegessen.«

»Vielen Dank«, sagte ich und folgte ihr zum Wohnwagen.

Der goldene Kiel

Und wir schufteten, du meine Güte, wie wir schufteten! Die Erinnerung an jene Woche haftet in mir als ein tiefes, geheimnisvolles Dunkel, aus dem blendende, farbige Blitze hervorstechen. Sechzehn Stunden am Tag schmolzen und gossen wir

Gold, bis uns die Arme lahm waren und die Augen von der grellen Überhelle der Schmelzöfen brannten. Spätabends taumelten wir in die Kojen und schliefen, bevor wir noch die Kissen berührt hatten, uns schien es, als blieben uns nur Minuten, bevor wir wieder an dieses verdammte Teamwork ranmußten, das ich mir ausgedacht hatte.

Ich begann, den Anblick und das Gefühl des Goldes zu hassen und auch den Geruch – wenn es geschmolzen war, hatte es einen ganz eigenen Geruch –, und ich sehnte die Zeit herbei, da wir wieder in See sein würden, wo uns höchstens ein Sturm und eine Leeküste Sorgen machen könnten. Lieber allein in einem Boot in einem Hurrikan als noch eine Woche dieser Höllenqualen.

Aber wir schafften es! Die Menge des Goldes in der Form wuchs und wuchs, und der Stapel ungeschmolzener Barren nahm stetig ab. Wir brachten es auf mehr als 250 Schmelzvorgänge am Tag, und ich rechnete mir aus, daß wir einen halben Tag gegenüber meinem ursprünglichen Zehntagesplan gewinnen würden. Ein Gewinn von zwölf Stunden war nicht eben viel, aber er konnte zwischen Sieg und Niederlage entscheiden.

Metcalfe und Torloni verhielten sich merkwürdig ruhig. Wir wurden überwacht – vielmehr die Werft wurde überwacht –, und damit genug. Trotz der Verstärkung, die Torloni nach Rapallo geworfen hatte, und obwohl er selber seine Maßnahmen überwachte, gab es keine offene Bewegung gegen uns. Die Sache war mir rätselhaft.

Der einzige erfreuliche Anblick in dieser Lage war Francesca. Sie kochte für uns und besorgte unseren Haushalt, empfing Botschaften und gab Instruktionen an den Nachrichtendienst, und wenn wir bei dieser Hetzarbeit auch kaum Zeit füreinander fanden, es gab doch immer mal einen Händedruck oder ein Lächeln quer durch den Raum, das meinen Willen stärkte weiterzumachen.

Fünf Tage nachdem ich mit Metcalfe gesprochen hatte, bekam sie einen Brief, den sie gleich nach dem Lesen mit düsterer Miene verbrannte. Dann kam sie zu mir und sagte: »Eduardo ist sicher in Rom.«

»Metcalfe hat also Wort gehalten«, erwiderte ich.

Ein kleines Lächeln huschte über ihre Lippen. »Das will ich auch tun.«

Dann wurde sie wieder ernst. »Du mußt morgen zum Arzt gehen.«

»Kind, ich hab' doch keine Zeit«, sagte ich unwillig.

Aber sie blieb hartnäckig. »Die Zeit mußt du dir nehmen. Bald sollst du die *Sanford* segeln, dann mußt du wieder in Form sein.«

Sie holte Coertze zu Hilfe. Der sagte: »Sie hat völlig recht. Wir können uns doch nicht von Walker abhängig machen, nicht wahr?«

Das war wieder eine andere Sorge. Mit Walker wurde es immer schlimmer. Er war schlecht gelaunt und unzuverlässig, neigte zu heftigen Ausbrüchen und war unberechenbar. Das Gold verdarb ihn langsam, aber sicher, sicherer als aller Alkohol.

Coertze wiederholte: »Mann, gehen Sie zum Arzt.« Mit verlegenem Lächeln setzte er hinzu: »Und schließlich ist es ja meine Schuld, daß Sie einen schlimmen Rücken haben. Ich hätte den Eingang besser abstützen sollen. Sie gehen los, und ich werd' schon dafür sorgen, daß die Arbeit nicht darunter leidet.«

Es war das erste Mal, daß Coertze zugab, für etwas verantwortlich zu sein, und das rechnete ich ihm hoch an. Aber meine zerschrammten Knöchel taten ihm nicht leid. Er behauptete, ein Mann müsse es lernen zuzuschlagen, ohne sich selbst dabei Schaden zu tun.

Am nächsten Tage jagte Francesca mich also zum Arzt. Nachdem er mich mit vielen Ausrufen des Entsetzens und Abscheus untersucht und neu verbunden hatte, erklärte er schließlich, daß ich in acht Tagen zur gleichen Zeit wiederkommen solle. Ich sagte zu, aber ich wußte ja, daß wir dann schon in See auf dem Wege nach Tanger waren.

Als wir wieder im Wagen saßen, sagte Francesca: »Jetzt fahren wir zum Hotel Levante.«

»Ich muß aber wieder zurück.«

»Ein kleiner Drink wird dir guttun. Auf die paar Minuten kommt es nicht an.«

Wir fuhren also zum Levante, gingen in die Halle und bestellten was zu trinken. Francesca spielte mit ihrem Glas und begann dann stockend: »Ich muß dir noch etwas sagen – ich hab' da noch einen besonderen Grund, weshalb ich dich hierhergebracht habe. Du sollst hier jemand kennenlernen.«

»Hier jemand kennenlernen? Wen denn?«

»Mein Vater ist oben. Ich halte es für richtig, daß ihr euch kennenlernt.«

Ich war überrascht. »Weiß er über uns Bescheid?«

Sie schüttelte den Kopf. »Ich habe ihm von dem Gold und den

Juwelen erzählt. Er war sehr böse deshalb, und was er tun wird, weiß ich nicht. Über uns habe ich noch nichts gesagt.«

Das schien eine etwas schwierige Unterredung zu werden. Es kommt sicher nicht häufig vor, daß ein angehender Schwiegersohn zunächst beichten muß, daß er ein Goldschmuggler ist, bevor er um die Hand der Tochter anhält, einer Tochter, die bereits mit einem anderen verheiratet ist, um die Sache noch schlimmer zu machen.

»Natürlich freue ich mich sehr, deinen Vater kennenzulernen«, sagte ich.

Wir tranken aus und gingen zum Zimmer des alten Herrn hinauf. Er saß in einem Lehnstuhl mit einer Wolldecke über den Knien und blickte uns aufmerksam an, als wir eintraten. Er sah alt und müde aus. Seine Haare waren weiß, und sein Bart war nicht mehr struppig, wie man ihn mir geschildert hatte, sondern lag wohlgepflegt in weichen Strähnen. Sein Blick war der eines gebrochenen Mannes, ohne Kampfeslust darin.

»Darf ich dir Mr. Halloran vorstellen, Vater?« fragte Francesca.

Ich ging zu ihm. »Ich bin sehr erfreut, Sie zu sehen, Sir.«

Ein Glitzern erschien in seinen Augen. »So, wirklich?« fragte er und übersah die Hand, die ich ihm bot. Er lehnte sich im Stuhl zurück. »Sie sind also der Dieb, der das Gold meines Vaterlandes stehlen will.«

Ich biß die Zähne zusammen, dann antwortete ich ruhig: »Offenbar kennen Sie die Gesetze ihres eigenen Landes nicht, Sir.«

Er zog die buschigen weißen Augenbrauen hoch. »Oh! Vielleicht können Sie mich darüber aufklären, Mr. Halloran.«

»Dieser Schatz fällt unter das Gesetz, das sich mit aufgegebenem Eigentum befaßt«, erwiderte ich. »Nach diesem Gesetz ist derjenige, der zuerst Besitz davon ergreift, fortan der rechtmäßige Eigentümer.«

Er dachte darüber nach. »Ich gebe zu, daß Sie vielleicht recht haben; wozu dann aber all diese Heimlichkeit?«

Ich lächelte. »Da stecken Riesenwerte drin. Schon sammeln sich die Geier, trotz all unserer Bemühungen, das Geheimnis zu wahren.«

Seine Augen blitzten auf. »Ich glaube, Sie legen das Gesetz nicht richtig aus, junger Mann. Es handelt sich nicht um aufgegebenes Eigentum. Die Deutschen haben es mit Waffengewalt genommen. Das wäre für die Juristen ein gefundenes Fressen.«

»Der ganze Wert würde durch die Prozeßkosten draufgehen, selbst wenn wir gewönnen«, erwiderte ich.

»Sie haben mir Ihren Standpunkt klargemacht, aber mir gefällt er nicht, und es gefällt mir auch nicht, daß meine Tochter damit zu tun hat.«

»Ihre Tochter hat mit schlimmeren Dingen zu tun«, konterte ich.

»Was wollen Sie damit sagen«, fragte er in scharfem Ton.

»Estrenoli meine ich.«

Er seufzte und lehnte sich in seinem Stuhl zurück; der Funken der in ihm aufgeglüht war, erlosch, und er wurde wieder ein müder alter Mann. »Ach ja, ich weiß«, sagte er gequält. »Es ist schmachvoll. Ich hätte es verbieten sollen, aber Francesca...«

»Ich mußte es tun«, fiel Francesca ihm ins Wort.

»Nun, Sie brauchen sich keine Sorgen mehr zu machen seinetwegen, er wird sich jetzt von Ihnen fernhalten.«

Der Graf richtete sich auf. »Was ist mit ihm?«

Ein Lächeln zuckte um Francescas Lippen, als sie sagte: »Hal hat ihm den Kinnbacken zerbrochen.«

»Was, das haben Sie wirklich getan?« Der Graf winkte mich heran.

»Kommen Sie zu mir, junger Mann, setzen Sie sich neben mich. Wahrhaftig, sie haben Estrenoli geschlagen? Wie kam das?«

»Sein Benehmen gefiel mir nicht.«

Er lachte in sich hinein. »Das Benehmen der Estrenolis gefällt sehr vielen nicht, aber noch niemand hat bisher einen Estrenoli geschlagen. Und Sie haben ihn verletzt?«

»Wie mir ein Freund erzählte, habe ich ihn beinahe totgeschlagen.«

»Ach, wie schade!« sagte der Graf doppelsinnig. »Aber Sie müssen sich in acht nehmen. Er ist ein einflußreicher Mann und hat mächtige Freunde in der Regierung. Sie müssen schleunigst aus Italien raus.«

»Das will ich auch, aber nicht Estrenolis wegen. Der ist jetzt sehr eingeschüchtert und wird uns keine Schwierigkeiten machen.«

Der Graf erwiderte: »Ein Mann, der es mit einem Estreloni aufnimmt, verdient meinen Dank – und meine ganze Hochachtung.«

Francesca kam zu mir herüber und legte mir die Hand auf die Schulter.

»Auch ich will Italien verlassen«, sagte sie, »ich gehe mit Hal.« Der Graf sah sie lange an, dann senkte er den Kopf und starrte auf seine hageren Hände in seinem Schoß. Dann sprach er leise: »Du mußt tun, was du für am besten hältst, mein Kind. Italien hat dir nichts als Unglück gebracht; du mußt wohl in ein anderes Land gehen und unter anderen Gesetzen leben, um glücklich zu werden.«

Er sah auf. »Sie werden Sie gut beschützen, Herr Halloran?«

Ich bekam kein Wort heraus und nickte nur.

Francesca trat zu ihm, kniete neben ihm und nahm seine Hand in ihre. »Wir können nicht anders Papa, wir lieben uns. Willst du uns deinen Segen geben?«

Er lächelte verschmitzt. »Aber Kind, kann ich denn zu einer Sünde meinen Segen geben? Aber ich glaube, daß Gottes Weisheit tiefer ist als die der Kirchenmänner, er wird es verstehen. Ja, ich gebe euch meinen Segen, und ihr dürft wohl hoffen, daß auch Gott euch seinen Segen gibt.«

Sie beugte das Haupt, und ihre Schultern bebten. Er blickte wieder zu mir auf. »Ich war dagegen, daß sie Estrenoli heiratete, aber sie hat es für mich getan. Und nach unserem Gesetz kann eine Ehe nicht geschieden werden.«

Francesca trocknete sich die Augen. »Papa, wir haben nur wenig Zeit, und ich muß dir noch etwas sagen. Cariaceti – du entsinnst dich doch noch des kleinen Cariaceti –, der wird dich von Zeit zu Zeit aufsuchen und dir Geld bringen. Du mußt ...«

Er unterbrach sie. »Ich will nichts von diesem Geld.«

»Hör doch, Papa. Das Geld ist nicht für dich. Es wird sich um ziemliche Summen handeln, und das bißchen, was du brauchst, darfst du dir wirklich davon nehmen, aber das meiste sollst du weitergeben. Mario Pradelli braucht etwas für sein Jüngstes, das mit einer spastischen Lähmung geboren wurde. Dann Pietro Morelli, der seinen Sohn sonst nicht studieren lassen kann. Gib es weiter an die Männer, die im Kriege mit dir gekämpft haben, die ebenso wie du von den Kommunisten um ihre Habe gebracht wurden, gib es denen, die bedürftig sind.«

Ich sagte: »Mein Anteil am Gold gehört Francesca, sie kann nach ihrem Gefallen darüber verfügen. Das kann dazugetan werden.«

Der Graf hing geraume Zeit seinen Gedanken nach, dann sprach er: »So kann am Ende doch vielleicht noch etwas Gutes dabei rauskommen. Also gut, ich werde das Geld nehmen und damit verfahren, wie du gesagt hast.«

Francesca sagte: »Piero Morese wird dir dabei helfen, er weiß, wo all eure alten Kameraden zu erreichen sind. Ich bin dann nicht mehr hier, ich fahre mit Hal in wenigen Tagen.«

»Nein«, warf ich ein. »Du bleibst hier, ich komm' zurück, um dich zu holen.«

»Nein, ich komme mit dir«, beharrte sie.

»Du mußt hierbleiben, ich kann dich auf der *Sanford* nicht brauchen.«

Der Graf mischte sich ein: »Tu, was er sagt, Francesca. Er weiß, was er zu tun hat, und vielleicht kann er das nicht tun, wenn er dich dabei hat.«

Sie war richtig aufsässig, aber nach einigem Zögern beruhigte sie sich.

Der Graf sagte: »Nun geh, mein Kind, ich möchte mit deinem Hal noch etwas unter vier Augen besprechen.«

»Ich warte unten«, erwiderte sie.

Der Graf wartete, bis sie gegangen war. »Mr. Halloran, ich halte Sie für einen Ehrenmann. So hat Piero Morese Sie mir gestern abend am Telefon dargestellt. Bitte sagen Sie mir genau, welche Absichten haben Sie, wenn Sie meine Tochter aus Italien mit sich nehmen.«

»Ich will sie heiraten, sobald sie geschieden ist.«

»Es ist Ihnen doch klar, daß sie unter diesen Umständen nie nach Italien zurückkommen kann, daß diese Ehe hier als Bigamie angesehen würde?«

»Ich weiß es, und Francesca weiß es auch. Sie selbst sagten, daß sie in Italien bisher nur Unglück erfahren habe.«

»Ja, das ist wahr.« Er seufzte. »Francescas Mutter starb vor dem Kriege, als sie noch klein war. Meine Tochter wuchs mitten im Bürgerkriege in einem Partisanenlager auf, und schon als Kind hat sie sowohl das Heldentum als auch die Niedrigkeit der Menschen kennengelernt. Sie ist daher nicht mit anderen Frauen zu vergleichen. Manche andere wäre durch ihre Erfahrungen verhärtet worden, aber sie ist es nicht. Sie hat ein großes Herz, voller Menschlichkeit und Mitgefühl. Das darf ihr nicht gebrochen werden.«

»Ich liebe Francesca. Ich werde ihr niemals wissentlich das Herz brechen.«

Der Graf sprach weiter: »Wie ich hörte, sind Sie Schiffskonstrukteur und Schiffsbauer?«

»Schiffe baue ich nicht, nur Boote.«

»Ich verstehe. Nach meinem Gespräch mit Piero wollte ich gern mehr über Sie wissen, und ein Freund von mir hat einige Erkundigungen für mich eingeholt. Danach haben Sie einen wachsenden Ruf auf Ihrem Gebiet.«

»In Südafrika wohl«, erwiderte ich. »Daß man mich auch hier kennt, war mir nicht bekannt.«

»Ja, Ihr Ruf ist schon hierher gedrungen, und ich erwähne das, weil es mich freut, daß es so ist. Dieses Unternehmen, in das Sie sich im Augenblick eingelassen haben, mißbillige ich durchaus. Ich kann mir nicht denken, daß Sie Erfolg damit haben – aber wenn, solcher Reichtum ist wie Hexengold, er wird Ihnen in der Hand zu dürren Blättern. Es ist mir lieb zu wissen, daß Sie in Ihrem richtigen Beruf etwas Anständiges leisten.«

Er hüllte sich in die Decke. »Und nun gehen Sie, Francesca wartet. Ich kann Ihnen weiter nichts geben als meine guten Wünsche, aber die begleiten Sie auf allen Ihren Wegen.«

Ich ergriff die Hand, die er mir bot, und es drängte mich, ihm zu sagen: »Warum verlassen Sie nicht auch Italien, um mit uns zu kommen?«

Lächelnd schüttelte er den Kopf. »Nein, ich bin alt, und einen alten Baum soll man nicht verpflanzen. Ich kann mein Vaterland nicht mehr verlassen. Aber ich danke für Ihr Anerbieten. Gott befohlen, Hal, ich bin gewiß, mein Kind wird glücklich sein bei Ihnen.«

Ich sagte Lebewohl und verließ den Raum! Ich habe den Grafen nie wiedergesehen.

Kaum zu glauben, aber eines Tages war der Kiel fertig. Wir standen alle um die Form herum und betrachteten sie, von Zweifel erfüllt. Wir konnten es uns nicht vorstellen, daß all unser Schweiß, all unsere Arbeit zusammengeschmolzen sein sollte zu diesem toten Klumpen reizlosen gelben Metalls, bloße acht Kubikfuß in seltsam ausgeklügelter Gestalt.

Ich sagte: »Das wär geschafft. Zwei Tage weiter, und die *Sanford* schwimmt auf dem Wasser.«

Coertze sah auf die Uhr. »Wir haben noch Zeit, etwas zu tun heute. Wir können nicht einfach Feierabend machen, weil der Kiel fertig ist, es ist noch viel anderes zu tun.«

Wir gingen also wieder an die Arbeit. Walker machte sich daran, die Schmelzöfen abzubauen, und ich wies Coertze und Piero an, die Glasfiberverkleidung von der *Sanford* zu entfernen, damit wir den Bleikiel abnehmen könnten. Der Wechsel in Arbeit und Arbeitstempo tat uns gut, und wir fühlten uns alle erfrischt.

Francesca berichtete, daß an der vermutlichen Kampffront alles ruhig sei – Metcalfe war auf seinem Fairmile, und Torloni hielt sich in seinem Hotel auf. Die Wache auf der Werft war nicht verstärkt worden, es war alles so normal, wie eine durchaus anomale Situation eben sein konnte.

Der Kampf, wenn es dazu überhaupt kommen würde, müßte spätestens losgehen, wenn wir die *Sanford* zu Wasser ließen. Auf das erste Anzeichen, daß wir uns davonmachen wollten, mußte der Feind sich rühren. Es war mir unverständlich, warum er nicht schon früher über uns hergefallen war.

Der nächste Tag war eine reine Freude für uns. Wir arbeiteten tüchtig wie immer, und als wir fertig waren, war die *Sanford* das kostbarste Boot der Welt. Die Kielbolzen gingen glatt durch die Löcher, die Coertze beim Guß in dem Goldkiel ausgespart hatte, und auch durch die Durchbohrungen im Totholz, die Harry schon in Kapstadt hineingebracht hatte. Und als wir die Taljen, mit denen wir die *Sanford* angelüftet hatten, wegfierten, setzte sie sich sicher und bequem auf das Gold.

Coertze sagte: »Ich begreife nicht, warum Sie nicht die alten Löcher genommen haben, die für den alten Kiel.«

»Die Gewichtsverteilung ist anders«, erklärte ich. »Gold ist um die Hälfte schwerer als Blei, und darum mußte der Kiel eine andere Form haben als der alte, damit der Gewichtsschwerpunkt möglichst nicht verlagert würde. Da die Ballastmasse nun anders angeordnet ist, werden auch die Bewegungen der *Sanford* etwas anders sein, aber das läßt sich nicht ändern.«

Ich blickte auf die *Sanford*. Fast eine und dreiviertel Million Pfund war sie nun wert – die teuerste Jacht aller Zeiten. Ich war stolz auf sie – eines solchen Entwurfes konnten sich nicht viele Konstrukteure rühmen.

Still und entspannt saßen wir alle beim Abendessen. Ich sagte zu Francesca: »Du bringst am besten heute abend die Juwelen raus – kann sein, daß es die letzte Gelegenheit vor dem Feuerwerk ist.«

Sie lächelte. »Das ist nicht weiter schwierig; Piero hat sie in Betonziegel eingegossen. Die Kunst, etwas zu verstecken, haben wir von euch gelernt. Sie liegen draußen bei dem neuen Schuppen, den Palmerini sich baut.«

Ich lachte. »Das muß ich mir mal ansehen.«

»Komm, ich zeig' sie dir.«

Wir gingen in die dunkle Nacht hinein, und sie leuchtete mit der Taschenlampe auf einen unordentlich hingeworfenen Haufen von Ziegelsteinen neben dem neuen Schuppen. »Hier sind sie. Die wertvollen Steine sind mit Tünche markiert.«

»Nicht schlecht«, sagte ich, »gar nicht schlecht.«

Sie lehnte sich gegen mich, und ich umarmte sie. Für so was hatten wir nicht eben viel Zeit. Wir entbehrten vieles, was Liebesleute für gewöhnlich genießen können. Nach einer kleinen Weile fragte sie ganz ruhig: »Wann kommst du zurück?«

»Sobald ich das Gold verkauft habe«, erwiderte ich. »Mit dem ersten Flugzeug, das ich kriegen kann, fliege ich von Tanger los.«

»Und ich warte auf dich, aber nicht hier, ich bin mit meinem Vater in Mailand.«

Sie gab mir die Adresse, die ich mir gleich einprägte. Ich fragte: »Wird es dir auch nicht schwer, Italien zu verlassen?«

»Mit dir nicht.«

»Ich fragte deinen Vater, ob er mit uns kommen wollte, aber er wollte nicht.«

»Mit siebzig Jahren, nein, das ist zuviel verlangt von einem alten Mann.«

»Das war mir auch klar, und trotzdem hatte ich das Gefühl, ich müßte es ihm anbieten.«

Noch lange sprachen wir im Dunkeln über mancherlei persönliche Dinge, wie es Liebende zu tun pflegen, wenn sie allein sind. Dann meinte Francesca, daß sie müde sei und ins Bett wolle.

»Ich bleib' noch eine Zigarettenlänge«, sagte ich. »Es ist so schön hier draußen.«

Ich sah sie im Dunkel verschwinden und dann den kurzen Lichtschein, als sie die Schuppentür öffnete und hineinglitt.

Da hörte ich eine Stimme aus dem Dunkel flüstern: »Halloran!«

Ich fuhr herum: »Wer da?« und suchte mit meiner Taschenlampe.

»Verdammt, Licht aus! Ich bin's – Metcalfe.«

Ich machte die Lampe aus und bückte mich nach einem der Betonziegel. Ob er markiert war, konnte ich nicht sehen, wenn ja, war Metcalfe in Gefahr, mit einem wertvollen Ziegel zusammengeschlagen zu werden.

Ein dunkler Schatten näherte sich. »Ich dachte schon, Sie würden überhaupt nicht mehr aufhören, Ihrer Freundin Komplimente zu machen«, sage Metcalfe.

»Was wollen Sie, und wie sind Sie hierhergekommen?«

Er kicherte in sich hinein. »Ich bin auf dem Wasserwege gekommen. Torlonis Knaben bewachen die Landfront der Werft.«

»Weiß ich«, erwiderte ich.

Überrascht fragte er: »Das wissen Sie?« Ich sah seine Zähne schimmern. »Aber tut nichts, es macht weiter keinen Unterschied.«

»Unterschied zu was?«

»Mensch, Hal, Sie sind in der Klemme. Torloni will Sie heute nacht mit seinen Männern überfallen. Ich versuchte, ihn davon abzuhalten, aber er ist außer Rand und Band.«

Ich fragte: »Auf wessen Seite stehen Sie?«

Er kicherte. »Bloß auf meiner.« In verändertem Ton fuhr er fort: »Was woll'n Sie nun machen?«

Ich zuckte die Achseln. »Bleibt mir ja wohl nichts anderes übrig, als mich zu wehren.«

»Ach Quatsch, ist doch Blödsinn! Sie haben doch nicht die geringsten Aussichten gegen Torlonis Bluthunde. Ist Ihr Boot nicht klar, daß Sie's jetzt gleich zu Wasser bringen können?«

»Noch nicht; fehlt noch Verschalung und Anstrich.«

»Ach Schiet«, sagte er ärgerlich. »Was kümmert Sie das, wenn Sie sicher in Ihren Planken sitzen können? Ist der neue Kiel dran?«

Ich wunderte mich, daß er das wußte. »Und wenn?«

»Dann seien Sie nicht so eigensinnig, und setzen Sie das Boot ins Wasser, und zwar sofort. Und machen Sie, daß Sie hier so schnell wie möglich rauskommen.« Er drückte mir etwas in die

Hand. »Ich hab' Sie schon ausklariert. Ich sagte Ihnen ja, daß der Hafenkapitän ein alter Freund von mir ist.«

Ich nahm das Papier und fragte: »Und warum warnen Sie uns? Ich dachte, Torloni sei Ihr Mann?«

Er lachte auf. »Torloni ist keines Mannes Mann, bloß sein eigener. Er hat mir eine Gefälligkeit erwiesen, aber er hatte keine Ahnung, was da im Busch war. Ich habe ihn nur gebeten, Sie für mich zu überwachen. Die Sache mit dem alten Wachmann hat mir sehr leid getan – aber das waren diese Bestien von Torloni, ich hab' das nicht gewollt.«

»Das dachte ich mir, einen alten Mann so zusammenzuschlagen, das sah so gar nicht nach Ihnen aus.«

»Jedenfalls weiß Torloni jetzt, worum es geht. Dieser verdammte Idiot Walker hat das mal wieder fertiggebracht.«

»Was, Walker? Wieso?«

»Einer von Torlonis Leuten hat ihm die Taschen ausgeräubert und dabei das Zigarettenetui erwischt. Immerhin gar kein übles Ding, dies Etui, ganz aus Gold, und drinnen eine hübsche, nette Inschrift – ›*Caro Benito da Parte di Adolf – Brennero – 1940*‹. Als Torloni das sah, wußte er natürlich sofort, was los war. Seit dem Kriege haben sie in Italien immer wieder jeden Winkel nach diesem Schatz durchsucht, und nun meint Torloni, er habe ihn schon sicher in seiner schmierigen Pfote.«

Ich verfluchte Walker, diesen wahnwitzigen Idioten.

Metcalfe fuhr fort: »Ich versuchte, Torloni zu stoppen, aber er ließ sich nicht halten. Wegen des Goldes würde er mir ebenso wie Ihnen die Gurgel durchschneiden – darum mein Wink.«

»Und wann will er angreifen?«

»Um drei Uhr morgens. Er wird mit seinem ganzen Haufen einfallen.«

»Haben Sie Schußwaffen?«

Metcalfe überlegte. »Die werden sie nicht haben. Torloni muß die Sache möglichst ruhig machen. Er braucht Zeit, um das Gold rauszubringen, und da wird er nicht gern wollen, daß ihm die Polizei auf den Hals kommt. Darum glaub' ich nicht, daß sie Schußwaffen haben.«

Das war die erste gute Sache, die ich von Metcalfe hörte, seit er mich überrascht hatte. Ich fragte: »Wo sind seine Leute jetzt?«

»Soviel ich weiß, schlafen sie jetzt, sie werden sich nicht ohne Not die ganze Nacht um die Ohren schlagen.«

»Dann sind sie also in ihren Hotels, wo sie wohnen – alle sechzehn.«

Metcalfe pfiff durch die Zähne. »Sie wissen offenbar mehr als ich.«

»Ich hab' die ganze Zeit Bescheid gewußt«, erwiderte ich kurz. »Wir haben sie überwacht, seit sie in Rapallo auftauchten, und auch vorher schon. Auch Ihre Leute haben wir in jedem Mittelmeerhafen ausgemacht.«

»Ich hab' mich schon damals gewundert, als Dino in Monte Carlo verprügelt wurde. Waren Sie das?« fragte er gedehnt.

»Coertze«, sagte ich knapp. Ich faßte den Stein, den ich in der Hand hatte, fester. Ich wollte Metcalfe nun doch zusammenschlagen – zu oft hatte er ein doppeltes Spiel gespielt, vielleicht tat er das eben jetzt auch. Mir schien es besser, wir hätten ihn unter unserer Aufsicht.

Er lachte: »Natürlich, das war seine Marke.«

Langsam hob ich den Stein. »Wie kamen Sie uns auf die Spur?« fragte ich. »Es muß schon in Tanger gewesen sein. Aber von wem haben Sie es erfahren?«

Keine Antwort.

»Nun, wie war das, Metcalfe?« fragte ich abermals und hielt den Stein hoch.

Schweigen.

»Metcalfe?« fragte ich unsicher und leuchtete mit meiner Taschenlampe.

Er war fort. Vom Wasser her hörte ich ein Plätschern und das Knarren eines Riemens in seiner Rundsel. Ich hätte Metcalfe besser kennen sollen, statt mir einzubilden, ich könnte ihn überlisten. Er war zu gerissen für mich.

Als ich zum Schuppen zurückging, sah ich auf die Uhr; zehn Uhr – noch fünf Stunden bis zu Torlonis Angriff. Konnten wir inzwischen den Mast einsetzen und das ganze stehende Gut auftakeln? Es schien mir sehr zweifelhaft. Wenn wir außerhalb des Schuppens bei Flutlicht arbeiteten, würden Torlonis Wächter sofort Bescheid wissen, und er würde unverzüglich angreifen. Wollten wir im Finstern arbeiten, so gäbe das eine Schweinearbeit – soviel ich weiß, hat noch niemand einen fünfundfünfzig Fuß hohen Mast im Dunkeln eingesetzt, und ich war mir nicht darüber klar, ob das möglich wäre.

Es sah mir ganz danach aus, daß wir bleiben und kämpfen müßten.

Ich ging hinein und weckte Coertze. Er war noch ganz verpennt, aber als ich ihm erzählte, was sich zusammenbraute, war er im Nu hellwach. Walkers Anteil an der ganzen Geschichte verschwieg ich ihm. Wir brauchten Walker noch, und ich war mir darüber klar: Wenn ich Coertze davon erzählte, hätte ich eine Leiche und einen Mörder in meiner Gesellschaft, und jetzt war keine Zeit für interne Auseinandersetzungen.

Argwöhnisch fragte Coertze: »Zum Teufel, was für ein Spiel spielt dieser Metcalfe?«

»Weiß ich nicht, und es ist mir auch Wurscht. Hauptsache, er hat uns diesen Wink gegeben, und wenn wir uns nicht danach richten, sind wir blöd. Hat sich vielleicht mit Torloni verkracht.«

»*Reg*«, sagte Coertze und schwang sich aus der Koje. »Fangen wir an.«

»Einen Augenblick noch«, sagte ich. »Was machen wir mit dem Mast?« Ich setzte ihm genau auseinander, was ich davon hielt, den Mast im Dunkeln einzusetzen.

Er rieb sich das Kinn, und in der Stille hörte man die Stoppeln knistern. »Ich denke, wir sollten ruhig Licht machen«, sagte er schließlich. »Natürlich, nachdem wir unsere Vorbereitungen zum Empfang Torlonis getroffen haben. Daß er angreifen will, wissen wir, und ob früher oder später, kann uns egal sein, wenn wir nur bereit sind.« Es war der Mann der Tat, der aus ihm sprach, der militärische Führer. Was er sagte, hatte Hand und Fuß, und so ließ ich ihm freie Hand. Er weckte Piero, und beide steckten die Köpfe zusammen, während ich mit Walker begann, den Schuppen aufzuräumen und die Ausrüstung wieder auf die *Sanford* zu bringen. Francesca wurde von unseren Geräuschen wach und kam herbei, um sich zu erkundigen, was los sei, und sie wurde in Coertzes Kriegsrat hineingezogen.

Bald verschwand Piero aus dem Schuppen, und Coertze rief mich zu sich hinüber. »Sie müssen ja auch wissen, was nun vor sich geht«, sagte er.

Er hatte einen Plan von Rapallo, eine dieser Werbegaben der Reisebüros, und breitete ihn aus. Während er sprach, wies er auf die wichtigsten Punkte auf der Karte. Der Plan, den er entwikkelte, war gut, und wie alle guten Pläne war er einfach.

Wenn Coertze nicht bei Tobruk in Kriegsgefangenschaft geraten wäre, hätte er es sicher früher oder später bis zum Offizier gebracht. Er hatte ein angeborenes taktisches Verständnis, und sein Plan, die eigenen Kräfte zusammenzuhalten und die Teilkräfte des Gegners zu schlagen, bevor sie sich vereinigen konnten, entsprach klassischer Tradition.

»Jetzt ist Reisezeit«, meinte er, »und die Hotels sind überfüllt. Torloni konnte nicht alle seine Leute in einem Hotel unterbringen, und sie sind nun in der Stadt verstreut – vier Mann hier, sechs hier, drei hier und der Rest bei Torloni.« Dabei wies er mit seinem pummeligen Zeigefinger auf die einzelnen Punkte der Karte.

»Wir können fünfundzwanzig Mann auf die Beine stellen, davon behalte ich zehn Mann hier. Vier Mann von Torloni bewachen augenblicklich die Werft, die erledigen wir in wenigen Minuten, damit sollten zehn Mann leicht fertig werden. Das bedeutet, wenn wir hier Licht machen, ist da niemand mehr, der Torloni warnen kann.«

»Großartige Idee«, sagte ich.

»Bleiben uns fünfzehn Mann, die wir als bewegliche Kräfte außerhalb der Werft verwenden können. Zwei Mann stellen wir für jedes Hotel ab, nur für dieses hier, da stellen wir neun Mann hin. Da sind vier von Torlonis Leuten drin, und wenn sie rauskommen, werden sie zusammengeschlagen. Das dürfte nicht schwierig sein.«

»Damit haben Sie seine Kräfte schon um die Hälfte reduziert.«

»Richtig. Nun rückt Torloni mit acht Mann zum Angriff auf die Werft an. Er rechnet mit seinen sechzehn Leuten, aber er kriegt sie nicht zusammen. Darüber könnte er nervös werden, aber das glaub' ich nicht. Er denkt, wir sind bloß vier Mann und ein Mädchen und er kann leicht mit uns fertig werden. Aber mit uns sind wir fünfzehn Mann auf der Werft, und die andern fünfzehn laß ich gleich hinter ihm rein, wenn er angreift.«

Er blickte auf. »Na, wie ist das?«

»Ganz groß«, sagte ich. »Aber Sie müssen diesen Italienern Beine machen; wir müssen diese Hunde in größter Eile festnageln, bevor ein Schuß losgehen kann. Metcalfe meint zwar, sie würden nicht schießen, aber es könnte doch sein, wenn sie sehen, daß es schlecht für sie steht.«

»Die werden sich beeilen«, sicherte er mir zu. »Piero hängt schon am Telefon und instruiert sie; der Befehl lautet, die vier

Wächter hier um elf Uhr zu beseitigen.« Er sah auf die Uhr. »Jetzt in fünf Minuten. Gehen wir und sehen wir uns den Spaß an.«

Francesca sagte: »Ich kann mir nicht vorstellen, daß da etwas schiefgehen kann.«

Konnte es auch nicht – das tat's dann aber doch.

Als wir den Schuppen verließen, bemerkte ich Walker hinter uns hertrotten. Er hatte sich im Hintergrund gehalten und versucht, unbemerkt zu bleiben. Ich ließ die anderen vorangehen und packte ihn beim Arm. »Sie bleiben hier drinnen«, befahl ich ihm. »Wenn Sie den Schuppen verlassen, mach' ich Sie kalt, das schwöre ich Ihnen.«

Sein Gesicht wurde schneeweiß. »Warum!«

»Weil Sie sich haben bestehlen lassen. Sie gottverfluchter Hansnarr! Warum mußten Sie diese Zigarettendose bei sich tragen?«

Er machte einen lächerlichen Versuch, sich herauszureden. »W... Was für eine Zigarettendose?«

»Lügen Sie mir nicht ins Gesicht, Mensch. Sie wissen ganz genau, welche Dose ich meine. Bleiben Sie hier, und rühren Sie sich nicht hinaus. Ich kann es nicht gebrauchen, daß Sie mir zwischen den Füßen herumlaufen – ich kann jetzt nicht dauernd auf Sie aufpassen, damit Sie nicht weiteres Unheil anrichten.« Ich packte ihn an der Brust. »Ich kann Ihnen sagen, wenn Sie nicht hier drinnen bleiben, werde ich Coertze haargenau erzählen, warum Torloni über Nacht angreift – Coertze wird Ihnen Ihre Glieder Stück für Stück vom Leibe reißen.«

Seine Unterlippe zitterte. »Nein, nein, bitte nicht Coertze sagen«, wimmerte er, »um Gottes willen, bitte bitte nicht.« Ich ließ ihn los. »O. K. Aber bleiben Sie mir im Schuppen.«

Ich ging den andern nach in Palmerinis Büro. Coertze meldete: »Alles klar.«

Zu Piero sagte ich: »Es wäre gut, wenn Sie Palmerini herholten, wir brauchen seine Hilfe, wenn wir den Mast auftakeln.«

»Hab' schon telefoniert«, sagte Piero. »Er kommt Viertel nach elf, wenn wir hier mit dieser Arbeit fertig sind.« Er nickte in Richtung des Haupttors.

»Gut!« sagte ich. »Glauben Sie, daß wir von den Vorgängen draußen was sehen können?«

»Etwas vielleicht. Der eine von Torlonis Leuten gibt sich nicht viel Mühe, sich zu verstecken; er steht unter der Straßenlaterne gegenüber dem Haupttor.«

Wir gingen zum Tor, ganz leise, um die Wächter nicht zu alarmieren. Der Torflügel war aus uraltem ungestrichenem Holz, ausgedörrt von der Sonne, und es waren zahlreiche Sprünge drin, durch die wir sehen konnten. Ich kniete nieder und sah durch einen der Sprünge und sah auf der anderen Seite der Straße im Laternenlicht einen Mann stehen. Eine Hand in der Hosentasche, rauchte er müßig seine Zigarette. Ich hörte das leise Klingeln von Geld oder Schlüsseln.

Coertze flüsterte mir zu: »Es ist soweit.«

Eine ganze Weile geschah nichts. Nichts war zu hören, nur der heisere Schrei eines einzelnen Seevogels unterbrach gelegentlich die Stille. Leise sagte Piero: »Zwei haben sie.«

»Woher wissen Sie das?«

In seiner Stimme klang ein Lachen. »Die Vögel erzählen es mir.«

Plötzlich wurde mir klar, was mich unterbewußt gestört hatte. Möwen schlafen nachts und schreien nicht.

Ein schweres Singen ließ sich hören, wurde lauter, und bald kamen drei Männer laut grölend die Straße herauf. Sie hatten offensichtlich gezecht, denn sie wankten und taumelten, und der eine mußte von den beiden anderen gestützt werden. Der Mann unter der Laterne trat seinen Stummel aus und ging an die Wand zurück, um sie vorbeizulassen. Der eine schwenkte eine Flasche in der Luft und rief: »Komm, Bruder, trink mit mir, Bruder, trink mit mir auf meinen ersten Jungen!«

Torlonis Mann schüttelte den Kopf, aber die drei drängten sich um ihn und forderten ihn mit besoffenen Redensarten zum Trinken auf. Plötzlich kam die Flasche mit einem Ruck von oben; ich hörte den Aufschlag bis über die Straße schallen.

»Mein Gott«, fuhr es mir heraus, »hoffentlich haben sie ihn nicht totgeschlagen.«

Piero meinte: »Wird schon stimmen, die wissen genau, wie dick so 'ne Hirnschale ist.«

Wie durch ein Wunder waren die Betrunkenen plötzlich nüchtern geworden und brachten im Laufschritt den reglosen Körper von Torlonis Mann über die Straße herüber angeschleppt. Zur gleichen Zeit kamen andere von rechts und links und trugen ebenfalls bewußtlose Männer. Dann kam ein Wagen die Straße herauf und schwenkte in den Torweg ein.

»Nummer vier«, sagte Coertze mit Befriedigung. »In den Schuppen damit.«

»Nein, halt!« sagte ich. »Bringt sie in den halbfertigen neuen Schuppen.« Ich wollte nicht, daß sie irgend etwas zu sehen bekamen; es konnte später mal unser Schaden sein. »Fesselt und knebelt sie; zwei Mann als Wache dazu!«

In rasendem Italienisch gab Piero seine Anordnungen, und die Männer wurden weggebracht. Eine Gruppe von Italienern stand um uns herum, lebhaft schwatzend, wie leicht alles gewesen wäre, bis Piero Ruhe verlangte. »Seid ihr alte Soldaten oder junge Rekruten?« fuhr er sie an. »So ein Saustall! Wenn das der Graf sehen würde, er ließe euch alle erschießen.«

Sie schwiegen verlegen, und Piero fuhr fort: »Ihr übernehmt jetzt die Wache draußen. Giuseppi, ins Büro ans Telefon; wenn's klingelt, rufst du mich. Ihr andern: aufpassen und Maul halten!«

Vorm Tor hupte ein Wagen, und ich fuhr nervös auf. Nach einem kurzen Blick nach draußen sagte Piero: »In Ordnung. Das ist Palmerini. Laßt ihn rein.«

Palmerinis kleiner Fiat kam durch den Torweg und spie einen Knäuel von Armen und Beinen aus, Palmerini und seine drei Söhne. Er kam auf mich zu und sagte: »Ich höre, daß Sie es eilig haben, Ihr Boot seeklar zu kriegen. Das kostet aber Überstunden, das ist Ihnen ja wohl klar.«

Ich grinste. Das war echt Palmerini. »Wie lange wird es dauern?«

»Bei Licht – vier Stunden, auch wenn Sie mithelfen.«

Das würde bis drei Uhr fünfzehn dauern, gerade eben etwas zu lange. Wir würden am Ende doch kämpfen müssen. Ich sagte: »Möglich, daß wir gestört werden, Signor Palmerini.«

»Schon gut. Aber Schäden müssen Sie bezahlen«, war seine Antwort.

Es war klar, er wußte, worum es ging. Ich erwiderte: »Sie werden reichlich entschädigt. Können wir anfangen?«

Er wandte sich seinen Söhnen zu und fuhr sie an: »Worauf wartet ihr denn noch, ihr faulen Dummköpfe! Habt ihr nicht gehört, was der Signore gesagt hat? Ach, der liebe Gott müßte sich schämen, daß er mir solche Söhne gegeben hat mit so starken Armen und so schwachen Köpfen!« Er jagte sie zum Schuppen hinunter, und ich fühlte mich allmählich etwas leichter.

Als in dem zum Wasser hin gelegenen Ende des Schuppens

das Licht anging, betrachtete Francesca das Tor und sagte nachdenklich: »Wenn ich Torloni wäre und hier schnell reinkommen wollte, würde ich mit meinem Wagen einfach durchfahren.«

»Du würdest den Torflügel einrennen?«

»Ja, er ist ziemlich schwach.«

Coertze sagte aufgeräumt: »*Reg,* da können wir einen Riegel vorsetzen. Wir haben ja einen von seinen Wagen erbeutet, den stell' ich gleich hinter dem Torflügel quer übern Weg. Wenn er durchzubrechen versucht, wird er auf ein schwereres Hindernis stoßen, als er erwartet hat.«

»Das überlasse ich Ihnen jetzt«, sagte ich. »Ich muß Palmerini helfen.« Als ich zum Schuppen lief, hörte ich den Wagen hinter mir anfahren.

Mit Palmerini traf ich an der Schuppentür zusammen. Er war außer sich. »Signore, so können Sie das Boot nicht ins Wasser setzen. Keine Farbe, kein Kupfer, nichts, was den Boden schützt. Das Boot geht kaputt in unserem Mittelmeerwasser – die Würmer werden es bald aufgefressen haben.«

»Wir haben keine Zeit«, entgegnete ich. »Wir müssen es so ins Wasser setzen, wie es ist.«

Er war in seiner Handwerksehre tief gekränkt. »Ich weiß nicht, ob ich das erlauben soll«, brummte er. »Noch nie hat ein Boot in solchem Zustand meine Werft verlassen. Wenn das einer hört, wird er sagen: ›Palmerini ist ein alter Narr; Palmerini hat seinen Verstand verloren – Palmerini wird langsam senil.‹«

Er hatte ja nicht ganz unrecht, aber in meiner Ungeduld, voranzukommen, versuchte ich, ihn zu beruhigen. »Davon erfährt niemand etwas. Ich spreche nicht darüber.«

Wir gingen zur *Sanford* hinüber. Palmerini murmelte noch immer vor sich hin, wie grausam es wäre, eines Schiffes Leib ungeschützt den kleinen Seetieren auszusetzen. Er betrachtete den Kiel und klopfte mit dem Knöchel dran. »Und dann das hier, Signore! Hat man so was schon gehört, ein Messingkiel?«

»Ich sagte Ihnen ja, es sei ein Versuch«, entgegnete ich.

Er legte den Kopf auf die Seite und sah mich mit seinem Walnußgesicht wie ein Kobold an. »Ah, Signore, niemals hat es eine solche Jacht im Mittelmeer gegeben. Nicht einmal die berühmte *Argo* glich diesem Boot, nicht einmal das Goldene Vlies war so kostbar.« Er lachte auf. »Na, ich will sehen, ob meine faulen Söhne mit der Sache fertig werden.«

Er ging auf den beleuchteten Platz vorm Schuppen und palaverte wie ein Irrer. Ein drolliger Knabe, dieser Palmerini, und immer zu Foppereien aufgelegt. Aber er wußte ganz genau Bescheid, was auf seiner Werft passierte.

Ich rief ihn noch einmal zurück. »Signor Palmerini«, sagte ich, »wenn alles gutgeht, komm' ich wieder und kaufe Ihnen die Werft ab, wenn Sie verkaufen wollen. Zu einem guten Preis natürlich.«

Er kicherte. »Glauben Sie wirklich, ich verkaufe meine Werft an jemanden, der ein Boot ohne Bodenanstrich losschickt? Ich hab' Sie damit nur aufgezogen, mein lieber Mann, weil Sie immer so seriös aussehen.«

Ich lächelte. »Na schön. Aber da liegt noch mein Bleikiel, für den ich keine Verwendung mehr habe. Den können Sie doch sicher gebrauchen.« Nach dem augenblicklichen Preis für Blei war der Kiel seine fünfzehnhundert Pfund wert.

Er nickte zustimmend. »Ja, ich kann ihn mit verwenden. Kommt gerade hin mit der Bezahlung der Überstunden heut nacht.« Er schnatterte wieder los und schwang die Peitsche über seinen Söhnen.

Walker sah immer noch bleich und finster aus, und als ich ihn anzutreiben begann, wurde er nur noch verdrießlicher. Ich kümmerte mich aber nicht darum und trieb ihn nur noch mehr an; schließlich mußte die *Sanford* ja schleunigst seeklar gemacht werden. Bald kamen Coertze und Francesca zu uns, und die Arbeit kam um einiges flotter voran.

Francesca sagte: »Ich habe Piero die Sache mit dem Wagen überlassen. Damit weiß er Bescheid, und von den Booten versteht er doch nichts.«

»Grad wie du.«

»Aber ich kann's lernen.«

»Du solltest nun wirklich gehen. Es könnte hier bald ein bißchen gefährlich werden.«

»Nein«, beharrte sie hartnäckig, »ich bleibe.«

»Du gehst.«

Sie sah mir ins Gesicht. »Und wie willst du mich dazu zwingen?«

Sie hatte mich mattgesetzt, das wußte sie ganz genau. Ich zögerte noch mit meiner Antwort, da fuhr sie schon fort: »Ich bleib' nicht nur hier, ich komme auch mit dir auf die *Sanford*.«

»Das werden wir später sehen«, gab ich zur Antwort. »Jetzt habe ich keine Zeit zum Streiten.«

Wir zogen die *Sanford* aus dem Schuppen, und einer der Palmerini-Söhne kam mit dem Mastenkran längsseit. Er nahm damit den Mast auf und hißte ihn hoch über das Boot. Dann fierte er ihn langsam über das Mastloch. Ich war unten und paßte auf, daß der Fußzapfen richtig in die Mastspur kam. Palmerini kam zu mir und sagte: »Um das Verkeilen werde ich mich schon kümmern. Wenn Sie es so eilig haben, wie sie sagen, dann überholen Sie lieber Ihren Motor.«

Der Motor war in Ordnung. Solange die *Sanford* in der Werft lag, hatte ich ihn jede Woche zweimal überprüft und einen Augenblick laufen lassen, damit er Öl bekam. Jetzt sprang er sofort an und lief einwandfrei, ich war zufrieden zu wissen, daß, wenn wir erst im Wasser waren, wir mit etlichen Knoten losfahren konnten.

Ich überholte die Treibstoff- und die Wassertanks und ging dann an Deck, um Palmerinis Söhnen beim stehenden Gut zu helfen. Nachdem wir eine Zeitlang gearbeitet hatte, brachte Francesca uns Kaffee. Ich nahm ihn dankend an; Francesca sagte ruhig zu mir: »Es wird ziemlich spät.«

Ich sah auf die Uhr – schon zwei. »Verflixt«, sagte ich, »nur noch eine Stunde bis null. Hast du was von Piero gehört?«

Sie schüttelte den Kopf. »Wie lange braucht ihr noch«, fragte sie und blickte an Deck umher.

»Sieht schlimmer aus, als es ist«, erwiderte ich, »aber so an zwei Stunden wird's wohl noch dauern.«

»Wir müssen also kämpfen«, sagte sie entschlossen.

»Ja, es sieht so aus.« Ich dachte an Coertzes Plan. »Aber es wird wohl nicht gar so schlimm kommen.«

»Ich bleib' bei Piero«, sagte sie. »Ich geb' dir Nachricht, wenn irgend etwas passiert.«

Ich sah ihr nach, dann ging ich zu Walker. »Um das laufende Gut kümmern Sie sich mal nicht«, sagte ich zu ihm, »das machen wir in See. Nur die Fallen können Sie durch die Blöcke scheren und an Deck klarlegen. Wir haben nicht mehr viel Zeit.«

Hatten wir uns schon vorher rangehalten, jetzt gingen wir noch schärfer ran – aber es half nichts. Francesca kam aus dem Büro angelaufen. »Hal, Hal, du mußt schnell mal zu Piero kommen.«

Ich ließ alles stehen und liegen und rannte los und rief unterwegs nach Coertze. Piero telefonierte gerade, als ich ins Büro kam. Nach einer Minute legte er auf und sagte: »Es geht los.«

Coertze saß am Schreibtisch und hatte den Plan vor sich ausgebreitet. »Wer war das?«

Piero wies mit dem Finger auf den Plan. »Diese da. Zwei von unseren folgen ihnen.«

»Nicht die vier, die wir gleich abfangen wollten?«

»Nein, von denen hab' ich nichts gehört.« Er ging zum Fenster hinüber und sprach einige Worte zu einem Mann draußen. Ich sah auf die Uhr – halb drei.

Wir saßen schweigend und lauschten dem Ticken der Uhr – die Minuten verrannen. Es war eine bedrückende Stimmung; sie erinnerte mich an die Kriegszeiten, wenn wir einen deutschen Angriff erwarteten und nicht wußten, wann oder wo es losgehen würde.

Plötzlich schrillte das Telefon, und alles sprang auf.

Piero nahm den Hörer ab. Dann kniff er die Lippen zusammen. Er legte auf und berichtete: »Torloni hat mehr Leute zusammengebracht. Sie versammeln sich in der Piazza Cavour – zwei Lastwagen voll.«

»Wo in aller Welt hat er die denn her?« fragte ich.

»Aus Spezia. Er hat einen anderen Trupp zur Hile gerufen.«

Meine Gedanken arbeiteten auf Hochtouren. Wie kam Torloni dazu? Für uns vier hatte er nicht so viele Leute nötig – er müßte schon was wissen von unserem Bündnis mit den Partisanen –, nun, er war drauf und dran, uns mit seiner Übermacht wegzufegen.

»Wieviel hat er dazugekriegt?« fragte Coertze.

Piero zuckte die Achseln. »Wie ich hörte, mindestens dreißig.«

Coertze fluchte. Sein Plan war hinfällig geworden. Der Feind griff mit geballter Kraft an, und unsere eigenen Kräfte waren zersplittert.

Ich fragte Piero: »Haben Sie Verbindung mit Ihren Leuten!« Er nickte. »Einer paßt auf, der andere hält sich am Telefon auf.«

Ich sah Coertze an. »Am besten holen Sie die her.«

Er schüttelte entschieden den Kopf. »Nein, der Plan ist noch brauchbar. Wir können sie hier aufhalten und im Rücken angreifen.«

»Wieviel Mann haben wir insgesamt?«

»Fünfundzwanzig Italiener und uns vier.«

»Und sie wenigstens dreiundvierzig. Sehr übel für uns.« Francesca sagte zu Piero: »Unsere Männer hier können alle kämpfen. Es ist ein Jammer, daß dieselben Männer auch den Wachdienst tun müssen. Wir haben doch unter unseren Freunden auch noch alte Leute, die nicht mehr kämpfen, wohl aber wachen und beoabachten können; können wir die nicht zusammenholen, damit wir alle Kampffähigen hier zusammenhaben?«

Piero griff zum Telefon, aber Coertze hielt ihn davon ab.

»Nein!« Er lehnte sich in seinem Stuhl zurück. »Ein guter Gedanke, aber es ist zu spät dazu. Wir können unsere Verteilung nicht mehr umwerfen. Und das Telefon muß jetzt frei bleiben für die Meldungen von unseren Leuten draußen.«

Bleiern schlichen die Minuten, während wir warteten. Plötzlich fragte Coertze: »Wo ist Walker?«

»Arbeitet am Boot«, antwortete ich. »Da nützt er uns mehr als hier.«

Coertze schnaufte. »Bei Gott, so ist es. Wenn's rund geht, taugt er nichts.«

Das Telefon läutete, und schon hatte Piero es am Ohr. Er lauschte gespannt und gab dann schnelle Anordnungen. Ich sah zu Coertze hinüber und sagte: »Vier weniger.«

»... und noch neununddreißig übrig«, ergänzte er.

Piero legte auf. »Das war unsere bewegliche Kampfgruppe. Sie gehen jetzt zur Piazza Cavour.«

Wieder klingelte das Telefon. Piero hatte die Hand noch auf dem Hörer und nahm ihn auf. Ich sagte zu Francesca: »Geh zum Boot und sag Walker, er soll arbeiten wie der Deubel. Und du bleibst am besten gleich da.«

Als sie ging, sagte Piero: »Torloni ist von der Piazza Cavour losgefahren mit zwei Pkw und zwei Lkw. Wir hatten nur zwei Mann da, und die haben den einen Lkw schon aus den Augen verloren. Der andere Lkw und die beiden Pkw kommen geradewegs hierher.«

Coertze schlug auf den Tisch. »Verflucht noch mal! Wo ist der andere hin?«

Ich erwiderte grimmig: »Darum würde ich mir jetzt keine Gedanken machen. Von jetzt ab kann's nur noch besser werden; schlimmer kann's nicht mehr kommen, also bleibt nichts anderes übrig.«

Ich ging hinaus und stand in der Dunkelheit. Giuseppi sprach mich an: »Wie steht's, Signore?«

»Torloni wird mit seinen Männern in ein paar Minuten hiersein. Sag den anderen, sie sollen sich klarhalten.«

Gleich darauf kam Coertze zu mir. »Sie haben das Telefon abgeschnitten.«

»Auch das noch! Nun wissen wir überhaupt nicht mehr, was los ist.«

»Ich hoffe, daß unsere Freunde draußen ihren Verstand gebrauchen und sich zusammenhalten, sonst sind wir aufgeschmissen«, sagte er grimmig.

Piero trat zu uns. Ich fragte ihn: »Werden Palmerinis Söhne kämpfen?«

»Gewiß, wenn jemand sie angreift.«

»Gehen Sie lieber hin und sagen Sie dem Alten, er soll sich in Deckung halten. Ich möchte nicht, daß er was abkriegt.«

Piero ging, und Coertze ließ sich nieder und wartete auf das Kommende. Die Straße war leer, und nichts war zu hören. Wir warteten lange, und es geschah nichts. Ich dachte, es könnte Torloni aus dem Konzept gebracht haben, daß er auf seine Wächter warten mußte – es könnte ihn veranlassen, den Angriff zu verschieben. Wenn er dann etwa bei einem Namensaufruf feststellte, daß ihm ganze acht Mann fehlten, das konnte ihn schon verwirren.

Ich sah auf die Uhr – drei Uhr fünfzehn. Wenn Torloni uns nur lange genug vom Halse blieb, könnten wir das Boot noch zu Wasser kriegen und konnten die Leute fortschicken. Ich betete darum, er möchte doch wenigstens noch eine halbe Stunde fortbleiben.

Aber er tat's nicht.

Plötzlich sagte Coertze: »Da kommt was.«

Ich hörte einen Wagen umschalten, und plötzlich waren laute Geräusche zu hören. Von links kamen Scheinwerfer durchs Dunkel, kamen schnell näher, und der Motor brüllte. Ich sah einen Lastwagen heranrasen. Als er auf der Höhe der Werft war, bog er zum Tor ab.

Ich segnete Francescas Eingebung und rief auf italiniesch: »Ans Tor!«

Der Lastwagen rammte den Torflügel, und das Krachen und Splittern des Holzes erfüllte die Luft, übertönt von dem donnernden Getöse, als er auf unseren Wagen prallte, der ihn mit einem Ruck zum Stehen brachte. Wir ließen Torlonis Männern keine Zeit zur Besinnung und fielen sofort über sie her. Ich kletterte über den zertrümmerten Wagen und gelangte auf die Motorhaube des Lastwagens und wirbelte herum an die Beifahrerseite. Dem Beifahrer taumelte der Kopf benommen hin und her. Er war gegen die Windschutzscheibe geschmettert, auf solch harten Stoß war er nicht vorbereitet. Meine Faust traf ihn hart, er sackte zu Boden.

Der Fahrer versuchte wie ein Irrer, seinen Motor wieder in Gang zu kriegen, dann sah ich, wie Coertze den ganzen Kerl einfach rauszog und in die Dunkelheit hinauswarf. Dann geriet mir alles durcheinander. Jemand, der hinten auf dem Wagen war, trat mir auf den Schädel, und ich rutschte vom Trittbrett ab und gewahrte nur noch, daß eine Gruppe unserer Leute zum Angriff vorging. Als ich wieder zu mir kam, war schon alles vorbei.

Coertze zog mich unter dem Wagen hervor und fragte: »Alles in Ordnung?«

Ich rieb mir den schmerzenden Schädel. »O. K. Was ist passiert?«

»Die wußten nicht, was ihnen zugestoßen ist – oder auf was sie gestoßen sind. Der Bums hat sie zu doll durchgeschüttelt, die waren kaum noch zu gebrauchen. Wir haben sie vom Wagen gejagt.«

»Wie viele waren drauf?«

»Die waren da hinten reingequetscht wie die Ölsardinen. Die haben sicher gedacht, sie könnten einfach durchs Tor brechen, in die Werft hineinfahren und ganz gemütlich aussteigen. Das ist ihnen nun vorbeigelungen.« Er sah über den Torweg. »Diesen Weg kommen sie nicht noch mal.«

Das Tor, unsere schwächste Stelle, war nun unsere stärkste geworden.

Das Trümmergewirr beider Wagen blockierte nun den Eingang und machte ihn unpassierbar.

Piero meldete: »Drei Gefangene haben wir gemacht.«

»Bindet sie zusammen und packt sie zu den anderen«, sagte ich. An Tauwerk herrscht nie Mangel auf einer Bootswerft. Torloni hatte nun elf Mann eingebüßt, immerhin ein Viertel seiner Streitmacht. Einen weiteren Angriff würde er sich vielleicht zweimal überlegen.

Ich fragte Coertze: »Sind Sie sich ganz sicher, daß sie uns nicht in der Flanke angreifen können?«

»Absolut. An beiden Seiten sind wir durch Gebäude abgesichert. Er muß schon einen Frontalangriff machen. Wenn ich bloß wüßte, wo dieser verfluchte andere Wagen hingefahren ist.«

Da ging plötzlich das Telefon.

»Sie sagten doch, der Draht wäre durchgeschnitten.«

»Piero hat das gesagt.« Wir liefen ins Büro, und Coertze griff sich den Hörer. Er horchte hinein und sagte: »Torloni!«

»Lassen Sie mich mal ran«, sagte ich und nahm ihm den Hörer ab. Ich hielt die Hand über das Mundstück. »Ich hab' 'ne Idee. Hol'n Sie mal den alten Palmerini her.«

Dann sprach ich ins Telefon. »Was wünschen Sie?«

»Ist dort Halloran?« Es war gutes Englisch, wenn auch mit starkem amerikanischem Akzent.

»Ja.«

»Halloran, seien Sie doch vernünftig. Sie wissen doch ganz genau, daß Sie keine Chance haben.«

Ich erwiderte: »Ihr Anruf ist der beste Beweis, daß wir eine Chance haben. Wenn Sie glauben, Sie kämen auch ohne das zum Ziel, sprächen Sie jetzt nicht mit mir. Wenn Sie einen Vorschlag haben, raus damit, wenn nicht, sparen sie sich weitere Worte.«

Seine Stimme klang widerlich süß. »Sie werden es bedauern, so zu mir gesprochen zu haben. Oh, ich weiß ganz genau Bescheid über die alten Soldaten der Dame Estrenoli, sie haben nur nicht genug davon zusammengekriegt. Nun, wenn Sie mich zur Hälfte beteiligen, werde ich mich ruhig verhalten.«

»Scheren Sie sich zum Teufel!«

»Na schön, dann muß ich Sie also zusammenschlagen; es wird mir ein Vergnügen sein.«

»Noch ein Angriff, und die Polizei ist hier.« Warum sollte ich es nicht auch mit einem Bluff versuchen.

Ein Augenblick des Nachdenkens, dann kam wieder seine schleimige Stimme: »Ach, und wie wollen Sie die ohne Telefon herbeirufen?«

»Ich hab' meine Vorbereitungen getroffen«, erwiderte ich. »In eine sind Sie schon hineingerannt.« Ich rieb das noch ein bißchen fester ein. »Übrigens sind auch etliche Ihrer Männer auf geheimnisvolle Weise verschwunden, nicht wahr?«

Ich konnte es richtig hören, wie es in seinem Gehirn arbeitete. Schließlich sagte er: »Die Polizei werden Sie nicht rufen; die können Sie ebensowenig brauchen wie ich. Aber ich hab' Ihnen mal einen Gefallen getan, Halloran. Ich habe Ihnen Estreloni vom Halse geschafft, wissen Sie noch? Dafür könnten Sie sich jetzt revanchieren.«

»Den Gefallen haben Sie Metcalfe getan, nicht mir«, entgegnete ich und hängte auf. Das würde er sicher gar nicht gern haben.

»Was wollte er?« fragte Coertze.

»Halbpart.«

»Erst will ich ihn in der Hölle sehen«, bullerte er los.

»Wo ist Palmerini?«

»Komm. Ich hab' Giuseppi hingeschickt.«

Im selben Augenblick trat Palmerini ein. Ich fragte ihn: »Zunächst einmal, wie steht's mit dem Boot?«

»Fünfzehn Minuten müssen Sie mir noch lassen – knappe fünfzehn Minuten, mehr nicht.«

»Leider nicht möglich«, sagte ich. »Sie haben ein paar tragbare Scheinwerfer für Ihre Nachtarbeit. Nehmen Sie sich zwei Mann und lassen sie die schleunigst herbringen.«

Ich wandte mich Coertze zu. »Wir müssen sehen können, was passiert. Diesmal müssen sie über die Mauer kommen, und wenn sie erst mal drüber sind, können sie nicht so leicht zurück. Das heißt, daß der nächste Angriff entscheidend ist – auf Biegen oder Brechen. Darum machen wir folgendes.«

Ich erklärte nun Coertze, was ich mit den Scheinwerfern vorhätte, und er nickte verständnisvoll. In knappen fünf Minuten hatten wir sie aufgebaut und den Fiat und einen Lastwagen so aufgestellt, daß deren Scheinwerfer uns zusätzliches Licht gaben. Wir wiesen den Männern ihre Plätze an und ließen uns dann nieder, um den bevorstehenden Angriff zu erwarten.

Der ließ nicht lange auf sich warten. Wir hörten es an der Mauer kratzen und schrappen, und Coertze sagte: »Sie steigen rüber.«

»Warten«, flüsterte ich.

Ein paar dumpfe Schläge waren zu hören; das konnten nur Männer sein, die schwer auf den Grund aufschlugen. Laut rief ich: »*Luce!*«, und die Scheinwerfer blitzten auf.

Im ersten Augenblick sah es aus wie ein plötzlich abgestoppter Film. Einige der Gegner waren diesseits der Mauer und blinzelten geblendet in das Licht, das sich über sie ergoß. Einige andere, die gerade runterkommen wollten, hielten inne und wandten den Kopf, um zu sehen, was da vor sich ging.

Was sie sahen, konnte nicht sehr beruhigend für sie sein – ein Ausbruch blendenden Lichtes, dahinter undurchdringliche Finsternis voller unbekannter, drohender Gefahren, sie selbst dagegen offen im Licht waren ein leichtes Ziel – kein sehr angenehmer Gedanke für Männer, die ihrerseits einen Überraschungsangriff vorhatten.

Sie zögerten unsicher, und im selben Augenblick griffen wir sie von beiden Seiten gleichzeitig an; am rechten Flügel führte Piero, links Coertze. Ich hielt mich mit drei Mann in Reserve, klar zum Eingreifen, falls eine unserer beiden Flankengruppen auf stärkeren Widerstand stieße, als sie überwinden könnte.

Ich sah geschwungene Keulen und aufblitzende Messerklingen, und in den ersten zehn Sekunden gingen drei von Torlonis Leuten zu Boden. Wir hatten sie aus dem Gleichgewicht gebracht, unsere Flankenangriffe rollten sie schnell nach der Mitte hin auf, und da war nur noch ein wirrer Haufen brüllender, um sich schlagender Männer. Aber schnell kamen weitere Feinde über die Mauer, und ich wollte schon mit meiner kleinen Gruppe in den Kampf eingreifen, als ich erneutes Geschrei hörte.

Das war aber hinter mir.

»Folgen!« brüllte ich und lief über die Werft zur *Sanford.* Jetzt wußten wir, wo die Leute von dem andern Lastwagen abgeblieben waren. Sie waren von der Seeseite eingedrungen; Torloni griff uns frontal und im Rücken an.

Die *Sanford* war belagert. Ein Boot war auf die Helling gezogen, ein anderes vollbesetztes Boot kam gerade heran. Rings um die *Sanford* wurde gekämpft. Torlonis Leute versuchten an Deck zu entern, und unsere Arbeitsgruppe wehrte sie tapfer ab. Ich sah die kleine Gestalt Palmerinis, er schwang ein Tau mit einem Block am Ende um den Kopf wie einen mittelalterlichen Kriegsflegel. Wieder wirbelte er ihn herum, und der Block traf einen Angreifer, unter dem Kiefer, und der kippte von der Leiter herunter, die er gerade ersteigen wollte, und fiel bewußtlos zu Boden.

Palmerinis Söhne fochten wie die Löwen, und einen sah ich hinfallen. Dann sah ich Francesca! Sie handhabte einen Bootshaken wie eine Lanze. Sie stieß nach einem Angreifer, und die Spitze drang ihm in den Oberschenkel. Er brüllte laut auf und fiel zurück; der Bootshaken stak ihm noch immer im Bein. Ich sah Francescas entsetzten Blick – und dann trug ich meinen kleinen Angriff vor.

Er war vergeblich. Es gelang uns zwar, unsere Leute von der *Sanford* zu befreien, aber dann mußten wir einer dreifachen Übermacht weichen und uns in den oberen Teil der Werft zurückziehen. Die Angreifer drängten nicht nach; sie waren so glücklich, daß sie die *Sanford* erobert hatten, daß sie bei ihr blieben und uns nicht verfolgten. Uns konnte ihr Stumpfsinn nur recht sein.

Ich blickte um mich, um zu sehen, wie es auf dem anderen Ende der Werft aussah. Coertzes Leute waren näher, als ich erwartet hatte. Auch er hatte zurückgehen müssen, aber im Augenblick wurde er nicht angegriffen, und ich hätte gern gewußt, warum. Wenn beide Feindgruppen uns jetzt gleichzeitig annahmen, waren wir geliefert.

Zu Francesca sagte ich: »Krich hier unter diese Säcke und verhalte dich ruhig, damit du aus der Sache rausbleibst.« Dann lief ich zu Coertze. »Was ist los?«

Er grinste und wischte sich etwas Blut von der Backe. »Unsere Jungs draußen haben sich vereinigt und Torloni auf der andern Seite der Mauer schwer angeschlagen, alle fünfzehn. Jetzt kann er nicht zurück. Jeder, der jetzt über die Mauer nach draußen geht, wird niedergeschlagen. Ich hol' eben ein bißchen Luft, bevor ich wieder ran geh'.«

Ich sagte: »Sie haben die *Sanford* genommen. Sie sind von See her reingekommen – wir selbst sind auch eingeschlossen.«

Seine Brust hob sich. »Alsdann, da wollen wir sie mal fix runterjagen.«

Ich sah zur Mauer hin. »Nein, halt«, sagte ich. »Sehn Sie da mal hin, da ist Torloni.«

Wir sahen ihn unter der Mauer, wie er seine Leute anbrüllte, um sie zu einem neuen Angriff vorzutreiben. Ich sagte: »Wir greifen jetzt mit allen Mann zur Mauer hin an – woll'n wir hoffen, daß die Burschen in unserem Rücken sich so lange ruhig verhalten. Torloni selbst werden wir uns schnappen. Wo ist Piero?«

»Hier bin ich.«

»Schön! Sagen Sie Ihren Jungs, sie sollen angreifen, sowie ich das Zeichen gebe. Sie selbst und Coertze bleiben bei mir. Wir drei werden uns Torloni greifen.«

Ich drehte mich um und sah Francesca neben mir. »Ich sagte dir doch, du solltest dich verstecken.«

Sie schüttelte widerspenstig den Kopf. Der alte Palmerini stand hinter ihr. Ich bat ihn: »Passen Sie auf, daß sie hierbleibt, alter Freund.«

Er nickte und legte den Arm um sie. Zu Coertze sagte ich: »Denken Sie daran, wir müssen Torloni haben – wir lassen uns durch nichts abhalten.«

Dann griffen wir an. Wir drei, Coertze, Piero und ich, gingen in keilförmiger Schlachtordnung vor und drängten jeden zur Seite, der uns aufhalten wollte. Wir kämpften nicht, wir liefen nur vorwärts. Coertze hatte mich verstanden, er rannte wie zum Torlauf beim Rugby.

Das Tor war Torloni, und wir waren ihm auf der Pelle, bevor er noch die Lage begriff. Er knurrte, und blauer Stahl blitzte in seiner Hand auf.

»Auseinander!« schrie ich, und wir trennten uns mit schnellem Sprung und näherten uns ihm dann von drei Seiten. Die Pistole in seiner Hand ging los, und Coertze taumelte; da stürzten wir uns auf ihn, Piero und ich. Ich hob den Arm und traf ihn hart mit der Handkante. Ich fühlte sein Schlüsselbein brechen, und er schrie auf und ließ die Pistole fallen.

Bei Torlonis Schrei legte sich eine seltsame Stille über die Werft. Seine Leute waren unsicher, als sie sich umsahen, um zu sehen, was los war. Ich griff mir die Pistole und hielt sie Torloni an den Schädel. »Pfeifen Sie Ihre Hunde zurück, oder ich blase Ihnen das Gehirn aus«, sagte ich heiter.

Ich war so dicht davor zu morden, wie ich es noch nie war. Torloni sah den Blick meiner Augen und erblaßte.

»Stopp«, krächzte er.

»Lauter!« befahl Piero und packte ihn an der Schulter.

Er stöhnte auf, dann rief er laut: »Stopp! Aufhören mit Kämpfen, aufhören. Hier spricht Torloni.«

Seine Männer waren Mietlinge – sie kämpften für Geld, und wenn ihr Boß gefangen war, kriegten sie nichts. Mietlinge pflegen nicht sehr anhänglich zu sein. Es kam unsichere Bewegung in die Leute, und bald waren sie im Dunkeln verschwunden.

Coertze saß auf dem Boden und hielt die Hand auf die Schulter. Zwischen den Fingern quoll Blut hervor. Dann zog er die Hand weg und betrachtete sie mit ungläubigem Staunen. »Der Hund hat nach mir geschossen«, sagte er verwirrt.

Ich ging zu ihm hinüber. »Sind Sie sonst in Ordnung?«

Wieder hielt er sich die Schulter und kam auf die Füße. »Ich bin O. K.« Er blickte Torloni finster an. »Mit Ihnen hab' ich noch ein Hühnchen zu rupfen!«

»Später«, sagte ich. »Wir müssen uns jetzt erst mal mit den Burschen bei der *Sanford* befassen.«

Wir erhielten schnell Verstärkung durch Männer, die über die Mauer kamen. Es waren unsere beweglichen Streitkräfte, die Torloni im Rücken angegriffen und seine Leute zurückgerissen hatten. In geschlossenem Haufen zogen wir hinunter zur *Sanford,* Torloni schleppten wir, den Kopf nach unten, im ersten Gliede mit.

Als wir zur *Sanford* kamen, stieß ich Torloni die Pistolenmündung in seinen Specknacken. »Sagen Sie's ihnen«, befahl ich.

Er rief: »Runter vom Boot. Hier ist Torloni.«

Die Männer um die *Sanford* herum sahen uns ausdruckslos an und rührten sich nicht. Piero quetschte Torloni wieder an der Schulter. »Auuhh. Runter vom Boot, sag ich euch«, rief er laut.

Die Leute sahen die Menge hinter uns, stellten fest, daß wir in der Übermacht waren, und begaben sich langsam zur Helling, wo sie ihre Boote hochgezogen hatten. Piero sagte ruhig: »Das sind die Männer von La Spezia. Der Mann da in der blauen Jacke ist ihr Führer, Morlaix heißt er, ein Franzose aus Marseilles.« Er sah nachdenklich auf ihre Boote. »Mit dem können Sie noch Ärger kriegen. Dem ist es gleich, ob Torloni lebendig oder tot ist.«

Ich beobachtete die Morlaix-Leute, wie sie ihre Boote ins Wasser zogen.

»Mit denen werden wir schon noch fertig, wenn's dazu kommen sollte.«

»Über die Brücke gehen wir, wenn wir hinkommen«, erwiderte ich. »Erst müssen wir hier mal rauskommen. Womöglich hat jemand die Polizei benachrichtigt wegen des Krachs – laut genug waren wir ja, und ein Pistolenschuß ist auch losgegangen. Haben wir viele Verletzte?«

»Ich weiß nicht, aber ich werde es feststellen.«

Palmerini mit Francesca an der Seite drängte sich durch die Menge. »Das Boot hat nichts abgekriegt«, sagte er. »Wir können es zu jeder Zeit zu Wasser bringen.«

»Vielen Dank«, sagte ich. Dann sah ich Francesca an und fragte in schnellem Entschluß: »Na, willst du noch mit?«

»Ja, ich komm' mit.«

»Na schön. Aber zum Packen hast du keine Zeit. In einer Stunde laufen wir aus.«

Sie lächelte. »Ich hab' schon einen kleinen Handkoffer gepackt. Der steht schon seit einer Woche bereit.«

Coertze stand als Wache bei Torloni. »Was machen wir mit diesem hier?« fragte er.

»Den nehmen wir noch ein Stückchen mit; könnte sein, daß wir ihn noch gebrauchen können.« Ich wandte mich an Francesca: »Francesca, Kobus hat einen Schuß gekriegt. Kannst du ihn verbinden?«

»Oh, das wußte ich ja gar nicht. Wo ist die Wunde?«

»In der Schulter«, gab Coertze abwesend zur Antwort. Er hatte Walker auf der *Sanford* bemerkt. »Wo war dieser *Kêrel*, als der Rummel losging?«

»Keine Ahnung, ich hab' ihn die ganze Zeit nicht gesehen.«

Die *Sanford* zu Wasser zu kriegen, machte uns keine Mühe, es boten sich uns genug willige Hände an. Mit einem lebenden Deck unter den Füßen fühlte ich mich so wohl wie lange nicht. Bevor ich an Bord ging, nahm ich Piero noch einmal beiseite.

»Berichten Sie dem Grafen, daß ich Francesca mitgenommen habe«, sagte ich. »Ich denke, es ist besser so – Torloni könnte auf Rache sinnen. Ihr Männer könnt selbst auf euch aufpassen, aber Francesca möchte ich jetzt nicht zurücklassen.«

»Ja, das ist sicherlich das beste.«

»Wenn Torloni noch mal irgendwelche drolligen Sachen anfängt, wissen Sie ja nun, wie man mit ihm umgehen muß. Geben Sie sich nicht groß mit seinen Leuten ab – halten Sie sich an Torloni selbst. Unter direktem Druck können Sie ihn schnell kleinkriegen. Ich werd's ihm auch noch mal klarmachen, daß er damit rechnen muß, irgendwo in der Bucht zu schwimmen, falls er noch einmal Zicken macht. – Was haben Sie übrigens über Verletzte festgestellt?«

»Nichts Ernsthaftes«, erwiderte Piero. »Ein Armbruch, drei Stichwunden, drei oder vier Gehirnerschütterungen.«

»Ich bin froh, daß keiner draufgegangen ist; das wär mir verflucht gegen den Strich gegangen. – Aber jetzt möchte Francesca sicher mit Ihnen sprechen, darum will ich Sie nun nicht länger aufhalten.«

Ein warmer Händedruck, und ich ging an Bord. Piero war ein famoser Bursche, ein guter Kamerad, auf den man sich im Gefecht verlassen konnte.

Eine Zeitlang sprach er noch mit Francesca, und dann kam sie an Bord. Sie weinte still vor sich hin, und um sie zu trösten, legte ich meinen Arm um sie. Es ist kein Vergnügen, sein Vaterland in den schönsten Lebensjahren zu verlassen, und die Umstände, unter denen sie Abschied nehmen mußte, konnten ihr schon das Herz schwermachen. – Ich saß im Cockpit, die Hand an der Pinne, und Walker ließ den Motor an. Sobald ich ihn anspringen hörte, kuppelte ich ein, und wir fuhren langsam davon.

Noch lange sahen wir den kleinen beleuchteten Platz vor dem Schuppen, wo sich unsere italienischen Freunde drängten und uns zuwinkten. Sie winkten immer noch, obwohl sie uns in der Finsternis nicht mehr sehen konnten, es betrübte mich, daß wir sie verlassen mußten. »Wir werden immer mal wieder herkommen«, sagte ich zu Francesca.

»Nein«, erwiderte sie ruhig. »Wir kommen niemals wieder.«

Wir fuhren stetig weiter mit sechs Knoten in die Dunkelheit hinein und hielten uns recht auf Südkurs, um vom Portovento-Vorgebirge freizukommen. Ich sah zum Mast hinauf, der sich schwach vor dem Sternenhimmel abzeichnete, und überlegte, wie lange wir wohl brauchen würden, das laufende Gut zu scheren. An Deck war ein tolles Durcheinander, nichts von der sonst selbstverständlichen Schiffsordnung, aber vor Tagesanbruch konnten wir nichts dabei tun. Walker war unter Deck, und Coertze hielt sich auf dem Vorschiff auf und bewachte Torloni. Francesca und ich saßen im Cockpit und unterhielten uns leise. Wir sprachen darüber, wann wir wohl heiraten könnten.

Plötzlich rief Coertze: »Wann werden wir dieses Mistvieh hier los? Er möchte es gern wissen. Er denkt, wir werfen ihn über Bord, und er sagt, er kann nicht schwimmen.«

»In der Nähe von Portovento gehen wir dicht unter Land«, gab ich zurück. »Da bringen wir ihn im Dingi rüber.«

Coertze brummelte noch etwas wie, es sei besser, ihn gleich jetzt und hier loszuwerden, und versank dann wieder in Schweigen. – Francesca fragte: »Ist was mit dem Motor los? Es hört sich so anders an.«

Ich horchte, und es hörte sich auch anders an – aber das war nicht unser Motor. Ich nahm Gas weg und hörte das Tuckern eines Außenbordmotors ganz dicht an Steuerbord.

»Geh schnell nach unten«, sagte ich und rief dann Coertze mit gedämpfter Stimme zu: »Wir kriegen Besuch.«

Er kam schnell achteraus. Ich drehte nach Steuerbord, und im fahlen Schein des aufgehenden Mondes sahen wir den weißen Schimmer einer sich nähernden Bugwelle. Eine Stimme schallte über das Wasser: »Monsieur Englishman, können Sie mich hören?«

»Das ist Morlaix«, sagte ich und rief dann laut: »Ja, ich höre Sie.«

»Wir kommen an Bord«, rief er zurück. »Widerstand wäre zwecklos.«

»Bleiben Sie lieber weg, haben Sie noch nicht genug gekriegt?«

Coertze kam mit einem Grunzen hoch und ging nach vorn. Ich zog Torlonis Pistole aus der Tasche und entsicherte sie.

»Sie sind nur zu viert«, rief Morlaix, »wir sind Ihnen weit überlegen.«

Seine Bugwelle war jetzt sehr viel näher, und ich konnte das Boot klarer sehen. Es war gedrängt voll. Dann scherte er längsseit, und als wir fast Bord an Bord lagen, jumpte Morlaix auf die *Sanford*. Er war nur vier Fuß von mir entfernt. Da schoß ich ihm ins Bein, und mit einem Schrei fiel er über Bord.

Zur gleichen Zeit war Coertze aufgestanden und hielt mit einer Hand den strampelnden Torloni hoch. »Hier, nehmt mal diesen Dreckskerl«, rief er und schleuderte Torloni in den Wust von Menschen, die bei uns an Bord kommen wollten. Torloni brüllte auf. Sein fliegender Körper kegelte sie um, so daß sie in ihr Boot zurückfielen. Ich machte mir die Verwirrung zunutze und drehte schnell nach Backbord ab, und der Abstand der Boote wurde rasch größer. Morlaix' Boot schien steuerlos zu sein. Wahrscheinlich hatte der Rudergänger eins abgekriegt.

Sie behelligten uns nicht noch einmal. Von weitem hörten wir noch ihr Geschrei, als sie Morlaix aus dem Wasser fischten, aber sie griffen nicht wieder an. Blaue Bohnen schienen ihnen wohl etwas schwer verdaulich.

Unser Kielwasser breitete sich im Mondschein, als wir Kurs in die offene See nahmen. Wir mußten unseren Termin einhalten und hatten nicht mehr viel Zeit.

DRITTES BUCH

Die See

Flaute und Sturm

Zuerst hatten wir guten Wind, und die *Sanford* kam gut voran. Infolge der stärkeren Konzentration des Gewichts im Kiel benahm sich das Boot etwas wunderlich, wie ich es schon erwartet hatte. Bei auflaufender See rollte es ganz abscheulich.

Bei vier Strich am Wind, wo die *Sanford* sonst am besten lag, folgte auf jedes Überholen nach Lee ein gewaltiges Schlingern, und der Mast beschrieb weite Bogen am Himmel.

Es ließ sich nichts dran machen, also mußten wir eben aushalten. Die einzige Abhilfe wäre es gewesen, wenn wir Ballast auseinandergetrimmt hätten, aber da wir keinen hatten, konnten wir das nicht tun. Die heftigen Bewegungen machten am meisten Coertze zu schaffen. Er war in seinen besten Zeiten nicht seetüchtig gewesen, und die Wunde in der Schulter machte es auch nicht besser.

Als es nach dieser denkwürdigen, kampferfüllten Nacht dämmerte, lagen wir beigedreht von Landsicht und machten uns an das laufende Gut. Es dauerte nicht lange – Palmerini hatte mehr vorgearbeitet, als ich erwartet hatte –, und wir hatten unsere Segel gesetzt. Jetzt wurde die Rankheit der *Sanford* erst richtig offenbar, und ich versuchte es eine Zeitlang, etwas dagegen zu unternehmen. Als ich eingesehen hatte, daß keine Abhilfe möglich war, verschwendete ich keine Zeit mehr damit, und wir machten, daß wir vorankamen.

Wir kamen nun wieder in unsere normale Wachroutine, die eine kleine Änderung dadurch erfuhr, daß Francesca an Coertzes Stelle das Kochen übernahm. Auf Kleinbootreisen bekommt man seine Bordkameraden außer den Zeiten des Wachwechsels nicht eben häufig zu sehen; Walker aber hielt sich mehr denn je abseits. Zuweilen überraschte ich ihn, wie er mich beobachtete; dann fuhr er zusammen, rollte die Augen wie ein erschrecktes Pferd und sah schnell weg. Er hatte sichtlich Angst, ich würde Coertze von dem Zigarettenetui erzählen. Diese Absicht hatte ich nicht – ich brauchte Walker, um die *Sanford* zu segeln –, aber davon sagte ich ihm nichts. Laß ihn ruhig schwitzen, dachte ich mitleidlos.

Mit Coertzes Schulter war es nicht so schlimm; es war eine glatte Fleischwunde, und Francesca versorgte sie gut. Ich bestand darauf, daß er in der achteren Koje schlief, wo die Bewegungen am wenigsten heftig waren, und danach richtete sich die Gesamtverteilung. Ich bezog die Backbord-Skipperkoje in der Kajüte, Francesca bekam die an Steuerbord. Sie hängte eine Persenning davor auf, die ihr das Gefühl des Für-sich-Seins geben sollte.

Demzufolge wurde Walker ins Vorschiff verbannt und mußte dort in der bisher unbenutzten Koje schlafen. Die war eigentlich für einen Gast im Hafen vorgesehen, nicht für die Benutzung in See; sie war unbequem und nahe dem Bug, wo man die Bewegungen am meisten spürte. Schadet ihm gar nichts, dachte ich unbarmherzig. Aber ich hatte den Eindruck, daß wir ihn nun noch weniger zu sehen kriegten.

In den ersten fünf Tagen machten wir gute Fahrt und kreuzten durch das Ligurische Meer mit mehr als hundert Meilen am Tag. Ich machte jeden Tag ein Sonnsbesteck auf und betrachtete befriedigt unseren Weg, den ich in die Karte eingetragen hatte, wie er sich immer mehr den Balearen näherte. Große Freude machte es mir, Francesca in der Handhabung der *Sanford* zu unterweisen. Sie war ein gelehriger Schüler und machte nicht mehr Fehler, als sie jeder Anfänger macht.

Mit Vergnügen beobachtete ich, daß Coertze seine Antipathie ihr gegenüber verloren zu haben schien. Er war wie umgewandelt, nicht mehr so kratzbürstig wie zuvor. Jetzt wußte er das Gold sicher unter seinen Füßen, und wahrscheinlich hatte er seine Streitlust beim Kampf auf der Werft etwas austoben können. Jedenfalls kamen er und Francesca schließlich gut miteinander aus und unterhielten sich oft über Südafrika.

Einmal fragte sie ihn, was er mit seinem Beuteanteil machen wollte. Mit zufriedenem Lächeln gab er zur Antwort: »Ich werde mir eine *Plaas* kaufen.«

»Eine was?«

Ich übersetzte: »Eine Farm. Im tiefsten Herzen sind alle Afrikaner Farmer; sie selber nennen sich ja auch Farmer – Buren –, bisher jedenfalls.«

Diese ersten fünf Tage nach dem Verlassen Italiens waren

sicherlich die schönsten Seetage der ganzen Reise. Bessere Tage hatten wir vorher nicht gehabt, und schon gar nicht nachher.

Am Abend des fünften Tages schlief der Wind ein, und am nächsten Tag wechselte er dauernd die Richtung, als wüßte er nicht, was er eigentlich wollte. Die Windstärke schwankte zwischen Stärke drei und völliger Flaute, und wir hatten allerhand mit den Segeln zu tun. An diesem Tag machten wir nur siebzig Meilen.

Als der folgende Tag dämmerte, hatten wir eine Totenflaute. Die See war glatt und ölig und atmete in einer langen Dünung. Am Nachmittag war unser Stimmungsbarometer gewaltig abgesackt, als wir nichts weiter zu tun hatten, als dem Mast zuzusehen, der träge vor dem Himmel zirkelte, während die kostbaren Stunden verstrichen und wir Tanger nicht näher kamen. Ich wurde es schließlich müde, dauernd das Quietschen des Baums im Schwanenhals zu hören, darum stellten wir den Baumbock auf und laschten den Baum fest. Dann ging ich nach unten, um am Kartentisch zu arbeiten.

Wir hatten ein Etmal von zwanzig Meilen, wenn es so weiterging, kämen wir drei Monate zu spät nach Tanger. Ich peilte den Treibstofftank und fand noch fünfzehn Gallonen darin – damit konnten wir bei ökonomischer Fahrt in dreißig Stunden 150 Meilen weiterkommen. Immerhin besser als stillsitzen und die Fallen gegen den Mast schlagen zu hören; ich warf also den Motor an, und wir kamen wieder auf unserem Kurs voran.

Innerlich verwünschte ich es, daß wir Treibstoff verbrauchten; der war doch nur für den Notfall vorgesehen. Aber schließlich war dies ja ein Notfall, und da konnte ich ihn denn ja auch nehmen, es kam alles auf eins heraus. Wir pflügten stetig mit fünf Knoten durch die ruhige See, und ich hielt Kurs auf das Südende der Balearen, der uns in die Nähe von Mallorca bringen mußte. Wenn wir aus irgendeinem Grund einen Hafen anlaufen mußten, brauchte ich einen, der leicht zu erreichen war, und Palma war der nächstgelegene.

Die ganze Nacht und auch den nächsten Vormittag liefen wir mit Motorkraft. Es war nicht die Spur von Wind und keinerlei Anzeichen, daß es je wieder Wind geben würde. Der Himmel war ein ungetrübtes Blau wie die unbewegte See – und ich fühlte mich wie in der Hölle. Ohne Wind ist ein Segelboot völlig hilflos, und was tun, wenn der Treibstoff alle war?

Ich sprach mit Coertze darüber. »Ich möchte nach Palma einlaufen«, sagte ich. »Da können wir unsern Spritvorrat ergänzen.«

Er warf seinen Zigarettenstummel über Bord. »Is 'ne verdammte Zeitverschwendung. Wir kommen weit vom Weg ab. Und wenn sie uns nun hier in der Gegend auflauern?«

Ich erwiderte: »Die Zeitverschwendung ist noch größer, wenn wir den Motor nicht mehr laufen lassen können. Die Flaute kann noch tagelang anhalten.«

»Ich hab' im Mittelmeerhandbuch nachgesehen«, entgegnete er. »Darin steht, daß der Prozentsatz an Flauten zu dieser Jahreszeit nicht besonders hoch ist.«

»Darauf können Sie sich nicht verlassen. Das sind doch alles Durchschnittsberechnungen. Es kann noch 'ne Woche lang so weitergehen.«

Er seufzte. »Sie sind der Skipper. Tun Sie, was Sie für das beste halten.«

Ich ging also auf einen nördlichen Kurs auf Palma zu. Ich sah mir den kleinen Treibstoffrest an und zweifelte daran, daß wir es schafften – aber wir kamen tatsächlich hin.

Unser Motor keuchte mit dem letzten Sprit, als wir in den Jachthafen von Palma einliefen. Kurz vor der Pier setzte der Motor aus, aber mit unserem Fahrtmoment kamen wir gerade noch ran.

Dann blickte ich auf und sah – Metcalfe.

Um die Zollformalitäten kamen wir herum, da wir erklärten, wir wollten nicht an Land gehen und seien nur zur Treibstoffergänzung eingelaufen. Der Zollbeamte bedauerte uns wegen des schlechten Segelwetters und sagte, er wollte einen Schiffshändler anrufen, der sich nach unserem Bedarf erkundigen sollte.

Nun konnten wir uns also über Metcalfe unterhalten. Der hatte kein Wort zu uns gesagt, er hatte uns nur freundlich lächelnd angesehen, hatte dann auf dem Absatz kehrtgemacht und war fortgegangen.

Coertze sagte: »Der brütet was aus.«

»Das ist ja wohl mal sicher«, erwiderte ich. »Wann werden wir diese Burschen endlich mal los?!«

»Überhaupt nicht, solange wir noch vier Tonnen Gold unter den Füßen haben«, sagte Coertze. »Das ist ein ganz verfluchter Magnet.«

Ich blickte nach vorn, wo Walker allein auf dem Vordeck saß. Er war der Narr, der mit seiner Geschwätzigkeit und seinem Stumpfsinn die Geier angelockt hatte. Oder vielleicht auch nicht – Männer wie Metcalfe und Torloni haben einen verflucht feinen Riecher für Gold. Aber Walker hatte jedenfalls auch nichts geholfen.

Francesca fragte: »Was meinst du denn, was er tun wird?«

»Ich stelle mir ein ganz simples Piratenstück vor«, erwiderte ich. »Es würde ganz seinem verschrobenen Humor entsprechen, eine karibische Seeräuberei zu liefern.«

Ich legte mich auf den Rücken und sah zum Himmel auf. Der Klubstander im Masttropp bewegte sich und begann in einer leichten Brise zu flattern.

»Nun seht euch das mal an«, rief ich aus, »wir haben tatsächlich Wind!«

Coertze murrte. »Ich sage ja, wir hätten nicht einlaufen sollen. Den Wind hätten wir auf alle Fälle gekriegt, und Metcalfe hätte nicht erfahren, wo wir sind.«

Ich dachte an Metcalfes Boot und sein Radar – besonders an das Radar. »Nein«, entgegnete ich. »Das hätte nichts ausgemacht. Seit wir Italien verlassen haben, war er sich bestimmt darüber klar, wo er sich an uns ranmachen wollte.« Ich machte eine schnelle Überschlagsrechnung auf der Grundlage einer Radarreichweite von fünfzehn Meilen. »Mit einer Umdrehung seiner Antenne überwacht er ein Gebiet von siebenhundert Quadratmeilen. Dieser Fairmile hat uns wahrscheinlich schon die ganze Zeit mit dem Rumpf unter der Kimm verfolgt, und wir haben ihn nie gesehen.«

»Ja, und was machen wir nun?« fragte Francesca.

»Wir können nichts weiter tun, als was wir sowieso getan hätten. Natürlich werde ich Herrn Seeräuber Metcalfe nicht einfach das Gold in die Hand geben, bloß weil er auftaucht und uns einen Schrecken einjagt. Wir machen weiter und hoffen das Beste.«

Vor Anbruch der Nacht waren wir mit aufgefüllten Treibstoff- und Frischwassertanks wieder unterwegs. Bei Sonnenuntergang passierten wir Kap Figuera. Ich übergab Francesca das Ruder und ging hinunter, um mir die Karte anzusehen. Mir war etwas eingefallen, wie ich Metcalfe überlisten konnte. Vielleicht funktionierte das nicht, aber es lohnte sich schon, es zu versuchen.

Sobald es vollkommen dunkel geworden war, sagte ich zu Francesca: »Geh mal auf 180 Grad.«

»Auf Südkurs?« fragte sie erstaunt.

»Ganz richtig, Süd.« Zu Coertze sagte ich: »Wissen Sie, was dieser viereckige Apparat auf halber Masthöhe bedeutet?«

»*Nee, Man,* da hab' ich mir noch keine Gedanken drüber gemacht.«

»Das ist ein Radarreflektor«, erklärte ich es ihm. »Ein hölzernes Boot gibt kein gutes Radarecho. Darum haben wir zur eigenen Sicherheit einen Spezialreflektor eingebaut. Der gibt einen hübschen dicken Bildpunkt auf dem Bildschirm. Wenn Metcalfe uns verfolgt hat, muß er sich allmählich an unsern Blip gewöhnt haben und kann uns – ohne uns zu sehen – lediglich nach dem Bild auf dem Schirm identifizieren. Und nun nehmen wir ganz einfach den Reflektor weg. Dann bekommt er zwar immer noch ein Echo, aber ein ganz anderes, viel schwächer.«

Ich hing mir einen Schraubenschlüssel mit einer Schlinge ums Handgelenk, sicherte mich mit einer Leine um den Leib und enterte am Mast hoch. Der Reflektor war mit Bolzen an der unteren Saling festgemacht und war nicht so leicht abzumontieren. Die *Sanford* hatte ihre neuen stuckerigen Bewegungen wieder aufgenommen, und ich mußte mich an den alten Seemannsspruch halten: »Eine Hand für dich, die andere fürs Schiff«, und mit einer Hand war es schwer, die beiden Bolzen loszukriegen, die sich nun auch noch zusammen mit ihren Muttern drehten. Über drei Viertelstunden mußte ich da rummurksen, bevor ich den Reflektor los hatte.

Ich kam wieder an Deck, legte den Reflektor zusammen, um ihn zu verstauen, und fragte Coertze: »Wo ist Walker?«

»Der pennt. Hat Mittelwache.«

»Ach ja, hatt' ich vergessen. – So, nun ändern wir unsere Lichterführung.« Ich ging nach unten zum Kartentisch. Im Masttopp war eine weiße Blinklaterne für Signalzwecke, die von einem Morsetaster am Kartentisch betätigt wurde. Ich band den Taster in Kontaktstellung fest, so daß die Topplaterne nun Dauerlicht gab.

Dann rief ich Coertze zu: »Holen Sie doch mal 'ne Laterne von vorn, und hängen Sie die auf.«

Er kam runter. »Und was soll das alles?«

Ich machte es ihm klar. »Sehen Sie mal, wir sind nicht auf dem richtigen Kurs nach Tanger; das ist zwar Zeitverschwendung, aber es läßt sich nicht ändern, wir dürfen nichts unterlassen, was einen Überfall Metcalfes verhindert. Wir haben unsere Radarspur geändert, aber Metcalfe könnte trotzdem Argwohn schöpfen und näher kommen, um einen Blick auf uns zu werfen. Darum haben wir Lichter gesetzt in der schludrigen Art der spanischen Fischer. Die zeigen an, daß wir mit Angeln fischen, und mehr kann er nicht sehen – jedenfalls bei Nacht nicht. So läßt er uns vielleicht zufrieden und fährt sonstwohin weiter.«

»Sie sind ein ganz durchtriebener Bursche«, sagte Coertze bewundernd.

»Das können wir nur einmal machen«, sagte ich. »Wenn's hell wird, nehmen wir Kurs auf Tanger.«

In der Nacht briste es auf, und wir handhabten unsere Schönwettersegel so, daß wir eine ganz schöne Fahrt rausholten. Es nützte uns allerdings nichts, auf diesem Kurs kamen wir Tanger keinen Zoll näher.

Als es dämmerte, hatten wir Windstärke fünf. Wir änderten Kurs, so daß wir nun Wind vier Strich von achtern hatten, und die *Sanford* legte los, die Leereling tauchte ein, und die Bugwelle zeigte weißen Schaum. Ich loggte und stellte fest, daß sie sieben Knoten lief, fast das äußerste, was sie unter Segel schaffen konnte. So war denn schließlich alles richtig – mit schneller Fahrt auf dem Kurs von Tanger.

Wir suchten die Kimm scharf nach Metcalfe ab, aber es war nichts zu sehen. Wenn er wußte, wo wir waren, so ließ er sich jedenfalls nichts anmerken. Ich wußte nicht recht, sollte ich mich nun freuen, oder sollte ich mir Sorgen machen. Es hätte mir Spaß gemacht, wenn meine Kriegslist ihn getäuscht hätte, aber wenn nicht, so hätte ich das gern gewußt.

Die frische Brise hielt den Tag über an und schien gegen Abend noch zuzunehmen. Die Seen wurden größer und kriegten Schaumkämme, und alle Augenblicke kamen Brecher über. Jedesmal bebte die *Sanford* und schüttelte sich frei, um wieder vorwärts zu stürmen. Mir schien, daß wir schon fast Windstärke sechs erreicht hatten, und als kluger Seemann hätte ich nun ein Reff ins Großsegel stecken sollen, aber ich wollte sie vorwärts knüppeln – wir hatten keine Zeit mehr zu verlieren, und erst recht nicht, wenn wir uns noch mit Metcalfe abgeben mußten.

Ich legte mich frühzeitig hin und ließ Walker an der Pinne. Bevor ich einschlief, überlegte ich, was ich an Metcalfes Stelle tun würde. Wir mußten durch die Straße von Gibraltar. Das ganze Mittelmeer war wie ein Schlauch mit dem Ausgang durch die Gibraltarstraße. Wenn Metcalfe sich da mit seinem Radar hinlegte, konnte er die ganze Durchfahrt von Küste zu Küste überwachen.

Andererseits war die Straße sehr belebt, und wenn er Boote, die ihm verdächtig schienen, näher ansehen wollte, mußte er dauernd hin und her kreuzen. Dann wieder, wollte er uns überfallen, so wäre das gefährlich, denn es konnte leicht bemerkt werden. Bei Gibraltar gab es eine Reihe sehr schneller Marine-Vorpostenboote, und selbst Metcalfe traute ich es nicht zu, daß er uns unter diesen Umständen bei Tageslicht angreifen würde.

Ich beschloß daher, auf alle Fälle bei Tag durch die Straße zu laufen.

Und wenn – ach, diese vielen ›Wenns‹ hingen mir bald zum Hals heraus! –, wenn er uns nun weder vor noch hinter der Straße überfallen würde? Ich entsann mich dunkel eines Falles von Piraterie im Jahre 1956, kurz vor Tanger. Zwei Schmugglergruppen waren sich in die Haare geraten, und eins der Boote war verbrannt worden. Er würde uns vielleicht nicht erst so weit kommen lassen. Wir waren da dem Heimathafen zu nahe und könnten ihm schließlich doch noch entschlüpfen. Wenn wir erst im Jachthafen lagen, konnte er uns verflucht nichts mehr anhaben. Nein, so weit würde er uns nicht kommen lassen. Und vor der Straße? Die Sache sah wieder anders aus und hatte ihr eigenes ›Wenn‹. Wenn wir ihm nach dem Auslaufen aus Mallorca aus den Augen gekommen waren – wenn er nicht wußte, wo wir waren –, hätten wir vielleicht eine Chance. Wenn er aber unseren Aufenthaltsort kannte, konnte er jederzeit ankommen und uns ein Prisenkommando an Bord setzen. Wenn – wieder ein anderes ›Wenn‹ – die Wetterlage das zuließ.

Als ich schließlich langsam eindämmerte, segnete ich noch den ständig zunehmenden Wind, der der *Sanford* Flügel verlieh und der es dem Fairmile unmöglich machte, längsseits zu scheren.

Coertze weckte mich. »'s kommt mehr Wind auf. Mir scheint, wir müssen andere Segel setzen oder so was.« Er mußte gegen den Krach von Wind und See anbrüllen.

Während ich mein Ölzeug überzog, sah ich auf die Uhr: zwei Uhr. Sechs Stunden hatte ich geschlafen. Die *Sanford* arbeitete ein bißchen, und ich hatte einige Mühe, mir die Hosen anzuziehen. Ein plötzliches Überholen schleuderte mich quer durch die Kabine, und ich flog gegen Francescas Koje.

»Ist was passiert?« fragte sie.

»Nein«, sagte ich, »alles in Ordnung. Schlaf man weiter.«

»Du denkst doch nicht, daß ich bei diesem Krach schlafen kann?«

Ich grinste. »Daran gewöhnst du dich bald. Es brist etwas auf, aber kein Grund zur Sorge.«

Ich zog mich fertig an und ging ins Cockpit rauf. Coertze hatte recht, wir mußten Segel kürzen. Der Wind wehte stetig mit Stärke sieben – Seeleute der alten Schule bezeichneten das geringschätzig als ›Jachtsegler-Sturm‹, während Admiral Beaufort es maßvoll ›starker Wind‹ nannte.

Wolkenfetzen jagten über den Himmel und trieben mit dem Mondlicht ein gespenstisches Schattenspiel. Die Seen wälzten sich gewaltig heran, und ihre Schaumkämme wurden in Streifen fliegenden Gischtes fortgeblasen. Die *Sanford* tauchte mit dem Bug tief ein, und jedesmal gab es einen Ruck, als ob sie stoppen wollte, und sie verlor viel an Fahrt. Mit einer Verminderung der Segel konnten wir das Vorschiff stützen und das Boot besser in Gang halten; darum sagte ich – nein, brüllte ich Coertze zu: »Sie haben recht, ich werd' 'ne Reff einstecken. Halten Sie sie inzwischen auf Kurs.«

Ich pickte eine Sorgleine in meinen Sicherheitsgurt ein und ging voraus über das wild herumhüpfende Deck. Eine halbe Stunde brauchte ich, um vom Großsegel zwei Törns um den Baum zu nehmen und um den Klüver niederzuholen; die Fock ließ ich stehen, um das Boot vorn zu stützen. Ich hatte kaum den Klüver weggenommen, da merkte ich auch schon den Unterschied in der Bewegung. Die *Sanford* nahm die Seen nun leichter und rammte ihren Bug nicht mehr so oft ins grüne Wasser.

Ich ging ins Cockpit zurück und fragte Coertze: »Na, wie geht's nun?«

»Besser«, brüllte er, »sie macht auch wieder mehr Fahrt, scheint mir.«

»Tut sie auch; jetzt wird sie ja nicht mehr andauernd abgestoppt.«

Er blickte auf die hochgetürmten Seen. »Wird das noch schlimmer?«

»Och, das ist noch nicht schlimm«, gab ich zurück. »Wir segeln jedenfalls so schnell wir können, und das wollen wir ja.« Ich lächelte; von einem kleinen Boot aus sieht alles viel größer aus, als es ist, und doppelt so gefährlich. Trotzdem hoffte ich, das Wetter möchte nicht schlechter werden; es kostete uns zuviel an Fahrt.

Um Coertze zu beruhigen, blieb ich noch eine Zeitlang bei ihm. Ich mußte ihn ohnehin bald ablösen, und es hatte keinen Zweck, daß ich mich noch einmal schlafen legte. Schließlich ging ich in die Kombüse runter und machte Kaffee. Der Ofen schaukelte wie wild in seinen Kardanringen, und ich mußte den Kaffeetopf festklammern, aber ich verschüttete keinen Tropfen.

Francesca sah mir von der Koje aus zu, und als der Kaffee fertig war, winkte ich sie heran. Wenn sie zum Kaffee käme statt umgekehrt, war die Gefahr geringer, daß was verschüttet würde. Wir klemmten uns zwischen Kombüsenbank und Niedergang fest ein, schlürften den heißen Kaffee und redeten über das Wetter.

Sie lächelte mich an. »Du magst solches Wetter wohl gern, wie?«

»Is doch großartig.«

»Ich hab' aber doch ein wenig Angst.«

»Da gibt's nichts, wovor man Angst haben müßte. Oder richtiger: nur eins.«

»Und das wäre?«

»Die Crew«, sagte ich. »Sieh mal, der Kleinbootsbau hat heutzutage, was die Seetüchtigkeit betrifft, so ziemlich den Punkt der Vollkommenheit erreicht. Ein Boot wie dieses kann jedes Wetter sicher überstehen, wenn es richtig gehandhabt wird – und das sage ich nicht etwa, weil ich es selbst entworfen und gebaut habe –, das trifft auf jedes Boot dieser Bauart zu. Die Crew kann Fehler machen, nicht das Boot. Da braucht nur einer müde zu werden und einen kleinen Fehler machen – und ein kleiner Fehler genügt –, und schon liegt er im Bach.«

»Und wie lange dauert das, bis eine Crew so müde wird?«

»Bei uns hat das keine Gefahr«, sagte ich munter. »Wir sind genug, so daß wir unsern Schlaf bekommen, und so können wir es unbegrenzte Zeit aushalten. Aber die Kerls, die einhand segeln, die sind schwer dran.«

»Bei dir fühlt man sich so sicher«, erwiderte sie. Dann stand sie auf, um noch eine Tasse aus dem Spind zu nehmen. »Ich will Coertze auch eine Tasse Kaffee bringen.«

»Mach dir keine Mühe damit, da kommen nur Spritzer rein, und nichts schmeckt gemeiner als versalzener Kaffee. In ein paar Minuten kommt er runter, ich übernehme gleich die Wache.«

Ich knöpfte meine Öljacke zu und band mir den Schal fest um den Hals. »Ich lös' ihn jetzt ab. Eigentlich dürfte er ja gar nicht auf sein mit diesem Loch in seiner Schulter. Wie macht sich das übrigens?«

»Heilt tadellos«, sagte sie.

»Wenn er schon einen Schuß abkriegen sollte, konnte er nicht besser sitzen als da. Sechs Zoll tiefer, und er wär durchs Herz gegangen.«

Sie sagte: »Weißt du, ich hab' jetzt doch eine andere Meinung von ihm bekommen. Er ist gar nicht solch übler Mann.«

»Ein goldenes Herz in einer rauhen Schale?« fragte ich, und sie nickte zustimmend. Ich sagte: »Sein Herz trachtet jedenfalls nach Gold. Wenn nicht mit Metcalfe, werden wir mit ihm unsere Schwierigkeiten haben – vergiß nicht seine Vorgeschichte. Aber gib dem netten Mann 'ne Tasse Kaffee, wenn er runterkommt.«

Ich ging ins Cockpit hinauf und löste Coertze ab. »Unten ist Kaffee für Sie«, brüllte ich ihm zu.

»Danke, kommt gerade richtig«, brüllte er zurück und ging hinunter.

Die *Sanford* verschlang weiterhin die Meilen, und der Wind nahm immer noch zu. Gut und schlecht zugleich. Die Segel ließ ich zunächst noch stehen, aber als Walker in der wolkigen und feuchten Dämmerung kam, um mich abzulösen, steckte ich noch ein Reff ins Großsegel, bevor ich zum Frühstück hinunterging.

Bevor ich noch den Fuß auf den Niedergang setzte, sagte Walker: »Es wird schlechter.«

Ich blickte auf den Himmel. »Nö, glaub' ich nicht; schlimmer als so wird's im Mittelmeer kaum.«

Er zuckte die Achseln. »Ich kenne das Mittelmeer nicht, aber ich habe so das Gefühl, daß es schlimmer kommt, mehr wollte ich nicht sagen.«

Mir war unbehaglich, als ich runterstieg. Walker hatte früher schon eine unheimliche Fähigkeit bewiesen, einen Wetterwechsel ohne erkennbare Anzeichen vorauszusagen; er hatte noch immer recht behalten, aber ich hoffte trotzdem, daß er sich diesmal irrte.

Aber er irrte sich nicht.

Die Mittagshöhe der Sonne konnte ich nicht nehmen wegen der starken Bewölkung und der schlechten Sicht. Selbst wenn die Sonne zu sehen gewesen wäre, hätte ich auf dem bewegten Deck kaum einen Sextanten ruhig halten können. Nach dem Log waren wir von Mittag zu Mittag 152 Meilen gelaufen, das bisher höchste Etmal der *Sanford.* Kurz nach Mittag wuchs die Windstärke an auf acht, in Böen auf neun – es war ein ganz netter Sturm. Alle zusammen bargen wir das Großsegel und setzten das Trysegel, ein dreieckiges Stück Segeltuch von Handtuchgröße, das zum Segeln bei schlechtem Wetter bestimmt ist. Auch die Fock bargen wir mit einiger Mühe – das Arbeiten auf dem Vordeck war jetzt ziemlich gefährlich.

Die Höhe der Wellen war erschreckend angewachsen; sie brachen sich mit weißen Kämmen, und der Wind riß die Gischt mit sich fort und fegte sie in langen, zerfetzten Streifen über die See. Immer mehr große Schaumflocken bildeten sich, bis die ganze Wasseroberfläche aussah wie ein riesiger Waschkessel, in den jemand ein paar tausend Tonnen Waschpulver gekippt hatte.

Ich ordnete an, daß sich nur der Wachhabende an Deck aufhalten sollte und daß er sich stets mit einer Leine sichern sollte. Ich selbst ging in die Koje, schlug die Schlingerbretter hoch, damit ich nicht rausgeworfen wurde, und versuchte vergeblich, ein Magazin zu lesen. Ich hätte nur gern gewußt, ob Metcalfe bei diesem Wetter in See war. Wenn er draußen war, beneidete ich ihn nicht, denn ein Motorboot reitet schweres Wetter nicht so elegant ab wie ein Segelboot. Bei ihm mußte wahrlich der Teufel los sein.

Da es am Nachmittag noch schlechter wurde, beschloß ich beizudrehen. Wir bargen das Trysegel und trieben vor Topp und Takel quer zur See. Dann machten wir die Luken dicht und versammelten uns in der Kajüte und plauderten, soweit der Krach es zuließ.

Um diese Zeit fing ich an, mir Sorgen über freien Seeraum zu machen. Koppeln und Loggen waren ja ganz schön, aber da ich kein Sonnsbesteck hatte aufmachen können, war mir nicht ganz wohl zumute. Wir befanden uns im Seegebiet zwischen Almeria in Spanien und Marokko, wo der Trichter zur Straße von Gibraltar hin beginnt. Daß wir vom Festland noch weit genug entfernt waren, wußte ich wohl. Aber es gab hier so ein winziges Inselchen, Alboran hieß es, und da aufzulaufen würde bei diesem Wetter unseren Untergang bedeuten.

Ich studierte das Mittelmeerhandbuch. Wenn ich behauptet hatte, solches Wetter sei im Mittelmeer ungewöhnlich, so hatte ich ganz recht gehabt. Aber was half uns das. Offenbar hatte

Petrus das Mittelmeerhandbuch nicht gelesen. Der alte Knabe hatte es gewiß verlegt.

Um fünf Uhr ging ich an Deck, um vor Dunkelwerden noch einmal die Lage zu peilen. Coertze half mir, die Schalkbretter vom Kajütseingang wegzunehmen, und ich enterte ins Cockpit auf. Ich stand knietief in wirbelndem Wasser, trotz der drei zweizölligen Lenzrohre, die ich eingebaut hatte, und als ich da stand und mich an einer Deckstütze festhielt, kam wieder eine kochende See längs Deck gefegt und füllte das Cockpit.

Ich nahm mir vor, künftig mehr Lenzrohre einzubauen. Dann sah ich auf die See hinaus. Der Anblick war furchteinflößend. Es war voller Sturm. Die Wellenberge waren gewaltig, die Brecher schleuderten einen drohenden Überhang voraus. Als ich da stand, brach gerade eine See auf die *Sanford* nieder, und das Boot bebte in allen Fugen. Das gute alte Mädchen mußte so viele Schläge aushalten, und mir schien, ich müßte doch wohl etwas dagegen tun. Das bedeutete, daß wenigstens ein Mann im Cockpit völlig durchnäßt alles Elend und alle Angst ausstehen mußte, und mir war klar, daß nur ich dieser Mann sein konnte – ich hätte niemand anders mit dem betraut, was ich vorhatte.

Ich ging wieder nach unten. »Wollen vor den Wind gehen«, sagte ich. »Walker, holen Sie mal die Rolle mit der Vier-Zoll-Nylonleine von vorn. Kobus, Sie ziehen sich Ölzeug an und kommen mit mir.«

Coertze und ich gingen ins Cockpit zurück, und ich nahm die Lasching von der Pinne. »Wenn wir sie vor den Wind legen, müssen wir die Fahrt vermindern. Wir stecken achtern die Leine aus, und der Widerstand macht das dann schon.«

Walker kam mit der Leine ins Cockpit und belegte das eine Ende am Poller auf dem Backbord-Heck. Ich brachte die *Sanford* vor den Wind, und Coertze steckte die Leine übers Heck aus. Im Gegensatz zu Hanf schwimmt Nylon wie Manila, und das ausgesteckte Ende wirkte als Bremse auf das wilde Vorwärtstürmen der *Sanford.*

Es ist gefährlich, mit zuviel Fahrt vor dem Sturm zu laufen. Es kann dem Boot so ergehen wie einem Mann, der über seine eigenen Füße stolpert, und es kann koppseisen – der Bug taucht tief ein, die auflaufende See hebt das Heck und wirft das Boot über Kopf herum. So ist es mit *Tzu Hang* im Pazifik geschehen und auch mit Erling Tambs' *Sandefjord* im Atlantik, der dabei einen Mann verlor. Das wollte ich nicht auch erleben.

Unter diesen Umständen das Boot zu steuern war ziemlich aufregend. Das Heck mußte gut in Höhe der auflaufenden See gehalten werden, dann wurde es sanft angehoben, und die See lief drunter weg. Kam man nur ein weniges aus der richtigen Lage, brach die See übers Heck herein, und man wurde von den Wassermassen überspült, die Pinne wurde einem aus dem Griff gewunden, und man überlegte sich, wie oft das Ruder das wohl noch aushalten würde.

Coertze hatte die ganze Leine ausgesteckt, fast achtzig Meter, und die *Sanford* benahm sich nun ein bißchen besser. Die Leine schien das Wasser hinter dem Heck zu beruhigen, und die Wellen brachen sich nun weniger. Da mir schien, wir liefen immer noch zuviel, ließ ich Walker noch mehr Leinen holen. Wir steckten noch zwei Längen von vierzig Meter dreizölligen Nylons aus, und ich schätzte, daß wir nun die Fahrt auf drei Knoten vermindert hatten.

Aber es ließ sich noch etwas tun. Ich winkte Coertze ran und hielt den Mund nahe an sein Ohr. »Gehen Sie nach unten und holen Sie die Reservekanne mit Dieselöl von vorn. Geben Sie die Francesca und sagen Sie ihr, sie soll davon einen Viertelliter zur Zeit ins Klo-Becken tun und spülen. So etwa alle zwei bis drei Minuten einmal, das wird reichen.«

Er nickte und ging unter Deck. Der Zwanzig-Liter-Kanister, den wir in Reserve hatten, kam uns nun gerade recht. Ich hatte schon oft gehört, daß man Öl zur Beruhigung erregter See benutzte – nun würden wir sehen, ob etwas daran war.

Walker umwickelte eifrig die ausgesteckten Leinen, da, wo sie sich auf dem Heckbord scheuerten, mit Segeltuch. Sie konnten bei den heftigen Bewegungen schnell durchgescheuert sein, und wenn eine Leine brach und ausrauschte, gerade wenn ich eine von diesen ungemütlichen Seen, die von Zeit zu Zeit aufkamen, abpassen mußte, konnte das unser Ende bedeuten.

Ich sah auf die Uhr. Es war halb sieben, und es sah so aus, als läge eine scheußliche und ungemütliche Nacht vor mir. Aber ich hatte nun langsam spitzgekriegt, wie man das Heck der *Sanford* zu den Seen halten mußte, und ich brauchte nun nur genügend Konzentrationsfähigkeit und Ausdauer.

Coertze kam wieder rauf und rief: »Das Öl läuft.«

Ich sah über Bord. Es schien nicht viel auszumachen, aber so genau ließ sich das auch wieder nicht feststellen. Ich wollte aber nichts unversucht lassen, was unsere Lage auch nur ein bißchen bessern konnte, und darum ließ ich Francesca weitermachen.

Die Wellen waren gewaltig. Ich schätzte ihre Höhe von Tal zu Kamm auf etwa fünfzehn Meter, und die *Sanford* benahm sich wie ein Wagen der Berg-und-Tal-Bahn. Von unten sahen die Wogen beängstigend hoch aus, wie sie sich mit ihren drohenden Kämmen auftürmten. Dann ging unser Bug nach unten, wenn eine Welle das Heck hob, bis es schien, daß das Boot senkrecht stünde und geradewegs bis zum Meeresgrund hinuntertauchen wollte. Sie hob uns dann hoch auf ihren Kamm, und wir sahen ringsum die sturmgepeitschten Seen, von denen der Gischt in waagerechten Wolken davongepeitscht wurde; man konnte Himmel und See kaum noch unterscheiden. Dann ging's wieder zurück ins Tal, der Bug wies dabei zum Himmel empor, und wieder drohten die ungeheuren Seen.

So etwa alle Viertelstunde erhob sich eine besonders übermütige Welle, wenn zwei Wellenberge zusammentrafen und zu doppelter Höhe anwuchsen. Die Höhe dieser Ungetüme schätzte ich auf zwanzig Meter – höher als unseren Mast! –, und ich mußte aufpassen wie ein Schießhund, daß wir nicht von achtern überspült wurden.

Ein einziges Mal geschah uns das, und dabei ging uns Walker über Bord. Ein Wogengigant brach über unser Heck herein, und wir schwammen im Wasser. Da hörte ich Walkers verzweifelten Schrei, sah sein weißes Gesicht, seine angststarrenden Augen, wie er aus dem Cockpit herausgewaschen und über Bord gespült wurde.

Coertze handelte blitzschnell. Er griff nach Walker, verfehlte ihn aber. Ich schrie: »Sicherheitsleine – einholen.«

Er wischte sich das Wasser aus den Augen und brüllte zurück: »Hatte keine.«

›Verfluchter Idiot‹, dachte ich. Ich glaube, ich hab's gedacht, aber vielleicht hab' ich's auch rausgeschrien. Mit einem lauten Ruf wies Coertze achteraus, und als ich mich umdrehte, sah ich einen dunklen Schatten in unserem Kielwasser herumgewirbelt werden, sah weiße Hände nach der Nylonleine greifen. Man sagte, daß ein Ertrinkender sich an einen Strohhalm klammert, Walker war glücklicher dran, er konnte etwas greifen, was ihm viel mehr Halt bot, eine unserer Treibankerleinen.

Coertze holte die Leine in fieberhafter Eile ein. Das war bestimmt nicht leicht, mit dem Widerstand Walkers im Wasser und mit der verletzten Schulter. Trotzdem holte er die Leine so schnell, als wäre nichts drangewesen. Er holte Walker ran, bis dieser unterm Hecküberhang hing, und belegte dann die Leine.

Er rief mir zu: »Ich häng' mich übers Heckbord – setzen Sie sich auf meine Beine.«

Ich nickte, und während er sich daranmachte achteraus zu kriechen, wo Walker sich fest an sein Tau klammerte, kam ich aus dem Cockpit raus und setzte mich auf seine Beine. In den heftigen Bewegungen des Bootes war es nur mein Gewicht, das Coertze hielt, so daß er nicht in die See geschleudert wurde.

Coertze griff die Leine und hievte mit aller Kraft, so daß sich sein Schultergürtel krümmte. Er holte das Gewicht Walkers die fünf Fuß von der Wasseroberfläche bis zum Heckbord auf. Ich hoffte zu Gott, daß Walker sich so lange halten könnte. Ließe er sich los, so würde er nicht nur selbst verloren sein, sondern die plötzliche Entspannung würde auch Coertze aus dem Gleichgewicht bringen, und er hätte dann kaum Aussicht, sich selbst noch zu retten.

Walkers Hand erschien auf dem Heckbord, und Coertze packte ihn am Ärmelaufschlag. Dann sah ich achteraus und schrie: »Festhalten! Um Gottes willen!«

Eine dieser verfluchten hohen Seen kam auf uns zugerollt, ein entsetzliches Ungeheuer, das sich mit Schnellzuggeschwindigkeit näherte. Der Bug der *Sanford* begann zu sinken, da hievte Coertze Walker noch einen Pull, packte ihn im Genick und ruckte ihn aufs Heck herauf.

Dann war die See über uns hinweggerollt, so schnell wie sie gekommen war. Walker taumelte im Cockpit zu Boden, bewußtlos oder tot – ich wußte es nicht; und Coertze fiel auf ihn, mit keuchender Brust nach dieser übermenschlichen Anstrengung. Ein paar Minuten lag er so da, dann beugte er sich nieder, um Walkers verkrampften Griff um die Leine zu lösen.

Als er ihm die Finger aufbrach, sagte ich: »Bringen Sie ihn unter Deck, und Sie selbst sollten auch eine Zeitlang unten bleiben.«

Ein großes Licht dämmerte mir auf – aber ich konnte dem jetzt nicht nachsinnen. Ich mußte sehen, daß ich die Leine wieder ausbrachte, wobei ich immer noch die Hand an der Pinne haben und auf die nächste ankommende See gefaßt sein mußte.

Fast eine Stunde dauerte es, bis Coertze zurückkam – eine einsame, schreckliche Stunde, die mich zu sehr in Anspruch nahm, als daß ich in Ruhe das Erlebte hätte überdenken können. Der Sturm schien noch zuzunehmen, und ich überlegte mir noch einmal, was ich Francesca über die Seetüchtigkeit kleiner Boote erzählt hatte.

Als Coertze ins Cockpit zurückkletterte, übernahm er Walkers Amt, die Heckleinen zu überwachen. Er grinste mich an, als er sich niederließ. »Walker ist O. K.«, brüllte er. »Francesca sorgt für ihn. Ich hab' ihm das Wasser ausgepumpt, die Bilge muß fast voll sein.« Er lachte – und die Gewalt seines großen Lachens schien das Geheul des Sturmes zu überdröhnen.

Bewundernd sah ich ihn an.

Ein Sturm im Mittelmeer hält sich nicht lange, dahinter steckt nicht die Mächtigkeit eines großen Ozeans, so daß er sich nicht in aller Fülle entfalten kann, und auch ein gewaltiger Wind läuft sich bald tot. Am nächsten Morgen um vier hatte sich der Sturm so weit gelegt, daß ich Coertze das Ruder überlassen und nach unten gehen konnte. Als ich auf der Bank saß, zitterten meine Hände nach der langen Anspannung, und ich war unsagbar müde und abgekämpft.

Francesca sagte: »Du mußt ja einen gewaltigen Hunger haben, ich mach' dir was zu essen.«

Ich schüttelte den Kopf. »Nein, viel zu müde zum Essen – ich hau' mich hin.« Sie half mir aus dem Ölzeug, und ich fragte: »Wie geht's Walker?«

»Soweit ganz gut; er schläft in der achteren Koje.«

Ich nickte gedankenvoll – Coertze hatte Walker in seine eigene Koje gepackt. Das sah ihm ähnlich.

»Weck mich in zwei Stunden«, sagte ich. »Auf keinen Fall später. Ich kann Coertze nicht zu lange allein lassen.«

Dann sackte ich in die Koje und war auch schon weg. Mein letzter Bewußtseinsrest verfloß in einem nebelhaften Bild von Coertze, wie er Walker im Genick gepackt hielt und ihn übers Heck zerrte.

Um halb sieben weckte Francesca mich mit einer Tasse Kaffee, die ich dankbar in Empfang nahm. Sie fragte: »Möchtest du jetzt etwas zu essen haben?«

Ich horchte auf den Wind und versuchte, mir über die Bewegungen der *Sanford* klarzuwerden. »Mach für uns alle Frühstück«, sagte ich, »wir drehen bei und ruhen uns erst mal aus. Und dann ist es wohl an der Zeit, daß ich mal mit Coertze rede.«

Ich ging wieder ins Cockpit und peilte die Lage. Es war immer noch ein steifer Wind, aber nicht annähernd so stark wie vorher.

Coertze hatte die beiden Vierzig-Meter-Leinen eingeholt und sauber aufgeschossen. Ich sagte: »Wollen beidrehn; ist Zeit, daß Sie Schlaf kriegen.«

Er nickte kurz, und wir holten auch noch die lange Leine ein. Dann laschten wir die Pinne fest und beobachteten, wie die *Sanford* sich quer zur See legte – sie lag nun sicher, da der Wind weniger geworden war. Als wir unter Deck gingen, war Francesca in der Kombüse dabei, das Frühstück zu machen. Auf den Kajütentisch hatte sie ein feuchtes Tuch gelegt, damit nichts drauf herumglitschte. Coertze und ich nahmen Platz.

Er schmierte sich ein Butterbrot, und ich überlegte mir, wie ich es angehen sollte, was ich ihm zu sagen hatte. Es war eine knifflige Sache, die ich aufs Tapet bringen wollte, und Kobus war so ein widerborstiger Bursche, daß ich nicht recht wußte, wie er's aufnehmen würde. Ich legte erst mal los: »Übrigens, ich hab' mich noch gar nicht richtig bei Ihnen dafür bedankt, daß Sie mich aus dem Stollen gezogen haben – Sie wissen ja, wie die Firste einbrach.«

Er kaute auf seinem Brot und sprach mit vollem Mund: »*Nee, Man*, das war meine Schuld, sagte ich ja schon. Ich hätte zuletzt besser abstützen müssen.«

»Walker ist Ihnen auch Dank schuldig. Sie haben ihm heut nacht das Leben gerettet.«

Er grunzte. »Ganz egal, was er denkt.«

Ich fühlte mich vorsichtig weiter vor, immer bereit, gleich wieder in Deckung zu gehen: »Immerhin, warum haben Sie es getan? Es wäre doch mindestens eine Viertelmillion wert gewesen, wenn Sie es nicht getan hätten.«

Entgeistert, voller Empörung starrte er mich an, mit zorngerötetem Gesicht. »Mann, halten Sie mich für einen gemeinen Mörder?«

Das hatte ich ja nun allerdings lange Zeit hindurch getan, aber das verriet ich ihm nicht. »Und Sie haben auch nicht Parker oder Alberto Corso oder Donato Rinaldi umgebracht?«

Sein Gesicht lief dunkelrot an. »Wer hat das behauptet?«

Ich wies mit dem Daumen zur achteren Koje hin, wo Walker noch schlief. »Der da.«

Mir schien, er wollte platzen. Seine Kiefer malmten, und er war buchstäblich sprachlos, kein Wort brachte er hervor. Ich fuhr fort: »Nach Freund Walker haben Sie Alberto in eine Falle gelockt an einem Felsabhang und ihn runtergestoßen; Donato sollen Sie den

Schädel eingeschlagen haben; schließlich haben Sie angeblich Parker während eines Gefechtes mit den Deutschen von hinten in den Kopf geschossen.«

»Dieser Lügenhund! Dieses verfluchte Schwein!« brach es da aus Coertze heraus. Er wollte hochkommen. »Ich will ihm seine blutigen Lügen in seinen verfluchten Schädel hineinrammen!«

Ich hob die Hand. »Immer mit der Ruhe! Gehen Sie noch nicht, wir sind noch nicht ganz fertig. Lassen Sie uns das erst mal zu Ende bringen. Ich möchte gern von Ihnen erfahren, was damals wirklich geschehen ist. Seh'n Sie mal, was wir heute nacht erlebt haben, hat mich nachdenklich gemacht und läßt mich vieles in ganz neuem Licht sehen. Ich fragte mich, warum sollten Sie Walker gerettet haben, wenn Sie der Mann wären, den er geschildert hat. Ich möchte der Wahrheit ein für allemal auf den Grund kommen.«

Langsam ließ er sich wieder nieder und stierte auf den Tisch. Schließlich begann er: »Mit Alberto, das war ein Unfall. Ich hab' noch versucht, ihn zu retten, aber es ging nicht mehr.«

»Ich glaube Ihnen – nach heut nacht.«

»Und Donato – da weiß ich nichts drüber. Ich weiß bloß noch, daß ich das damals sehr merkwürdig fand. Ich meine, warum sollte Donato bloß zum Spaß klettern? Davon hatte er ja genug, wenn uns der Graf in die Berge schickte.«

»Und Parker?«

»Den könnte ich gar nicht geötet haben, selbst wenn ich's gewollt hätte«, sagte er einfach.

»Und warum nicht?«

Langsam sprach er: »Wir waren mit Umberto losgezogen, um einen Hinterhalt zu legen. Das haben wir damals ja oft gemacht. Umberto teilte die Gruppe in zwei Hälften auf; in einer Schlucht war das; auf jeder Seite der Schlucht ging eine von den beiden halben Gruppen. Parker und Walker waren bei der anderen Hälfte. Kurz und gut, dieser Hinterhalt wurde ein Mißerfolg für uns, und die zwei Hälften gingen nachher jede für sich ins Lager zurück. Erst als wir wieder im Lager waren, hörte ich, daß Parker tot war.«

Er rieb sich das Kinn. »Sagten Sie nicht, daß Walker erzählt hätte, Parker hätte 'n Schuß in den Hinterkopf gekriegt?«

»Ja.«

Er sah auf seine Hände nieder, die er vor sich auf den Tisch gelegt hatte. »Wissen Sie – das konnte auch Walker gewesen sein. Es sähe ihm ähnlich.«

»Versteh«, sagte ich. »Sie haben mir doch mal erzählt, daß Walker Sie während des Krieges öfter mal in eine schwierige Lage gebracht hat. Wann war das genau, bevor Sie das Gold vergraben hatten oder hinterher?«

Er zog die Stirn in Falten und dachte nach, ließ seinen Geist in längst entschwundene Zeiten zurückwandern. Dann begann er: »Ich kann mich erinnern, daß Walker mal einige Leute aus einem Graben zurückgezogen hat, und das sollte er gar nicht. Er war damals Umbertos Melder, und er sagte hinterher, er hätte den Befehl falsch verstanden. Seinerzeit führte ich eine Gruppe, und meine Flanke war dadurch ungedeckt.« Sein Blick verdüsterte sich. »Dadurch sind etliche von meinen Jungs draufgegangen, und ich selber hätte auch beinahe ein Seitengewehr in den Leib gekriegt.« Er legte das Gesicht in nachdenkliche Falten. »Das war – ja – das war, nachdem wir das Gold versteckt hatten.«

»Bestimmt?«

»Ganz bestimmt. Zu Umbertos Zug kamen wir erst, nachdem wir das Gold vergraben hatten.«

Ruhig begann ich zu reden: »Es könnte sein, daß er Parker von hinten in den Kopf geschossen hat. Es könnte sein, daß er Donato von hinten mit einem Stein den Schädel eingeschlagen und nachher einen Kletterunfall vorgespiegelt hat. Es könnte ferner auch sein, daß er vor Ihnen zuviel Angst hatte, um von vorn oder von hinten an Sie ranzugehen – und Sie wissen ja wohl selber, daß Sie manchmal ein schrecklicher Kerl sein können –, es könnte ja sein, daß er es so hinzukriegen versuchte, daß die Deutschen Ihnen eins verpaßten.«

Coertze ballte die Hände auf dem Tisch. Ich sagte: »Er hat immer Angst vor Ihnen gehabt – und die hat er noch.«

»*Magtig*, dazu hat er wahrscheinlich allen Grund«, grollte er. »Donato hat uns aus dem Gefangenenlager gebracht. Donato ist bei ihm in den Bergen geblieben, als die Deutschen nach uns suchten.« Mit gequältem Blick sah er mich an. »Was für ein Mensch muß das sein, der solche Dinge tun kann?«

»Ein Mensch wie Walker«, gab ich zur Antwort. »Mir scheint, wir müssen mit ihm reden. Ich bin begierig zu wissen, was er Francesca und mir zugedacht hat.«

Coertze preßte die Lippen zusammen. »Ja, ich denke, wir wecken ihn jetzt auf aus seinem *Lekker Slaap*.«

Er stand auf, als Francesca gerade mit Schüsseln beladen hereinkam. Unsicher hielt sie inne, als sie Coertzes Antlitz sah. »Was ist los?«

Ich nahm ihr die Schüsseln ab und setzte sie zwischen die Schlingerleisten. »Wir wollen gerade mit Walker sprechen«, sagte ich. »Du kommst am besten mit.«

Aber Walker war schon wach; seinem Gesicht sah ich an, daß er wohl wußte, was nun käme. Er schwang sich aus der Koje und versuchte von Coertze wegzukommen, der sich auf ihn stürzte.

»Halt, halt«, rief ich und griff Coertze beim Arm. »Sprechen wollten wir mit ihm, hab' ich gesagt.«

Coertzes Armmuskeln spannten sich, aber dann lockerten sie sich, und ich ließ ihn los. Zu Walker sagte ich: »Coertze meint, Sie seien ein Lügner – was haben Sie dazu zu sagen?«

Seine Augen flimmerten, er warf einen angsterfüllten Blick auf Coertze und schaute dann zur Seite. »Hab' ich nicht gesagt, daß er jemand getötet hat, nein, hab' ich nicht gesagt.«

»Nein, wörtlich gesagt haben Sie es nicht«, bestätigte ich. »Aber Sie haben es ganz unmißverständlich zum Ausdruck gebracht.«

Coertze atmete schwer, aber er sagte nichts; es schien ihm im Augenblick ganz recht zu sein, daß ich die Sache in die Hand nahm. Ich fuhr fort: »Wie ist es mit Parker? Sie sagten, Coertze sei in seiner Nähe gewesen, als er den Schuß kriegte – Coertze sagt nein. Nun, wie ist es?«

»Hab' ich auch nicht gesagt«, sagte er kläglich.

»Sie sind mir schon ein elender Lügner«, sagte ich nachdenklich. »Sie haben es gesagt, zu mir. Wenn Sie schon kein gutes Gedächtnis haben, ich hab's, ein sehr gutes sogar. In Tanger habe ich Sie gewarnt und Ihnen gesagt, was geschähe, wenn Sie je versuchten, mich zu belügen. Sie hätten sich besser in acht nehmen sollen. Jetzt will ich die Wahrheit wissen – war Coertze in Parkers Nähe, als er getötet wurde?«

Lange schwieg er. »Nun, war er?« wiederholte ich.

Er brach zusammen. »Nein, war er nicht«, schrie er heraus. »Ich hab' mir das ausgedacht. Er war nicht da. Er war auf der andern Seite der Schlucht.«

»Und wer hat Parker erschossen?«

»Die Deutschen«, kreischte er außer sich, »die Deutschen, es waren die Deutschen – das hab' ich Ihnen gesagt, die Deutschen, Deutschen.«

Mir schien, es hieße ihm zuviel zumuten, sollte er den Mord bekennen. Niemals würde er unumwunden zugestehen, Parker und Donato Rinaldi ermordet zu haben – aber sein Gesicht verriet ihn. Ich war nicht gesonnen, ihm irgend etwas zu ersparen, und ich sagte zu Coertze: »Seine Schuld ist, daß Torloni uns angegriffen hat.«

Coertze grunzte überrascht. »Wahh?!«

Ich teilte ihm die Sache mit dem Zigarettenetui mit. Dann sprach ich Walker an: »Coertze hat Ihnen heute nacht das Leben gerettet. Weiß Gott, ich wünschte, er hätte Sie versacken lassen. Ich gehe jetzt und lasse Sie hier unten allein mit ihm, und er mag tun, was ihm beliebt.«

Walker klammerte sich an meinen Arm. »Gehen Sie nicht weg«, flehte er, »lassen Sie ihn nicht an mich ran.« Was er immer befürchtet hatte, nun vollzog es sich, niemand stand mehr zwischen ihm und Coertze. Er hatte Coertze in meinen Augen angeschwärzt, um einen Verbündeten gegen ihn zu haben, und nun stand ich auf Coertzes Seite. Er hatte Angst vor körperlicher Gewalt – gemordet hatte er aus dem Hinterhalt –, und Coertze war die Übersteigerung aller körperlichen Gewalt.

»Ach bitte, bitte«, winselte er, »nicht weggehen.« Er warf Francesca einen leidenschaftlich flehenden Blick zu. Sie wandte sich schweigend ab und ging den Niedergang zum Cockpit hinauf. Ich schüttelte seine Hand ab und folgte ihr und machte hinter mir die Luke dicht.

»Coertze bringt ihn um«, flüsterte sie.

»Ist es nicht sein Recht?« fragte ich. »Ich kann es sonst nicht billigen, wenn jemand in eigener Sache richtet, aber dies ist ein Fall, wo ich eine Ausnahme zugestehen muß.«

»Ich denke dabei nicht an Walker«, entgegnete sie. »Es ist nicht gut für Coertze. Niemand kann einen Menschen töten, ohne ein anderer zu werden. Es ist schlimm, schlimm für seine ... seine Seele.«

Ich antwortete: »Coertze wird tun, was er zu tun hat.«

Wir verfielen in Schweigen und blickten über die unruhige See. Meine Gedanken richteten sich wieder aufs Boot und auf unsere nächsten Aufgaben.

Die Kajütentür ging auf, und Coertze kam ins Cockpit. Sein Angesicht war verstört, und heiser begann er: »Ich wollte ihn umbringen, dies kleine Dreckstück. Ich wollte ihn niederschlagen

– und einmal hab' ich zugeschlagen. Aber man kann keinen schlagen, der sich nicht wehrt. Kann man nicht, verstehen Sie?«

Mich kam ein Lächeln an, und Francesca schluchzte ein befreites Lachen heraus. Coertze sah uns an, und auch auf seinem Gesicht leuchtete ein verhaltenes Lächeln auf, und er fragte: »Aber was machen wir nun mit ihm?«

»In Tanger setzen wir ihn an Land, und dann mag er sich selbst weiterhelfen«, erwiderte ich. »Wir werden ihm den größten Schrecken einjagen, den jemals ein Mensch erlebt hat.«

Wir grinsten uns alle an wie ein paar glückliche Narren; da rief Francesca plötzlich scharf aus: »Da!«

Mein Blick folgte ihrem ausgestreckten Arm. »Nein!« stöhnte ich auf. Auch Coertze sah hin und stieß einen Fluch aus.

Was sich da durch die bewegte See wälzte und mit hoher Fahrt drohend auf uns zuhielt, war der Fairmile.

Die Sanford

Das versetzte mir einen Stoß. Ich hatte als ganz sicher angenommen, daß Metcalfe uns in dem Sturm verloren hätte – aber er mußte ja wohl mit dem Teufel im Bunde stehen. Durch Radar hatte er uns jedenfalls nicht gefunden, der Sturm hatte ihm an Oberdeck alles weggefegt, seinen kleinen Lademast, die Funkantenne und auch die Radarantenne. Es war purer Zufall, daß er auf uns gestoßen war.

Ich sagte zu Coertze: »Gehen Sie runter und werfen Sie den Motor an. Francesca, du gehst auch nach unten und bleibst da.«

Ich sah zum Fairmile hinüber. Er war ungefähr eine Meile entfernt und kam mit etwa acht Knoten näher – etwas über fünf Minuten blieben uns noch für unsere Vorbereitungen, die doch nutzlos bleiben mußten. Ich machte mir keine Illusion über Metcalfe. Torloni war schlimm genug gewesen, aber der verließ sich nur auf Gewalt. Metcalfe aber benutzte sein Köpfchen.

Der Seegang war sehr unangenehm. Als der Wind noch stark genug wehte, hatte er für Ordnung gesorgt, und die Wellen kamen schön gleichmäßig und regelmäßig daher. Als es abgeflaut hatte, liefen die Seen wild durcheinander; es war unheimlich, wenn plötzlich Wasserpyramiden hochschossen, an deren Stelle im nächsten Augenblick ein tiefer Trichter gähnte. Die *Sanford* stampfte und schlingerte beängstigend.

Aber dem Fairmile ging es nicht besser. Er wurde von dem aufgerührten Wasser hin und her geschleudert, und ich konnte mir lebhaft vorstellen, was für ein Durcheinander in seinem Innern herrschte. Es war ein altes Boot, ein Kriegsveteran, und alle Mühe, die Metcalfe daran gewandt hatte, konnte nicht verhindern, daß sein Rumpf altersschwach wurde. Diese Boote waren nur für eine Lebenserwartung von etwa fünf Jahren erbaut worden, und die Baumaterialien während des Krieges waren auch nicht gerade wegen ausgesuchter Qualität berühmt.

Plötzlich kam es mir zum Bewußtsein, daß er keinesfalls schneller laufen durfte und daß Metcalfe schon das Äußerste aus seinem Boot rausholte, was er bei dieser schweren See wagen durfte. Bei ruhiger See schafften seine Motoren gut ihre sechsundzwanzig Meilen. Wenn er aber unter den jetzigen Umständen mehr als acht Knoten fahren wollte, käme das Boot in Gefahr, in Stücke zu gehen. Metcalfe würde schon allerhand für das Gold riskieren, aber das denn doch nicht.

Als ich den Motor anspringen hörte, gab ich Vollgas und drehte mit der *Sanford* weg vom Fairmile. Unser Motor konnte schon was leisten, und ich konnte damit rechnen, daß ich immerhin mit sieben Knoten vom Fairmile ablaufen konnte, obwohl ich gegen die schwere See ankämpfen mußte. Unsere Gnadenfrist von fünf Minuten war nun zu einer Stunde gedehnt worden, und vielleicht käme mir ja in dieser Stunde ein neuer Einfall.

Coertze kam wieder rauf, und ich überließ ihm die Pinne und ging unter Deck. Ich hielt mich nicht damit auf, ihm zu sagen, was er tun müßte, das lag klar auf der Hand. Aus dem Spind unter meiner Koje holte ich mir die Schmeisser-Maschinenpistole mit sämtlichen Magazinen. Von ihrer Bank aus sah Francesca mir zu: »Muß das sein?« fragte sie.

»Wenn's nicht nötig ist, schieß ich nicht«, erwiderte ich, »erst wenn sie damit anfangen.« Ich sah mich um. »Wo ist Walker?«

»Hat sich vorn eingeschlossen. Er zittert vor Coertze.«

»Na schön, ist mir auch lieber, wenn er mir jetzt nicht zwischen den Beinen rumläuft«, entgegnete ich und ging wieder ins Cockpit.

Ungläubig starrte Coertze die Maschinenpistole an.

»Donnerlittchen, wo haben Sie die denn her?«

»Aus dem Stollen«, erwiderte ich. »Hoffentlich geht sie noch – die Munition ist verdammt alt.«

Ich führte ein langes Magazin ein und ließ den Kolben in Gebrauchsstellung einrasten. Dann sagte ich: »Holen Sie lieber Ihre Luger, ich geh' ans Ruder.«

Er grinste säuerlich. »Wozu? Sie haben ja die ganzen Patronen weggeschmissen.«

»Verdammt noch mal – aber stopp mal, da ist ja noch Torlonis Pistole – unten, in der Kartentischschublade.«

Er ging runter, und ich sah achteraus zum Fairmile hin. Wie mir schien, war Metcalfe nach unserem Abdrehen mit der Fahrt nicht raufgegangen. Aber das hätte auch nicht viel ausgemacht. Im Genick saß er uns ohnehin, schon mit einem Knoten Fahrtüberschuß, und ich sah, daß er uns schon merklich näher gekommen war.

Coertze kam zurück und hatte die Pistole im Hosenbund stekken. Er fragte: »Wie lange mag das noch dauern, bis er uns eingeholt hat?«

»Keine Stunde mehr.« Ich klopfte an die Schmeisser. »Schießen tun wir nicht, wenn er nicht damit anfängt. Und wenn – wir wollen keinen umlegen.«

»Und er, wenn er schießt – will er jemand umlegen?«

»Weiß nicht. Kann sein.«

Coertze grunzte. Er zog die Pistole raus und prüfte sie. Es war nichts weiter zu bereden, und wir schwiegen. Ich versuchte, mich an die Handhabung einer Maschinenpistole zu erinnern. Es war schon lange her, daß ich damit geschossen hatte. Ich ging im Geiste noch einmal die wichtigsten Punkte durch, die mir ein rotgesichtiger Korporal beigebracht hatte. Vor allem mußte man beachten, daß der Rückstoß die Laufmündung hochschleuderte, und wenn man sie nicht eisern runterhielt, ging das meiste wirkungslos in die Luft. Ich versuchte, mir noch andere Einzelheiten ins Gedächtnis zurückzurufen, aber es wollte mir nichts weiter einfallen; so mußte ich mich also damit begnügen.

Nach einer Zeitlang sagte ich zu Coertze: »Ich glaub', 'ne Tasse Kaffee stünde uns ganz gut zu Gesicht.«

»Kein schlechter Gedanke«, erwiderte er und ging runter. Ein Afrikaner sagt niemals nein, wenn ihm Kaffee angeboten wird; diesen Leutchen sind die Lebern gegerbt davon. Nach fünf Minuten kam er mit zwei dampfenden Tassen zurück und sagte: »Francesca möchte raufkommen.«

Nach einem Blick achteraus auf den Fairmile sagte ich kurz: »Nein.«

Wir tranken unsern Kaffee, von dem uns die Hälfte überschwabberte, als die *Sanford* unter einer besonders schweren See erbebte, und als wir ausgetrunken hatten, war der Fairmile keine Viertelmeile mehr entfernt. Deutlich sah ich Metcalfe neben dem Ruderhaus stehen.

Ich sagte: »Möcht mal wissen, was er nun anfängt. Entern kann er uns bei dem Seegang nicht, da ist das Risiko zu groß, daß er uns rammt. Wie würden Sie's machen, Kobus?«

»Ich würde abhalten und uns mit der Flinte abschießen«, grunzte er. »Wie in 'ner Schießbude. Wenn's ruhiger wird, kann er ohne Kampf an Bord kommen.«

Das ließ sich hören, aber so einfach wie in einer Schießbude war es ja nun doch nicht – Pappscheiben schießen nicht zurück. Ich übergab Coertze die Pinne. »Vielleicht müssen wir ein paar Scheinmanöver machen«, sagte ich. »Ohne Segel werden Sie das leicht fertigkriegen. Sie müssen nur verdammt fix sein, wenn ich was sage.« Ich nahm die Schmeisser auf und legte sie über die Knie. »Wieviel Schuß haben Sie in der Pistole?«

»Nicht genug, nur fünf.«

Schließlich stand der Fairmile nur noch hundert Meter entfernt steuerbord achteraus, und Metcalfe holte aus dem Ruderhaus ein Lautsprecher-Megaphon. Seine Stimme dröhnte übers Wasser. »Was laufen Sie denn weg, brauchen Sie keine Schleppleine?«

Ich legte die Hände um den Mund. »Sind Sie scharf auf Bergelohn?« höhnte ich.

Er lachte. »Haben Sie Sturmschäden?«

»Überhaupt keine«, rief ich. »Wir kommen allein nach Haus.« Wenn es ihm Spaß machte, den Harmlosen zu spielen, da konnte ich schon mithalten. Ich hatte weiter nichts zu verlieren.

Der Fairmile ging mit der Fahrt runter, um mit uns auf gleicher Höhe zu bleiben. Metcalfe spielte am Verstärker seines Lautsprechers, und es gab ein schreckliches Gepfeife. »Hal«, rief er, »ich brauch' Ihr Boot – und Ihre Ladung.«

Na, nun war's raus – und deutlicher ging's wirklich nicht.

Wieder grölte der Lautsprecher: »Wenn Sie friedlich sind, bin ich mit der Hälfte zufrieden, wenn nicht, nehm' ich mir das Ganze.«

»Das gleiche hat mir Torloni angeboten. Sie wissen ja, wie's ihm ergangen ist.«

»Der war gehandicapt, er durfte nicht schießen. Ich kann's aber.«

Krupke ließ sich sehen – mit einem Gewehr. Er kletterte auf das Deckshaus und legte sich hinter dem Ruderhaus in Deckung. Ich sagte zu Coertze: »Haben Sie den bestellt?«

Es war schon eine üble Lage, aber doch nicht so schlimm, wie's zuerst aussah. Krupke war in der Armee gewesen; er war es gewohnt, beim Schießen festen Stand zu haben; sein Ziel mochte sich ruhig bewegen. Ich traute ihm aber nicht zu, daß er von einer bewegten Plattform wie dem Fairmile überhaupt gezieltes Feuer abgeben konnte.

Der Fairmile scherte näher heran, und ich sagte zu Coertze: »Abstand halten.«

Metcalfe rief: »Na, wie ist es?«

»Scheren Sie sich zum Teufel!«

Er nickte Krupke zu, der sofort Feuer gab. Ich konnte nicht sehen, wo das Geschoß einschlug, aber anscheinend hatte er uns nicht getroffen. Er schoß wieder, und diesmal mußte er weiter vorn was getroffen haben, und zwar Metall, wie das Paaannng des abprallenden Geschosses verriet.

Coertze stieß mich in die Rippen. »Sehen Sie sich nicht so um, daß Metcalfe es bemerkt, aber mir scheint, wir kriegen wieder schlechtes Wetter.«

Ich änderte ein wenig meinen Sitz, so daß ich aus dem Augenwinkel einen Blick achteraus werfen konnte. Der Horizont war schwarz von einer drohenden Regenbö, die auf uns zukam. Ich wünschte nur inbrünstig, sie möchte recht schnell kommen.

»Jetzt geht es um Zeitgewinn«, sagte ich.

Wieder schoß Krupke, und diesmal war achtern ein Aufschlag zu hören. Ich beugte mich über die Seite und sah den Einschuß in der Bordwand. Er zielte jetzt besser.

Ich rief hinüber: »Sagen Sie mal zu Krupke, er dürfe uns nicht unter der Wasserlinie treffen. Wir könnten sinken, und das wär Ihnen sicher nicht recht.«

Das gab einen kleinen Aufenthalt. Ich sah, wie er mit Krupke redete und ihm mit der Hand bedeutete, er solle höher halten. Ich rief Francesca, sie solle schleunigst an Deck kommen. Diese Nickelmantelgeschosse konnten die dünnen Planken der *Sanford* durchschlagen wie Seidenpapier. Sie kam gerade rauf, als Krupke wieder schoß. Der Schuß ging hoch und traf nichts.

Als Metcalfe sie bemerkte, hob er die Hand, und Krupke stoppte. Er rief: »Seien Sie doch vernünftig, Hal, wo Sie doch eine Frau an Bord haben.«

Ich blickte auf Francesca, und sie schüttelte den Kopf. Ich rief: »Sie sind es ja, der schießt.«

Metcalfe versuchte sich zu rechtfertigen: »Ich möchte nicht, daß jemand getroffen wird.«

»Dann hauen Sie doch ab.«

Er zuckte die Achseln und sagte etwas zu Krupke, und der feuerte wieder. Mit einem Klank! traf das Geschoß den Schwanenhals. Ich grinste bitter über Metcalfes seltsame Moral. In seinen Augen war es meine Schuld, wenn jemand getötet wurde.

Ich sah achteraus. Die Bö war merklich näher gekommen und zog schnell heran. Es war der letzte Schlag des sterbenden Sturms, und lange würde es nicht dauern, aber, wie ich hoffte, doch gerade lange genug, daß wir Metcalfe entkommen konnten. Mir schien, daß Metcalfe noch gar nichts davon bemerkt hatte, weil er viel zu sehr mit uns beschäftigt war.

Krupke schoß abermals. Nach dem Krachen weiter vorn zu urteilen, mußte der Schuß in die Kajüte gegangen sein. Ich hatte Francesca gerade zur rechten Zeit raufgeholt.

Krupke machte mir allmählich mehr Kummer. Trotz des schwierigen Zielens wurde sein Schießen besser, und auch ohne das konnte er früher oder später einen Zufallstreffer haben. Wieviel Munition mochte er wohl haben?

»Metcalfe«, rief ich.

Er hob die Hand, aber Krupke hatte schon den Abzugshebel gezogen. Gerade neben meinem Ellbogen zersplitterte das Setzbord. Wir duckten uns alle ins Cockpit runter, und ich betrachtete ungläubig meinen Handrücken; ein zwei Zoll langer Mahagonisplitter stak darin.

Ich zog ihn raus und brüllte: »He, stopp! Das war ein bißchen zu nah ran.«

»Was ist los?«

Ich sah, daß der Fairmile uns wieder auf die Pelle rückte, und ich wies Coertze an abzuhalten.

»Nun?« Metcalfes Stimme klang ungeduldig.

»Ich möchte einen Vorschlag machen«, rief ich.

»Meine Bedingungen kennen Sie.«

»Woher sollen wir wissen, ob wir Ihnen trauen können?«

Metcalfe war unnachgiebig. »Lassen Sie's eben bleiben.«

Ich tat, als ob ich mich mit Coertze besprach. »Wie weit ist die Bö?«

»Wenn Sie ihn noch etwas hinhalten, könnten wir's hinkriegen.«

Zum Fairmile rief ich hinüber. »Ich mach' Ihnen einen Gegenvorschlag. Wir geben Ihnen ein Drittel – Walker braucht seinen Anteil nicht.«

Metcalfe lachte. »Sie sind ihm wohl endlich auf die Schliche gekommen, wie?«

»Na, wie ist es damit?«

»Gar nicht ist es – die Hälfte oder alles. Entscheiden Sie sich; Sie sind nicht in der Lage, verhandeln zu können.«

Ich wandte mich an Coertze. »Was sagen Sie dazu?«

Er rieb sich das Kinn. »Ich bin mit allem einverstanden, was Sie sagen.«

»Francesca?«

Sie seufzte: »Glaubst du, daß dieser neue Sturm da uns helfen kann?«

»Ein Sturm ist es nicht gerade, aber helfen kann er uns schon. Ich glaube, wir können Metcalfe abschütteln, wenn wir ihn uns noch zehn Minuten vom Leibe halten.«

»Ja, können wir das?«

»Ich glaube, aber es kann gefährlich werden.«

Sie kniff die Lippen zusammen. »Dann laß es drauf ankommen!«

Ich sah zu Metcalfe hinüber. Er stand vor der Tür zum Ruderhaus und blickte auf Krupke, der achteraus zeigte. Er hatte die Bö gesehen!

Ich rief hinüber: »Wir haben uns besprochen und sind einstimmig der Meinung, daß Sie immer noch zum Teufel gehen können.«

Ärgerlich winkte er mit der Hand, und Krupke schoß wieder – wieder vorbei.

Ich sagte zu Coertze: »Zwei Schuß geben wir ihm noch. Sofort nach dem zweiten drehen Sie nach Steuerbord, als ob Sie ihn rammen wollten – aber, um Gottes willen, rammen Sie ihn nicht. So dicht wie möglich ran, und dann auf Parallelkurs gehen. Klar?«

Er nickte, und Krupke feuerte wieder. Er traf die *Sanford* eben unter dem Cockpit – dieser Krupke schoß allmählich zu gut.

Metcalfe konnte nichts davon wissen, daß wir eine Maschinenpistole hatten. Er hatte die *Sanford* mehrere Male durchsuchen lassen, und Maschinenpistolen, selbst kleine, findet man in Italien nicht an jeder Straßenecke. Nun hatten wir die Gelegenheit, ihm einen Schrecken einzujagen. Zu Francesca sagte ich: »Sowie wir drehen, leg dich hier runter.« Krupke schoß wieder und traf nicht, und Coertze legte die Pinne rum. Metcalfe war überrascht – dies war wie der Angriff einer Ratte auf ein Wiesel. Zwanzig Sekunden hatten wir Zeit für unser Manöver, und es gelang.

Nachdem er sich soweit gefaßt hatte, dem Rudergänger zuzurufen und der Rudergänger, ihm zu antworten, waren wir auch schon längsseit.

Als Krupke uns kommen sah, gab er wieder Feuer, aber der Schuß ging wild in die Gegend. Dann zielte er auf mich, und ich sah ihm direkt in die Laufmündung. Da schoß ich los mit meiner Schmeisser.

Nur für zwei Feuerstöße hatte ich Zeit. Der erste galt Krupke – den mußte ich erwischen, bevor er mich erwischte. Zwei oder drei Treffer schlugen in die Fenster des Salons, und ich ließ die Mündung mit dem Rückstoß hochgehen. Einige Geschosse gingen in die Ecke des Ruderhauses, und ich sah Krupke zurücktaumeln, beide Hände vors Gesicht geschlagen, und hörte einen Aufschrei. Dann schwenkte ich die MPi aufs Ruderhaus und pfefferte hinein. Die Fensterscheiben flogen umher, aber es war zu spät, um Metcalfe zu erwischen, der war schon außer Sicht. Die Schmeisser hatte eine Ladehemmung, und ich brüllte Coertze zu: »Raus hier!« und er legte wieder das Ruder rum.

»Wohin?« fragte er.

»Wo wir hergekommen sind, in die Bö rein.«

Ich sah zum Fairmile zurück. Metcalfe war auf dem Aufbaudeck und beugte sich über Krupke, und der Fairmile steuerte wieder seinen alten Kurs. Aber der Bug schwang von einer Seite zur andern, als ob niemand am Ruder sei. »So könnt's hinkommen«, sagte ich.

Aber zwei, drei Minuten später drehte der Fairmile und preschte wieder hinter uns her. Ich blickte voraus und betete im stillen, wir möchten rechtzeitig in die Bö kommen. Das war mir auch noch nicht passiert, daß ich um schlechtes Wetter gebetet hatte.

Es ging um Haaresbreite, aber wir schafften es. Der Fairmile war nur noch knapp hundert Meter hinter uns, da trafen uns die ersten Windstöße, und zehn Sekunden später war er in peitschendem Regen und Gischt verschwunden.

Ich drosselte den Motor, bis er gerade noch so eben hintuckerte; es wäre Selbstmord gewesen, wenn wir versucht hätten, mit hoher Fahrt weiterzukommen. Das Wetter war ganz so, wie wir's brauchten, es war nur ärgerlich, daß es nicht die andauernde Wildheit des vorigen Sturmes hatte, und ich wußte, daß es in einer halben Stunde oder so vorüber sein würde.

In dieser kurzen Zeit mußten wir Metcalfe abgeschüttelt haben.

Ich überließ Coertze das Ruder, stolperte voraus zum Mast und setzte das Trysegel.

Ich beschloß, nach Luv aufzukreuzen, das würde Metcalfe bei diesem Wetter am wenigsten erwarten, und ich hoffte, daß er, wenn die Bö vorbei wäre, nach Lee suchen würde.

Die *Sanford* mochte das gar nicht. Sie bockte und stampfte mehr denn je, und ich verwünschte ihre Rankheit, die der goldene Kiel auf dem Gewissen hatte, die Wurzel allen Übels. Ich sagte zu Francesca: »Geh lieber mit Kobus unter Deck, hat keinen Sinn, daß wir alle bis auf die Haut naß werden.«

Ich war darauf gespannt, was Metcalfe wohl tun würde. Wenn er vernünftig war, würde er den Fairmile mit der Schnauze in den Wind legen und den Motor gerade soviel laufen lassen, daß er eben noch Kurs halten konnte. Aber ihn trieb ja die Gier nach dem Gold, und er war verwegen genug, die tollsten Dinge anzustellen, solange ihm das Boot nicht unter den Füßen auseinanderbrach. Seiner Seemannschaft hatte er damit bewiesen, daß er unbeschädigt durch den schweren Sturm gekommen war – diese Bö würde ihm nichts anhaben.

Die *Sanford* schlingerte jetzt entsetzlich, und für einen Augenblick schien es mir, daß ich es sei, dem das Boot unter den Füßen auseinanderbrechen wollte. Die Ruderpinne fühlte sich so sonderbar an, ich wurde nicht schlau daraus, so was hatte ich noch bei keinem Boot erlebt. Sie legte sich wieder über, als ob sie kentern wollte, und sie hörte nicht auf, in beängstigender Weise weiter zu schlingern, auch ohne erkennbaren Anlaß. Probeweise stützte ich mit dem Ruder, und mit einem Ruck kam sie herum.

Hastig legte ich das Ruder den andern Weg, und mit überschießendem Schwung kam sie schnell zurück. Es war, als ob man auf einem Pferd mit losem Sattel ritt; ich verstand das einfach nicht.

Plötzlich schoß mir ein schrecklicher Gedanke durch den Kopf, und ich sah über die Seite. Bei dem wirbelnden Wasser war es schwer auszumachen, aber mir schien, daß der Wasserpaß höher aus dem Wasser lag, als er sollte, und ich wußte nun auch, was geschehen war.

Es war der Kiel – der gottverfluchte goldene Kiel!

Coertze hatte uns gewarnt. Er hatte gesagt, daß er voller Sprünge und Risse und von schwachem Gefüge sein würde. In den letzten Tagen hatte der Sturm der *Sanford* unzählige Schläge versetzt, und diese letzte Bö war der Tropfen, der das Faß zum Überlaufen brachte – oder eines Schiffes Kiel brechen ließ.

Ich sah noch einmal über die Seite, um abzuschätzen, wieviel höher sie nun aus dem Wasser lag. Soweit ich es beurteilen konnte, waren drei Viertel des Kiels weg – drei Tonnen Ballast hatte die *Sanford* verloren, und sie war in Gefahr, jeden Augenblick zu koppseisen. Ich hämmerte an die Kajütentür und brüllte mit äußerster Lungenkraft. Coertze streckte den Kopf heraus. »Was ist los?« rief er.

»Schnell an Deck – Francesca auch. Der verfluchte Kiel ist weg. Wir können jeden Augenblick kentern.«

Verständnislos starrte er mich an. »Was soll das heißen?«

Dann wurde er puterrot, als es ihm aufging. »Sie meinen, das Gold ist weg?« fragte er ungläubig.

»Um Gottes willen, gaffen Sie nicht lange herum«, rief ich. »Kommen Sie rauf, und kriegen Sie Francesca da raus. Ich weiß bei Gott nicht, wie lange ich sie jetzt noch halten kann.«

Er erbleichte, und sein Kopf verschwand. Francesca kletterte eilig aus der Kajüte, und Coertze folgte ihr auf den Fersen. Die *Sanford* benahm sich wie verrückt, und ich brüllte Coertze zu: »Das verdammte Segel runter, fix, eh's zu spät ist.«

Er stürzte längs Deck nach vorn und nahm sich nicht erst die Zeit, das Fall von der Klampe loszunehmen, er zog das Messer aus dem Gürtel und kappte es. Sobald das Segel runter war, lag die *Sanford* etwas besser, aber nicht viel. Sie tanzte auf den Wellen umher, und wenn es mir gelang, sie zu halten, dann war es meinem Glück, nicht meinem Verstand zu danken, denn ich hatte nie Gelegenheit gehabt, diese Erfahrungen zu machen – das hatten sicher nur wenige!

Als Coertze zurückkam, rief ich ihm zu: »Der Mast schmeißt uns um, wenn wir nicht aufpassen.«

Er sah zum Mast hoch, der über uns aufragte, und nickte kurz. Ob er sich wohl erinnerte, was er gesagt hatte, als ich zum erstenmal in Kapstadt mit ihm über Jachten sprach.? Damals sah er zum Mast der *Estralita* auf und sagte: »Die muß aber gehörigen Tiefgang haben, als Gegengewicht für das lange Ding.«

Der Kiel, unser Gegengewicht, war weg, und der achtzehn Meter hohe Mast war jetzt der Kernpunkt unseres Überlebens.

Ich zeigte auf das Kappbeil, das an der Seite des Cockpits befestigt war, und brüllte: »Wanten kappen!«

Er nahm das Beil, ging nach vorn und hieb energisch auf das achtere Want ein. Es prallte von dem rostfreien Stahldraht zurück, und ich verwünschte mich selbst, daß ich die *Sanford* so stark gebaut hatte. Er schlug wieder und wieder zu, und endlich hatte er den Draht durch.

Er ging jetzt an das vordere Want, und ich sagte: »Francesca, ich muß ihm helfen, ehe es zu spät ist. Kannst du die Pinne nehmen?«

»Was muß ich da tun?«

»Ich glaub' ich hab's jetzt raus« erwiderte ich. »Sie ist sehr empfindlich, und du darfst nicht zu hart Ruder legen. Sie dreht sich sehr leicht, und du darfst die Pinne nur ganz leicht und weich bewegen – sonst alles wie vorher.«

Ich konnte mich nicht lange bei ihr im Cockpit aufhalten. Ich warf die Taljen der Backstags los, so daß die Stagen lose hingen.

Ich ging zum Bug, klammerte mich unterwegs an mit aller Kraft, und stemmte mich in der Bugkanzel fest. Mit dem Marlspieker an meinem Taschenmesser machte ich mich an die Spannschraube des Fockstags. Dafür war der Marlspieker nicht gemacht, und er glippte immer wieder aus dem Loch der Spindel, aber schließlich hatte ich sie doch lose gekriegt, obgleich ich jedesmal eine Dusche bekam, wenn die *Sanford* ihren Bug eintauchte. Als ich aufblickte, hing das Leestag durch, war also lose.

Bevor ich daran ging, dem Klüverstag Lose zu geben, blickte ich mich um und sah, daß Coertze jetzt an die Backbord-Wanten ging. Ein Blick nach oben zeigte mir, daß der Mast wippte wie eine Angelrute – aber das verdammte Ding wollte nicht brechen.

Als ich mich über die vordere Luke tastete, kam mir zum

erstenmal Walker wieder in den Sinn. Ich hämmerte auf den Lukendeckel und brüllte: »Walker, rauskommen, wir sinken.« Aber von unten kam kein Laut.

Ich verfluchte seine fadenscheinige Seele in den tiefsten Höllengrund, ging achteraus, kletterte den Niedergang runter und ging in die Kajüte. Unfähig, bei der neuen, scheußlichen Bewegung der *Sanford* die Balance zu halten, taumelte ich voraus bis zur Tür zum Vorschiff. Sie war von drinnen verschlossen. Ich trommelte mit den Fäusten darauf und brüllte:

»Walker, kommen Sie raus, wir koppseisen.«

Ich hörte einen schwachen Laut und brüllte noch einmal. Dann kam seine Antwort: »Ich komme nicht raus.«

»Seien Sie doch kein verdammter Narr«, rief ich. »Wir können jede Minute absaufen.«

»Das ist doch nur 'n Trick, damit ich rauskomme. Ich weiß ganz genau, daß Coertze auf mich wartet.«

»Verdammter Idiot!« Ich brüllte und hämmerte wieder gegen die Tür, aber er gab keine Antwort mehr. Mir blieb nichts weiter übrig, als ihn zu lassen.

Als ich mich zum Gehen wandte, ächzte die *Sanford* in allen Fugen. Ich raste zum Niedergang und torkelte ins Cockpit, gerade zur richtigen Zeit, um den Mast übergehen zu sehen. Zehn Fuß hoch über dem Deck krachte und splitterte er und kippte in die tobende See; er hing noch an den Back- und Vorstagen.

Ich nahm Francesca die Pinne ab und probierte, wie sie in der Hand lag. Die Bewegungen der *Sanford* waren nicht viel besser geworden – sie schlitterte immer noch unberechenbar herum –, aber ich fühlte mich doch nun leichter, da wir das Haupthindernis los waren. Ich klopfte gegen ein Spind im Cockpit und rief Francesca zu: »Schwimmwesten – krieg sie mal raus.«

Die Lösung eines Problems führte sofort zum nächsten – der Mast wurde vorn und achtern noch festgehalten, und er schlug regelmäßig gegen die Bordwand der *Sanford*. Wenn das noch lange so ging, würden die Planken eingeschlagen, und wir würden absacken wie ein Stein. Coertze war noch im Bug, und ich sah das Kappbeil blinken, wie er es zu einem neuen Schlag auf das Fockstag hob. Er hatte die Gefahr erkannt, die der Mast für uns bildete.

Ich quälte mich in eine Schwimmweste, während Francesca das Ruder übernahm. Dann nahm ich einen Bootshaken vom Kajütsdach und lehnte mich über die Seite, um den Mast abzustoßen, wenn er wieder zu einem seiner gefährlichen Angriffe heranschwang. Coertze kam achteraus, um die Backstags zu kappen; mit dem Deck als Unterlage ging das leichter, und in fünf Minuten war er fertig damit. Der Mast trieb ab und kam uns in den gischtenden Seen sofort aus Sicht.

Coertze ließ sich schwer ins Cockpit fallen; das Seewasser rann ihm vom Gesicht. Francesca gab ihm eine Schwimmweste. Wir machten unsere Sicherheitsleinen fest, und plötzlich fiel es mir ein, den Kajütseingang dicht zu machen – wenn Walker rauskommen wollte, konnte er die vordere Luke benutzen. Mir kam es darauf an, die *Sanford* dicht zu machen, wenn sie kenterte und gleich vollief, würde sie in Sekunden sinken.

Die letzten Augenblicke der Bö machten uns noch ganz schön zu schaffen. Wenn wir die überstünden, hätten wir noch erträgliche Aussichten. Die *Sanford* konnte zwar nicht mehr segeln, aber bei vernünftigem Gebrauch der Maschine konnten wir doch langsam weiterkommen. Zum erstenmal hoffte ich, daß Metcalfe sich nicht hatte täuschen lassen und in der Nähe bereitstünde.

Aber die Bö war noch nicht fertig mit uns. Ein heftiger Stoßwind und eine besonders steile See trafen so zusammen, daß sich ihre Wirkung verstärkte, und die *Sanford* holte bedrohlich über. Verzweifelt versuchte ich, ihr durch Ruderlegen beizukommen, aber es war zu spät, mehr und mehr legte sie sich über, bis sie fünfundvierzig Grad krängte.

Ich brüllte: »Wahrschau, sie kentert«, und im gleichen Augenblick tat sie es auch schon, und ich wurde in die See geschleudert.

Ich gurgelte und schluckte Seewasser, bis der Auftrieb meiner Schwimmweste mich wieder nach oben trug. Da schwamm ich nun auf dem Rücken. In wahnsinniger Angst sah ich mich nach Francesca um und beruhigte mich erst, als ihr Kopf dicht neben mir auftauchte. Ich griff nach ihrer Sicherheitsleine und holte sie ran, bis wir nebeneinander trieben. »Zurück zum Boot«, sprudelte ich hervor.

An unseren Sicherheitsleinen holten wir uns nun beide wieder an die *Sanford* heran. Sie lag auf ihrer Steuerbordseite und trieb trübselig auf den Wellen; mit großer Mühe arbeiteten wir uns an dem senkrecht aufragenden Oberdeck hoch, bis wir die Backbord-Relingstützen zu fassen kriegten. Ich sah mich nach Coertze um, konnte ihn aber nicht sehen. Jetzt kroch ich zunächst einmal über die Reling, bis ich mich auf unserem neuen, seltsam geformten Oberdeck – der Backbordseite der *Sanford* – befand.

Nachdem ich Francesca über die Reling geholfen hatte, sah ich Coertze. Er klammerte sich an den Rest des Kiels – offenbar war er nach der anderen Seite über Bord gegangen. Er hielt sich an einem Wirrwarr gebrochener Drähte fest – an den Drähten, die unseren Kiel zusammenhalten sollten und die nun ihre Aufgabe doch nicht erfüllt hatten. Ich ließ mich an der Seite heruntergleiten und reichte ihm die Hand, und bald saßen wir alle drei höchst unbequem zusammengedrängt auf dem ungeschützten Rumpf und waren ziemlich ratlos – was zum Deubel konnten wir tun?

Der letzte harte Windstoß war der abschließende Peitschenschlag der Bö, dann ließ der Wind schnell nach, ließ die angeschlagene *Sanford* hinter sich, die von der unruhigen See herumgestoßen wurde. Ich blickte um mich, in der Hoffnung, Metcalfe zu finden, aber der Fairmile war nicht in Sicht, wenn man auch nicht wissen konnte, ob er nicht noch aus dem Wasserdunst auftauchte, den die Bö zurückgelassen hatte.

Nachdenklich sah ich auf das Dingi; das noch auf dem Kajütendacht festgelascht war. Da sagte Coertze: »Wissen Sie, is doch noch 'ne Menge Gold dran«, und er starrte auf den Kiel.

»Ach, Scheiß Gold – woll'n mal das Dingi losmachen.«

Wir schnitten die Laschings durch und ließen das Dingi ins Wasser fallen, nachdem ich es vorsichtshalber mit einer Leine gesichert hatte. Es schwamm kieloben, aber das war nicht weiter schlimm, die Schwimmzellen hielten es in jeder Lage über Wasser. Ich ließ mich am Deck ins Wasser runter und drehte das Boot um. Ich nahm das Ösfaß, das noch in seiner Halterung saß, und fing an, das Dingi auszuösen.

Ich war kaum fertig damit, da rief Francesca: »Metcalfe! Metcalfe kommt!«

Bis ich mich wieder auf das Wrack hinaufgearbeitet hatte, war der Fairmile schon ziemlich nah herangekommen; er pflügte immer noch mit seinen acht Knoten durchs Wasser, die Metcalfe bei schwerer See bevorzugte. Jetzt versuchten wir ja nicht mehr, ihm zu entkommen, und so dauerte es nicht lange, bis er auf Rufweite heran war.

Metcalfe stand neben dem Ruderhaus und rief: »Können Sie 'ne Leine wahrnehmen?«

Coertze zeigte klar, und der Fairmile scherte näher heran.

Metcalfe hatte ein paar Buchten einer Leine in der Hand und schleuderte sie rüber. Der erste Wurf war zu kurz, aber den zweiten fing Coerzte auf. Er ließ sich am Deck runter und belegte die Leine am Maststumpf. Ich hatte vorher ein Ende abgeschnitten und legte es in einer Schlinge um das Schlepptau. Dann sagte ich: »Wir pullen jetzt im Dingi rüber, an der Leine entlang. Laßt sie um Gottes willen nicht ausrauschen, damit wir nicht abtreiben.«

Wir gingen ins Dingi und setzten zum Fairmile über. Es war keine besonders schwierige Aufgabe, aber durchgefroren und durchnäßt und müde, wie wir waren, hätten wir doch leicht was falsch machen können. Metcalfe half Francesca an Bord, und Coertze folgte ihr. Als ich aussteigen wollte, warf Metcalfe mir eine Leine zu und sagte barsch: »Machen Sie das Dingi fest, vielleicht brauchen wir's.«

Ich machte es fest und enterte an Deck. Mit wutverzerrtem Gesicht kam Metcalfe auf mich zu. Mit beiden Händen packte er mich an den Schultern und brüllte mich an: »Sie verdammter Idiot! Ich hab' Ihnen doch gesagt, Sie sollten den Kiel gut festmachen. In Rapallo hab' ich Ihnen das gesagt.«

Er schüttelte mich, und ich war zu müde, um zu widerstehen. Mein Kopf taumelte vor und zurück wie der Kopf einer Puppe, und als er mich losließ, sackte ich an Deck.

Er wandte sich Coerzte zu. »Wieviel ist noch da?«

»Ein Viertel ungefähr.«

Mit harter Entschlossenheit sah er zu der *Sanford* hinüber. »Das laß ich mir nicht entgehen. Eine Tonne Gold laß ich mir verdammt nicht entgehen.«

Er rief zum Ruderhaus hin, und der Marokkaner, Moulay Idriss, kam heraus. Metcalfe gab ihm einige Anweisungen und pullte selbst zur *Sanford* rüber. Der Araber steckte inzwischen ein schweres Kabel an die Leine an, und als Metcalfe auf der *Sanford* war, holte er es rüber.

Francesca und ich kümmerten uns nicht viel darum. Wir waren völlig erschöpft. Uns interessierte nur noch, daß wir lebten und zusammen waren. Was mit dem Gold geschah, ließ uns kalt. Coertze jedoch war ganz bei der Sache und half dem Araber, das Kabel festzumachen.

Metcalfe kam zurück und sagte zu Coertze: »Sie haben recht, ungefähr 'ne Tonne ist noch dran. Ich weiß nicht, wie sich das

Wrack benimmt, wenn es geschleppt wird, aber wir wollen's versuchen.«

Als der Fairmile gedreht hatte und langsam anging und das Kabel steif kam, brach eine wäßrige Sonne über der bewegten See durch, und ich sah zurück auf die *Sanford*, wie sie schwerfällig dem Zug des Kabels folgte. Das Cockpit stand halb unter Wasser, aber die vordere Luke war noch frei, und ich sagte: »Mein Gott! Walker ist noch drin!«

Und Coertze: »*Magtig*, hab' ich ganz vergessen.«

Als die *Sanford* kenterte, muß er wohl einen Stoß bekommen haben, der ihn bewußtlos machte – sonst hätten wir ihn hören müssen, wenn er gerufen hätte. Francesca sah zum Wrack hinüber. »Sieh doch mal! Da, im Cockpit!«

Der Kajütseingang war mit Gewalt von innen geöffnet worden, und ich sah Walkers Kopf, wie er sich abmühte, gegen den Schwall des Wassers anzukämpfen, das ins Boot drängte. Seine Hände angelten nach dem Setzbord, aber das war nicht mehr da. Krupke hatte es abgeschossen. Dann riß die Gewalt des Wassers Walker in die Kajüte zurück, und er verschwand.

Wenn er aus der vorderen Luke rausgekommen wäre, so wäre ihm das gelungen, aber selbst kurz vor seinem Tode mußte er noch einen seiner unvermeidlichen Fehler machen. Der Kajütseingang war offen, das Wasser strömte in das Wrack, und die *Sanford* begann zu sinken. Metcalfe tobte. »Dieser verdammte Narr«, brüllte er. »Ich dachte, Sie wären ihn schon losgeworden. Nun nimmt er das ganze Gold mit sich.«

Je tiefer die *Sanford* sank, um so schneller drang das Wasser ein. Metcalfe stierte verzweifelt hinüber. Seine Stimme schrillte vor ohnmächtiger Wut: »Dieser verfluchte, viehische Idiot! Von Anfang an hat er alles versaut!«

Lange konnte es nicht mehr dauern, die *Sanford* sank schnell. Die Schleppleine kam steif, und durch den zunehmenden Zug auf das Kabel tauchte das Heck des Fairmile tiefer ein. Die *Sanford* kam ins Schlingern, als die in der Vorderkajüte zusammengepreßte Luft hervorbrach, und sie sackte nun noch schneller, als das Wasser auch durch diese neue Öffnung eindrang.

Der Zug nach unten am Heck des Fairmiles wurde gefährlich, und Metcalfe nahm das Kappbeil aus seiner Halterung und stand klar beim Kabel. Er blickte auf die *Sanford*, Unentschlossenheit irrlichterte auf seinen Zügen, dann holte er mit gewaltigem

Schwung aus und schlug zu. Das Kabel brach mit sirrendem Klang, und das lose Ende sprang in Schlagenwindungen zurück. Mit einem Ruck kam das Heck des Fairmile hoch.

Die *Sanford* wälzte sich und drehte sich herum. Sie sank, und als sie unseren Blicken entschwunden war, traf ein verirrter Sonnenstrahl ihren Kiel, und der Glanz unvergänglichen Goldes traf noch einmal unser Auge. Dann war da nur noch die See.

Metcalfes Zorn war groß, aber, wie die Bö, bald verraucht, und er gewann wieder seine gewöhnliche, ausgeglichene Wesensart und nahm den Verlust mit stoischem Gleichmut. »Es ist ein Jammer«, sagte er, »aber es ist nun mal so. Es ist dahin, und wir können nichts mehr dran ändern.«

Wir saßen im Salon des Fairmiles, unterwegs nach Malaga, wo Metcalfe uns absetzen wollte. Er hatte uns trockenes Zeug gegeben, und als wir erst gegessen hatten, fühlten wir uns schon wohler.

Ich fragte: »Was fangen Sie nun an?«

Er zuckte die Achseln. »In Tanger ist nichts mehr zu holen, wenn die Marokkaner es jetzt übernehmen. Ich glaub', ich versuch's mal mit dem Kongo – da scheint sich ja was zusammenzubrauen.«

Ich stellte mir vor, wie Metcalfe und noch ein paar seiner Sorte es im Kongo versuchten. Die Aaskrähen sammeln sich – aber er war nicht der Schlimmste unter ihnen. Ich sagte: »Sie haben uns sicher noch einiges mehr zu erzählen.«

Er grinste: »Was wollen Sie denn wissen?«

»Nun, die Frage, die mich am meisten geplagt hat, ist die: Wie sind Sie uns zuerst auf die Schliche gekommen? Was brachte sie auf den Verdacht, daß wir hinter Gold her wären?«

»Verdacht, alter Junge? Ich hatte keinen Verdacht, ich wußte das.«

»Und wie konnten Sie das wissen?«

»Ich hab' doch Walker betrunken gemacht. Da hat er mir alles haarklein erzählt, die Geschichte des Goldes, den Kiel – alles.«

»Ja ja, verflucht noch mal!« Ich dachte an all meine Vorsichtsmaßnahmen, um Metcalfe von unserer Fährte zu bringen; ich dachte daran, wie oft ich mir neue Listen ausgedacht hatte, mich herauszuwinden. Alles umsonst, ich konnte ihm nichts vormachen.

Metcalfe sagte: »Ich dachte, Sie hätten ihn abgeschüttelt. Er war

Ihnen doch die ganze Zeit nur ein Klotz am Bein. Ich dachte, Sie hätten ihn über Bord gehen lassen oder so.«

Ich sah Coertze an, der mich angriente, und sagte: »Vielleicht war er sogar ein Mörder.«

»Würd mich nicht wundern«, stimmte Metcalfe leichthin zu. »Er war eine schmierige kleine Ratte.«

Das brachte mich auf den Gedanken: Vielleicht hatte auch ich einen Menschen getötet. Ich fragte: »Wo ist Krupke, ich hab' ihn noch gar nicht gesehen.«

Metcalfe kicherte. »Der stöhnt in seiner Koje – hat die Schnauze voller Splitter.«

Ich zeigte ihm meinen Handrücken. »Na ja, das hat er mit mir auch gemacht.«

»Gewiß«, sagte Metcalfe ernst. »Aber vielleicht verliert Krupke dabei ein Auge.«

»Geschieht ihm verdammt recht«, erwiderte ich boshaft. »Dann wird er wohl nicht mehr scharf darauf sein, mit einer Flinte zu zielen.«

Ich hatte es nicht vergessen, daß Metcalfe und seine Bande noch vor wenigen Stunden ihr Bestes getan hatten, uns umzubringen. Aber es hatte keinen Sinn, sich mit Metcalfe jetzt darüber zu streiten – wir waren Gäste auf seinem Boot, und er wollte uns sicher an Land bringen. Ihn zu reizen, war jetzt nicht angebracht.

Metcalfe fuhr fort: »Ihre Maschinenpistole war eine kleine Überraschung für mich. Beinah hätt' ich was abgekriegt.« Er zeigte auf das zertrümmerte Megaphon auf dem Büfett. »Das Ding da haben Sie mir richtig aus der Hand geschossen.«

Francesca fragte: »Warum waren Sie so besorgt um meinen Mann? Warum haben Sie sich all die Mühe um ihn gemacht.«

»Oh, mir wurde richtig schlecht, als ich sah, wie Hal ihn niederschlug«, sagte Metcalfe ernst. »Ich wußte, wer er war, und ich wußte, daß er Schwierigkeiten machen konnte, und das paßte mir nicht in den Kram. Ich wollte, daß Hal ungestört seinen Kiel gießen und aus Italien rauskommen könnte. Und ich konnte es mir nicht leisten, daß die Polizei anfing, überall und nirgends rumzuschnüffeln.«

»Und deshalb versuchten Sie auch, Torloni zurückzuhalten?« warf ich ein.

Er rieb sich das Kinn. »Das war mein Fehler«, gab er zu. »Ich hatte gedacht, ich könnte Torloni für mich arbeiten lassen, ohne daß er wüßte, worum es ging. Aber er ist ein ganz gerissener Hund, und als er das Zigarettenetui in die Pfoten bekam, ging mein Schuß nach hinten los. Ich brauchte Torloni nur, um Sie zu überwachen, aber dieser Idiot von Walker mußte natürlich hingehen und das ganze Spiel verschenken. Da war Torloni natürlich nicht mehr zu halten.«

»Und so warnten Sie uns.«

Er breitete die Hände aus. »Was konnte ich anders tun für einen alten Kumpel?«

»Nix Kumpel, das Gold wollten Sie raus haben.«

Er grinste. »Na ja, was 'n Wunder. Aber Sie kamen doch weg, oder –?«

Voll Bitterkeit stellte ich mir Metcalfe als den Puppenmeister vor, der uns dirigierte und nach seiner Pfeife tanzen ließ. Nicht ganz – einer seiner Marionetten waren die Schnüre gerissen, wenn Walker uns geschlagen hätte, hätte er damit auch Metcalfe geschlagen.

Ich sagte: »Wenn Sie uns nicht Torloni auf den Hals gehetzt hätten, wäre der Kiel nicht gebrochen. Als der uns auf die Pelle rückte, mußten wir ihn in einer blödsinnigen Hetze fertiggießen.«

»Ja, sicher«, gab Metcalfe zu, »und diese ganzen verdammten Partisanen konnten auch nicht helfen.« Er erhob sich. »Alsdann, ich muß mich noch um das Boot kümmern.« Er zögerte einen Augenblick, dann zog er ein Zigarettenetui aus der Rocktasche. »Vielleicht mögen Sie das als Andenken – Torloni hat's mal liegen lassen. Ist was Interessantes drin.« Er warf es auf den Tisch und ging hinaus.

Ich sah Francesca und Coertze an, dann streckte ich langsam die Hand aus und nahm es auf. Da war es wieder, dieses schwere, vertraute Gefühl des Goldes, aber der innere Schock blieb aus, den ich damals spürte, als Walker mir den goldenen Herkules in die Hand gab. Ich konnte kein Gold mehr sehen.

Ich öffnete das Etui und fand darin einen zusammengefalteten Brief. Er war an mich adressiert, abzugeben auf der Jacht *Sanford*, im Hafen von Tanger. Der Brief war geöffnet worden. Ich las und mußte lauthals lachen.

Erstaunt sahen Francesca und Coertze mich an. Ich versuchte mein Lachen abzustoppen, aber es brach immer wieder von neuem aus mir hervor. »Wir haben... wir haben... ein Los gewonnen... 'ne Lotterie.« Ich schnappte nach Luft und reichte Francesca den Brief hinüber, die nun auch lachen mußte.

Verständnislos fragte Coertze: »Was für 'ne Lotterie?«

Ich fragte: »Wissen Sie nicht mehr? In Tanger damals, Sie bestanden drauf, daß ich 'n Los nahm – sicher ist sicher, meinten Sie damals. Und das hat gewonnen!«

Nun kam ihm endlich ein Lächeln. »Wieviel?«

»Sechsmal hunderttausend Peseten.«

»Wieviel ist das in Pfund?«

Ich wischte mir die Augen. »Etwas über sechstausend Pfund. Es deckt nicht ganz die Kosten, die ich in unser Unternehmen reingesteckt hab' – aber es ist 'ne ganz schöne Beihilfe.«

Coertze fragte schafsdumm: »Wieviel haben Sie denn reingesteckt?«

Ich überschlug: Die *Sanford* hatte ich verloren, die war allein ihre 12000 Pfund wert gewesen. Während der ganzen Zeit hatte ich sämtliche Ausgaben bestritten, und die waren nicht niedrig, weil wir ja als wohlhabende Touristen auftreten mußten; dann die enorme Miete für die Casa Saeta in Tanger; schließlich Ausrüstung und Verproviantierung des Bootes.

Ich sagte: »So siebzehn-, achtzehntausend müssen's sein.«

Er zwinkerte mit den Augen und langte in die Uhrentasche. »Nützen die was?« fragte er und ließ vier große Diamanten über den Tisch kullern.

»Meine Güte«, sagte ich, »wie kommen Sie denn dabei?«

Er kicherte. »Die müssen mir ja wohl im Stollen an den Fingern kleben geblieben sein. Grad so, wie Ihnen die MPi.«

Nun kicherte auch Francesca und fuhr mit der Hand in den Halsausschnitt. Sie zog einen kleinen ledernen Brustbeutel hervor, der an einer Schnur um ihren Hals hing, und schüttete ihn aus. Zwei weitere Diamanten lagen nun auf dem Tisch, und dazu noch vier Smaragde.

Ich sah von einem zum andern und sprach: »Ihr verdammten Diebe! Ihr solltet euch doch was schämen! Die Steine sollten doch in Italien bleiben.«

Dann holte ich grinsend meine fünf Diamanten raus, und wir alle mußten uns ausschütten vor Lachen, Lachen Lachen.

Als wir nachher unsere Steine vor Metcalfes spähenden Blicken verborgen hatten, gingen wir an Deck und beobachteten, wie die Berge Spaniens im Dämmer der Ferne über der Kimm aufstiegen. Ich legte den Arm um Francesca und fragte mit Jammermiene: »Ich hab' noch einen halben Anteil an einer Bootswerft in Kapstadt. Würdest du auch einen einfachen Bootsbauer heiraten wollen?«

Sie drückte mir die Hand. »Ich glaube, daß ich Südafrika liebgewinnen werde.«

Ich zog das Zigarettenetui aus der Tasche und klappte es mit einer Hand auf. Da war die Inschrift, und ich las sie jetzt zum erstenmal – *Caro Benito da Parte di Adolf – Brennero – 1940* –.

»Es ist nicht ganz ungefährlich, dies Ding bei sich zu haben«, sagte ich. »Ein anderer Torloni könnte es zu sehen kriegen.«

Sie schauderte. »Schaff es dir vom Hals, Hal, bitte, wirf es weg.«

Und ich warf es über Bord. Noch ein Goldschimmer aus dem grünen Wasser, und dann war es verschwunden für alle Zeiten.

Desmond Bagley
ein Meister des psychologischen Thrillers

Desmond Bagley wurde 1923 in Kendal, Westmoreland, geboren und wuchs in Blackpool auf. Er verdiente sich seinen Lebensunterhalt zunächst als Laufbursche in einer Druckerei, bis er in Bergwerken zu arbeiten begann. Nach Ende des Zweiten Weltkrieges entschloß er sich, nach Südafrika überzusiedeln. Hier wurde sein Interesse am Journalismus geweckt. Er arbeitete in Johannesburg als freier Journalist und schrieb unter anderem für den Radiosender SABC eine populärwissenschaftliche Serie. Während seiner journalistischen Tätigkeit entdeckte er seine Liebe zur Schriftstellerei.

Heute gehört Bagley mit seinen international erfolgreichen Action-Romanen zur ersten Garnitur der Thriller-Autoren. Sein Name bürgt für hochkarätige, spannende Unterhaltungsliteratur. Die handelnden Figuren sind mit psychologischem Tiefgang anschaulich beschrieben. Einfallsreichtum und profunde Fachkenntnisse, die Bagley unaufdringlich einfließen läßt, vermögen den Leser von der ersten bis zur letzten Seite zu fesseln.

Er selbst hat einmal in einem Interview gesagt: »Ich weiß nicht, ob meine Leser aus meinen Büchern am Ende etwas lernen. Aber gut unterhalten möchte ich sie wissen.«

Sein schriftstellerischer Erfolg beweist, daß ihm beides immer wieder gelingt.

Desmond Bagley
Verzeichnis lieferbarer Titel

(Stand März 1986)

Atemlos
(01/6081)

Bahama-Krise
(01/6253)

Blindlings

Die Erbschaft
(01/6529)

Erdrutsch

Der Feind
(01/6296)

Die Gnadenlosen
(01/6394)

Der goldene Kiel
(01/6456)

Kidder

Lebenslänglich mit
Rückfahrkarte

Schneetiger

Sog des Grauens

Die Täuschung

Verhängnisvolle
Botschaft

*Die Nummern der
Heyne Taschenbücher
sind in Klammern
angegeben.*

Lawrence Sanders

Die vierte Todsünde

Roman

384 Seiten

Die amerikanische Presse jubelt. »Die vierte Todsünde ist eine Meisterleistung«, urteilt Publishers Weekly, ein weiterer Beweis dafür, daß der Name Lawrence Sanders in den letzten Jahren zu Recht auch in Deutschland zum Markenzeichen für erstklassige Unterhaltung geworden ist. Edward X. Delaney im Einsatz, das bedeutet Spannung bis zur letzten Seite.

Die Sache ist mehr als mysteriös. Wohl niemand hätte je vermutet, daß Dr. Simon Ellerbee eines Tages sein Ende auf so brutale Art und Weise finden würde. In den Kreisen, in denen er sich bewegte, stirbt man normalerweise nicht mit zertrümmertem Schädel. Die New Yorker Polizei ist ratlos, doch die Öffentlichkeit fordert Aufklärung, allen voran die Presse. Der alte Routinier Delaney wird zu Hilfe gerufen, er soll die Kohlen aus dem Feuer holen.

Die Story ist packend und mit allen Zutaten der modernen Spannungsliteratur gewürzt: Die hinreißende Frau des Ermordeten, der alles zu Füßen liegt, gibt mehr als Rätsel auf. Die Patienten des Doktors führen Delaney bis zu den Abgründen der menschlichen Seele. Brutalität, Intrigen, Mystik, Durchtriebenheit, Slummilieu und Upper Class, Sanders zieht alle Register. Delaney muß eine harte Probe seines Könnens liefern.